献给中国原生文明的光荣与梦想

——题记

大秦帝国

点评本

第二部 国命纵横

下卷

孙皓晖 著

谢有顺 胡传吉 点评

河南文艺出版社

目 录

第八章 连横奇对

第九章 纵横初局

第十章　张仪风云

第十一章　郢都恩仇

第十二章　不宁不令

第十三章 最后风暴

第十四章 百年一乱

第八章　连横奇对

一　张仪的声音振聋发聩

哪里还坐得住。

六国合纵的消息传到咸阳，嬴驷君臣坐不住了。

苏秦游说之初，秦国君臣虽说也很重视并尽快地采取了对应行动，但随着各种消息纷至沓来，秦国君臣们渐渐懈怠了。山东六国累世恩仇，相互间拼杀得不共戴天，他们能同心结盟么？认真说起来，山东六国中也就魏国是秦国的老冤家，除魏国之外，秦国与任何一个国家的冲突都极为有限。近几年来，也就是夺取了山东六国以往进攻秦国的一些重要根基而已，细算起来，统共也就五六座城池、几百里土地。与魏国的攻赵攻韩、齐国两次痛击魏国、楚国夺取淮北等大战相比，都可说是战国之世的小争端。山东六国果真能泯灭他们之间的血海深仇，而共同对抗一个只不过收回了自己的河西故土、只不过夺取了他们几座关隘要塞的秦国？徇情推理，真是比登天还难。尤其是齐威王、魏惠王、燕文公突然在一个月内相继病逝，赵肃侯楚威王又都是病入膏肓的消息传来时，嬴驷君臣几乎已经认定，合纵只不过是苏秦与六国的一个梦幻而已。

樗里疾争取齐国无功而返，嬴驷君臣本来还颇有压力，及至这时，却已经轻松了。司马错提出了一个大胆周密的谋划：发动突然袭击，一举攻占河东的野王①、上党地区，斩断赵国燕国与中原的主要联结高地，而后相机蚕食山东。为此，嬴驷专门召集了一次秘密会商，君臣一致赞同。太傅嬴虔尤其慷慨激昂，坚持要打生平最后一仗，否则死不瞑目。嬴驷与司马错通融，只好教嬴虔做了前军主将，立即筹划奇袭河东——冬日用兵，打山东六国一个措手不及。

对形势估计不足。

谁知就在这个节骨眼上，六国竟然合纵成功了。

嬴驷好容易耐住焦躁的心情，将合纵盟约并几份要件翻阅了一遍，翻完了，心中却更是烦乱，铁青着脸在书房愣怔，一时茫然无措。对于漂泊山野严酷磨炼近二十年的嬴驷来说，这种慌乱茫然只有过一次，那就是在郿县白里的那个夜晚，要不是公父恰好赶来接他回咸阳，嬴驷肯定是永远地崩溃了。可是，这次不是那次，公父不会死而复生，又有谁能给他一条明路？嬴驷啊嬴驷，六国合纵可是比当年的六国分秦要严峻十倍不止，你当何以处之？当年的中原六国盟主是志大才疏的魏惠王，公父以柔克刚韬晦缩防便渡过了险关，可今日纵约长是励精图治的楚王，实际筹划推行者更是当世奇才苏秦，仅从建立六国联军看，他们的盟约便远非昔日的任

故事的格局宏大。每一部《大秦帝国》，都有一个大危机。第一部是六国分秦（史实为六国卑秦），秦以为耻，所以发奋图强。第二部是六国合纵，秦不敢轻举妄动。

① 野王，古邑名。“野”一作“壄”。春秋晋地，战国属韩。在今河南沁阳。

何盟约可比,你却如何应对?妥协退让么?若六国趁势压来,岂非亡国之危?硬抗么?六国军力远胜秦国数倍,分而击之可也,以一对六只能自取其辱……

“禀报君上,太傅、上大夫、国尉联袂求见。”内侍连说了两遍。

“噢——”嬴驷恍然醒悟:真是昏了,如何一个人发蒙?“快快快,请他们进来。”

嬴虔、司马错、樗里疾三人匆匆大步进来,都是神色严峻。连寻常总是悠然微笑的樗里疾也铁着黑脸,鼓着腮帮,显然是咬牙切齿的样子。

“公伯、上大夫、国尉,请入座。”嬴驷平静地笑着。

“此时不能示弱,照打不误!”嬴虔未曾落座便嚷了起来。虽然戴着面纱,但粗重的喘息与颤抖的白发却无法掩饰他的激愤,“直娘贼!秦国被欺负得还不够么?夺我河西多少年?杀我秦人多少万?丢几座城池就要掐死老秦么?鸟!给我一道金令箭,嬴虔立马到陇西,征召十万精骑,杀他个落花流水!灭了这些狗娘养的!”嬴虔本是一等一的猛将,一通发作如同狮子怒吼,震得殿中轰嗡不断。

合公子虔的性格,他总是按捺不住,所以常常身陷险境。性格决定成败。

说也奇怪,嬴虔的一通怒吼叫骂仿佛是宣泄了每个人共有的愤懑,嬴驷三人的心绪片刻间平静了许多。“公伯且请息怒,此事还当认真计较才是。”嬴驷声音很轻柔,充满了关切。

这个转折好,合情合理。

“君上,兵家相争,不得意气用事。”司马错神色肃然,一字一顿道,“臣以为,敌已有备,当立即停止奇袭河东之筹划。六国合纵既成,天下格局已是大变。如何应对,当一体计议,决然不能逞一时之快而误大计。”

嬴虔气得呼哧呼哧直喘,却只是不说话。他是个内明之人,素来欣赏铮铮硬汉,服有真见识的能才。司马错的耿耿直言他虽然大是不满，却也知道不能凭自己的一腔怒火行事，只有兀自气呼呼地大喘。

“上大夫以为如何？”司马错一番话已使嬴驷悚然憬悟，他想仔细听听各种说法。

“三百年以来，秦国便是中原异物。”樗里疾少有地满面寒霜，“山东六国相互征战惨杀，远胜于与秦国之冲突。然则，从无天下结盟共同对抗一国的怪事。而今六国合纵，表明中原战国自来便视秦国为蛮夷异类，必欲灭之而后快。秦国弱小，他们不放过。秦国强大，他们更不会放过。他们对秦国又蔑视，又憎恨，而今更是增加了恐惧。长远虑之，中原战国是秦国永远的死敌。无论秦国如何力图融入中原文明，中原都将视秦国为可怕鬼魅。”樗里疾喘息了片刻，转而平和道，“唯其如此，秦国已经面临立国三百年以来的最大危机，须对通盘大计一体权衡，与中原战国做长期周旋，万不能掉以轻心。一步踏错，秦国便有灭顶之灾。”殿中气氛骤然凝重，狂躁消失了，压力却更为沉重了。

嬴驷轻叩书案：“时也势也，计将安出？”

良久沉默，樗里疾终于笑了笑：“君上，臣荐举一人，可通盘斡旋。”

“噢？快说！”嬴驷急迫，嬴虔与司马错也猛然一齐盯住了樗里疾。

“张仪。君上还记得否？”

“张仪？在何处？”嬴驷说着霍然站起。

“君上莫急，张仪已经在咸阳了。”樗里疾悠悠然一语，嬴驷君臣三人却都吃了一惊。嬴虔先急了：“你这个黑肥子，如此大事，也真能闷住！”樗里疾嘿嘿笑道：“性急煮不得好胶，张仪对秦国疑虑未消，得有个缓头。”“疑虑？”嬴驷困惑道，“秦国与张仪毫无恩怨瓜葛，比不得苏秦。再说，我等君

总有一天樗里子这个“智囊”会搬起石头砸自己的脚。关于张仪入秦，《史记》的说法是苏秦用计使张仪入秦，以内外呼应。《战国策·秦策》的说法是寒泉子举荐了张仪，“秦惠王谓寒泉子曰：‘苏秦欺寡人，欲以一人之智，反覆东山之君，从以欺秦。赵固负其众，故先使苏秦以币帛约乎诸侯。诸侯不可一，犹连鸡之不能俱止于栖之明矣。寡人忿然，含怒日久，吾欲使武安子起往喻意焉。’寒泉子曰：‘不可。夫攻城堕邑，请使武安子。善我国家使诸侯，请使客卿张仪。’秦惠王曰：‘受命。’”寒泉子知人善任，知武安君白起善战但不善斡旋，诸侯外交，还须口舌能士。

臣对张仪追慕已非一日,诚心求贤,他有何疑虑?上大夫又如何得知?”樗里疾徐徐道:“君上不知,张仪本是老魏人,对秦国最是偏执蔑视。当年苏秦选了入秦,张仪则宁可入魏入齐再入楚,也没有想到过来秦国,此其一。”“鸟!”嬴虔忍不住笑骂了一句,“山东士子老毛病,不足为奇。”樗里疾道:“张仪大挫,为母亲守陵三年。其间苏秦复出,发动合纵,方促张仪重新思谋出路。臣出使齐国时,苏秦曾对臣提及张仪,举荐张仪入秦。”

有道理。

“如何?苏秦举荐过张仪?”这次是司马错惊讶了。

“不足为奇。”嬴驷微微一笑,“一个人天下无敌,也就快没有价值了。张仪如何?”

“张仪知道苏秦向秦国荐举了他,却没有立即动身入秦。然则,张仪又断然拒绝了不明势力的胁迫诱惑,拒绝前往别国。最后是白身入秦,住在咸阳静观。此间多有蹊跷。以臣之见,仍是张仪心存疑虑,要踏稳脚步,怕重蹈入楚覆辙。”

“直娘贼!”嬴虔粗重喘息着骂了一句,“老天磨才,也忒啰嗦。”

这个惠文君开口即粗话,爆粗是塑造粗犷君主的手法。

“既然如此,如何处置方为妥当?”嬴驷已经完全平静了下来。

“要解此扣,须得稳住了神才是。”

“上大夫有计?”嬴驷笑了。

“君上稍候,臣谋划便是。”樗里疾神秘地“嘿嘿”一笑。

暮色降临,咸阳尚商坊成了河汉璀璨的不夜城。

虽说是一国君主,嬴驷却从来没有到过这个特殊的商区。他只熟悉咸阳的国人区,熟悉那里的肃穆凝重,熟悉那里的井然有序,虽然尚商坊早已经是名声大噪,嬴驷却从来不屑于光顾。在他想来，无非就是十里长街一片店铺，还能有甚？商鞅变法后一反秦国传统，大重工商，在嬴驷心目中，这也只是商君增加国赋的一条渠道而已，如同管仲大办绿街，将卖色卖身也纳入国家商贾征税一样。他没有想到，即位后尚商坊的赋税收入逐年猛增，上年竟然占到了国库总赋税的四成，一举超过了魏国齐国的商市赋税。嬴驷当时还没有意识到这是一种什么样的变化，经过樗里疾的一番条分缕析，嬴驷才悚然醒悟：百工商贾，在秦国已经变成了与农耕比肩而立的民生根基，已经变成了富国强兵不可或缺的栋梁行业。在农战立国的老秦人眼中，这不啻是悄无声息的沧桑巨变。谁能想到，商鞅撒播的这片种子，竟能如此快速地成长为支撑秦国天空的茫茫林海？也就是从那一天起，嬴驷萌生了来尚商坊一睹风采的念头。想归想，却终是忙得没有成行。

小说中的嬴驷对个人的物质生活不太在意。这一切乃托商君之福。嬴驷与商君之间的关系，写得最是巧妙，两人之间看似有私仇，最后却以家国大事化之，商君五马分尸成为祭坛上类似于太牢之类的牺牲（即供奉品），小说家将其惨烈写成壮烈。心思巧妙，深谙中国传统统治术的精髓！

今日樗里疾神秘兮兮地将他领出宫来，一身布衣，一辆轺车，从一条僻背小巷曲曲折折地驶进了这汪洋恣肆的灯火大海。嬴驷实实在在地惊讶了——衣饰华贵的人流、豪华讲究的店面、辚辚穿梭的高车、鞍辔名贵的骏马、明眸皓齿的丽人、色色各异的望旗[①]、天南海北的口音、浓郁醇馥的酒香……直使人目不暇接。嬴驷第一次在如此广博的人间财富面前目眩神摇，第一次在农耕之外看到了另一番博大的工商天地。骤然之间，嬴驷忘记了布衣出行的所图，只顾痴痴地打量着眼前流动着的每一件新鲜物事。

“公子，前面就到。”轺车驶入了一条通明幽静的大街，驾车的樗里疾第一次开口。

---

① 望旗，也叫“望子”“幌子”。古时店铺悬挂的布招。特指酒店的招子，即酒帘。

“闹市之中,这条街如此幽静!”嬴驷看见几家门厅黄澄澄的大铜柱下都站着几个须发如霜的老人,只是比宫中的老内侍多了胡须,华灯大明的门前却是少有行人,大是不解。

“这条街全是老字号酒肆客寓,车马场都在店后。为了方便,客人都从车马场偏门出入。这大门,只有贵客光临用一下了。”樗里疾笑着低声解释。

“哪？从何处走?”

“今日布衣,偏门妥当。”

樗里疾祖籍本陇西戎狄,驯马驾车倒还真有一手。只见他将两马轺车轻盈地拐进店旁的一条说是小巷其实却也很宽阔的车道,从车马穿梭如流中,轻松自如地拐进了灯火通明的车马场。嬴驷抬眼望去,只见足足有三四亩地大的敞开席棚下,满当当全是各种华贵车辆,嬴驷的青铜轺车一点儿也不显得出众。一个精干利索的年轻仆人抢步上来,满脸笑意地将樗里疾的轺车引领到恰当车位,热情地说了声:“先生出来时派个小姐姐招呼一声,我便将车停在街口等候了。”便大步流星地忙着引领别的车辆去了。

嬴驷看得大为感慨:“看来山东多有能人也,商道之上,山东比秦人高明。”樗里疾笑道:“商道如兵道,全赖运筹调度。中原风采文华,生计谋划可是大有人才。”嬴驷却皱了皱眉头低声道:“只是如此奢靡,坏了老秦人本色也是不得了。”樗里疾呵呵笑了:“老秦有商君法制,奢靡掩不得本色,公子放心便是。”嬴驷道:“今日罢了,回头还得再来尚商坊多看看,此地学问大也。”樗里疾低声笑道:“公子但有此心,便是秦人之福。秦国之生计财货,原是不如中原。”

两人正在车马场门口说得投入,一个英挺俊秀的白衣公子匆匆走了过来:“哎呀呀,好兴致,看稀奇来了么?”嬴驷恍然抬头道:“是小妹啊,好洒脱。”樗里疾笑容顿消连忙道:“如何出来了？先生不在么?”白衣公子颇有急色道:“他说左右无事,到酒厅去了。”又压低声音道,“我先走,须得见机行事,千万莫鲁莽。”说完大袖飘飘地去了。嬴驷笑道:“华妹还真出息了。”樗里疾拉了一下嬴驷衣袖道:“走,跟着。”遥遥地看着那个潇洒的白衣身影,跟着进了店中。

张仪到咸阳已经三日了。

从安邑涑水河谷一出来, 他很少说话,直至进了函谷关进了咸阳,他仍然是沉默寡言。绯云随张仪多有游历，素知张仪豪爽洒脱的个性，如今见他一路沉思，大是担心，但看见稍有新鲜的物事便有意无意地大呼小叫，存心要教张仪高兴。张仪不耐，破天荒地申斥了绯云两次，绯云再也不乱叫了。遥遥看见咸阳东门箭楼时，张仪下车步行登上了北阪，站在最高处怔怔地凝望咸阳，直到落日沉沉地隐没在西山之后。绯云遥遥跟在后面，见张仪愣怔，上前低声道："张兄不喜欢这地方，就回家，涑水河谷做个田舍翁也好。""你说甚来？"张仪回身恍然笑道，"田舍翁车载斗量，可张仪天下只有一个。"说罢大步下山了。一路上，倒是那个白衣商人应华对张仪的沉默似乎丝毫不以为奇，张仪沉思他打瞌睡，张仪偶然有问，他立即笑语作答，说完又是无穷尽的瞌睡，只害得绯云又担心又憋闷。

作者故作神秘状。

可到了咸阳住过一个晚上，张仪又立即变成了海阔天空明明朗朗的张仪，问东问西，对甚事都要刨根究底。应华忙着去安顿生意，张仪便带着绯云在咸阳整整转悠了两日一夜，除了没进咸阳宫，跑遍了大街小巷。

绯云跑得脚软，噘着嘴儿嘟哝："在临淄郢都，转了一天就说够了，进了咸阳不要命了吔。"张仪非但没有生气，反是哈哈大笑道："绯云啊，你没觉得咸阳是个大世面么？""吔，大世面？"绯云顽皮地笑了，"谁说的？秦国荒蛮穷困，变也变不到哪儿去。"张仪拍了一下绯云的头笑道："小鬼头，等这儿揭我短。走，再到尚商坊看看去，跑不动我背你了。"说着便来拉绯云的手。绯云打掉张仪的手，红着脸笑道："吔，不凶人家就行了，谁背谁呀？"

在那片作坊聚集的尚商坊区，两人整整转悠了大半日，打问了每一件货品的用材、底本与价钱，连菜刀锅铲都没有放过，兵器农具看得问得就更细了。尚商坊小吏直以为他们是山东商人，非但不厌其烦地有问必答，而且亲自带他们看了兵器坊、农具坊与打车坊。午后回到渭风古寓，沐浴之后已是将近晚饭时刻，张仪显然很高兴，对绯云笑道："走，到酒厅去。这是老魏国洞香春的老店，有好酒。"绯云却眨着眼低声道："吔，我问了，这店贵得要命。手里没钱，如何还应华这个人情？人家是商人，图你个甚来？"张仪哈哈大笑道："走，只管饮酒便是，我的人情可是大得很。"

女扮男装者，必穿白衣，作者偏爱白衣女公子。

正在说话，白衣应华满面春风地匆匆来了："大哥啊，还没用饭吧。若是不累，我请酒了。"张仪对绯云笑道："如何？我正要去品尝一番秦酒，还是小弟可人，走。"应华见绯云有些犹豫，笑着一躬道："小妹，在下有请了。"绯云"噗"的一笑，也只有跟着走了。

进得酒厅，侍女领着三人到了一个极为雅致的屏风隔间。应华笑道："大哥点酒，我点菜。"张仪笑道："洞香春赵酒最有名声，今日我等却只饮秦酒，两坛。""好！"应华笑道，"逢泽鹿三鼎，炖肥羊半只，秦苦菜三份。秦菜配秦酒如何？"张仪慨然笑道："好啊！初次入秦，真没想到秦国酒肆有如此气派。就秦菜秦酒。"应华笑笑："秦国也就这尚商坊有些模样，其他街市也平常得紧。""吔，才不是。"绯云笑道，"张兄带我在咸阳转悠了两日一夜，好去处多了。连张兄都说咸阳是大世面，秦国的真正气象不在尚商坊，而在国人区。""是么？"应华明亮的眸子向张仪一闪，"倒是我这个商人见识短浅了。"张仪笑了笑道："久居咸阳，司空见惯，自然又是不同。"应华笑道："大哥说笑了，我虽常来咸阳，也就在尚商坊走动，对咸阳么，也许真还没有你熟。"

说话之间，几名侍女鱼贯飘了进来，每人捧着一盘，瞬间将酒菜在各人案头摆置整齐，又鱼贯飘出，只留下一名绿衣侍女侍酒。应华摆摆手道："小姐姐去吧，我等自己来。"绿衣侍女笑着答应一声轻盈地飘了出去。应华举起了大铜爵道："大哥初到咸阳，小弟权且做个地主，为大哥接风。来，大哥小妹，干此一爵。"张仪揶揄笑道："地主就地主，权且个甚？好，干了。"说着一饮而尽，置爵品咂一番惊讶道："噫！这秦酒当真给劲，绵长凛冽，好！不输赵酒！"应华笑了："大哥可知秦酒来历？"张仪摇摇头："惭愧，我对秦国可是生得紧。""那是没上心。"应华道，"这秦酒也叫凤酒。周人尚是诸侯时，凤鸣岐山，周人以为大吉，酿的酒就叫凤酒了。秦人继承周人地盘，大体沿袭周人习俗，也叫凤酒，只是山东商贾叫作秦酒罢了。说起来已经千余年了，以大哥看，可算得天下第一老酒？"张仪拍案："大是算得。来，再干！"

"且慢。"应华笑道，"这秦酒配苦菜，最是有名。大哥试试了。"张仪夹了一筷野菜入口，俄而惊讶道："噫！苦得够味儿。"说着汩汩一爵，回味片刻，恍然笑道，"这番搭配却是匪夷所思，酒中奇才也！"绯云也吃了一口苦菜，皱着眉头道："呲！又苦又辣，谁个受得？"张仪饶有兴致道："你等不善饮，不知酒中奥秘。这秦酒稍薄，而苦味儿正增其厚，单饮秦酒，不输赵酒，若配苦菜同饮，则胜过赵酒了。若非酒中奇才，断难发现如此绝配。"应华听得眸子闪亮，粲然笑道："大哥不输于这个奇才。听说，当年商君入秦，这渭风古寓的店东就用苦菜秦酒接风。商君大是赞赏，从此便将苦菜秦酒做了自己的家常美味。秦人感念商君，这苦菜秦酒之配，也就风靡了秦国城乡。久而久之，连山东商贾也以苦菜秦酒为荣耀了。只是啊，没有一个人说得出口味上的奥秘。"一席话毕，张仪却默然良久，慨然叹息道："大哉商君，清苦如斯！张仪敬你一爵了。"说着站起身来，将满满一爵秦酒缓缓地洒在了地上，又斟一爵，自己汩汩饮干。应华一双眸子亮晶晶地盯着张仪，也肃然站起，猛然大饮了一爵。

大约饮得半个时辰，那个侍女飘了进来对应华作礼道："公子，你的家老有事请你示下。"应华笑道："大哥，我片刻便来，准是虎骨有买主了。"说着出了隔间。张仪笑道："绯云，来，吃了这鼎逢泽鹿，大补。"绯云顽皮笑道："呲！一口便是一百老刀币。"张仪哈哈大笑："那就吃一肚子刀币。"

正在谈笑饮酒，应华笑吟吟走了回来道："原是两句话的事，妥了。"说着入座与张仪对饮起来。两爵方罢，却见那名绿衣侍女又飘了进来恭谨作礼柔声细语道："启禀公子先生，临间两位客官欲与你等共饮，差小女子通禀，允准可否？敢请示下。"应华惊讶连声道："有人要与我等共饮？哎呀，此等事体向来是名士做派，我这小商贾可是没经过，还得请大哥做主。"张仪拍案笑道："秦国也有了此等文华气象？大好！请与我等并席。"

绿衣女子一点头,笑着摁动大屏风上的一个圆木柄,厚重的实木屏风两扇小城门一样无声地滑开,赫然现出了两个布衣士人:相同的黑色大袍,相同的两张黑脸,除了高矮胖瘦略有不同,简直就是两根黑柱子。

秦尚黑,推水德,所以作者要把他们写“黑”。

张仪一瞄,便知这两人绝非山东士子,而可能是秦国本土名士,或戎狄胡人中的豪杰领袖之士。张仪虽然狂傲不羁,却素来敬重风尘英雄,起身拱手笑道:“在下安邑张仪,多蒙两位垂青,同席共饮海阔天空便了。”矮黑胖子还礼笑道:“嘿嘿,果是张仪,好气度! 我俩在邻间听得多时,敬佩先生见识,便要学中原名士,来个同席畅谈了。”张仪笑道:“四海皆兄弟,好说! 两位请入座。”这期间绿衣侍女已经唤来几名同伴,利落地将两位黑衣人的座案并了过来,又关闭屏风,顿时成了一个宽敞的五人大间。

家国大事,通常在娱乐场所谈成,这是本国特色吧。

应华笑道:“哎呀呀,都是英雄名士,左右我只是听,便由我来侍酒。你等都下去,我不叫莫得进来。”侍女们又鱼贯飘了出去。绯云笑道:“应哥哥只管坐了,这等事儿你不如我。”黑矮胖子笑道:“且慢,张兄饮的可是秦酒?”张仪点头道:“秦酒苦菜,天下难觅。”黑矮胖子像所有胡人那样耸着肩哈哈大笑:“不不不,张兄可愿品尝一番我等胡酒?”张仪慨然笑道:“好啊,一日两酒,都是罕见之物,在下何等口福也!”黑矮胖子耸耸肩道:“这位小哥,这是三坛胡酒,相烦小哥随饮随打了。”绯云笑道:“吔! 不消说得。”说着跪行碎步为每座打酒,利落轻柔不输于店中侍女。

一直微笑沉默的黑瘦子举爵道:“我等兄弟,敬佩中原有先生这等学问见识之士,先敬英雄一爵!”张仪笑道:“只言片语,谈何学问英雄? 天意相逢,共饮便了。”抱爵一拱汩汩饮尽。“痛快!”黑矮胖子耸耸肩颇为神秘地一笑,“张兄,我这胡酒,比秦酒如何啊?”张仪看了一眼爵中残酒道:“此酒白亮而略带黏稠，酸甜出头，苦辣涩诸味退后，爽则爽矣，失之太淡，远不如秦酒厚重凛冽，有一爵贯顶之力。以在下口味，还是秦酒为上。”置爵于案，似乎不想再饮这胡酒了。黑矮胖子摇头笑道：“不不不，我这胡酒乃青稞酒，中原人叫‘裸大麦’的酿成，酒成掺以马奶，后劲儿大了。我草原骑士痛饮，可是提神长劲，像一头大熊！”张仪大笑：“有此妙处，自当痛饮。来，再干！”

觥筹交错，饮得一阵，几人脸上都泛起了红光。张仪觉得通身燥热，额头细汗不止，竟脱去了长大布袍，只穿贴身短衣。黑矮胖子连呼痛快，也立即脱掉了布袍，现出一件皮短褂，赤裸着古铜色的双肩，倒确实一个胡人武士。只有那个黑瘦子沉静如常，只是微笑着慢饮慢品。张仪猜度他必是胡人邦国的王子或首领，心觉奇异，不觉笑问：“两位来到咸阳，莫非要做兵器买卖？”

“不不不，”黑矮胖子耸耸肩，“我们的家很远很远，在阴山草原。我们来，是要与秦国修好结盟的，谁不打谁。可到了咸阳，却听说中原六大战国合纵结盟，将秦国当作死敌。我们呀，松了一口气，就来猛吃猛喝了。”

“噢，二位是阴山匈奴国？我去那里买过马，秦国是你们的老冤家了。”应华笑得很开心，似乎特别高兴。

“不不不，”黑矮胖子连连摇手耸肩，“匈奴？那是中原骂我们的，我们是大熊之国，大熊知道么？雪白的！高大的！没有对手的！”

黑矮胖子认真的辩驳和匈奴人那特异的说话方式，引得应华与绯云咯咯咯笑个不停。黑矮胖子急得满脸涨红道：“笑？雪山一样的大熊是没有对手的。几百年了，赵国、燕国、秦国，一直像高山一样挡着我们，大熊不能南下中原。如今赵国燕国不行了，退缩了。只有秦国这只黑鹰，飞过了大河，飞过了阴山，飞进了我们的草原。如今，黑鹰的翅膀就要折了！啊哈哈哈哈，我们可以放开马跑了。来，朋友，为我大熊欢呼痛饮了！”举起案头大爵咕咚咚饮干，嘿嘿笑着亮了亮爵底。

张仪没有举爵，淡淡笑道：“如此说来，大熊要放马南下？”

“不不不，”黑瘦子摇手笑道，“熊弟素来口如大河，英雄见谅。我族只想先撂下与秦国修好，看看再说，说到底，中原时势是大变了。”

“啊哈哈哈，小单于兄太客套了。”

黑矮胖子耸耸肩站起来，肥鸭子一般摇晃到张仪案前道：“英雄是魏国人，魏国是地秦公与樗里子"匿名"私访,是要套张仪的话,探张仪的深浅。

上长虫,秦国是天上老鹰,老鹰折了翅膀,长虫就威风抬头!英雄一定比我黑熊还高兴,啊哈哈哈哈!"

"啪"的一声,张仪拍案而起:"两位既是匈奴太子将军,我也无须客套。张仪今日正告两位:秦国依旧是秦国,黑鹰永远不会折翅,大熊永远不可能南下!秦国乃华夏屏障,中原大国,痛击匈奴更是不会手软。三百年前,你等祖先八万骑兵入镐京,秦人五万骑兵杀得你等祖先丢下了几万具尸体,灰头土脸逃回了大漠草原,难道已经忘记了么?是的,我张仪确是魏人,然则,张仪首先是华夏子孙。你大熊胆敢南犯,也许我张仪就会成为秦国人,亲率兵马,剥下十万张熊皮!"

合的是现代读者的胃口。

骤然之间,举座肃然无声,两位黑子的眼睛都瞪直了。张仪的急变之才本是出类拔萃,兼一张利口一腔热血一副桀骜不驯洒脱不羁的心性,声色俱厉之下当真莫之能当。

黑矮胖子耸耸肩嘿嘿笑了:"不——中原人说:英雄斗智不斗气。先生若能说得出黑鹰永远不会折翅的理由,黑熊便服。不然,嘿嘿嘿,熊皮可不是好剥的。"

张仪哈哈大笑道:"看来大熊还不笨,知道斗智。天机不可预泄,只对你等说明大势便了。"见黑矮胖子光膀子喘着粗气入座,张仪端着大爵在厅中踱步,边走边饮边说:"秦国崛起,已是鲲鹏展翅。六国虽然合纵,却是蓬间之雀。你等鼠目寸光,但知六国相加,土地财货民众兵力比一国众多,而不知'散六不敌混一'之奥妙,窃窃欣喜,竟自以为有机可乘也。"

"不不不。"黑矮胖子连连耸肩,"明明是合纵同盟,还有联军,如何能叫'散六'?"

张仪现出高傲的微笑道:"大熊国名副其实,以为秦国就束手无策了?张仪明告:秦国只要镇静应对,不急于反击,以柔韧克之，合纵必乱！大凡团体结盟之初，必显同心。外部压力愈大，该盟约就愈巩固。若急于反击，犹如为渊驱鱼，为丛驱雀也，耗尽秦国之力，而敌方不能瓦解。反之，秦国若采取弹性极大之策略，表面退让，先守定自己，整肃民治，扩充大军，以静制动。如此，则六国戒备之心必日渐松弛，旧有仇恨重新发作，六国合纵必然瓦解矣！”

两个黑子听得大是兴奋，黑矮胖子连连耸肩笑道：“不不不，英雄还当有一拳一脚的对策。光柔韧两个字，合纵还是像阴山一样坚实。”

张仪揶揄笑道：“一拳一脚？那是你等能听的么？那是只能对秦王说的。”

黑矮胖子仍是连连耸肩：“不——六国合纵有个大英雄，苏秦！张兄说的这些，他想不到么？没有苏秦敌手，合纵还是阴山一样，高耸入云的。”

张仪一阵放声大笑：“天下之大，岂能没有苏秦敌手？六国病入膏肓，苏秦纵然奇才，也只能救六国于一时，不能救六国于永远！此乃时也势也，尔等大熊国岂能尽知？”

《史记》里的张仪，倒是自叹不如苏秦。同门相斗，通常是越斗越狠。关于张仪和苏秦，想象的空间大，《史记》所载，张仪苏秦的具体主张，偏离不多，但具体细节，多有误，不可靠。

“先生如何对秦国有此等信心？”黑瘦子目光炯炯地看着张仪。

张仪从容笑道：“张仪走遍天下，唯独没来过秦国。若在一个月前，也许我会赞同你等说法。然则入秦一路半月，又在咸阳三日踏勘，以张仪目光：秦国已成天下真正的法制大国，耕战精神已经成为国人根基；朝野整肃，国人奋发，财货充盈，民心思战。反观中原，六国个个旧根未除，奢靡颓废之风弥漫山东；官吏嫉贤妒能，民心散乱低迷；哪一国能再争得二十年时间彻底变法，而做第二个秦国？决然不可能。当此之时，秦国就是天下楷模。对秦国没有信心，对天下就没有指望！”

这番话肯定对秦公的胃口。秦公正忐忑，需要斗志信心。

黑瘦子站起深深一躬，肃然道："先生之言，振聋发聩，我等必改弦更张，另谋国策。"张仪却自嘲笑道："在下无能，入秦未说秦王，倒对你等大熊费了一番口舌。来，干了！"应华咯咯笑道："大哥英雄，秦王要是知道了，该封大哥丞相做才对也。"张仪哈哈大笑道："果真如此，苏秦有六国相印，张仪只拿一颗对他，便是稳赢不输！"

黑矮胖子肩膀又是一阵大耸："对对对！英雄志气像高高的阴山，我等敬英雄一爵！"张仪已有几分酒意，忍俊不禁，扶着黑矮胖子的肩膀笑道："别老是高高的阴山，当心有一日，秦国的长城修到阴山顶上，你等也是秦国臣民了。"黑矮胖子却高兴得哈哈大笑："英雄把长城修到阴山，大熊便服了。"

应华学着黑矮胖子口吻，耸耸肩笑道："不——应当这样。"

"噢——"黑矮胖子长长地惊呼一声，耸耸肩，"我没有这样么？那是身上不痒了，虱子教英雄吓跑了。"

"哄"的一声，几个人齐声大笑，应华笑得直打跌。绯云上气不接下气道："吔！原来是虱子痒的呀，我以为是脖子抽风吔！"这下连不苟言笑的黑瘦子也哈哈大笑起来："小哥说得是，胡人耸肩，原本就是虱子痒了。噫！先生怎么……"

张仪歪倒在酒案上呼呼大睡了。绯云笑道："吔，没事。张兄没有饮过胡酒与秦酒，更没有一起饮过这么多，大睡一觉便好。"黑矮胖子笑道："嘿嘿，英雄海量！要是我来两种酒呀，早撂倒了。"黑瘦子道："我等告辞，二位好生照料先生，我等明日午后便走了。"应华点头笑道："知道了，明日午后走好。"

初冬的正午，柔柔的日光照在了窗棂上。

张仪一觉醒来，觉得身上汗津津的，睁眼一看，身上一床大被，榻前一个木炭燃得红彤彤的燎炉，静悄悄的寝室明亮而又暖和。掀开被子站起，张仪打了一个长长的哈欠，顿时觉得神清气爽，正要喊绯云，寝室门"吱呀"开了。绯云托着一个大盘走了进来道："吔，果真起来了，头疼么？""不不不，"张仪笑着耸耸肩，"清爽极了。"绯云咯咯笑道："吔！胡人虱子也跑到你身上了？"张仪不禁大笑道："别看两个胡人长虱子，都是英雄豪杰。"绯云过来拉着张仪胳膊笑道："吔，甭管胡人了，快来沐浴。"张仪进了沐浴房，见硕大的木桶中已是热气腾腾，旁边木台上摆放着一摞整洁的衣服，便笑道："好了，你去，我自己来。"绯云笑着拉上厚厚的木门出去了。

片刻间张仪出来,散发大袖红光满面,显得分外精神。绯云笑道:“快来用饭了,秦地肥羊炖,鲜美得紧吔。”张仪走过来一看,一只大陶盆架在一只小巧精致的铜燎炉上,陶盆中炖着一只羊腿,雪白的汤汁翻翻滚滚弥漫出特有的羊膻香味儿,旁边还配有一大盘干黄松软的面饼。张仪啧啧感叹:“也是怪,老秦人硬是踏实简单,连这名吃都是一肉一饼。大洒脱!大洒脱!”绯云正跪坐在案头盛汤,笑道:“吔,快吃吧,别唠叨了。”张仪道:“秦人叫‘咥’!不叫吃。你看,大盘腿一坐,捞起一大块肉骨头大啃,这劲头儿啊,唯一个‘咥’字了得!”绯云咯咯笑道:“吔!就算叫‘咥’了,迷上秦国了,秦国没有不好的吔。”张仪笑笑,只顾大啃大嚼,咥得满头细汗,痛快至极。

一时风卷残云,一盘面饼一盆炖羊已被张仪悉数扫尽。看看绯云亮晶晶的目光痴痴地盯着自己,张仪拍拍肚皮笑了:“进了咸阳,连肚腹也变大了,忒煞作怪也。”绯云低声道:“吔,看看甚时候了?一天一夜没吃,能不饿么?三年苦熬,都瘦得光剩下大骨头架儿了……”张仪拍拍绯云肩头,关切疼爱地笑道:“小妹,只要有这副骨架,大哥就撑得一片天地,来,笑笑了。”“我信吔。”绯云点点头,仰起带泪的脸庞,粲然笑了。

突然,一阵整齐沉重的脚步声从庭院中传来。

绯云猛然跳起,一柄雪亮的短剑已经从皮靴中拔出。张仪却安然端坐,只是凝神倾听。随即庭院中传来苍老的长声:“秦公特使,太子荡、太傅公子虔到——”张仪一怔,秦国太子他虽然没有听说过,但公子虔的大名及其在秦国的地位他却是很清楚的。这两人之中任何一位作为特使,都是最高礼仪了,如今两位同来,在秦国简直就等于国君亲自出马了。心念闪动,张仪还是没有移步,只是向绯云摇了摇手,示意她

可见秦公重视张仪。最高规格迎张仪。

收剑。绯云也已经大体明白，便去收拾案头食具。正在此时，门外传来浑厚苍老的声音："秦国太傅嬴虔，拜见先生。"

张仪听得清楚，大步走了出来。

这座房子，是渭风古寓最为幽静宽敞的一个院落，庭院中两株老松一片竹林，中间夹着一片流动的大池，纵是冬日也是满眼苍翠碧绿。门前青砖小径直通池边车马场，行动方便极了。张仪走到正厅廊下，看见车马场排列着整齐的斧钺仪仗和几辆青铜轺车，青砖小径的顶头站着两个极不寻常的黑衣人：一人须发如霜头戴布笠面垂黑纱，站在风中纹丝不动；一人黑衫无冠，高鼻深目黄发披散高大威猛，活生生一个胡人猛将。张仪心中暗暗诧异：这两位人物并肩而来，当真是天下罕见。嬴虔面垂黑纱虽然颇显神秘，毕竟也是数十年老事天下皆知，也就不足为奇了。可这太子生得胡人模样，天下可是从无传闻，当真教人匪夷所思。惊奇归惊奇，张仪丝毫没有愣怔停顿，行进间遥遥拱手作礼："安邑张仪，见过两位特使。"

"黄发披散"，有点离奇。

嬴虔肃然一躬道："嬴虔见过先生。此乃太子荡，少年尚未加冠，与我同为特使。"

"嬴荡拜见先生。"威猛少年虽然相貌稚嫩，说话却是声如洪钟。

秦后继有人。

"谢过太子。"张仪还了一礼，微笑着不再说话。

嬴虔庄重拱手道："太子与嬴虔奉君命而来，恭请先生入宫。"

张仪拱手答道："本该即刻奉书，奈何一个友人此刻不在，可否容张仪等得片时，与友人辞别？"嬴虔道："但凭先生，我等在此恭候。"张仪道："如此多谢二位特使。"拱手一礼，飘然进去了。

绯云惊讶道："吔！也不请人家进来就座饮茶？"

张仪微微一笑："观此爷孙都是火暴如雷，我倒要试试。"

"吔，魏齐楚都是立即晋见，见了就说，到秦国变了？"

张仪意味深长地笑了："孜孜求见，滔滔便说，结局如何？天下事，未必全凭本心。"

绯云粲然一笑："吔，那我也慢慢收拾了，应华公子还不定甚时回来，省得人家耐不住发作，你又不去了。"说是说，说完却开始利落地收拾行装书简，片刻后又拿来一件绣有云纹的丝袍要给张仪穿上。张仪也没理会，只将丝袍撂在书案上，又径自踱步思忖。绯云又要给张仪梳发戴冠，张仪不耐道："你烦不烦？恁多张致？"绯云咯咯笑道："吔！名士气度不要了？你看人家苏秦，甚时不是鲜衣怒马的？"张仪不禁笑了："还知道鲜衣怒马？苏秦是苏秦，张仪是张仪，苏秦不是张仪，张仪不是苏秦，明白？张仪不拘常形，受不得拘谨，顺着宫廷礼仪爬，张仪准跌大跤。秦国若是容不得如此这般的张仪，也就无所谓了。"说到最后，轻轻地一声喟叹。绯云笑道："吔，原本你已经想好了的，我瞎忙个甚？好，我去煮茶，消闲等着应华公子了。"

冬日苦短，午后一个多时辰说话间过去了。眼看红日西沉暮色已至，西北风带着哨音开始刮了起来，应华还是没有来。张仪只顾品茶，悠然自得。绯云有些着急了，不知该不该点灯。想了想，还是轻手轻脚地走到门厅下向外瞭望了一番，又轻轻回来顽皮地一伸舌头："吔！两根木桩似的，人家可是没吃没喝，一老一小吔。"张仪笑道："我猜，应华也该来了。"

话音落点，门厅外一阵匆匆脚步脆亮话音："哎呀，如此多人！小妹如何不掌灯？天都黑了，大哥睡觉了么？"随着话音，白衣应华风一般飘了进来，绯云也恰恰将几盏纱灯点亮，屋中顿时一片通明。张仪笑道："小弟早出晚归，生意真忙了。"应华一边用雪白的汗巾沾着额头汗水一边笑道："大哥见笑了。商旅老话：由事不由人。大哥酒醒了么？走！再去痛饮一番，也许还能见到那两个大黑熊。"绯云向门外努努嘴："吔，能去么？"应华恍然笑道："噢，门外那么多人做甚？好像是官家人。"张仪笑道："秦公派特使召我，我等你辞行。""呀，太好了！"应华高兴地叫起来，"我还正为大哥设法，这秦公就自己找上门来了，天意天意！走，大哥，我送你。"张仪笑道："谁也不用送，我自去便了。"说着站了起来举步出厅，应华绯云也连忙跟了出来。

晚来风疾，屋中隐隐灯光照出嬴虔身影，黑袍白发渊渟岳峙般屹立风中纹丝不动。少年太子似乎不耐，在周围踱步消遣。张仪遥遥一躬："友人迟归，张仪多有怠慢，尚请特使恕罪。”嬴虔还礼道:“先生待友赤诚,原是高义,何有怠慢。敢请先生登车。”

此时,太子已经亲自驾着一辆轺车辚辚驶到面前:“先生请了。”

张仪未及推辞,被嬴虔恭敬地扶上了轺车。太子嬴荡轻轻一抖马缰,轺车辚辚隆隆地启动了。绯云在灯影里高声喊道:“张兄,我等你回来!”应华笑道:“大哥大喜,你倒惨兮兮地抹泪,真是女孩子家。”“我怕吔。”绯云揉着眼睛道,“在楚国,在临淄,也都是风光去的,谁能想到有那么大的灾祸?他这人命硬多难,但愿秦国没有凶险吔。”

应华笑着拍拍绯云肩头道:“放心,我看这回没事,你只收拾好行装,准备搬进大府邸便是。”

“吔,那公子呢?”绯云笑了。

“我?大哥一得志,我自云游商旅去了,还能如何?”

“吔,张兄会想你的。看得出,他可是喜欢你了。”

伏笔。且看姻缘怎么牵。

应华眼睛大亮,沉默良久,点头喟然一叹:“我信小妹的话,我也钦慕他。名士英雄,如张仪这般本色烈火者,天下能有几人也。”

“吔,公子大哥,我也会想你。若不是你,张兄如何能顺畅出得安邑河谷?”

应华清亮地笑了:“哟,好个忠义女仆!句句不离你的张兄。其实,谁看不出,大哥从来没有将你做仆人看待。”

“吔!我能与公子大哥比?整天大哥大哥的,我又做不了小弟。”

“你做小妹也。更亲更近,不是么?”

“公子大哥胡说……”绯云的脸庞顿时涨红了。

“好了好了。”应华拍拍绯云,“日后,我等也许还会在一起。”

“吔，你不做商旅了？”

“你这小妹好实在。”应华笑道，“有如此一个好大哥，我就不能向他讨个一官半职，弃商入仕，与你一样为大哥做事？”

“吔！才好。”绯云拍着手笑，“一家人，我有两个大哥了。”

“要说呀，还是我得光，一个大哥，一个小妹，齐全！”

寒凉的北风中，两人说得甚是相得，咯咯笑个不停。

二　第一国王与第一丞相

当特使车队驶进咸阳宫时，已经是初更时分了。

张仪虽然对咸阳城有了大体了解，但对咸阳宫却是一无所知。在他高傲的心目中，天下宫殿当首推洛阳的天子王宫。洛阳虽然破旧了，但那种承天命而鸟瞰天下的恢宏器局却是万世不朽的。其次是大梁王宫，华贵博大，层层叠叠六百亩，融山水风光于奇巧构思之中，那种实实在在的富丽舒适是天下绝无仅有的。老秦人朴实无华，起造咸阳城时还正在元气刚刚养成之时，能与临淄王宫媲美已经不错了，还能如何？但是，当轺车驶进咸阳宫正门时，他立即被一种强烈的气势震撼了。

刚从少有灯火的国人区驶出，面前这片汪洋灯海简直与尚商坊可一争高下。这片灯海弥漫出的不是尚商坊那种令人沉醉的酒色财气，而是一种令人凛然振作的新锐正气。那简洁得只有两道黑色石柱夹一座青石坊的宫门，那挤满车马的白玉广场，那耸立在夜空中的小屋顶宫殿，那弥漫出隐隐涛声的松柏林海，那灯火通明的东西两片官署，那斧钺生光甲胄整肃的仪仗，那偏门不断进出的急骤马蹄声，那脚步匆匆而又毫无喧哗的来往官员……这里与张仪熟悉的六国宫殿截然不同，然而又绝不仅仅是宫殿的感觉。张仪也曾经听人说起过秦宫高耸的小屋顶的奇特，但也只是一笑了之。今日亲临，张仪实实在在地感到了一种新鲜强烈的冲击。与其说是宫殿的冲击，毋宁说是精气神的冲击。走进这卓尔不群的宫殿区，立即能感到这里绝不是奢华享乐的靡靡之地，而是如同农夫耕耘工匠劳作一样的昼夜忙碌之地，一股新锐的气息在这里流动弥漫，连冬夜的寒风也无法使这里变得冷清。

一路看来，张仪不禁暗暗感慨："上苍有眼，这正是我心中的秦国气象也！"

"先生请看，国君亲自在阶下迎候。"嬴虔的声音从车下飘了上来。张仪恍然醒悟，却见轺车已经在正殿阶下停稳，几名高冠大袖的黑衣人正快步走来。及至张仪被嬴虔扶住下车，为首的黑衣人已到面前深深一躬："先生安好，嬴驷等候多时了。"

嬴驷？那不是当今秦公的名号么？张仪惊讶地睁大眼睛："你？不是胡人王子么？"

后边的黑矮胖子哈哈大笑："我等冒昧，尚请先生见谅。"

这一下，张仪更心中有底了。

张仪心思机敏，恍然大笑一躬道："我竟当真了，张仪多有不敬，秦公恕罪。"

嬴驷双手扶住张仪笑道："不入风尘，焉知英雄本色？先生使嬴驷大开眼界。原是我等君臣敬贤不周了。来，先生请。"说着亲自来扶张仪。

张仪拱手笑道："秦公若再多礼，张仪不自在了。秦公请。"

"敬贤本是君道之首则，也是嬴驷本心敬佩先生。老秦人不讲虚礼，先生尽管自在便是。来，你我同步了。"嬴驷自来稳健厚重不苟言笑，今日却是豁达爽朗，拉起张仪的手便上了红毡铺地的台阶。张仪也不再谦让，与秦公执手而上。到得灯火通明的大殿，嬴驷请张仪坐了上位，自己与几位大臣拱着张仪坐成了个小方框。张仪见秦公连国君面南的礼制座次都变成了师生宾主的座次，知道嬴驷为的是让自己洒脱说话，不禁心下一热，觉得自己今日教秦国君臣等候了半日有些过分，拱手笑道："张仪狂放不羁，为等朋友辞行，竟让秦公并诸位大人空等半日，多有唐突。太傅年高，太子年少，均未进食，张仪委实不安。"

战国期间，各诸侯国为求贤，不拘一格。这一幕的出现，并不奇怪。

嬴虔大笑："这算甚来？打起仗来三天不咥都是有的，

他们一样，也没哐。”

“听完先生高论一起哐！如何？”樗里疾嘿嘿笑着。

嬴驷笑道：“我等先说，厨下便做，做好了就上，要甚讲究？”转身一摆手，一个老内侍匆匆去了。嬴驷回头道：“先生认识一番了：这位是上大夫樗里疾，祖籍西戎大驼。这位是国尉司马错，兵家之后。”两人一齐拱手道：“见过先生。”张仪笑道：“上大夫智计过人，张仪佩服。”樗里疾嘿嘿笑道：“雕虫小技，何足道哉。”张仪看着顶盔贯甲的司马错，却站了起来深深一躬道：“张仪生平第一次谈兵，便被将军断了一条腿，张仪敬佩将军。”司马错连忙站起还礼道：“原是先生疏忽而已，司马错何敢当先生敬佩？”张仪慨然笑道：“张仪原本狂傲，自司马错出，而知天外有天，岂能不敬佩将军？”

“好！”嬴虔拍案，“老夫就喜欢此等磊落汉子！莫怪……”突然打住了。

“手有十指，各有短长。先生大智大勇，见事透彻，昨夜可是大显威风也。”樗里疾知道嬴虔心事，嘿嘿笑着适时插上，为嬴虔遮过了尴尬。

嬴驷笑道：“先生昨夜所言，大开我等胸襟。今日请为秦国谋划，望先生不吝赐教。”

张仪成算在胸，微微笑道：“昨日略言大势，今日当谋对策。目下之秦国，直接压力自是合纵。然则长远看去，合纵之势乃是山东六国与秦国真正抗衡的开始。以秦国论，既要破除合纵挤压，更要立足长远抗衡，绝不能头疼医头脚疼医脚，跟在六国之后疲于奔命。从此开始，秦国之每一对策，都要立足主动，变后发为先发。”寥寥数语，嬴驷君臣眼睛大亮无不点头。

嬴虔不禁拍案赞叹：“先生刀劈斧剁，料理得清楚！愿闻应对之策。”

“秦国应对之策有四：其一曰连横，其二曰扩军，其三曰

上策。

吏治，其四曰称王。”

“愿闻其详。”嬴驷悚然动容，禁不住向张仪座案移动，生怕听不清楚。

“先说其一。六国为南北，是为合纵。秦与六国为东西，是为连横。连横之意，便是秦国东出函谷关，与中原六国展开邦交斡旋，分化合纵，而后各个击破。连横之要：在于秦将六国看成一个可变同盟，不断选择其中之薄弱环节渗透，瓦解其盟约链条，与一国或两三国结成哪怕暂时之盟友，孤立攻击最仇视秦国之死敌。以整体言之，秦乃新兴之国，山东六国乃旧式邦国。新旧之间，水火不容，势不两立，任何一国都是秦国之敌人。唯其有此根本之别，六国才能闻所未闻地迅速结成盟约。其间根本并不在于六国卑秦，而在新制旧制之抗争！正因如此，秦国不能对六国抱任何幻想，实施连横必须无所不用其极，以求最大限度之分化敌国。力行连横，合纵必破！此其一也。”

这是张仪的主要策略，各个击破，使合纵变成一场空。

座中君臣听得大是兴奋。黑矮胖子樗里疾搓着双手嘿嘿嘿直笑：“妙哉连横！先生与苏秦真乃棋逢对手，天下做棋盘，列国做棋子，旷古奇闻也！”

嬴驷摆摆手：“且听先生下文。”

张仪侃侃道：“其二，合纵既立，秦国必有大战恶战。说到根本，战场乃连横之后盾，非战场胜利不足以大破合纵，不足以使连横立威。闻得秦国只有不到十万新军，远不足以与六国联军做长期抗衡。当此之时，秦国扩军时机已到。连横之力，大约可保秦国一年之内无战事。这一年之内，秦国若能成新军二十万，打得一场大胜仗，连横威力自当大显。”

连横也需要实力，所以要扩军，“枪杆子”非常重要。

“大是！”嬴虔对军事的直感极为敏锐，拍案高声道，“老夫招募兵员，国尉只管练兵便是。”一向沉稳的司马错也慨然拱手道：“君上，先生之策深谙兵国之道。有太傅鼎力扶持,臣若一年不成军二十万,甘当军法!”

嬴驷冷静道:“听先生下文,完后一体部署便是。”

张仪道:“其三是吏治。国政清明,方能使民以国为家,愿效死力保家卫国。此乃千古常理,断无二致。目下秦国变法已经近三十年,秦公即位忙于外忧,未及整肃内政,朝野已有积弊之患。官员执法有所懈怠,庶民守法已不甚严谨,官场中已隐隐然有怠惰荒疏阿谀逢迎之风。奋发惕厉、法制严明之气象已经有所侵蚀。张仪在六国官场多次遭遇不测之祸,深知吏治积弊乃国家大危祸根。一国为治,绝无一劳永逸之先例,须得代有清明,勤修法政,方可累积强大国力,完成一统大业。六国合纵,秦国暂取守势,若能借此良机大力扫除积弊,刷新吏治,振奋民心,犹如秦孝公借守势退让而变法,使秦国实力更上层楼,则秦国大有可为也!”

吏治积弊是中国社会的痼疾,古今皆然。

一席话毕,座中尽皆肃然。准确地说,是由惊讶而沉默。

战国时代,吏治本是天下为政革新的主题之一。所谓变法,一大半国家实际上就是在整肃吏治。韩国的申不害变法,齐国的齐威王变法,楚国的吴起变法,都是在吏治上下功夫。就连魏文侯的李悝变法,除了部分废除耕地贵族化、推行土地平民私有、土地可自由买卖的“尽地力之教”外,也是将整肃吏治作为变法最主要的大事。其所以如此,一则是彻底变法太难,阻力太大,所需要的内外条件未必每个国家都能遇到;二则是整肃吏治是亘古不朽的为政大道,只要君主振作,辅助得力,推行起来阻力小、见效快,最容易直接争取民心。正因为这种“吏治变法”成为一种时尚,法家名士申不害还创立了“申术”,将“法”与“术”并列,使这种以督察臣下、防止奸佞的权术学说成为法家的一部分。到了后来,韩非将权术论更加系统,将法家学说变成了“法、术、势”的三位一体,使商鞅坚持力行的以法为本、唯法是从、法制至上的正宗法家发生了极大的变异。这是后话。在这种“术变”潮流中，商君在秦国的变法最彻底，开创了真正的变法时代，被战国之世称为“千古大变”。商鞅变法与同时代其他变法的根本不同，在于他将根本放在“立法立制”与“执法守法”两个立足点上，从权力体制到土地分配乃至庶民生活，都颁发了系统的法令。

作者现身说法，陈明吏治的重要，不乏真知灼见。

这种变法之下，秦国真正翻新成为一个全新型的国家，吏治在大变法中只是一个环节，只是大法推行的一种必然结果。所以，在秦国君臣心目中，只要坚持商君法统，国家便会自然清明，从来没有想过将吏治作为一个专门大项来对待。

今日，张仪鲜明地将吏治作为治内大策提了出来，座中君臣确实一时愕然。秦国的吏治有那么令人忧虑么？若像山东六国那样轰轰烈烈地当作变法来推行，秦国还能全力对付合纵么？另一层更深的疑虑是：整顿吏治会不会改变秦国法制？秦法威力昭彰，已经成为秦人立足天下的基石，秦国朝野对任何涉及商君法制的言行，都是极为敏感的。

事关政事，主持国政的上大夫樗里疾特别上心，嘿嘿笑道：“果如先生所言，整顿吏治当如何着手？”言外之意，你得先说清办法，从你的办法便可以看出是否可行。

张仪何等机敏，见举座愣怔，哈哈大笑道：“张仪志在维护商君法制，岂有他哉！办法么，十六个字：惩治法蛊，震慑荒疏，查究违法，清正流俗！”

“好！”樗里疾拍案赞叹，“先生十六字可谓治内大纲也。改日当登门求教。”

座中顿时轻松起来。嬴虔高声道：“先生第四策如何？”

嬴驷沉吟道：“此时称王，是否操之过急？”

“不迟不早，正当其时。”张仪轻轻叩着书案道，“秦国早当是名副其实的王国了。孝公未称王，有韬光养晦之意。犀首、苏秦主张称王，而秦公未称王者，是不想因一名号而招致东方敌意。时也势也，皆非本意也。今日时势大变，称王有三重必要：其一，六国合纵以秦为死敌，秦国已无示弱之必要；其二，秦国既立抗衡六国之雄心，称王正可彰显秦国决然不向旧制六国退让的心志与勇气；其三，大敌当前，称王可大大激励秦国朝野士气，使秦人之耕战精神得以弘扬。国君名号，原本便不是国君一己之事，诸位以为然否？"

称王则可名正言顺，同时可以显示国家的强大。

"大是！"除了嬴驷，其余人拍案同声，连少年太子也分外兴奋。嬴虔激昂骂道："直娘贼！山东列国欺压老秦多少年了？老是让让让，鸟！该出这口恶气了，称王！先生说到老秦人心坎里了！"

"臣亦赞同君上称王！"樗里疾与司马错异口同声，而这两人在犀首、苏秦提出称王时是一致反对的。

嬴驷很兴奋，拍案道："好，先咥饭痛饮，为先生庆功！边咥边说。"

"咥——"异口同声的呼喝中，一长串侍女层层叠叠摆上了大鼎大盆大爵，觥筹交错，高谈阔论，一通酒直饮到雄鸡长鸣。

回到渭风古寓，张仪已经醉了，跌倒榻上呼呼大睡。

午后时分，绯云突然发现这座幽静庭院的几个出口有了游动的黑色身影，顿时起了疑心。这个地方除了衣饰华贵的客商，连游学士子都很少有，如何有如此三三两两的布衣走动？看这些人的走路架势，显然都是习武之人，他们卡住这些出口门户用意何在？张仪没醒来，绯云心中着急，匆匆到另一座院子找应华商议，一问才知，应华已经辞房走了。绯云大急，这里房金贵得吓人，应华一走如何了得？看应华的做派也不像个等闲人物，如何突然不辞而别？绯云多年来跟着张仪历经磨难，也算长了许多见识，怔怔思忖一阵，觉得一定是张仪又得罪了秦国国君或哪个权臣，这个人物又要陷害张仪。对，除了权力这个只讲势力不讲道理的东西，又有甚样危险，能教应华这样的富贵公子逃之夭夭？看来，得赶快设法逃出咸阳。

可是，当绯云匆匆回到庭院时，却惊呆了。一队顶盔贯甲手执长矛的武士已经封住了庭院的正门口，三个小门也是警戒森严。进得院中，只见一队车马仪仗已经在庭院摆开成一片，一个白发苍苍的老内侍正站在昨日特使站的那个地方，一动不动。绯云又大起疑窦，害人抓人有如此恭敬的么？莫非张兄有好事了？心念一闪，绯云狠狠骂了自己一句："吔，村傻！有好事人家不嚷嚷报喜？有此等安宁？一定又是个忒阴毒的人物要消遣张兄！"绯云想到这里，倒是坦然了起来，既然逃不了，只有与他们周旋，怕甚来？绯云但随张仪出游，都是男装，咳嗽一声，大摇大摆地向屋前走来。

"敢问小哥，可是张仪童仆？"白发苍苍的老内侍恭谨地作礼询问。

"正是吔。前辈何事啊？"绯云拉长了声调。

"秦公有命，敢请张仪接君书。"

怪道如此排场，原来是国君害人。绯云冷笑道："我家主人酒醉未醒，国君敬贤，总不能教我家主人饭也不吃吧？"

"小哥说得是，我等在此恭候便是。"

绯云冷冷一笑，昂首挺胸走进了门厅。进得屋中，绯云快步来到张仪寝室，摇晃着沉睡的张仪压低声音急急道："张兄快起来！出大事了吔！"张仪懵懵懂懂坐起来打了个长长的哈欠："呀，好睡！哎，你说出事了？"绯云急急道："张兄，你有没得罪秦国权势？"张仪揉揉眼睛道："此等事谁能说得准？"绯云立即涨红了脸道："吔，外边又是一大队人马！应华也走了！快起来，走！"张仪看着绯云的急迫样儿，不禁哈哈大笑道："你呀，就不作兴我来一次好事？是秦公请我去议事，别担心，啊。"绯云见张仪坦然自若，笑道："吔，人家倒也恭敬，是我不放心，你回来又没说。那就快梳洗，教人家老是等不好吔。"张仪笑着站了起来："好好好，梳洗。"

绯云利落至极，片刻间便帮张仪收拾妥当。张仪走出门厅遥遥拱手道："昨夜酒醉，多劳特使等候，我这便随你进宫。"

"张仪接书——"老内侍苍老尖锐的声音，像在宫中宣呼一般响彻了庭院。

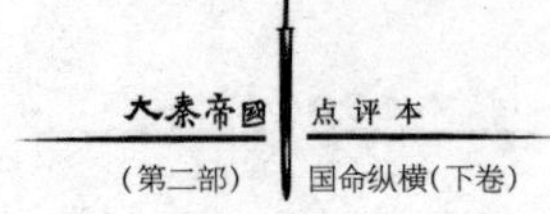

张仪愣怔片刻，国君对一个布衣之士下书，实在突兀。略一思忖，张仪躬身一礼道："布衣张仪，愿闻君命。"言外之意，我还不是秦国臣工，无须大礼接书，先听听再说。

老内侍展开一卷竹简高声宣读："张仪我卿，谋划深远，才兼军政，今特命张仪为秦国丞相，封爵大良造。君书到日，着即入主丞相府领政。秦公嬴驷冬月书。"

张仪真正地惊讶了。他如何能想到秦国君臣有如此宏阔的气魄，一旦认准人才，毫不吝惜高官重爵，一举将他推到人臣最高位？更重要的是，秦国从来也没有设置过丞相职位，就是商鞅，也是以大良造摄政的。如今对他张仪，竟能破天荒地设置了丞相，爵位竟是大良造！刹那之间，张仪感动了，深深一躬道："臣张仪接君书。"双手恭敬地接过了那卷毫无华贵装饰的竹简。

"车马仪仗已经齐备，恭请丞相登车入府。"老内侍恭敬地施了一礼。

张仪慨然笑道："特使啊，许我半个时辰准备了。"

"但凭丞相吩咐。"

突然，庭院入口处传来一阵嘿嘿笑声："丞相大人，黑胖子接你来了。"随着笑声，樗里疾摇晃着鸭步悠然摆了过来。

鸭步，这是笑樗里疾滑稽。

张仪笑道："上大夫，张仪还没醒来也。"

樗里疾嘿嘿笑着："君上可是一直还没睡觉也。你走了，君上与我等一直商议到天亮，又下君书，又选府邸，方才刚刚回宫。剩下的大雅之曲啊，就要你丞相来唱了。"

张仪听得感慨万端，喟然一叹道："秦公如此重托，张仪何以为报也！"

樗里疾笑道："老秦人做事实在，丞相无须多虑，更无须以官场权术费力周旋，但以谋国做事为上便了。事做不好，老秦人也翻脸不认人也。嘿嘿嘿，樗里疾爱说丑话，丞相勿怪。"

张仪哈哈大笑道："上大夫此话，张仪却听着对劲儿踏实。一国君臣但能以做事为上，天下何事不成？"又突然压低声音笑道，"樗里兄，日后私下场合你我互称兄长如何？丞相上大夫的，不上口。"樗里疾笑不可遏道："嘿嘿嘿，好好好，对我老黑子脾胃！走，张兄，老黑子帮你收拾，看看你的家底了。"

两人进入屋中，绯云高兴得抹着眼泪作礼道："吔，胡大哥也来了？快快请坐。"樗里疾耸耸肩笑道："不不不，从今日起不是胡大哥了。"绯云惊讶道："吔！你要在咸阳做商人了？"樗里疾又是连连耸肩："不不不，胡大哥要跟张大哥讨个官做。"绯云急道："吔！那可不行，人家秦国任人唯贤，胡大哥就会'不不不'，能做甚？"樗里疾乐得大笑不止。张仪道："绯云啊，胡大哥不是胡大哥，是秦国上大夫樗里疾大人。"绯云顿时脸红道："上大夫？哪？那一位小单于呢？"张仪笑道："那便是秦国国君了。"绯云当真是惊讶了，愣怔着笑道："吔！我也见到国君了么？这秦国就是不一样，连国君都跟平头百姓一样吔。"樗里疾嘿嘿笑着耸耸肩："不不不，你日后还会见到的，平常得紧，有甚稀奇？"

一番笑谈，绯云只让两人在厅中饮茶，一个人不消片刻便将所有行装物事收拾齐整。张仪道："樗里兄，我与一个朋友一起来咸阳，昨夜他却不辞而别，这却该如何处置？"樗里疾道："张兄啊，我已经到前堂问过，那位小哥倒是利落，已经将账目结清了。山不转水转，也许还能见到也，总不成在这里老等他？"张仪笑道："也只好如此了，我倒真是想再见到他也。"绯云笑道："吔，好办，我留心他便了。"

张仪被高车骏马接出渭风古寓的时候，整个尚商坊都被惊动了。

游学士子与富商大贾们争相拥上街头，都要亲眼一睹这位秦国第一丞相的风采气度。眼见张仪布衣散发站在六尺车盖下只是平静地微笑，毫无神奇，人们欢呼着感慨着叹息着，尚商坊万人空巷了。人们为天下又出了一个布衣英雄喝彩，为秦国在商鞅之后再次大胆重用山东名士叫好。感慨者说：此人命好，犀首、苏秦都在秦国碰壁，唯独此人入秦即起，竟做了这天下第一强国的第一位丞相，时也命也。叹息者说：可惜这个英雄名士坐上了燎炉，非得烤焦烤煳了不可！商君旷古奇才都栽在了秦国，这个张仪能有好结果么？

说也奇怪，一出尚商坊进入国人街区，却是平静如常，店铺照常经营，行人照常匆匆，似乎从身边辚辚驶过的车马仪仗与他们毫无瓜葛。车行顺利，片刻之间便到了宫城外一条幽静的大街。车马停稳，樗里疾晃着鸭步走过来道："请张兄下车，这便是丞相府了。”

进入街口，张仪便开始留意打量。这条街颇为奇特，很宽很短，苍松夹道，只有一座显赫孤立的府邸；隔街的高墙之内，是绿色小屋顶高耸的咸阳宫，隐隐可见斜对府门的宫墙还开有一道拱门。一座府邸能建在如此位置，竟然还有直通宫中的门径，定然是一座极不寻常的府邸，也绝非仓促间专门修建的。

“樗里兄，鸠占鹊巢，可是不能做。”张仪下车笑道。

“张兄不知，君上为这丞相府邸费神了，进宗庙祷告占卜，才定在这里。”

张仪不禁又惊讶了——国君赴宗庙祷告占卜那可是非同小可的大事，不是事关国家兴亡，是绝不会祷告祖先祈求上天的。如此说来，这座府邸的启动在秦国是极不寻常的事了？猛然，张仪心中剧烈地一跳：“樗里兄，这是何人府邸？”

“商君府。一直封存未启。”惯常诙谐的樗里疾一脸肃穆。

骤然之间，张仪感慨万端，对着府门深深一躬道：“商君之灵在上：张仪入主秦国丞相，定然效法商君，极心无二虑，尽公不顾私，若有欺心，甘受商君法治！”

樗里疾也是深深一躬，兀自嘟哝着：“商君啊商君，商於郡守樗里疾来了……”

暮色之中一阵清风掠过，仪仗幡旗“啪啪啪”大响，原本关闭着的厚重的铜钉大木门竟隆隆大开。全体护卫甲士无不惊讶肃然，拜倒高呼：“商君法圣，佑护大秦——”

樗里疾高兴道：“张兄，商君请你了！进府。”

张仪又是深深一躬：“多谢商君。”拉着樗里疾大步进入府中。

庭院中已经是灯火通明，先行派来的侍女仆人正在院中列队等候，见张仪到来作礼齐声：“恭迎丞相入府！丞相万岁！”樗里疾嘿嘿笑道：“这是我从官署仆役中挑选的，都是商君府原来的老人。若不中意，张兄可随时替换。”张仪笑道：“好说好说，粗疏布衣，何有忒多讲究。但按商君旧例便了，各司其职去吧。”“是。”侍女仆役们井然有序地散开了。

樗里疾带着张仪与绯云巡视了一周，熟悉了国事堂、出令室、大书房、官署厅等要害处所。最后来到跨院，樗里疾道：“张兄啊，唯独这寝室是原先的琴房棋室刷新改的，若不中意，日后便新建了。”绯云指着灯光下熠熠生辉的华贵家什与低垂的纱帐笑道：“吔！和大梁贵公子一般了，教人发晕。”张仪皱皱眉笑道：“另建自是不必了。这太得奢靡，绯云另行收拾一番。”樗里疾嘿嘿笑道：“这也是君上主张，说先生是魏国人，要教先生过自己习惯的日子。"张仪不禁大笑道:"君上好心。魏国人如何都能如此过日子?张仪倒要看看商君与公主的寝室,是否也这般华贵?"樗里疾笑道:"张兄要看,这便去看了。"

一个已经生出白发的老侍女,领着他们来到了与大书房相连的寝室。一路走来,张仪笑道:"樗里兄不觉怪异么?这里毫无尘封多年的迹象,倒像是天天都有人居住一般。"樗里疾笑道:"嘿嘿,我也觉得忒煞作怪。"掌灯领路的老侍女低声道:"丞相恕罪,这是我等老仆天天夜里进来打扫,多年没有断过。"樗里疾倒是惊讶了:"我如何不知道?你等却如何进来?"老侍女笑道:"驻守军士与管辖我等的吏员,都知道我等是商君府老仆,没有不给方便的,上大夫且勿怪罪他等才是。"张仪听得大为感慨:"民心悠悠,可比苍天。人死如商君者,死亦无憾也!"樗里疾久久默然,长长地叹息了一声。

老侍女忠心,也说明商君之后丞相之位空缺。

进得商君寝室,几个人都愣怔了。里外两进:宽大的外间只有六张长案而已,里间是真正的寝室,却也是青砖铺地、四面白墙、一张卧榻两床布被、一面铜镜、一座燎炉、一张长案而已。没有厚厚的红毡铺地,没有艳丽的轻纱帐幔,甚至寝室连带必有的坐榻、绣墩都没有,简单粗朴得令人惊讶。这是任何一个寻常布衣士子都可以拥有的寝室,然而,它却恰恰是爵封商君权倾朝野一妻富甲天下一妻贵为公主的商鞅的寝室。

强调商君之无私。由"理想国"推出商君的无私——商君所造秦国亦可称之为"理想国"。但据《史记》所载,商君的物质生活实际极尽奢华,并借赵良之口,道出商君不如五羖大夫百里奚之仁。然《史记》也不可尽信。尤其秦亡后,各类评说多有成见,秦之光辉也常遭践踏。

绯云鼻头发酸,抽抽搭搭地哭了。

张仪眼中闪烁着晶晶泪光,喟然长叹道:"苏秦啊苏秦,你我吃得数年之苦,比起商君终生清苦,却是两重天地了。极心无二虑,唯商君之谓也!"

这天夜里,张仪久久不能入睡,索性披衣而起在园中漫步。听得咸阳城楼上刁斗打响了五更,张仪驾车进宫了。

嬴驷也没有入睡。

张仪的长策谋划,拨开了久久笼罩在心头的阴霾,彷徨心绪一扫而去,看清了秦国的位置,明白了该做的事情,也强烈地意识到:秦国将在自己手里开始大大地转折,对山东六国即将展开长期的正面的抗衡。当初,公父秦孝公与商鞅肝胆相照,才创下了秦国无与伦比的根基。今日,秦国战车要碾碎山东六国的合纵大梦,就要与张仪同心携手。是的,秦国不能没有张仪。

长夜应对之后,一个大胆的决断便在嬴驷心中形成了。张仪走后,他留下嬴虔、樗里疾与司马错共议,征询他们对张仪的官职任命。嬴虔说了客卿,要先看一段再说实职。司马错说了上卿,以为客卿太虚。樗里疾则说了左庶长,说张仪大才,当按商君入秦同等对待。当嬴驷断然说出"丞相"两个字时,三位大臣都惊讶得良久沉默。

惠文君魄力,不亚于孝公。

嬴驷拍案慷慨道:"苏秦合纵于六国艰危,一身佩六国相印!张仪受命于秦国危难之际,我老秦人如何能惜官惜爵,竟不如山东六国?"一语落点,三人恍然大悟,异口同声地赞同拜张仪为秦国丞相。嬴驷在用人上极有器量,立即想到要将封闭多年的商君府赐予张仪,但又担心宗族大臣生出纷纷议论,天亮后便到宗庙祷告占卜,得出的竟是"龙战于野"的振兴卦象。嬴驷立即将卦象书告朝野,并同时下书将商君府赐予张仪做丞相府,由樗里疾立即操持开府事宜。上应天命,元老大臣们也无话可说,朝局竟是出奇地稳定。

嬴驷舒了一口气,午间小憩片刻,令内侍急召嬴华进宫。与嬴华密谈了整整一个时辰,已是暮色时分,嬴驷草草用过晚餐,恰恰樗里疾便来禀报日间进展。嬴驷静静听完,大是舒心,便与樗里疾继续商议给张仪配备辅佐官吏,又是整整一个时辰。樗里疾走后，嬴驷倒头大睡。直到五更刁斗，他才习惯性地警觉起身，梳洗一罢，来到庭院在寒风中练剑。

“禀报君上，丞相晋见。”

“噢？快请进来。”嬴驷说着连忙收剑整衣。张仪黎明进宫，嬴驷还真有些没有想到。对待张仪，嬴驷是做好了准备的，决然不会拿张仪做寻常朝臣对待，一心要充分接纳这个东方名士的洒脱不羁。一个人真有本事，不拘小节又有何妨？更何况老秦部族本来就是粗犷豪放的，除了行军打仗，谁也不习惯在细节上抠掐别人。昨日张仪醉倒在君臣小宴，众人非但没有责怪他，反而觉得这位名士本色可人，一迭连声地争着送张仪回去。依嬴驷想法，张仪今日就是大睡一天一夜，他也丝毫不以为怪。想不到张仪如此敬事，竟然五更进宫，嬴驷当真是怦然心动了，隐隐约约地，嬴驷觉得张仪已经与秦国融成了一体，真是天意。

“君上勤政奋发，臣敬佩在心。”张仪深深一躬，全无寻常挂在脸上的调侃笑意。

“一旦大任在肩，立见英雄本色。丞相弃独居之风，毅然树执政典范，才当真令嬴驷敬佩也。请入座。本想明日才能见到丞相。”爽朗的笑容罕见地溢满嬴驷黝黑的脸膛。

“君上，臣想立即筹划君上称王大事。王号一立，臣当立即以秦王特使东出。”

“对朝局，丞相有何想法？”国君称王，官员权力结构必然地要有所变化。嬴驷之意，是要听张仪的整体谋划。

张仪思忖道：“朝局官制，秦国与楚国一样，历来有不同于中原的旧制法统。其弱点在于职爵混淆、事权不明。孝公商君未能破之，不是不破，而是虑及世族难以接受。臣以为，目下秦国已成天下第一大国，不能以僻处西陲之习俗，自外于天下文明潮流，不能以当年军民一体之旧制为设官根基。当破除旧制法统，仿效中原官制。”

“大是！嬴驷也有此想法，丞相一并筹划之。”

“既如此，臣不日当上书详陈。”

“丞相啊，商君当年执政变法，有文武两大辅佐。我想将樗里疾派为丞相政事辅佐，你意如何？”

“上大夫辅佐？未免太得屈才了。”张仪有些意外，然仔细一想，自己要着力连横斡旋，内政的确不能尽全力；樗里疾本来就是上大夫主持内政，说是辅佐，实际上是给自己派一个分管内政的大臣，以免内政与邦交脱节；可是樗里疾乃秦国资深老臣，名义确实不顺当，思忖至此，张仪道：“臣以为，当以樗里疾为右丞相，与臣共执国政为好。”

稳住老臣子，才不至于四面树敌。

“有胸襟！”嬴驷赞叹一声，“不过事先言明：不是共执国政，而是右丞相辅佐丞相，以便丞相出使，政事不至于紊乱可也。”

张仪笑道：“如此安排，臣心中大是实在。”

一经说定，张仪告辞出宫。一路之上，越想越是佩服这位秦公的权力调度之能。樗里疾与自己携手共事，可谓相得益彰，既大大增强了丞相权力的一统，又使樗里疾原先的“上大夫主持国政”在设置丞相后有了一个最好的归宿，非但不显尴尬，而且还有所晋升。更重要的是，一举消弭了老秦权臣与山东名士之间无形的鸿沟。剩下的便是将司马错安置妥当，秦国便是文武协力的大好局面。张仪已经想好了司马错的位置，他相信秦公也一定是这样想的，只是要由自己这个丞相提出来而已。

高明的用人策略。

用过早膳，张仪走进了书房。

这个书房，正是当年商鞅处置政务的主要场所。说是书房，实际上由四个隔开的政令典籍室与一间宽大敞亮的批阅公文厅组成。与寝室相比，商君这书房可是罕见的大气派，既实用又讲究。在樗里疾督促下，又增加了秦国近年来所有的公文副本，足不出户便可了解秦国政令。书房老仆前来请示：“丞相若觉何处不当，我等重行摆置便了。”张仪爽朗笑道：“甚好甚好！若需更改，我自会随时吩咐。”说完，便走进典籍室开始浏览起来。

张仪天赋极强，读书奇快，又几乎是过目不忘，浏览这公文典籍更是一目十行。老仆人在门外只听得竹简一卷一卷哗哗响，以为张仪在搬动竹简，几次三番匆匆进来道：“丞相，但有搬简粗活，小老儿来做便了。”张仪头也不抬地接连打开三卷竹简：“我在读简，没有搬，你去吧。”老仆人怔怔地看了一会儿，终于忍不住惊叹：“丞相如此读书，当真是旷古未闻！还是小老儿来给你展卷，我熟悉，丞相只说要哪卷便是。”张仪笑道：“也好，顺着次序拿，一次展开十卷，我走过你便收起上架。”老仆人惊讶咋舌，便从书架上一次抱下十卷，在厅中头尾相接全部展开。张仪从边上慢步走过，便是一轮读完。不到一个时辰，老仆人搬上搬下展开合起，累得满头大汗，气喘吁吁。张仪关切笑道：“老伯啊，歇息片刻吧，日后找个年轻帮手了。”老仆人擦着汗连连感慨：“小老儿一辈子照料书房，当真是头一遭儿，搬书的竟没有读书的快！”张仪不禁哈哈大笑道：“都是公文，好看好懂，不用揣摩的。”老人连连摇头：“那也得一个字一个字过不是？丞相天神！若能记得住，就更神了。”张仪又是一番大笑。

“何等美事，张兄如此开怀？”随着声音，樗里疾从书房外摆了进来。

“樗里兄啊，来得正好。”张仪走出典籍室来到书房正厅，“我正在浏览典籍，樗里兄请坐。”待樗里疾坐定，张仪便将与国君商定的事说了一遍，末了道：“就实而论，我这丞相与商君不同。商君治内为主，大良造便是总摄国政。今日却是外事为主，张仪担连横之任，大体无暇内政。你我合力，便是内外不误。只是樗里兄屈居张仪名下，却要担待一二了。”

“张兄见外。樗里疾吉星高照，做了右丞相还敢不满么？”樗里疾嘿嘿嘿笑着，“君上原本与黑肥子说好的，依当年景监、车英例：我左迁一级，做丞相府丞辅佐张兄。偏是张兄抬举，君上临时一昏，竟教黑肥子捡了个肥羊腿，你说我还能抱怨谁去？”

“樗里兄当真可人也！”张仪不禁大笑，“秦国内事，张仪拜托了。”

樗里疾肃然拱手道：“丞相勿忧，樗里疾定按丞相方略行事，一力承担！”

两人又商讨了秦公称王的诸般细节与秦国新官制的构想，便到了正午时分。一顿粗简便饭过后，樗里疾匆匆走了。张仪依旧走进了书房，他给自己的期限是：三日之内，通读所有的典籍政令；秦公称王之日，熟悉秦国所有的政事官署。这天晚上，他整整在书房待到五更，前半夜阅读，后半夜草拟了《王国新官制书》，直到天色放亮才回到寝室。

经过近一个月的紧张筹划，秦国终于在这年初冬举行了称王大典。

大典简朴而又隆重。嬴驷在咸阳北阪举行了祭天大礼，向上天禀报了“称王靖乱，解民倒悬”的宏愿，又隆重拜祭了太庙，祈求列祖列宗佑护秦国。正午时分，嬴驷在咸阳宫正殿即位称王，史称秦惠文王。称王大朝会的第一件事，是由张仪宣布推行新官制。这种新官制不涉及爵位，而只框定了政务大格局：

丞相	开府总摄军国政务，设行人、属邦等专门官署
右丞相	辅佐丞相处置政务，主内政民治
上将军	秦国军旅最高统帅，战时开府
国尉	掌军事行政，于丞相府设置官署
长史	掌王室机要并日常事务
大田	掌秦国农耕土地，设太仓、大内、少内等粮食物资属官
司空	掌秦国工程、商市并作坊制造，设工师、关市、工曹等属官
司寇	掌国中治安、行刑、牢狱并各种形式的罪犯
廷尉	掌国中司法审讯
国正监	掌官员监察(后来的御史台)
太史	掌文事并编撰国史等，设太庙、太祝、卜、史等属官
内史	掌都城军政，设中尉(都城卫戍)等属官

新官制事权明确，归属顺当，比较于老秦国的重叠掣肘确是面目一新。但更令朝臣们兴奋的是，秦以大国规模设官，官署机构与吏员数目都有相应扩大，几乎是人人升官。张仪宣读完毕，大殿中一片"秦王万岁"的欢呼声。新国王嬴驷亲自宣读了任张仪为丞相、樗里疾为右丞相、司马错为

名正言顺，将相、将帅之才皆收纳其中。互相制衡，没有一个人可以得专宠，分歧又可以降到最低限度，这是用人的最高境界。只是这种格局必须遇上明君，否则，"联盟"一挑拨即散。

上将军的王书,大殿中又是一阵欢呼。

当天夜里,咸阳城彻夜欢腾,连尚商坊这个六国商贾区域也是彻夜聚酒,一片慷慨。老秦人有了王国子民的骄傲,顿时扬眉吐气。六国商贾与游学士子们,则是慷慨中大有迷惘:十多年以来,列国称王者多了,可没有一次像秦国称王这样的冲击。秦为王国,将给天下带来如何变化?人们说不清道不明,却实实在在地相信,这是战国以来最值得记住的日子之一。

三　匕首金窟黑冰台

天色已晚,张仪用完饭正要再进书房,门吏来禀报:有一个叫作应华的商人求见。

"吔!我去接。"绯云一阵风跑了出去。

白衣应华翩翩进得庭院时,张仪已经站在廊下含笑拱手:"小弟别来无恙啊?"

"士别三日,真当刮目相看。今日大哥,可是威风了得也。"应华笑吟吟走到张仪面前,"不想我么?"张仪大笑:"想你又能如何?神龙见首不见尾。"应华一笑道:"你当了恁大官,小弟在那里碍眼,是以不辞而别,大哥不怪小弟么?"张仪揶揄道:"碍眼?只怕是又到哪座山猎虎去了。"应华咯咯笑道:"虎为兽王,猎一只便行,哪能天天猎得?"绯云笑道:"吔,公子大哥好容易来了,站在风地里说甚,快进去暖和着。"说着拉着应华胳膊进了正厅。

张仪对书房文吏吩咐了几件事情,便来到正厅。绯云已经将燎炉木炭火烧得通红,茶也煮好了,厅中暖烘烘的一片春意。应华笑道:"大哥有绯云姑娘侍奉,真个好运。"绯云粲然一笑:"吔,公子大哥才是好运。"却又打住了不说。张仪入座笑道:"小弟生意如何?要否我这个大哥帮衬?""真是。"应华板着脸道,"就会谈生意,比我还商人似的。"张仪大笑道:"我倒是想说别的,你可应么?"

应华明亮的眼睛盯住张仪,点头道:"说,迟早的事。"

张仪一拱手道:"能否见告,阁下究竟何人?"

"大哥怀疑我不是宋国商人?"应华依旧笑吟吟的。

张仪笑着呷了一口热茶:"宋国有应氏,却没有你这个公子。依我看,你是那个

‘嬴’，而不是这个‘应’，如何？”

“大哥何时有此想法？”

“就在你报出‘应华’名号时。”

“为何不说？”

“为何要说？”

两人对视片刻，同声大笑。绯云却惊讶得不敢作声了。虽然张仪也对她说过应华不一定是商人，但在她想来，“应华”最大可能是个官场公子而已。如今“应华”变成了“嬴华”，竟是个真正的王室公子，她如何能再像从前那样做“大哥”对待？

嬴华却对门外老仆人道：“你下去，没有传唤，不要教人到这里。”回身爽朗点头道，“大哥没错，我是嬴华。”又看着绯云笑了笑，“我也不是公子，我是一个女子。”说着摘掉束发锦带，一头瀑布般的长发便黑亮亮地垂在肩头，又脱去外边白袍，一件红色长裙便衬出了一个亭亭玉立婀娜多姿的美丽女子，粲然一笑，顾盼生辉。

用词贫乏。

“吔——好美！”绯云惊讶地赞叹着。

张仪也惊讶了。他虽然想到了嬴华是个王室公子，却无论如何没有想到他会是一个公主。一个年轻女子竟有如此才干，当真令人难以想象。嬴华红着脸笑道：“没有人知道我是女儿身，也请大哥小妹勿得外泄。”说着一个原地大转身，回过头来，又神奇地变成了一个白色长衫的英俊士子。她对着张仪绯云笑道：“大哥小妹，谁也不许将我做外人对待，小妹还得叫我大哥哥。”绯云顽皮地伸着舌头：“吔，好个美人哥哥呢。”张仪不禁笑道：“小弟日常间做何营生？”嬴华道：“一事一做，说不准。这次我是要向丞相讨个官做做了。”绯云先笑了：“吔，走遍天下，可有公主讨小官做的？”嬴华笑道：“秦国不同，任你王孙公子，不做事没有俸禄，国人也瞧不顺眼。”

张仪:“真的想做事?”

嬴华:“我还要上书丞相,采纳我的谋划,这叫无功不受禄,对么?”

“倒是不错,颇有名士气度。说来听听,有何谋划?”

嬴华咳嗽了一声,清清嗓子挺挺胸:“启禀丞相:以在下之见,要分化六国,便要在六国权臣中寻觅亲秦代言者。如此之人,唯有黄金收买、利刃胁迫两法。不受金帛,匕首随之,非如此不足以收分化奇效。闻得丞相有言:分化六国,须得无所不用其极。在下斗胆前来,呈上一策:建立黑冰台,专事秘密作为。在下自荐做黑冰台总事,丞相以为如何?”嬴华语气神态虽然不乏调侃,但也将事情说得清清楚楚,全然不是谈笑之语。

非常时期,非常手段。以现在的说法,黑冰台亦可称为特务机构。特务可以凌驾于法之上,服从命令则好使,如不服从命令则随时“培养”反心。这是让最高统治者左右为难的地方。

张仪皱起了眉头:“黑冰台?事实上已经有了?”

“这名号,是在下来路上才想出的。要说事实,只有寥寥百余人,还大都散在山东六国。也是当初君上刚刚即位时,觉得六国内情刺探不力,将秦国原在六国的秘密斥候从国尉府剥离,归总交我掌管。大哥,不对,丞相。丞相的事,也是借了这个方便,我也是借此做了一回商人。”

“你这黑冰台,可曾在咸阳动过手脚?”

“那可不敢。”嬴华笑道,“秦国唯法是从,纵有权臣不轨,都是依法惩治,如何用得此等手段?丞相怕黑冰台乱政么?”

张仪脸色缓和了一些道:“一个国家走上正道,是千难万难的一件事,些微缝隙,都有可能毁坏根基。所谓千里之堤,溃于蚁穴,便是这个道理。以文乱法,以武犯禁,正是法家治国最反对的两宗大害。商君焚书禁侠,正是为了杜绝这两大祸端。小弟若到六国官场走上一遭,便会看到上层倾轧的黑幕:不讲法制,唯讲势力,结党营私,豢养死士,为自己清除政敌。专诸刺王僚、聂政刺韩傀、要离刺庆忌，天下赫赫有名的刺客，最后都成了搅乱国政的利器。这次，因苏秦合纵而被封君的四大公子信陵君、孟尝君、平原君、春申君，都算得天下英雄了，却也都是各自养士成百数千。所为何来？还不是显示私家强力？六国朝局无定形，一半原因在崇尚阴谋、刺客与暴力。秦国所以清明，正在于法制担纲，官场多公心而少私祸。黑冰台一出，我只恐它会变成一头难以驾驭的怪兽，到头来伤了秦国根基也。”

只怕养虎为患。

嬴华听得良久沉默，半晌道：“丞相大哥说得大是，原是我思虑浅薄。只不过，黑冰台只对外不对内，不用太可惜。”

张仪被嬴华一个“丞相大哥”叫得不禁一笑，气氛缓和了许多。

“丞相大哥，在下小弟有一法，可防此患。”

张仪终于禁不住笑道：“丞相大哥？在下小弟？亏你想得出。说，甚方法？”

“且先不说，保管丞相大哥满意便是。”

“好，事关重大，且容我与右相、上将军、太傅商议，再禀报秦王允准。”

嬴华惊讶道：“哟！这可是丞相的分内权力，如此无担待，黑冰台还是秘密么？”

张仪锐利的目光骤然盯住嬴华，却又释然笑道：“你公子哥懂甚？此等团体一旦成立，威力必是奇大。若不事先通报国中大臣并经我王允准，就会成为你我手中的私家利器，害人害己害国家，后患无穷。张仪纵有担待，岂能拿国命做儿戏？”嬴华终于明白了其中干系，却又故作生气道：“芝麻大个事，丞相大哥一说也成了胡瓜。好，听你的，谁教我要讨官做。”

嬴华走后，张仪思忖一番，立即将黑冰台一事起草了一份专门密件，连夜上书秦王。惠文王接到密件，次日便召丞相张仪、太傅嬴虔、上将军司马错、右丞相樗里疾进宫商议。君臣议决：秦国成立黑冰台，隶属丞相府行人寺[①]管辖，直接听命于丞相张仪；其所需经费与属员俸禄单列，由右丞相樗里疾掌管发放；其属员遴选由太傅嬴虔与上将军司马错确认，并发放“铁鹰牌”方为有效；其属员之爵位封赏，则须经秦王下书；黑冰台所有事宜，只限君臣五人知晓。

如此一来，黑冰台自然成了只对外事邦交，而不会对朝局国政造成无端威胁的秘密利器。

张仪回到府中，正要差人去召嬴华，她就恰到好处地翩翩来了。嬴华进门就问：“丞相大哥，如何？”张仪笑道：“你有耳报神么？如何总是来在节骨眼上？”嬴华道：“我呀，心思一动，就知道哪里有事。”张仪揶揄道：“噢，巫师一个。”嬴华咯咯笑着：“就做巫师，缠着你不放。”张仪没听见一般正色道：“公子大策已经我王决断，立即着手。自今日起，公子便是丞相府属官，职任行人，专司外事。”

“是！属下参见丞相。”嬴华精神抖擞地深深一躬。

张仪又将朝会商定的有关黑冰台的诸般职掌说了一遍，末了道：“黑冰台的所有事宜：总署地点、剑士数额、所需金钱等，要尽快开列施行，若能在冬日之内完成，便能在来春出使六国时派上用场。”

嬴华道：“属下请丞相即刻视察黑冰台旧署，丞相或可另有决断。”

“另有决断？”张仪笑道，“如此说来，公子早有准备？”

“敢请丞相大哥只带绯云一人，莫带护卫才是。”

张仪点点头，绯云便飞步入内取了那口越王剑出来，跟在两人身后出了门。门外已经有三匹骏马在空鞍等候，张仪便知嬴华是着意请自己来的，也不说话，翻身上马跟着嬴华出了咸阳北门。片刻之间，三骑快马飞上了北阪，穿过松林进入了一道峡谷。北阪虽是林木葱茏，大势却并不险峻，也没有石山，偏这道峡谷却大是奇特，两边大石嵯峨，谷底流水潺潺，山腰山头被苍松翠柏封得严严实实，连寻常峡谷的一线天也没有。进入谷中，就像进入了一个漆黑的山洞，除了流水松涛之声，一切都被淹没了。

到了一个避风处，嬴华回身道：“大哥，马拴在这里。”说着跳下马来，也没看见如何

---

① 行人寺，战国时秦国职掌外事的官署，长官称“行人”，隶属丞相府。

动作，手中便骤然亮起了一支火把。光明之下，但见一个小小的山洞，又干燥又避风，靠壁处还有一个长长的青石马槽。“咆！山洞马厩。”绯云低声惊叹着下马，又将张仪的马牵了过来一并拴好，笑问，“公子大哥，可有草料？”嬴华走过来道：“看看，记住了。”说着右手抓住马槽顶端的一个不起眼的石疙瘩一旋，咔嗒一声，正对马槽的山洞顶部竟裂开了一道大约四指宽的缝隙，碎干草混合着碎豆瓣儿便哗哗地流淌下来。看看马槽将满，嬴华一旋石疙瘩，洞顶缝隙又咔嗒关闭。“这边有水瓮。”嬴华说着又向洞底石墙上一拍，一道石板门“吱”的一声开了，一个硕大的陶瓮赫然便在眼前。绯云眼尖，一眼看见瓮上漂着一只小木桶，便抢上去打了一桶水均匀地泼在马槽里，又回身将木桶丢进大水缸，再一拍石墙那个掌印，石门“咣”地合拢。“咆，这样啊，记住了。”绯云好奇而又兴奋地笑叫着。

嬴华又递给绯云一支火把：“我领路，你断后，大哥中间，走。”说着出了山洞。

出得山洞马厩，嬴华领着张仪绯云趟进了一道哗哗溪流。说也奇怪，虽是冬天，这山溪水流却是暖暖的丝毫不见冰凉。顺着山溪向前，溪流中光滑嵯峨的巨石几若一道天然的山梯一般，攀缘而上，越走越高，水声也如沉雷般轰鸣起来。绯云的火把早已经被飞溅的水珠打灭，嬴华的火把却始终在高处闪动。借着光亮，张仪看见山溪已经变成了一道瀑布，他们竟攀缘在水帘之中；又攀了两级“山梯”，居然进到了水帘之内，呼啸的山风顿时消失，面前一片温暖干燥的乱石山体。

嬴华叮嘱道：“跟我来，小心，脚不要插进石缝。”说着举着火把从两块巨大山石的缝隙中侧身走了进去。张仪虽然瘦削，身材却是高大，长长吸了一口气，才扁着身子挤了过去，里边竟然是个天然石洞，却是空荡荡的。嬴华将火把向右一摆：“这里了。”脚下猛然一跺，右首山石轧轧开裂，一道石门赫然出现在眼前。

“进来。”嬴华举着火把先走了进去。张仪跟进，眼前一间两三丈见方的山洞，也是空荡荡的。嬴华用火把点亮了两边壁洞里的四盏纱灯，洞中顿时大亮。张仪看到了右首墙上的一道小小铁门，笑道：“机密在这里？”嬴华嫣然一笑，上前抓住铁门把手左右各拧了三转，一阵隆隆声，铁门缓缓洞开。“丞相大哥，跟我来。”嬴华率先进洞，又点亮了两盏大纱灯。灯光之下，一个摆设如书房一般的山洞赫然呈现在眼前——几个书架、几个铜柜、一张石案、一个插着各式长短剑的兵器架。

“噢——这是中军幕府了。”张仪颇带揶揄地笑了。

“难道不是么?”嬴华笑着打开了一只铜柜,捧出一只小小铜箱,一摁机关,箱盖“当”地弹开。嬴华拿起一个形状怪异的青铜物件道:“这是君上特赐的兵符,不是大将虎符,而是秦国公室调动禁军的‘凤符’。持此兵符,可到宫廷护卫中任意挑选铁鹰剑士。”又拿起一支大约四五寸长的金制令箭,“这是秘密金令箭,可到公室府库直接支取钱财,多少不限量。”

张仪笑道:“权是大也。”

嬴华没有丝毫笑意:“这些,都是君上在特殊时日的特殊调遣。今日回归正道,交与丞相,黑冰台日后纳入外事调遣,不再由我一人秘密掌控。”

张仪正色道:“秦王已经朝会决策,黑冰台便是国家利器。本丞相命:公子以行人之职,兼掌黑冰台,凤符与金令箭由行人掌管,只是每次使用,须得本丞相准行方可。”

“是!属下明白。”嬴华将军一般赳赳挺身,拱手领命。

张仪笑道:“如此大费周折,就为了藏这几样物事么?”

“那岂非暴殄天物?”嬴华笑了,“丞相大哥跟我来。”出了“中军幕府”,打开了另一道石门,洞中却码满了两排大铁箱。嬴华笑道:“猜猜,这里面都是何物?”张仪道:“黄金珠宝罢了。”嬴华道:“秦国王室的祖传宝物,十有八九都在这里了。君上说,有用于国,方为宝物,留在宫中做摆设糟蹋了,都教我给搬出来了。”

张仪不禁慨然一叹,想起天下以收藏珠宝为乐事的魏惠王,想起六国贵族对财货珠宝的贪婪,想起楚国权臣争夺金玉财宝用尽机谋。“天下熙熙,皆为利来,天下攘攘,皆为利往”,财货珠宝为天下利市之精华,视之如粪土者能有几人,秦王若此,秦国安得不强?

“这是兵器库。”嬴华的声音惊醒了张仪,抬头一看,这个山洞里却环绕着一架又一架长剑短剑。“这些兵器都涂着一层厚厚的牛油,所以光芒收敛了。”嬴华笑道,“这些短剑都是一等一锋利的匕首,黑冰台勇士人各一把。长剑只给单独行动者配备。”嬴华说着从架上拿下一把短剑,用石桌上的细纱擦去牛油,短剑顿时青光闪烁森森逼人。嬴华将短剑插入配套的牛皮剑鞘,双手捧起道:“绯云小妹,如今你是丞相护卫了,本行人将这把短剑配给你。这是楚国风胡子匕首,削铁如泥。”绯云笑道:“吔,谢过行人大哥了。”张仪大笑道:“甚个叫法?全无法度了。”嬴华却高兴得咯咯直笑:“好!就这样好。丞相大哥,行人大哥,还有……家老小妹。”这“家老”本是中原人对大管家的称谓,用到绯云身上倒也颇有趣味。一语落点，三人一齐大笑。

嬴华又点起火把，领着二人穿出山洞，洞外却是莽莽苍苍的林木，隐隐可见草木丛中的小道直通山外。张仪笑道："你去安邑，也是从这里出发？"嬴华笑道："那是自然，黑冰台的秘密使者，都是在这里训练准备，而后从这里出发。"绯云惊讶道："行人大哥好心思，选了这么个鬼都找不到的地方吔。"嬴华咯咯笑道："君上原是要在咸阳给我一幢隐秘府邸，我没有要。这里多好，略微修葺一番，胜过金城汤池。"张仪道："你自己找的么？"嬴华点点头又摇摇头："是我小时候采药发现的。"张仪惊讶了："你采药？宫中太医……"嬴华叹息了一声，沉默地咬着嘴唇，眼睛却暗淡了。

有难言之隐。

张仪笑道："时间也长了，回去吧。"

下得山来进入北阪，灰蒙蒙的夜空开始飘下飞扬的雪花，冬天的第一场大雪就这样悄悄来临了。回到府中，张仪接到了一个惊人的消息：苏秦北上燕国，正与四公子分头组建六国盟军，准备来春夺回函谷关外的六国失地！

四　衣锦荣归动洛阳

苏秦要回故乡的消息传遍了洛阳王畿，惊动了大梦沉沉的周天子。

周显王虽说无所事事，日夜浸泡在乐舞之中，但对天下动静倒也清楚。只要是稍大一些的国家有喜事，或打了胜仗，或新主即位，便派王使去嘉勉赏赐；只要有邦国盟约，也派出王使去祝贺；残余的三十多个小诸侯有了纠纷争夺，排解者中也永远少不了天子特使。虽然已经是徒有其名，但天下任何大事却都少不了这个周天子的点缀。周显王心中是明白极了，却也是无奈极了。天子要存在，洛阳王畿要存在，就必须扮演这个锦上添花的闲适角色，否则只有被挤压得粉碎。于是，周天子的全部政务，就变成了应酬天下的各种喜庆，排解天下的各种纠葛，对天下大事不想知道也必须知道。无可奈何也好，哭笑不得也好，都必须事事露个脸。四十年来，这位周天子从英俊少年变成了白发老翁，应酬得心头都起了老茧，可还得撑持着应酬下去，眼看着强变弱弱变强大变小小变大生生灭灭，这位天子确实是应酬得累了。

老太师颜率向天子禀报苏秦要回洛阳省亲时，周显王睡眼惺忪地问："苏秦？好耳熟，何许人也？"颜率高声道："苏秦，六国丞相也，创立合纵，声威赫赫！当初，我王曾赐此人天子王车也。"周显王长长地打了个哈欠道："噢——那个秦国使者么，不是给了些许盐铁么？"颜率也是白发皓首了，精力本来不济，高声半日好容易使天子明白了苏秦来历，已经是气喘吁吁了。周显王却倚在榻边侍女肩上，慵懒地笑了笑："老太师权衡操持，不开罪于人便是了。"

自觉此事重大，颜率召来了王族的另外两个"诸侯"商议：一个是东周公，一个是西周公。这两公是一对好事的冤家，争水源，争人口，争王产，十多年来闹得不亦乐乎，对天子的事历来不愿应承。今日黑着脸听老太师颜率说罢，竟无一人开口响应。老太师多方陈说利害，反复申明结好苏秦对王室王族的诸般好处，两位诸侯才答应共摊一半财货。老太师当场做了分派：东周公为苏庄修一座六国丞相府，西周公整修洛阳城外的三十里官道，同时修一条王城通往苏庄六国丞相府的大道；迎接苏秦的仪仗与赏赐等由天子府库支出。见是三家均摊，两个诸侯才老大不情愿地答应了下来。

依照周室法统，太师之职本来是三公（太师、太宰、太傅）之首，职责是"辅助天子，燮理阴阳，经略大政"，不涉具体事务。然则时至今日，太师的光环早已经销蚀净尽，只落得一个首席大臣的名位，实际上已经沦落为处置各种琐碎杂务的大夫了。老颜率也是如此，陪着天子做了四十年太师，实则忙忙碌碌地做了四十年勤杂。说起来也是无可奈何，王族贵胄忙着谋诸侯大位，稍有见识才能的大夫，都纷纷投奔强国去了，偌大王城，凋敝得只剩下一班遗老遗少与几百名侍女内侍。上大夫樊余已经走了，老颜率如若再走，周室立时便没了撑持。无奈之下，颜率只有苦撑，好在也都是些应酬事宜，只要细致些许，也出不了大错。可这次却是要实实在在地奔波驰驱，要督察六国丞相府的修造，要督察官道郊亭的修葺，还要演练久已尘封了的王室仪仗，当真是要劳碌一番了。

大事安顿妥当,老太师亲自出城到乘轩里苏庄来了。

一片树林包围着一片庄园,远远望去,洛阳城外的苏庄依旧是那样的宁静。轺车驶近,却发现林木荒疏野草丛生,砖石破损黄叶飘零,周围井田一片荒芜,没有一片绿苗。老太师清晰地嗅到了他所熟悉的那种衰颓破败的气息,不禁暗暗惊讶:传闻苏庄富甲洛阳,如何这般荒凉气象?轺车停在道边,老颜率带着四名抬着礼盒的老内侍,走过了林间破损不堪的砖石小道,命一名老军上前通禀。

"啪啪啪!"门环三响,老军拱手高声道:"请苏家主人答话。"

但闻"汪汪汪"三声狗吠,厚重的大门"吱呀"开了,一条精瘦的大黄狗先蹿了出来,昂首蹲在门厅警觉地注视着门外来人。紧跟着一个须发灰白腰身佝偻的布衣汉子走了出来道:"苏家不欠债了,谁呀?你等……"看见门外官人聚集,汉子顿时愣怔了。

老军高声道:"前辈可是苏府仆人?相烦通禀:周室太师造访苏府。"

须发灰白的汉子使劲地揉揉眼睛:"我?我是苏家老大……太师?苏家犯官了么?"

老颜率与颟顸的老天子整日周旋,知道如何对这种人说话,见状径自上前高声道:"大公子,老夫乃周室太师颜率。贵府苏秦公子功业彪炳,已经做了六国丞相。老夫奉天子之命,特来抚慰犒赏!"

"你说甚?苏秦做了六国丞相?"汉子激动得声音都沙哑了。

"正是。苏秦做了六国丞相。"

"嘿嘿,嘿嘿,嘿嘿嘿!"须发灰白的汉子咧着嘴断断续续地笑了几声,突然之间哈哈大笑,手舞足蹈地踉跄着反身跑进大门,"二弟成了!成了!六国丞相了!六国丞相了!啊哈哈哈哈!"

只听一阵杂乱的脚步声,一个女人尖声嚷着:"做好梦都疯了你!还六国丞相呢,六国天子倒好?苏代,扶他进去,别再出来丢人现眼。"

"不!不进去!二弟做了丞相了!六国!哈哈哈,六国!"汉子的挣扎声与一个年轻人的劝慰声、女人的呵斥声、大黄狗激动的汪汪声夹杂在一起,院子里乱纷纷一团。

老颜率听得分明,大步踏进门槛高声道:"敢问:苏亢老前辈可在?"

院子里的吵闹声立即静止下来,尖声嚷嚷的黑瘦女人惊讶地回过头来盯着这个须发雪白气度不凡的老人,突然间脸上绽开了一片笑容道:"哟!老大人一看就是贵人,家父如何当得起前辈两个字?敢问大人,何事光临寒庄茅舍?"不多几句话,却是惯于应酬的掌家模样。

正在劝慰中年汉子的布衣年轻人走过来肃然一躬道:"启禀老大人:家父久病在榻,这位是我家掌家大嫂,大人有事,但说便了。"

"掌家大嫂接王书——"老太师苍老的声音分外响亮。

"哟!王书啊!"女人叫了一声,两手在衣襟上直搓,脚下团团乱转,慌乱得无所措手足。布衣青年过来扶住她道:"大嫂莫慌,大礼接书便了。"说着往边上跪倒:"洛阳子民苏代接王书。"大嫂一见,连忙学样儿跪倒,颤抖着尖声道:"苏大娘子,接王书!"

颜率接过老内侍递过的王书打开,悠然高声念诵道:"兹尔苏氏,秉承王道,教子有成。苏秦合纵,大功告成。消弭刀兵,弘扬德政,六国丞相,光耀门庭。特赐苏亢伯爵官身,苏门其余人等子爵官身;着王室尚坊立功臣坊,造六国丞相府邸。大周王四十年秋月。"

黑瘦女人惊愕得张大了嘴巴,说不出话来了。

苏代低声道:"大嫂快谢恩。"

女人如大梦初醒:"啊啊啊,谢恩!对对对,谢恩!苏大娘子,谢过天子恩典——"尖锐颤抖的声音中夹着咚咚咚的叩头声,满头流汗。

"抬过礼盒。"颜率一声吩咐,四名老内侍抬过两口大铜箱,颜率上前打开道,"此乃天子赏赐苏府的黄金百镒、绢帛二十匹。三日之后,六国丞相府着手建造,望掌家早做铺排,定妥宅基。老夫告辞。"

"哟!老大人如何走得?总要尝一口草民的热酒了。"大嫂已经缓过神来,兴奋得满面红光,一迭连声地边施礼边拦挡。

"无须叨扰了,掌家谨记:但有所请,可到太师府见老夫便了。告辞。"老颜率说完出门登车走了,身后传来一片连绵哭声。

次日清晨,一辆破旧的牛车咣当咣当地驶进了洛阳。苏代与大嫂带着老苏亢的信求见太师,再三申明:唯愿官府修复被流民洗劫毁坏的苏庄足矣,不敢劳动天子建造六国丞相府邸。颜率不敢怠慢,立即驱车到苏庄与奄奄一息的老苏亢商议,老人竟坚执不受府邸。老太师只好禀明天子,除了原样修复苏庄外,只新建门庭与功臣坊便了。东周公大是高兴：苏庄虽大，房屋却很少，也没有多少礼仪讲究，比建造豪华气派的六国丞相府邸省事多了。

将要入冬时，苏庄修复好了。高大的功臣坊与金碧辉煌的六国丞相府门庭，又一次惊动了洛阳国人。人们啧啧称奇：眼看穷得狗都快要饿死了的苏庄，如何一夜之间又变成了六国丞相府？六国丞相谁听说过？那个黑瘦的女人又活泛起来了，整日欢声笑语地张罗着迎接叔叔归来。像霜打了一般的两个蔫后生也顿时精神了，鲜衣怒马，腰悬长剑，竟日在功臣坊前迎送川流不息的锦衣贵客。惊叹咋舌之中，人们却再也看不见那个拄着一根铁手杖领着一头大黄狗的老人，在最值得他风光的时日，为何老人就偏偏不露脸了？

秋风萧瑟黄叶铺地时，快马斥候传来消息：苏秦车驾进入了洛阳地界。

虎牢关六国会盟圆满告成，六国君臣皆大欢喜，一时间豪情张扬弥漫，对秦国前所未有地蔑视。苏秦也正沉浸在喜悦兴奋之中，禀明纵约盟主楚威王，要回洛阳看望年迈的老父。楚威王与五国君主赞叹苏秦的大孝之心，各自赏赐了许多的金玉珠宝，许苏秦在省亲之后着手组建六国联军。行程既定，苏秦与四大公子议定：一个月内分头确定各国军马数目，一月后在大梁会商联军事宜。一应安排妥当，苏秦便于大典次日启程向洛阳而来。

这是一支浩浩荡荡的军马车队。荆燕统率的六国铁骑护卫共是三千六百名，分做六个不同的方阵色块，燕赵韩在前，魏齐楚殿后。中央是壮观的六国丞相仪仗与苏秦的华贵轺车。最后则是一千铁骑护卫下的一百多辆满载各种礼物的牛车。远远望去，旌旗招展，号角呼应，烟尘连绵二十余里。

在洛阳东门外山头观望的老太师大是惊叹："纵是天子出巡，何有此等声威？壮哉苏秦！夺尽天下风光矣！"

车队正在辚辚推进，荆燕飞骑来报："周室太师颜率，正在天子官亭郊迎丞相！"

苏秦下令："铁骑仪仗分列两厢，单车拜会老太师。"

荆燕一声令下，仪仗骑士哗然分开，苏秦轺车辚辚驶出。

太师颜率正在修葺好的郊迎石亭前恭候，见仪仗旗帜分列，便知苏秦将出，连忙带领几名白发苍苍的老臣与几名少年王子肃立道中。及至轺车驶到面前数丈许，颜率虽然老眼昏花，却也看得清楚：粲然生光的青铜轺车由四马驾拉，六尺车盖下站着一人，一领大红绣金斗篷随风舞动，几近九寸的玉冠在秋日的阳光下闪烁着晶莹的绿色光泽，腰悬极为罕见的古铜长剑，灰白的须发飘洒在胸前，凝重敦厚的微笑镌刻在黝黑丰润的脸膛。老颜率久经沧海，见过的国君权臣不计其数，内心却也暗暗惊叹："苏秦气度，胜似王侯！不想王畿衰败，洛阳却出了此等人物，当真异数也！"思忖间拱手高声道，"周室太师颜率，率诸王子与贵胄重臣，恭迎六国丞相——"

按周室礼制，天子太师位同大国诸侯，苏秦这六国丞相是要低几个等级的。然则天子名存实亡，天下战国多已称王，这旧礼制也就无法维持了。于是，在邦交周旋中各方心照不宣地将礼遇对等起来，君对君等礼，臣对臣等礼。苏秦自然熟谙其中奥秘，见周室太师在前，从容下车拱手道："在下苏秦，见过老太师。"他不称官身名号，将自己降低一格，为的是要在天子的洛阳王畿、自己的故土之上显示出尊王姿态，否则，洛阳国人会很不高兴的。

老太师对此等周旋也是心中雪亮，知道眼前这个炙手可热的显赫人物的谦逊无论如何也不能当真，肃然还了一礼，高声道："郊迎三酒——"

一个老内侍躬身捧来一个红锦铺底的青铜托盘，颜率亲自捧起一只诸侯等级的青铜大爵："此乃天子特赐之郊迎王酒，为丞相洗尘接风！"苏秦知道郊迎王酒都是醇厚的米酒，双手接过道："苏秦谢过天子恩典！"便举爵饮尽。连续三爵，郊迎礼节便告结束。按照已经大大简化了的时下礼仪，苏秦的仪仗护卫缓缓跟进三五里停了下来，由周室仪仗护卫着苏秦到洛阳东门觐见天子。

周显王破例地摆出了近百年不曾使用的天子仪仗，虽然事先已经修补了一番，也仍然是破旧不堪：旗帜暗污了，斧钺锈蚀了，盔甲破损了，仪仗所需要的雄壮猛士更是没有了。虽则如此，毕竟是旌旗招展，斧钺成列，背后衬着沉沉壮丽的洛阳王宫，远远看去也是前所未有的隆重壮阔。见苏秦轺车仪仗到来，司礼大臣连声高宣，乐师们奏起了《天子韶乐》①，舞女们在大红地毡上展开了优雅的《八佾之舞》②，三十六名王室老歌手唱起了《周颂》中封赏功臣的《赉乐》③，悠扬庄重的歌声随风飘得很远很远：

---

① 《天子韶乐》，虞舜乐曲名。

② 《八佾之舞》，佾（yì），行列。八佾，古代天子用的一种乐舞，排列成行，纵横都是八人，共六十四人。

③ 《赉乐》，见《诗经 · 周颂 · 赉》。

天作高山　地作四极

济济多士　唯周之命

封于太庙　大哉之恒

刻于青史　日月之名

周显王坐在四面垂帘、侍女簇拥的王车之中接受了苏秦的大礼。他早已经忘记了苏秦的年龄相貌,看见一个须发灰白的红衣人躬行大礼,一时感慨中来:"卿白发建功,若我朝开国大贤太公望,堪称暮年佳话矣!"站在王车边上的颜率大是着急,隔帘提醒道:"是英年,不是暮年。"偏在此时周显王来了精神,悠然一叹道:"大器老成,何愧之有?强如英年多矣!"颜率正在难堪无计,苏秦却高声道:"天子圣明洞察,臣心已是垂暮之年,不敢当英年之名。"周显王高兴地笑了:"老成大才,老成大才也。"

"宣天子王书——"老太师担心天子再犯糊涂,连忙宣读了天子的嘉勉王书,宣布了对苏秦的诸多赏赐,这场隆重的礼仪,便在天子王车回城的车轮声中结束了。

苏秦"并相六国"之后,"北报赵王,乃行过雒阳,车骑辎重,诸侯各发使送之甚众,疑于王者。周显王闻之恐惧,除道,使人郊劳"(《史记·苏秦列传》)。可见苏秦之威。

带着自己的仪仗铁骑驶上新修的大道时,苏秦不禁感慨万端。

洛阳东门通往苏庄的路,本来只是一条几尺宽的小道,两边是纵横交错的井田沟洫。春耕之时,田野上炊烟袅袅,秋收之后满目苍黄。但在苏秦心中刻下最深印记的,却是田野里的冬日。他在那座小小茅屋里度过了三个冬天,那呼啸的北风,那掩埋了一切崎岖坎坷的漫天大雪,那滴水成冰的桔槔井台,那无法入眠的漫漫长夜,那一盏豆大的昏黄灯光,那忠诚守时的大黄,那神秘的红衣巫师的鼎卦……在苏秦的记忆中,许许多多的东西都简化了,模糊了,只有修业的大山与洛阳郊野的寒冬永远凝固在他的心中,永远不能消失。遥遥望去，那座茅屋已经不见了，庄外那片熟悉的树林也不见了，映入眼帘的，是平整枯黄的田野与一座隐隐可见的壮丽石坊。熟悉的三尺小道，变成了三丈宽的平坦大道，两排松柏夹道，比许多中小诸侯的园林大道还要壮阔。

苏秦皱起了眉头，心头空落落的。归乡省亲，不能说没有衣锦荣归的想头，但更重要的是，苏秦要最后一次探望落寞寡言的老父，重温一番那熟悉的痛苦与萧瑟孤愤的苦修。在他将投身宦海权力而不再回头的时日，他需要清醒地重温这种痛苦。在洛阳故乡，只有老父与茅屋，是他恒久的精神支柱。而今，这一切却都变了模样，权力竟那样迅速那样不由分说地抹去了坎坷苦难的印迹，他只能毫无选择地接受荣耀财富与膜拜赞颂。六国君主赐给他那么多财宝，能拒绝么？府库空虚的周天子将苏庄全部翻新，能拒绝么？不能。既然将自己镶嵌进了权力的框架，就必须接受权力框架的规则——享受权力带来的财富荣耀，而远离旷达洒脱的无羁境界。

“草民拜见丞相!”“六国丞相万岁!”

突然，苏秦被一片喧闹欢呼惊醒。原来，在新修的大道尽头，也就是在那座高大的功臣石坊前的空阔场地上，跪满了黑压压的庶民百姓。他们叩头欢呼，一片兴高采烈，完全陶醉在一种荣耀之中。按照井田制，他们都是苏家的乡邻。秋收过后农人们都搬进了城池，如今竟拥出王城聚集到这里，要一睹故乡大人物的风采，每个人都是由衷地兴奋，如同自己的家人建功立业一般。拳拳之心，苏秦不禁悚然动容。

“父老兄弟乡邻们，苏秦如何当得如此大礼？快请起来——”

苏秦在轺车上团团打拱，声音却淹没在成千上万人的礼拜欢呼中。苏秦只得跳下车来，一个一个地扶起前排的老人，看着老人们惶恐不安无所措手足的样子，苏秦当真不知说什么好了。突然，苏秦对身后的荆燕高声道：“荆燕兄，每个乡邻一个金币！快!”荆燕疾步唤来总管交代，片刻之间，便有几百名军士仆人开始向国人乡邻赏发金币了。

捧着刻有各国王室徽记的极为罕见的金币，人们更是欢呼潮涌，万岁之声震动原野。然则，老周国人却在这时显示了天子部族深厚的礼法教养，领得赏金者有了永远的念想，达到了“观瞻大人”的最大企望，立刻知足地退到了后边。没有人维持督察，欢呼雀跃的人流井然有序地走过赏金台，没有一个人企图多领赏金。川流不息的人群从苏秦面前整整过了一个多时辰。仅仅是不断点头拱手，偶尔与熟悉的乡邻寒暄几句的苏秦，嗓子也沙哑了，胳膊也酸麻了。

将及暮色，人潮方才退去，萧瑟清冷的秋风掠过，高大的功臣石坊前空荡荡了。

牌坊脚下，依然有几个人匍匐在地，衣饰鲜亮华贵，却一点儿声息也没有。苏秦大是奇怪，紧走几步拱手问道："诸位乡邻，可是没有领得赏金？"一个青年猛然抬起头来："二哥！我是苏厉，大嫂硬是教我等跪接丞相。"苏秦听见小弟弟尚带少年气息的熟悉声音，惊喜笑道："苏厉？快起来！你是苏代了，起来起来。纵是丞相，当得兄弟如此大礼么？"苏厉苏代一边笑着爬起，一边向依然匍匐在地的两个妇人做着鬼脸。苏秦仔细一看，不禁"噗"地笑了出来——两个女人都穿着大红吉服，珠玉满头灿灿生辉，却早被万千人群荡起的尘土弄得一片脏污，直是贵夫人在田野里翻滚之后的光景。

苏秦不禁笑道："大嫂，何故前倨而后恭也？"

为首妇人将头在地上撞得咚咚响，高声答道："叔叔位高而多金，小女子岂敢不敬！"

一声"小女子"，苏秦不禁哈哈大笑道："大嫂公然景仰权位金钱，倒是坦率得可人，快快请起。"

大嫂抬头，黝黑的一张瘦脸，鬓发沾着汗水也掩盖不住细密的皱纹，分明大经了一番风尘沧桑的模样。苏秦不禁惊讶了，大嫂原本是丰腴白嫩风风火火的一个女掌家，操持之利落，好恶之分明，都在那不断变换的热辣辣与冷冰冰中淋漓尽致地显示出来。从心底里说，苏秦对这个大嫂的心境是复杂的，甚至是哭笑不得的。她只懂得锦上添花，从不做雪中送炭的善举，然则一旦你翻身过来，她却又是明明朗朗地对你恭敬，绝没有那种痛苦的揪心的嫉妒与愤怒。曾几何时，大嫂变成了一个辛苦劳作的妇人相，苏家发生过重大变故？

"叔叔真粗心，还有一个人呢。"大嫂笑着扯扯苏秦衣襟，嘴向旁边一努。

苏秦恍然，还有个女人匍匐在地，一定是妻子了。他上前两步想扶起妻子，却怎么也伸不出手去，只好低声道："起来，成何体统？"大嫂立即上去扶起妻子："哟！叔叔心疼妹妹，快起来吧。"妻子站起低声嘟哝了一句："是大嫂强拉我来。"便低着头不再说话。大嫂乐呵呵笑了："哟哟哟！妹妹真是，平日总说想叔叔，如何功劳便是我了？"苏秦知道妻子秉性，也知道大嫂目下是竭力不使叔叔难堪而圆场，雄辩的苏秦对这种家事纠葛素来无可奈何，哈哈一笑道："走吧， 都上车，回家了。"又回身对荆燕吩咐道："荆兄率军士苏秦衣锦还乡。据《史记·苏秦列传》,“苏秦之昆弟妻嫂侧目不敢仰视,俯伏侍取食。苏秦笑谓其嫂曰:‘何前倨而后恭也?’嫂委蛇蒲服,以面掩地而谢曰:‘见季子位高金多也。’苏秦喟然叹曰:‘此一人之身,富贵则亲戚畏惧之,贫贱则轻易之,况众人乎!且使我有雒阳负郭田二顷,吾岂能佩六国相印乎?’于是散千金以赐宗族朋友。”世态炎凉,前倨后恭者,也不难理解。又,苏秦显后,“将说楚王路过洛阳,父母闻之,清宫除道,张乐设饮,郊迎三十里。妻侧目而视,倾耳而听;嫂蛇行匍伏,四拜自跪而谢。苏秦曰:‘嫂,何前倨而后卑也?’嫂曰:‘以季子之位尊而多金。’苏秦曰:‘嗟乎!贫穷则父母不子,富贵则亲戚畏惧。人生世上,势位富贵,盖可忽乎哉!’”(《战国策·秦策》)。《史记》《战国策》皆突出这一细节,大抵有励志之意,但同时也说明,士若不能为仕,则“百无一用是书生”,为仕则可以权倾朝野。

们在这里扎营,等候三两日。”荆燕笑道:“大哥但去,多住几日无妨,大梁约期一个月呢。”

五辆轺车与长长的财宝牛车启动了,辚辚隆隆地驶进了功臣坊后的苏庄大道。

轺车刚到一字六开间的高大门楼前,苏秦便闻“汪汪汪”一阵狗吠,一只大黄狗带着显然是挣断了的铁链冲了出来!三个仆人跟在后面惊慌失措地喊着追着。

“住手!”苏秦猛然一声高喊,轺车尚未停稳,便跳了下来迎着黄狗跑了过去。

大黄喉头呜呜着哗啷啷冲到苏秦面前,一个直立扑到了苏秦怀里,长长的舌头在苏秦脸上猛舔。苏秦紧紧地抱住大黄,一任那热烘烘的舌头刮舔着脸上的风尘:“大黄啊,你瘦了,老了,看看,胡须都白了……”猛然,心头掠过大黄叼着饭包在雪野纵跃的矫健身姿,苏秦不禁哽咽了,细心地为大黄卸下了粗大的铁链,拍拍大黄的头,“大黄啊,自今日起,没有人敢再用铁链拴你了,苏庄是大黄的地盘,你可以自由自在,啊。”大黄一动不动地听着,那双幽幽发光的大眼分明流出了两行眼泪,眼角的短毛湿漉漉的,喉头不断发出低沉的呜呜声。心中一阵热流,苏秦不禁又紧紧抱住了大黄。

猛然,大黄挣脱了苏秦怀抱,“汪汪”叫了两声,叼住苏秦斗篷往庄内扯。

苏秦笑道:“好好好,跟你走。”便大步跟着大黄进了庄门。一瞄之间,苏秦发现一切布局照旧,却都变成了新房子,心中不禁一沉。大黄领着苏秦曲曲折折地来到了水池边父亲的小院子,蹲在门口“汪汪汪”叫了三声,只听屋中一声苍老微弱的咳嗽,大黄呼地蹿了进去。

走进幽暗的大屋,一阵浓浓的草药气息扑面而来。一个年青的侍女正在燎炉上煎药,见苏秦进来连忙站起行礼:

“丞相大人，奴婢正在按方煎药。”苏秦惊讶道：“你如何知道我？”侍女低声道：“奴婢原在王室，特被选来侍奉苏伯的。”苏秦心中明白，低声问道：“老人家用药么？”侍女默默摇头，轻轻地叹息了一声。苏秦不再说话，轻手轻脚地走进了寝室。一盏明亮的纱灯下，面色枯黄的老人静静地躺在榻上，大黄蜷伏在榻前一动不动。

“父亲，季子回来了。”苏秦跪在了榻前，在老父面前，苏秦总是出奇的平静。

老父亲睁开了眼睛，静静地望着儿子灰白的须发、晶莹的玉冠、绣金的斗篷，还有腰间那条粲然生光的六印金带。渐渐地，老人眼中放射出异样的光彩，脸颊神奇地泛出了一抹淡淡的红晕。老人目光灼灼地盯着儿子：“季子，你终究成事了，苏家门庭，终究改换了……苏亢对得起列祖列宗了……仕宦无常，好自为之……”老人安详地永远合上了双眼。

苏秦静静地看着父亲刀刻一般的皱纹缓缓舒展，苍白枯黄的脸上写满了平静与虚无，变得婴儿般平静安详。人世的沧桑忧患留给父亲的痕迹，连同父亲的生命一起，从此永远地消逝了。

“父亲，你心里舒坦，走得安宁，季子也无愧于心了。”苏秦站了起来，为父亲盖上了那方大大的白布。大黄人立起来，呜呜低吼着反复嗅了一阵老主人的身体，静静地蜷伏在榻前不动了。

三日后，苏家简朴隆重地安葬了父亲。陵园是老人生前自己选好的，在苏家地面的一座小山下面，一条小溪流，一片松柏林，倒也是平实幽静。苏秦深知父亲秉性，坚执婉拒了周室参与，更没有报丧六国，在一众乡邻的争相帮衬下，平静地办完了这场喜丧。办完丧事，苏秦与家人议定：父亲明大义重事功，无须以周礼守丧三年；苏代苏厉须发奋读书，大嫂大哥与妻子支撑祖业，务求光大。谁知已经是半疯癫的大哥硬是不赞同，哭闹着坚持要给父亲守陵三年。大嫂无可奈何，抹着眼泪对苏秦说：“教他去吧，他跟老父奔波几十年，守着老父他也安心。再说，他也无用了，就让他替二叔尽尽孝吧。”

送大哥到陵园时，却见大黄蜷伏在老父的墓前静静地动也不动。给它留下的一大箱干肉与带肉骨头、一盆清水竟然原封未动。苏秦惊讶了，大黄在这里不吃不喝地守了三天么？

“大黄，吃吧。”苏秦抚摩着大黄，拿着一根带肉的大骨头凑到它鼻头前。

大黄纹丝不动，连低沉的呜呜声也没有。

“大黄,跟我走吧……”

大黄还是一动也不动,只有那两只幽幽的眼睛扑闪着幽幽的晶莹。

“大嫂,给大黄盖间木屋,遮风挡雨了……”

大嫂哽咽着点点头。

“放心去吧,大黄我来管。”不知何时,妻子到了背后,“大黄是孤命,我晓得。”

“你……”刹那之间,苏秦不知如何应对了。孤命?妻子分明在说自己。可是苏秦又能如何?她是自己的妻子,可她与自己却又如此陌生而格格不入,几次冲动都被她那永远矜持守礼的端庄消融得无影无踪。妻子,那是一个多么温馨喷香的向往,可在自己这里如何就如此的可望而不可即?愣怔半日,苏秦对大嫂深深一躬道:“大嫂,拜托了。”

大嫂依旧哽咽着不断点头。

“放心去吧,只怕是我要侍奉大嫂了。”妻子出奇的平静,脸上带着罕见的微笑。

猛然,大嫂放声大哭,捶胸顿足,泪如雨下,跌坐在茅草枯黄的墓前。

三日后,苏秦满腹惆怅地离开了洛阳,没有衣锦荣归带来的奋然,也没有阖家团聚的喜悦。刚毅明智的老父亲去了,忠勇灵慧的大黄活活为老主人殉葬了,辛劳半生的大哥变疯癫了,风风火火明明朗朗的大嫂骤然萎缩了,木讷柔韧的妻子变得更为生疏而遥远了……洛阳故乡的这块土地,处处给苏秦留下了浓浓的忧戚,若非那两个生气勃勃的弟弟的一抹亮色,这块沉沦衰败的土地简直就要令人窒息了。

狗完成其使命,死得其所。

苏秦赶到大梁的时候,四公子正在焦灼地等待。他们给了苏秦一个令人震惊的消息:楚威王骤然病逝,太子芈槐即位了;屈原派快马密使送来一封密柬,请求迅速促成六国联军，迟则生变。苏秦当即与四公子议定：各回本国落实盟约军马，来春立即赶赴楚国，筹划对秦国发动第一次进攻。

五 合纵阵脚在楚国松动

接到楚威王病逝的消息，张仪仰天大笑道："天助秦国！天助张仪也！"

嬴华主张立即出使楚国，张仪摇头笑道："不，恰恰要迟些个。"嬴华疑惑道："迟些个？丞相大哥不怕失了先机？"张仪道："楚国情势，你却不甚了了。这个芈槐，天下第一个没见地的君主。楚威王骤然病逝，世族权臣与变法新人必有一场权力争斗。去得太早，两派尚未开斗，反倒容易使他们拧成一体共同对外。晚些时日，两边要么难分难解，要么已成血海深仇。我，也才有周旋于两派之间的余地，此乃其中真谛也。"绯云在旁笑道："吔！老谋深算，听得人直起鸡皮疙瘩。"张仪嬴华不禁哈哈大笑。

过了一个长长的冬天，春暖花开的三月，张仪才从容启程向郢都而来。张仪没有错料，楚国的确经历了一场残酷的内斗，朝局权力已经是面目全非了。

楚威王做了十一年国王，已经为变法摆置好了一个较为有利的权力框架：以令尹昭雎为首的旧贵族的权力大大缩小，以大司马屈原与春申君黄歇为首的新派的权力大大增强，六国合纵一建立，楚国的外部威胁大体解除，楚威王便要立即在楚国推行第二次大变法。参加合纵会盟大典之前，楚威王已经与屈原详细商定了变法方略，而且专门将屈原与太子芈槐留在郢都镇国。作为六国合纵的赫赫盟主，楚威王回国之日，便是变法启动之时。谁知人算不如天算，孱弱的楚威王一回到郢都便病倒了，整整两个月卧榻不起，难以料理国事。入冬之际，四十九岁的楚威王终于撒手尘寰，死时圆睁双眼，守候大臣无不触目惊心。

楚威王一去，大司马屈原与春申君黄歇受命主持国丧，忙得寝食难安。旧贵族们却在忙另外的事。他们敏锐地嗅到了这是一个极好的机会，如同当年楚悼王逝世，老世族趁机铲除吴起一样的好机会。他们立即秘密聚会，商定了夺回权力的协同方略，谁也没有去争国丧与扶持新王登基那种出力未必讨好的权力。

待得二十六岁的太子芈槐一登上王位，五大世族的元老大臣立即递上血书，要求国楚怀王乃文学题材中著名的昏君(史书所载楚怀王,倒还有几分骨气和勇气),后幽死于秦,为天下人笑,楚人悲之。屈原诗中“美人”,即指楚怀王,屈原遇人不贤,但楚怀王成为文学题材中的昏君,也要拜屈原所赐。楚怀王实为六国合纵的纵长,纵长并非是楚威王。且看作者如何“黑”怀王。

郑袖,史上著名的红颜“祸水”,非常有心计,大概也是美貌与“智慧”并重的女子。《战国策·楚策》载,“魏王遗楚王美人,楚王说之。夫人郑袖知王之说新人也,甚爱新人。衣服玩好,择其所喜而为之;宫室卧具,择其所善而为之。爱之甚于王。王曰:‘妇人所以事夫者,色也;而妒者,其情也。今郑袖知寡人之说新人也,其爱之甚于寡人,此孝子之所以事亲,忠臣之所以事君也。’郑袖知王以己为不妒也,因谓新人曰:‘王爱子美矣。虽然,恶子之鼻。子为见王,则必掩子鼻。’新人见王,因掩其鼻。王谓郑袖曰:‘夫新人见寡人,则掩其鼻,何也?’郑袖曰:‘妾知也。’王曰:‘虽恶必言之。’郑袖曰:‘其似恶闻君王之臭也。’王曰:‘悍哉!’令劓之,无使逆命。”郑袖这一招借刀杀人,实在是高。但所谓“祸水”,皆文人泼污也,罪实在怀王,而非郑袖。

王罢免屈原,废黜春申君,否则,全体元老去国还乡!当屈原与黄歇看到屈黄两族的元老们竟然也出现在血谏队伍之中时,顿时乱了方寸。黄歇激烈主张:调来屈原练好的八万新军,剿灭一班老朽。屈原反复思量,觉得那无异于楚国内部大战,土地财货与基本兵力都在旧世族的封地里,八万新军如何有扭转乾坤之力?最后只得长叹一声,找楚怀王芈槐商议大计。

这芈槐是个素无主见且耳根极软的庸碌人物。屈原黄歇一番慷慨陈词,芈槐立即激昂拍案,要用王族亲军来“维持父王的变法大志”。屈原黄歇一走,元老们跪成一片守在宫门请命,芈槐便顿时没有了主意,急得团团乱转。这时,世族元老们祭出了最为隐秘的一个利器——王妃郑袖。

郑袖是个神秘女人,功夫独到,昔年便将太子治得服服帖帖而不为外人知晓。如果没有这个秘密利器,也许老贵族们真还没有底气发动这场逼宫大战。但是,这些宫闱密情对于屈原黄歇来说,不过是不屑一顾的龌龊小技,永远不屑为之的。

三日之后,事情发生了莫名其妙的变化:屈原的大司马被罢免,新职是三闾大夫。这个职位听起来倒是显赫:掌管楚国贵族升迁封赏。实际上,在楚国这个各种实力牢牢掌控在贵族手中的国家来说,却没有任何实权。黄歇的春申君倒是没有被罢黜,但是却只留下了一个权力:职司合纵,不得染指其他。在宣读王书的朝会上,屈原愤激大叫:“上苍昏昏兮,亡我大楚!”连呼数遍,当场吐血昏厥。春申君却是哈哈大笑着扬长而去了。

张仪入楚,事先通报了楚国王室。楚怀王与郑袖正在湖中泛舟,闻报笑道:“来就来了,秦国还当真虎狼不成?”泛舟罢了,将此事忘得一干二净,朝臣没有一人知晓。于是,张仪进入郢都波澜不惊，入住驿馆，也没有任何与丞相规格相对等的接风洗尘宴会。嬴华愤愤道："好个楚国，竟如此做大？日后有它好看！"张仪意味深长地笑道："此乃天意也，过得几日，便知好处也。"嬴华见张仪笃定成算，笑了笑不再说话。

入夜，郢都街市空前热闹了起来。国丧三月，国人憋闷了整整一个冬天，时当春暖花开国丧解禁，国人顿觉大大舒畅。等闲农夫工匠白日春忙，只有趁着夜市来添置一些日用器物。官吏士子们更是洒脱，白日踏青放歌，夜市聚饮作乐，五色斑斓的长街中车马如流行人如梭，弥漫出罕见的繁华康乐，恍若太平盛世。

一辆四面垂帘的篷车，在郢都最为宽敞的王宫前街上随着车流辚辚向前。这种篷车厢体宽大，帘幕讲究，可坐二到四人不等，寻常至少要两马驾拉。稍微殷实的商贾，除了轻便快捷的轺车，总是要有一辆这样的大型篷车，以供主人携贵客同游。眼下这辆篷车很是考究，除了车轮，车身材质几乎全部是锃亮的古铜，四围的丝绸帘幕镶嵌在青铜方框中，绷得平展妥帖，外边不见里边，里边却能透过细纱清楚地看到街景人物；尤其是驾车的两匹纯黑色骏马，鞍辔鲜亮，身姿雄骏，虽是碎步走马，却整齐一律得一匹马也似。辕头驭手是一个英俊少年，一身红色皮短装，手中马鞭把手时不时闪烁出灿灿金光，一看便是富商俊仆。车行街中，时有路人驻足品评啧啧称赞，众口一词地认为：这车主是临淄大商无疑。

在一家经营珠宝玉石的富丽堂皇的大店前，篷车停了下来，车中走出两个头戴竹笠身着宽大长衫的红衣人。待篷车湮没在珠玉店的车马场，两个红衣人也进了灯火通明的店堂。一个黄衫中年人正摇着大芭蕉扇在店堂巡视，瞄了客人一眼走过来拱手笑问："敢问客官，可是苍梧大商？"

年青红衣人笑道："店家好眼力，我等正是苍梧商贾，欲买上好楚玉，不知可有存货？"

"可是与和氏璧匹敌者？"

"正是。"

"二位请到后堂看货。"

中年人带两位竹笠红衣人穿过两道回廊，来到庭院中一间孤立的大石屋中。一名少年仆人点亮纱灯捧来茶具，便退了出去。中年人深深一躬道："属下参见台司大人。"

年青红衣人摘去头上斗笠道："这位是我王特使张大人。"

"属下参见张大人。"

高大的红衣人也摘去了斗笠，摆了摆手径自坐在长案前默默饮茶。年青台司是嬴华，特使却是张仪。只见嬴华摆摆手示意中年人坐了，她自己却站在张仪身边问道："商社在楚国可有进境？"

"禀报台司：商社已经与令尹昭雎的长公子、昭府家老过从甚密，属下出入昭府已经没有任何阻碍；与新王宠臣靳尚，亦可称兄道弟，甚是相得。"中年人恭敬回话。

"这个靳尚，官居何职？"

"靳尚原是大司马屈原属下司马，新王即位，被任为王宫郎中，职司王妃郑袖护卫。此人官职不大，却深得新王与郑袖信任，目下是郢都炙手可热的人物。"

"郑袖其人如何？有甚等嗜好？"

"属下派员奔波三月，遍访郑袖故乡及郢都王宫侍女内侍。此人说来话长，容属下细细道来……"中年人侃侃讲出了一个奇异女子的故事：

郑袖家族原本是中原郑国的大族。春秋末期，郑国大大衰落，郑氏首领也在权力场败落，率领族人南迁到偏僻的越国会稽，成为占据一方的山地部族。越王勾践时，郑氏部族出了一个著名的美女，叫郑旦。勾践献给吴王夫差的美女中，除了赫赫有名的西施，便是这个美丽善良的郑旦了。后来，西施与郑旦都成了夫差宠爱的妃子，日日夜夜地拖着夫差欢宴行乐。悠悠岁月，郑旦却真正深深地爱上了豪爽豁达的夫差，与西施走上了截然不同的道路。后来越国攻灭吴国，大军进入姑苏城，西施被范蠡救出乱军，永远隐遁了。郑旦却在最后关头自杀殉情，与夫差死在了一起。战后论功罪，郑旦被加上了"卖国邀宠"的大罪，郑氏部族骤然由献女功臣而成为有罪部族，被一体罚为王室的奴隶。楚国灭越后，这个郑氏部族被当作财产，封赏给了令尹昭雎。

昭雎，楚大臣，有左右楚政局之力。

郑氏部族的处境虽已低贱，代出美女的部族遗风却没有丝毫改变。或耕田，或狩猎，或放牧，或打鱼，郑氏部族那些少女少妇的绰约风姿，非但没有因为布衣风尘而衰减，反倒是平添了几分红润丰腴的神韵，比那苍白瘦削的细巧美人更是诱人。每逢春日踏青，郑氏部族的布衣少女都会引来无数王公贵族的热烈追逐。白发皓首的昭雎，正是在踏青之时为美丽的郑氏布衣少女怦然心动的。他先为自己选了一个郑氏少女做侍妾，一月之后大是满意，便遍访郑氏村落，选了一个最令人心动的少女献给了太子，这个少女就是郑袖。

郑袖生得娇小婀娜，田野风尘与粗劣的生计，赐给了她永远也无法改变的一种明艳红润。除了美丽女人能歌善舞的寻常本事，更重要的是，这个郑袖秉承了郑氏美女的最动人处：美丽多情而又极其善解人意，粗识文墨，却能解得老人辈最深奥的话题；那双幽幽深潭般的眼睛，似乎天生便能看到男人的内心深处，时时准备着满足男人最为隐秘的渴望。

昭雎原本是将郑袖献给太子做侍妾的，谁也想不到，一年之后，郑袖竟变成了太子妃。虽然不是正位夫人，却是一人专宠。要不是楚威王不悦，焉知太子不会与郑袖大婚？昭雎见微知著，立即将郑氏家族脱除隶籍，赐给独立的十里封地，又荐举郑氏族长做了小官，郑袖哥哥做了令尹府属吏。渐渐地，郑袖变成了风韵天成的少妇，酷爱一切新奇珍宝，也酷爱着她的夫君。令人不可思议的是，太子在她面前驯服得像个大儿子一般。

据宫中一个老侍女说，郑袖曾指点着太子的额头笑道："乖乖听话，日后在外人面前不许狗儿般驯顺，还做国王呢，晓得无？"太子挺身高声道："是了，记住了！"太子即位做了国王，昭雎又将靳尚荐举给郑袖做了侍卫郎中。于是，郑袖与靳尚便成了昭雎手中的两根绳索，牢牢地拴住了新楚王，

楚怀王听信于三人，结果身死名败。

掌控了郢都朝局轴心。

“看来,倒是个多情红颜了?”嬴华冷冷一笑。

张仪思忖道:“若要疏通郑袖,你等可能接近?”

“能。”中年人爽快答道,“属下可请靳尚引见。”

“好。”张仪点头,“你在明日内办好两件事:一则,与靳尚约定,后日引见一贵客给郑袖;二则,向昭雎家老透露:张仪入楚。他如何说法,迅速报我。”

中年人听得“张仪”二字,悚然起身拜伏在地:“不知丞相驾到,请恕小吏不敬之罪!”

张仪笑道:“不知者不罪,起来。”

嬴华正色道:“丞相入楚,多有危机。商社要派出全部干员,探听郢都各种动静,但有可疑,立即报来。”

“属下明白!”中年人军中将领一般赳赳领命,又问道,“敢请丞相示下:属下可否向靳尚与昭雎家老显示秦人身份?”

张仪看了看嬴华,嬴华有些愣怔,心知商社既往只是以商贾身份疏通,没有暴露真实身份;如今要做这两件大事,寻常商人之身,难免会引起靳尚与家老怀疑,确有不便。嬴华没做过这种半公开的差使,转着眼珠不说话,显然是吃不准。张仪思忖一番道:“第一次,对昭雎家老只说是祖居秦国,听入楚秦人闲话说的;对靳尚,只说是故国商人想揽楚国王室的一笔生意,要请郑袖疏通。若进境顺利,日后可逐步教他们略有觉察,但不需明说。”

“是！属下明白。”

“那好,我们走了。”嬴华顺手给张仪戴上斗笠,中年人捧起屋角石案上一只精巧的铜匣,仿佛替主顾送货一般将两人送了出来。到得店门,华贵的篷车已经在那里等候,绯云笑着摇摇头道:“没有人打扰吔,过来得顺呢。”

车行途中,嬴华轻声笑道:“真没想到,丞相还是个秘事高手,属下佩服。”

张仪笑道:“大道驭技,何足道哉！可曾读过《孙子兵法》?”

“读过啊。”

“你听好了。”张仪念诵道,“明君贤将所以动而胜人,成功出于众者,先知也。先知者,不可取于鬼神,不可象于事,不可验于度,必取于人而知敌之情也……非圣智莫能用间,非仁义莫能使间,非微妙莫能得间之实。微哉！微哉！无所不用间也……故明君贤将,能以上智为间者,必成大功。”

嬴华惊讶地睁大了眼睛。她读过《孙子兵法》,也知晓这是《用间篇》里的话,可过往如何就一点儿印象也没有,更没有与自己做的秘事联系起来。此刻一听,大觉有醍醐灌顶之效,不禁感慨赞叹:“大哥当真过目不忘,能朗朗上口呢。”

“不上心,甚也记不住。”

“是。最后一句是说:须得以高深智慧者统帅用间秘事,方可成得大功?”

“不错。记住了?”

嬴华沮丧笑道:“我可是不配,怪道只能做些鸡零狗碎的勾当。”

张仪哈哈大笑:“小弟可是上上之‘间’也!几时自惭形秽了?”

“好!有大哥统帅间事,管教楚国晕头转向。”

“用间敌国,奥妙无穷,还得用心揣摩。”张仪笑着叮嘱。

“大哥说得是,小弟记住了!”嬴华的确是真心佩服张仪了。

次日午后,商社报来第一个消息:靳尚已经欣然应允引见,只是提出要分一成利金。张仪笑道:“伸手索钱,成事之兆。行人小弟,我看这第一趟,要你出马。”“我?”嬴华惊讶道,“对付女人,我可是没谱得紧。”张仪揶揄笑道:“看来啊,女人还只有男人对付了。”嬴华骤然红了脸笑道:“真没谱。我说真的呢。”张仪颇为神秘地笑道:“来来来,我教你一条稳心妙计……”低声对着嬴华耳边如此这般地说了一遍,嬴华点头笑道:“好吧,试试了,若得灵验,我便服你懂女人了。”张仪大笑摇头道:“不不不,女人入得邦交,我便懂。否则,我也是一抹混沌。”

次日傍晚,一艘乌篷小舟驶出了郢都南门的水道,进入了城外的一片茫茫大湖。这是云梦泽北部边缘的浅湖,阳春三月的季节浮萍遮掩红树茫茫,小舟如飘行在绿色的原野。舟行半个时辰,遥遥一座小山在前,山腰闪烁着点点灯光,恍如天上宫阙。不消片刻,小舟靠岸,便闻码头石上“啪啪啪”三掌。小舟船头站着的一个黑衣人,也是“啪啪啪”三掌回应。

“小哥到了么?我等候多时了。”码头石上传来一个年青的声音。

“多劳靳兄。我如约来也。”说话时小舟已经悠然靠上码头,黑衣人跳上码头石回身拱手道,“小哥请下船,郎中在此等候。”

舱中走出一个身材高挑的白衣人,身后还跟着一个捧匣少年。白衣人从容上得码头石拱手笑道:“相烦郎中照拂,在下无以为敬,敢请郎中收下这三个天子方币了。”说罢一挥手,空中“哗啷”一声,一件物事从身后少年手中飞向对面的带剑黄衣人。

黄衣人双手接住,欣然一躬道:“如此罕见宝物,靳尚如何当得?”原来,这“天子方币”是西周王室尚坊铸造的一种四方古金块,天下统称“方金”,专门用来赏赐大国诸侯,实则是铸造金币的原料块。由于有天子徽记,再加民间绝无流通,甚至周室东迁后连洛阳王城府库也没有了,所以成为天下绝品。如此“方金”,得一方便价值无算,靳尚骤然得了三方,如何不惊喜激动?

白衣公子淡淡一笑:“些须之物,不成敬意,倘得事成,日后容当重谢。”

靳尚慨然道:“小哥富贵天相,断无不成之理,请随我来。”转身向山腰走去。黑衣人却留在码头守候。朦胧月光下,可见石板小径直通山腰一座虽然不大却很高的房子,房子似乎是楚国特有的那种竹木楼,屋外四面都是婆娑绿树。白衣人向绿树丛中瞄了一眼,笑道:“郎中,埋伏了几多人马等我啊?”靳尚回身笑道:“这是王室常规,与小哥无关,若小哥害怕,我令他们撤出便了。”白衣人笑道:“如何能坏了郎中职司?我只是觉得新鲜罢了。”说笑着到了竹木楼前。

靳尚走上门厅台阶,向里拱手道:“启禀王妃:贵客到了。”

只听一个模糊柔和的声音道:“教他进来。”

“小哥请。”靳尚拱手作礼间,一个艳丽侍女已经打起薄如蝉翼却又垂得极为平整的丝帘。白衣公子借着明亮的灯光向靳尚打量了一眼,见这个被郢都视为新贵的人物生得鼻直脸方英挺颀长,一身紫皮软甲,果然一个俊秀人物。白衣公子皱皱眉头,带着俊仆从容跨进了门槛。这是一间整洁宽敞的大厅,地是竹板镶嵌的,墙是竹板拼装的,屋顶与楼梯也是竹制的,连座案小几琴台绣墩,都无一不是细韧光洁的竹皮包成,处处散发着竹子特有的清新芳香,令人感到舒适清新至极。大厅里空荡荡的一个人也没有,白衣公子也不着急,悠然地四面打量,欣赏着墙壁上的各种竹拼花纹。

“毋晓得何方贵客,定然要在这里见我啊?”一个柔亮的声音在厅中荡开,却未见人在何处。

白衣公子也不端详探询,只是拱手低头道:“在下乃秦使张仪之仆从,特意拜会王妃。”

一阵莺莺笑声传来:“秦使张仪?晓得谁哦?找我一个宫闱女子何事啊?”语气中透出一种柔昵的纯真与好奇。

“禀报王妃：特使大人祖上本是楚国越人，闻得王妃也是故乡仙女，羡慕异常，特意遣在下拜望，聊表故国乡情。”

“哦！”柔昵的声音惊讶了，“晓得。如此这张仪也是个念祖义士了。他在秦国做何等官职啊？”

“张仪大人，秦国丞相。”

“天！秦国丞相？”柔昵的声音情不自禁地惊叹了，“毋晓得有此大才，当真是越人荣幸了呢。替我回复丞相：若有故乡旧事未了，来找郑袖哦。”

“多谢王妃。”白衣公子深深一躬，“丞相为表乡情，献给王妃一件薄礼。”

“哦？”柔昵的声音甜蜜而恬淡，“有稀罕物事？丞相心意，郑袖晓得了。”

“丞相礼物，虽不金贵，却是天下唯一，与王妃最是相配。”

“哦？天下唯一？毋晓得何物？”

“貂裘宝衣。”

“晓得哦。”柔昵的声音一阵咯咯甜笑，“貂裘我有两件，银灰的哦！”

“启禀王妃：这件是红貂皮裘。”

“红貂？”柔昵的声音惊讶了，“晓得毋？红貂可是绝世极品，真有此物哦？”

白衣公子朗声道：“王妃果然慧眼。貂皮乃皮具至宝，红貂更是百世一见。相传六百年前周穆王有过一件，此后，只闻其名不见其实。这件红貂，乃陇西大驼族单于在寒冻大雪中猎得，可化雪于三尺之外，确是稀世奇珍。”

“晓得了，我来看看！”柔昵的声音顿时脆亮起来，接着听见一阵轻盈急促的脚步声隐隐从竹墙中传来，一个美丽动人的女子骤然从竹墙中飘了出来。一领竹绿的长裙，一方曳地的披肩白纱，雪白的肌肤晶莹光洁，一头秀美的长发随意

不善于写头饰，常自掩其短，一头秀发，一带而过。

飘洒在双肩，一双晶亮的眸子像那幽幽的深潭，分明是惊喜而来，脸上却写满了少女一般的纯真从容，决然看不出财货珍宝浸泡的虚伪与邪恶。随着她的出现，厅中顿时明亮了许多，俊秀明朗的白衣公子惊讶地睁大了双眼："王妃不事雕饰，美丽如斯，当真天地造化！"

郑袖粲然一笑道："哦！毋晓得侬竟生得如此可人！比靳尚还多了几分灵秀呢。"

"在下资质愚鲁，何敢与郎中大人相比？王妃请来看红貂宝裘。"

郑袖却依旧幽幽地盯着白衣公子道："侬毋晓得，男子是要女子品味哦，你穿上女装，便比女子还美呢。说给丞相，将你赏给我哦？"

白衣公子的笑脸上骤然涌出一片红潮。此时，旁边的少年俊仆双手一抖，厅中顿时一片金红的亮光："敢请王妃鉴赏红貂——"

光芒乍现，郑袖不自觉地用手捂了一下眼睛，及至转身，惊喜笑道："天哦！毋晓得红貂如此美呢！"

此时，白衣公子已是笑意从容道："王妃请看：这红貂裘用金线缝制而成，金线光芒闪烁于大红之中，熠熠生辉。王妃晶莹如玉，绝世佳丽，红貂裹身，如火拥梨花，岂非天下丽质奇观？"

"天哦——"郑袖又一次惊叹，"毋晓得天下有如此宝物呢，好了，我来穿上哦！"

少年俊仆将大红貂裘展开，婀娜郑袖依身着衣，轻盈一个转身，倏地满室生辉。

靳尚从门廊下大步进来，一迭连声惊叹道："王妃与红貂堪称双绝合一！当真巫山神女也！秦使大人好眼力！"

"天哦！好热！"顷刻之间，郑袖额头涔涔细汗，脸泛红潮。靳尚连忙上前将红貂展下，甜腻笑道："冬日飞雪，只需一件纱裙贴身，便温暖如春，好惬意呢。"

郑袖柔柔笑了："晓得侬孝顺了，饶舌哦。"又转身笑道，"张仪大大可人，毋晓得何以回报哦？"

白衣公子恭敬作礼道："丞相为秦楚修好而来，倒是无甚大事。王妃盛情，在下定然禀报丞相。"

"晓得哦。"郑袖微微一笑，"丞相为罢兵息战而来，此等好事，定然顺当了。"

"多谢王妃。"白衣公子向少年俊仆瞟了一眼，少年捧着一方竹匣走到郑袖面前恭敬地低声道："王妃，此物为西域神药，强身延寿。匣内附有服用之法，是丞相敬献于楚王的，请王妃转呈。”郑袖嫣然一笑：“毋晓得西域还有神药？好，我代大王收了哦。”

三更时分，乌篷小舟离开山下码头，凭着王室护军的夜行令箭，顺利地驶进了郢都南门。尚未入睡的张仪听完嬴华、绯云二人的细致学说，不禁拍案笑道：“这郑袖果然聪颖灵慧。用间第一步，大功告成也。”嬴华笑道：“我倒看这郑袖一身异味儿，却是说不清白。”绯云急急道：“吔！她要她给她做管事呢。”张仪不禁笑道：“她她她，究竟谁呀？”绯云咯咯笑道：“吔，就是她要她嘛。”嬴华红着脸笑道：“我差点儿没忍住，幸亏绯云挡了一阵。咳，上天也真是奇妙。”一副不胜惋惜的样子。张仪道：“丽人未必丽心。夏之妹喜、商之妲已、周之褒姒、吴之西施，哪个不是天姿国色良善聪慧？她们的异味都不是娘胎里生的，是宫闱里浸泡的。国有异味，丽人如何能洁身自好？皎皎者易污，诚所谓也。”

张仪与昭雎交好，说楚走夫人路线。张仪似乎与楚有仇，经常诈楚，楚王恨之。据《史记·屈原贾生列传》，“明年，秦割汉中地与楚以和。楚王曰：‘不愿得地，愿得张仪而甘心焉。’张仪闻，乃曰：‘以一仪而当汉中地，臣请往如楚。’如楚，又因厚币用事者臣靳尚，而设诡辩于怀王之宠姬郑袖。怀王竟听郑袖，复释去张仪。是时屈平既疏，不复在位，使于齐，顾反，谏怀王曰：‘何不杀张仪？’怀王悔，追张仪不及。”楚王的愤怒间接抬高了张仪的身价。写张仪厚赂郑袖，非依时而写，而是依小说故事的时序而写。

次日商社来报：昭雎闻张仪入楚，大是惶惶不安。请命张仪如何应对？张仪悠然道：“暗示昭雎家老：张仪健忘好酒，宴请一次，厚礼赠送，或可无事。”商社头领答应一声欣然去了。

“张兄，昭雎害得你好惨吔！”绯云黑着脸咬牙切齿。

嬴华低声道：“要不杀了昭雎？我看郑袖、靳尚成事足矣！”

“当真胡说。”张仪罕见地沉着脸道，“国家兴亡，何能尽一己之快意恩仇？郑袖靳尚，差强可对付楚王，然对付不了屈原黄歇一干重臣。昭雎之能，要害在左右朝局，压制楚国之合纵势力，无人可以取代。此人于秦国有益，于连横有利，纵是张仪仇人，又有何妨？”

嬴华与绯云沉默了，看着张仪，两个人的眼眶中涌出了一线泪水。张仪笑了,拍着两人肩膀道:“昭雎绝非善类,要教他服软,到时……”一番低声叮嘱,两人都破涕为笑。

次日,一辆华贵的青铜轺车驶到了驿馆门口。一个黄衫高冠的贵公子,被一个须发皆白的老仆扶下了轺车。驿丞得报,匆匆迎出门来:“不知公子光临,有失远迎,万望恕罪。”贵公子傲慢地笑着:“张仪可在?”驿丞躬身道:“在在,公子稍等,小吏去叫他出来便是。”贵公子冷笑道:“叫他出来?你好大面子!带着家老通禀。”驿丞拭着额头汗水,连声答应着带老仆人走了进去。片刻之后,家老碎步跑出:“公子,张仪说请你进去。”贵公子脸上一喜,却又低声问:“气色如何?”家老道:“小老儿看不出。”“笨!”贵公子嘟哝了一句,大步进了驿馆。

“楚国裨将军①昭统,求见丞相大人。”贵公子在门厅前远远施礼报号。

“啊,令尹公子,请进了。”嬴华走了出来。

大厅之中,张仪安然坐在长案前翻阅竹简,连头也没有抬。贵公子略显尴尬地咳嗽了一声,又一次躬身高声报了号。张仪依旧没有抬头,只是漫声道:“一个裨将军,见本丞相何事啊?”贵公子惶恐作礼道:“在下奉家父之命,特来向丞相致意。”“家父?究竟谁呀?”张仪冰冷矜持,依旧没有抬头。

“家父,乃是,令尹昭雎。”贵公子期期艾艾地很是紧张。

“昭雎?”张仪猛然抬头,眼中射出凌厉的光芒,有顷,冷笑道,“昭雎向本丞相致意么?”

“正是。”贵公子额头上冒出了涔涔细汗,“家父,闻得丞相为秦楚修好而来,颇为欣慰,意欲为丞相接风洗尘……”

“客到三日,还有接风洗尘之说?”

“家父本意,是想与丞相共商修好大计。”

“如此说来,令尹昭雎赞同两国修好?”

贵公子连忙点头道:“家父素来敬重丞相,欲请丞相晚来过府共饮,澄清昔日误会纠葛,共襄两国邦交盛事。”

张仪思忖一番,淡淡笑道:“好,本丞相入夜便来,听听令尹如何说法。”

“这是家父亲笔请柬。”贵公子兴奋地从大袖中拿出一个硕大的黄色封套,双手捧到

---

① 裨将军,战国时副将名称,统兵数量不确定,大体在千夫长之上,在一军主将之下。

张仪书案前。张仪傲慢地笑笑，没有接柬。昭统只好恭敬地将封套放到书案上："在下告辞。"惶恐地迈着一溜碎步走了。

暮色时分，令尹府派来三辆轺车迎接。张仪不带护卫，只带了嬴华绯云两人，各乘轺车辚辚隆隆地向令尹府而来。到得府门，昭雎已经在门厅郑重迎候。张仪轺车到时，昭雎亲自上来扶张仪下车，谦恭热情之态，仿佛在侍奉国王。张仪毫不推辞，一脸高傲的微笑，任他搀扶领引，只是坦然受之。

到得府中，盛宴已经排好，在一片水面竹林间的茸茸春草之上。暖风和煦，月光明亮，一顶雪白的大帐，仿佛草原旅人相聚，倒真是饮酒叙谈的好所在。张仪揶揄笑道："楚国好山好水，都被令尹占了。"昭雎呵呵笑道："丞相说好山好水，老朽就很是欣然了。其实啊，郢都最好的园林，当是屈黄两府。老朽迟暮之年，老旧粗简而已，如何比得新锐后进？"张仪悠然一笑，对昭雎的试探浑然无觉道："令尹这老旧粗简，也强过张仪丞相府多矣。惜乎秦国，只有铁马金戈也。"昭雎笑着凑上来低声道："老朽保丞相回转之日，可在咸阳起一座豪华府邸。"张仪大笑一阵道："果真如此，张仪可是命大也。"

说话间进得大帐，红毡铺地，踩上去劲软合度，脚下分外舒适，没有纱灯，一片银白的月光透过雪白的细布帐篷洒了进来，既清晰又朦胧。青铜长案粲然生光，黄纱侍女绰约生辉，当真诗情画意般幽雅。张仪心中暗自惊讶，想不到一个阴鸷大奸，却有如此雅致情趣。若非对面是昭雎，以张仪洒脱不羁的性格，早已经高声赞叹不绝了。虽然如此，张仪也还是微笑着点头赞叹："令尹眼光不差，深得聚酒之神韵也。"须发雪白的昭雎在月光下直是仙风道骨气象，闻言拊掌笑道："原是丞相慧眼，老朽没有白费心机也。"

这时，两个全副甲胄的青年将军大步进帐，躬身向张仪行礼。昭雎笑道："此乃犬子昭统，做了个小小的裨将军。这位是老朽族侄，名唤子兰，职任柱国将军，颇有些出息。今日老朽家宴为丞相洗尘，他们两个奉陪了。"张仪笑道："令尹子弟皆在军中，可是改了门庭也。"昭雎呵呵笑道："何敢谈改换门庭？后生们喜欢马上生计，老朽也是无可奈何了。来，敢请丞相入座。"

六张青铜长案摆成了一个扇形，张仪与昭雎居中两案，左首嬴华与绯云两案，右首子兰与昭统两案。案上食鼎酒爵连同长案，一色的幽幽古铜。张仪一看，便知是楚国老贵族的特有排场，非遇上等贵客绝不会搬出。再看排在各个长案后的酒桶，却是驰名天下的六种名酒：赵国邯郸酒（赵酒）、魏国大梁酒（魏酒）、齐国临淄酒（齐酒）、楚国兰陵酒(楚酒)、越国会稽酒(越酒)、鲁国泰山酒(鲁酒)。酒香弥漫,煞是诱人。

未曾开酒,昭雎先拱手作礼道:“久闻丞相酒中圣哲,却不知情钟何方?今日天下名酒皆备,俱是窖藏五十年以上之名品。还有,老朽专为丞相备了六桶秦国凤酒,听任丞相点饮,老朽相陪,一醉方休了。”说完,拊掌三声,六名黄纱侍女各捧深红色的酒桶飘然而入。

“敢请丞相定夺,何酒开爵?”昭雎兴致盎然。

张仪知道楚国贵胄们有一个心照不宣的聚酒习俗:根据酒性预测事之吉凶,几乎就是一种“酒卜”。今日昭雎齐备天下名酒而要张仪定夺开爵酒,实际上便是一种微妙的试探,看张仪是心怀酷烈还是意在温醇。张仪拍拍热气蒸腾的大鼎道:“酒为宴席旌旗,菜为宴席军阵。旌旗之色,当视军阵而定。看菜饮酒,诚所谓也。今日鼎中乃震泽青鱼,自当以越酒开爵为上。”

“丞相酒圣,果非虚传,上越酒。”昭雎绽开了一脸笑意。

一爵饮下,昭雎喟然一叹:“丞相今日能与老朽同席聚饮,老朽不胜心感哪。老朽阅人多矣,却在丞相身上跌了一跤,至今想来,仍是惭愧不能自已……”说话之间,眼中竟涌出了泪水,唏嘘之态,一片真诚。

张仪朗声笑道:“各为其主,令尹何出此言哉!张仪虽断了一腿,毕竟性命还在,恩恩怨怨,睚眦必报,何来天下大道?令尹莫多心,张仪绝非小肚鸡肠也。”

“好!”子兰慨然拍案,“丞相果真英雄气度!我等晚辈敬丞相一爵!”说着与昭统一齐举爵,遥遥拱手,一饮而尽。张仪也笑着饮了一爵。

“丞相心地宽广,老朽敬服也。”昭雎又是一叹,“丞相前来修好秦楚,老朽愿同心携手,成秦楚邦交盟约。就实而论,合纵抗秦,大谬。春秋战国三百余年,强国出过多少,何以偏对秦国耿耿于怀?”

“令尹老成谋国,说得大是。”张仪笑道,“楚国强大过,魏国强大过,齐国也强大过,就不许秦国强大几日?说到底,还是中原诸侯老眼光,视秦国为蛮夷,见不得米汤起皮罢了。本来这楚国也是南蛮,不想却鬼使神差地做了合纵盟主,当真可笑也!”

“先王病体支离,神志不清,被一帮宵小之徒蛊惑了。”

“宵小之徒?令尹大人,彼等势力可是大得很也。”

昭雎冷冷一笑:“汪洋云梦泽,浪花只会作响罢了。”

“好！”张仪拊掌笑道，“不说浪花之事，免得浪费这大好月光。令尹，两位将军，请了。”举爵遥遥致敬，汩汩饮尽。

“好！”昭统饮下一爵，拍案赞叹，“丞相酒品，在下敬佩至极。在下素闻丞相酷好名酒剑道，我子兰兄乃楚国第一剑，敢请为丞相剑舞助兴，丞相意下如何？”

“楚国第一剑？好，见识见识了。”张仪大笑拊掌。

昭统“啪啪啪”三掌，帐外飘进一队舞女。与此同时，帐外草地上一大片红毡撒开，一个编钟乐队整整齐齐地排列开来。子兰起身肃然一躬道：“在下幼年于越地拜师习剑十年，资质愚鲁，剑术实不当老师万一，献丑于丞相，敬请指教了。”说罢一个滑步，身子如一叶扁舟般漂到了大帐中央，骤然又如中流砥柱般屹立不动，飘飘斗篷也“唰”的一声紧紧贴在了身上，仿佛体内有个吸力极强的风洞。仅此一斑，张仪便知此人决然是越剑高手。只见他双手抱拳一拱，一柄弯如新月的吴钩便悬在了胸前。此时编钟轰然大起，悠扬地奏起了楚国的《山鬼》，八名黄衫舞女也轻盈灵动地飘了起来，大帐中顿时充满了一种诡秘的气息。

“山鬼”本是楚国山地部族崇尚的大山神灵。楚国多险峻连绵的高山，多湍急汹涌的大川，山川纠葛，生出了万千奇幻。山地部族无不敬畏高山大川的诡秘神力，各地便衍生出名目繁多的山神。楚人虽敬之若神明，却呼之为山鬼。这种山鬼，在楚国腹地是山民所说的“山魈”；在楚国西部大江两岸，山鬼则是“巫山神女”；而在新楚，也就是故旧吴越之地，山鬼则化成了“女尸”（天帝女儿的名字）。山鬼被普遍供奉，各地都有《山鬼》歌舞，且都是灵动诡秘，与越剑剑术的神韵很是相和。子兰以《山鬼》之曲相伴而舞剑，倍添其神秘灵动。此时，歌女们边舞边唱：

风飒飒兮木萧萧　表独立兮山之上
猿啾啾兮长夜鸣　雷填填兮雨冥冥
青光寒兮碧血凝　剑入手兮一羽轻
借凌厉兮决恩仇　锻玄铁兮成吴钩
安剑履兮身名裂　起长歌兮古今愁
霹雳剑兮君和我　西风来兮醉千筹
今采菊兮奉吴钩　霜月白兮梦远游

楚地歌声，尖锐高亢大起大落，时而如高山绝顶，时而如江海深渊，凄厉呜咽，如泣如诉。随着这种在中原人听来起伏全无规则的长歌，子兰的吴钩宛如一道流动的月光，在大帐中穿梭闪烁，嗡嗡劲急的剑器震音不时破空而出，给凄婉诉求的歌声平添了一股威猛凌厉的阳刚之气。

子兰乃楚顷襄王之弟，曾任令尹，不喜屈原，短之于顷襄王，屈原被逐。

“彩——”剑气收敛，歌舞亦罢，昭统兴奋地拍案喝彩。

史载昭雎与张仪交好。小说增加了他们之间的恩怨情仇。

昭雎淡淡笑道：“丞相剑道大师，看子兰越剑尚差强人意否？”

“令尹谬奖了。”张仪哈哈大笑，“我三脚猫一只，岂敢当剑道大师？又岂敢指点子兰将军？座中我这两位属吏，倒都在军中滚爬过几日，教他等说说了。”

“噢？”昭雎捋着长须笑道，“只知二位是行人、少庶子，尚不知两位是剑道高手。敢问剑士名号？”此一问，便知昭雎很熟悉秦国的剑士等级。

“在下黑虎剑士。”嬴华拱手回答。

“小可苍狐剑士。”绯云拱手回答。

“啊哈哈哈哈！”昭统大笑起来，“丞相真道诙谐，我还以为是秦国的铁鹰剑士也。黑虎苍狐，一个二流，一个三流，却如何评点楚国第一剑士？”

“只怕未必。”嬴华冷冷笑道，“子兰将军之剑舞，固是妙曼无双，然若实战，在下以为，却是镴矛头一支。”对这阴柔而张扬的《山鬼》舞，嬴华本来就不以为然，在她的耳目之中，这首《山鬼》背后的话语是：我昭雎与你张仪修好，只是想了却恩怨罢了，却也并非怕你，我有天下第一流的吴钩剑士，你也不要欺人太甚。张仪说昭雎不是善类，看来果然如此。作为一个特异的剑士，她必须教昭雎明白：只要张仪愿意复仇，秦国剑士随时可以取走昭雎的人头。没有如此威慑,昭睢未必会服服帖帖地听命于张仪。虽说嬴华很赞赏子兰的越剑技艺与剑舞才情,但也看出了他的剑术的致命弱点,此刻便毫不客气地点了出来。

子兰顿时面色涨红:“行人之言,子兰要讨教一二,何谓镴矛一支?”

“是否镴矛,却要实战,言辞如何说得明白?”嬴华面带微笑,话语却再强硬不过。

“行人当真痛快!”子兰转身对张仪一拱,“敢请丞相允准子兰与这位兄弟切磋剑术,以助酒兴。”

“也好,月下把酒看剑,原是美事一桩。”张仪带了三分醉态,哈哈大笑道,“行人兄弟,赢不了不打紧,二流剑士嘛,谁教你口出狂言,啊!”

昭睢微微一笑道:“子兰小心,不要伤了这位后生英雄。”

嬴华离席站起,向子兰抱拳一礼:“在下点到为止,将军尽管施展。”此话一出,子兰不禁微微变色,咬咬牙关压住了火气笑道:“好,小兄弟先出剑便了。”嬴华道:“我从来不先出剑,将军请了。”子兰又气又笑,若非顾忌今日本意在结好张仪,真想一剑洞穿这个傲慢小子。想想也不计较,吴钩一划,空中闪烁出一道青色弧光,陡地向嬴华当胸刺来。

嬴华使楚,特意带来了那把祖传的蚩尤天月剑。赴宴之前,她将天月剑的枯枝木鞘已经换成了黑牛皮鞘,握在手中好似一支黑沉沉的异形精铁。子兰剑光一闪,嬴华的带鞘天月剑骤然迎上,黑色闪电般搭住了迎面疾进的吴钩。骤然之间,一泓秋水般的吴钩光芒尽敛,竟粘在天月剑身上不能摆脱。嬴华大臂一沉手腕翻转,天月剑便绞住吴钩在空中打起了圈子。两剑纠缠,若脱不出剑身,自然是任何招数都使不出。唯一能够比拼的只能是实战力量:一是甩开对方剑器绞缠之力而另行进击;二是比对方的绞力更大更猛,迫使对方剑器脱手。

这是战场上经常遇到的实战情形,任何虚招都毫无用处。可惜子兰剑术虽然妙曼,却没有在战场上生死搏杀的经历,也没有与真正高超的剑士刺客做殊死拼杀的经历,此刻被天月剑绞住,竟无论如何脱不出手。眼看黑沉沉的天月剑越绞越快,子兰只有靠着柔韧的身段跟着连续翻转,否则只有撒手离剑。那样一来,以任何较量规矩都是必须认输的。就在子兰咬牙坚持连环翻身寻觅机会的时候,突然间天月剑猛转方向,便听“当啷”一声金铁大响,手中一轻,弯如新月的吴钩拦腰折断,天月剑闪电般定在了他的咽喉部位,一股森森冰冷立即弥漫了他的全身。

“吔！才一回合呀?”绯云高兴地拍着手笑了起来。

嬴华收剑,气定神闲地拱手笑道:“承让了,将军若打几年仗,可能有成也。”

子兰翻身跃起,胸脯大起大落脸色青红不定,却终究生生忍住向张仪拱手道:“秦国剑士剑术高强,在下佩服!”张仪似乎醉了,红着脸哈哈笑道:“高强么？连个铁鹰剑士都不是,只有跟我做文吏。”昭雎一直含笑静观,表面不动声色,内心却实在震惊,待那黑沉沉的异形剑电光石火间压在了子兰咽喉,笑容在苍老的脸上顿时僵住了。听见张仪舒畅地大笑,他竟毫无说辞地跟着只是呵呵地笑。

“啪”的一声,昭统拍案站起:“丞相,闻得秦国苍狐剑士长于短兵,可否让在下与这位少庶子切磋一番?”

“那就切磋。令尹啊,我等把酒再观赏了,干!”张仪大笑着饮干一爵,昭雎连忙笑着陪饮了一爵,一双老眼盯住了少年一般俊秀的少庶子。

“少庶子,丞相允准了,我俩就来助助酒兴。”昭统手往甲带上一趁,一把铜背短弓赫然在掌,“昭统身为王宫侍卫,练的就是短兵。少庶子若能与我对射两阵,定是一场好博戏。”绯云已经离席起身,手中空无一物,纤细的身材愈发显出一个大袖飘洒的美少年。她粲然笑道:“吔,小可只是一个小侍从,自然任凭将军立规了,只不知两阵如何对法?”昭统道:“第一阵,互射三箭;第二阵,相互齐射;若还未分胜负,你我再比第三阵短剑。”绯云笑道:“吔,那将军就开弓吧。”昭统道:“你弓箭上手,我自然开弓。”绯云笑道:“短兵短兵,越短小越好吔。就在身上,将军开弓吧。”

“好！第一箭!”昭统单手一扬,只见月色下金光一闪,一阵细锐的啸声破空而来,月色下却不见踪影。昭统存心必胜,一瞬之间三箭连发而出,一箭当头,一箭当胸,一箭却在足下。绯云天生的眼力奇佳,否则练不得短兵。啸声一起,她便看准了三箭方位,心中暗骂:“吔,小子好狠毒!”不闪不避,右手大袖只是一摆一兜,那细锐的啸声泥牛入海一般没了声息,她却依旧垂着大袖,站在月下满脸笑容。昭统大是惊讶:“我的箭？你,你是巫师么?”绯云咯咯笑道:“吔,你才是巫师呢,还你了。”左手一扬,三支箭发着同样的啸声神奇地钻进了昭统甲带上的小箭壶里。

这一下当真是匪夷所思,在场的所有人都睁大了眼睛。张仪只听母亲说绯云略通匕首袖箭,也从来没有见她施展,今日得见如此神奇,心中大是赞叹,饶是当着昭雎父子,也不禁拊掌大笑。昭雎与子兰却是瞠目结舌,一句话也说不出来。

昭统恼羞成怒道："此等臂腕小技，有何炫耀？真射一箭我看！"

"吔，我又没说是大技。"绯云笑道，"只此一箭，射不中我便输，如何？"

"好！可是你自己说的。"昭统脸色发黑，凝神聚力要接住这支短箭，教训这个狂妄的少年。他相信自己的目力与敏捷，接一支箭当是万无一失。

"我要射掉你的头盔吔，看好了。"绯云咯咯笑着丝毫未动，也没有任何声息。

昭统高声道："来吧……"话音未落，头盔"咚噗"一声砸在了地毡上！

"噫?!"昭雎与子兰、昭统一齐长长地叫了一声，惊讶疑惑恐惧赞叹无所不包。昭统木呆呆地站在帐中，盯着地上的头盔只是出神。

"吔，微末小技，得罪将军了。"绯云笑着向昭雎一拱，"令尹与我家丞相聚酒，小可便献个灭烛小技，博令尹一笑如何？"昭雎恍然醒悟，连忙点头笑道："好好好！少庶子再显神技，老朽可是等着见识了。"

绯云命方才的八个舞女进来，人手一支点亮的蜡烛举在头顶，在大帐中央站成了一个弧形。绯云退到帐口大约三十步左右方才站定。寻常短箭是不敢射如此距离的，纵是战场强弓，百步之外也就没有了准头。如今一个少年，却要在三十步之外射灭豆大的蜡烛火苗，简直令人无法想象。战国刀兵连绵，谁对武道都有些许常识，况乎在血雨腥风中滚出来的昭雎家族？一时间，大帐静得喘息之声可闻，几个举烛舞女更是裙裾索索提心吊胆。此时绯云身形站定，骤然间长身跃起，空中大袖一展，便听"噗噗噗"一阵连梭轻响，八支蜡烛几乎是一齐熄灭！

绯云拱手笑道："吔，献丑了。"便坐到了案前没事儿般自顾吃了起来。

"令尹啊，以为如何？"张仪醉眼蒙眬地看着昭雎。

昭雎早已经出了一身冷汗——张仪身边有如此鬼魅人物，要取人首级当真如探囊取物。纵然张仪不在郢都，他那个秦国商社安知没有此等人物？自己身边虽然也是多有剑士，可谁又能敌得如此长剑短兵？心念及此，昭雎不禁惶恐笑道："神乎其技！神乎其技！老朽大开眼界了。丞相有此等英杰，老朽敬服也。"

"饮酒作乐尔尔，何足道哉！"张仪一通大笑，拱手道，"叨扰令尹，告辞了。"

"丞相稍待。"昭雎"啪啪"两掌，一个老仆捧来一只一尺见方的铜匣。昭雎凑近张仪低声说了一阵，张仪只是矜持地微笑点头，吩咐绯云接过了那只铜匣。一切完毕，大帐外驶来了一辆四面垂帘的篷车。昭雎将张仪殷殷扶上车，子兰亲自驾车将张仪送回了驿馆。

此时已是四更将近，绯云吩咐厨下做来一大盆又酸又辣的醒酒鱼羊汤，喝得三人满头冒汗，却都是异常的兴奋。绯云笑道："老贼好神秘吔，大张旗鼓地请客，却偷偷摸摸地用篷车后门送人。"张仪笑道："神秘兮兮，就是这老贼服软了。今夜两位小弟大有功劳，来，干一碗庆功！"径自将大碗与两人面前的空碗"当"的一碰，又咕咚咚喝了一碗。绯云笑道："吔，酒徒一个，任甚都做酒了。"嬴华第一次看见张仪酒后模样，觉得这时的张仪爽直憨厚诙谐，与平日的张仪判若两人，竟觉特别的可亲，不禁咯咯笑道："喝了七种酒还能说话，人家可是酒圣呢。"说着拿下张仪手中的空碗："别举着了，没酒了。说说，今晚谁功劳最大？"张仪呵呵笑着："大小弟，一剑立威。小小弟嘛，令老贼毛骨悚然。功劳，都大也。"嬴华笑着拍案："酒糊涂！小小弟功劳大，那才真叫神乎其技也。"张仪也拍着长案一副恍然醒悟的样子："大小弟大是，小小弟当真一个小巫婆！我都不晓得她有这两手也。"绯云笑得捂着肚皮道："吔！才不是小巫婆呢。"缓过劲儿来道，"其实不神吔，我的袖箭不是甩手，也不是寻常小弓单箭，我是公输般的'急雨神弩'，一机在袖，可同时发射八支箭，也可单支连发。张兄、华哥你们看。"说着右手向上一伸，大袖滑落，手臂上赫然现出一个用皮条固定的物事。

绯云解开皮条，将物事摆在了案上："看看，这便是'急雨神弩'了。"

这急雨神弩外观极是寻常，不足一尺长的一片厚铜板而已。然则仔细端详，却是一套巧夺天工的连锁机关。八个箭孔大约竹签一般粗细，在铜板上排成了错落无序的奇怪形状；铜板横头伸出了一个带孔的榫头，孔中穿了一根精致的皮条；以不同方式扯动皮条，小箭就会以不同方式发射。嬴华是兵器行家，一番端详后不禁惊叹："用之简单，威力惊人，当真匪夷所思！"张仪笑道："那层出不穷的机关，都包在肚子里了。"嬴华笑道："小弟定有奇遇，此等神兵可是绝世珍品呢。"

绯云道："吔，这可是张家的祖传之物呢。"

嬴华大是惊讶。张仪却哈哈大笑道："海外奇谈！张家祖传，我如何不知？"

绯云幽幽一叹道："那是主母不让告你吔。主母说：张家祖上有一代做过洛阳工匠，后来跟着神工公输般做了徒弟。这'急雨神弩'是公输般匠心画图，却是张祖一手制作。只做了六件，公输般破例教张祖留了一件，说张家有远运，有朝一日会有大用的。我被主母救回的第三年，主母才将这急雨神弩的故事说给了我，还说此物张兄用之不妥，教我精心练习，跟随张兄。”

“那？你跟谁学的射技？母亲？”一说到母亲，张仪便情不自禁。

绯云摇摇头：“张老爹教我的，他老人家是高手。主母说，要不是张老爹，张家早被流盗洗劫了。”说着说着绯云有些哽咽了。

张仪叹息一声，良久沉默。嬴华道：“大哥不需忧伤，今日事伯母地下有知，也当含笑九泉。”绯云也抹去眼泪笑道：“吔，都是姐姐摆功摆出来的呢。”嬴华咯咯笑道：“哎呀呀，如何又变成姐姐了？是大哥。”绯云笑道：“吔，大哥只有一个，你是假大哥真姐姐呢。”说着两人笑成了一团。张仪忍俊不禁，也哈哈笑了。

次日午后，一辆青铜轺车在一队甲士护卫下开到驿馆，张仪被隆重地迎接进了郢都王宫。

楚怀王大是烦恼。先是郑袖花样百出的宫闱“规劝”，后是昭雎一班老臣子软硬兼施的利害陈说，楚怀王本来已经打算听从他们的主意了；偏在这时，屈原黄歇一班变法新锐却又闻讯而动，非但闯进王宫慷慨陈词质询他“将先王遗志置于何地”，还当场断指写下了鲜血淋漓的长卷血绢，发誓要与虎狼秦国周旋到底。

又“断指”。太多了。

这一下楚怀王当真为难了，他不怕别的，就怕这顶“背叛先王遗志”的铁头罪冠。老昭雎如此死硬，当初也没敢断然主张背弃楚威王的既定国策，而只是胁迫他罢黜屈原缩权黄歇，合纵与变法却只字未提，还不是不想背“忤逆先王”的恶名？芈槐别的不清楚，父王在楚国朝野与天下诸侯中的巨大威望，却是最清楚不过的。父王死了，但父王的威望却是他的立身之本，一旦被朝野指为“背叛先王”，那还不成了天下不屑一顾的恶君，说不定随时都有倒戈之危。

秦惠文王

战国合纵连横路线图（公元前 331 年）

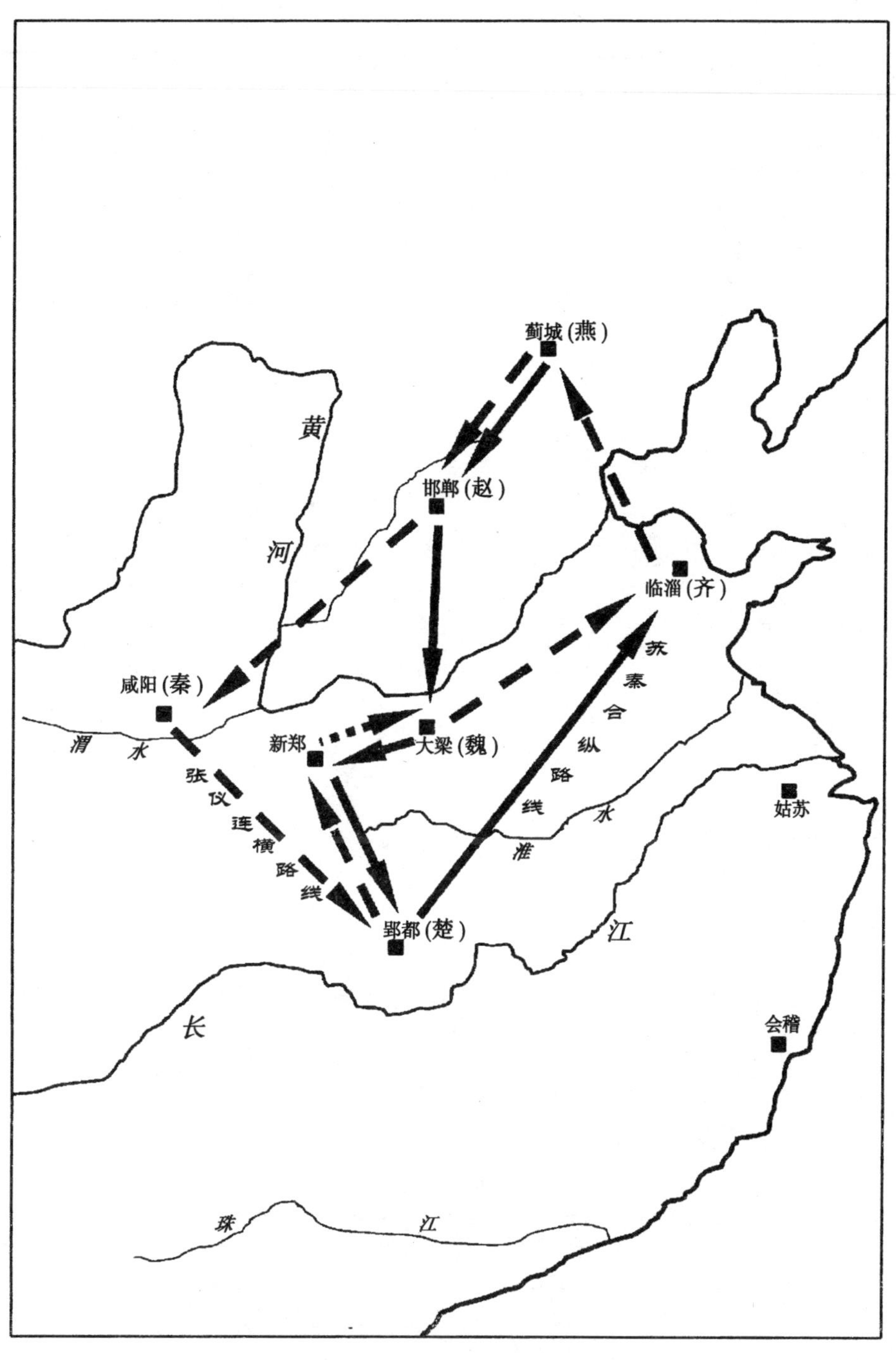

细细一想，芈槐觉得大是怪异：张仪一来，一切大变。行事向来讲究“分寸”的老昭睢与从来不过问国事的郑袖，竟全都急吼吼地要与秦国修好。屈原黄歇一班新锐，在遭到贬黜时也没有如此激烈的言辞举动，如今竟是指天发誓地对他这个新王施压。平心而论，对于是否一定要和秦国修好，还是一定要和秦国为敌，芈槐当真不在乎，也认为大可不必如此认真。邦交大道，从来都是利害计较，哪有守株待兔的蠢人？如今两派各自咬住一方，水火不能相容，他却彷徨无计了。两边都有胁迫他的利器，两边都不能开罪，两边也都不能听从，芈槐第一次感到了当国王的苦恼。烦乱之下，他坐着王船独自在云梦泽漂了一天一夜，竟生生憋出了一个主意，也第一次感到了做国王的快乐。

张仪来了，被领过了曲曲折折的回廊小径，最后进了一座极为隐秘的小殿。这是芈槐亲自指定的密谈地点，他要依靠自己的见识，在大国邦交中显示国王的圣明。

“丞相入楚，芈槐多有简慢，望勿介怀。”

“先王方逝，主少国疑，张仪岂能不知？”

“先生以丞相之身使楚，必是重大事体，芈槐愿闻先生高见。”

“秦楚修好，别无他图。”张仪要言不烦。

“改弦更张，楚国有何好处？”芈槐也是直触要害。

“秦楚接壤千里有余，一朝为敌，秦国伤害而已，楚国却是岌岌可危也。”

“丞相是说，楚不敌秦？”

“楚若敌秦，何须六国合纵？”

楚怀王一怔，却又立即笑了：“合纵深意，在于灭秦，而不是抗秦。”

张仪骤然一阵大笑：“掩耳盗铃者，不想却是楚王也。秦国现有十万铁骑，一年之内将增至二十万。楚国只有支离破碎的二十万老军，楚国抗秦，无异于以卵击石。至于六国灭秦，更是痴人说梦。难道楚王忘记了三十年前的六国灭秦大会盟么？其时也，秦国尚是穷困羸弱，六国尚不能灭，况乎今日哉？”

楚怀王顿时语塞。虽然他觉得张仪有些盛气凌人，但对张仪所说的事实却无法辩驳，谁教秦国确实比楚国强大了许多？芈槐也想强硬对话，但他知道，实力较量，弱势一方是没有资格强硬的。沉默有顷，楚怀王换上了一副微笑的面孔道：“丞相曾助楚国灭越，对楚国朝局当不陌生。秦楚修好，赞同者有之，反对者有之，本王何以自处？尚请先生教我。”

张仪揶揄笑道："楚王若能将王权让于张仪，张仪自有办法。"

"丞相取笑了。"芈槐见张仪软硬不吃，顿时没了应对之法，只好直截了当，"秦国若能返还房陵①，本王便有立足之地。"

怀王并非昏愚。不过，怀王火气极大，容易意气用事，坏事。

"倘若返还，楚国如何？"张仪紧叮一句。

"退出合纵，秦楚结盟。"

"好！"张仪欣然拍案，"请楚王宣来史官，当场立下盟约。"

楚怀王没想到如此顺当地讨回了房陵之地，一时竟有些不敢相信。房陵六百里河谷盆地，又是几百年粮仓，对楚国的重要性怎么说也不过分，但能不动刀兵而收复房陵，纵退出合纵，屈原黄歇一班新锐也奈何他不得。芈槐笑道："两国立约，须得双方君主押约上印了。"言下之意，是要钉实张仪的权力。

"张仪乃秦国开府丞相、秦王特使，楚王若有疑虑，自当作罢。"

芈槐略微思忖便高声下令："宣太卜进宫。"

楚国的官制相对简约，太卜兼有记载国史、执掌宗庙、占卜祭祀等多种职责，实际便是文事总执掌。楚国具有浓郁的山地神秘传统，素来将占卜职能列于首位，此官便称为太卜。中原各国则将记载国史列为首位，一般称为太史令，府下分设宗庙、占卜、祭祀等属官。这时楚国的太卜是郑詹尹，此人与郑袖一样，乃楚国郑氏家族的支脉，为人深沉寡言，与朝中各方都甚为相得，与屈原还是忘年诗友。闻得楚王宣召，郑

① 返还房陵，按《史记》是商於之地六百里，而非房陵，作为小说则可灵活处理。

詹尹立即登车匆匆进宫。及至听到楚怀王立即拟就盟约的命令,他竟怔怔地愣在那里说不上话来。在他六十多年的记忆里,如此没有任何仪典的邦交立约是从来没有过的,尤其是一国之王与一国丞相立约,更是匪夷所思。他想说出自己的想法,却又嗫嚅着开不得口——太卜在实际国务中是无足轻重的,说了又能如何?愣怔片刻,只得拱手领命,坐到内侍已经准备好的长案前,双手提笔,在两张大羊皮纸上同时写下了两份盟约。

"太卜高年清华,竟有双笔才能,张仪佩服了。"张仪丝毫没有在意盟约,只对郑詹尹一手双笔绝技赞不绝口。

"如何?我大楚国也有上上之才了!"楚怀王芈槐也是不说盟约,只注意张仪说话。

老内侍将盟约递到王案前,楚怀王瞄了一眼,写上了"楚王芈槐"四个大字,随即命令:"用印。"一方鲜红的大印清晰结实地盖在了羊皮纸上。老内侍又将两份盟约捧到张仪案前,张仪笑道:"丞相印在咸阳,张仪只能押上名号了。"楚怀王笑道:"无妨。本王派特使随丞相去咸阳,用印之后随即交割房陵,如何?"张仪笑道:"土地乃无可移动之死物,邦交却是无常活物。何者先行兑现,楚王自当权衡。"楚怀王恍然拍案道:"好!三日之内,楚国派出特使,知会苏秦,退出合纵。"

张仪大笑:"三日后,张仪与两位特使离开郢都。"

楚怀王送走张仪,立即回到后宫对郑袖说了今日盟约。郑袖拍着芈槐的脸颊连连夸赞他"长大了,有谋划",还破例地教芈槐当了一回威风凛凛的大男人,芈槐乐得直叫,又一次体味到了王者的快乐与力量。

不想屈原黄歇当晚匆匆入宫,愤愤劝谏楚怀王勿受秦国诱骗,当立即撤除盟约,立即派出合纵联军。芈槐气得脸色发青,愤愤然辩驳:"合纵联军一定能收回房陵?你屈原担保?还是黄歇担保?兵不血刃而收复房陵,本王错在何处?六国合纵好,可曾给了楚国一寸土地?本王为何一定要守株待兔?!"

"噢呀我王,"春申君黄歇换了话题,"张仪狡诈无常,若骗了我王,楚国岂不贻笑天下?那时楚国何以在天下立足?"

"大谬!"楚怀王声色俱厉,"秦国失信?张仪行骗?果真如此,本王自当统帅三军,为楚国雪耻复仇!"

屈原深深一躬道:"言尽于此,夫复何言?臣等愿我王记住今日才是。"说完大袖一摆扬长而去,春申君也跟着匆匆去了。芈槐兀自喘着粗气自说自话地骂了一通,刚刚骂得累了，老令尹昭雎又到了。昭雎盛赞楚怀王："明君独断，力排众议，挽狂澜于既倒，救楚国于危亡，英雄气度，胜过先王多矣！"芈槐顿时心花怒放，觉得老令尹当真忠心耿耿老成谋国，立时赏了昭雎黄金百镒。

当晚，屈原在春申君府邸彻夜商议。天色泛白时分，一骑快马飞出郢都北门，直上官道奔赴燕国去了。

屈原、春申本无可能共事，为小说紧凑，小说将二人写成共事者。

第九章 纵横初局

时刻不忘燕国。燕国对苏秦实有恩在先，苏秦为燕，有感恩之意，但又有退守保命之意，据《史记·苏秦列传》，“其后秦使犀首欺齐、魏，与共伐赵，欲败从约。齐、魏伐赵，赵王让苏秦。苏秦恐，请使燕，必报齐。苏秦去赵而从约皆解”，“秦惠王以其女为燕太子妇。是岁，文侯卒，太子立，是为燕易王。易王初立，齐宣王因燕丧伐燕，取十城。易王谓苏秦曰：‘往日先生至燕，而先王资先生见赵，遂约六国从。今齐先伐赵，次至燕，以先生之故为天下笑，先生能为燕得侵地乎？’苏秦大惭，曰：‘请为王取之。’”由这些可见，苏秦之为人，“仁”不是重点，策略才是。《史记》虽不是事事皆准，但仍然是后世史家研究相关史实最主要依据的史籍，无人能脱离《史记》谈秦汉。苏秦及张仪列传虽有细节失误，但大体无误。小说突出燕姬与苏秦的关系，重在以此带动故事，有意淡化这些策士朝秦暮楚之心。这大概是历史小说的特权，读者不能说这是真的还是假的，只能说写得怎么样。当然小说家的意愿是希望读者认为这是真的。

一 燕山幽谷 维风及雨

苏秦回燕，燕国当真是惊动了。

蓟城万人空巷，红色人群从郊野官道一直蔓延到王宫门前，鼎沸欢腾之壮观使任何大典都黯然失色。老人们说，一辈子都没见过这样的人山人海，武安君给燕国带来了大运。

燕国君臣郊迎三十里，旌旗矛戈如林，青铜轺车排成了辚辚长龙。燕易王恭敬地将苏秦扶上王车，又亲自为苏秦驾车，引得万千国人激情澎湃漫山遍野地雀跃欢呼，万岁之声淹没了山原城池。谁都觉得，这个给燕国带来巨大荣耀的功臣，无论给予多么高的礼遇都是该当的。百余年来，燕国是战国中唯一的老牌王族诸侯，也是唯一没有扩展而始终在龟缩收敛的战国，没有在值得记忆的大事中风光过哪怕一

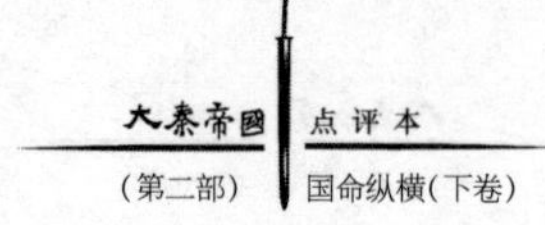

次，燕国人也从来没有扬眉吐气的时日。如今，燕国成了六国合纵的发轫之国，赫赫六国丞相竟回到燕国就职。一夜之间，燕国成了天下瞩目的首义大国，朝野臣民谁不感慨万端唏嘘欢庆？上自燕易王，下至工匠耕夫，谁也没有仔细去品味这件事对燕国的真实意义，更没有人去想，是否值得为一次邦交斡旋的成功如此狂欢，只是听任那压抑太久的萎缩之心尽情伸展，尽情发泄。

王车上的苏秦，却是一副淡漠的笑容。

面对绵延不绝的欢呼与形形色色的顶礼膜拜，苏秦有些茫然了。同是一个人，在潦倒坎坷的时候没有谁去理睬他，一朝成名，却有如此难以想象的荣耀富贵与崇拜颂扬如大海波涛般要来淹没他。洛阳归乡，国人也对他欢呼赞颂，但苏秦却没有茫然眩晕，反倒有些许真诚的陶醉与喜悦。毕竟，衣锦荣归是人生难得的一种骄傲，纵然这种骄傲不无浅薄处，但它却是一种真实的愉悦享受。

今日不然，燕国朝野的狂热，使他如芒刺在背浑身不自在。他实实在在地觉得，六国合纵是自己的血汗功劳，纵然身佩六国相印也当之无愧。但是，他也实实在在地以为，六国合纵不能从根本上挽救任何国家，更不会给庶民百姓带来富裕康宁。将六国合纵看成救世神方，将苏秦看成上天救星，实在是一种虚妄。期之愈深，失之愈痛，一旦六国合纵出现危机，光环与泡沫骤然消失，人们又当如何？如果说，国人百姓的欢呼颂扬，苏秦还能释然一笑，那么国君大臣给他的旷世礼遇，则的确使他隐隐不安。他本能地觉得，六国君臣之中，极少有人把握六国合纵的真实用心与本来图谋。他甚至有了一丝隐隐的恐惧：六国合纵一旦立于天地之间，这个庞然大物的命运，已经不是他能操纵的了。

燕易王为苏秦举行了盛大的接风宴会，国中大臣与王室贵胄三百多人济济一堂，钟鸣乐动，高歌曼舞，觥筹交错，人人欢欣。席间燕易王拍案下书：拜苏秦为燕国开府丞相，赐易水封地二百里，在蓟城起造武安君丞相府邸。既是武安君，又是开府丞相，这便是老百姓们津津乐道的“封君拜相”，也是天下君王对臣子的封赏极致，同样也是布衣入仕所能达到的最高峰。燕易王话音落点，大殿中一片高呼：“武安君万岁——”“丞相万岁——”苏秦依照礼仪一躬到底谢了王恩，却没有燕国君臣所期望看到的欣喜激动。但燕国君臣这一丝失望也一闪而逝，迅速被宴会的大喜大庆淹没了。

三更时分，大宴方才结束，看着峨冠博带的大臣们与灿烂锦绣的贵胄们川流不息地走出大殿，苏秦心中空荡荡的。从始到终，他都没有看见燕姬的身影。她是前国后，只要在蓟城，燕王断无不请她赴宴之理。难道她不在蓟城了？她能隐到哪里去？

才子都有一颗佳人心。

"武安君啊，"燕易王从中央王座走了过来，"大宴散去，本王留了几名大臣再与武安君小宴叙谈，听武安君说说六国大势如何？"燕易王三十余岁，一副络腮长须，粗壮敦实，酒后正是满面红光兴致勃勃的样子。

"臣亦正有此意。"苏秦拱手道，"然则，人少为好，臣欲向我王陈明秘策。"

燕易王略有沉吟，终于笑道："好，那就留宫他、子之两人。"

群臣退去，燕易王在大殿东侧的书房外厅设了小宴。说是小宴，实则是每人一鼎燕国的酸辣羊肚汤醒酒，之后就是饮茶。燕易王安排这个小宴，本意不在酒，而在于让大臣们听苏秦讲述六国合纵的经过与各国详情，以及如何使燕国声威大震的宏图长策，以振奋朝野。可苏秦却提出"人少为好，陈明秘策"，燕易王便感到有些扫兴。但苏秦目下是六国一言九鼎的人物，燕易王想想也就听从了，只留下了两个武臣相陪：一个是边丞宫他，一个是辽东将军子之。宫他原是周室大夫，护送燕姬嫁于燕文公后，留在了燕国，此人正在盛年又颇通兵法，燕文公任命他做了掌管全国边境要塞的边丞，虽然并不显耀，却是实权臣子。子之是燕国东北方的抗胡边将，正好来蓟城办理兵器，燕易王想教他听听天下大势。其所以留下这两个人，是燕易王估料苏秦的秘策必是组成六国联军攻秦，而这两人恰恰是燕易王心目中要派出的将领。

"武安君何以教我？"羊肚汤饮罢，燕易王拭去额头汗珠，笑吟吟看着苏秦。

苏秦悠然笑道："魏王告诉臣，孟夫子给他说了一个故事，我王可否愿听？"

“好。”燕易王道，“孟夫子常去大梁游，惜乎不来燕国也。”

“孟夫子说：有个宋国农夫种下一片麦子，天天到地头看，两个月了，麦子老是只有两三寸高。农夫心中着急，将麦苗一根根拔高了几寸，满眼望去，一片麦苗齐刷刷高了许多，蓬勃碧绿大有起色。农夫匆匆回家，高兴地对老妻与儿子说：‘今日辛劳，揠苗助长。明日再揠，过几日就能收获了。’老妻儿子大是惊讶，连忙赶到地头，一看之下，好端端的麦苗已全部枯萎了。”苏秦打住，依旧微笑地看着燕易王。

“完了？”

“完了。”

“甚个故事？”燕易王沉吟道，“世间有如此蠢人么？”

“真正揠苗助长者，可能没有。然做事相类而急于求成者，数不胜数。”

“噢——”燕易王恍然道，“武安君是说，六国合纵不能急于求成？”

“非纯然如此。”苏秦道，“孟夫子这个故事的真意，告诫人做事须得求本，而不是虚张声势。根本坚实，声势自来。根本虚弱，纵有外势而依旧枯萎。我王以为然否？”

“也是。武安君似有弦外之音？”如此一个故事，燕易王确实有些茫然。

苏秦肃然道：“臣之本意：六国君臣大多未能体察六国合纵之本意。”

“合纵本意？难道不是六国抗秦么？”

“抵御强秦，只是六国合纵之直接目标，当务之急罢了。”苏秦虽目力不佳，此时眼中却是灼灼生光，“六国合纵之根本，在于争取数年甚或十余年稳定，使各国能够抢出一段时间变法图强，与秦国作根本国力之竞争。但识得这一要旨，便将合纵视为手段方略，而将变法图强视为真正目的。

这个说法很有意思。合纵成功而持久的话，有可能会改变这个“天下”的大局，可惜齐魏短视，见小利而忘大义，最终导致合纵之势破。张仪有点偏投机型，苏秦则是大局型的，对“天下”的看法，苏秦实更胜张仪一筹，但《史记》中的苏秦身死天下笑，而张仪则后死功名成。实则张仪在苏秦之前。楚在各诸侯国中，最早僭越称王，最特立独行，若非内战频繁以及缺乏贤主，恐怕天下早已是楚王所有，楚之“沐猴而冠”之猴性太盛，所以难成大事。

惜乎六国之中,只有楚国体察了这一要害,否则楚威王不会如此果决地力行合纵。魏赵韩齐四国,都对利用合纵机遇而变法图强,没有丝毫体察。臣今归燕,似觉燕国朝野亦无变法图强之筹谋,举国上下,皆视合纵为挡风之墙、御敌之盾。而除此之外,究竟该当如何作为?却没有思谋对策。如此情景,臣不能不忧心忡忡。”

在发动合纵的游说中,苏秦的说辞从来只涉及各国所面临的威胁、各国间的恩怨纠葛以及与六国共同大敌——秦国的仇恨,从来没有对任何一个君主说出六国合纵的深远本意。不是不可说,而是没有必要说。六国君臣中浅薄平庸颟顸者多,深远意图往往会被看作不着边际的书生空言,何如不说?除了楚国殿堂那场特殊的论战,苏秦只用对面君王能够听得懂的语言说话,甚至对于四大公子,他也没有剖陈过六国合纵的本意。今日有感于燕国最初的知遇之恩,却是真诚坦率地说了出来,一席话显得分外的沉重。

据《战国策·燕策》,燕对苏秦确有知遇之恩,苏秦赴赵时,燕给了车马金帛。

燕易王却被苏秦说得有些懵懂了。他暗自觉得好笑,不就变法强国么,这也是秘策?一百多年来不知多少人说过了,但凡名士都将这个变法挂在嘴边,至于如此郑重其事?谁不想强大,可那容易么?燕国连场像样的胜仗都没打过,秦国欺负,赵国欺负,齐国欺负,连中山国也欺负,威胁日日不断,能守到今日已经是罕见了,大势不稳,谁敢变法?虽作如此想,他却不能对苏秦如此说,思忖一番笑道:“武安君说得也是,本王受益匪浅。燕国一旦康宁,立即着手变法如何?当务之急嘛,还是派军入盟,打败秦国。两位将军以为如何?”

宫他挺身拱手道:“臣以为大是!外敌不去,何论内事?”

“要抗秦,也要变法!”辽东将军子之只硬邦邦一句话。

苏秦沉默片刻,突然带有几分酒意地大笑起来:“我王已经想到此事,原是臣画蛇添足也。”少顷似乎醒过了神,笑道,“合纵成军,燕国何人为将?派军几何?”

“宫他为将,出兵五万。”燕易王爽快脆捷。

子之突然高声道:“子之请命为将,血战秦国,为大燕雪耻!”

燕易王似有犹豫,笑道:“此事回头商议便了。”

“好!将军请战,燕国有望!”苏秦哈哈大笑一阵,“臣,今日醉了……”一言未了,烂泥般软倒在地毡上。

燕易王大笑:“哎呀,武安君酒量当真浅也。来人,王车送武安君回府。”

一辆华贵的驷马青铜篷车辚辚驶出了王宫。三月的燕山风浩荡吹来,车帘啪啪直响,躺在车中的苏秦霍然坐起,打开车帘,扑面一阵料峭寒意。苏秦顿觉清爽,猛然长身站上车辕,如同站在轺车伞盖下一般,斗篷与大袖齐舞,长发与高冠纠结,空旷寂静的长街响彻着他的曼曼吟诵:“钟鼓锵锵——河水汤汤——忧心且伤——怀允不忘——”

离开燕国南下的时候,苏秦已经有了一座武安君府邸,那是一座王族罪臣的抄没府邸。虽然在穷困的燕国已经是很显赫了,但就实而言,也就是一座四进六开间的大宅院而已。这座府邸苏秦只住了不到十日便走了,连庭院中的房屋都没有时间看完。燕易王接到苏秦北上归燕的消息,加紧对这座府邸进行了一番修缮,又从王宫与官署挑选出了二十多名侍女与官仆,在一名王宫老内侍的督导下日夜整修刷洗,使武安君府变得亮堂堂一片生气。王车到达府门,家老总管领着四名侍女前来迎接,一看武安君醉不可支,立即用软榻将苏秦抬了进去。

王车一走,苏秦立即恢复了常态,饮了几盏淡茶,在庭院转悠了两遭,惊讶地发现这座不大的庭院已经变得与他离开时有了霄壤之别,除了不够宏阔,完全是一个贵胄府邸了。既然如此,燕易王为何还要另外为他起造新的武安君丞相府?难道这里不能开府理事么?对于穷弱的燕国,一座华贵宏大的府邸需要耗费多少民脂民膏,燕王难道没有想过么?尽管燕易王今日对他的主张表示了淡漠与嘲笑,苏秦也不愿意初回燕国便与燕王发生摩擦,但苏秦还是不忍看到燕国在如此衰弱之际做如此的大肆铺排。思忖良久,苏秦回到书房,提笔向燕易王上书:

谏君相府邸书

王欲为苏秦新起君相府邸，臣心殊为不安。墨子云：国有七患，城郭沟池不可守而治宫室，民力尽于无用，财宝虚于待客，大患之首也。臣之府邸四进六开，仆从数十，修葺一新，开府可也，理事足也，无当新起宏阔府邸。先祖立国之初，燕山荒莽，林草连海。先燕人奋发惕厉刀耕火种而成家园，遂立于北国诸侯之首。当此内忧外患之际，边卒饥寒，战车锈蚀，工匠穷困，农人饥馑，我王当辄思先祖国人之大德，固本用财，聚集国力，激励民心，以为变法图强之奠基。《周书》云：国无三年之食者，国非其国也；家无三年之食者，子非其子也。王若虚耗国家财货，铺排君臣行止，上不厌其乐，下不堪其苦，国家忧患多矣！

肺腑之言。

“当”的一声，苏秦掷笔，青铜笔杆撞得玉石砚台脆响。

帷幕后传来一声轻轻的叹息。苏秦霍然起身，沉声喝问：“谁在帐后？”

纱帐一阵婆娑，暗影中走出一个斗笠垂纱裙裾曳地的人来，看那高挑婀娜的身材，便知是女子无疑。苏秦心中一动：“你？可是……”只见那人缓缓摘下吊着黑纱的斗笠，现出了那永远烙在苏秦心头的绿色长裙与披肩白纱。

“燕姬……”苏秦揉揉蒙眬的眼睛，“果真是你么？”

“季子，没有错，是我。”燕姬灿烂的笑脸上闪着晶莹的泪花。

苏秦端起书案上的风灯，喘息着一步一步挪到近前，凝望着那张不知多少次闯入他梦乡的面容：乌发依旧那么秀美，肌肤依旧那么皎洁，眼睛依旧那么明亮，微笑依旧那么神秘,那,那是……苏秦颤抖的手指轻轻地摩挲着燕姬眼角细密的鱼尾纹,骤然之间泪如泉涌,颓然跌倒,手中的风灯也“咚”地砸在地毡上。

相思。闲愁。

“季子……”燕姬低低惊呼一声,将苏秦抱起,放在了日间小憩的小竹榻上。

苏秦却睁开眼睛霍然坐起道:“燕姬,快说说！你是如何过来的？你藏在何处?”

“呀,捏得我好疼。”燕姬轻声呢喃,又粲然一笑,“你躺下,我再说好了。”

“好。”苏秦也笑了,“一见你,我竟弱不禁风了。”斜倚在了竹榻靠枕上。

“太操劳了。”燕姬幽幽一叹,“迢迢驰驱,时时应酬,日日应对,夜夜上书,有如此做事的么?”

“无妨,打熬久了,我撑持得住,先说你。”

燕姬无可奈何地笑了笑,向苏秦讲述了宫闱巨变中她的经历。

燕文公骤然死去,燕姬大为起疑。文公虽然已经五十余岁,且有老疾缠身,但据太医的诊断与燕姬自己的体察,燕文公在三五年之内至少不会有性命之忧。可是,就在燕姬陪着太子去举行春耕开犁大典回来时,老国君已经死在了书房之中,面色紫黑大睁双眼形容可怖！燕姬立即查究侍奉老国君的内侍侍女,却找不出任何头绪。就在她喘息未定的时分,太子竟然带着三百名精锐甲士与几名大臣赶到了后宫,丝毫没有询问老国君的死因,也丝毫没有与她商量,立即下书宣布了国公薨去的消息,宣布了国丧,宣布了太子即位。令燕姬惊讶莫名的是,平日里对她甚是敬重,她也曾多次助其渡过危机的太子,竟然在顷刻之间变得冷酷凌厉,对她视若无物。燕姬沉住气一句话也没有说,便离开了寝宫,立即着手清理了自己的物事，做好了随时离开宫廷的准备。整个国丧的一个月里，她都没有离开自己的庭院一步，既不参与葬礼，更不过问国事朝局。突然之间，她这个国后变成了被遗忘的古董，似乎从来没有存在过。大丧之后，新君宣布称王，在新御书①清点燕文公书房时，却发现少了一方最重要的传国玉印、一幅燕国秘藏图。

新王气势汹汹来找她时，将那座小庭院包围了。燕姬非但没有惊慌，反而笑吟吟地向新王申明：她奉天子王命，要重回洛阳王室。新王阴沉着脸说，只要她交出玉印与秘图，就放她回洛阳。燕姬一阵大笑道："我不回洛阳，死在燕国又有何妨？"新王无奈，只好屏退甲士，一个人温言软语地劝她求她。燕姬全然不为所动，冷冰冰地提出："先君死得蹊跷，查明死因，究办谋逆奸凶，再说此事不迟。"新王万般无奈，只好连夜与心腹密谋，第二天便将宫中内侍总管与三家大臣满门斩首，蓟城国人一片欢呼。

疑似宫廷政变，总要有替罪羊。百姓一天到晚闲着没事，总希望宫廷内能发生点什么。故事的趣味点也在这里。

新王又来见燕姬。燕姬便将玉印交给了这个已经十分陌生的昔日太子。新王又索要秘藏图。燕姬拿出了燕文公的遗书，遗书上赫然写着："秘藏图交由国后燕姬掌管，新君可酌情支取，不可更改执掌。若有违背，宗庙不容！"新王愣怔半日，长叹一声道："国后意欲如何？"燕姬笑答："唯想隐于秘藏之地，远离宫廷纠葛，如是而已。"新王道："若有急处，如何找到国后？"燕姬道："先君有三只信鹞，但放一只，两个时辰内我便可收到，届时我自会指明地点。"新王思谋良久，只好答应燕姬离开蓟城。

能使鬼推磨的，钱与权。能让人出卖灵魂的，钱与权。新王拿燕姬也无法。

燕国虽国用拮据，但历代国君都秉承了老周王族的谨细传统，将一定的剩余财货囤积隐藏。六百多年下来，这些

① 御书，燕国掌管国君文书的官员，相当于秦国的长史，也就是国君秘书长。

秘密藏匿的财宝实在是不可小视。燕国敢于以穷国弱国摆老贵胄架势，一大半原因是因了这些惊人的秘藏。离开这些秘藏，燕国不能应对任何一场像样的大仗。唯其如此，新君无论如何不敢开罪这位奉先君遗命掌管秘藏图的国后，反而每隔一两月便派出信鹞嘘寒问暖一番。如此一来，燕姬过起了真正的隐居生活。

《史记》里的这个文侯夫人，就交代了一句，再没下文。小说增加了个中的传奇色彩。

"他要跟着信鹞踪迹找你，岂非大大麻烦？"苏秦有些着急。

"季子傻也。"燕姬笑道，"不是信犬，不是信鸽，是信鹞。鹞子如苍鹰，一展翅直上云中，难觅踪迹，他却如何跟踪？这也是历代燕君的老法子，从来没有闪失的。"

这个编得倒是有鼻子有眼睛，很细致。鹞子跟风筝的起源有关，风筝的别称亦叫纸鹞。亦用于军事。

"如此便好。"苏秦长长地舒了一口气，"荆燕上次回燕，没有听到你的消息。今日宴席也没见你，我真有些急也。"

"新君多权谋，将宫中封锁得很是严密，对外却无事一般。季子以为新燕王如何？"

"权谋机变有余，雄心正才不足，不是好气象。"苏秦忧心忡忡。

"你还愿意将燕国作为根基么？"

"燕国为合纵发端，天下皆知，还当是立本之国。"

燕姬笑道："夜深了，这些事择日再说。"

苏秦恍然坐起："你究竟在何处？如何找你？"

"三日之内，按图来寻。"燕姬微笑着从袖中抽出一方白绢摁到苏秦手掌中，"保你有说话的好所在。我走了，你别动。这里的内侍官仆都是我的旧人，出入忒便当。"说完戴上斗笠，一闪身转入帷幕后消失了。

苏秦顿时觉得空荡荡的，茫然怅然恍惚烦乱，片刻间一齐涌上心头。睡是无论如何也睡不着了，索性到庭院中闲走。蓟城刁斗已经打响了五更，天中月明星稀，横亘北方天际的那道山峰剪影好像就压在头顶。山风还没有鼓起,天地间万籁无声,苏秦突然生出一种从未有过的窒息感,胸中憋闷极了。

合纵发端便危机丛生:联军尚未建立,楚威王就突然病逝了;燕文公、齐威王、魏惠王,几个对秦国怀有深刻警惕的老国君也都死去了;任何一国,随时都可能突然生出各种各样的麻烦。燕易王的言行使他突然悟到:六国合纵的真实意图,可能永远都难以被人理解了,更是难以实现了;他所面对的,将是层出不穷地奔波补漏;六国合纵所能起到的唯一作用,很可能只是一张需要不时修补的盾牌。

一想到这里,一种浓浓的沮丧渗透到苏秦心头。在洛阳郊野冰天雪地中构思的远大宏图,在今日六国君臣们的狗苟蝇营中,仿佛一场光怪陆离的梦。变法不好么?强国不好么?为何这些君主权臣就是不愿意做?真是一个天大的谜团。骤然,苏秦觉得自己疲惫极了,苍老极了,对世事无奈极了,真想躲进一个世外仙山,仔细地透彻地揣摩一番人世间的奥秘。可是,世外仙山在哪里?洛阳苏庄么?老父故去了,留下的苏庄只是一片充满了世俗渴求的故园旧土而已。两个弟弟期望着二哥将他们带上入仕的大道,让他们一展才华;大嫂期盼着他的权力万世永恒,使苏氏家族永远辉煌;妻子倒是期盼他是一介平民男耕女织,可她能给苏秦的,依然是一种窒息,一种深深陷入田园泥土而不许自拔的窒息。说到底,当你褪尽身上的权力光环时,那片故园旧土给你的便只是蔑视与嘲笑,而绝不会给你一种出世的超脱。梦中仙子一般的燕姬,偏偏又陷入了燕国的宫廷阴谋之中,该当自由的时日,她却依旧戴着国后的桂冠,并没有远走隐世的打算,她似乎注定要在这个阴谋圈子中周旋下去,永远地留在燕国土地上。果真如此,苏秦的梦幻也将永远地化为乌有……

为事业"守身如玉"。

三十岁尚是处子之身的苏秦,第一次萌生了深刻的迷茫，有些无所措手足了。

“大人！如何睡在这里？”一个侍女惊慌地喊着。

苏秦睁开眼睛，看见自己躺卧在水池畔的一张石案上，衣衫潮湿冰凉，露水珠儿尚在晨雾中晶莹生光。侍女小心翼翼地扶起苏秦：“大人，家老正在四处找你呢。”苏秦慵懒地打了个长长的响亮的哈欠，揉揉眼睛问：“有事么？”

“说是荆燕将军紧急求见。”侍女低声回答。

“荆燕？”苏秦精神一振，霍然起身，大步匆匆向书房而来。

随着苏秦归燕，荆燕在燕国也声名大振。大宴之时，燕易王下书封荆燕为中大夫。对于一个平民出身的武士来说，原先的千夫长已经是荆燕的最大出息了，封为中大夫而位列朝臣，无异于极身荣耀彻底改换门庭。可荆燕却红着脸对燕王说：“荆燕一介武夫而已，不敢位列庙堂之上，愿终生为武安君属吏。”燕易王大感意外，又要在朝堂显示用贤气度，倒也着实劝说了几句，期望他接受王封。可荆燕却只是红着脸摇头，一句话也不说。燕易王扫兴又无奈，只好褒奖几句作罢。苏秦也颇为困惑，趁席间如厕，于无人处询问缘故，荆燕却只木讷道：“心智浅薄，当不得大命。”见荆燕不愿多说而又绝无更改的样子，苏秦也没有多问。大宴未完，荆燕南下大梁联络去了，如何恁快便回来了？

强调忠。这个“忠”与名利场倒能相安无事，恐怕也是等级观念所致。

荆燕正在书房外焦急地徘徊，见苏秦衣衫不整长发散乱满脸青灰地匆匆走来，不禁迎上前去惊讶问道：“大哥如何这般模样？”苏秦摆摆手道：“无妨，酒多了而已，出事了？”荆燕低声急迫道：“斥候急报：张仪出使楚国！我怕你有新谋划，便半道折回，你定了主张我立即出发。”苏秦沉默着没有说话，思忖片刻道：“你在外厅稍待片时，此事容我仔细想想。家老，给将军上茶。”说完大步进了书房。

一个时辰后，苏秦走出书房，手中拿着四个铜管道："荆燕，你立即分派得力骑士，将这四份书简分送信陵君、孟尝君、平原君、春申君四大公子。三日后你随我南下，你来准备细务，我有一件事需要料理。"

"大哥放心，你尽管办事，我这便去。"荆燕将铜管插入腰间皮袋，大步出门去了。

苏秦觉得有些困倦，来到浴房在冷水中浸泡了片刻，神志顿时清爽。这是他在郊野苦读时形成的习惯，夏日在冰凉的井水中浸泡，冬日赤身在冰雪中打滚儿，那冰凉的气息直渗心脾，消解困顿最为有效。冷水浴完毕，他又匆匆地吃了一鼎肉汁面饼，便乘坐一辆四面垂帘的辎车直出蓟城北门。到得郊野无人处，换上一匹青灰色阴山骏马，苏秦直向大山深处飞驰而去。

三月的燕山，苍黄夹着青绿，莽莽苍苍地横亘在面前，数不清有多少河谷有多少奇峰。来到一条清波滚滚的河边，苏秦一番打量，脚下一磕，骏马沿着河道直向那道最为低缓平庸的山谷驰去。走得一程，山谷突然由南北向转为东西向，苏秦左手马缰轻抖，进入了西面的山谷。大约走得三五里，山谷渐行渐窄，身上却觉得越来越热，燕山特有的那种饱满浩荡而略带寒意的春风，不知不觉间竟变成了和煦温暖的习习谷风。面前奇峰高耸入云，地上柔柔绿草如茵，满山林木苍翠葱郁，与山外直是两重天地。

苏秦驻马张望一番，觉得这道山谷的奇妙景色在燕山之外断难想到，当真是平中隐奇。突然，他听到了一种隐隐约约的隆隆之声，走马寻着隆隆声深入山谷，大约里许，迎面一道大瀑布从高高的山峰上跌落，飞珠溅玉，水雾中断断续续地闪烁出不断变幻的彩虹。抬眼四望：瀑布正在山谷尽头，两边奇峰对峙，中间谷地只能可可地容下这片碧绿的深潭；潭边谷地生满了野花野草，层层叠叠交相纠结，却叫不上名字。鸟鸣虽湮没在隆隆瀑布声中，但那些灵动出没于花间草丛树梢的五彩身影，却实实在在的是生机盎然。

"天泉谷？好个所在！"苏秦大伸腰身做了一个长长的吐纳，觉得身上酥软了一般。静了静神，他从长衫衬袋里拿出一只黑黝黝的陶埙吹了起来。这是洛阳人烙在心头的踏青民谣，在《诗》中便是《王风》中的《黍离》，是周人在东迁洛阳时西望镐京废墟，对部族衰落的迷茫与叹息。这首歌儿，在中原战国也许已经被人遗忘了，但洛阳王城的子民却是永远不会忘记的。

随着悠扬沉郁的埙音，谷中突然飘出了悠长的歌声：

知我者谓我心忧
不知我者谓我何求
悠悠苍天
此何人哉
……

歌声苍凉肃穆，正是《黍离》的老词，那种滞涩的唱法，那种独特的招魂般的呼唤，不是周人决然不能唱出。

"燕姬——你在哪里？"

"右首看——"

苏秦转身，朦胧看见了山花烂漫的山腰中随风飘展的一点雪白。虽然目力不佳，他也断定那是燕姬无疑，打马一鞭，骏马长嘶间箭一般向东边山峰冲来。

"季子！我来了——"山腰一阵清亮的笑声，一个绿衣白纱的身影轻盈地从山上飘了下来，堪堪地落在了马背之上。一阵丰满柔软的馨香与温暖顿时从背后包围了苏秦，淹没了苏秦。一种从未体验过的奇异感受，闪电般袭击了他，使他差点儿跌下马来。猛然，他一把将那丰满柔软的绿裙白纱揽了过来，紧紧地箍在怀中，一阵急促的喘息，两个灼热的躯体在马背上重叠了，融化了……

"真是一头饿狼。"花草丛中，燕姬摩挲着苏秦的脸颊。

"中山狼！"一阵大笑，苏秦又将燕姬拉进了怀中。她满脸红潮地喘息着，紧紧抱住了津津冒汗黝黑闪亮的结实身躯，任那令人如醉如痴的潮水裹挟着腾腾热汗，恣意地向她冲击，在她晶莹丰满的身体里尽情翻涌。她仿佛变成了一叶轻舟在波峰浪谷中出没，又仿佛一片羽毛在风中飘荡，悠上巅峰，飘下深谷，湮没在无边的深深的愉悦里。她尽情地叫喊着呼唤着寻觅着，却又更深更深地湮没了自己……

阳光徜徉到山顶的时候，燕姬醒了。她没有惊动苏秦，到山根小溪流中收拾好自己，坐在他身旁，静静地端详着守候着，一任那一抹晚霞从山顶褪去。终于，苏秦睁开了眼睛："噫！天黑了？"燕姬亲昵地笑着在他脸颊上拍拍："季子，你是真累了呢。"苏秦霍然坐起摇摇头笑道："从来没有如此酣睡过，冷水冲冲，三日三夜也没事。"燕姬咯咯笑道："真是头中山狼呢。看那边，山根便是小溪，潭中溢出的天泉水，只怕有点儿凉呢。"

"越凉越好。"苏秦走了过去，躺在了溪中的卵石上，任清凉的山溪哗哗流过自己。

"夜来何处啊？山洞？谷地？"燕姬坐在溪边大石上笑吟吟地喊着。

"都是仙境。"苏秦仰面朝天躺在水流中，快乐地高声答着。

燕姬笑着站了起来，打开她的随身皮囊，支开了一顶白色小帐篷，燃起了一堆熊熊篝火。此时，一轮明月爬上山顶，峡谷的一线天空碧蓝如洗，花草的淡香和着瀑布激扬的水雾，混成清新纯馥的气息弥漫在谷中，隐隐水声传来，倍显出一种无边的静谧。苏秦出了山溪，只觉一种从未体味过的轻松舒畅，情不自禁地对着天中明月高声吟哦："谁谓河广？一苇航之。谁谓天高？跂予望之！谁谓河广？曾不容刀。谁谓天高？暮暮朝朝——"

燕姬笑了："被你一改啊，这首《河广》①还真是深远了许多。"

《河广》原是宋国流浪者的思乡歌谣。苏秦心思潮涌，将"谁谓宋远"一句，改成了"谁谓天高"，意境便大为深远起来——谁说大河宽广？一苇扁舟便可渡过。谁说上天高远，踮起脚来便可相望。谁说大河不宽广？一苇小舟不容逾越。谁说上天不高远？暮暮朝朝也走不到。

苏秦喟然一叹："今日天堂，只怕是暮暮朝朝也。"

"你呀，先来吃喝了。"燕姬笑道，"只要想走，又岂怕暮暮朝朝？"

"说得好！"苏秦大笑一阵，猛然闻见一股奇特的酒肉香气飘来，趋前几步，见篝火铁架上烤着一只红得流油的山鸡，旁边摆着一坛已经启封的兰陵酒与两只陶碗，不禁大喜过望，"噫！如何有酒肉了？"燕姬笑道："不出一箭，百物齐备呢，回头细说。来，先共饮一碗。""且慢。"苏秦端起陶碗笑道，"总该有个说辞也。"

"今日得遇君，永世毋相忘。"

"魂魄绕子衿，来生亦相将！"

两碗相撞，两人一饮而尽。燕姬的笑脸上挂着晶莹的泪珠，顾不上擦拭，拿下铁架上红亮的山鸡用短剑剖开，递给苏秦一只硕大的鸡腿。苏秦一手接过，另一手却轻轻抹去了她脸颊的泪痕。"季子……"燕姬一阵颤抖，连忙背过了脸去用汗巾堵住了自己泉

---

① 《河广》，见《诗经·卫风·河广》。

涌的泪水，回过头来又是灿烂的笑容。苏秦大撕大嚼，燕姬一块一块地将山鸡递到他手上，自己却始终只是默默地凝望着。

痴情女子。有智慧的也痴得一塌糊涂。

“完了？呀！你如何一点儿没吃？”苏秦惊讶地摊着两只油手叫了起来。

燕姬“噗”地笑了：“看你吃比我吃舒心多了，来，洗洗手擦擦脸。”说着从身后扯过一个皮囊解开，倒水教苏秦洗手擦脸。收拾完毕，两人默默相望，一时无话。良久，燕姬低声道：“几多时日？”

“还有十二个时辰……”

“还来得及。看看我的住处吧。”

“燕姬，你要在燕国永远住下去？”

燕姬轻轻地叹息了一声：“天地虽大，何处可容我身？我的梦想，一半已经破灭了。剩下的一半，将永远留在我的心里……燕姬不能嫁给你，不能名正言顺地做你的妻。你不能娶我，不能名正言顺地做我的夫。可上苍偏偏教我们相遇，教我们相知，教我们相爱。你说，我们又能如何？纵然无视礼法王权，可你还有刚刚开始的功业，那是你终生的宏图，我们没有毁灭它的权力……”

春秋时期一女事二夫，不足为怪。即使到了战国时期，所谓贞节观，也不是独断性的教条。

心中一阵大痛，苏秦生生地咬牙忍住了那几乎要喷发出来的呐喊，不能！他不能给燕姬留下太过猛烈的伤痛。沉默良久，苏秦渐渐和缓过来，拨弄着篝火低声道：“我只是担心你的处境。”

“季子，我是万无一失的。对付宫廷权谋，自保还是有余的。”燕姬目不转睛地看着苏秦，“倒是你，太执着，看重建功立业，忽视权谋斡旋，我真担心你呢。”

“我有预感：六国合纵的真正目标，已经不可能达到了。目下我只有一个愿望：促成六国联军，与秦国大打一仗，使秦数年内不敢东出函谷关。以铁一般的事实说话：合纵抗秦，能够为中原六国争取时日。白白挥霍浴血争来的时日，那是六国自取灭亡！真的，我不想将遗恨留给自己……”一阵粗重的喘息过后，苏秦慨然笑道，“这个愿望一成，我便与你隐匿山野，做世外仙人。六国自顾不暇，那时谁来管一个逃匿了的苏秦？谁来管一个早已消失的国后？”

功不成则隐。士人心中总是有一个隐退梦。

“季子！”燕姬猛然扑到苏秦怀里，紧紧地抱住了他，分不清是笑还是哭。

山月已到中天，那堆明亮的篝火渐渐地熄灭了。

二　怪诞说辞竟稳住了楚国

春申君比谁都焦急，天天以狩猎为名，在郊野官道等候苏秦的消息。

眼看张仪在挥洒谈笑间颠倒了楚国格局，新锐人士都有些蒙了，人心惶惶，心思灵动者已经开始悄悄向昭雎一边靠拢了。连小小郎中的靳尚，也成了郢都的热门人物，昔日的新锐们纷纷凑上去小心翼翼地逢迎，求一个穿针引线的门路。若秦国一旦将房陵之地交还于楚国，楚国正式退出六国合纵，楚国变法岂不眼睁睁地就夭折了？第一次，春申君感到茫然无所适从了。对张仪这个人，他实在是揣摩不透，更想不出应对办法。张仪入楚，春申君与屈原事先都知道，可并没有在意，其中缘由在于：昭雎是张仪的大仇人，张仪一定会借着秦国强大的威慑力，逼迫楚王杀掉昭雎；昭雎则一定会全力周旋反击，无论结果如何，昭雎的势力都会削弱，楚王都会重新倚重新锐人士。他们认定：入楚对张仪是个泥潭，对昭雎是场劫难，对他们却未尝不是一件好事。春申君与屈原，那时都不约而同地说出了“作壁上观”四个字。

谁能料到，张仪静悄悄地住在驿馆，竟能与昭雎化敌为友；竟能渗透宫闱与郑袖结盟；竟能使楚怀王大失分寸，置先王遗命于不顾而与虎谋皮。等到春申君与屈原挺身而出，血谏抗争的时候，惜乎大错铸定，为时已晚了。对如此一个嬉笑怒骂皆成文章的诡谲莫测之士，屈原也是束手无策，只是反复念叨：“一定要等苏秦，此人非苏秦不是对手，一定要等。”

郢都北门外的山塬已经是郁郁葱葱了。淮南的春日比中原要来得早一些，风中的寒气早已消散，和煦的微风中已经有了初夏的气息。春申君与门客们在山塬上追逐着星散的野兔狐鹿，眼光却不时地瞟一瞟山下伸向北方的官道。

“春申君快看，有车队南来！”一个门客站在山头大喊起来。

绿色平原的深处，一股烟尘卷起，正缓缓地向南移动着。正在这时，一骑骏马从郢都北门飞来，遥遥高喊：“报——武安君书简到——”随着喊声，骏马已风驰电掣般来到面前。春申君接过书简打开一瞄，打马一鞭，向山下飞驰而来。

北方烟尘，正是苏秦的骑队。从蓟城出发时，苏秦免去了全部车队辎重，只带领原先的一百名剽悍骑士，人各快马，兼程南下。荆燕乘一匹西域汗血马早发半日，前行联络。马队赶到邯郸，平原君已经在郊外等候；赶到大梁，信陵君也已经在郊野等候。一声问候，一爵烈酒，苏秦匆匆安排一番，便马不停蹄地驰驱而去。一路兼程疾行，竟与先发两日送信的骑士同日到达。郢都城楼已经遥遥在望，苏秦看见迎面一骑飞来，那熟悉的黄色斗篷随风翻卷，不是春申君却是何人？

“武安君——”

“春申君——”

两人同时飞身下马疾步向前，紧紧地抱在了一起。

“噢呀，武安君好洒脱！”春申君一番打量，一阵大笑。原来苏秦为了疾行快赶，非但亲自骑马，而且是一身红皮软甲，长发披散，身背长剑，斗篷头盔一概没有，活脱脱一个风尘剑侠。

“骑术不高，只好利落点儿了。”苏秦也是一阵大笑。

“噢呀别说，这剑背在身上还当真利落也！苏秦背剑，日后我也学学。”

苏秦笑道：“偷懒你也学么？不常用可背，你等剑士要背剑，急了拔得出来？”

“好,回头你教我便了。噢呀快走!屈原等急了。”春申君随着话音飞身上马,一磕马肚,箭驰一般飞出。苏秦骑队随后紧跟,片刻间进了郢都北门。

到得府邸,春申君立即命人去密请屈原。屈原这时已经是三间大夫,军国大政难以参与。但凡大事,春申君却还是与屈原尽量地先行秘密商议,尽量地不张扬。当屈原到来时,苏秦刚刚用冷水冲洗完毕,换了一身轻软的布衣来到正厅。二人见面,四手相握,苏秦说屈原瘦了,屈原说苏秦黑了,一番感慨唏嘘,直到春申君招呼入席落座。饮了一爵洗尘酒,春申君便将楚威王病逝后的朝局变化与张仪入楚的经过说了一遍。

激愤。文人的反应。

屈原拍案愤激道:“张仪可恨!昭雎可恶!靳尚可耻!郑袖可悲!楚王可笑!楚国可怜也!”春申君连忙摇摇手,示意屈原不要过分犯忌,又连忙吩咐家老关闭府门,拒绝造访。

苏秦沉默良久,方才问道:“讨回房陵,谁先动议?”

“噢呀,那是我王自家先提,本为搪塞我等,不想张仪竟一口应允了。”

“盟约双方,谁人签押?有秦国王印相印么?”

“噢呀,我听一个老内侍说:张仪只写了名号,说相印王印皆在咸阳,回去补上了。”

“派出特使交割,是何方主张?”

“自然是楚国。”屈原又愤愤拍案,“张仪忒煞可恨也!”

苏秦微微一笑道:“看来,事有转机也。”

“有转机么?”春申君大是惊喜,“噢呀,武安君快说!”

苏秦道:“张仪为人洒脱,行事机变细密不拘常法,不似我等这般拘泥。将合纵撕开一个裂口,自是秦国当务之急。当此情势,楚王提出任何要求,张仪都会先行答应下来,回头再谋化解之策。以方才几个事实看,秦国根本没想归还房陵。

果然有此预谋,张仪自会先有筹划,将秦国义举传扬得天下皆知,更会带着秦王的印鉴王书与丞相大印。据此推断:楚国特使一定是无功而返。两位说说,假若如此,又当如何?"

"噢呀,楚王亲口说的:'果真受骗,本王自当统帅三军雪耻复仇!'"

屈原惊讶了:"如此说来,这张仪也忒出格!做了丞相,竟敢拿邦交大事行骗,日后如何立足于天下?岂非奇闻一桩?"

苏秦笑道:"以王道礼法衡之评判,说张仪是欺诈行骗,也不为过。然则以战国机谋算计观之,却是无可指责了。生灭兴亡,无所不用其极,自家昏庸,何怨敌国狡黠?"说罢一声长长的叹息。

"噢呀武安君,你只说,目下如何走这步棋了?"

苏秦略作沉思后道:"先说三步:第一步,我拜会楚王,为下一步立定根基;第二步,加快组建联军,促使抗秦大局明朗起来,使楚王不致过分松动;第三步,房陵骗局一旦大白,立即联军攻秦。只要打得一仗,楚王再想变,只怕也难。"

"妙!噢呀呀果真棋逢对手,非苏秦不能对张仪了!"

屈原也舒展一笑:"第三步若能走成,武安君便挽救楚国了。"

苏秦笑道:"明日拜会楚王,只我与春申君前去,此中意味,尚请屈兄体谅。"

屈原爽朗大笑,曼声长吟:"骐骥伏匿而不见兮,凤凰高飞而不下,鸟兽犹知怀德兮,何云贤士之不处?"

"屈子诗才,天下无双也!"苏秦不禁拊掌赞叹。

"噢呀,屈原兄久不开口,今日吟哦,大是吉兆了。"

苏秦又说了燕赵魏韩四国已经开始着手调派大军的情势,以及信陵君、平原君的信心,末了道:"从百年邦交看,中原锁秦的历次盟约,软弱处都在楚齐两国。楚国之变,因由在于地域广阔、内乱频仍,往往自顾不暇。齐国之变,因由在

楚王刚愎自用。楚国傻王不少,平均智商被拉低。

于与秦国相距遥远，少有直接的利害冲突。目下看来，六国合纵之薄弱环节，依然是楚齐两国。楚国本是合纵盟主，居于六国合纵之枢要，楚国站在谁那边，谁便有了六成胜算。由此观之，楚国齐国，乃是天下纵横的两大主要战场。今次第一局，便是争夺楚国！”

“大是！”屈原恍然道，“武安君，二位该去见楚王了。我去办另一件事。”

“噢呀，说得入辙，到时辰了。”春申君霍然起身，“武安君，进宫。”

“进宫？”苏秦笑了，“这是丑时，算哪家时辰？”

“噢呀走吧，车上再说，否则迟了。”春申君说着拉起苏秦便走。

在四面垂帘的辎车中，春申君一边摇头叹息，一边诉说着楚怀王的怪癖。

芈槐是个谜一般的君主。由于楚威王的严厉，芈槐也从军打过仗，也在低层官署当过小吏，还在楚威王离京时做过监国太子。该经过的都经过了，可依然是一个富贵安乐素无定性的纨绔王子，忽而清醒得出奇，忽而颟顸得滑稽。就说这起居议事，楚威王历来是鸡鸣三遍即起，批阅公文一个时辰，卯时准定朝会议事。那时候，芈槐只要在郢都，每次也都是参与朝会的。可自己做了国王后，竟鬼使神差地大转弯。夜里不睡，白日不起，每隔三日，才在午后来到正殿坐上片刻，碰巧有大臣求见便见，若无人求见，便在殿中观赏一个时辰的歌舞，然后立即回到后宫。即位一年，没有一次大朝会。大臣要见楚王，就得猫捉老鼠一般守候在大殿外。

春申君有一个门客叫李园，在宫中做主酒吏，深得楚怀王赞赏，成了随身不离的玩伴儿。每次要见楚王，春申君都要事先找李园打探芈槐的行踪。苏秦要来，春申君更是上

这个把握非常准确。楚怀王时而清醒，时而懵懂。说气节有气节，也非怕死之君主，但就是留不住忠臣。

李园，实为楚顷襄王、楚考烈王时代的人，与楚怀王关系不大。春申君所事，亦主要是楚顷襄王及楚考烈王，跟楚怀王关系不大，与屈原亦非同时代人。作者这样写，权作伏笔吧。春申君死于李园之手，当断不断，身受其害。春申君虽善养士，但还是不能相士。

心，派了一个心腹门客专门与李园联络，随时报知楚王行踪，否则，想见楚王也见不上。苏秦听得大皱眉头，心中沉甸甸的不是滋味儿。

楚怀王正斜倚在坐榻上，观赏一支新近排练成的歌舞，饶有兴致地和着节拍哼唱；却见一领黄衫的春申君匆匆进来，身后还有一个散发无冠的红衣人，不禁大皱眉头，极不情愿地坐了起来，挥挥手教舞女们下去了。

“臣，春申君黄歇参见我王。”

“春申君，此地乃王宫，不是人市，晓得？”楚怀王斜眼瞄着红衣散发人，一脸阴云。

“噢呀我王，此人正是你大为称颂的六国丞相、武安君苏秦。”

“啊——”楚怀王长长的惊叹仿佛在吟哦，高低起伏，似乎恍然惊醒一般。随着悠长起伏的惊叹，笑意终于铺满了白胖的脸庞，脚步也移到了苏秦面前，“武安君大名如雷贯耳，先王屡次说要带我见你了。”嘴上说着，眼光却不断上下打量着苏秦。

春申君心中清楚，拱手笑道：“噢呀我王，武安君风尘仆仆，刚到郢都一个时辰，沐浴后未及更衣，便来拜见了。”

“噢——”又是一声长长的吟哦惊叹，“武安君如此奋发，芈槐敬佩不已了。来来来，这厢坐了，慢慢说话，上，上茶了——”芈槐本来想喊上酒，一想这是大殿不宜随意摆酒，磕磕绊绊地喊成了上茶，结巴得满脸通红。

“多谢大王礼遇臣下。”苏秦恭敬地拱手作礼，表示他完全理解这是楚王的特殊敬重。

芈槐原本不喜欢倨傲名士，如今见赫赫苏秦这般谦恭有礼，心中大感舒坦，呵呵笑道：“谦谦君子，武安君可人。那个张仪是你师弟？如何忒是气盛？”

“秦国强大，张仪自然气盛。”

“秦国强大么？”芈槐惊讶地睁大了眼睛。

“秦国不强大么？”苏秦也惊讶地睁大了眼睛。

芈槐一怔，骤然哈哈大笑：“回得有趣！秦国啊，是强大，虎狼之国嘛。”

“既是虎狼，大王可知是何种虎？何种狼？”苏秦兴致勃勃。

芈槐困惑地摇摇头：“毋晓得，虎狼就是虎狼，不一样么？”

“那是自然。”苏秦悠然笑答，仿佛一个老人在给一个孩童讲说天外奇闻，“是丛林虎，是中山狼。”

“丛林虎？中山狼？好厉害么？”

“当真厉害。”苏秦似乎余悸在心一般，“丛林虎吃人不吐骨头，中山狼能变身骗人，吸干人之骨髓。”

“你，见过？”

“见过。”苏秦点点头，“我只差被中山狼啃开头颅，吸了骨髓。”

“噢——”芈槐脸色发青，“那你还活着？”

“明知必死，性命相搏，就活了下来。”

“啊——”芈槐吟哦着恍然点头，“只要死打，就能活。”

“对对对。”苏秦大为赞赏，“我可不如大王聪明绝顶，这是一个世外高人告诉我的：中山狼能窥透人心，人无死战之心，则狼必定要吃了你。若想死战到底，狼便放你逃生。”

绕一个大弯，是要说秦为虎狼之国。

“噢——”芈槐又一次吟哦惊叹，“中山狼，上天派来专吃懦夫了？”

“大王圣明！高人正是如此讲说。”

芈槐哈哈哈大笑了一阵：“如何当得，如何当得啊？”舒畅得脸上泛出了红光。

苏秦郑重其事道：“本当聒噪大王，不想大王对秦国本性竟有如此洞察，苏秦自愧不如，也就不饶舌了。”

“武安君大可放心。”芈槐慷慨拍案，“本王立誓继承先王遗志！晓得？要不是他等添乱，本王连张仪见也不见！晓得？”

“晓得晓得。”苏秦连连点头，“臣只待大王派定军马，与秦国决战。”

“那是。”芈槐挺挺胸膛道，“楚国出十万军马！够了？”

“大王气壮山河，苏秦万分敬佩。”苏秦深深地一躬到底。

“还是武安君善解我意，她还说我笨……”芈槐嘟哝一句，突然打住。

春申君拚命憋住笑意，将脸埋在大袖里猛烈咳嗽了好一阵。出得宫来登上辎车，终于憋不住了，大笑不止道：“噢呀呀武安君啊，这，这便是你等纵横家的说辞了？”笑着笑着竟软倒在车榻上。苏秦悠然吟道：“说人主者，当审君情。因人而发，说之要也。如此而已。”春申君恍然道：“噢呀，还是我等不得法，激烈认真过甚了。”苏秦笑道：“要在别个君主，也许如此。然在这个楚王身上，我却没谱。也许是我的说运好，歪打正着了。”

刚回到府邸，家老捧给春申君一支铜管，说是三闾大夫派人送来的。春申君连忙打开铜帽抽出一页皮纸，赫然一行大字——吾去安陆①五六日还。

春申君大是惊讶，愣怔着说不出话来。旁边苏秦问：“安陆？要紧地方么？”春申君低声道：“云梦泽东北岸山城，新军训练营地，原是屈原兄掌管。”苏秦听罢也是一怔，踱着步子不说话。春申君着急道：“噢呀武安君，这位老哥哥此刻去安陆，会不会有点鲁莽，会不会添乱？”苏秦笑道：“至少不会添乱。屈子大才，岂能没有这些许分寸？鲁莽，大约也不会。至于他究竟想做何事？我却说不准了。”春申君笑道：“噢呀好，那就先放下，回头我派得力门客照应便了。走，先用饭再说。”

饭后二人又密议了一个时辰，苏秦进了寝室。连日奔波疲惫，竟呼呼酣睡到日上三竿方醒，梳洗完毕出门，却见荆燕匆匆赶来，禀报说马队已经开出北门外等候。春申君陪着苏秦匆匆用饭，饭罢相互叮嘱几句，苏秦便与荆燕飞马出城了。

苏秦的谋划是：趁楚国特使没有从咸阳返回，而楚国也不会有明确举动的这段时日，尽速赶到临淄稳住齐国，最好能与孟尝君一起带出齐国军马，赶赴虎牢关联军幕府；齐国一定，回头再照应楚国。

三　门客大盗开齐国僵局

这时的临淄，一片悠悠然升平气象。

齐国地处大海之滨，不在中原腹心，很少受到根本性威胁。齐国所接壤的三个大邻

① 安陆，古邑名。在今湖北安陆北。

国——燕国、魏国、楚国，也极少挑衅齐国。除了真切地感到威胁，齐国历来不愿意主动搅进中原的混战圈子。只要战火不烧到自家国门，齐国朝野就尽情享受着“远在天尽头”的富庶风华。齐威王时期不得已救赵救韩，两次大胜魏国，奠定了东方强国地位，却依然固守着齐国的这个老传统。苏秦进入临淄街市，行过鱼市、盐市、铁市、农市、百物市，又行过官署国人街与稷下学宫大道，熙熙攘攘一片升平，平静奢靡的气息扑面而来，丝毫没有国难临头的危急紧张气象。恍然之间，苏秦似乎看到了昔日的安邑与大梁。

临淄繁华。齐有鱼盐之利，工商皆便，繁盛之国。

国人若此，孟尝君又当如何？难道他也淡漠了六国合纵？

孟尝君成了大忙人。前些日刚刚搬进修建好的新府邸，原来的府邸改成了门客院。此刻，孟尝君正与冯驩几个舍人，忙着商议分配门客的居所衣食的等次。封君之后，孟尝君名声大振门客骤增，已经到了三千余人。

孟尝君善养士，天下闻名。

这些门客大体分为三类：一是列国求仕无门的布衣之士，一是流动天下的游侠剑士，一是各种各样的逃匿罪犯，其中大多数是复仇杀人而逃亡者。就个人说来，这些人大都是各个阶层游离出来的能者，身怀一技之长，生性桀骜不驯，将名望与尊严看得比生命还重要；但有待遇不周或自感委屈，轻则扬长而去，重则公然诉求搅闹，绝没有息事宁人一说。偏是孟尝君豪侠义气，不吝钱财，又精明机警长于斡旋，竟使这些昂昂豪徒人人以为孟尝君只对自己最好。每次接纳门客，孟尝君都要亲自接见，一则抚慰激励，二则询问其家人亲戚恩人仇人的居处下落。所有这些问答，都被屏风后的书吏记载下来。过后，门客的家人、恩人、亲戚便会接到一笔安家钱财，门客的仇人也会遭到各式各色的报应。

一次，孟尝君设夜宴为一个新门客接风。席间，仆人不小心将厅中大灯撞翻，顿时一片漆黑。对这种无心错失，孟尝君历来宽厚，灯灭了倒是一阵大笑："黑食白食皆是吃，来！再干了！"新门客却大起疑心，以为席间宾客酒菜有别，不想教人看见，故意黑灯。于是，门客愤然起身摔碎酒碗，一声"告辞"，抬脚就走。

"义士且慢。"孟尝君站了起来，在重新点亮的煌煌灯光下，笑吟吟端着自己的食盘走了过来，"义士，换换如何？"说着便端起了新门客的食盘。新门客回身，见孟尝君的铜盘中也是一盆鱼羊炖，不禁大是羞惭，深深一躬慨然高声道："吾以小人之心猜度君子，污人名声，有亏士道，当还公子一个公平！"说完肃然坐下，拔剑猛然刺入腹中，大睁着双眼，端端正正地坐着死了。

据《史记·孟尝君列传》，"孟尝君在薛，招致诸侯宾客及亡人有罪者，皆归孟尝君。孟尝君舍业厚遇之，以故倾天下之士。食客数千人，无贵贱一与文等。孟尝君待客坐语，而屏风后常有侍史，主记君所与客语，问亲戚居处。客去，孟尝君已使使存问，献遗其亲戚。孟尝君曾待客夜食，有一蔽火光。客怒，以饭不等，辍食辞去。孟尝君起，自持其饭比之。客惭，自刭。士以此多归孟尝君。孟尝君客无所择，皆善遇之。人人各自以为孟尝君亲己。"齐孟尝君、楚春申君、魏信陵君、赵平原君，养天下之士，关键时刻，士可救国于倾危，由此可见士大夫与天子及诸侯共享天下，社会阶层发生变化。

从此，孟尝君"客无所择皆善待"的名声传遍天下，列国游士纷纷来投。虽则如此，门客毕竟还是有别的。大争之世，养士本来就是为了实力较量，若才能大小一体待之，如何能以功过赏罚激励才能之士？但如此一来，数千人的衣食住行，就成了一个需要逐一考功的细致事务。几十个门客舍人（头领）排定之后，孟尝君便得核查询问一遍。饶是如此，也还有难以预料的突发搅闹。尤其是有了两座府邸后，门客的居所显著变化，需要孟尝君亲自处置定夺的事务更多，忙得不亦乐乎。

"禀报孟尝君：六国丞相苏秦到。"家老疾步匆匆地走了进来。

"啊？到了何处？"孟尝君大是惊讶。

"马队驻扎城外，轺车已到了府门。"

孟尝君霍然起身，向冯驩说一声"改日再议"，匆匆出门去了。

苏秦本可径直进门，无须通报，但他却按部就班地下车，让家老去通报，自己在府门外悠然地踱着步子，欣赏这极有气派的六开间门厅。未及片刻，孟尝君大步匆匆出门，玉冠也没戴，红衫散发，一派洒脱，老远便拱手大笑道："武安君别来无恙乎！"

"天远海阔，新楼高卧，孟尝君当真潇洒也。"

"武安君骂我了不是？咳，也该骂！"孟尝君一阵大笑端详，"满面风尘烟火色，武安君倒是当真受苦了，走！"拉起苏秦的手一路笑着进了门厅。

少不了海鲜珍奇的接风宴席，在慷慨激昂的高谈阔论与花样翻新的频频劝酒中，苏秦也有了三分酒意。这就是孟尝君：不管你与他有多少嫌隙恩怨，一旦坐到一起，你都会如坐春风，如对明月，觉得天下一切事情都好商量，于是放开海量饮酒，敞开胸襟说话，所有的怨气都随着坦诚的快乐悄悄地消融了。等到孟尝君吩咐撤去酒席屏退左右，开始煮茶叙谈的时候，苏秦对孟尝君的一丝不快已经烟消云散了。

"武安君，田文问心有愧也！"孟尝君拍案叹息着，"合纵大典归来，新王对联军大事不置可否。田文几次请见，王顾左右而言他，硬是转不过话题。紧接着便是启耕大典、学宫春典、官市解冻等等，凡冠冕堂皇的事都派我去，只是不与我说合纵联军。月前，又逢搬迁府邸，杂乱无章，无暇他顾，合纵联军竟一无进展。你说，田文奉先王遗命，受六国丞相之命，身为合纵专使，却是一筹莫展……"说着"咚"的一拳砸在案上。

苏秦呵呵笑道："何须如此自责？孟尝君，你只要做好一件事，便是补天了。"

"武安君但说，田文万死不辞！"

"尽快教我见到齐王。"

"就这件事？"

"就这件事。"

孟尝君哈哈大笑道："武安君哪武安君，你也忒小瞧田文了！莫说今日，便是当初见先王，不也没费力气？这算得补天之事？传扬出去，岂不贻笑大方？"

苏秦带着三分醉意摇摇手："那就试试你的通天手眼了。"

孟尝君又气又笑道："这有何难？用得着通天手眼？你只想好说辞，明日午后进宫便是。"说话间站了起来，绕着苏秦踱步，"你不说，我替你给田文下令：田文，你要据理力争，拿到兵符印信，半月内将五万兵马带到虎牢关……咦——武安君，你这是何意啊？"

扯着粗重的呼噜，苏秦已经倒在地毡上，睡着了。

孟尝君一阵大笑，立即吩咐侍女将苏秦扶到寝室休憩。安顿好苏秦，孟尝君依然是精神奕奕毫无倦色，一番思忖便吩咐备车进宫。他要和苏秦开一个小小玩笑，教他天亮便见齐王，懵懵懂懂的说辞不利落，而后再教他多见几次，看他还认为这是大事么？孟尝君原本豁达豪侠，与门客们也时有善意戏弄之举，越想越觉得此计大妙，想到苏秦在王殿懵懂黏糊而又惊诧的样子，不禁在车中大笑起来。

午夜的宫门空旷冷清，孟尝君的高车特别显赫。宫门司马原是孟尝君的一个门客[①]，因其剑术搏击出类拔萃，且通得些许文墨，孟尝君便荐举给齐威王做了侍卫。此人忠于职守，唯王命是从，齐宣王即位便将他拔为宫门司马。见孟尝君辎车到来，宫门司马匆匆迎上，拱手低声道："主君何黉夜前来？"

"我有急务，要面见齐王。"

"哎呀，"宫门司马满面通红道，"王有严命，三日内不见任何大臣。"

"如何？"孟尝君大急，"三日不见，究竟为何？"

"在下如何得知？"宫门司马一脸沮丧。

孟尝君愣怔片刻，情知剑士门客都是"义"字当先一腔热血，稍有为难定然是没有退路，若开口请他疏通，无异于逼他当场自杀。堂堂孟尝君，用一条将军人命换得苏秦面见齐王，还有何面目在天下周旋？想想笑道："王命便是王命，与你无关。你只告我齐王明日的行踪，我来设法。"

"齐王严命：我等护卫军士，不得步入二进之内，更严禁与内侍宫女接触。"

孟尝君摇摇手制止了宫门司马。他知道，宫门将领并不是国君的贴身卫士，寻常时日也只能从内侍宫女的口中得知国君行踪，这条路一断，再要他探听，便是大犯忌讳的事了。稍有不慎，又是一条人命。心中如此想，嘴里还不能说，孟尝君便道："没事，三日后也不迟，我走了。"宫门司马一脸愧疚深深一躬，却红着脸说不出话来。

孟尝君猛然回身笑道："哎，三日后还要你帮忙也。"

"嗨！"宫门司马顿时精神抖擞如释重负。

辎车辚辚碾过长街，孟尝君第一次茫然无计了。赫赫孟尝君见不上齐王，有这种咄咄怪事么？看来，这个族叔新王是有意不见他无疑了。有意不见，便是有意搪塞六国合

① 宫门司马，齐国掌管宫门警卫的官吏。

纵，岂有他哉！六国丞相苏秦来解这个扣儿，齐国合纵专使孟尝君，竟连面君程序都启动不了，颜面何存？这时，他才对苏秦方才的话体察出意味来了。想想颇觉奇怪：苏秦事先探听清楚了临淄内幕么？不像。苏秦做事极是方正，不可能也没有时间秘密探听临淄王宫的内情。看来，苏秦对齐王的心思是揣摩透了，至少比他这个齐国重臣要清楚得多。一番叹息，孟尝君雄心陡起，脚下猛然一跺，那辆驷马辎车在空旷的长街飞驰起来，隆隆辚辚声势惊人。

生就的好强好胜，越是常人不能做到的事，孟尝君越是发力。

记得母亲说过，他是五月初五生的，能活下来已是个奇迹。按照阴阳家的说法：五月子败家，不利父母。当初，太医号准了母亲生子日期后，父亲田婴忧心忡忡，思前想后终于咬着牙对母亲说："不要了！不要生这个儿子了。"可母亲身为小妾，将儿子看成生命，当时虽然没说话，实际上已经打定主意要生这个儿子。于是，母亲与忠实的女仆在临淄郊野找了个农家住下，将儿子生了下来，寄养在农夫家中。

孟尝君，五月五日生，田婴认为其将不利父母，所以告其母，"勿举也"，不要养大他（《史记·孟尝君列传》）。

后来，母亲时不时偷偷去探望儿子。五年后，母亲秘密托人，将儿子送进了稷下学宫读书。十岁时，孟尝君已经长成了一个谈吐不凡的英俊少年。有一次，母亲鼓起了最大勇气，将儿子带到了田婴面前。田婴一见，很是喜欢这个英气勃勃的少年，问可是母亲的娘家族侄？母亲低声回答："不。他是你十年前的儿子，取名田文。"父亲惊愕愤怒道："当日命你不要生，如何竟敢擅自生了?!"母亲吓得瑟瑟发抖道："君若不取，妾身与儿子远走便是。"少年田文却昂昂挡在母亲身前，向父亲一躬道："君为王族名士，能否见告，何以不要五月子?"田婴气呼呼道："五月子，长大后不利父母，男害父，女害母！"田文高声道："人生受命于天?还是受命于

赵人笑孟尝君"眇小丈夫耳"（《史记·孟尝君列传》），想来孟尝君亦不英俊。作者写其英俊，想来主要是让田婴后接纳此子的理由更充分些。如果把孟尝君写丑了，小说又不好看了，矛盾。

家?”父亲一听,愣怔着不说话了。田文昂昂然高声道:“我若受命于天,你又有何忧?我若受命于家,则必当光大门户,无人能止。”父亲惊愕沉默良久,终于长叹一声:“罢了罢了,你,留下便了。”

回归王族公子的身份后,田文在家族中还是被视为“庶出五月子”,处处受气。母亲为此郁郁寡欢。少年田文憋闷极了,心中一百个不服气,下决心要显示学问,改变母子处境。一日,四十个儿子济济一堂,由父亲考校学业。例行问答完毕,父亲说:“周旋列国,辩才当先。谁若能问得住我,谁便是田门英才。”锦绣华贵的大小哥哥们争先恐后地发问,一个也没有难住父亲。父亲长叹一声:“看来,田门到此为止矣!”

此时,田文霍然起身,高声发问:“子之子为何?”

“为孙。”父亲悠然笑了,兄弟们也哄堂大笑——如此问话,何其浅薄也。

“孙之孙为何?”田文小脸绷得紧紧的。

“玄孙。”

“玄孙之孙为何?”

父亲愣住了,摇摇头:“不知道了。你等,谁个知道啊?”厅中一片摇头,没有人再笑了。父亲回头问:“文,你自己知道么?”

田文高声答道:“玄孙之孙为来孙,来孙之孙为昆孙,昆孙之孙为仍孙,仍孙之孙为云孙,云孙之后,以代计之。此谓人伦梯次也。”

此“人伦梯次”,《尔雅》有载。

举厅惊愕,田文一举在家族中成名。父亲对他开始另眼相看了。有次父亲问他:“子以为田氏有何缺失?”田文肃然答道:“古云:将门必有将,相门必有相。田氏富豪敌国,门下却无一贤,诚非大患乎?”父亲睁大双眼看着他,当真是惊讶了。第二天，父亲便命田文为掌家公子，主接待宾客招贤纳士。几年之间，田文的豪侠睿智与特立独行的做派，使诸多名士宾客深为钦佩。田氏敬贤的名声大起，田婴家族倏忽成为齐国举足轻重的势力。列国诸侯但凡出使齐国，都指名道姓地要求田文做会谈特使，末了，竟纷纷请求齐威王与田婴将田文立为世子。正是在这种声望下，田文终于成为田婴家族的继位栋梁。

孟尝君没有失败过，更没有在邦交宾客的周旋中失败过。更何况，这次六国合纵是他功业名望的根基，如何能败在一个最不起眼的环节上？

回到府中，孟尝君立即急召门客舍人议事。片刻之间，二十多个舍人聚齐，孟尝君将事情一说，众人一片默然。孟尝君从来不公然指责门客，只是阴沉着脸不停地兜圈子踱步，舍人们你看我我看你，大是难堪。谁都知道"养兵千日，用兵一时"，如今孟尝君要在这些奇能异士中找一条出路，众人却是无计可施，安得不如坐针毡？

良久，冯驩道："主君，我看可教苍铁一试。"

"如何试法？"

冯驩嗫嚅道："只是，主君要失去一件宝物了。"

孟尝君冷冷一笑："何物是宝？你倒是好清楚。"

冯驩知道仗义疏财的孟尝君真是生气了，连忙如此这般地说了一遍。舍人们纷纷点头称是。孟尝君思忖一番也觉可行，不禁笑道："好！我这便去见苍铁，其余接应事宜，冯驩调遣。"舍人们散去，孟尝君便向门客院的车骑部走去。

苍铁，出身赫赫大盗，是门客中一个独一无二的人物。此"盗"，却非窃贼或寻常抢劫者，而是反抗官府的奴隶叛逆军。春秋战国之世，盗军蔓延最广泛者，是奴隶制解体最缓慢的楚国。在楚国盗军中，势力最大战力最强的，是"盗跖军"。跖率领的盗军，全部是官府罚做苦役的奴隶，脸上烙着永远的印记，走到哪里都是永远的罪犯。逃亡造反后，他们或在楚齐吴越魏几个大国，或在十多个小国的边界山地，或在茫茫大湖中流窜，以各种形式袭击官府，防无可防剿无可剿，一时震动天下。后来，在各国官军的围追堵截下，跖终是战死了。但是，跖的盗军并没有销声匿迹，而是散成了几股逃进了高山密林。其中一股近千人的盗军，从楚国北部山地偷越秦国大散岭，向北流窜到了阴山草原。

十余年后，中原大势渐渐稳定，奴隶制也土崩瓦解了。这股流窜草原的楚国盗军，在争夺水草的拼打中只剩下了二三百人，也都到了四十余岁，日益地思念故土。最后，头领拍板决断：回中原！经过一年多的仔细打探，他们选择了齐国薛邑作为落脚之地。这薛邑，是田婴家族的封地，与楚国风习相近。当时的田文虽然还未封君，但已掌家多年。他闻得封邑来了一群流民，也没在意，只下令划出一大片山林教他们定居。毕竟，在人口稀缺的战国，没有人会拒绝流民进入自己的封地。

一日，孟尝君率领门客骑士到这片山林去狩猎。刚到山口，便听得山林中一片响遏行云的嘶鸣。门客中有一人原是马贼，断定这是漠北野马特有的嘶鸣。孟尝君大觉奇怪，当即遴选了十名骑术剑术俱佳的门客，随他进山察看。进得山谷草地，眼前的景象使所有人大为震惊：四匹雄骏的火红马驾着一辆庞大的铁车，在两山之间来回飞驰！铁车上的驭手长发飞舞黝黑精瘦，身包一张斑斓虎皮，仿佛一段生铁钉在车辕，手抖四根马缰，口中不时吹出各种呼哨。每到山根，驷马一齐嘶鸣、一齐急剧转弯，声震山岳间，比四个人一起反身跑还来得整齐利落。那风驰电掣的车速，任谁也闻所未闻，那儿乎贴着草地飞起来的气势，任谁也大为向往。孟尝君情不自禁地高喊："壮哉猛士！"随着山鸣谷应的喊声，驷马铁车骤然回头冲来，又在闪电般的冲击中，骤然山岳般钉在了距离孟尝君五尺开外。但见驷马人立，铁轮隆隆，草皮大飞，门客们不约而同地跳开，只有孟尝君纹丝不动地钉在原地。

"阁下有此胆识，可是公子田文？"精铁汉子在高高的车辕上昂昂拱手。

"正是，阁下高姓大名？"

"在下苍铁。"

就这样，一番快意攀谈，一通大肉烈酒，苍铁带着十五条长发遮着烙印的汉子，做了田文的门客。这苍铁，便是漠北盗跖军的首领。在阴山漠北流窜的近二十年里，这十六人为了熟悉马上生涯，练就了一身降伏野马的高超本领。苍铁本是郢都造车坊的苦役奴隶，悄悄跟一个造车工师学了一手高明的造车术。但更为难得的是，苍铁对驾车驯马有着过人的天赋，在盗跖军中是唯一的马上猛士。进入漠北，苍铁为了使残余兄弟在匈奴骠骑下生存，非但教习马术，而且带领兄弟们驯服了一批野马。为了在进入中原后站稳脚跟，他们在中山国秘密打造了一辆铁轮车，用驯化的四匹野马驾拉，由苍铁做驭手，可日行三千里。为此，军中兄弟都说：苍铁就是给周穆王驾车会见西王母的造父。后来，苍铁便有了"追造父"这个名号。要将如此车马与如此人物送出去，孟尝君确实心既然孟尝君鸡鸣狗盗者皆纳之,那么,他的"线人"里有盗跖的传人,也不奇怪。相传盗跖是大盗,柳下惠之弟,最喜取人妇女。《庄子·盗跖》载,"孔子与柳下季为友,柳下季之弟,名曰盗跖。盗跖从卒九千人,横行天下,侵暴诸侯,穴室枢户,驱人牛马,取人妇女,贪得忘亲,不顾父母兄弟,不祭先祖。所过之邑,大国守城,小国入保,万民苦之。"紧接着,庄子让其笔下的孔夫子去劝说盗跖,结果孔夫子碰了一鼻子灰回来,"色若死灰","不能出气"。孟尝君门人,奇人异事多,孟尝君找苍铁,是要寻宝。

疼。更重要的是,还不知道苍铁是否愿意这样做。苍铁不是寻常门客,孟尝君绝不想使他有丝毫的为难。一个浴血百战的英雄,一个九死一生的奴隶,任谁都不会轻慢这样的人物。

半个时辰后,孟尝君走出了苍铁的小院落,回到府中已经是脚下飘浮,倒身榻上便酣睡了过去。

日上三竿时分,齐宣王田辟疆正在湖边与一个老人对弈。

极为平庸的棋艺,丝毫不影响齐宣王酷爱黑白子游戏,更不影响他与天下闻名的高手对阵。从做太子时算起,他已经记不清与多少棋道高人切磋过了。奇怪的是,无论切磋多少高手,他的棋艺始终没有丝毫长进。齐宣王也是丝毫地不放在心上,依旧是每日三局,局后便走进了书房或殿堂。今日对局的老人,是新到稷下学宫的一个陈国棋士。老人布衣白发,棋风凌厉无匹,眼看杀得黑棋全盘无一片可活。齐宣王竟每死一片便哈哈大笑一阵,却没有星点儿缴棋认输的意思,依然是东一榔头西一棒槌地横冲直撞。老人也是怪异,既不生气,也不懈怠,更无高兴,只是石俑一般肃然端坐,一板一眼一刀一枪地应对着,该杀死的绝不退让,该防守的绝不冒进。齐宣王眼看全盘皆死,大笑拍案:"好棋!再来第二局!活一片我便赢!"

侍女正在收棋,宫外突然传来一阵响遏行云的萧萧嘶鸣。齐宣王眼睛一亮,正待发问,内侍总管一溜碎步跑来:"禀报我王:宫门外有人献宝!"

齐宣王霍然起身:"是千里马么?"

"我王圣明!不是一匹,是四匹,还有千里云车!"

"宣他进宫……且慢!"齐宣王突然打住,略一思忖道,"领他到宫城东门等候。"

“谨遵王命。”老内侍答应一声，一溜碎步消失了。

齐宣王撂下棋士老人，一句话也没说匆匆走了。对于围棋黑白子，田辟疆是爱而无心，玩乐而已，但对于良马名车，田辟疆却是真正的行家里手，说爱之入骨也毫不为过。齐国正在最强大的时候，父王也叮嘱他不要轻易地将齐国引入战国纠葛，只要守得住齐国的富庶升平，与中原列国做长期竞争，齐国便可大成。守定这个宗旨，他有的是闲暇时间，有的是府库金钱，有的是无上权力，能够将他的喜好淋漓尽致地展现出来。田辟疆不是昏聩君主，他自认玩乐是有度的：每日三局棋，每日一趟马，其余时间处置国务；三局棋是无意消闲，一趟马却是极为认真地锤炼骑术车技，黑白子再输也不打紧，车马锤炼却务求日有长进。一个骑术车技的环节不精熟，田辟疆绝不罢手。往往是车马出城时说好的一个时辰完毕，回来时却已经是掌灯时分了。这几日为了避开孟尝君，田辟疆已经多日没有出城趟马了，虽觉憋闷异常，却也是无可奈何。今日有人献来宝车良马，听那响遏行云的嘶鸣之声，田辟疆便知绝非虚妄，自然是再也忍不住了。

诸侯也是人，人总是有弱点的。

宫城东门，是个清静隐秘的偏门，但凡君主秘事都从这里出入，等闲大臣不会在这里出现。田辟疆换好一身狩猎甲胄，飞马来到东门，刚刚在箭楼女墙站定，林间大道中一辆驷马高车红云一般飘了过来，辚辚隆隆声势惊人，到得箭楼前三丈处戛然刹车，驷马一车如同钉在地上一般。

“好！”田辟疆拊掌高声赞叹。

“禀报我王：献宝义士到了。”车厢中的老内侍尖声喊着。

“草民铁苍，参见齐王！”车辕上一个精铁般的汉子拱手作礼。

田辟疆高声道：“铁苍义士，箭楼下调头，我来试车。”

“嗨!”精铁汉子答应一声,马缰轻抖,驷马铁车辚辚走马向前。堪堪将近箭楼,“哗啷”一响,前后伸展三丈余长的车马竟在城门洞中骤然转弯调头,身后车厢正正地对着箭楼。田辟疆兴奋地喊了一声好,大红斗篷翻卷,大鹰一般落到了宽敞的车厢之中。

“大王可要试车?”精铁汉子立在辕头却没有回身。

“如此良车宝马,岂能不试?”田辟疆兴奋地打量着车身与一色火红的骏马,“出城!到郊野我来驾车。”

“嗨!”精铁汉子脚下轻轻一跺,驷马铁车“哗”的一声飘出了林荫大道,飘出了临淄北门,直向大海边飞去。田辟疆只见两边林木飞速倒退,自觉腾云驾雾一般。饶是行家里手,他也不禁双手紧紧握住了铁柱扶手。片刻之间,车马便到了荒无人烟的茫茫草地,精铁汉子喊道:“大王车技如何?”

“尚可。”田辟疆已经回过神来,分外兴奋。

精铁汉子又喊道:“先接右手马缰,对了! 再左手马缰,好——要轻——”

齐宣王挺身站在辕头,手执四根马缰,第一次感到了驾车竟是如此美妙。四匹骏马就像一团火焰在茫茫绿草上飘飞,坚实硕大的铁轮无声无息,头上一团白云片刻间被抛到了身后。更妙不可言的是,这车驾来分外轻松舒畅,手中马缰只要持平,几乎不用任何动作便照直飞驰,与寻常驾车者一连串“得儿驾”的吆喝简直是天壤之别。那种车,王者不能上手,此车却是天下神物,天生的王车。

“海山——”精铁汉子一声大喊,一声呼哨,驷马云车稳稳地钉在了白色沙滩外的山岩顶上。放眼望去,茫茫大海波涛连天,汹涌潮水惊涛拍岸,白色沙滩伸展成辽远的弧线,驷马铁车恰恰伫立在森林苇草覆盖的苍绿色山顶。海风扑面,涛声隆隆,白云悠悠,海燕翻飞,恍如身在荒莽旷远的天尽头。

田辟疆正在痴痴瞭望,却闻身后遥遥传来骏马嘶鸣与沉雷般的马蹄声,其间还夹杂着隐隐狗吠。凭经验,他知这是狩猎马队在逼近。田辟疆有些惊讶,这里距离临淄少说也有二百多里,谁能到此狩猎?莫非辽东的狩猎部族迁徙过来了?回头一望,几面红色幡旗分明是齐军旗号,不禁长长地舒了一口气,吩咐精铁汉子圈回车马候在一座小山头,要看看究竟何人有此雅兴?

眨眼之间,一群四散奔突的野鹿野羊出现在绿色的山塬上,红色大旗也风一样飘了过来。奇怪，旗上竟然没有字号。田辟疆不禁有些困惑，心头又蹿出辽东部族的影子。正在犹豫要不要离开，一辆战车飞快驶来，车上一人斗篷如火手执长弓遥遥高喊："何人车驾在此？莫非天外来客？"

孟尝君？如何是他？田辟疆又气又笑，不想见他，偏又遇他，当真是好没来由。想飞车走开，未免不伦不类，哪有君主公然逃避臣子的道理？索性不走，他还能在这野荒荒的天尽头聒噪六国合纵么？主意一定，田辟疆悠然自得地站定在高车上，笑看孟尝君追逐猎物而来。

随着一声"停车"，隆隆战车在三四丈外紧急刹住。孟尝君跳下战车疾步趋前施礼道："闲暇狩猎，不想却遇我王，唐突处尚请王叔恕罪。"

做小的，一定要给足面子给做大的。这次偶遇，不道破，但彼此心知肚明。

齐宣王笑了："不期而遇，何来唐突？孟尝君，你如何到海边狩猎？"

"禀报王叔：田文款待贵客，邀客人海猎，图个新奇。"

"噢？何方贵客，劳动孟尝君亲自出马？"

"禀报王兄：六国丞相苏秦。"

这才是要献的宝。

"你说何人？"齐宣王惊讶了，"苏秦来了？在哪里？"田辟疆精明异常，既然苏秦撞到了面前，若是失敬，那可是大大的不周。苏秦毕竟是当今天下举足轻重的风云人物，等闲国君想见他还真难，过分冷落可是对齐国声望有损的。

孟尝君笑着一指远处的大旗："那边。武安君要与我比赛猎获物，两路逐鹿了。"

齐宣王道："来，上我车，拜会苏秦。"孟尝君飞身上车。齐宣王一点头，驷马云车哗啷启动，在草地上骤然飞了起来。孟尝君惊讶大喊："哎呀！这是甚车？风神一般！"齐宣王哈哈大笑："驷马云车！你可曾见过？"孟尝君摇头大笑："哎呀呀，这是天车！如何得见？"话音落点，驷马云车已经在狩猎战车前钉住了。

齐宣王跳下云车遥遥拱手道："武安君入齐，田辟疆有失迎候，尚请见谅。"

苏秦已经下了战车，也遥遥拱手笑迎："匆促前来，未及通报，原是苏秦粗疏也。"

齐宣王一挥手："孟尝君，扎起大帐，我等与武安君海阔天空。"

"好！"孟尝君一声令下，一顶牛皮大帐片刻扎好，铺上毛毡，摆上烈酒干肉，顿时无限风光。齐宣王先表示了大海洗尘的敬意，接着着实将今日得到的驷马云车大大夸赞了一番，请苏秦回程一试云车。苏秦与孟尝君着意赞叹，帐中一片融融春意。酒过数巡，齐宣王问起苏秦行踪。苏秦便将组建六国联军的进展说了一遍，特意细诉了楚怀王的转变，说到北上入齐，微笑着打住了。

"楚国变回，自然可喜可贺。"齐宣王意味深长地一笑，"然则，秦国还未见分晓，此事仍在变数之中，武安君以为如何？"显然，楚国的一切齐宣王都是清楚的。

"齐王以为，合纵变数在楚？"

"武安君以为不在楚？"

苏秦摇头："不在楚，在齐。"

齐宣王哈哈大笑："武安君且说，齐国变在何处了？"

"齐国之变，如同苏秦的双眼，常人难以觉察。"

"此话怎讲？"

"目力不佳，只看得眼前，十丈之外，一片朦胧。"

"武安君，你是说田辟疆目光短浅？"

"齐王可曾想过，齐国摧毁了魏国的霸主地位，却为何依然蜗居海滨？三百年前，姜齐绝无今日田齐之富强国力①，为何却能尊王攘夷，九合诸侯，成为中原文明之擎天大柱？"苏秦目光炯炯道，"此中根本，在于田齐淡漠天下苦难，唯顾一国之富庶升平，以为长此以往他国自会衰落，齐国自会强大。届时瓜熟蒂落，齐国则坐拥天下。乍然看去，似乎深谋远虑。仔细揣摩，却是一条亡国之道。"

"武安君危言耸听也。"齐宣王对苏秦直接洞察抨击先王确定的秘密国策，觉得老大不快，"即便齐国后发制人，如何便是亡国之道？"

---

① 姜齐，春秋时代以姜氏为国君的齐国；田齐，战国时代以田氏为国君的齐国。后者乃政变夺权。

苏秦一辙到底道："尝闻齐王饱读经史，古往今来，可曾有过守株待兔得天下者？谚云：流水不腐，户枢不蠹。邦国在激荡锤炼中强大，国人在安乐奢靡中颓废，此谓多难兴邦，千古不变之道也！秦国曾经四面危机，然则奋发惕厉，一朝竟成天下超强。燕国三百余年矜持自好，素来对中原冲突作壁上观，却沦落为连中山国都敢于向其挑衅的最弱战国。痛定思痛，燕文公方决然下水，发起合纵，举国民心为之大振。若鼎力变法，燕国富强便在眼前。齐国已经是三十年富强，却不思进取，以垂暮之静应朝阳之动，沉沦暗夜便在数年之间。此谓盲人骑瞎马，夜半临深池，岂有他哉！"

随着苏秦坦诚犀利的剖析，齐宣王静静地看着苏秦，一言不发，良久沉默，之后喟然长叹："武安君请明示，要齐国出兵几多？"

"少则五万，多则八万。"

"好！八万。"齐宣王一阵大笑，"武安君解惑有功，回临淄大宴。"

宣王喜文学游说之士。

当晚，齐宣王为苏秦举行了盛大宴会，当场下令孟尝君为齐军统帅，赐兵符印信。朝臣大是振奋，纷纷请战。齐宣王当即拍案，准许二十多名王族子弟随军磨炼。一时间，大殿宴会变成了生机勃勃的议政堂，连预备好的歌舞也没有人关心了。

次日，孟尝君立即派出飞骑调集兵马。三日后，齐国的八万大军便在临淄郊野集中完毕。苏秦忧虑楚国反复，立即向齐宣王辞行，与孟尝君率领八万大军浩浩荡荡地向虎牢关幕府进发。行至中途，春申君特使飞报：秦国拒绝交还房陵，楚国朝野愤怒，楚怀王却犹疑反复，不敢发兵，请武安君立即南下！

苏秦的预料果然没错，六国合纵，困难重重。

四 积羽沉舟新谋略

回到咸阳，张仪吩咐嬴华将楚国特使送到驿馆，自己轻车进宫了。

张仪将出使楚国的经过一说完，秦惠王拍案赞叹："用间化仇，一举使楚国混乱，非张卿之潇洒，不能成此大功也！"又恍然笑道，"只是这归还房陵之约，可有些棘手。"

楚王一再被张仪欺诈，却总不吸取教训。

秦惠王自然清楚，张仪不可能将房陵真正地归还楚国，只是总觉得如此做法有些说不出口来。秦人勇武厚重不务虚华，素来崇尚实力较量，蔑视山东六国的诡诈倾轧，一贯地在邦交中坦诚明争；尤其是秦穆公与百里奚时代，秦国的王道邦交更是有口皆碑；秦献公、秦孝公两代被山东长期封锁，但只要有邦交来往，秦国从来都是信守承诺的。也就是说，秦国朝野对"欺骗"两个字是深恶痛绝的。在秦国历史上，商鞅第一次冲击了老秦人的这种"王道邦交"。在收复河西的大战中，商鞅以"设宴议和"为名俘获了魏国统帅公子卬。那时候，山东六国骂商鞅是"小人负义"，老秦人心中也觉得有些不硬正。可商君却说："大仁不仁。拘泥些小仁义，置国家利害于不顾，真小人也！"自那以后，秦国朝野已经发生了很大变化，迂腐的王道传统几乎已经被人们遗忘了。虽则如此，像张仪这种做法，还是出乎秦惠王预料的。他佩服张仪的超凡才华，竟能在旬日之间将合纵撕开一个裂口，大大超出了他的期望。但是，以"归还房陵"为名，诱使楚怀王退出合纵，却明显是欺骗。秦惠王总觉得道义上有些难堪，却又不好责备张仪。

秦王的形象总是高大些。

"我王尽管隐在幕后，此事张仪一人处置。"张仪淡淡笑道，“我王若对‘无所不用其极’六个字没有体察，连横便是一句空言。”

“嬴驷不是宋襄公，没有恁般愚蠢的仁义道德，只是……”

“秦国崛起，六国合纵，秦国与山东皆在生死存亡关头。”张仪一句话廓清大势，脸色郑重起来，“当此你死我活之际，成者王侯，败者贼寇，赤裸裸冷冰冰岂有他哉！若有一丝一毫之迂腐，连横之策便会大减锋芒。昔日宋襄公不击半渡之兵，大败身亡；文种以煮熟的种子进贡吴国，而使敌国颗粒无收。古往今来，贤能豪杰之士欺骗敌国者数不胜数，何能以行骗二字掩盖其万丈光焰？昏聩颟顸之主，恪守王道仁义者亦不可胜数，何能以诚信二字减少其丑陋滑稽之分毫？况秦为法制大国，肩负统一天下之大任，若对强敌稍存怜悯之心，再求自己沽名钓誉，则强势崩溃，大业东流，徒为青史笑柄也。我王出于苦难，成于板荡[1]，若不能理直气壮地无所不用其极，则王道滥觞，秦国锐气锋芒必将大减！此中后患，望我王深思。”

秦惠王听得心头直跳，肃然起身一躬：“嬴驷谨受教。”

“我王心坚，臣便意定了。”张仪拱手作礼，“楚国特使，我王只是不见便可。”

“好！便是如此。”

此后几日，楚国使者三次求见张仪，丞相府领书不是说丞相进宫去了，便是说丞相出咸阳视察去了。楚使无奈，只有求见秦王。可内侍却说秦王狩猎去了，要十日才回。楚使无计，也顾不得大臣体面，只有日夜守候在丞相府门口等候。

这日三更时分，恰逢张仪车马辚辚归来。楚使拦住轺车大喊：“丞相何其健忘啦！房陵盟约已定，何日交割啦？”尖锐悠长的楚调使护卫甲士哄然大笑起来。

张仪下车笑道：“特使何其性急也！一则，我王狩猎未归，王印未用。二则，楚国尚未履约，房陵如何交割？”

楚使急道：“楚国如何没有履约啦？”

张仪淡淡道：“楚王承诺退出合纵，并与齐国断交，退出了么？断交了么？”

楚使红着脸道：“楚王说，那是交割房陵之后的事啦。”

张仪冷冷道：“盟约是双方订立，如何只凭楚王一面之词？回去问明，楚国若已经退出了合纵，且与齐国断了邦交，我自然会交割房陵之地。”

---

① 板荡，《诗经·大雅》有《板》《荡》二篇，皆咏周厉王的无道，后用以指政局混乱，社会动荡不宁。

张仪回秦之后，三月不出，也不给地。楚怒，中计，绝齐。楚怀王恐怕是《史记》中最“不听”的诸侯，动不动“不听”，常因小失大，屡不吸取教训。楚之败亡，与此楚“性”有关。

楚使一时愣怔，无话可说。张仪大袖一拂，径自去了。

万般无奈，楚使又等了十多日，总想见到秦王澄清此事，可无论如何也见不上。楚使无法，只好又守候在丞相府门前，好容易等着了张仪，张仪却反倒笑着问他：“如此快便回来了？想来楚国已经退出合纵，也与齐国断交了？”楚使结结巴巴道：“丞相大、大错啦。我没、没有回郢都啦！”张仪哈哈大笑：“那就是说，楚国不打算要房陵了。也好，我也没有那么多土地送人。”楚使愣怔间黑着脸喊起来：“你，你是丞相，说话不作数啦！”张仪揶揄笑道：“芈槐还是国王啦，他都不作数，我如何作数啦？”楚使还要搅闹，张仪大袖一拂，又径自去了。

绝望的楚使只好星夜离开咸阳，南下回郢都了。

楚使刚走，嬴华便来禀报：郢都商社飞鸽快讯，苏秦已经赶到楚国，说得楚怀王几乎就要反复了回去，立誓拿不回房陵便与秦国血战。末了嬴华嘟哝道：“我就不明白，你一说芈槐就转过来，苏秦一说芈槐就转过去，是芈槐颟顸糊涂，还是你俩说辞厉害？”张仪哈哈大笑：“如此看去，缺一不可也。”嬴华担心道：“假若楚国真转了，丞相大哥岂非劳而无功？”张仪笑道：“你呀，只知其一，不知其二。连横对合纵，绝非一两个回合能见分晓的。此乃长期较量，从宫廷到战场，从邦交到内政，须得拼尽全力、持之以恒地周旋，方能最终战胜对方。合纵初立，若能一击即溃，那你也忒小瞧我那师兄了。”嬴华笑道：“哟，那我这行人可就做老了。”张仪呵呵笑道：“青衣小吏做白头，苦差事也，后悔么？”“你才后悔呢。”嬴华满面通红，粲然一笑，回身便走。

“哎，你这个行人，回来。”

“有事么？”嬴华转了回来，脸颊上红晕犹在。

“请教了：王族中可有待嫁公主？”张仪悠然地踱着步

子。

“你要做甚?”嬴华猛然警觉起来，眼睛一转却又揶揄笑道，“若是丞相大哥想做王室快婿，我倒是可以帮忙。”

“那好啊，说来我听听，几个？年齿？相貌？艺能?”

“哼哼，你买牲畜么？不知道!”嬴华黑着脸一跺脚走了。

张仪愣怔片刻，径自哈哈大笑：“张仪张仪，你好蠢也。”走进书房去了。

暮色时分，绯云前来送饭，却见幽暗的书房里晃悠着张仪长大的身影，一个人在默默踱步沉思。绯云点亮了纱灯，在一张空案上摆好了饭菜道：“吔，老爷大哥，用饭了。”恍惚坐到案前，张仪突然笑道：“你方才叫甚来着?”绯云撇着嘴道：“吔，是老爷大哥嘛，饭来了，连看也不看人家一眼。”张仪拍着绯云的头哈哈大笑道：“绯云啊绯云，我看这可人的小女人最厉害，否则，勾践怎么拿西施郑旦做灭敌利剑?”绯云娇嗔道：“呸呸呸，你老爷是夫差，我可不敢做西施。别瞎说了，吃饭吔。”张仪拿起玉箸，向书案一努嘴：“请领书来，将书简誊清存底，立即呈送秦王。”

绯云走过去一看，书案上摊着一长卷竹简，简上墨迹方干，显然是刚刚写成。绯云连忙去请来执掌机密的领书。领书问过张仪，卷起竹简到缮写房去了。

晚饭后，张仪正在书房端详楚国地图，宫中内侍匆匆来到，宣召张仪立即进宫。张仪没有片刻耽搁，上得轺车从府门斜对面的宫墙偏门进了王宫。内侍没有领他去经常议事的偏殿，径直将他领到了大书房。张仪自然清楚，到了这里，便是秦惠王要与他单独密谈了。

秦惠王正在用饭，眼睛却盯着面前的长卷竹简：

积羽沉舟　长破合纵

臣张仪顿首：臣从楚国归来，尝思楚芈槐之反复，以为连横破合纵乃长期之功，不能毕其功于一役。极而言之：六国不灭，秦国不统，纵横之争将永为纠缠。有鉴于此，臣出八字对策：积羽沉舟，长破合纵。即不求一次摧毁六国盟约，而以各种手法不间断示好分治，以求各个击破；即或屡次反复，亦绝不休止。长此以往，六国间积怨日深，合纵则不攻自破也。鸿毛虽轻，积多可沉张仪之策，核心就是各个击破。国人一盘散沙，实有根源。

舟，此所谓积羽沉舟也。以臣之见，燕国与秦无旧仇，可嫁公主而结好；齐国偏远，可尊其虚号而结好；楚国贪婪，可以利诱之，使其不断反复，从而自外于合纵；三晋与我接壤，可软硬兼施，胁迫之，分化之。若如此，则合纵必可流于无形矣！

看到张仪的上书，秦惠王第一个感觉就是惊讶。连横本来就已经是惊世奇策，且一次出使就动摇了楚国，张仪的斡旋才华与连横的威力，已经使秦国朝野刮目相看了。谁能想到张仪在一次出使之后，竟能举一反三，提出更为明晰可行的连横策略？一眼看完，顾不上用饭，秦惠王立即派内侍宣召张仪。

“我王如此勤政，秦国大有可为。”张仪笑着走进来深深一躬。

秦惠王一推鼎盘站了起来：“勤政算甚来？没有长策大谋，还不是越忙越乱？来，丞相这厢坐了。”说罢回头吩咐，“上茶。”待张仪坐定，秦惠王拿过案上长卷，不断轻弹着慨然赞叹，“读丞相上书，直如醍醐灌顶，快哉快哉！”

“我王认同，张仪倍感欣慰。”

“积羽沉舟，长破合纵。有此八个字，当真是点石成金也！”秦惠王不禁轻叩书案，击节吟哦：“六国不灭，秦国不统，纵横之争便永为纠缠……不求一次摧毁，而以各种手法不间断示好分治，以求各个击破；即或屡次反复，亦绝不休止——丞相可谓一举廓清迷雾，字字力敌万钧也！”

“我王慧眼，臣倒是多了一番忧虑。”

秦惠王少见地大笑起来：“丞相啊，对六国的各种手法，今夜可是要仔细揣摩一番了。定策难，做起来又谈何容易。”

张仪不禁喟然一叹:“六国若有一王如此,苏秦幸何如之!”

秦惠王不意被触动心思,饶有兴致地问:“若苏秦当年为我所用,卿当如何?”

“一如苏秦,六国合纵。”张仪没有丝毫犹豫。

“连横并积羽沉舟之策,苏秦可能提出?”

“苏秦大才,张仪不疑。”

“结局若何?”

“我固当败。”

“何以见得?”

“时也势也。苏秦在秦,苏秦胜。张仪在秦,张仪胜。”

“莫非苏秦不明此理?”

“非苏秦不明也,乃知其不可而为之也。”

“丞相之言,令人费解。”

“仁政井田不可复,孔孟毕生求之。六国旧制不可救,苏秦全力救之。事虽相异,其理同一。孔孟为天下求一‘仁’,苏秦为天下求一‘公’也。”

“强力大争,焉得有公?”

“给六国一个如同秦国一般重新崛起的时机,还天下大争以同一起点,此谓‘公’也。奈何六国不争,苏秦又能如何?”

苏秦虽身死名裂,但实高于张仪。最懂得苏秦的,除了鬼谷子,当是张仪。张仪的这一番话,看得极准。

秦惠王默然良久,终是喟然一叹。

五　媚上荒政杀无赦

这一夜,君臣二人密谈到五更方散。

张仪出得宫来,薄雾迷茫,天黑得伸手不见五指,索性弃车徒步而行，片刻出得宫墙偏门，却见长街树下黑乎乎一片蠕动。张仪虽然吃了一惊，却是胆色极正，大步走近一看，竟是一群肥牛当街倒卧，悠闲地喷着鼻息倒嚼，旁边一张大草席上，却横七竖八地躺着几条呼噜鼾睡的汉子。张仪又好气又好笑，低声喝道："嗨！醒醒了！当街卧牛犯法，知道么？"

一个精瘦的身影一骨碌爬起连连打拱作礼："军大人恕罪，我等少梁村汉，只草草住得一夜，明日献了寿牛便走，求大人法外施恩才是。"张仪见是个白发老人，先软了心肠，温和问道："寿牛？甚个寿牛？给谁献寿牛？"老人仍是打躬不迭道："军大人有所不知，我少梁县连年大熟，都是托王家圣明福气。今年少梁县要给秦王祝寿，每村献一头寿牛咧。"

诡异。此事不知因何而起。牛尊贵无比，只有天子祭祀时才可用太牢。不过，战国时期，礼已坏乐已山崩，僭越者众。

张仪听得大是诧异——献耕牛祝寿，这可当真是天下头一份！

那时候，耕牛比黄金还贵重，除了国家祭祀天地的大典，谁敢用活活的耕牛做寿？再说，张仪身为丞相，尚丝毫不知秦王有祝寿之举，山野庶民却如何这般清楚？

心思闪烁间张仪笑道："你等是王室贵戚，好福气。"一个粗壮汉子连忙摇手道："不咧不咧，草民能有恁福分？"又一个汉子抢着道："秦王寿诞呀，有人上心咧，四月初三么！不知说几多遍了，少梁谁不知道？"张仪笑问："那这个人肯定是大贵人了？"汉子正要说，精瘦老人低声呵斥道："一边去！胡咧咧个甚？"回身对张仪躬身笑道，"他是个半瓜，信不得，寿牛自是庶民诚心献纳了。"张仪笑着连连点头："那这寿牛，是全村人花钱买的了？""错咧错咧！"一个汉子高声道，"出钱买牛，那能叫献牛祝寿？这牛可是咱家自个儿献上的！"张仪笑道："一家一牛，都想献牛祝寿，不就没有耕牛了？”那汉子脸色憋得通红，想说话，却硬生生回过身去了。老人叹息一声道：“军大人，看你也是个好人，就莫再问了。王家圣明，子民祝寿，左右不是坏事了。”

张仪思忖着笑道：“倒也是，不说了。老人家，秦国向来是法外不施恩。我看你还是赶紧将寿牛赶到南市去，那里有牛棚。哎，可不要说在这里碰见过人了。”

“是是是，大人有理。”老人回身低声下令，“走！各人吆起自家牛快走！”

汉子们卷起了草席，一片“嘚儿起嘚儿起”的吆喝声中将耕牛赶了起来。突然，一个汉子“哎哟”一声，脚下一滑，摔了个仰面朝天。

“哈（坏）咧哈（坏）咧！牛拉屎咧！”一个汉子惊恐地叫了起来。

秦人都熟悉与日常衣食住行有关的律条，“弃灰于道者，黥。”是谁都刻在心头的。将柴火灰随意倒在路边，都要给脸上烙印刻字，何况牛屎？更何况在王宫与相府间的天街上？一时之间人人惊慌。

“慌慌个甚？都脱夹袄！快！”精瘦老人厉声命令。

十多个粗壮汉子齐刷刷脱下了厚厚的双层布衣。这便是“夹袄”，春秋两季的常衣。见汉子们已经脱了夹袄，老人指点着低声吩咐：“你等几个包起牛粪！你等几个擦干净街道！狠劲擦！”汉子们二话不说，在飕飕凉风中光着膀子忙活了起来。老人回头对着张仪深深一躬：“军大人，我等草民为王祝寿，无心犯法，还请大人多多包涵，莫得举发，我全里十甲三百口多谢大人了！”说着扑通跪到了地上，其余汉子们也光膀子抱着牛屎夹袄一齐跪倒：“我等永记大人大恩大德！”

张仪心中大不是滋味儿，连忙扶起老人，殷切道：“人有无心之错，既然已经清理干净，又脏了衣服，还受了冻，我如何还要举发？老人家，快走。”

老人一躬，唏嘘着与汉子们牵牛走了。静谧的长街传来嗒嗒的牛蹄声，张仪的心也随着一抖一抖。寒凉的晨风拍打着衣衫，恍惚间张仪竟忘记了身在何处，痴痴地兀立在风中，一直凝望着牵牛的农人们远去。

“丞相，早间寒凉，请回府歇息。”家老早晨出门，见状连忙跑了过来。

回到府中，张仪不能安枕，觉得少梁献寿牛这件事实在蹊跷；又隐隐觉得“寿牛”后边影影绰绰隐藏着更深的东西，只是吃不准这件事究竟是否应该向秦王提出，尤其是否应该由他提出。古往今来，哪个帝王不喜欢为自己树碑立传歌功颂德？虽说秦惠王是个难得的清醒君主,但安知内心没有此等渴望?若是有人暗中授意,出面劝谏岂非自找无趣?然若佯装不知,却又于心何忍?

虽然不是那种以“死谏”为荣的骨鲠迂腐臣子,张仪却也不是见风转舵的宵小之辈。纵横家的本色,是“审势成事”,不审势则动辄必错,即或搭进性命也于事无补。可眼下此等情势,他却是两眼一抹黑。按照商君法制:庶民不得妄议国政。这“不得妄议”,既包括了不许擅自抨击,也包括了不许擅自进行各种形式的歌功颂德以及对君王与上司祝寿。商鞅变法以来,秦国的各种祝寿便销声匿迹,秦惠王难道不清楚?蓦然之间,张仪想到了秦惠王车裂商君,不禁出了一身冷汗。安知这位城府极深的秦王不想对商君之法改弦更张?果真如此,那这祝寿便是试探了?张仪啊,慎之慎之……

这句写得好。忠奸二字,不足以把握张仪。

这一场大戏,其实是要试秦惠王到底延不延商君之法。投石问路的写法。

睁着双眼躺卧了一个多时辰,张仪索性起身梳洗,又喝了一鼎滚热的羊肚汤,吩咐书吏去请行人嬴华前来。

行人本是开府丞相的属官,官署便在相府之内。由于嬴华常有秘密使命,所以未必总是应卯而来。但只要在咸阳,嬴华还是忠于职守,每日卯时必到自己的官署视事。这也是秦国王族子弟的传统——但任国事,便守规矩,从不自外。今日嬴华刚进官署,见书吏来唤,依着章法跟在书吏后边来到了张仪书房,全然没有以往洒脱亲昵的笑意。

张仪挥挥手教书吏退下,笑着问道:“公子可知今日何日?”

“丞相不知,属下安知?”嬴华一脸公事。

“秦王寿诞。公子不去祝寿?”

“秦王寿诞?”嬴华又惊讶又揶揄地笑道,“丞相灵通,赶紧去拜寿了。”

张仪悠然一笑："穷乡僻壤都赶着寿牛来祝寿，身为丞相，焉能不去？"

"寿牛？亏了丞相大才，想出如此美妙的牛名。"

"美妙自美妙，却不是我想的，是农夫说的。不过，我亲眼所见。"

"属下不明丞相之意。"

"是么？"张仪悠然一笑，"秦王今日定要大宴群臣，相府关闭，全体属官随我进宫祝寿。你嘛，乃王室公子，特许你三日寿假如何？"

"寿假？"嬴华大是惊愕，"六国联军正在集结，你倒是给我寿假……"

"上有大寿，臣能不贺？"张仪只是微笑。

"岂有此理？我偏不信！"嬴华一跺脚风也似的去了。

踩脚、脸红，是常用写法。

秦惠王正在书房听樗里疾禀报各郡县夏熟情势，却见嬴华大步匆匆而来，一脸愤愤之色。当年秦惠王重回咸阳，这个堂妹妹是他与伯父嬴虔之间的小信使，可谓患难情笃。嬴华执掌黑冰台，也是秦惠王亲自定名的。不管多么忙碌，只要这个小妹妹进宫，秦惠王都会撇开公务与她谈笑风生。此刻秦惠王向樗里疾示意稍停，打量着嬴华亲切笑道："哟，要哭了，受谁欺负了？王兄给你出气。"

"没有别人，就你欺负我！"

"我？"秦惠王哈哈大笑，"好好好，说说看，王兄如何惹你了？"

"今日可是你生日？"

秦惠王一怔："别急，我想想……是，四月初三，小妹要给我做寿？"

"你不是自己想做寿么？"嬴华揶揄地笑着。

“我想做寿?”秦惠王又是一愣,索性站了起来,“小妹,谁说的?”

“老百姓说的！寿牛都拉到咸阳了,你不知道?”

“寿牛？甚个寿牛?”秦惠王云山雾罩,脸却不由得黑了下来。

旁边不动声色的樗里疾一对小眼睛炯炯发亮,嘿嘿笑道:“君上莫急,我看此事有名堂,听公子说明白了。”

嬴华硬邦邦道:“正当夏熟,农夫们却要从几百里外给你献寿牛！没有你的授意,谁个敢这样做！方才我在南市外已经看了,少梁县四十八头牛披红挂彩,正要进宫！你就等着做寿吧。”说完转身便走。

秦惠王又气又笑又莫名其妙,摊着双手“咳”的一声,愣怔着说不出话来。

“君上,且听我说。”樗里疾走了过来笑道,“此事我大体揣摩明白,就看君上主意如何了。”

“我的主意,你就没揣摩明白!”秦惠王冷笑着,脸色很是难看。

樗里疾嘿嘿笑道:“好,黑肥子便说,左右也是我右相的事。少梁县连年大熟,庶民对国政王家多有赞颂,也是实情。于是,有人鼓动庶民,献牛给君上做寿。庶民难知详情,必以为这是官府主意,甚或王家授意,是以有了民献寿牛之举。虽有若干细节不明,然臣之揣摩,大体无差。”

“这‘有人’是谁?”

“事涉律法,臣须查证而后言。”

秦惠王默然良久,突然厉声吩咐:“宣召廷尉!”内侍一声答应,急匆匆去了。

廷尉是商鞅变法后秦国设置的司法大臣,专司审判并执掌国狱。此时的廷尉虽然也是独立大臣,但归属于统辖国政的丞相府,由右丞相樗里疾分领。片刻间廷尉赶到,秦惠王阴沉着脸下令:“着廷尉潼孤,十日之内查清寿牛一事！依法定刑,即速禀报。”

潼孤本是商君时的律条书吏,精通律法,忠于职守,一步一步地从“吏”做到了“官”,虽然已经是白发苍苍的老臣子了,骨鲠刻板的秉性却丝毫没有改变。听完秦惠王书令,他肃然拱手道:“秦法在上,此令该当右丞相出,我王自乱法统,臣不敢受命。”

秦惠王又气又笑,想想却是无奈,回头道:“那,右丞相下令。”

樗里疾正要说话,潼孤却道:“事涉王家,王须回避,属下须在丞相府公堂受命。”

“好好好，我走我走。”秦惠王又气又笑地走了。

“潼孤，随我到丞相府公堂受命。”樗里疾憋住笑意，大摆着鸭步出了国王的书房。

两人刚刚走到宫门车马场，便听一阵金鼓之声震耳欲聋。樗里疾急晃鸭步走到宫门廊下，却见黑压压成千上万的庶民围在了王宫大街看热闹，最前面一幅横长三丈余的红布，黑字赫然斗大——少梁献牛为王贺寿！横幅下几十头大黄牛披着红绿彩布，不时地“哞哞”长叫，偶有牵牛者发出惊慌的呼喊：“牛拉屎咧——快接着！”四面哄然大笑，有人便高喊：“寿牛拉屎不犯法！尽拉无妨！”又招来一片哄然大笑。

“嘿嘿，潼孤，此等情形当如何处置？”樗里疾笑着，脸上却抽搐着。

“律法所无，潼孤不敢妄言。”

樗里疾嘿嘿一笑，晃着鸭步走上门廊外的上马石礅，脸色顿时黑了下来，大手一挥厉声道：“宫门甲士成队！”

“嗨！”宫门两厢哄然一声，两百名长矛甲士锵然聚拢，瞬间摆成了一个方阵。

秦国宫城禁军是两千四百人，每八百人一哨，轮值四个时辰。这八百人按照秦军的经常编制，分为八个百人队，头领是百夫长。八个百人队为一“校”，头领职衔为“尉”，习惯称为宫门尉。也就是说，昼夜十二个时辰，总有八百禁军守在王宫冲要地带。宫门最为要紧，每哨必有两个百人队守护，而宫门尉往往亲自带队守护宫门。寻常情势下，宫门无论发生何种骚乱，若无国君或权臣的特殊命令，只要骚乱者不冲击宫门，宫门禁军不得擅动。此时宫门尉正在宫门当值，见庶民虽蜂拥而来，却是进献寿牛，自然不敢随意发动。如今见右丞相发令，立即拔剑出鞘，整肃待命。

“骨鲠”之臣，往往忠于职守，他们才是统治中坚。

“将献牛人等全部羁押！将耕牛交南市曹圈养，等候处置！”

宫门尉举剑大喝：“左队押人！右队牵牛！”

两个百夫长手中长剑一举：“开步！”长矛甲士两人一组，挺着长矛楔入人群。

围观的民众大是惊讶。谁能想到给国王献牛做寿者，竟要被拘押起来？许多山东商人立即喊叫起来：“错了错了！抓错了！人家是给秦王贺寿的！”咸阳老秦人也一片呼喊：“献寿牛不犯法！不犯法——”献寿牛的农人们也一片叫嚷，几个白发苍苍的老人乱纷纷嘶声高喊：“害了牛还害人！冤枉哪冤枉！”“耕牛如命，谁愿来献哪？”

樗里疾连连挥手制止，人群渐渐平息下来。樗里疾高声道：“国有律法，不会冤枉无辜。一时拘押，正是要彻查违法罪犯！围观人等立即散去，毋得鼓噪！三日后，秦王与国府自有文告通报朝野。”

无论是咸阳国人还是六国商贾，都知道秦国律法无情，见赫赫右丞相已经公然承诺“彻查”并将通报朝野，便知此事非同小可，虽然满腹疑虑，人们还是在一片小声议论中散去了。四十多头“寿牛”全部赶往南市圈养，一百多个少梁农夫也已经被全部带开。

“潼孤，去丞相府！”樗里疾黑着脸跳上轺车辚辚去了。潼孤连忙上了自己轺车紧跟而来。进得丞相府，樗里疾教潼孤先在外厅等候，自己到书房来向张仪禀报。听樗里疾说完经过，张仪哈哈大笑：“秦有商君之法，便有骨鲠之臣，天兴大秦，岂有他哉！”立即与樗里疾来到国政厅，也就是寻常说的相府正堂。

等闲时分，官员来丞相府接受政务指令，都是樗里疾单独处置。一则是樗里疾本来就一直主持内政，国务娴熟，文武皆通，除了事后归总禀报张仪，基本上无须张仪操心。二则是秦国的法制完备，凡事皆有法度可依，依法出令，大体上也无须张仪出面。三则是张仪领开府丞相之职，但其谋事重点却在秦国外事，也就是全力与合纵周旋，内事尽可能地交给樗里疾去做。这是秦惠王与张仪樗里疾在开府拜相之日，心照不宣的君臣默契，丝毫没有削弱张仪权力的意味。今日遇见潼孤这等毫无通权达变的执法老臣，张仪樗里疾也就只有以全套法式对待了。

过程倒是简单。张仪居中一坐，樗里疾右手下坐，站在厅中的领书一声高宣：“请命官员入堂——”潼孤进得大厅一躬：“廷尉潼孤奉召领命，参见丞相，参见右丞相。”便肃然挺身站在当厅。张仪悠然道：“廷尉潼孤：国发重案，事涉王室，命尔依法办理此案，受右丞相樗里疾督察。”领书便将写着命令、盖着丞相大印的一方羊皮纸双手呈给潼孤。

潼孤接过，拱手高声道："廷尉潼孤领命。敢请右丞相督察令。"樗里疾正色道："本大臣依法督察，廷尉潼孤须得在三日内，查清此案来龙去脉，报请丞相、秦王，会同朝臣裁决。"潼孤高声答道："潼孤领命。潼孤告辞。"迈着赳赳大步出厅去了。

樗里疾憋不住，嘿嘿笑了："少梁县令一头老狐，碰在一口老铁刀上了。"

"飓风起于青萍之末。我看，这股邪风不可能是少梁一家。"

樗里疾一怔，随即恍然道："也是，我得赶快访查一番。"

话音方落，书吏匆匆进门："禀报丞相：又有六个县的农夫们来献寿牛寿羊，听说右丞相在宫门拘押了少梁人众，都将牛羊赶到南市去了。"

"摊上大事了"，这成了群体事件。中国的任何治下，"群"其实都是一个敏感词。

张仪看看樗里疾没有说话。樗里疾脸色黑了下来，霍然起身，急忙晃着鸭步走了。

三天之中，廷尉府一片忙碌，飞骑如穿梭般进出，风灯彻夜通明。老潼孤先前以为，此案虽是生平未闻的特异案，案情却是简单，只需将献寿牛的少梁县查清即可了结。不成想一入手竟是大大麻烦。且不说寿牛之外又来了寿羊寿鸡寿猪，更麻烦的是发案范围从一个少梁县变成了八个县。除了偏远的陇西、北地、上郡、商於，秦中腹心地带的大县，几乎全部都包了进来。献寿礼者都是朴实木讷的农夫，数百人被拘押在城外军营更是一件棘手事。时近夏忙，这些人都是村中有资望的耕稼能手与族中长老，如今非但不能领赏赶回，反而被当成人犯关押，日夜大呼冤枉，整个关中都人心惶惶起来。

秦惠王闻报，气恼得摔碎了好几个陶瓶，却也是无可奈何，只有连连催促樗里疾与潼孤尽速结案。

谁在给他出难题。秦王百思不得其解。

潼孤虽是执法老吏，却也是生平第一遭儿遇到这匪夷所思的“祝寿案”。涉案者都是勤劳朴实的良民，即或背后有官吏操纵指使，可也全都是县令县吏。潼孤之难，倒不在无法定罪量刑，而在于牵扯的官吏庶民太多，范围之大，几乎就是大半个秦国。虽说他也亲身经历了商君一次斩决七百多名人犯的大刑场，可那些罪犯都是疲民世族中的违法败类，如何与如今这些“罪犯”同日而语？潼孤也是秦国平民出身，深知庶民无心犯法，即或那些县令县吏，其中也多有政绩不凡者，如何能断然杀之？反复思忖，潼孤上书丞相府，提出了“放回农人夏收，缉拿少梁县令勘审”的救急之法。公文呈上，樗里疾却不在咸阳。潼孤大急，直接面见张仪。张仪略一思忖，教他在府中等候，自己立即进宫。一个时辰后张仪回府，下令潼孤放了农夫，将八名县令全数缉拿到咸阳勘审。潼孤本想说县令无须缉拿太多，看着张仪脸色少见的阴沉，终于没有开口便匆匆去了。

农夫们一放，情势立时缓解，秦川国人立即淹没到夏收大忙中去了。八个县令虽然被押到了咸阳，留下的县吏们却是大出冷汗，连忙下乡分外辛苦地督导收种，农时公务倒是没有丝毫的紊乱。潼孤便静下心来，认真勘审这几个县令。

这一日勘审少梁县令，秦惠王与张仪便装而来，面无表情地坐在了大屏之后。

“带人犯上堂——”书吏一声长喝，一个黑瘦结实的官员被两名甲士押进大厅。

秦法虽刑罚严厉，却极是有度。但凡违法人等，在勘审定罪之前，官不除服，民不戴枷，除了关押之外，与常人无异。这与山东六国的“半截法治”大不相同，与后来的“人治”更有着天壤之别。这时的少梁县令依然是一领黑色官服，头上三寸玉冠，神色举止没有丝毫的慌张。

“堂下何人？报上姓名。”潼孤堂木一拍，勘审开始了。

“少梁县令屠岸钟。”

“屠岸钟，少梁县四十八村献寿牛，你可知晓？”

“自是知晓。龙紫之寿，也是下官晓谕庶民也。”屠岸钟镇静自若。

“何谓龙紫之寿？”

“天子者，生身为龙，河汉紫微，是为龙紫。龙紫者，我王万岁万岁万万岁也！龙紫之寿，我王万寿万寿万万寿也！”屠岸钟慷慨激昂，大念颂词。

“屠岸钟昌明王寿，是奉命还是自为？”

“效忠我王万岁，何须奉命？屠岸钟一片忠心，自当教民忠心。”

“端直答话！究竟是奉命还是自为？”

“自为。屠岸钟领全体十八名县吏，三日遍走少梁四十八村，使龙紫之寿妇孺皆知。”

“献牛祝寿，可是屠岸钟授意？”

“无须授意。民受屠岸钟教化，闻龙紫之寿，皆大生涕零报恩之心，交相议论，共生献牛祝寿之愿。”

“献牛祝寿，屠岸钟事先可曾阻止？”

“庶民景仰万岁之德治，效忠万岁之德行，屠岸钟何能阻止？”

“端直说！可曾阻止？”

“不曾阻止。”

“献牛祝寿，屠岸钟可曾助力？”

“自当助力。屠岸钟心感庶民忠贞大德，特许献牛者议功，以为我王万岁赐爵凭据，又特许献牛者歇耕串联，上路吃住由县库支出。”

“其余各县祝寿举动，屠岸钟是否知晓？”

“下邽、平舒两县派员前来询问，屠岸钟亦晓谕龙紫之寿。其余各县，屠岸钟并未直面，却都知晓也。”

“屠岸钟，少梁境内三十里盐碱滩排水，丞相府可有限期？”

“有。仲秋开始，春耕前完工。”

“如期完工否？”

“尚未开始。”

“因由何在？”

“连年大熟，民心祈祷龙紫之万寿，岂容琐事分心？”

“屠岸钟，你可知罪否！”潼孤沟壑纵横的老脸一片肃杀。

“说甚来？知罪？”屠岸钟仰天大笑道，“古往今来，几曾有过颂德祝寿之罪？三皇五帝尚且许民颂德，何况我王大圣大明大功大德救民赐恩之龙主？尔等酷吏枉法，但知春种秋收，不知王化齐民，竟敢来追究忠贞事王之罪，当真可笑也！”

“大胆屠岸钟！”潼孤“啪”地一拍堂木，“此地乃国法重地，端直答话，勿得有他！”

“尔等酷吏，岂知大道？屠岸钟要见我王万岁万岁万万岁！”

老潼孤气得稀薄的胡须翘成了弯钩，堂木连拍。屠岸钟却只是嘶声喊叫着要见“我王万岁万岁万万岁”,威严肃杀的廷尉大堂乱纷纷一团,没了头绪。

突然,大堂木屏“哗啦”推开,秦惠王铁青着脸走了出来。潼孤颤巍巍站起来正要行礼参见,秦惠王摆摆手制止了他,缓慢沉重地踱着步子走到了屠岸钟面前。屠岸钟做了五年县令,却偏偏没有见过秦惠王,见此人虽然布衣无冠却是气度肃穆地逼了过来,不禁吭哧道:“你你你,你是何人?”

“屠岸钟穷通天地,却道我是何人?”那咝咝喘息的喉音与冷笑令人不寒而栗。

“哼哼,你总不至于是我王万岁万岁万万岁吧?”屠岸钟傲慢地冷笑着。

秦惠王浑身一个激灵,咬牙切齿地冷笑着:“可惜呀,你运气不好。看准了,站在你面前的偏偏是秦国君主。不相信么?”

看着恭敬肃立的潼孤,再看看满堂肃杀的矛戈甲士,屠岸钟悚然警悟,心头狂跳,不禁一身冷汗,慌忙扑倒以头抢地:“罪臣屠岸钟,参见我王万岁万岁万万岁!”

“罪臣?你少梁县令功德如山,何罪之有啊?”

“屠岸钟不识我王万岁万岁万万岁,罪该万死!”

“不识本王便罪该万死,这是哪国律法啊?”

屠岸钟吭哧语塞,额头在大青砖上撞得血流纵横:“屠岸钟一片忠心,唯天可表也!”

“一片忠心?三十里盐碱滩不修,四十八耕牛做寿,这便是你的忠心?”

“臣彰显我王大仁大德,教化民众效忠王室,无知有他,我王明察!”

“好个无知有他。屠岸钟,你也是文士一个,这是哪家学问?”

“启禀我王万岁万岁万万岁:臣自幼修习儒家之学,畏

法家与儒家,似乎不共戴天。上演这么一出大戏,就是要坚定法家的立场与方向。作者加入了一些现代“法治”的理想色彩。先秦之法家,跟现代之法治,区别很大。作者学法律出身,贬儒偏法的倾向,恐怕与其学识背景有关。

天命、畏大人、效忠我王！”

“住口！”秦惠王厉声断喝，“儒家之学？孔子孟子宁弃高官而不改志节，你如何不学？儒家勤奋敬事，你如何不学？挖空心思，媚上逢迎，龙紫之寿、寿牛寿羊、万岁万岁万万岁、万寿万寿万万寿，名目翻新，当真匪夷所思！沽大忠之名，行大奸之实，种恶政于本王，祸国风于朝野。恬不知耻，竟以为荣！如此居心险恶之奸徒，竟位居公堂，教化民众，端的令人拍案惊奇也。”

“我王诛臣之心，臣却如何敢当啊?!”屠岸钟奋力抢地嘶声哭喊。

“如何？你这颗心不当诛么?”

“屠岸钟天地奇冤！我王万岁明察……”

“狗彘不食!”秦惠王勃然大怒，回身抢过甲士一支长矛直扑过来，“再喊一句，洞穿了你!”冰凉闪亮的长矛顶在胸口，屠岸钟顿时脸色苍白瑟瑟发抖，大张着嘴巴却一句话也说不出来。潼孤虽然年迈笨拙，此时却大步抢来双手抓住长矛:“臣奉命勘审人犯，我王不能坏了法度!”

“当”的一声，秦惠王掷开长矛，拂袖去了。

就在当日晚上，樗里疾回到咸阳，匆匆到丞相府见了张仪，两人立即进宫了。樗里疾禀报了走访秦中八县的情形，尤其对屠岸钟的来龙去脉作了备细述说。秦惠王听罢，久久沉默。

这个屠岸钟，原是晋国权臣屠岸贾的后裔。春秋时，屠岸贾在晋灵公支持下诛灭了上卿赵盾满门。谁想阴差阳错，侥幸被人救出的一个赵氏孤儿却活了下来，而且鬼使神差地被屠岸贾收做了义子。二十年后，这个赵氏孤儿因了屠岸贾的权势，做了晋国将军。此时又是鬼使神差，收养赵氏孤儿的老义士，竟然秘密向这位年轻的“屠岸将军”揭穿了他的本来身世与灭门大仇。此时恰逢屠岸贾失势，孤儿将军愤然

屠岸贾因赵氏孤儿闻名于“史”，在民间是臭名昭著，可靠与否，有待商榷。其实各为其主，无须事事以道德棒杀，真要以道德断之，也是“忠”与“忠”之间的碰撞。作者造一个后代屠岸钟(屠岸为复姓，小说写得非常细致)，有点血统论的味道了。不过，儒家的繁文缛节，也确实令人生厌，难怪后世反弹力度那么大。

联络赵氏旧势力，一举将屠岸氏剿灭。从此，屠岸氏残余人口星散逃亡于列国。后来，赵氏恢复了势力，与魏韩两个大族共同瓜分了晋国，有了声威赫赫的赵国。

赵氏立国，明令以屠岸氏为不共戴天之世仇，锲而不舍地在天下秘密追杀。屠岸氏族人纷纷改名换姓，一时间，屠岸氏几乎绝迹。这时，逃到秦国骊山河谷的两家屠岸氏后裔，也改为“土山”姓氏，彻底地变成了老秦人。几代之后，“土山”一族已经有了五十余户四百余口。商君变法后聚族成里，土山氏渐渐富了起来。“土山”族长一心想改换门庭，将自己的大儿子“土山钟”送到了鲁国去求学。此子归来，雄心勃勃，振振有词地力劝父亲恢复屠岸姓氏：“人之生灭在于天，何在于姓氏？赵氏不当灭，虽抄满门而漏孤儿。屠岸氏当灭，又岂在隐姓埋名哉！”父亲与族人们被他的勇气感动，竟决然恢复了屠岸姓氏。于是，“土山钟”变成了屠岸钟。

屠岸钟与下邽县令在鲁国求学时是同窗师兄弟。后来，屠岸钟在这个县令荐举下先做了县吏，三年后又做了少梁县令。当时的少梁县，偏远荒凉又靠近魏国，寻常文士出身的吏员都不敢去做少梁县令。屠岸钟却是上书请命要做少梁县令的。樗里疾还记得，他当时便欣然批下了。当时正逢秦惠王在陇西巡视，屠岸钟未及被召见，便匆匆赴任了。

上任头三年，屠岸钟尚算勤政敬事，将少梁县治理得井然有序。可三年未见升迁，屠岸钟开始渐渐变得闷闷不乐了。据一个老县吏说，两年前的一天，屠岸钟秘密请来了一个魏国老巫师，用古老的钻龟之法为他占卜命数。老县吏也说不清巫师是如何解说龟甲裂纹的，反正从那之后，屠岸钟便开始邪乎起来了。先是在县府大堂的庭院立了一座“望王碑”，每日三炷香、三叩拜、三次高声表白对秦王的耿耿忠

这样写法，不足以说明其儒生的身份，作者当重点写“礼”，写规矩，而不是这些神神化化之物——这是墨家和阴阳家的做法，亦不属天官所辖之事。这一细节，太“当代”了。简直就是一出当代“官场现形记”。

心。后来，无论与何人叙谈，也无论公事私事，但凡涉及秦王，立即挺身起立，高声念诵“我王万岁万岁万万岁”一句，再入座说话，举座莫不愕然。再后来，屠岸钟又镌刻了一座“秦王功德碑”，列出了秦王的“十大功德”。但凡庶民诉讼或吏员公务进入少梁县大堂，都要在屠岸钟陪同下先行叩拜念诵一通，否则不能处置任何公务。今年恰逢少梁县连续三年大熟，屠岸钟忽发奇思妙想，便有了寿牛寿羊这桩奇案，波及关中八县，令人匪夷所思。

由于屠岸钟经年如此，人们也由惊愕疑虑变成了信以为真。渐渐地，屠岸钟的“大忠”之名传扬了开来，诸多县令群起仿效，县吏与少梁县的族长们还酝酿给秦王上“万民书”，请秦王引屠岸钟入朝“秉持大政，泽被朝野”。

“我王请看，这是老县吏代为草拟的万民书。”樗里疾从大袖中摸出一方折叠的羊皮纸打开双手递过。秦惠王顺手便丢在案上，看也不看一眼。樗里疾知道秦惠王此刻憋闷窝火，不能聒噪追问，只能慢慢疏导，教国君自己开口，便嘿嘿笑着看看张仪：“丞相以为，这天下第一奇案，如何处置？”

“此案奇归奇，然并无复杂疑难处。”张仪微微一笑，“此案之难，在于处罚之度。一则，本案涉官涉民，须得有所区分；二则，本案无成法可循。秦法虽有‘妄议国政罪’，却没有媚上贺寿歌功颂德之条目，其间分寸，颇难把握也。”

樗里疾飞快地眨巴着小眼睛，又是嘿嘿一笑道：“要黑肥子说来也好办，夺爵罢官，以儆效尤，毕竟不是杀人放火也。”

张仪盯着樗里疾，眼里一丝揶揄的嘲讽，一句话也没说。

“岂有此理！”秦惠王啪地拍案而起，“定要严厉处罚，此等邪风，远胜杀人放火！”秦惠王缓慢地踱着步子喟然叹息，“古谚云：王言如丝，其出如纶。但有丝毫宽宥，无异于放纵官场恶风。秦法无成例，难不倒我等君臣。商君变法至今已近四十年，民情官风皆有变，律法亦当应时而增。况且，匡正朝野，移风易俗，本是商君立法之本意，何能拘泥成法而放纵恶习！”

“好！我王但有此心，何愁国风不正？”张仪顿时满脸笑意。

樗里疾耸耸肩膀两手一摊：“我王如此圣明，臣有何说？”秦惠王与张仪顿时想起酒肆第一次谋面时的情境，不禁同声大笑。

此日，张仪与樗里疾会同廷尉潼孤及商鞅变法时的一班老臣子，对秦法进行了细致梳理，增加了一百多个条目，报秦惠王作最后定夺。在此期间，潼孤也昼夜忙碌着将“寿牛案”的处置及刑罚分类明确下来：其一，所有涉案庶民，两年不得叙功，有功不得受爵；其二，所有涉案县吏，罚俸两石，两年不得叙功；其三，八名县令，屠岸钟“斩，立决”，其余七名县令夺爵罢官，贬为庶人。几名书吏连夜誊清为三卷，立即呈送王宫。

盖着赫赫大方王印的批件一发下来，潼孤却惊讶得目瞪口呆。

其实，秦惠王只动了一条：屠岸钟改为剐刑，其余原封未动。而潼孤的惊讶，恰恰在于这个剐刑。

剐刑，是杀死人犯的一种方法，后人叫作“凌迟处死”。远古无利器，钝刀割肉便是世间最为痛苦的折磨。于是，用钝刀对罪大恶极的罪犯一块一块地割肉，而后再割除生殖器，再砍开骨架，让罪犯在漫长的煎熬中活活疼死。教观刑者毛骨悚然，永远烙印在心头。终战国之世，只有后来的齐滑王田地在逃亡中被民众一刀一刀地剐死。除此之外，大夫受剐，闻所未闻。战国时兵器精进，利刀出现，剐刑变得更为残忍：最甚者可以剐两到三日，罪犯方最终身亡。但是，剐刑毕竟是一种“非刑”，也就是法律规定的刑罚之外的处刑之法，不是正刑。直到后来的五代十国，凌迟才成了大量使用的常刑。宋代之后，凌迟更成了法律规定的正刑，专一处死那些谋逆类“十恶不赦”的罪犯。这是后话。战国之世刀兵连绵，人们习惯于轰轰烈烈痛痛快快地去死，对待战俘罪犯，要杀也都是一刀了事，绝不累赘。剐刑，也只是流传在狱刑老吏们中间的一个神话而已，见诸刑场，几乎哪个国家也没有用过。而今，秦惠王竟要对这个天下奇案的首犯，使用这种旷古罕见的奇刑，老潼孤如何不心惊肉跳？潼孤反复思忖，本想上书劝阻，蓦然之间，却想到了商鞅被秦惠王车裂的非刑，不禁打了个激灵，终

俗称“千刀万剐”，后世之“杀千刀的”的俗语，不知是否与此有关。始于五代，一说为北宋中期，凌迟之刑出现在这里，早了点，以剐刑字眼代之，是作者取巧的手法。

骨鲠之臣也怕死。

于保持了最后的沉默。

屠岸钟被押到刑场的那一天，渭水草滩人山人海。

奇怪的是，当亮晃晃的特制短刀割下第一片肉时，屠岸钟居然还在嘶声惨叫："我王万岁万岁万万岁……"及至一刀割到喉头，才沉重地呼噜了一声，了无声息。此后两日，万千国人眼看着这个赫赫县令从惨叫喘息，变成了一跳一跳，变成了一抖一抖，又变成了难以觉察的一丝抽搐，却鸦雀无声。忍不住者竟跑到河边翻肠搅肚地呕吐，直到第二天，太阳枕在了西山之巅，如血残阳照着那在晚风中摇曳的森森骨架，人们才梦游般地散去了。

可是，人们又迎头碰上了张挂在咸阳四门的那张硕大的羊皮王书。官府吏员们打着风灯守在旁边，一遍又一遍地为人们高声念诵着：

禁绝媚上荒政令

秦王书告朝野：为政之本，强国富民。为官之道，勤政敬事。阿谀逢迎，媚上荒政，上负国家，下负庶民，诚为大奸大恶。今少梁县令屠岸钟不思勤政报国，专精媚上，揣摩君心，猜度奇巧，歌功颂德，耕牛贺寿，发闻所未闻之邪术，沽大忠之名，行大奸之实，乃旷古罕见之奸佞也。恶习旦开，官风大坏，吏治不修，祸国殃民，法制大崩，国将不国！本王今书告朝野：秦法已修，颁行郡县；自后凡不遵法度，刻意媚上，一心逢迎而荒芜政事者，杀无赦。秦王十一年八月。

这其实是对儒生的惩戒，类似于后世的政治宣言。

人们听得感慨唏嘘，却又是惊诧莫名。

古往今来，何曾有过君王不许臣下歌功颂德表忠心者？纵是三皇五帝，也还不是在芸芸众生的颂扬声中，才有了接受禅让的资格？能做到不纵容臣下庶民歌功颂德，就已经是天子圣明了。如今这个秦王，非但剐了这个临死还在喊万岁的县令，而且禁绝一切媚上逢迎歌功颂德，如何不令厚重淳朴的庶民们困惑？春秋战国以来，多少君王毁在了阿谀逢迎的奸佞手中？英明神武如霸主齐桓公者，不也是被易牙、竖刁[1]两个割了生殖器的阉臣哄弄得不问国事，最后竟困死深宫，连尸体上都生满了蛆虫？流风蛊惑，人们相信了“是人便喜颂歌声”，以为那是巍巍泰山般屹立不倒的官道人道。可如今，这个秦王却对这一套如此深恶痛绝，他是个真圣人么？人们想说几句，却又不敢。转而扪心自问，如此国王有何不好？只要守法，怕甚来？剐刑残忍么？可那剐的是媚上荒政的县令，又不是剐无辜百姓。仔细想想，国王无非是教官员们看个心惊肉跳，从此永远绝了这害人之风，说到底，还是对老百姓有好处啊……

媚上荒政，确实害民不浅。时至今日，屡禁不止。

想着想着，人们心里舒坦了，那种莫名其妙的恐惧也消失了。虽然还是不敢像以往那样忘情地高喊一嗓子“万岁”，但也是相互竖起大拇指，低声笑谈着消融在炊烟袅袅的村庄，消融在灯火闪烁的街巷。一股凛冽的清风掠过，老秦人觉得天更蓝了，水更绿了。

顺民的反应。

就在这时，传来了一个惊人的消息：六国大军云集函谷关外，要猛攻秦国了！

合纵之后，必定攻秦。

六　联军幕府　春风得意

河外营寨连绵，六大片旌旗军帐满当当地塞实了四十

① 易牙、竖刁，都是春秋时齐桓公的近臣。易牙长于调味，善逢迎，相传曾烹其子以献桓公。管仲死后，他与竖刁、开方共同专权。桓公死，诸子争立，他与竖刁杀害群吏，立公子无亏，太子昭奔宋，齐国因此大乱。

里山塬。

大约春秋开始，黄河以南的大片平原便叫作“河外”，黄河以北的山塬便叫作“河内”。这片气势惊人的军营，就扎在大河南岸虎牢山下的河外平原上。以兵家眼光看，这片大军营地极得地利之便：北临滔滔大河，东靠虎牢要塞；引河入梁的鸿沟恰恰从虎牢山东麓南流，汜水则从南麓北流入河，三水夹营，大军取水极是方便；鸿沟与大河的夹角地带，是天下储粮最多的敖仓①，大军粮秣路程仅仅只有三五十里。

这便是山东六国的合纵大军。从六色军营的驻扎方位看，更是颇具匠心。虎牢山南麓是火红色的魏国营寨，依山傍水近粮，占尽形胜险要，乃是全军的辎重枢纽位置，正当身为“地主”的魏军驻扎。东南的汜水东岸，是草绿色的韩国营寨，背靠太室山，正在韩国边缘。北临大河的一片山塬，则是红蓝色的赵国营寨，过河北上二百里便是赵国的上党地带，正占据着这里直通赵国的唯一渡口。汜水东面接近荥阳的山塬上，是紫色的齐国军营，位置正在韩齐官道的咽喉。东北接近广武的山塬上，是海蓝红的燕国军营，正在魏燕官道的咽喉地带。虎牢山西麓的虎牢关外，是茫茫土黄色的楚国军营，既是直面函谷关的前敌位置，又是南下楚国淮北地区的最便捷处。六大营寨各有便利，各得其所，没有一番折冲周旋，显然是不可能的。

这片浩大的军营里，驻扎着六国联军四十八万，是战国以来最大的用兵规模。其中魏国精锐步骑八万，主将晋鄙；齐国步骑八万，主将田间；赵国步兵六万，主将肥义；韩国步骑五万，主将韩朋；燕国步骑六万，主将子之；楚国兵力最多，十五万大军，主将子兰。

皇亲国戚总是很难搞的，子兰这一员误国“猛将”一出，楚国连连遭殃。佞臣！楚怀王幽死于秦，子兰应负很大的责任。

---

① 敖仓，魏国在敖山上所置谷仓。故址在今河南荥阳北敖山上。

在这片茫茫军营的东边接近敖仓处，还有一座小军营。这座军营只驻扎着两万余人马，却是六色旌旗六色甲胄，大军帐多，大纛旗多，色彩斑斓分外热闹。这便是由六国丞相苏秦执掌的六国联军幕府。军营中央有一座砖木庭院，被百辆兵车围起的一个巨大的辕门包围着。辕门口一面六色大纛旗迎风舒卷，上书“六国丞相苏”五个大字。辕门内外，二百名长矛甲士列成了一个肃杀的甬道，亮晃晃的长矛大戟一直延伸到庭院口。这便是六军司命的幕府。辕门百步之外，扎着红黄紫蓝四顶没有辕门的大帐，帐口也是各立一面大纛旗，分别是魏公子信陵君、齐公子孟尝君、赵公子平原君、楚公子春申君。

这片军营虽然不是实际意义上的出令统帅部，却是四十八万大军的灵魂所在，故而有幕府之名。幕府者，将军统辖三军之府署也。将军出战无常处，所到以幕帘为府署，故曰幕府，或云莫府。究其实，幕府便是后世所谓之将军总帐，或砖石庭院，或牛皮大帐，皆可为幕府，未必有固定法式。

时当落日衔山，幕府庭院里已经亮起了十多盏纱灯，八名侍女正穿梭般地在院中摆布收拾，厚厚的猩红色地毡使得她们变成了无声忙碌的影子。这时，腰悬长剑的荆燕大步匆匆地走了进来，看也不看侍女们一眼，进入幕府径直掀帘进了后帐。

所谓后帐，是幕府中用小门隔开的一个起居小寝室。此刻，小寝室的军榻上正躺着蜷卧的苏秦，那悠长均匀的鼾声，显然是沉沉大睡者才能发出的。荆燕稍一犹豫，轻轻拍着军榻靠背道：“大哥，天快黑了，该起来了。”鼾声突然停止，苏秦睁开了眼睛坐起来，伸腰打了个长长的哈欠。荆燕递过一条汗巾低声笑道：“大哥真是太乏力了，眼屎涎水都有了。”苏秦呵呵笑着擦去了眼屎口水道：“心松泛了，睡得一个眼屎涎水横流，解乏。”说着霍然站起，“你先去应酬，我冲个凉水便来。”

在起居琐事上，苏秦从来不用仆人侍女。国君们赐给他的侍女，都是专门挑选的侍奉能手，可他都一律婉言谢绝，实在推不掉就送给别人。他惯于自理，也善于自理，对伸手来衣张口来饭的那种贵胄生活极是厌烦，认定那种生活对心志是一种无形的消磨。此刻他脱光了身子，走到帐角提起一桶冰水便从头顶猛浇下来。一阵寒凉骤然渗透了身心，顿时便清醒起来，用大布擦干身子擦干长发，换上一套干爽的长袍，分外地惬意清爽。

寻常时日，苏秦也不喜欢给头上压一顶高高玉冠。只要不是拜会国君，他总是布衣长袍散发披肩，最多是一根丝带束了灰白色的长发而已。此刻长发未干，他便布衣散发悠游自在地走出了内帐，来到了大帐口。本想到外边走走，看看落日，可望着庭院中亮晃晃的长矛大戟，他顿时皱起了眉头。

“百夫长，教甲士撤到辕门之外。日后辕门内无须甲兵护卫。”

两个百夫长却是异口同声：“此乃军法，小军不敢擅动！”

“谁的军法？回头我自会向荆燕将军说明，撤出去。”

两个百夫长一举短剑：“辕门之外，列队护卫！”矛戈甲士锵锵然退了出去，辕门内顿时清净宽敞了许多，仿佛一个别致的庭院。苏秦踱步“庭院”，远眺晚霞照耀下锦缎般灿烂的大河远山，心头泛起一种说不清的滋味儿。

秦国食言，楚国愤怒，使眼看就要夭折的合纵骤然有了转机。当苏秦风尘仆仆地赶到郢都时，楚国朝野正在一片愤愤然的混乱之中。楚怀王大感屈辱，一连声地叫嚷要杀了张仪。可真到了决策关头，却莫名其妙地又软了。苏秦与屈原、春申君联络楚国新锐势力的三十多名将军，一起晋见楚怀王。在苏秦的苦心说辞与屈原春申君并一干将军的慷慨激愤中，楚怀王终于当场拍案，决意起兵。眼看国人汹汹，新锐拼命，郑袖不得不沉默了。

老狐般的昭雎一反常态，连夜进宫，向楚怀王痛切责骂张仪与秦国，荐举自己的族侄子兰做楚军统帅，要一雪“国仇家恨”。颟顸懵懂而又自以为精明过人的楚怀王，立即欣然赞同，当场向子兰颁赐了兵符印信。屈原与春申君大是不满，连夜邀苏秦共同进宫。谁知楚怀王却是振振有词：“昭氏封地的兵员最多，粮赋最多。子兰为帅，军兵粮秣不受掣肘，有何不妥？再说昭氏与张仪有仇，他能不死力奋战了？”屈原愤激，历数昭雎祸国殃民勾连张仪的劣迹，断言：“子兰为帅，丧师辱国！”楚怀王闻言大发雷霆，呵斥屈原“败言不吉，灭楚志气”。春申君立即顶上，自荐为将。楚怀王只说了一句“未战先乱，居心叵测”，铁青着脸不再吭声。苏秦担心事情弄僵，楚怀王又再度反复，便婉言周旋，表示赞同楚怀王，提出春申君做监军特使。楚怀王很不情愿地答应了下来，这才算勉强收场。

谁知屈原却是怒气不息，对苏秦颇有辞色，连夜南下，以“新军整训未了，不成战力”为由，将正在北上的八万新军调入屈氏封地驻扎。昭雎大为不满，联络几个老贵族大臣请杀屈原“以解朝野之恨”。楚怀王素来不懂军旅之事，根本不清楚少了新军又是如何，只是打定了主意要不偏不倚，对昭雎打着哈哈不置可否，回头便下书另行调兵。

一个怨字，可概屈原全身。屈原与楚怀王之间，其实有疑案。

这次，苏秦对屈原的做法不以为然，说屈原是“以小怨乱大局”。屈原却愤激异常，拍案而起道：“八万新军乃楚国精华，能教子兰狗才挥霍新军之鲜血？真正的楚秦大战还在后头，八万新军不能交给奸邪之才！”春申君只是沉重叹息默默不语。苏秦也没有再和屈原认真计较。毕竟，屈原是楚国新锐势力的灵魂，他那卓越的才华、喷薄的激情、犀利的见解与坚韧的心志，无不给楚国少壮人物以巨大的感召。虽然屈原贬官做了三闾大夫，可训练新军的实权仍然在手，实际影响力远远大于春申君。更重要的是，屈原是楚国支持合纵最坚定的栋梁人物，苏秦无论如何也不能因不发新军而与屈原对立。

楚国一出兵，齐国不再犹豫。楚齐一动，魏赵燕韩大见踊跃，两个多月便完成了大军集结。遥望大军营帐，苏秦却总有一种奇特的感觉：秦国弱小时，山东六国多次合谋瓜分，可始终没有一次真正的行动；偏偏在秦国强大而成致命威胁之后，山东六国才真正地结盟合纵，成军攻秦。此中意味，直是教人想到天意，想到冥冥之中谁也无法揣摩的那些神秘。

暗中强调天意。天命难违。小说的思路，始终有一点“事后诸葛亮”的意思。

在六国君臣看来，那时没灭秦国，此时一战灭秦，也不为太晚。说到底，六国都认定了可以一战必胜，一战灭秦。每个人都摆出了不容辩驳的数字：秦国差强二十万新军，除了必须防守的要塞重地，能开上战场的充其量十五六万；四十八万对十五六万，几乎四倍于敌，焉能不胜！

苏秦素来不谙兵家，甚至连张仪那种对兵器军旅的好奇兴趣也没有。但生于刀兵连绵的战国，哪个名士对军旅战事都会有些基本了解。苏秦了解秦国，也了解六国，自然不会像六国君臣那般信心十足。但是苏秦仍然认为，这场大战至少也有六七成胜算。兵力上，六国是绝对优势。将才上，秦国有司马错。楚国的子兰统帅四十八万大军虽然差强人意，但有颇通兵法的信陵君襄赞，当不会有大的失误。纵然如此，苏秦还是极力主张设置了六国幕府，为的就是教通晓军旅战阵的四大公子起到轴心作用，弥补六国大将的平庸。令苏秦感慨的是：四大公子个个可以为将，偏偏的个个都没有拜将，却不约而同地被国王任命为"阵前监军兼领合纵特使"，与苏秦共同组成了这座六国幕府。

"噢呀呀，武安君好兴致，看日头落山了？"

"春申君啊。"苏秦回身笑道，"你看这长河落日，军营连天，晚霞中旌旗茫茫，战马萧萧，当真令人感慨万千也。"

"噢呀呀，要出第二个屈原了！我可是看不出啥个感慨来。"春申君笑着笑着猛然压低了声音，"噢呀武安君，我总是放心不下了。"

"何事啊？"看着诙谐机智的春申君神秘兮兮的样子，苏秦不禁笑了。

"子兰为六国总帅，虾蟹肉了，硬壳一剥全完。噢呀，我看要教信陵君做总帅。这一仗，可是六国大命了。"

"虾蟹肉？好描画。"苏秦笑容却又一闪而逝，"按照合纵盟约，出兵多他国一倍者为统帅，有何理由换将？"

"噢呀，我是百思无计。你是六国丞相，执掌幕府，不能想个妙策了？"

"临阵换将，事关重大，晚间与信陵君一起会商，再作定夺。"

此时一阵马蹄如雨，信陵君、孟尝君、平原君三骑不约而同地飞马而至。三人腾身下马，一色的斗篷高冠软甲长剑，高声笑谈着联袂进入辕门，一阵英风扑面而来。

"四大公子人中俊杰，当真军中一景也。"苏秦遥遥拱手笑迎。

平原君拱手笑道："武安君布衣散发统大军，才是天下一景也。"

"噢呀呀，平原君一鸣惊人了！我如何想不出此等好说辞来？"

众人哄然一阵大笑，苏秦拱手道："诸位请进帐，今日尽兴。"

苏秦幕府没有将帅气息。将台令案兵符印剑，帐外聚将鼓，帐内将军墩，这些威势赫赫的物事统统没有。一圈六盏与人等高的硕大风灯，将大帐照得分外通明；厚厚的猩红色地毡上，六张长案排列成了一个马蹄铁般的半圆；每张长案上都已经是鼎爵盆盘罗列，连同案旁三个酒桶与一个跪坐的侍女，每张大案都形成了一个单元。苏秦居中，信即使分合无常，但知音聚首畅饮，亦是乐事。此为“山雨欲来风满楼”的写法。

陵君平原君居左，孟尝君春申君居右。

苏秦笑道：“今日聚宴，皆由信陵君安排，由他先交代一番了。”素来不苟言笑的信陵君神采飞扬，大手一挥道：“无忌借地主之便，代为武安君绸缪，就近取材。今日是三国菜三国酒：楚鱼、齐鸡、魏麋鹿，赵酒、燕酒、兰陵酒。谁个另有所求，立时办来便是。”春申君煞有介事地低头盯着满案鼎盘，笑叫道：“噢呀呀，满案珍奇，我倒真想叫个秦苦菜来啦！”众人大笑。信陵君一拱手道：“敢请武安君开席。”

所谓开席，便是打开席间最主要的食具，而后再举爵致辞开宗明义。苏秦闻言笑道：“信陵君办事，总归有章有法。”说着拿起手边两支精致的铜钩深入鼎耳之下，将热气蒸腾的青铜鼎盖钩起，再连铜钩一起置于侍女捧来的铜盘中；而后举起已经斟满的铜爵，环视座中一周，慨然笑道：“合纵得遇四大公子，苏秦之幸也！蒙诸君鼎力襄助，终得大军连营。久欲聚饮，跌宕无定。今日一聚，终生难得。来，为联军攻秦，旗开得胜，干此一爵！”

“联军攻秦，旗开得胜！干！”五爵相向，尽皆一饮而尽。

苏秦笑道：“诸君性情中人，今日但开怀畅饮，无得拘泥，鸡鱼鹿，来！”

“噢呀呀且慢，”春申君晶莹光洁的象牙箸点着铜盘中红亮肥大的烤鸡，惊讶地嚷嚷起来，“孟尝君啊，我楚国鸡才鸽子般大，这齐国鸡如何这般大个？这能吃么？”

“楚国倒有何物是大个儿了？”孟尝君哈哈大笑道，“你说的‘鸽子’，原是越鸡。齐国鸡，原是鲁鸡。庄子说了：‘越鸡不能孵鹄卵，而鲁鸡固能矣。’说的就是这越鸡小，而鲁鸡大。越鸡细瘦肉精，宜于陶盆炖汤。鲁鸡肥大肉厚，宜于铁架烧烤。这烤整鸡可是我齐国名菜之首，保你肥嫩酥软香，大快朵颐，满嘴流油。来！象牙箸不行，猛士上手，哎，对了。”孟尝君两手抓住两只鸡腿一撕，一口吞去了半只鸡大腿。

春申君看得目瞪口呆，突然拍案：“噢呀呀，来劲啦！”丢掉象牙箸，上手大撕张口狼吞，几口下去，腮边流油噎得喉头咯咯响。众人哄堂大笑，侍女使劲儿憋着笑意，连忙用打湿的汗巾沾拭他满脸的油渍。春申君抚摩着胸口喘息道：“噢呀呀，好噎好噎啦。”孟尝君笑得连连拍案：“快！大个葱，最，最是消噎爽气。”说着拿起铜盘中一根肥白粗大的小葱①，咯吱咯吱咬了下去。春申君如法炮制，一口下去却叫了起来：“噢呀呀，不爽也罢，辣死人了！”

哄笑声中，春申君揶揄道：“噢呀，齐人如此吃相，大是不雅，诸位且看我楚国人如何吃鱼了？”说着拿起象牙箸，扎住了铜盘中一条金色小鱼，“噢呀，看好了，此乃云梦泽小金鱼，鲜嫩清香，偏是鱼刺极多了。”说话间几条小金鱼已被象牙箸分成若干小段。一段入口，只见春申君文雅地闭着嘴唇，只是腮帮在微微蠕动，银丝般的鱼刺便从嘴角源源不断地流了出来，片刻之间，几条小鱼全部下肚。

四个人都饶有兴致地瞅着春申君，及至鱼盘顷刻干净，不约而同地“啊——”了一声。看着面前的鱼盘，却没有一个人敢下箸。春申君乐得哈哈大笑：“噢呀如何？你那大个儿肥鸡，可有这般风味了？少不得呀，我要为诸位操劳一番了。”说着对几个侍女笑道：“将案上鱼盘，都端到那张空案上去了。”又对自己身边的侍女吩咐道，“你去剔除鱼刺了。”那名黄裙侍女飘然过去，一刀一箸玉腕翻飞，须臾之间接连剔出四盘鱼肉。各座侍女捧回案上，盘中整齐码放的精细肉丝丝毫不乱。

“噫——”最年青的平原君长长地惊叹一声，“楚人如此吃法，天下还有鱼么？”

“哗”的一声，满帐大笑。苏秦悠然道：“民生不同，南北各有专精，联体互补，便成天下了。”

“武安君此言，不敢苟同。”平原君笑道，“衣食住行出性情，可不能弄成了一锅肉粥。譬如赵胜，生就的马肉烈酒，若是吃小鱼，饮兰陵酒，只怕一筐鱼一车酒也没个劲道。”

“噢呀呀，平原君一顿几多马肉，几多烈酒了？”

---

① 小葱为中国固有，大葱为西汉后由西域传入。

“看如何说法，草原与匈奴大战，一次战饭，马肉五六斤，烈酒一皮囊。”

“噢呀，一皮囊几多了？”

信陵君笑道：“骑士皮囊，五六斤上下。”

“噢呀，都是赵酒么？”

平原君大笑：“若是楚酒，冰天雪地中能有满腔烈火？”

“噢呀好！赵酒一爵，干！”众人哄然笑应，一齐大爵饮下。

信陵君道：“为了这赵酒，楚国还和赵国打过一仗，春申君可是知晓？”

春申君皱眉摇头：“噢呀大仗小仗不断，这酒仗，可是不记得了。”

“久闻信陵君精熟战史，说说。”孟尝君兴味盎然。

“我如何也不知道？快说说。”平原君叩着长案催促。

信陵君悠然一笑：“五十多年前，楚宣王会盟诸侯。赵国没参加，却献了一百桶窖藏五十年的上等好酒，示好楚国。楚国主酒吏品尝后对赵酒大是赞赏，然却硬说赵酒藏期不够，酒味淡薄，责令赵国掌管酒食的宰人另送一百桶来。赵国宰人大是叫苦，反复申明陈年赵酒已经全数运来，赵国再也没有这么多五十年陈酒了。楚国主酒吏却以为赵国宰人不懂孝敬规矩，便使出了一个小小计谋。”

“何等计谋？”几人不约而同。

“主酒吏偷天换日，将民间淡酒换装进赵国酒桶，搬上了宴席。楚宣王极为喜欢烈酒，及至饮下，寡淡无味，怒声责问这是何国贡酒。主酒吏惶恐万分地搬来酒桶，指着那个大大的‘赵’字说不出话来。楚宣王勃然大怒，认定赵国蔑视楚国，当即兴兵北上，偏偏却只要赵酒五百桶。赵敬侯也发兵南下，针锋相对，偏偏就不给赵酒。”

孟尝君不禁拍案：“噢嗬，这仗打得稀奇，后来如何？”

“后来？在河外相持半月，谁也没讨得便宜，偃旗息鼓了。这便是旷古第一酒战。”

平原君深深吸了一口气，轻声道：“为一百桶酒开战，匪夷所思也。”

信陵君道：“亘古以来，有几战是为庶民社稷打的？好生想想。”

“噢呀，这楚国主酒吏可是个小人，脸红了。”

“脸红何来？小人暗算君子，此乃千古常理也。”孟尝君笑道，“孔老夫子多受小人纠缠，临死前大呼：唯小人与女子为难养也！”

“噢呀呀，谁道这是孔夫子临死前喊的，偏你看见了？”

举座大笑一阵，又借着酒话题大饮了一阵。苏秦笑道："信陵君是准备了歌舞的，要不要观赏一番？"平原君立即接口："不要不要，再好也腻了，听说孟尝君春申君善歌，两位唱来多好？"话音落点，举座齐声喊好。

"谁先唱？"苏秦笑问。

"孟尝君——"举座一齐呼应。

孟尝君酒意阑珊，额头冒着热汗道："好！我便来。只是今日难得，我也唱支踏青野歌。"

"好！我来操琴。"信陵君霍然起身，坐到了琴台前。

"齐国《海风》。"孟尝君话音落点，琴声叮咚破空。孟尝君用象牙箸在青铜鼎耳击打着节拍，陡然一声激越的长吟："东出大海兮，大海苍茫——"

别我丽人　　　渔舟飘荡
海国日出　　　远我故乡
云遮明月星斗暗　水天无尽路长长
西望故土　　　思我草房
念我丽人　　　我独悲伤
忽闻丽人一朝去　魂归大海永流浪

人们听得入神，肃静得竟忘了喊好喝彩。

苏秦黯然道："渔人酸楚，当真令人扼腕也。"信陵君笑道："倒是没想到，孟尝君竟有如此情怀。"孟尝君连连摇手道："惭愧惭愧，我是跟一个门客学唱的，他把我唱得流泪了。"平原君揉揉眼睛道："好了好了，一篇翻过，该春申君了。"

"噢呀，我是公鸭嗓，可没孟尝君铁板大汉势头了。"春申君神秘地眨眨眼睛笑道，"我看呀，我用南楚土语唱一支。谁能听懂我唱的词儿，我就送他一样礼物。若举座听不懂，每人浮一大白。如何？"

苏秦一指周围的歌女琴师与侍女："那可得连她们也算进来。"

"噢呀，也行了，我看看她们。"春申君打量了一圈笑道，"她们也不行，我准赢。"

平原君道："你就唱吧，我正等浮一大白。"

春申君对女琴师笑道:“埙,吹《陈风》了。”女琴师点点头,拿起一只黑幽幽的埙吹了起来。埙音空灵缥缈,《陈风》委婉深沉,倒是正相得宜。春申君咳嗽一声,也用象牙箸击打着节拍唱了起来。只见他面含微笑,一副情意绵绵的陶醉模样,口中却是咿呀啁啾呜呜哝哝仿佛舌头大了一般,忽而高亢沙哑,忽而婉转低沉,一时极为投入。

戛然打住,春申君笑道:“噢呀完了,听懂了么?”

众人瞠目结舌,骤然哄堂大笑,连连指点着春申君,笑得说不出话来。

“噢呀呀,不行吧。”春申君得意地笑着,“这叫寸有所长,举爵了。”

突然间“叮——”的一声,编钟后一个女乐师走了出来道:“小女听得懂。”

“好——”举座一片叫好,分外兴奋。春申君笑道:“噢呀呀,你是楚人了?”女乐师道:“非也,小女薛国人。”“噢呀呀!”春申君大是惊讶,“薛国人如何能懂了?真的假的?”女乐师轻声道:“小女虽不懂南楚土语,却通晓音律。人心相通,只要用心去听,自能听得懂。”春申君沉默了片刻道:“姑娘能否唱得一遍?”女乐师点点头,陶埙再度飘出,柔曼的歌声便弥漫开来:

投我以木桃兮　报之以琼瑶
非为生恩怨兮　欲共路迢迢
投我以青苗兮　报之以春桃
非为生恩怨兮　欲结白头好

女乐师一身绿衣,一头白绸扎束的长发,亭亭玉立,人儿清纯得如同明澈的山泉,歌声深情得好像篝火密林的诉说。众人听得痴迷,都眼睁睁地看着春申君,等他说话。

春申君站了起来,对女乐师深深一躬道:“噢呀,他乡遇知音了。姑娘如此慧心,黄歇永生不忘。”说罢从腰间甲带上解下一柄弯月般的小吴钩,双手捧上,“这柄短剑乃天下名器,赠予姑娘。若有朝一日入楚,此剑如同令箭,畅通无阻了。”美丽清纯的女乐师接过吴钩,轻声念道:“投我以青苗,抱之以春桃。小女也有一物,赠予公子。”说着从贴胸的绿裙衬袋中摸出一个红绸小包打开,露出一只绿幽幽圆润润的玉埙:“这只玉埙,乃小女家传,赠予公子,以为念物。”春申君接过玉埙捧在掌心,又是一躬,女乐师也是虔诚

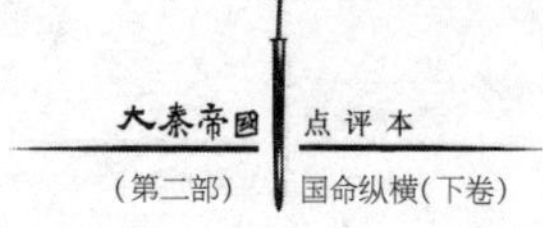

地一躬。不意二人的头却碰在了一起，女乐师满脸通红，众人不禁哈哈大笑。

二人有古怪，这般写法，只怕还有下文。

平原君学着春申君口吻笑道："噢呀，变成孔夫子啦，如此多礼啦？"

信陵君举爵道："春申君野歌唱得好，有果！来，共浮一大白。"

"噢呀呀，我输了，浮三大白。"春申君与众人饮尽，又连忙再饮两爵，呛得面色涨红，连连打嗝。

孟尝君豪气大发，拍案高声："酒到八成，来一局六博[①]彩！"

"好！六博彩！"帐中一片呼应。

苏秦笑道："信陵君是六博高手，你等还不是输？"

孟尝君高声道："谁说我今日要输？来！我与信陵君对博，诸位人人押彩，如何？"

"好——"乐师侍女们也跟着喊起好来，显然是分外兴奋。

这"六博"正是流行当时的博弈游戏，坊间市井流行，宫廷贵胄更是喜欢。这种游戏的特异之处，正在于无分男女贵贱，在场有份，呼喝嬉闹，毫无礼仪讲究。齐国的滑稽名士淳于髡，曾对齐威王如此这般地描绘六博游戏："州闾之会，男女杂坐，行酒稽留，六博投壶，相引为曹，握手无罚，目眙不禁，前有堕珥，后有遗簪……日暮酒阑，合尊促坐，男女同席，履舄交错，杯盘狼藉。"当真是一副生动鲜活的男女行乐图。如此可以放纵行乐的游戏，如何不令这群年青男女们怦然心动？

平原君高喊："摆上曲道！"

---

① 六博，亦作"陆博"，古代一种赌博游戏。

两个侍女欢天喜地地抬来了一张精致的红木大盘，摆在正中一张长案上。这便是六博棋盘，叫作“曲道”。盘上横竖各有十二线交织成方格，中间一行不划格，叫作“水道”。水道中暂时只有两条精致的鱼形铜片，这是“筹”，由胜方得之兑钱。一旦开始，各种大小铜片便会都投在“水道”中。

曲道摆好，人人离席聚到了曲道大案两边。孟尝君与信陵君是博主，隔案对坐。苏秦与春申君打横对坐，平原君挤在孟尝君与春申君之间。其余十余名艳丽妖娆的侍女乐手挤挨在各个缝隙里，或趴在哪个男人的背上，或坐在哪个男人的腿上，一时莺声燕语，大是热闹。只有那个绿裙女乐师静静地微笑着，趴在春申君背上抱着他的脖颈，却不往人堆里挤。

信陵君笑道：“武安君做赌正，如何？”

“好——”一声呼喝，一片笑声，算是当局者全体赞同，相信了苏秦的公道。

“好了，我便做了。”苏秦故意板着脸道，“先立规：赖赌金者，重罚！”

“好——”女子们喊得最响，得遇四大公子这样的豪阔赌主，她们的彩头往往是难以预料的，再加上六国丞相做赌正，赖赌重罚，谁不欢呼雀跃？

孟尝君大笑：“大丈夫岂有一个‘赖’字？请掷彩。”

六博行棋，先得掷彩。所谓掷彩，便是用两粒玉骰子决定行棋先后。骰子六面：两面白两面黑，一面“五”（五个黑点），一面“塞”（画一块石头）。两粒同掷，“五白”最贵（一白一五）。但有“五白”，众人齐声大喝“彩——”，这便是喝彩。其余的五黑、全黑、全塞、五塞，都不喝彩。掷出彩来，除了掷彩者先行棋，对方还要先行付给在场所有当局者一定的彩头。这便是“五白”一出，齐声喝彩的原因。

苏秦将两粒亮晶晶的玉骰子当啷撒进铜盘：“谁先掷？”

“我半个地主，孟尝君先掷了。”信陵君笑着谦让。

“好！我先来。”孟尝君拿起两粒骰子在大手掌中一阵旋转，猛然抛向空中，待“叮当”落盘，大手顺势捂下，掌下犹有当啷脆响。孟尝君手掌移开，五白赫然在目。

“彩——”诸般男女一齐忘形大叫。

信陵君微微一笑，捡起两粒骰子，手腕一抖摔入大铜盘中。但见两粒骰子在铜盘中光闪闪蹦跳如同打斗一般。“哎哟哟！骰子活啦！”女子们便惊叫起来。此时信陵君单掌猛然捂下，盘中一阵叮当不绝，待手掌拿开，又是一个五白。

“彩啊——彩——”一阵尖叫笑闹哄然爆发。

苏秦哈哈大笑道：“两白相逢也，都付彩头！记下了。”

“人各十金！”孟尝君高兴得赢了一局一般。

“跟上。”信陵君呵呵笑着。

苏秦高声道：“六博将开，先行押彩——”

平原君抢先道：“我押信陵君，百金。”向水道中打下一个刻有“百金”二字的铜鱼片。

“噢呀，孟尝君我押啦，百金！”春申君也打下一个铜鱼片。

苏秦对四周女子们笑道：“赌正抽成。你等押了。”

女子们笑着叫着押了起来，十金二十金的小铜鱼片纷纷落入水道。春申君大笑：“噢呀呀，小小啦！对他们两个要狠点啦。”趴在春申君背上的女乐师尚未押彩，突然笑叫起来：“我跟春申君，押孟尝君，五百金啦！”一条肥大的铜鱼片“当啷”一声打入水道。

“呀！这个应声虫，好狠也！”孟尝君惊讶地叫了起来。

“轰哗——”一声，男女们大笑着前仰后合地叠在了一起。

苏秦拍掌喊道：“肃静，开始行棋，布阵——”

六博共有十二枚棋子，黑白各六，实际上是一种远古军棋。按照古老的军制，六子分别是枭（帅）、卢（军旗）、车、骑、伍、卒，后四者统称为“散”；枭可单杀对方五子，对方五子联进包围，则杀枭；但在行棋之时，棋子有字一面一律朝下，无字一面朝上；两子相遇，赌正翻开棋面定生杀，枭被杀为最终失败。由于双方都在黑暗中摸索，只能凭已经翻开的棋子判断形势，所以即便有事先布阵，也仍有诸多难以预料的戏剧性结局。正是这种难以预料的戏剧性，才使六博棋具有赌的特殊魅力。

孟尝君执白，信陵君执黑，两人各自在案下一个小铜盘里摆好阵形。小铜盘端上，身边偎依的侍女原封不动地将棋子移上大盘。孟尝君高喊一声：“枭来也！”兴冲冲将一枚圆圆的玉石白子推过水道。信陵君哈哈大笑：“五散来迎！”手掌一伸，推出了摆成弧形的五颗玉石黑子。六博行棋原是可以任意呼喊，但输赢却要在翻开字面后决定，所以也便有了兵不厌诈的乱喊名目。苏秦酒量小，又不饮烈酒，最为清醒，左右一打量，不动声色地先翻开了五颗黑子。

“啊！果真五散！”男女们惊诧笑叫。

苏秦又翻开了那颗孤身过水的白子。

信陵君

“啊哟！果真是枭！”又一阵更响的惊叫笑闹。

“联兵杀枭了——赢了——彩——”押信陵君的男女们顿时抱在一起叫了起来。

苏秦笑道:“联兵杀枭？好！孟尝君立马兑彩!”

“好口彩,联兵杀枭！输得快活！兑彩——”孟尝君哈哈大笑。

一片笑闹中,绿裙女乐师惊讶地叫了起来:“噫呀！日光半山了——”

众人抬头,亮煌煌的阳光已经撒满了军帐,帐中顿时显得酒气熏天,乱作一片狼藉。说也是怪,正在笑闹的男女们一见明亮的日光,顿时横七竖八地倒在了猩红地毡上,一片呼噜声大起。苏秦心中有事,霍然起身,想将春申君与信陵君叫到一边说话,扫了一眼,不见春申君,仔细搜寻,却发现春申君正埋在一片绿裙下鼾声大作。信陵君虽未倒地,却也趴在长案上结结实实睡着了。豪侠的孟尝君与年青的平原君,则都裹在色彩斑斓的裙裾中喃喃地说着梦话了……

苏秦走出了帐外,秋风吹来,一阵萧瑟寒凉的气息渗进燥热的心田,顿时清醒了许多。想想帐中情景,苏秦对幕府司马叮嘱了几句,便飞身上马,向楚国军营去了。大战在即,他实在放心不下子兰。秦国的司马错,子兰究竟知道多少?更有他的师弟张仪与司马错合力,六国大军胜算究竟有得几多？蓦然之间,苏秦感到了一种巨大的隐忧。

苏秦虽是大才,但无法与人性之弱点长期作战。合纵败于连横,实是人心之败,这是文化的根子,几乎无药可救。苏秦逼退秦国十五年,功业已到极致,怎奈人心易破。无人能解这残局。

第十章　张仪风云

一　咸阳宫君臣合璧

六国联军集结的时候,秦国大军也在秘密移动。

司马错不是一个只懂得“兵来将挡,水来土屯”的将领,而是一个审势为战的统帅。这个将门家族的《司马法》,大部分都是在说打仗的基本准则,也就是“战外之道”,对于具体战法阵法的论说倒是篇幅很少。这就是司马兵家的特殊之处:着力锤炼将领的全局眼光,不脱离大势,不纯然打仗。《司马法》最后的论断是:“大善用本,其次用末,执略守微,本末唯权,战也。”说的便是高明统帅要善于运用战略(本),其次善于运用战术(末),能够坚定地推行战略,微妙地把握战术,权衡本末而用于战场,这才是最高明的战法,才能称之为“战”。司马错天赋极高,且深得先祖兵法精髓,他的蓝田幕府自然不会放过函谷关外的丝毫动静。

秦惠王治下,秦迅速强大,诸侯震惊。其治之声威胜过孝公。

《汉书·艺文志》称《司马法》原有一百三十篇,现存仁本、天子之义、定爵、严位、用众五篇。司马法是不是司马穰苴所辑录或著述,有争议。

司马错确为将帅之才。前文已提及史书中司马错的身份,此处不再赘述。

六国兵马尚未开出本国的时候,散布在各国的秘密斥候流星般报回消息,与张仪丞相府送来的黑冰台消息相印证,司马错便大体上清楚了各国兵马的情势。他给掌管斥候探马的中军司马下了命令:"立查六国军情:主将、兵力、兵器、辎重,务求详尽,作速禀报。"同时下令秦军各部,"作速禀报伤病人数、兵器残缺、粮秣辎重之详情。"

知己知彼。

两道命令一下,司马错没有急于调动兵马,而是飞马赶赴咸阳。

司马错到咸阳,不是要晋见秦惠王,而是要见张仪。司马错很清楚,打仗只是秦国连横的一个环节,他要对合纵连横的大势做到心中有数,打仗才能有分寸;张仪对六国情形的了解,比他更为详尽深刻,与六国大战而不向如此一个人物请教,实在是极不明智的。

身为上将军的司马错,与丞相爵位几乎等同。按照战国传统,除了辎重粮秣军俸等军务事宜,上将军在战事上完全独立,既可以不征询国君"高见",更可以不征询丞相"指点"。这是"将在外,君命有所不受",是大将权力的极限。然则事在人为,大将主动征询于国君丞相,自然是没有任何限制的。自古以来,大将对这种权力都很难把握分寸。遇到刚愎自用的君主,大将坚持独立,往往会有杀身之祸;遇到奸佞权相,便会将相冲突事事掣肘,胜仗也得打败。唯其如此,生出了无数的名将悲剧。战国大争之世,人们看一个国家是否稳定强盛,一个重要标志便是将相两权是否和谐。在刀兵连绵的时代,上将军独立开府统辖军事,权力与丞相几乎不相上下,国君——丞相——上将军,是国家权力的三根支柱。将相不和,国家必然混乱。当然,司马错没有想到这些,他只清楚一件事:拜见张仪,对这场大战是必须的,是有好处的。

司马错不打没有把握之战。

张仪正在与樗里疾议论这场大战,恰逢司马错来到,自是分外高兴。司马错将来意说明，张仪樗里疾不约而同地哈哈大笑。司马错道："两位丞相胸有成算，司马错愿闻高见。"

"上将军准备如何打法？可否见告？"樗里疾嘿嘿笑着反问了一句。

"大军未动，尚无定见。"

樗里疾知道司马错性格，没有思虑成熟绝不贸然出口，也不追问，径自拍案笑道："我只一句话：放手去打，准保大胜。"

"好主意。"司马错淡淡笑了，"王命一般，甚也没说。"

"甚也没说？"樗里疾嘿嘿揶揄道，"我俩等你高见，你要我俩高见，究竟谁有高见？"三人一阵大笑，司马错道："还是丞相先点拨一番，廓清大势，打仗便有办法。"

张仪笑道："疆场战阵，上将军足为我师也。张仪所能言者，七国纵横大势也，上将军姑妄听之。"对生性极为高傲的张仪而言，这种口吻可谓十分罕见。其原因在于司马错的奇袭房陵，使张仪在兵事谋划上第一次大受挫折，张仪对司马错的军事才能自然佩服了。司马错却一直认为，房陵奇袭成功，乃楚国边备荒疏所致，张仪谋划之失并非根本，反倒以为张仪的兵家眼光是名士中极为罕见的。见张仪如此自谦，司马错连忙拱手道："丞相此言，实不敢当。为将者，贵在全局审势。丞相纵横天下，洞悉六国，堪为战阵之师，司马错正当受教。"

"都是心里话，也好，我便说。"张仪一挥手，"此次六国联军出动，乃合纵第一次成军，也是近百年来山东六国第一次联军攻秦。对六国而言，这一战志在必得，欲图一举击溃甚或消灭秦军主力，即使不能迫使秦国萎缩，至少也锁秦于函谷关内，消除秦国威胁。对秦国而言，此战则是能否破除合纵、长驱中原的关键。秦国战胜，六国旧怨便会死灰复燃，

鹿死谁手，当局者并不知道。作者抑六国扬秦国的态度过于明显。

连横破合纵，便有了大好时机。若秦国战败，连横便会大受阻碍，下步的连环行动便要搁置。山东六国也将获得一个稳定喘息的机会，期间若有趁势变法强国者，天下便会重新陷入茫无头绪的战国纷争。秦国大出天下，将遥遥无期。”

“嘿嘿嘿，不能给六国这个机会，不能教这帮小子喘息！”樗里疾拳头砸着长案。

“丞相以为，六国联军长短利弊如何？”司马错更想听到实际军情。

“六国联军，两长三短。”张仪敲着座案，“先说两长：其一，初次联军，恩怨暂抛，将士同心，多有协力之处。譬如六国军马皆不带粮草辎重，而由魏国敖仓统一供给，过后六国分摊。若在往昔，这根本不可能。其二，兵势强大，四十八万大军，多我三倍有余。再说三短：其一，相互生疏。六国长期互斗，军事各自封锁，更无联兵作战之演练，虽有名义统属，实则自守一方，很难形成浑然一体之战力。其二，军制不一，装具各异，步兵骑兵战车兵相互混杂。其三，将帅平庸，叠床架屋多有掣肘。楚军主将子兰为联军统帅，此人年轻气盛，志大才疏，实则一个华而不实喜好谈兵论战的贵胄公子，毫无众望，难以驾驭大军。此外，六军统帅之外，还有一个六国幕府，由苏秦与四大公子坐镇，监督诸军并统决大计。如此章法，必然行动迟缓，缝隙多生。”

句句中的。

“嘿嘿，还有一条：除了魏国五万铁骑与齐国三万铁骑是新军外，六国联军都是步兵车兵老式大军。我军嘿嘿嘿，可都是清一色的骑步新军。”樗里疾插了一条。

“丞相之见，我军当如何打这一仗？”

张仪笑道：“上将军有此一问，必是已经有了谋划。”

“丞相总是料人于先机。”司马错笑道，“如此打法，两位丞相看如何？”说着移坐张仪案前，拿过鹅翎笔，在案上写下了四个大字。

“妙——”张仪樗里疾不禁拊掌大笑。

稍一沉吟，张仪道：“此计之要，算地为上。‘知天知地，胜乃可全。’不知军中可有通晓此地之将？”司马错道：“目下没有，须得依赖斥候与得力乡导①。”樗里疾道：“孤军深入，等闲乡导都是外国人，只怕误事，可否教得力大将事先踏勘一番？”司马错道：“此事我来设法，两位丞相无须分心了。”

张仪却慨然拍案道：“我来！河外之地，张仪无处不熟。”

“如何如何？你不行！”樗里疾惊讶地叫起来，“我去！黑肥子好赖打过几仗。”

“你？”张仪笑道，“先画一张虎牢敖仓图出来再说。”

恐怕是故技重施，意在粮仓。《司马法》也讲仁本，“古者，以仁为本、以义治之之为正。正不获意则权。权出于战，不出于中人。是故杀人安人，杀之可也”。意即只要是安人，杀人也是可以的。《司马法》强调正，但成王败寇，正往往站在胜者一方，所以说，这个所谓的“仁本”，仍然是权宜之说。

司马错庄重地一拱手道：“丞相涉险，老秦人无地自容了，司马错万不能应承。”

“哪里话来！”张仪霍然起身，“张仪虽不是老秦人，可秦国是结束天下连绵刀兵之指望，是破除合纵、统一华夏之根基！张仪对秦国之忠诚，何异于老秦人？纵然献身，何足道哉！”司马错见张仪动情，大是歉疚，站起肃然一躬：“司马错大是失言，请丞相恕罪。”

樗里疾嘿嘿笑道：“上将军未免当真。张兄是借你个灵堂，喊自己冤枉，理他做甚？不能去还是不能去。”张仪哈哈大笑道：“还是樗里兄，一针便扎破了我这气囊。”言罢却又正容拱手道，“上将军，此战乡导非张仪莫属，你便收了末将。”

司马错厚重不善诙谐，又见樗里疾直是摇头挤眼，思忖道：“事关重大，我须得进宫，请准君上定夺。”

① 乡导，春秋战国对领路乡民的称谓，即今人说的向导。

“然也!”樗里疾摇头晃脑,“司马错,真良将也。”

司马错不禁笑了:“如此便是良将,未免也太容易了些。”

张仪仿佛没听见一般:“好! 我也进宫,走。”

三人立即进宫晋见秦惠王,各自说了一篇理由。秦惠王笑道:“国君重臣亲赴战阵,在战国原是不少,秦国更是寻常。丞相之请,并非横空出世。右丞相上将军拦阻,亦是关切之心也。”

张仪笑道:“君上却是甚也没说。”

樗里疾嘿嘿一笑:“君上是有混淆之嫌。国君大臣统兵出战,原是寻常。然重臣做乡导,却是闻所未闻,还当真是横空出世。君上当断然否决才是。”

“只战事需要,重臣为何做不得乡导?《孙子》有言,不用乡导者,不能得地利。我对河外了如指掌,定然事半功倍。”张仪分外执着。

秦惠王一直在若有所思地踱步,此刻摆摆手道:“上将军,如丞相这般洞悉六国者,对战事可有裨益?”司马错肃然拱手:“丞相对六国洞若观火,司马错获益良多。”

“如此便好。”秦惠王一挥手,“请丞相做你军师如何?”

“君上明断!”司马错大是欣慰。

“君上不当也!”张仪急迫摇手道,“臣在幕府,无端搅扰上将军,岂非事与愿违了?”

秦惠王笑意褪去,脸色凝重起来:“探马报来,我便反复思忖。此战事关重大,嬴驷本欲亲临军阵。然上将军与两位丞相同心合议,倒使嬴驷颇有感慨:将相同心,为国家根本。今卿等有如此气象,秦国何惧之有? 然据实而论,秦国兵力毕竟少了许多,要想获胜,一个环节也出不得毛病。粮秣辎重兵器马匹衣甲等,务求通畅充足;六国军情探测,务求精准及时。凡此种种,都得有人着力督导,仔细核查,方可保得一支精兵能将战力发挥到十分十二分。唯其如此,我意:丞相亲赴军前,辅助上将军督导军务,赞襄军机;嬴驷与右丞相督导后方,务求军需辎重并一应急务快速解决。《孙子》云,上下同欲者胜。我等君臣,但求事成,心中无须有他。”一口气说罢,笑得一笑,“嬴驷没有过军旅战阵生涯,大要言之,共同议决,卿等以为如何?”

张仪三人一时肃然沉默。进宫之前,三人所议所言,毕竟还是各司其职的一种征询。张仪请做乡导,也只是一件单纯行动的辅助。从心底里说,三个人都没有将这一仗看成举国大战,自然也没有看成是三人之间的共同大事。秦惠王却梳理纲目,一举从根本上整合了君臣力量配置，确实触及要害，且顿时使秦军作战的基础大大强固。张仪三人皆是当世英杰，自是立即掂出了分量，对秦惠王的这一番调遣从心底里敬佩。更有难能可贵处，在于秦惠王没有丝毫的刚愎自用，而是自认“没有军旅战阵生涯”，只是共同议决而已，相比于六国君主，当真是令人感触良多。

臣子想到的，往往是各司其职。王者想到的，多是存亡问题。各自面对的棋局是不一样的。

“君上所言极是！”三人不约而同地高声赞同。

“但求事成，心中无他。”张仪笑着重复了秦惠王这句话，“君上点睛之笔，张仪记准了。”

“臣亦铭刻在心。”司马错慨然补充。

秦惠王大笑：“好！我等君臣如此这般，山东六国能奈我何？”

二　六国联军的统帅部

清晨起来，子兰练了一趟箭术，百步之外连射二十支长箭，箭箭上靶，且有十支正中鹄心。引得晨操的护卫骑士们一片欢呼惊叹。刹那之间，子兰豪气顿生，健步登上了帅帐外三丈多高的云车，要瞭望一番敌情。

秋日朝阳正在身后山头，遥遥西望：函谷关只是大山中一个影影绰绰的黑点儿而已，关外更是空阔明朗，除了沉沉大河，便是苍黄的原野，连大片军营的影子也没有。子兰感到困惑：四十八万大军压境，秦国如何竟没有动静？斥候探马没有发现秦军集结，咸阳楚商也说秦国平静如水，连这咽喉要塞函谷关也是毫无异常，当真是匪夷所思。按照在郢都发兵时的估计，凶狠的虎狼秦国绝不会坐等六国大军进攻函谷关，一定是傲慢地摆开阵势与联军酣战，从而溃败湮没在无边无际的六国联军海洋里。可如今连秦军的影子也见不到，子兰还真有些茫然，一时竟想不出从何下手来啃这块硬骨头。

隐隐约约的，远方山塬上的苍苍草木，化作了莽莽丛林般的旌旗矛戈，使他蓦然一个激灵一身冷汗。静下神来，子兰不禁哑然失笑，四十八万对十五万，何至于此？抬头再看，却见营寨之外的官道上两骑快马扬尘而来。渐行渐近，却见为首骑士红衣散发，既无甲胄又无冠带，一时看不出来人路数。莫非是咸阳商家赶来报讯？心念一动，子兰连忙下了云车。

“禀报柱国将军：联军幕府荆燕将军营门候见。”军吏赶来高声禀报。

“荆燕将军？噢，苏秦那个护卫啊，教他进来。”子兰很腻烦“联军幕府”这几个字，听说是幕府来人，脸上顿时暗淡下来，丢下一句话转身走进大帐。

写出子兰的性格。

营外来者，正是苏秦与荆燕。想到自己没有带仪仗护卫，为免麻烦，苏秦教荆燕报名，没有显露自己身份。片时得军吏允许，两人交了马缰步行进寨。楚国军营东依虎牢山，西临洛水，正卡在大河南岸的冲要地带。军营内军帐连绵，按照车兵、骑兵、步兵分为三大内寨。子兰的中军大帐设在最大的车兵营寨，军帐之间兵车罗列战马嘶鸣，气势十分宏大。

“荆燕，楚国军容如何？”苏秦打量笑问。

“一片热闹，没闻出杀气。”荆燕皱着眉头。

苏秦一怔，一路走来不再说话。转过一个小山包，便见一座兵车包围的中军大帐，气势大是显赫：外围是两千骑兵的小帐篷，第二层是二百辆兵车围出的巨大辕门，第三层是一座土黄色的牛皮大帐，足足顶得十几座兵士帐篷，辕门口肃然挺立着两排长矛大戟的铁甲卫士，一直延伸到军帐门口。辕门两边，两面三丈多高的大纛旗猎猎飞动，一面大书

“大楚柱国将军昭”，一面大书“六国上将军子兰”。即或是不谙军旅的人随意看去，这座将军帐的规模与气势，都要比苏秦的六国幕府大多了。

“六国上将军？谁封的？莫名其妙！”荆燕黑着脸嘟哝了一句。

苏秦微微一笑：“报号。”

荆燕大步上前：“联军幕府司马荆燕，请见子兰将军！”

辕门口的带剑军吏板着脸道：“六国上将军正在沐浴，辕门外稍待。”

见荆燕一副想发作的神气，苏秦指着辕门内高高矗立的一架云车问：“这是攻城利器，摆在中军大帐却是何用场？”

“哼哼，这里又没有敌城，观赏山水罢了。”荆燕一脸轻蔑的冷笑。

苏秦看了荆燕一眼，正想叮嘱几句，辕门内突然传来一声楚人特有的尖锐高宣：“燕国司马荆燕进帐！”一嗓子传来，苏秦便觉得不是味道，看看荆燕，脸色愈发难看。苏秦低声道：“沉住气了，走。”跟在荆燕身后要进辕门。

“且慢！此乃六国上将军大帐，小小司马岂能再带随从？退下！”随着一声呵斥，一柄弯弯的吴钩闪亮地指到了苏秦胸前。

“大胆！”荆燕一声怒喝，疾如闪电般伸手拿住了军吏手腕，轻轻一抖，吴钩“当啷”跌落。军吏脸色骤变，尖声大喝：“拿下了！”两排甲士“嗨”地一吼，一片长矛大戟森然围住了两人。

荆燕高声长喝：“六国丞相苏秦驾到！子兰将军出迎！”

军吏甲士不禁愕然，一时不知如何是好。突然，大帐口传来一阵大笑：“原是丞相到了，子兰失敬。”随即又是一声威严的呵斥，“成何体统？退下了！”随着笑声与呵斥声，全副戎装斗篷拖地的子兰大步走了出来。苏秦在辕门外笑道：

前倨而后恭，苏秦遇到的类似场面多了。

"人说大将军八面威风，果然不虚也。"子兰一拱手道："身负重任，不敢荒疏，敢请丞相恕不敬之罪。"苏秦也是一拱手笑道："匆忙前来，未及通会，原是我粗疏也。"子兰连连道："丞相此言，子兰不敢当。"说着便请苏秦进入了大帐。

中军大帐很是整肃，帅案前的两排将墩直到帐口，足足有三十多个；大帅案正中横架一口楚王剑，左边兵符印信，右边令旗令箭；帅案背后立着一个巨大的本色木屏，屏中一只黑色的九头猛禽。苏秦知道，昭氏祖居于云梦泽东部的大江两岸，那里有龟蛇两山夹峙江水，是楚国中部的险要形胜；可能是降伏龟蛇的愿望所致，中部楚人向来信奉久远传说中的九头猛禽，以这种怪鸟做保护神。子兰的中军大帐也以九头鸟为帅记，可见这种猛禽在中楚的神圣。

"军中不上茶，丞相要否饮酒？"子兰坐进帅案，浓浓的笑意遮不住矜持与威严。

"身在军营，自当遵守军法，茶酒皆免了，苏秦唯想听听将军谋划。"苏秦被军吏领到帅案左下侧的军师席上。荆燕看得直皱眉，苏秦却坦然微笑浑然无觉。

"既设六国幕府，运筹谋划自当由幕府出之。子兰为将，唯受命驰驱战阵而已了。"

"将军既有此言，苏秦当坦诚以对。"苏秦原先也预料到子兰可能对六国幕府心有不快，却没想到如此耿耿于怀，推心置腹道，"合纵有约：军雄者为将。六国幕府之设，原为斡旋粮秣辎重，督导协力作战，并非调遣大军战事。柱国身为六国统兵上将军，既无人取代，亦无人掣肘。尚望将军以大局为重，与六国幕府同心协力。若将军心有隐忧，苏秦即刻撤去六国幕府。"

"子兰原是笑谈，丞相言重了。"子兰心中大是舒坦，脸上却是一副忧戚，"传言春申君力主换将，大敌当前，却有此等阴谋，令子兰寒心。"

苏秦大笑一阵："将军多心了。春申君原是要你坐镇六国幕府，做大元帅，如何竟成了换将？传言者该杀也。"

子兰哈哈大笑道："丞相见笑了。"岔开了话题道，"丞相以为，我军当如何应对？"

"苏秦不谙军旅，全赖将军谋划。只是秦国兵马不动，我心不安，不知将军如何看？"

子兰一怔，随即大笑："无非畏惧我四十八万大军，又能如何？"

苏秦看看子兰，凝神沉思着不再说话。

“丞相毋忧。”子兰笑道，“无论秦人如何智计百出，打仗总是要两军对阵了。秦国总是没有妖法，能靠躲逃取得胜利么？彼不来，我自去。明日我军便猛攻函谷关。”

“函谷关间不方轨，狭长幽深，关下至多容得数千人，四十八万大军如何摆布？”

以多胜少，也不能只凭蛮力，不讲智谋。苏秦此问，问得精准。古之关口，确实有“一夫当关，万夫莫开”之险境，人再多也拿它无法。以多不能胜少，就是智谋低下，怪不得天意。

子兰原是鼓勇之间脱口而出，被苏秦一问，难以回答，期期艾艾道：“轮番猛攻，看，看他能撑得儿日？”

苏秦幽然一叹：“子兰将军，请到幕府一趟。众口，出良谋也。”

子兰面色通红道：“要商议军机，也当在中军大帐了，六国幕府算……”却生生打住了。

“好。”苏秦轻轻叩着长案，“今晚，我等来中军大帐。”

正在此时，帐外马蹄声疾，斥候沉重急促的脚步直入大帐：“禀报六国上将军：秦军出动了！函谷关外遍地营寨！”子兰拍案大喝：“当真胡说！方才还没有踪迹，难道秦军是神兵？”斥候喘息道：“不，不敢假报，上将军一看便知。”子兰阴沉着脸霍然起身，也不看苏秦一眼大步出帐。苏秦已经出了大帐，跟着子兰便上了云车。

高高的云车上，眼界分外开阔，向西望去，但见函谷关外漫山遍野都是黑色旌旗，连绵营寨，埋锅造饭的袅袅炊烟，在明净的蓝天下如在眼前。苏秦虽然目力不佳，却也确定无误地看出了那是真正的军营，而不是虚妄的幻觉。子兰大皱眉头，径自不断地嘟哝：“怎来得如此快捷？鬼魅一般，当真鬼魅一般。”苏秦肃然道：“子兰将军，秦军出战，我军当速定对策，我与四公子午后便到。”说完也不等子兰回答，径自下了云车。

回到幕府，正当中饭时刻。偌大幕府虽然已经收拾干净，但四公子依旧个个酣醉如泥地倒卧在后帐，鼾声一片，酒气冲天。苏秦立即给侍女领班下令:“小半个时辰,让他们立即清醒过来,办不好军法从事!”

侍女们立即忙碌起来,醒酒汤、冰块浸汗巾、凉茶、冷水、按摩拿捏,能用的办法一齐上,终于使四公子醒了过来。虽然醒了,却都是头重脚轻胸闷恶心,春申君噢呀呀一阵呕吐,其他三人也立即跟着大吐起来,帐中污秽酒臭一片。侍女们掩鼻侍奉,四个人犹自软在地上。苏秦不堪忍受,一个人在庭院踱步,幕府内动静却听得清楚,走进来吩咐道:“脱去衣服,冷水浇身!”

为了衬托苏秦的清醒,作者不惜写四公子的丑态。

侍女们一阵愕然,但见苏秦阴沉肃杀的模样,只好红着脸将四公子脱光,人各一桶冷水向四公子兜头浇下。大帐中立即流水淙淙,变成了一片泥泞。此时,只听一阵噢呀啊噫的叫声,四个人终于完全清醒过来了。待四人换好干爽衣物收拾齐整,苏秦已经命人将酸辣羊肉羹摆好,四人稀里呼噜地喝下,出得一身热汗,才精神了起来。

“噢呀呀武安君,你这是何苦来哉!如此痛饮,不大睡三日,如何过得了?”

苏秦揶揄笑道:“莫非要做了秦军俘虏再醒来?”

“秦军出动了?”孟尝君大是惊讶。

苏秦沉重地叹息了一声:“函谷关外已经大军云集,子兰尚没有定见。”

信陵君面色通红,啪地拍案而起:“我等几时做了酒囊饭袋?不用说了,走!”大步出帐,上马飞驰而去。

五骑快马到达楚军营地,正是未时末刻。尚未进营,便见六国军营间的官道上不断有快马飞来。平原君赵胜眼尖,扬鞭高声道:“肥义?看,五国大将都来了。”孟尝君笑道:“好!子兰总算醒过来了。”片刻之间,五国大将一一到了营门,最前面的平原君一抖马缰要进营,不防总哨司马举着一面令旗拦在当道："军营不得驰马！各位将军交缰进营！"

孟尝君笑道："军中法度没个变通么？真个东施效颦。"

"六国上将军大令，谁敢不遵？军法问罪！"总哨司马声色俱厉。

平原君揶揄笑道："我只道有个六国丞相，竟还有个六国上将军？自家封的吧。"

"噢呀呀，你等毋晓得，再说也没用，下马交缰了。"春申君又气又笑，将马缰掷给士兵，昂昂大步便进了营门。五国大将们原是奉紧急军令赶来，不想子兰如此章法，个个面色阴沉，竟无一个抬脚。苏秦苦笑道："诸位皆是将军，人人都有军法，莫要计较了，走。"燕将子之道："武安君，非是我等计较，楚营广阔，到中军大帐得走小半个时辰。究竟军情紧还是军法紧？"苏秦豁达地笑了："早晨我已经走过一遍了。"将军们顿时一怔，赵将肥义高声道："六国丞相都走了，我等武夫走不了？走！"马缰一丢，气昂昂走了进去。

走到中央营地的辕门前，甲胄齐全的将军们已经是大汗淋漓，刚刚酒醒的四大公子更是脚下虚浮面色苍白。除了苏秦，这些人个个都是颐指气使惯了的，谁个受过如此无端窝囊？此时个个面色阴沉，连素来持重的信陵君也是牙关紧咬。

"鸟！还立大纛旗？还六国上将军？谁认你个小子！"韩朋先骂了起来，他不像其他四位将军还顾忌本国公子在场，全然口无遮拦。

"韩将军，大敌当前，大局为重。"苏秦声音很低，神情却很肃穆。

"呸！"肥义、子之、田间、韩朋一齐向大纛旗啐了一口，连老成稳健的魏将晋鄙也哼哼冷笑着瞪了大纛旗一眼。突然，辕门中一阵隆隆大鼓，军务司马站在大帐口高宣："聚将鼓响！大将鱼贯入帐——"

赵将肥义，曾辅佐赵武灵王推行"胡服骑射"，"二十七年五月戊申，大朝于东宫，传国，立王子何以为王。王庙见礼毕，出临朝。大夫悉为臣，肥义为相国，并傅王。是为惠文王。惠文王，惠后吴娃子也。武灵王自号为主父"（《史记·赵世家》）。赵武灵王本一代雄主，可惜在传位问题上处理不当，酿成大祸，后被公子成与李克围于沙丘宫，"三月余而饿死沙丘宫"，结局很惨。在这场沙丘宫之变中，肥义亦身死。燕国子之，日后的权臣，"燕相子之为君，君反为臣"（《史记·赵世家》）。这二人是作者要扬之人，田间、韩朋、晋鄙三人，实二人之衬托。

苏秦看见，辕门内的楚军将领已经进帐，便知子兰聚集了全部将领，看阵势是要聚将发令。按照苏秦想法，子兰至少应当与幕府五人商定方略，而后调兵遣将，匆忙聚集所有将领，却又没有五国其他将军，但有歧见，岂不难以收拾？然则已经来了，能不进去么？看看众人阴沉沉地没一个动弹，苏秦低声对信陵君道："走。"信陵君咬咬牙大喝一声："入帐！"率先进了辕门。

不乐观。

三通鼓罢，苏秦一行堪堪最后入帐，依次坐定，两排将墩满满当当一个不空。

"六国上将军升帐——"军务司马矜持得就像天子的礼宾大臣。

随着悠长尖锐的宣呼，子兰从硕大的九头猛禽后走了出来。前排的四大公子侧目而视，却见子兰头戴一顶无缨金帅盔，熠熠生光的盔枪足足有六寸，身穿土黄色象皮软甲，腰悬一口新月般的吴钩，一领金丝斗篷映得满帐生辉。苏秦向帐中瞄了一眼，见人人皱眉，心中不禁一沉。

楚国将领一齐站起："末将参见上将军！"

五国将领却只是坐着拱手道："参见子兰将军！"四大公子默不作声。

苏秦见子兰难堪，一拱手笑道："上将军首次聚将，实堪可贺。"

"丞相驾临坐镇，子兰实感欣慰。"子兰拱手还礼，肃然入座道，"诸位将军：本上将军升帐聚将，诸位将军无分职爵高下，须得一体听从本上将军军令，若有违抗，军法不容！"话音落点，楚军将领轰然一声："嗨！"前排的联军将领与四公子却无声无息。

"本上将军发布军令……"

"且慢！"燕国大将子之霍然站起道，"敢问子兰将军，这是六国联军，还是楚国一军？”

“子之将军，此言何意？”子兰顿时沉下脸来。

子之本是燕国世家子弟，长期驻守燕国边陲与阴山、辽东的胡人作战，所部六万是燕国唯一一支拉得出来的劲旅。燕易王决意子之率军南下后，便调子之回到蓟城做了亚卿。燕国亚卿职爵不高，却是军政实权位置，与秦国的左庶长一般。六国合纵是燕国最露脸的一件事，燕易王反复思忖，才改派干练机警的子之做了大将。子之要为燕国争光，更想在天下打出自己的声望，便对战事作了事先谋划，一心要在大将会商时争得主战重任；不想子兰如此做派，竟是一副谁的账也不买的跋扈模样，尤其是不尊苏秦让子之恼火。虽说苏秦是六国丞相，可本职却是燕国武安君，按通例便是燕职燕人，子之身为燕国大将，不能维护苏秦尊严，等于使燕国蒙羞，这如何能教子之忍受？

按《史记·苏秦列传》，苏秦实为赵肃侯封为武安君，非燕王所封，但燕王也常称苏秦为武安君。作者大概是要强调苏秦与燕国的特殊关系，好交代苏秦之死。

但子之并非鲁莽武夫，他冷冷问道：“若是六国联军，便当先聚六国大将于六国幕府，谋划妥当之后，再由各国大将分头回营下令。如今有楚国营将，却无五国营将，莫非子兰将军蔑视五国大军不成？”

“还有，将幕府五魁与楚国营将等同待之，这是哪家军法？”赵国肥义也霍然站起。

“敌情不明，打法未定，便要贸然行令，这是打仗么？”齐国田间也昂昂质问。

“敢问子兰将军打过仗么？”韩朋更是一脸的嘲讽揶揄。

子兰面色铁青，想发作却又心虚。毕竟是六国联军，虽然楚国兵力最多，但在近百年的战国历史上，中原三晋与齐国的战力战绩都远远强于楚国，若非楚国与秦国冲突最烈，盟主未必就是楚国，若由自己搅散了六国联军，昭氏在楚国如何立足？退让吧，方才已经申明军法，日后如何坐帐行令？

子兰两难之间，五国大将连串质问，子兰的心腹营将大觉尴尬，人人怒目相向，大帐中立时紧张起来。

“诸位少安毋躁。”苏秦面色肃然地站了起来，对五国大将道，“军无大将不行，如此纷争，成何体统？”苏秦一贯的稳健坦诚，在六国君臣中声望极高，五员大将虽愤愤不平，但还是坐了回去不再纠缠。苏秦回身对子兰一拱手道：“上将军，依苏秦之见，我军各方主将当先行会商，议定战法，而后上将军号令全军出战，似可如臂使指，上将军以为如何？”

子兰舒了一口气：“便依丞相主张了。”回头下令，“楚国营将回帐，厉兵秣马，准备大战。”营将们哄然一声，退出了大帐。子兰回身对众人一拱手笑道：“子兰一时粗疏，丞相并诸位公子、将军见谅了。”

“联军”很容易出现群龙无首的情况。但楚怀王既为纵长，那他旗下的子兰，自然而然地享有更大的指挥权。

苏秦笑道：“联军初成，原无定规，说开便了，谁能计较？”

“噢呀呀，我的心都要跳出来了。”春申君一句，满帐一片笑声。

平原君笑道：“子兰将军，我等口干舌燥，可否来几桶凉水了？”众人已经听荆燕说了子兰大帐不得上茶的“军法”，闻言又是一阵大笑。

子兰回身吩咐军务司马：“上大桶凉茶来。”

“好！有茶便有说的，我看信陵君先说。”孟尝君大饮两碗，立即来了精神。

“岂有此理？”信陵君笑道，“还请子兰将军先展机谋，我等拾遗补阙。”

子兰却拱手笑道：“既是会商，还是毋得拘泥，子兰愿先闻诸位高见。”

“哼哼！”子之冷冷地一笑。在他看来，这个金玉其外的年青统帅，压根儿就是个花花公子：剑器、甲胄、斗篷、战靴，样样都金光灿灿，像打过仗的行伍将军么？做派十足而胸无一策，明明没有谋划，还要装模作样地“先闻诸位高见”，如此之人竟做了六大战国的统帅，当真令人齿冷。

“子之亚卿可有谋划?”燕齐老邻，孟尝君素闻子之才干，见他横眉冷笑，便知就里。

子之从将军墩站起，从容道：“六国丞相、诸位公子、将军，子之以为：六国联军虽众，然亦有不足处。最大缺陷，是老兵车与老步兵太多，无法与风驰电掣的秦军铁骑抗衡。若依成例战法，摆开大阵迎敌，联军战车与老式步兵，非但必成秦军鱼肉，且也是我军累赘，极难取胜。”子之寥寥数语便击中联军要害弱点，众人不禁一怔。

子之并非常人。

“唯其如此，须得出奇制胜。”子之胸有成竹，“其一，六国联军须立即精编，遴选各军铁骑与铁甲步兵，使联军能够与秦军打得硬仗！其二，不必拘泥于函谷关外决战，可将联军分为三路：第一路由楚国战车步卒与韩国步兵组成大阵，在函谷关外吸引住秦国大军，能战则战，不能战则守；第二路由燕国辽东铁骑与赵国步兵合成，北上袭击秦国北地郡；第三路由魏齐骑步合成，从西南袭击崤山，可从背后拿下函谷关，并对秦军主力前后夹击。若得如此，秦军必败！”

大帐中一片沉默。公子、将军们虽然都赞许点头，然却没有人说话。

在子兰看来，这明摆着是将楚军看作废物，将子兰的统帅权力变成了无足轻重的留守，将楚国的合纵盟主地位一笔抹杀。虽然不满，但基于方才难堪，子兰却不想第一个反对。在苏秦看来，这确实是一个极具才华的构想，不禁很是赞赏这位燕国亚卿。但想到自己毕竟不通兵家，不能首肯，便等着别人说话。在四大公子看来，谋划是不错，实行起来却很难：譬如魏国派出的只是五万步兵，且主要守在敖仓要道，主将晋鄙则是墨守成规唯君命是从的那种人,要按子之战法,魏国就要增兵换将,否则不可能攻下崤山重地;然则要增兵换将,必然要大费周折,大敌已在眼前,如何容得你从容周旋?赵将肥义本是很有胆识的军中干才,却也虑及赵国派出的步兵不足以奇袭作战,而要调来防御匈奴的精锐骑兵,又绝非他说了能算,也缄口不言。田间、晋鄙、韩朋,则都是平庸之辈,不置可否。如此等等,一时间大帐中竟无人呼应。

"信陵君,还是你来说说。"苏秦瞅准了最合适的评点者。

信陵君没有推辞,慨然一叹道:"子之将军之谋划,确是上乘战法。六国若能如此分头攻秦,何能有得今日?然则,以联军实情而言,谋划虽好,却极难实施。精编大军、增兵换将、粮秣辎重、探察地形、预备乡导、更换兵器,凡此等等,牵涉六国,皆非旬日之功。秦军便在眼前,张仪司马错容得我等半月一月?"说着又是一声沉重的叹息,"为今之计,只能就目前军力,谋划可战可胜之法,忠于职守,恪尽人事,岂有他哉!"

"噢呀,信陵君,你就说如何打了?"

"对呀,好赖也是四十八万,怕他个鸟!"孟尝君粗豪地骂了一句。

"信陵君但说,我听你!"平原君立即毫无保留地敞明了与信陵君的坚实纽带。

信陵君笑道:"武安君、子兰将军,无忌以为:既不能奇计取胜,便当同心协力,战阵对之。具体战法,仍当以子之谋划为根基,略作变通而已。决战之日,子兰将军率楚韩大军居中成阵,魏齐大军从西面攻杀,燕赵大军从东面攻杀;三路大军成犄角之势,相互策应,即或不能大败秦军,也当将秦军压回函谷关。"

"好!简单易行!"孟尝君立表赞同。

"噢呀,那可是要立即变动军营位置了。"

子兰豁达地笑道:"只要能打胜仗,军营变动何难?"

子之沉重地叹息了一声,闭上眼睛不再说话了。

"那就如此这般了,我看可行!"平原君说得果断利落。

肥义道:"还是六国丞相定夺,六国联军听凭号令!"分明没有将子兰放在眼里。

苏秦看看无人争辩,便道:"信陵君与子之亚卿的谋划,合我军情,甚是妥当。若没有歧见,请子兰上将军发令。"

子兰心中顿时踏实,对苏秦拱手一礼,走到帅案前肃然端坐,发下令旗令箭,限令五国兵马在明日内移营到位:魏齐大军于楚军西北扎营,燕赵大军于楚军东北扎营,韩国兵马在楚军西侧并立扎营；三营各推进三十里，于函谷关外形成犄角阵势。

号令完毕，已经是明月东升。苏秦一行出得楚军大营，走马沿着大河东来，没有丝毫的激动兴奋，河水滔滔，马蹄嗒嗒，没有一个人说话。良久，孟尝君哼起了古老的战歌，伴着呜咽的大河涛声，分外的沉重忧伤。人们怦然心动，跟着哼唱起来。古老的战歌被涛声马蹄声搅成了无数的碎片，弥漫在清冷的月光下，散落在萧瑟的古道上：

我车既攻　我马既同
弓矢既调　王师既征
萧萧马鸣　猎猎旆旌
披坚执锐　烈士大成

三　河外大战　张仪偏师袭敖仓

函谷关的中军大帐彻夜通明，探马如梭，军令声声，一片紧张忙碌。

第一次置身大军之中，张仪分外振作。他几乎忘记了自己是以丞相之身参赞军机，只是如饥似渴地观察着大军运行的每一个环节，品味着，感悟着，甚至在短暂的睡梦里也揣摩着自己的心得。身为军旅家族的后裔，张仪少年时候对沙场征战充满了向往，对兵家名将更是奉若神明。在莽苍苍的王屋山，当老师第一次问他欲操何业时，张仪毫不犹豫地回答：“兵家。”可老师却说他“命中乏金，入军必败”，派他与苏秦专修了纵横之学。虽则如此，张仪对兵家的向往与对铁马生涯的兴趣却没有稍减。今日如愿以偿，自是精神抖擞，处处

相不能代替帅，帅不能取代相，将相当各司其职，历史上很少有既能为相又能为将者。

刻意揣摩。在中军大帐，他对司马错频繁的调遣、命令从不过问，只是看，只是想。

目下，张仪觉得司马错集结大军的方式，与他所想象的大是不同。

张仪并不是对兵家全无了解，但司马错还是更胜一筹。

秦国共有二十万大军。依张仪所想，如此关乎连横成败的大战，自然要聚集全部重兵到函谷关外决战。可从咸阳赶到蓝田幕府调遣大军时，司马错却将秦军分成了五支：西部大散关与陈仓要塞留守一万，东南武关留守一万，这两万留守军全部是步兵；蓝田大营驻扎四万，全部是精锐铁骑；其余十四万大军分为三支：第一支主力大军十万，步骑混编，全部开出函谷关扎营；第二支步骑混编两万，秘密开进崤山东南部河谷扎营；第三支两万，全部精锐铁骑，秘密开进函谷关外大河南岸的山谷中扎营。司马错严令："两日之内，各军务必到位扎营。除函谷关大营，其余各部务求驻扎无形，绝不能被敌军觉察！"

不制造任何机会让敌人偷袭，退可守、进可攻，以保万无一失。

晚来更深，明月高悬在函谷关箭楼，刁斗声声，山塬倍显幽静。张仪布衣散发，悠闲地踱进了中军大帐。司马错笑道："丞相好洒脱。请坐了。"张仪笑道："入得将军帐，方知军旅事，张仪特来讨教一二。"司马错坦然笑道："丞相不明，但问便是，何敢言教？"

"西南无战事，何以留守两万？"

"战国多突发之战，我能袭敌，敌亦可袭我。有险无守，天堑也是通途。此所谓有备无患也。"

"既有留守，何以尽皆步兵？"

"固守险关，步兵强于铁骑。一旦遇袭，我唯固守，步卒足矣。"

"关中无事，何留四万铁骑于蓝田？"

"凡大战，必有不测之变。四万铁骑居关中，专一策应不测之危，是为万全。”

“峭山河外两军，何能做到驻扎无形？”

“六国军营难以无形。秦军独可：熟肉干饼，不起军炊。”

“以十万当四十八万，若敌军山海压来，何以应之？”

“函谷关外山塬，堪堪容得二十余万兵马驰骋，敌方若人海而来，必自为鱼肉。”

张仪哈哈大笑：“啊，不想如此简单，却害我好生揣摩。”

司马错笑道：“凡事明则简单，不明则奇诡。譬如连横之先，举国困惑，丞相一旦敞明，岂不也很简单？”

“言之有理！”张仪慨然拍案，“道理虽简单，事中人却多有迷惑。运用之妙，存乎一心，却非天才不能为之也！当年房陵之错，不正在于有险无守么？”

张仪的造访，是要解释司马错布阵的原因。

“丞相悟性，令人佩服。”司马错拱手笑道，“我倒是正要求教丞相：六国幕府多有英才，他们可能如何谋划？”

张仪道：“六国幕府以苏秦与四大公子坐镇，此所谓幕府五魁。幕府之下，是六军统帅子兰，再次是五国主将。论兵家才能，幕府五魁大体与张仪不相上下，都是半瓶水。其中唯有信陵君通晓兵法，然此人遭魏王嫉妒，却是从来没有提兵战阵的阅历。至于上将军子兰，更是拘泥成例的贵胄公子，既无军旅行伍之锤炼，更无统帅大军之才能，唯知弄权而已。此人为帅，不能服众，只能生乱。下余五国主将，三平两能：三平庸者，晋鄙、田间、韩朋；两能者，肥义、子之。肥义虽能，职爵却低，兼依附平原君，只能以平原君马首是瞻，不会出谋。子之位高权重，又是燕王心腹，建功心切，最有可能出谋划策。归总而论，信陵君与子之是左右战阵大计的两个人物。”

“丞相以为，六国幕府会生乱么？”

“生乱必不可免,然有苏秦在,不会乱得没有头绪。”张仪踱步思忖道,“两个人物能拿出甚个妙计?我却是若明若暗,想不清楚。”

“其实,丞相已经说清楚了。”

“噢?我说清楚了?”张仪大笑摇头,“如何我却还在雾中?”

“计自人出,人必有本。”司马错微微一笑,“子之是与胡人作战的能将,所谋必不能离开骑兵。骑兵所长,在于快速奔袭。若子之谋我,必不在正面硬仗撑持,而在袭我北地与崤山,使我首尾不能相顾,然则也有一难。”

“难在何处?”

“燕国派兵六万,骑兵却只有一万。若要奔袭,须得增加魏国铁骑。而魏国又恰恰没有派出骑兵。丞相以为,六国重新增兵甚或换将,有可能么?”

“断然不可能。”张仪一挥手,“六国成军,乃利害算计之结果,谁肯以一将之谋乱格局?”

“如此我便踏实了。”司马错舒了一口气,“无奔袭之危,下面的棋便由不得他了。只是,司马错要有求于丞相了。”

“噢?要我做甚?说便是!”张仪一下子兴奋起来。

司马错低声说了一阵,张仪哈哈大笑:“好!我张仪便真洒脱一场!”

军师大帐便在中军大帐旁边,张仪回帐一说,绯云高兴地跳起来收拾。嬴华却直愣愣道:“你真要领军?”张仪笑道:“还有假么?快去收拾甲胄。”嬴华道:“可知秦军军法,无端败军者斩?”张仪道:“无端败军,自要斩首。却与我何干?”嬴华急红了脸:“别装糊涂了,不是战阵之才,何须无辜涉险!”张仪笑道:“樗里疾老调,君上都没赞同,还说个甚?”嬴华道:“正是君上严令:我必须保护你安然无恙。”张仪揶揄笑道:“那就整日价睡大觉完了。”嬴华又气又笑道:“秦军将才多的是!”张仪笑道:“然则,谁有我熟悉河内?”说着拍拍嬴华肩膀,慨然高声道,“有如此大军,如此统帅,如此谋划,我张仪竟连走马战阵的胆识也没有,何颜对秦国父老?何颜居丞相大位?”嬴华默然片刻,粲然一笑道:“好!随你了。”便进了后帐。

片刻之间,嬴华绯云出帐,看着帐中铁塔也似的一条大汉,不禁相顾愕然。原来张仪已经披挂整齐:头上一顶带护耳护目的无缨铁盔,身上一副大护肩的将军铁甲,脚下一双牛皮铁头战靴,手持一口越王吴钩。张仪本来身躯伟岸,一身黑色铁甲上身,双眼在护目小孔中晶晶发亮,加上弯月形吴钩,在灯下无声矗立,顿显威猛可怖。

猛然,嬴华绯云咯咯笑作一团:"吔!活活一个江洋大盗!"

张仪这身披挂,是秦军的战将铁甲,全副重量达六十余斤,若加上弓箭兵器连同干粮干肉,当在百斤上下。仅此一点,可知做秦军猛将之难。张仪此刻铁甲上身,顿时涌出一股无坚不摧的力量快感,竟大是畅快。听得两人笑声,张仪一拱手道:"末将甲胄在身,不能全礼了。"嬴华绯云更是笑得不亦乐乎。

"噫!你如何不披挂自己的上将甲胄?也轻便点儿。"嬴华很是惊讶。

"此乃奇袭,帅甲斗篷招摇过甚。噢——好英武的少年将军!"

嬴华与绯云,却是一身牛皮铜片软甲,足下战靴,头顶铜盔,身上斜背一个牛皮袋,当真是纤细英武的少年将军一般。张仪对两人叮咛了此行要点,三人便大步出帐,恰逢司马错派来的随行军务司马也刚刚赶到帐外,四人就着上马桩跨上战马,飞驰出了大营。

秦军的主力营寨扎在函谷关外的崤山北麓,六国联军的新营地已经推进到洛阳以西的山塬地带,中间相距不过数十里之遥。而秦军的一支骑兵已经插到了六国联军的身后,隐蔽在虎牢山西面的山谷之中。张仪要去的地方,正是这支骑兵隐藏的无名谷,地形不熟,当真是难以寻觅。

六国攻秦,情况危急,不得有半点闪失。要攻敌不备,就要深入敌后。

张仪原是魏人,修业的王屋山也在魏国,天下游学时首先踏勘的也是魏国,对河内河外地形自然极为熟悉。他离开秦军营地,立即向东北方向飞驰。不消半个时辰,便到了大河南岸的茫茫草滩。时当仲秋,大河进入枯水季节,河滩齐

《司马法》曰:"冬夏不兴师,所以兼爱民也。"这里写到仲秋,农历八月,也可能是对此说法有留意。

腰深的茫茫苇草已经变黄变干，沙滩泥地，也已经变成了潮湿的硬板地。战马飞过，弹性十足的地面非但消解了马蹄声音，茫茫苇草又遮掩了骑士踪迹，莫说朦胧月色下难以发现，纵是白日，一里之外也难以觉察。张仪选的这条“时令大道”确实快捷，放马奔驰，月到下弦之时，四人已经越过孟津渡口①。又过半个时辰，便进入了虎牢山地。

虎牢山扼守大河南岸，四周多有丘陵山谷，虽然不算险峻高山，却也是林木苍莽曲折回环。按照军务司马说的方位，张仪没费力气便找到了虎牢山东北的这条山谷。进入谷口，缓辔走马，幽静异常，丝毫没有人马迹象。

突然之间，一声长长的狼嗥掠过了山谷。军务司马一撮嘴唇，立即发出三声短促尖锐的鸮②鸣。叫声方落，山道两旁黑黝黝的小树突然倒下，两个长大身影倏忽冒出在马前，低声喝道：“东有虎牢！”军务司马低声道：“西有函谷。”一个身影低声道：“随我来。”大步向谷中走去，另外一个身影又立即变成了黑黝黝小树中的一棵。

拐了两个山头，来到一道不起眼的山谷。月色之下，但见满山林木，却无一顶军帐，没有人声，没有马嘶，与寻常幽谷没有两样。张仪大是疑惑，两万骑兵如何能隐藏在这里？寻思间已经随着“小树”摸黑进了一座山洞。洞口很小，洞中却颇为宽敞，隐隐传来一片沉重的鼾声。

“小树”咳嗽了一声，沉重的鼾声突然刹住。一个身影霍然冒出：“军令到了么？”军务司马低声道：“白山将军，丞相到了。”“啊！”对面身影轻轻地惊呼了一声，低声道，“骑右将白山，参见丞相！”张仪笑道：“免了免了，目下没有丞相，只有将军张。记住了？”

“嗨！”白山答应一声道，“请随我来，到亮处说话。”

拐过几块巨大秃圆的山石，一缕月光洒在了洞中，在习惯了黑暗的来人眼里，倒是分外的清爽。几个人在秃圆的石块上坐定，一名军士拿来了四个皮囊与一个布袋，白山道：“丞相……不，将军张，这是虎牢泉水干牛肉，先垫补垫补了。”张仪摇手道：“我等与骑士一样，自带军食，日后无须专供。就地取水，倒是可以享用一些。来，先痛饮一袋，虎牢山泉水甜美闻名。”四人咕咚咚饮罢，军务司马道：“白山将军，上将军有令：奇袭战由丞相决方略路径，你只管打仗。打得不好，军法是问！”

---

① 孟津渡口，古津渡名。在今河南孟津东。

② 鸮，古人对猫头鹰的叫法。

“嗨！但请将军张下令，末将主战便是。”

张仪笑道：“白山将军，我来军前，只因我对河外熟悉，并非我通晓战阵韬略。上将军虽有如此将令，你却只将我看做一个乡导。我有计策便说，若有不妥，你便不要听。万勿心存上下芥蒂，因而痛失战机。老秦人本色不作假，是么？”

成大事者，不拘小节。

白山拱手慨然道：“丞相如此襟怀，末将疑虑顿消。右骑两万，全数郿县孟西白子弟，打仗断无差错！丞相，不，将军张但决谋略路径便是。”

“好！”张仪笑道，“再隐蔽一日，可有保障？”

“断无差错。”白山信心十足，“这道山谷是前哨，战马骑士都隐蔽在后面一道三面环山的绝谷。不支军帐，不起军炊，马入山林喂料，人入山洞就食，再隐蔽三两日也可。”

“骑士军食还可支几日？”

“三日。”

“游哨放出多远？”

“周围十五里。”

“好！明日大睡，养足精神，往后几日只怕想睡也没得空了。”

“嗨！”白山应命一声又道，“丞相鞍马劳顿，也请休憩。我去拿几条军毯？”

“不用。将军处置军务去，有事随时报我便了。”

白山答应一声，出了山洞。张仪笑道：“睡吧，动静越少越好。”四人卸下甲胄打开军毯裹住身子睡了过去，片刻之间，一片鼾声。

正当午时，秦军大营前飞来两骑快马。距营门一箭之地勒马，一人遥遥高喊：“我是联军特使，来下战书，作速通报上将军！”

花开两朵，各表一枝。

“特使稍待——”秦军寨门一声回应，便闻马蹄如雨而去。片刻之后，一骑飞出营门高声道：“特使随我来。”话音落点，马头已经回转，带着两骑飞驰进了营寨。

中军大帐却是空荡荡的，帐外只有两名甲士，帐内也毫无肃杀之气。两名特使坐定，一名军吏捧来陶壶陶碗，斟满凉茶请特使慢饮。两特使相顾困惑，一人昂昂道：“我等来下战书，要见上将军！”

军吏拱手道：“上将军正在午眠，请稍待片刻。”

一特使笑道：“噢呀，好洒脱了。”军吏道：“夜受贼风，上将军偶有小疾而已。”

另一特使笑道：“定是巡查风寒，崤山寒症可是厉害也。”军吏板着脸道：“两军敌对，请勿闲话。”两特使便不再说话。

小半个时辰后，后帐传来一阵沉重的咳嗽喘息，接着听见脚步声，一个身着软甲外罩丝披风的黝黑瘦子走了出来，目光向两人一扫，却是炯炯有神。他缓步走到帅案后坐定：“你等便是联军特使？”声音中带有明显的咝咝喘息。

两特使站起，身材高大者道：“联军特使景余、田锋，参见上将军！这是我六军统帅子兰上将军之战书。”军吏接过战书，抽去布封套，将一卷竹简捧送到帅案之上。

黝黑瘦子矜持地一手展开竹简，瞄得一眼笑道：“子兰有古风也，下战书，司马错可是头一遭遇到，要何日决战啊？”

“战书写得明白，明日决战！”

司马错笑道：“既学古人，便当学像。战书隔三，子兰不懂么？”说着提起铜管鹅翎笔在竹简上大书了“三日后决战”五个大字。军吏上前卷起竹简，交还特使。

特使昂昂道：“我上将军有言：天下皆云秦国虎狼之军，我独不惧！但受战书，便是堂堂之阵正正之旗，两军对阵决战，不得施偷袭惯技！”

司马错哈哈大笑，呛得咳嗽起来，咝咝喘息一阵，满面潮红声音嘶哑道：“好！对阵决战，教六国输得心服口服。”

“上将军保重，本使告辞！”两位特使赳赳大步出了中军大帐，一阵马蹄出营去了。

后帐转出精神奕奕的司马错：“山甲将军，亏了你这个现成病号，竟在如此两个人物面前周旋，还行！”黝黑瘦子喘息着道：“不就两个军使嘛。”司马错摇头微笑道：“一个孟尝君，一个春申君，大人物也。”黝黑瘦子高兴得一跳：“哎呀！山甲病得值了！”帐中一片大笑。

兵不厌诈。子兰好骗。

子兰的中军大帐顿时热闹起来了。

孟尝君春申君回来将经过备细一说，帐中顿时歧见纷纷。下战书探营，原是苏秦的主意，本意是想试探秦军能否答应这种正面阵战。因为楚军的两千辆兵车与各国二十余万步兵，最适合列阵而战；若能以兵车步兵列成正面大阵，两翼辅以骑兵突袭包抄，则胜算在握。这是联军幕府反复商定的最佳战法。如今带回的消息大是令人意外：司马错非但答应列阵决战，而且在三日之后；更重要的是，司马错似乎患了“崤山寒症”——这是崤山狩猎山民的一种怪病，一旦染上，嗜睡厌食，月余则枯瘦如柴。若果真如此，岂非六国大幸也！使幕府魁首与将军们惊喜的是这一点，产生分歧的也是这一点。

编得像模像样。

子兰最是激动，主张拖延旬日，待司马错病势沉重时一举猛攻，务克全功。赵将肥义则认为，拖延下去有可能使秦军换将，不如将计就计，就在三日后如期决战。魏将晋鄙、齐将田间、韩将韩朋都支持肥义，认为这是万全之法。燕国主将子之则提出惊人主张：明晚发动突然袭击，一举击溃秦军主力。子之雄辩地说了三点理由：其一，兵不厌诈，安知司马错不是装病？其二，六国联军协调费力，不宜久拖而宜速战；其三，所有事态中，只有司马错批回“三日后决战”这一事实可信无误，三日内秦军戒备必然松弛，是联军战胜的唯一机会。

这里的子兰，智商也太低了。

肥义倒是个稳重的。

经过一番激烈争辩，谁也驳不倒子之的雄辩理由。立足司马错病情，显然是一种侥幸，而且极可能上当，连子兰也不再坚持了。从各方面看，提前突袭都是一种可行的战法。最后，终于得到了所有人的一致认可。

“好！”平原君笑道，“司马错善于偷袭，今日也教他尝尝偷袭的滋味。"

"噢呀，以其人之道，还治其人之身，房陵之仇得报了！"春申君更是高兴。

"别忙。"孟尝君笑道，"战场诡诈，我能袭人，人也能袭我，先想想自己的软肋为是。"

"孟尝君所言极是。"苏秦道，"六军之要，在于粮道。敖仓到六军营寨一百余里，每日都有辎重车队在道，信陵君以为安全否？"

信陵君沉吟有顷道："晋鄙将军拖后，为的就是护卫粮道。再说，敖仓之西是虎牢要塞，虎牢之西我营寨连绵，此等重地，应当没有险情。"

"也是。"平原君道，"若是六国分头运粮，道路遥远，防守拉开，难保不失。如今粮道只有一条，且敖仓乃魏国根本，不说晋鄙大军，敖仓令的军营还有五千铁骑。再说函谷关到敖仓两百余里，险道要塞均有防守，秦军根本无路可走。"

"背后如何？"苏秦问，"从河内南下不行么？"

"武安君多虑了。"素来寡言的晋鄙道，"河内南下只有两个渡口：孟津渡口乃周室洛阳要塞，我军也近在咫尺；白马渡口①乃卫赵水道，历来是赵国重兵守护，断无差错。"

"噢呀，南边更不可能，除非秦军插翅飞过三川，再飞过韩国了。"

"如此便好！"苏秦拍案，"子兰将军，你下令了。"

子兰兴奋地升帐发令：齐韩赵三国步兵以田间为将，分三路夜袭秦军大营；燕齐楚三国骑兵以子之为将，在秦军大营外两翼截杀；其余楚国大军由子兰亲自统领，在正面的广阔地带封堵秦军；信陵君与孟尝君率领精锐步兵五万，趁乱

突袭之计很好，不过又要等到"明晚"，夜长梦多啊！殊不知司马错的三日之约，才是缓兵之计。

① 白马渡口，古津渡名。在今河南滑县东北，古黄河南岸，与北岸黎阳津相对。

抄后，攻下函谷关；里外左右，四面夹击，务求一举歼灭秦军主力。苏秦坐镇幕府，记功督察。

幕府五魁与将军们掂量一番，都觉得这是一场很有气势的大战，尽皆赞同。于是立即各自回营，准备明晚突袭大战。

太阳刚刚到得山巅，山谷中幽暗下来。

午后，张仪醒了过来，用短剑划开一张干面饼，再塞进一大块酱干牛肉，狼吞而下，再灌了半袋山泉水，顿时精神抖擞。召来白山与军务司马，三人躲在山洞角落又是画又是说，整整折腾了一个时辰有余。白山与军务司马不熟悉河外之地，随军的两个乡导也只能在你说清地名后准确带路，不会完整地将虎牢、敖仓方圆百里的地形描述出来，更不会画图描述。而对于一个率领两万骑兵，要完成一场大奔袭的将军来说，完整地熟悉地形道路之间的关联是极为重要的。张仪与白山说得几句，立即觉察出这个致命弱点，于是不厌其烦地从当下所在的山谷画起，详细解说了所有山头、河流、大路、小路的关联，又教白山多次复述演练，大费了一番工夫。亏了白山是郿县白氏世家子弟，家道虽在商鞅变法时中落，却也识文断字颇有天赋，总算确定无误地弄清了这一带地形道路的全貌。

说完地形又议战法。白山的主张很简单：找到地方猛攻而入，烧了粮库便撤。张仪笑道："如此只能骚扰六国联军，可惜了两万铁骑。听我说……"张仪一五一十地说了一遍，末了笑问："如何？说实话了。"话未落点，白山便跳了起来连叫："好好好！听丞相的，兄弟们人人立功！"嬴华绯云被惊醒过来，听得军务司马一番学说，高兴得立即吃喝收拾，做好了夜袭准备。

天一落黑，白山下令收拢游动步哨。山林中长长的三声狼嗥之后，白山带着张仪一行出了山洞，拐过两个山头，进入了一道长长的峡谷。白山低声道："丞相，这是一面谷，只有这一个出口。"张仪一路打量，只见这山谷越走越宽，最里面竟是一片环山盆地，山坡上的林木在黑夜里一片黝黑。

张仪笑道："人马都在山坡密林中？"

白山道："正是。下令集中。"

"且慢。"张仪猛然想到一件事，向白山低声交代了几句。白山高兴得连连点头："这样好！弟兄们一定更起劲。"说罢两手搭上腮边，顿时一声虎啸在山谷回荡开来。接连三声虎啸，山坡密林中黑影连串成片地拥下，轻微急促的脚步声在谷中像连绵细雨落在了无边荷塘。片刻之间，谷地中聚集起两个巨大的骑士方阵，没有丝毫的人喊马嘶。方阵列定，军吏将张仪四人的战马牵了过来。张仪一看，马口衔枚，马蹄裹布，鞍辔也都固定得紧趁利落毫无声息，不禁对秦军铁骑油然生出一种钦佩。

"衔枚"一词，是古代行军作战的重要细节。多为士卒衔枚疾行（枚，类似于筷子之物，两端绑有带子，可系在脖子上，"衔枚"主要是防止士卒行军中说话），马口衔枚，是夸张之手法。

白山走马阵前低声喝道："各千夫长，下传全体骑士：今夜奇袭，由丞相亲自领军！"回身便道，"敢请丞相训示全军。"张仪走马前出，低声道："下传全体骑士：此战关系秦国存亡，务求大胜，人人立功！张仪决与全军共荣辱！"话音落点，骑士方阵一片低沉激昂的轰嗡声，瞬间又恢复了肃静。

"左阵一万，随丞相先行！右阵一万，随我押后！"

白山军令一发，张仪挥手号令："左阵出动！"脚下轻触马镫，那匹"黑电"便无声地飞了出去。但见朦胧月色下，黑色方阵流水般涌出了峡谷。

出得虎牢山地，张仪仍然上了大河南岸的时令大道，从茫茫苇草滩直向东北而来。大约小半个时辰后，白山的一万铁骑也在时令大道尾随飞驰。行三十余里后，张仪前军折向东南，进入鸿沟堤岸下的谷地，从鸿沟北岸的护渠荒田疾进。白山的后军则继续驰向东北。

秦军的袭击目标是敖仓。

故技重施，要毁其粮仓。敖仓地位非常重要，后来成为秦的粮仓。

敖仓，魏国最大的粮仓与物资重地，也是天下最大的粮仓与货仓。其所以在这里修建最大的粮仓，一是这里地势险要，二是这里交通便捷。在黄河与济水分流处的三角谷地，有一座敖山。敖山并不高大险峻，事实上只是一座丘陵山地，但因为孤立于两条大河之间的平原，所以险要易守。除了两条大河，敖山西面又有魏国开凿的引黄河入大梁又南通淮水的最大沟渠——鸿沟。如此一来，敖山三水环绕，更兼临近大梁，陆路官道畅通，物资集散极为便捷。

从魏武侯起，魏国在敖山开始修建粮仓，经过近百年扩建完善，整个敖山建成了一个城堡式的粮仓，山下则是十多个临时集散的小仓场。由于规模庞大，魏国人呼为"敖仓城"。魏国在敖仓设置了敖仓令，爵位官职与郡守等同，有五千精锐铁骑长期驻守。后来秦国统一，仍将这里扩建为天下最大的粮仓，以致"敖仓"成为天下粮仓的代表称谓。这是后话。

一个多月来，由于敖仓要供应六国联军四十八万人马的粮食物资，大大繁忙起来。山下十几个仓场堆满了随时准备装运的粮货，人声鼎沸，夜夜火把，加上正常进出的出粮缴粮车队，往往是昼夜不息地大开着城堡。敖仓令与所有的部属吏员、仓工都忙得团团转，一有空闲连忙躺倒打盹。山下军营的五千骑士昼夜警戒，时间一长，也是混混沌沌了。今日暮色时分，守军接到敖仓令命令："歇仓一夜，明日卯时开仓。"于是一片欢呼，晚饭之后全营倒卧，敖山上下一片酣睡。

正是子夜时分，张仪的一万铁骑抄到了敖仓背后的山坳。奇怪的是，天色突然阴沉下来，厚厚的乌云淹没了月亮，秋风呜呜地刮了起来，近在咫尺的敖仓一片寂静，除了点点军灯，山上山下一片黝黑。出发时，张仪已经接到黑冰台密探的报告，知道了敖仓今日歇仓，但仍然没有料到，敖仓竟如此死寂。

十个千夫长聚来。张仪一阵低声吩咐。千夫长们立即归队，分成了大小不等的三个方块。张仪令旗一劈，三个方阵哗然散开，也不喊杀，风驰电掣般冲向了三个方向。最大的一路是六千铁骑，全力扑向了山下的魏国军营。第二路两千铁骑，冲上敖山城堡。第三路两千铁骑，杀进了山下仓场

《孙子兵法·始计篇》，"利而诱之，乱而取之；实而备之，强而避之；怒而挠之，卑而骄之；佚而劳之，亲而离之"，利诱，趁乱取之，敌人力量充实则防备，敌人过于强大则避其锋芒，敌人恼怒时就干扰他以乱其军心，敌人谦卑时我方就要在气势上胜过他，敌人安逸时我方就想办法让其疲劳作战，敌方和谐时我方就要想办法挑拨离间他。在这里，张仪是"佚而劳之"，疲劳之师不可久战，张仪奇袭疲劳之师，必胜。用兵贵在随机应变，谋略胆识皆重要。

与敖仓令官署。

魏军骑士正在沉沉大梦之中，连营门哨兵也昏昏欲睡，突遭暴风骤雨般的秦军铁骑冲杀，当真是山崩地裂般恐惧混乱。许多人还没有醒来便身首异处，及至人喊马嘶，五千骑士已经伤亡大半。军营奔窜呐喊之时，山下仓场与官署立即蹿起了大火。片刻之间，敖山上的城堡主仓也成了一片火海。大火一起，白山的一万铁骑便从北面漫山遍野冲了过来，一路向鸿沟，一路向济水，大半个时辰后，便见滚滚滔滔的大水扑向了敖山谷地。

张仪一声令下，攻入敖仓的秦军骑兵立即向北方的大河岸边飞驰。到得渡口，三千骑士下马，在小半个时辰内彻底摧毁了敖仓码头，凿沉了停泊岸边的百余艘粮船。此时，遥见敖山已经陷在一片火海之中，滔滔洪水正在轰轰隆隆地涌向敖山。张仪与白山聚头，清点人数，只有二十多名轻伤，可谓全胜而归。

《孙子兵法·火攻篇》："孙子曰：凡火攻有五，一曰火人，二曰火积，三曰火辎，四曰火库，五曰火队。"烧其人马、储备、辎重、仓库、运输设施等，可转败为功。这里，张仪是烧其仓库，奇袭得手。不过，这水来得蹊跷，交代得含糊。

"回兵！"张仪一挥手，沿着大河南岸的时令大道向西飞驰而去。晨曦时分，铁骑越过了孟津，遥闻遍野杀声。

张仪登上山头一望，只见六国联军正与秦国的黑色兵团在旷野上纠缠冲杀，联军旗帜混乱，却并未溃败。白山高声道："丞相，那里是燕齐铁骑，我从背后杀过去！"张仪道："好！打出战旗！号角准备！"一挥手，二十名牛角号手已经立马山头，一面"秦"字军旗与一面"白"字将旗已经排在白山马后，二十面千夫长将旗也在阵中猎猎展开。

张仪手中令旗一劈，二十支牛角号尖厉地划破秋雾。白山高举长剑大吼："杀——"一马冲出，万马奔腾，雷霆般压下原野。

就在张仪偏师奔袭敖仓的时候，六国大军也对秦军主力发动了夜袭。可是，当田间率领三国步兵一片呐喊，攻进秦军大营时，却发现偌大的营寨空空荡荡。田间愚蠢地以为秦军怯战逃跑，喝令烧毁秦军营帐，顺着营地山谷追击。没追得二三里，秦军铁骑从两边山塬漫山遍野冲杀下来，几乎只是一个冲锋浪潮，三国步军便蜂拥溃败着向来路逃跑。当子之率领三国骑兵掩杀到秦营两侧的山麓时，却遇到了埋伏在山麓沟垒之后的步兵大阵的猛烈阻击，箭如疾雨，石如飞蝗，联军骑兵不能越雷池半步。子兰的两千辆兵车在正面已经摆好了横宽三里的大阵，等待截杀秦军，却只闻几条山谷中杀声震天，就是不见秦军仓皇逃出。子兰心中焦躁，又是立功心切，断然喝令车阵前推，全部封堵秦军营寨。

遍野火把下，兵车大阵隆隆向前推进的时候，秦军营寨里潮水般涌出了溃逃的联军步兵。无论子兰如何号令，恐惧的步卒们全然不顾，只是一味尖叫着四散逃命，将子兰的兵车大阵冲得混乱不堪。正在子兰要下令兵车后退到宽阔原野时，万千黑色铁骑如怒潮般从山谷中呼啸扑来，冲进车阵猛烈砍杀。片刻之间，两千辆兵车互相冲突，向身后平原夺路狂奔。车战之法，每辆战车都有二三十名步兵追随，一则保护战车，二则在战车甲士号令下冲锋，形成一个战斗单元。两千辆战车，实际上便是五万多兵力。如今战车混乱夺路，车下步兵成了秦军铁骑的剑桩，但见大劈的剑光在黑夜中霍霍闪亮，遍野都是惨烈的号叫。

步兵对骑兵，若无特殊装备，确实败得快。

不到半个时辰，楚国战车后退了二十余里，数百辆兵车已经车毁人亡，车下步卒几乎全数被杀。子兰大是恐慌，如同梦魇一般。正在此时，子之率领联军骑兵撤回，与楚国战车会合，子兰方稍稍觉得心安，却是实在想不出该如何号令三军。

子兰恐慌。

子之大怒，抛开子兰，厉声喝令军马集结，列成两个大阵。乱军败退，最是需要主将胆识。主将但有勇气，败军犹

子之大怒，怒得有道理。

可收拾。子之久在辽东作战，极具实战经验，在他威猛的号令下，剩余可战的近一千辆楚国战车，竟重新列成了大阵。子之将剩余的四万多骑兵，在兵车大阵左右两翼列成两个方阵，举剑大呼："败退死路一条！杀——"率先反身杀回。楚国战车与两翼骑兵一声呐喊，竟隆隆海啸般冲了回来，迎住了秦军的黑色浪头。这些战车骑兵虽然也是败兵，阵形更是混乱，但人怀必死夺路之心，比前大不相同，生生地与秦军五万铁骑纠缠混战起来。

此处还好，不是脸谱化的写法，六国联军，不至于兵败如山倒，还是有死士。

正在晨曦初露秋雾蒙蒙两军相持混战的时刻，联军身后突然爆发出震人心魄的喊杀声。但见黑色大旗招展，漫山遍野的黑色铁骑竟从身后杀来。正面的秦军骑兵精神大振，一阵呐喊冲锋，便将联军战车骑兵混杂的阵形彻底冲垮。联军后退之间，白山的两万最精锐铁骑堪堪赶到，硬生生将溃逃的战车骑兵堵了回去。两面夹击，不到半个时辰，被包围进来的战车骑兵几乎全数被杀。

腹背受敌，军心一乱，大势去矣。

原野上寂静下来。

子兰方才并未随同冲杀，只木呆呆地在战车上观望。从其他方向溃逃的楚国步兵，渐渐在他旗下聚拢，一时有数千人之多。当白山的两万铁骑发动冲锋时，子兰彻底绝望，不顾一切地率领残兵逃跑了。将到大营，忽有残兵来报：信陵君与孟尝君偷袭函谷关的五万步兵，被埋伏在崤山河谷的秦军截杀，大败逃走；秦军伏兵转道淮北，要抄楚军后路，全部斩杀楚军。子兰吓得心胆俱裂，嘶声喝令："快！立即逃回楚国！"带着数千残兵落荒向南去了。

让他活下来，是让天下笑。

太阳升起的时候，坐镇幕府的苏秦已经什么都清楚了。

苏秦心知肚明。

信陵君与孟尝君狼狈逃回。信陵君连连叹息。孟尝君则大骂司马错"贼将老狐"。苏秦却只是淡淡地一笑，一句话也没说。正在一片默然的时候，斥候飞马来报：子兰丢弃大军逃回楚国。春申君顿时气得跳脚大骂，骂声未落，又是斥候飞报：敖仓被秦军袭击，粮仓大部烧毁，敖山四面汪洋。

顿时，信陵君面如死灰般跌坐在地，大帐中死一般的沉寂。苏秦依旧淡淡地一笑，踱步帐外，凝望着血红的秋日，双眼一片模糊。

合孟尝君、春申君及信陵君之能，也无力回天。

四　大才机变修魏齐

河外战胜，张仪没有稍歇，立即东出函谷关趁热打铁。

此时山东深为震恐，联军自行溃散，六国朝局都陷入了相互指责的纷争之中。张仪向秦惠王禀明，须趁此时机一举摧毁合纵根基，不使合纵死灰复燃。秦惠王只说了一句话："卿乃开府丞相，但放手行事便了。"并当殿特加张仪一千铁骑护卫并全副特使仪仗，以增张仪出使声威。张仪通盘权衡了六国大势，第一个目标便直奔魏国。

推卸责任。在这个文明源头，似乎很难找到团队精神。

孙子兵法之始计篇称"亲而离之"。要破六国合纵之势，唯有离间之，否则，秦国不保。据《史记·苏秦列传》，苏秦纵成，"其后秦使犀首欺齐、魏，与共伐赵，欲败从约。齐、魏伐赵，赵王让苏秦。苏秦恐，请使燕，必报齐。苏秦去赵，而从约皆解"。犀首即公孙衍，曾相魏，并佩五国相印，犀首使诈，破苏秦合纵之计，苏秦为避祸，逃到燕国。秦不敢窥函谷关十五年，这十五年间，究竟发生多少事，难考，可想象。

大梁街市萧条，国人惶惶，全没有了以往的繁华兴旺气象。战国年头，人们对大战已经习惯了麻木了，一战死伤几万人也都是寻常事了。况且对于殷实富强的魏国来说，六万步兵的损失根本不足以使朝野恐慌。可是敖仓被毁，对魏国的打击却是太大了。那里储存着魏国十之八九的粮食与物资，自李悝实行平粜法以来，敖仓便是魏国平抑物价赈灾救荒的宝库。如今，粮食物资被大火烧毁十之七八，整个敖山被大水包围，临近渡口全部被毁坏，洪水竟然漫流到了大梁城外。如此一来，整个魏国的物价在旬日之间飞涨了十倍，粮价更是一日数涨，难以抑制。私家粮栈干脆关闭，准备将余粮留下自家度日。官府粮栈虽勉力支撑，也架不住国人抢购如潮，虽然没有关闭，也是眼看无粮可以上市了。眼看着北风渐紧，窝冬期临近，从来没有操心过粮米短缺，也很少存粮的大梁国人，第一次感到了恐慌。人们东奔西走地讨粮债，欠粮的人家则千方百计地躲债，更多的大梁人则纷纷出城，到乡野去偷偷买粮。一时间，大梁这个令魏国人傲视天下的商市都会，乱得人人没有了方寸。

魏国越乱，秦国就越能乘虚而入。

魏襄王窝火极了，整日阴沉着脸不说话。

魏国吃了大亏。

民以食为天，国以粮为本。国仓没有了粮食，比任何灾难都可怕。以目下情势，没有百万斛[①]粮米，难解这大灾大难。可是，冬期将至，仓促间到哪里去谋如此多的粮食？原本六国有盟约：大战后其他五国加利偿还魏国供应的军粮与物资，魏国显然有一笔不小的收益。可如今兵败山倒，联军作了鸟兽散，连统帅子兰都弃军逃跑了，六国丞相苏秦也悄悄回到燕国去了，到五国找谁讨粮去？纵然想讨，以魏国目下处境，五国落井下石倒是大有可能，谁还肯认这笔账？向中小诸侯国借粮么？昔年它们多受魏国欺凌，避之犹恐不及，谁还能雪中送炭？百思无计，魏襄王只好召集了几个亲信大臣秘密商议，有人主张将信陵君也召来，魏襄王却连连摇头。

在密殿里商议了整整一天，谁也想不出好办法。魏襄王无名火起，拍案怒喝："个个都是高爵厚禄，事到临头，个个没用！都下去！"这时，丞相惠施突然高声道："魏王，臣有谋划。"

"是何谋划？快说！"魏襄王急不可耐。

"进攻洛阳，夺王室粮仓！"

大殿中人人瞠目，没有一个人回应。惠施昂昂然道："濒临危境，岂能坐等灭顶！"

---

① 斛，古代粮食单位，战国时一斛十斗，一斗十到三十斤不等。

司土先轸吭哧道："怕，怕是难，此时不宜轻动。"

魏襄王眼珠转悠了半日，终究长叹一声："去吧去吧，痴人说梦也。"他心里清楚，此时兴兵，无异于火中取栗，焉知秦国不会以"尊王"这个古老的名义，呼喝列国携手灭了魏国？

魏王所虑极是。

正在魏国君臣团团乱转惶惶无计的时候，宫门急报："秦国丞相张仪，请见我王——"

"张仪？"魏襄王惊得一激灵，"他，意欲何为？"

惠施连忙道："无论意欲何为，我王都不能慢待。"

魏襄王猛然醒悟，大袖一挥："走！随本王出迎。"

一阵煞有介事的迎宾大礼，张仪踩着厚厚的大红地毡与魏襄王并肩进入了魏王宫。看张仪身后跟着两个英武俊秀的带剑卫士，惠施几次想说不能有带剑卫士进宫，可看看魏襄王与掌典大臣浑然无觉，也就生生地咽了回去。毕竟，张仪这个煞神不能得罪，惹火了他，此时兴兵攻魏如何了得？

对张仪，魏襄王可是久闻大名了，在他还是太子的时候，便目睹了张仪舌战孟子而被父王赶出王宫的情景。后来，隐隐约约地听说张仪死在了楚国。不想在苏秦合纵之后，张仪却突然冒了出来，而且一出山便是秦国丞相。一开始谁也没在意，都说这个魏国布衣平常得紧。做过敖仓令后来做了司土的先轸，更是哈哈大笑："张仪算得甚来？一个败落布衣，当初还求靠我等，想谋个小吏也。"不成想正是这个张仪，定连横长策，一举撼动楚国，再举大破六国联军，竟在一夜之间成了令山东六国谈虎色变的人物。大梁的市井国人将张仪奇袭敖仓的故事传得神奇极了，也恐怖极了。奇怪的是，竟没有几个人骂张仪，却都说，这是上天对魏王不识贤愚的报复。如今想来，若有张仪，魏国何至于此？魏襄王硬是弄不明白，如此一个扭转乾坤的大才，父王如何就粪土般扫了出去？而且就在魏国朝臣的众目睽睽之下？细细想来，魏国屡失大才。

自己当初也在场，又何曾想到过劝阻父王？

今日之张仪威风八面，魏国君臣个个小心翼翼地看张仪脸色。那个嘲笑张仪的司土先轸，遮遮掩掩地始终不敢与张仪照面。魏襄王心中酸涩难禁，坐定之后竟神不守舍地恍惚起来。

“敢问丞相，是过道魏国，还是专程而来？”丞相惠施赶忙插上圆场。

秦欺齐、魏。

“张仪奉秦王之命，专程为秦魏修好而来。”张仪直截了当。

举殿愕然沉默。虽然没有了秦国攻打的恐惧，却也不知道如何应对这突如其来的“秦魏修好”。秦魏宿敌，魏国对秦国邦交，除了连绵不断的围堵，只有兵戎相见，几曾想到过与这个先蛮夷后虎狼的不世仇家修好？即便这次战败，魏国君臣想的也只是怕秦国趁势猛攻，礼遇张仪，也只是不想激怒秦国而已，根本没有想到过修好。正因为匪夷所思，张仪乍一说出，魏国君臣一片木然。

良久，魏襄王道：“请问丞相，可，可是有所图？”

“魏王明智之人也。”张仪从容笑道，“魏国只需不再参与合纵便是。据实而论，合纵没有给魏国带来任何好处，带来的，只是大灾大难。”

大实话。

魏襄王喟然一叹：“秦王盛情，丞相好意，魏嗣心领了。只是目下举国惶惶，修好之事，容徐徐图之。”

“魏王可否见告，魏国难在何处？”

“丞相心明如镜，魏国大饥大荒在即，如何顾得合纵？请告秦王，但放宽心便是。”

“度过饥荒，魏国须得几多粮米？”张仪只是微笑。

“司土何在？”魏襄王突然高声，“先轸，职司所在，你对丞相说。”

躲在惠施身后的先轸出了一身冷汗，莫非魏王要拿自己讨好张仪？心中七上八下地硬着头皮走了出来，向张仪深深一躬道："小吏先轸，往昔开罪于丞相，敢请丞相恕罪。"张仪大笑着扶住了先轸："司土言重了，故旧之交，何罪于我？你我旧事，改日再叙，但请司土先说国事。"先轸顿时去了惶恐之情，拱手道："无百万斛粮米，魏国难解饥荒。"张仪慷慨道："两国修好，魏难便是秦难。秦国出粮百二十万斛，如何？"

"此言当真？"魏襄王精神陡然振作，霍然站了起来。

很难不动心。

张仪一阵大笑："食言自肥，张仪何以面对天下？我这便修书一札，请魏王派出特使，立即到咸阳丞相府见右丞相樗里疾，办理运粮事宜。"

魏襄王向张仪深深一躬："丞相大恩，魏嗣铭记在心。"

张仪连忙扶住魏襄王笑道："张仪原是魏人，桑梓有难，何能旁观？"

魏襄王对殿中大臣高声道："晓谕朝野：秦国借粮于我，解我国难；自此之后，魏秦修好，若有再言合纵者，杀无赦！"

见小利忘大义。经敖仓之战，魏王如此轻易地相信秦国，有点匪夷所思。秦，虎狼之国，几乎为六国共识。只能说，魏国此时没有更好的选择。

朝臣们感慨唏嘘，纷纷点头称是。丞相惠施自请为特使，立赴咸阳。司土先轸自请为监运大臣，匆匆去征发牛车。大臣们人人觉得解了自己的危难，争相做事，一时间效率奇高，仿佛起死回生一般。

粮米有了来路，魏襄王立即有了胆气，当晚在王宫大湖的明月岛举行了名为"两强修好"的盛大宴会。魏国司礼大臣充分挥洒了大梁的富贵排场传统，两千多盏风灯挂满水边林木。湖光山色，雅歌声声，任谁也想不到这是一个刚刚遭受了宿敌猛烈一击而几乎被灾难淹没的国家。张仪心中大不是滋味，借着如厕，在竹林回廊上独自伫立，望着灯火下的粼粼波光，有些恍惚起来。

国之败象。写出了魏国的骄躁之气。

“丞相好兴致,这里正好看得王宫夜景。”

“呵,原是魏王,张仪正要告辞。”

“请稍待。”魏襄王猛然压低声音道,“丞相可愿回魏国,同样做丞相?”

张仪一怔,迅即笑道:“魏王何出此言?张仪可是秦国臣子。”

“苏秦能做六国丞相,丞相何不能兼做魏国丞相?”魏襄王显然为自己的出新而兴奋,急迫道,“若得如此,一则可挽回父王当年大错,二则有利于秦魏长期修好,一举两得也。”

张仪笑了笑:“魏王虽是好意,只怕张仪没得工夫。”

“不误丞相大计。”魏襄王殷殷笑道,“丞相只管掌控邦交大事,不必时时守在魏国。”

“然则,这俸禄府邸?”

“本王心中有数。”魏襄王突然有些矜持起来,“秦国官俸太低,魏人如何得惯?本王定丞相一等年俸、一座府邸,外加在丞相的安邑故居再起一座府邸;若有大功,本王定然封丞相百里之地两万户,如何?”

“好!”张仪满足地笑了,“但有锦衣玉食,张仪自当为魏王效力。”

“然也,然也,张卿大是明白人也!”魏襄王也满足地笑了。

据《史记·张仪列传》,张仪曾做过魏国的丞相。

次日清晨,张仪正在梳洗,魏襄王派内侍送来了一件密札。嬴华打开一看,先自笑了:“哟!魏王端起来了。你听了,张仪我卿:但留大梁旬日,受丞相府邸官俸玺印,再定行止可也——”嬴华拖了一个长长的腔调。正在摆置早茶的绯云道:“吔,昨日还蔫草儿似的,两滴露水就抖起来了?”张仪摇头笑道:“这就是魏嗣。难怪老孟子到处唠叨,说他不像个国君,教人无法敬重。”嬴华道:“如何回他?要等那丞相大印么?”张仪道:“我行我素,理他做甚?”

早茶之后,张仪派嬴华给魏襄王送去了一封辞行柬,先行启程走了。嬴华赶上来时,张仪已经出了大梁东门外的迎送郊亭。嬴华走马车旁,备细说了魏襄王的惊讶与失望,说一定要张仪返回时折道路经大梁,接受丞相大印。张仪笑道:“世间偏有魏嗣父子这等国君,只相信俸禄官邸的威力。多可惜也,本来好端端一个魏国。”嬴华道:“你可惜得完么?到了齐国,说不定更觉得可惜。”张仪摇头道:“不过,齐国这个田辟疆,可是比魏嗣难对付多了。”嬴华笑道:“我看呀,还是你最难对付。”张仪不禁哈哈大笑。

魏齐官道虽然是千里之遥,但路途却是平坦畅通。官道沿着济水河谷直向东北,沿途几个小国,历来都不敢在这两个大国间的官道上设卡,更不敢拦阻虎狼秦国的特使车队。倒是每到小国边界,必有使臣置酒做过境迎送,说些大而无当的官话,表示不敢得罪,等等。张仪简单处置,凡有迎送,一律赏赐使臣百金,赠国君蓝田玉璧一双。虽然略有耽延,也是第五日到了济水入海段,向东南沿着淄水河谷的官道走得半日,便远远地望见了临淄城的箭楼。

前行斥候飞报:“禀报丞相:临淄郊亭有大臣迎接。”

车马将近郊亭,一辆六尺车盖的青铜轺车辚辚飞来,车上一人红衣高冠玉佩叮当,遥遥拱手道:“孟尝君田文,恭迎丞相。”话音落点,已经跳下轺车大步迎了上来。

张仪很有些惊讶,孟尝君做使臣出迎,显然便是仍旧参与国政,这齐王田辟疆当真比魏嗣高明。他也停车下车,拱手笑道:“久闻孟尝君大名,果然英雄非凡。”四手相握,孟尝君哈哈大笑:“被人杀得落花流水,还英雄非凡?狗熊一个。”张仪不禁笑道:“胜败兵家常事,谁敢说孟尝君不是英雄了?”孟尝君慨然一叹:“秦军阵仗,田文不得不服啊,尤其是丞相奇袭敖仓,匪夷所思也!”张仪大笑:“不敢贪天之功,那是司马错运筹帷幄,张仪驰驱奔波罢了。”孟尝君高声赞叹:“好!丞相有气度,田文就喜欢如此人物。请丞相登车。”

张仪刚刚上得轺车,孟尝君跳上车辕对驭手道:“你下去,我来驾车。”驭手看着车旁骑马的嬴华不敢下车。嬴华正要婉言谢绝孟尝君,张仪却豪爽笑道:“孟尝君车技超群,难得有此雅兴,张仪却之不恭了。”孟尝君大笑:“田文曾为六国丞相驾车,为何不能为两国丞相驾车?”张仪道:“孟尝君,消息何其快也!”孟尝君又是大笑:“如今天下,谁不盯住苏秦张仪,谁心里就不安生。”一言未了,轺车辚辚启动,风驰电掣般向临淄飞去。

来到齐国，必写稷下学宫。

王宫正殿正在举行策士朝会，争辩得很是热闹，竟至有些面红耳赤了。

在做太子的时候，田辟疆就以名士自居，经常化名易装去稷下学宫与那些名士大家论战。做了国王后，田辟疆最上心的一件事，是扩大学宫规模，广召天下学人名士来学宫讲学修业。每有名士入稷下学宫，一律以上大夫规格赐六进大宅，年俸五千石。而在齐威王时期，唯有孟子这样的显学大师才能享受六进大宅。齐威王晚年，稷下学宫本来已经人才凋零，可田辟疆即位没有几年，稷下学宫又蓬蓬勃勃地恢复了生机。原先离开的名士如慎到、邹衍、淳于髡、田骈、许行等回来了，新锐名士如荀况、接予、环渊[1]、田巴[2]、徐劫[3]、庄辛等也纷纷来投，一时间人才济济，仅享受上大夫礼遇的便有七十六人，全部学子多达数千人，齐宣王文名大盛。

待遇非常好。

据《史记·田敬仲完世家》，“宣王喜文学游说之士，自如驺衍（即邹衍）、淳于髡、田骈、接予、慎到、环渊之徒七十六人，皆赐列第，为上大夫，不治而议论。是以齐稷下学士复盛，且数百千人”。孟子曾游事齐宣王，但不为用，荀卿曾三任学宫祭酒（《史记·孟子荀卿列传》），孟荀皆为大才，但不与时遇。魏国屡失大才，齐国中有诸多贤才却不能匡天下，可能跟其养而不善用有关。

可田辟疆很奇怪，从来不给这些名士官做，而只教他们对国政参与议论。这便是天下有名的“不治而论”。每有大事，齐宣王便将那些一等一的名士大师召来议论，他与几个主政大臣只是听，既不表态，更不参与议论。往往是竟日争论，莫衷一是，最后也是散了就散了。孟尝君感到奇怪，曾问：“我王竟日听名士清议，何不教他们任职为治？岂不强如那些平庸小吏么？”齐宣王笑道：“卿养门客三千，本王便养不得名士三千？卿之门客何不做官？”孟尝君恍然，笑道：“臣今日方得明白，稷下学子，乃我王门客也。”齐宣王大笑。

今日“门客”朝会，是议论一个大题目：河外战败后如何

---

① 环渊，战国时楚国人。老子弟子。

② 田巴，战国时齐国人。名家，极善辩。

③ 徐劫，战国时齐国人。纵横家，鲁仲连的老师。

应对秦国？如何应对张仪来齐？三十六位各派名士整整议论了一天，越论越分歧，最后摆开论战架势，当殿吵得不亦乐乎。

几个大师级的老名士说，秦本蛮夷弱小，骤然暴发几年何足为奇？魏国强大过，楚国强大过，甚至韩国都强大过，齐国更是始终强大，何独对秦国一时的强大如此惶恐？竟要联合六国抗秦？完全是扰民扰国，多此一举。老学宫令邹衍一言以蔽之："与其合纵劳民，何如积聚国力，静观待变？不出五年，秦国便会自乱自衰。战国以来，莫不如此。"

新锐名士们却激烈反对说，秦国根基已成，其志在吞灭六国，绝非短暂强大，更不会自乱自衰；苏秦合纵是最为高明的谋略，首先要合纵抗秦，同时要变法强国，才不至于亡国灭族。不到三十岁的荀况最为直截了当："秦国虽为敌国，却当为六国之师。师秦而抗秦，当今大谋也！"

师之，然后抗之。好计。

老名士们哄堂大笑，尖刻的嘲讽夹着老成的训诫连绵扑来。

新锐们在挺身争辩中又分立成了两派。已经小有名气的辩士田巴，严厉斥责"师秦"一说，认为："抗秦之要，在于反其道而行之。"荀况反唇相讥："反其道而行之？莫非你田巴要恢复王道井田，做孟子门徒么？"老名士们在反驳荀况中也分立了。老法家名士慎到对"师秦抗秦"大是激赏，慷慨激昂道："法家挽救了秦国，何以不能挽救天下？师秦之实，在于法家治国，上上之策也！"于是，新老纠缠，各家纷争，又是一个活生生的学派战国。

议论有其好处，也有其坏处。秦始皇不喜议论，认为臣议君、子议父是乱政。作者写这议论乱象，暗喻齐国乃可欺之国。

齐宣王听了大半日，越听越乱。他对这些名士们动辄这道那道这家那家，本来就腻烦，加上有人经常引经据典，一席话倒有大半都是听不明白，更是不得要领。听来听去，还是那个荀况说话结实，无经无典，那"师秦而抗秦"倒也不失为一种办法。但是,那么多人反对围攻荀况,齐宣王又糊涂了,一种千夫所指的谋略,能说他高明么?身为大国之王,不能衡平各方,纵有谋略,说到底还不是无法推行?

“禀报我王:秦国丞相张仪到。”

齐宣王正在烦乱,一听老内侍禀报,站起来向外便走。这种情势往日也遇到过好几次,名士们都是趁势散去。可今日一听是张仪到来,稷下名士们谁也没有挪动,都想看看这位搅乱六国的连横权相的本领气度,更有一班新锐纷纷低声议论,猜测张仪与苏秦的不同。

在这片刻之间,齐宣王与孟尝君一左一右陪着一个人走了进来。那人谈笑自若地走在中间,一领黑斗篷,六寸黑玉冠,络腮胡须,身材伟岸,一条微瘸的左腿使他的脚步有些不易觉察的拖沓点闪。然而,恰恰是这种残缺,使他的整个神态渗出了一种别有韵味的沧桑与刚毅,竟有一种难以撼动的气象。稷下名士们非但没有丝毫的嘲笑,反倒在沉默的注视中流露出几分钦敬之情。

气场。微时与显时的气场大异。

齐宣王见名士们没有走,先是一愣,心思一转便笑了,转身对张仪笑道:“这些都是稷下名士,方才正在与本王议论治学之道。”又转身高声道,“诸位,这位便是名动天下的秦国丞相,名士张仪。”众人拱手齐声道:“久仰。”张仪也是一拱手:“久仰。”彼此竟都没有做官场礼节。齐宣王笑道:“先生请入座。”孟尝君将张仪让进了王案左首的长案前,自己则坐在了王案右首。

“敢问齐王,我等欲向丞相讨教,不知可否?”辩士田巴高声请示。

“但凭丞相了。”齐宣王笑着看看张仪。

张仪道:“有幸相逢,自是客随主便。”

“在下田巴,敢问先生:秦国欺凌天下,猖狂至甚,丞相不以为有违天道么？”

张仪悠然一笑：“久闻稷下名士见多识广，何如此闭目塞听？当初，图谋瓜分秦国者，山东六国也；重兵围堵秦国者，山东六国也；商旅封锁秦国者，山东六国也。如今，合纵锁秦者，仍是山东六国；四十八万大军攻秦者，还是山东六国。谁恃强凌弱，谁猖狂至甚，谁有违天道，岂不一目了然？”

“在下环渊。秦国妄图吞灭天下，先生为狼子野心张目，这是何家之学？!”

张仪大笑道：“一统天下便是狼子野心？当真旷世奇谈！天下统一而后安，天下分裂而战乱。唯其如此，我华夏皆视一统天下者为圣王雄主，万古流芳。以足下奇谈，三皇五帝，商汤周武，不也是狼子野心了？放眼当今，哪个国家不想一统天下？魏国尝试过，楚国尝试过，齐国更尝试过。虽然都失败了，但有识之士都赞赏他们曾经有过的勇气与雄心。如今秦国也在努力尝试，何以便横遭贬斥？一统华夏为亘古正道，但凡有识之士，无论所持何学，皆应顺时奋力，为一统大业助力。张仪自不能外，且以此为无上荣耀！莫非足下之学，是专一的复辟分裂之学？专一的以反对一统为能事之学？”

片刻之间，两个愤激满腔的新锐名士铩羽而归，大殿中一时惊愕沉默。猛然，一人高声道：“在下接予。先生入齐，意欲何为？”

“秦齐修好，岂有他哉！”

“与秦修好，对齐国有何好处？”

张仪揶揄笑道：“敢问先生，与六国合纵，又有何等好处？”

“立我国本，保我社稷，大齐永不沦亡。”

“先生之言，何其荒谬也！”张仪正色道，“合纵若是立国之本，秦国何以强大？齐国强大之时，又何曾与人合纵？不思发奋惕厉，却一味地将国家命运绑在别家的战车上，这便是稷下学宫的强国之道么？”

一黄衣高冠者愤然高声道：“在下庄辛。先生做了秦国丞相，又做魏国丞相，首鼠两端，吃里爬外，不怕天下笑骂么？”

张仪纵声大笑：“庄辛妙人也！先生本是楚人，却在齐国做事，莫非也是吃里爬外首鼠两端？六国合纵，苏秦身佩六国相印，岂非也是吃里爬外首鼠六端？我秦国正欲请孟尝君为相，莫非孟尝君也要吃里爬外首鼠两端了？身在战国，却不知战国之事，先生好混沌也。”

稷下名士们一片难堪之时，一个人从容站起拱手道："在下荀况。秦国变法，本是强国正道，天下之师。敢问先生：秦国连横，是否欲图搅乱六国，夺其变法机会，而使一己独大？"

张仪见此人敦厚稳健，问题来得极是正道，不禁肃然拱手道："连横之要，在两国互不侵犯，共同康宁。秦国决然不干盟友国政，何能搅乱盟友朝局？自古以来，乱国者皆在萧墙之内。我自不乱，何人乱我？我自不灭，何人灭我？若欲真心变法，便是秦国，又奈我何！"

"如此说来，先生不怕盟友与秦国一争高下？"

"天下虽大，唯有道者居之。堂堂正正地变法，堂堂正正地与秦国一争，自是雄杰之邦。若无勇气与如此对手一争，秦国便当灭亡而已，岂有他哉！"

荀况肃然躬身："秦国气度，可容天下。齐秦修好，荀况大是赞同。"大殿中一片愕然。谁也想不到荀况竟公然赞同秦齐修好，但奇怪的是，却没有人再发难诘问了。齐宣王猛然醒悟，哈哈笑道："丞相好辩才！好辩才！孟尝君，设大宴，为丞相接风洗尘。"

荀子赞同。大事成矣。

在这一场盛大夜宴的觥筹交错中，稷下名士们纷纷与张仪切磋周旋，齐宣王却一直与孟尝君喁喁低语着。两个多时辰的宴会，张仪只是痛饮高论，谁上来便应酬谁，没有说一句与使命相关的话。

次日，齐宣王在孟尝君陪同下正式召见张仪，直截了当地表示愿意与秦国修好，请张仪拟定盟约。张仪笑道："一东一西，两不搭界，要说盟约，只有三句话：不动刀兵，不结合纵，不涉内政。"孟尝君笑道："如此简单，约法三章？"张仪道："简单者易行，只要信守承诺，此三章顶得千军万马。"

齐宣王原本担心张仪胁迫齐国，漫天要价，譬如要齐国与合纵魁首楚国断交、攻打燕国并缉拿苏秦等，也教孟尝君准备好了应对条款与万一翻脸的准备。今日一谈，不想张仪的盟约却如此简约，实际只有一句话：不联合他国与秦国打仗便了。如此齐国便避开了最大的尴尬——亲秦而开罪五国，丝毫不会因与秦国修好而得罪昨日盟邦。从长远说，秦国又不干涉齐国内政，齐国丝毫没有附庸之嫌，依旧是一个堂堂大国。

齐国最喜袖手旁观，地理位置使然。张仪的要求，正中下怀。秦齐修好，齐暂无损失，齐王何乐而不为?!

齐宣王顿时轻松，呵呵笑道："丞相当真大手笔也！目下便立盟约如何?"

"好！目下便立。"

齐宣王一拍掌："太史，出来。"

高大的木屏后面走出了一个白发苍苍的老臣，手中捧着两张很大的羊皮纸道："臣启我王：此乃我王与丞相议定的盟约。"说着便将羊皮纸摆在了王案上。齐宣王瞄得一眼，三五行字立即看清，笑道："请丞相过目定夺了。"太史又将羊皮纸捧到张仪面前，张仪笑道："便是如此，齐王用玺可也。"齐宣王拍案笑道："宣掌玺大臣。"内侍一声长呼，一个捧着铜盘玉匣的中年大臣走了进来，将铜盘摆在王案上，向齐宣王深深一躬。

"齐秦盟约，用玺。"齐宣王一指羊皮纸。

"谨遵王命。"掌玺大臣向铜盘玉匣深深一躬，高声长呼，"史官载录：齐秦盟约，用玺存馆！"然后恭敬地打开玉匣，捧出一方六寸绿玉大印，双手提住了大印龟钮，神情庄重地盖在了羊皮纸上，却是鲜红夺目的朱文古篆。

"齐秦盟约，秦国丞相用玺！"

张仪伸手向腰间鞶带上一摁，卸下了一个玉带钩，打开了玉带钩上一只精致的皮盒，露出了一方四寸铜印。他抓住印背鼻钮在书案玉盒印泥中一蘸，提起摁在了羊皮盟约上，齐喜文学游说之士，必重繁文缛节。变法后的秦国，节俭务实，行事与齐国确实有别。

却是红底白文古篆印，与齐宣王的朱文大印恰成鲜明一对。

“史官载录：齐秦盟约成！”掌玺大臣将盟约恭敬地呈给了齐宣王与张仪各一张。

“好！”齐宣王打量着盟约，“本王欲赠丞相一方上等宝玉做印料，丞相笑纳了。”

山东六国以玉印为贵。齐宣王之意，显然是说张仪的铜印与丞相身份不配。张仪悠然笑道：“秦人多有马上征战，玉印质脆易碎，徒有其表，不受摔打了。”

孟尝君及时跟上道：“难怪秦国有蓝田玉不用，却是此等缘故，还是秦人务实也。”

齐宣王脱得尴尬，连连笑道：“好好好，先生不愧秦国丞相也。”

张仪大笑一阵：“齐王若放孟尝君到秦国任相，也得一个秦国丞相了。”

“自然好事。”齐宣王笑道，“只是联军新败，孟尝君须得收拾一番残局，此事一了，孟尝君便可如约前往，丞相以为如何？”

“好！张仪便等与孟尝君共事了。”

孟尝君哈哈大笑，没说一个字。

张仪回到驿馆，嬴华匆匆前来，将一个长约两寸比小手指还细的密封竹管递给他。张仪笑道：“你打开，我做不来这种细活儿。”嬴华笑道：“黑冰台密件都是青鹰传送，越轻越好。”说着已经将管头封泥剥下，细巧的小指撬开了管盖儿，从中抽出了一个极细的白卷，打开铺在书案上，却是一方一尺白绢，上面画着两行古怪的符号。嬴华笑道：“哟，这是甚画？河图洛书一般。”张仪走过来一看不禁笑道：“这是金文古篆，樗里疾真能出奇。”嬴华高兴道：“好啊，日后黑冰台都用这金文古篆传信，等闲人识不得了。”张仪笑道：“说得容易,可惜天下没几个人写得。你看:'燕事已妥,三日后上路,公可径赴燕国,会齐入蓟。樗里。'啊,好,好!"

"想好了?甚时启程?"

"明晨启程。"

"今日辞行?"

"不用了。你给孟尝君送去这件物事便是。"张仪说罢,走到书案前写了几行字,嬴华封好拿起走了出去。

次日清晨,张仪的快马轺车便出了临淄。仪仗护卫原本驻扎城外,此时已经在官道边列队等候。嬴华一声号令,马队收起旌旗矛戈,变成了一支精锐的轻装铁骑,护卫着张仪辚辚北上。由于燕齐两国多年不睦,商旅几乎杜绝,过了郊亭,道中车马行人顿见稀少,一眼望去,大是空旷萧瑟。正在这时,却见一人站在道中遥遥招手。驭手缓辔,张仪拱手道:"足下何人?何事挡道?"那人拱手道:"在下乃孟尝君门客冯驩,奉命有请丞相。"张仪笑道:"孟尝君么,在何处啊?"冯驩道:"敢请丞相随我来。"张仪便命马队原地等候,下车与嬴华随着冯驩进了道边小山。树林中多有暗哨,显然是警戒森严。

密林深处,孟尝君迎了上来:"临淄多有不便,专程在此等候丞相。"

"正事已毕,孟尝君何须多礼?"

"田文素来蔑视繁文缛节,实是不得已而为之。"

"孟尝君有话对我说?"

"正是。"孟尝君点点头,将张仪拉到一棵大树后低声道,"两件事:其一,齐国可能生变,望公留意。其二,子之凶险,公去燕国,须多加防范。"

张仪心中顿时一沉,沉默片刻拱手道:"孟尝君大义高风,张仪不敢相忘。"

有志有能者,无尊位,奈何!燕国虽小,却不是秦国最早灭的国。何况,燕能让苏秦臣服,可见燕王也不是等闲之辈。

孟尝君慨然一叹："河外大败，丞相入齐，荀况之言。若无这三件事，田文对秦国也是一如既往的偏执仇视。败六国者，非秦也，六国也。田文当真希望齐国师秦友秦，变法强大。惜乎孤掌难鸣。此中难处，尚望体察，莫笑田文优柔寡断。"

张仪素来洒脱明朗，此时却觉得心中堵塞，看着孟尝君无言以对。良久沉默，张仪道："孟尝君但有难处，知会张仪便是。"

"但愿不会有那一日。"孟尝君笑道，"丞相上路，恕田文不远送。"

"后会有期。"张仪一拱手，大步出了山林。

五 张仪苏秦都祭出了古老的权谋

三日之后，张仪马队到达易水渡口，在南岸扎营，等候咸阳北上的车队。

自秦立为诸侯，与燕国来往最少。一则距离遥远，中间隔着魏国、赵国、中山国，几乎从来没有直接的利害冲突。二则秦燕相轻，相互瞧不起对方。燕国是西周老牌王族诸侯，说秦国是王化未开的蛮夷之邦；秦国是东周开国元勋，说燕国是死气沉沉的僵尸之邦。同样是距离遥远，秦国与齐国声气相通，常有使节来往，与燕国却几乎是老死不相往来一般冷淡。然而，恰恰是这个生疏的燕国，却做了合纵抗秦的发动者，做了苏秦的根基之邦。

傲慢者，老死不相往来。

如此一来，秦国想不理睬燕国也不行了。燕国疲弱，燕国遥远，燕国经常没有动静，但也恰恰是这样的条件，使燕国成为战国中最有可能爆出冷门的国家。张仪的谋划，就是要消除这个躲在大山背后抽冷子暴起的祸根。以秦国目下的战力,对于燕国这样的疲弱之国,挥师北上,完全可以一战击溃肢解,使燕国名存实亡。然则螳螂捕蝉黄雀在后,有中原战国虎视眈眈,秦国便不可能兴师远征,去对付这个疲弱而又抽搐不定的爆冷国家。唯一的办法,就是笼住它安抚它,使它不要瞄着秦国抽冷子发疯。

燕国人,不可小视。燕太子派荆轲刺杀秦王之事,足见燕国有死士。

秦惠王最头疼燕国,说:"燕如羊腿骨,食而无肉,弃而可惜。"

"炖汤也许鲜美。"张仪笑答。

"炖汤? 如何炖法?"

"细柴文火,慢工打磨。"

秦惠王品咂片刻,恍然大笑:"丞相是说,联姻?"

"最古老,又最可靠。"

好办法。先稳住再说。

"好!"秦惠王拍案,"当年秦晋联姻,保了三十年结盟。而今便与燕国联姻。"

后来,秦惠王委托嬴华在王族中物色适合远嫁的公主。嬴华用了一个月的时间,才定下了人选。奇怪的是,她没有先禀报给秦惠王,却先来说给张仪。

"哪个公主啊?"

"栎阳公主。"

"报给君上了么?"

"还没有。"嬴华莫名其妙地有些脸红。

"噢,却是为何?"

"想先说给你听嘛,你不向我打听公主么?"

张仪大笑一阵:"哎呀呀,好记性,我早忘到渭水里去了。"

"甚也不记,好没心!"嬴华粲然一笑,跑了出去。

儿女情长。

公主人选一确定,张仪便与樗里疾商议如何来做。樗里疾嘿嘿笑道："这种上门之事，要等个茬口才好做。这茬口，就是秦国要在纵横之争中大占了上风。要不，上门联姻只能自讨没趣。"张仪深表赞同，将此事的先期斡旋交给樗里疾办理，自己匆匆赶到河外参战去了。樗里疾老谋深算，明白联姻的关键是要燕国前来求亲，否则，强大的秦国要将一个公主硬塞给人家，岂不贻笑天下？一番思谋，樗里疾紧急修书陇西大驮部族的老酋长，请他暗中斡旋。

这大驮族是樗里疾的祖籍老根，虽然势力不大，却与阴山草原的匈奴素有渊源。匈奴诸部又是燕国与赵国北部最大的威胁，也是两国的宿敌。大驮老酋长接到樗里疾密件，立即带着一头名贵的火焰追风驼与一百名骆驼兵，兼程赶到了敕勒川草原。匈奴老单于一见一团火焰般的红骆驼，高兴得笑个不停。大凡草原部族，对大驮族的火焰驼历来都是垂涎欲滴。这种骆驼非但驰骋赛过骏马，而且能几天几夜不吃不喝地奔驰，在草原大漠戈壁中确实比雄骏的战马更是名贵。

桥段不怕旧，最重要是有人受用。

但在秘议之间，匈奴老单于还是开出了条件：十年内秦国不能对匈奴用兵，匈奴占据秦国上郡北部的几百里土地，三年后再归还秦国。大驮老酋长思虑一番，欣然答应了为匈奴斡旋。此时，正逢合纵联军大败，六国一片混乱。匈奴老单于亲自赶到蓟城西北的于延河草原，并邀来了燕国辽东宿敌——东胡部族的首领，共同约见燕易王。

匈奴可不是省油的灯。

老单于开门见山道："燕王兄，我大匈奴已经与秦国修好结盟了，可燕国却乌鸦一样，在秦国后边呱呱乱叫。燕王兄要能与秦国一家人，就是我匈奴与东胡的朋友。要不，就是匈奴东胡的敌手，老夫就要骑着火焰追风驼，住到蓟城去了，啊哈哈哈哈！"

燕易王与子之密商了一天一夜，终于答应了老单于。旬日之后，燕王特使便到了咸阳，向秦惠王呈上了燕易王“求亲修好，永不为敌”的国书。秦惠王“踌躇”了一番，欣然允诺，对燕国特使道：“一月之后，丞相张仪护送公主到燕国成亲。两国盟约，由丞相全权处置。”硬是留个尾巴，教燕国特使忐忑不安地回去了。

樗里子这一招隔山打牛果然灵。如果秦王主动与燕联姻，又要被天下人笑。迫使燕王主动请求联姻，秦国相当于向天下示强，效果大不一样。

张仪在易水渡口等了两日，咸阳的送亲车队方才辚辚到达。正好是已经升任前将军的白山率领三千铁骑护送，与张仪的两千铁骑仪仗会合，正是合乎礼仪的王室送亲规格。张仪与白山寒暄一阵，带着嬴华来见栎阳公主。进得公主营区，却见一名女子正在帐前草地上练剑，红衣短装，剑光霍霍，一股英武之气。

张仪笑道：“孤身入燕，带如此一个贴身侍卫也好。”

“才不是，她便是栎阳公主了。”嬴华说罢笑叫，“平姐姐，丞相来了。”

剑光猛然收刹，练剑女子面色涨红地说了声“稍等”，风也似飘进了大帐。片刻之间，一个女子迎出帐来，宽袖长裙，秀发如云，竟是与方才练剑女子截然不同的一个丽人。张仪惊讶地揉揉眼睛：“她？是方才的栎阳公主么？”

对女子的审美趣味本质上还是“出得厅堂，入得厨房”。联姻一事，实燕文王与秦惠王在位时的事情。但战国时期联姻之事甚多，假想一二，也不为过。

“哟！那能有假么？”嬴华笑道，“栎阳姐姐琴剑诗酒，无一不精。”

张仪拊掌笑道：“王室有此奇女子，秦国之福也。张仪参见公主。”

栎阳公主笑道：“丞相多礼，请进帐说话。”

到得帐中坐定，张仪将所知道的燕国情况与燕易王性情、宫廷纠葛等作了一番备细叙说，末了道：“公主孤身远嫁，任重道远。嬴华已经在蓟城建了一家燕山客栈，做公主秘密护卫，公主但放宽心便了。”栎阳公主笑道：“不打紧，嬴平不会有事，也不会误事。”张仪心中一动道：“公主熟悉燕国?”嬴华笑道:“平姐姐在燕国长到十五岁,说是燕国人也不为过。”张仪恍然笑道:“噢——公主是回归的北嬴族?”栎阳公主道:“丞相说对了,族人落叶归根,嬴平也心无牵挂了。”张仪大是高兴:“天意天意!秦人国运来也。”

嬴秦部族在商王朝灭亡后流散西部,主流一支一直与西部戎狄长期拼打,有两支流落到了燕国与晋国。数百年之后,进入晋国的一支已经与晋国的赵氏部族完全融合,以致天下有了“秦赵同源同姓”的说法;进入燕国的一支,却始终顽强地保留着嬴秦部族的姓氏与独有的生活习俗,被秦人称为“北嬴”。不知道是何缘故,北嬴始终没有回到秦国。秦国变法强大后,秦孝公为了增加人口,陆续派出了三名嬴秦部族的元老到北嬴秘密联络,策动北嬴重返家园。北嬴族长提出了一桩旧时冤案:当年秦献公发动宫变时,北嬴老族长正在雍城,被秦献公以“乱国同党”斩首;若要北嬴回归,便须了结北嬴这块心中创伤。秦孝公与商君未及处置,便接连去了。其后,秘密联络的三个嬴秦元老,又因卷入甘龙叛乱而被新君嬴驷诛杀,这件事又搁置了下来。直到张仪入秦嬴驷称王,秦惠王才重派密使联络,谈好处置方法,北嬴五万余口才绕道九原,从北地郡回归秦国。归秦之后,秦惠王举行了隆重盛大的庆典,以“壮大嬴氏血脉”为功名,封赠了北嬴大小首领二百余人以各等爵位;并在太庙祭祖,下《嬴氏王室罪己书》,对先祖错杀表示了谴责忏悔。自此,北嬴重返老秦,秦国的精锐骑士骤然增加两万,王室世族的力量也大为增强。

嬴平是北嬴族长最钟爱的小女儿,被秦惠王册封为栎阳公主。她原本便是父亲的外事臂膀,不但熟悉燕国民情风习,而且与蓟城官场人物多有交往。寻常公务,这个嬴平都是一身男装,英姿飒爽,不让须眉。回到秦国,才恢复了女儿装束,做起了无所事事的公主。嬴华逐一对王族公主摸底试探时,嬴平意外地兴奋,非但立即答应,还主动请见秦惠王请求远嫁。秦惠王与已经是“王叔”的北嬴老族长磋商,老族长也欣然答应了。

于是,这个生于燕国长于燕国的秦国公主,就成了远嫁燕易王的最佳人选。

看看如此一个公主,张仪原本想好的诸多叮嘱便都省去了,只说了一句话:“燕国但有大乱,秦国力保公主返国。”栎阳公主却爽朗笑道:“不会有事。我姓嬴,我是秦国公主,这就够了。”

张仪哈哈大笑:“公主见事透彻,有秦国后盾,入燕万无一失也。”

次日,张仪派出快马使者飞报燕王,随后拔营渡河,过了易水,向蓟城浩浩荡荡开来。将近蓟城百里之遥,黑冰台安插在蓟城的秘密斥候飞马来报:苏秦与子之联姻结盟,密谋在蓟城截杀张仪,重组合纵,请丞相不要入燕。嬴华脸色立变,力主张仪返回咸阳,由她以“行人特使”身份护送栎阳公主入燕。张仪思忖片刻,断然道:“果真如此,目下便是一举安定燕国的绝佳时机。不冒大险,焉得成事?走!”

身在王侯家,婚姻大事自己全然不能做主。

这时的燕国,却是迷雾重重。

联军大败后,子之率领燕国残兵连夜从孟津渡河,进入河外方才扎营歇息。一清点人马,南下的六万步骑竟然战死了三万,重伤万余,余下的一万多人马也几乎人人带伤狼狈不堪。尤其是带去的精锐骑兵,竟然只有不到一万人生还。子之自己也身中一剑一箭,剑砍伤了左手臂,箭射到了右肩背。虽然都不是要害部位,也不是毒箭,却使子之吊着左臂袒着右肩,加之脸上擦伤淤血,一副死里逃生的血人模样。

但子之顾不得仔细打理自己的伤口,他全力去做的第一件事,是用重金从大梁秘密请来三个善于疗伤的高明医师,连同军中三个医师,不分昼夜地给士兵包扎上药。最后,终于保住了余下的一万多人马没有流播恶疾。士兵们全部疗伤之后,子之才教医师给自己疗伤敷药,只是此时伤口已经溃烂,人也高烧不退。三名医师精心守护三日三夜,用尽了所有方法,才使子之度过了险情,但人却仍在昏迷衰弱之中。燕国将士们大是感动,万余人围坐在大帐周围,不吃不喝不睡,就是要守候着亚卿醒来。十二个时辰后,子之终于醒转过来,听中军司马一说帐外情形,奋然起身,摇摇晃晃地走出了大帐。

将帅的权威就是这样树立起来的,身先士卒才能所向无敌。享有特权是战场以外的事情。将在军,要鼓舞士气,必先感动士兵,士兵才能奋勇杀敌。

万余将士霍然起立，纷纷高呼："将军平安！亚卿万岁！"

骑兵将军上前高声道："全军将士请命立即拔营回燕，作速救治亚卿！"

子之摇摇手："不能走。要等武安君，一起回燕国。"

"荆燕将军的两百铁骑没有参战，毫发无伤，武安君不会有事！"

"不，不能。"子之粗重地喘息着，"你等要走便走，我要等，等武安君……"

子之很清楚什么是大事。

将士们沉默了，突然，万众齐声高呼："追随亚卿！效忠亚卿！愿等武安君！"

子之向将士们抱拳拱手，要开口说话，却又突然昏迷了过去。

这支残兵在河外一直驻扎了十日，待一名骑将军带着苏秦人马赶来时，军粮已经没有了。苏秦立即下令荆燕，将随带军食分出共用，又立即派荆燕带着自己手书赶到邯郸，向平原君讨来了几百石军粮。

扎营当晚，卧榻不起的子之与苏秦密谈了两个时辰。子之坦然说明了两人的困境：自己战败而归，丧师大半，很可能从此在燕国失去军权，也难保不被问罪斩首；苏秦则失去了合纵根基，所谓六国丞相也成了泡影，唯一的根基便是燕国武安君这个爵位，若在燕国不能立足，便将成为水上浮萍，合纵大业也将永远地烟消云散。

"此等情境，敢问武安君何以解困？"

子之所言，苏秦心中当然清楚。联军大败，最痛苦的莫过于苏秦。谁都可以将罪责推到他的身上，唯独他不能向任何人推卸罪责。尽管他不是统帅，也不是某国将领，坐镇幕府也只是协调六军摩擦而已。但在四十八万大军血流成河之际，谁能为他这个六国丞相、幕府魁首说一句公道话？将军们是决然不会的，他们只有归罪于苏秦，才能解脱自己。四大公子在国内本来就有权臣劲敌，目下与自己处境也相差无几，自保尚且费力，又何能为苏秦挺身而出？纵然有之，又何能使六国君主与权臣们相信不是与苏秦沆瀣一气？在六国大营纷纷席卷而去作鸟兽散的时刻，苏秦几乎彻底绝望了。突然之间，他看到了六国的腐朽根基，看到了六国无可救药的痼疾，觉得要联合他们做一件惊天动地的事情，简直就是痴人说梦。四大公子各自匆忙回国了，原先各国给他的铁骑护卫，竟也悄悄地各自走了，只留下荆燕率领的燕国两百名铁甲骑士一个没走。

苏秦的军帐，在遍野尸体的战场一直驻扎了五日。辽阔山塬间不断起落着啄尸的鹰鹫，落日暮色中，成群的乌鸦遮天蔽日地聒噪着，秋夜明净的月亮也有了腐尸的腥臭味儿。苏秦漫无边际地在萧瑟的战场转悠着，他渴望秦国军队突然冲来，杀死自己了事。可是，那黑色的旌旗始终只在函谷关城头上飘扬，始终没有呼啸着冲杀出来。他不明白，司马错大军为何不清理战场？为何不收缴这些有用的兵器？三日之中，苏秦原本渐渐复黑的须发又一次骤然变白了，白如霜雪，吓得荆燕几乎要哭叫起来。那时的苏秦，觉得自己没有脸面到任何一个国家去。他教荆燕不要管他，只管带着骑士们回燕。可荆燕就是不听，只咬定一句话：“大哥死，我也死！大哥不怕死，荆燕怕个鸟！”只日夜跟着他在萧瑟的战场上转悠，要不是子之的骑兵将军找来，荆燕还真是没奈何。

如今，子之的顽强却激活了苏秦麻木的灵魂。苏秦巡视了子之的军营，看到濒临绝境的伤兵们在子之的努力下已经恢复了活力，不禁怦然心动。身为统兵大将，子之的确具有过人之处。他的战场谋划没有被采纳，但在危急关头，却依

苏秦还有没有东山再起的可能？

然挺身而出拼死抵抗，败退之后又全力救治伤兵，宁可自己在最后疗伤。凡此种种，都使苏秦蓦然想起了自己在洛阳郊野的顽强挣扎——头悬梁锥刺股，一腔孤愤，从来没有想到过“失败”二字。苏秦啊苏秦，你的那种精气神到哪里去了？

“以亚卿之见，我当如何应对？”多日来，苏秦第一次露出了一丝笑容。

“稳定燕国，站稳根基，卷土重来！”

“如何站稳根基？”

“你我联手，稳如泰山。”

苏秦沉默了。在他看来，战国大争之世，名士以功业立身便无坚不摧。如同所有志存高远的名士一样，他蔑视权力场中的朋党之争，从来都没有想过，要在哪个国家与权臣结盟而立身，更没有想过与哪个将军结盟，以军旅实力来巩固自己的权力地位。在此之前，若有人对他提出这样的动议，他一定会大笑一通嗤之以鼻，可今日，他却久久没有说话。

“武安君。”子之苍白失血的脸如同一方冰冷的岩石，“你有合纵功业，有六国丞相之身，有燕国朝野人望，是一个天下人物。可是，这些都是虚的，就像天上的云彩。一旦功败垂成，这些资望都会烟消云散。瞬息之间，你的脚下便无立锥之地。”子之沉重地喘息着，惨淡地笑着，“我，子之，六代世族，身为实权亚卿，长期统军抗胡，外有辽东铁骑，内有目下的万余死士，算得一个有实力有根基的大臣。但是，我也有政敌，有对手。这次战败回燕，若他们联手，再拉过燕王，我是必然要被整垮，甚至全族都要被杀掉。武安君，子之所言你我困境，可是实情？”

没有“枪杆子”，文学游说便是浮云。

子之既救苏秦，也救自己。子之这个人写得好。

“既然如此，如何联手？”苏秦在帐中缓慢地踱着步子。

“你有能力化解朝臣攻讦，阻挡燕王与旧族结盟。我有实力，保蓟城不会发生宫变，不会动摇你的爵位权力，更不会有人对你暗中动手。”

“亚卿啊，你在合纵大战中是有功之臣，何怕攻讦？”

“欲加之罪，何患无辞？”子之惨然一笑，“武安君还是不知燕国也。”

“罢了。”苏秦叹息一声，“那就一起往前走。”

子之虽然卧榻，却是顿时目光炯炯：“好！立即做明，教蓟城知晓。”

“做明？如何做明？”苏秦大是困惑，这种事能大张旗鼓地对人说么？

子之笑道：“你有一个小弟，我有一个小妹，两家联姻，便是做明。”

“有用么？”苏秦苦笑，他历来蔑视这种官场俗套，更不相信这种老掉牙的世俗透顶的办法，能威慑政敌而改变一个人行将淹没的命运。

“武安君。”子之从军榻上站了起来，“如公与张仪者，信念至上，联姻自是无用。然则，天下官场凭信念做事者有几人？历来权臣多庸碌，他们就是相信这种联姻，相信这才是割不断打不烂的。你我一旦做明，便无人在你我中间挑唆生事，连燕王也会顾忌三分。武安君，相信我。我早看透了这群鸟兽！”

“然则，我说起话来不是自觉气短么？”

子之哈哈大笑一阵：“武安君啊，古人有话：外举不避仇，内举不避亲。你放胆去说，名头只会更响！”

苏秦无奈地笑了：“好，听你一回。”

当夜，苏秦在子之催促下给三弟苏代修书一封。荆燕派快马骑士，连夜送往洛阳苏庄。子之也派出心腹司马先行赶回蓟城安排。苏秦歇息后，子之又召集将士秘密计议了两个时辰。诸事妥当，第二天便拔营回燕了。

苏代开始出场。苏秦死后，苏代、苏厉皆有所为，《战国策·燕策》载，“燕昭王不行，苏代复重于燕。燕反约诸侯从亲，如苏秦时，或从或不，而天下由此宗苏氏之从约。代、厉皆以寿死，名显诸侯”。苏秦不得善终，代、厉寿终，同策不同命也。

蓟城早已流言四起，狐疑纷纷，宫廷朝野都乱了方寸。

燕国老世族们原本就认为燕国不宜涉足中原，只可固守燕山辽东并相机向胡地扩张，像当年秦穆公西进称霸一样。这在世族中称之为“北图大计”。对于燕文公重用苏秦发动合纵，世族历来是反对的。可燕国兵力大部分是公室部族掌控，老世族们也无可奈何。苏秦合纵成功，燕国威望骤然增长，老世族们便见风使舵，连忙跟着鼓噪，拥戴燕易王出兵联军抗秦，意图从灭秦大功中分一杯羹。正在人人兴高采烈之际，噩耗突然传来：联军兵败，子之战死，燕国六万兵马全军覆没。

“战败”就是一面照妖镜，各路神仙、妖魔鬼怪齐齐现形。

消息传开，蓟城朝局大乱。老世族们立马急转弯，相聚大骂苏秦误国，子之败军。上书燕易王，请求“驱逐苏秦，斩首子之，以安国人”。原先力主合纵的子之实力派，也裂为几拨各找出路，纷纷附和老世族，怕子之连累他们也做了刀下冤魂。燕易王原本是想通过合纵振兴燕国，所以才将与东胡对峙的六万主力军投入联军，如今六万精锐全部覆没，对他简直就是当头一棒。抗胡大军本是王室根基，有这支大军在，老世族们的私家兵马便不足挂齿，可没有了这支大军，蓟城周围老世族的私家兵马便顿时成了封喉利剑，如何不教燕易王芒刺在背？想来想去，燕易王只有屈尊斡旋，与世族大臣们一起大骂苏秦大骂子之，磋商如何妥善处置罪臣，如何重整“北图大计”。

正在一团乱麻的时候，又传来消息：子之未死，只是重伤难治；还有一万多伤兵，也都是奄奄一息；苏秦羞于回燕，已经在战场自杀。老世族们更是同声相庆，相聚痛饮。苏秦死活，老世族们本不在意。令人高兴的是，没有了苏秦的子之，纵然活着带兵回来，也只能是上法场的鱼肉而已。燕易王更加蔫了，苏秦与子之，一个有主见，一个有实力，一个是他的灵魂，一个是他的胆量；如今一个死了，一个也快要死了，他这个国王却再到哪里去找如此两个大才？燕易王彻底绝望了，亲自驾车出宫，要与老世族们开价了。

车行宫门，又传来消息：苏秦安然无恙，已经与子之合营休整；子之创伤痊愈，仍然握有一万多精兵。燕易王一听，立即转头回宫，下令三千禁军严守宫门，决意要等到真相大白再说。这个消息一传开，大臣们又开始了微妙的变化。老世族们狐疑纷纷，难辨真假，可相聚会商之后，仍然坚持聒噪，一片声请求燕王立即问罪苏秦子之，形成"既决"之势。可燕易王偏偏生了热寒急症，不能理事，老世族们急得热锅上的蚂蚁一般。忙于寻找门路投靠的子之同党们却嗅到了一丝另外的气息，连忙停止了奔波，有的索性不再出门了。

旬日之间，又一个消息传遍了蓟城：武安君与亚卿战场患难，已结盟联姻，誓同生死，效忠燕王。两三日之间，蓟城朝局立转，老世族们甚嚣尘上的聒噪顿时变成了窃窃议论，蜗居的子之同党们开始逢人便喊"亚卿冤枉"。文臣名士也开始念叨起武安君的盖世才华，只是王宫依然沉寂，燕易王依然热寒未退不能理事。

世态炎凉。

这一日快马飞报：武安君与亚卿班师回国。燕易王传下了一句话的王令："本王带病郊迎。"并没有要求全体大臣跟随。可在郊迎的那天，蓟城所有的官员却都出动了，连百工国人也空巷而出，人们都想看看这支败军之师究竟如何了。

君臣国人们望眼欲穿地守候到日暮时分，突见前方烟尘大起，鼓角齐鸣，旌旗招展，马蹄如雷，两面大纛旗当先飘扬。眼尖者纷纷叫嚷："呀——快看！六国丞相武安君苏！""还有一面！燕国亚卿子！"更有国人失惊出声："看哪！铁甲骑士！足有两万！""还有步卒方阵！三个，少说也有五六千！"国人们为燕国在大败之后仍保有如此一支精兵激动了，一时间纷纷高呼:“武安君万岁！亚卿万岁！燕王万岁！”

朝臣们蒙了,燕易王也蒙了。恍惚之间,弄不清昨日是梦今日是梦？燕易王狠狠忍住了自己,几乎没有说话,只是按照礼宾大臣的引导完成了仪式。奇怪的是,苏秦与子之以及迎接的朝臣,也都几乎没有说话。直到王宫大宴,君臣们才渐渐清醒过来,才开始仔细掂量对面的人物,才开始小心翼翼地试探。

“武安君啊,河外大战死里逃生,本王与众臣工为你等压惊了。来,干了。”

苏秦饮下一爵,肃然拱手道:“启禀燕王:苏秦身为六国丞相,已经将河外大战情形备细记载,分送六国。苏秦在燕国有武安君之爵,所以将送燕一卷亲自带回,敢请燕王明察。”说罢一挥手,荆燕将一个木匣恭敬地捧到了燕王书案。

燕易王打量着木匣:“传言纷纷,真伪难辨,本王与诸位臣工,都是莫衷一是也。”

“今日大宴,容我当众说明。”苏秦便从各国兵力、主将说起,说到幕府谋划,说到战法改变,说到大战经过,说到敖仓被袭,尤其详细地讲述了子之在谋划战法与挽救战场危局中的柱石作用,末了道:“联军之败,根源有四:其一,苏秦不善兵事,整合六军不力;其二,子兰徒有其表,调度失当;其三,六军战力参差不齐,军制互不相统;其四,魏国懈怠,敖仓被袭。”

解释得合理。

大殿中一时沉默。苏秦将战败罪责首先归于自己,倒使燕国君臣一时无话可说了。谁都知道,苏秦本来就不是军旅统帅,虽然是坐镇幕府,也只是为了协调六军摩擦而已。若苏秦强词夺理,将罪责全部归于别人,老世族们也许会揪住不放,毕竟他是六国丞相、联军幕府魁首啊。但苏秦一身承担,意图刁难的老世族们倒是要琢磨一番,不敢轻率发难了。

“六军伤亡如何？”燕易王开始试探最要害处了。

“具体而论，六军伤亡不一：楚军一触即溃，损伤最为惨重，十五万大军几乎全军覆没，唯余子兰率残兵一万余逃回；燕军战力最强，损伤却最小，六万步骑尚有三万余精锐完整归来。正因如此，这次合纵大军虽然失败，燕国却是军威大振，洗刷了‘弱燕’之名。燕军能有如此作为，皆赖亚卿子之之胆识谋略也。”

殿中顿时轰嗡一片。燕国朝野早已经听惯了“弱燕”说法，久而久之也认为燕国就是弱，就是不如中原战国。今日，苏秦竟然说“燕军战力最强”、“军威大振”、“洗刷了‘弱燕’之名”，能不令人吃惊么？

“果真，如此么？”燕易王心头一震，不敢相信自己的耳朵。

“苏秦有信陵君、孟尝君、平原君、春申君的书简。敢请燕王过目。”

燕易王拍案道：“御书，念！高声念！”

御书从荆燕手中接过四卷竹简，展开一卷高声念道：“魏无忌拜上武安君：河内大战，若按子之谋划，可出奇制胜也，燕军有此人为将，燕国之福也……”又展开一卷：“黄歇拜上丞相：楚军溃阵，若非子之将军率燕军浴血奋战，六军将无一生还者！人言燕弱，今却见强燕一端，令我楚人汗颜……”又展开一卷：“武安君台鉴：今次大败，唯燕军孤军力战，力挺危局，令田文感慨万端……”展开最后一卷，却犹豫地看着苏秦，苏秦笑道：“念吧，燕王自有明断。”御书便高声念道：“赵胜顿首：联军之战，赵人当对燕军刮目相看。天下皆说燕国孱弱，谁知燕军竟是如此强悍。赵燕相临，赵胜从此不能安枕也……”

保存了燕国的颜面。

四卷念罢，殿中大臣们都死死地盯着胳膊吊带上还渗着鲜血的子之,仿佛盯着一个不可思议的怪物一般。子之的凌厉果敢杀伐决断,朝臣们倒是都隐隐有所闻,老世族们也正因为如此才将他看作隐患。但子之毕竟是个边将,升任亚卿还不到一年,许多重臣对他还都是一知半解,甚至远不如对宫他熟悉;今日看来,此人在几十万大军阵前能打出威风,竟是大大的非同小可。老世族们想的是:还能不能除掉他?新进大臣想的是:如何在这个人面前辩解自己?

要扳倒子之,不那么容易。国家再怎么弱,总还是需要能打仗的将帅,再昏的君,也明白这个道理。

"诸位卿臣,武安君所言如何?"燕易王完全清醒了,但并没有激动。

一个老臣颤巍巍站了起来:"臣忝为太师,以为武安君所言纵然实情,也难掩兵败盟散之后果。武安君身为六国丞相,又执掌幕府,当对兵败担承些许罪责,我王亦应给予适当处罚。否则,只恐难以安抚朝野。"

"太师以为,当如何处罚?"

"如何处罚,尚请我王与众臣公议为宜。老臣只是动议,却无定见。"

"臣以为,至少当削爵减俸,书告朝野。"一有试探,立即有老世族附和。

"差矣!老夫以为,夺爵罢职。"

"老朽以为,苏秦丧师辱国,当罚为苦役,流徙辽东!"有人慷慨激昂。

"苏秦本非燕人,大罪误国,当满门斩首!否则,难息国人之愤,愧对将士亡魂!"

瞬息之间,殿堂风云突变,燕易王顿时愕然了。他本来已经完全清醒,也很振奋,其所以没有立即封赏苏秦子之,只是认为大局已定,想教朝臣们拥戴一番。不想老世族们竟当殿发难,一个比一个气势汹汹,燕易王心中又没底了。说到底,王族兵力远在边地,老世族们的封地军兵却都聚集在蓟城周围，燕易王与子之还没来得及任何沟通，谁知子之对苏秦如何看待？安知他不恨苏秦？一旦僵持，最危险的还是王室。此情此景，燕易王如何敢贸然说话？

怪不得王要自称为孤王。

“啊哈哈哈哈哈！啪！”突然，殿中一阵长笑，吊着一只胳膊的子之拍案而起，竟在大殿中悠然地踱着步子，“好个燕国啊！自命王族战国，别的不会，却会中伤功臣，会自毁长城，会夺爵罢职，会满门斩首，还会聒噪着诬陷天下名士！”揶揄的笑脸突然变得杀气腾腾，指着满堂老世族厉声骂道，“一窝蠹虫！一树黑老鸦！一群酒囊饭袋！武安君万里驰驱，奔波合纵，尔等哪里去了？武安君亲临战阵，呕心沥血，尔等哪里去了？大军败退，武安君独守战场，三日复生白发，尔等哪里去了？今日，武安君顾全燕国安危大局，不去他邦，独来燕国，如此大忠大贞，尔等竟敢作狂犬吠日？真有胆色啊！子之今日正告尔等：谁敢对武安君恶意中伤，子之不答应！我三万六千铁甲锐士不答应！尔等不是有兵么？来呀，明日摆开战场，看谁家血流成河？！”

保苏秦，也是保自己，更是保燕国。

子之脸色铁青，单臂一挥，一阵沉雷似的脚步声轰隆隆压进大殿，两个铁甲方阵立时森森然矗立在殿中。子之冷笑着单臂一指：“将士们都是百战余生，跟着子之从死人堆里爬出来不知几回，尔等有话，对将士们说！”

大殿中死一般的寂静。

这一番嬉笑怒骂，当真是雷霆万钧。所有的虚与周旋都被撕扯得干干净净，只剩下赤裸裸的实力较量了。饶是苏秦见多识广，也想不到子之竟在王宫之中当着燕王用如此手段，如此震慑朝局。饶是燕国臣僚们风闻子之凌厉，也想不到此人竟如此狂悖，如此威猛。且不说子之是燕国闻名的战将，最可怕的是，随他征战多年又浴血逃生的几万亡命甲士便戳在宫外，森森矛戈便在眼前。老世族封地的全部甲兵聚集起来，也当不得这些久经恶战的精兵一阵冲锋，当此情景，谁不胆战心惊？谁还敢大声喘息？

“枪杆子”很重要。

“好！”燕易王却笑着站了起来，“本王自有公断：武安君功勋卓著，对燕国忠贞不贰，加封地一百里，任燕国开府丞相！子之浴血奋战，扬我国威军威，爵封成义君，职任上卿上将军！班师将士，兵士赐爵一级，千夫长以上者晋爵两级！方才攻讦武安君者，各削爵两级，减封地三十里。上卿啊，命甲士们下去。”

“臣，谨遵王命！”子之一挥手，两个方阵隆隆出了大殿。

一场灭顶之灾就这样过去了。燕易王与苏秦、子之重新结成了稳固的君臣同盟，苏秦做了开府丞相，子之做了上将军外加一个监理政务的上卿，燕易王的地位也空前巩固。燕国老世族在这场短兵相接的较量中完全失败了，完全蛰伏了。燕易王与苏秦、子之连续会商三日，决意君臣同心，整饬吏治，训练新军，使燕国真正崛起。

不要说崛起，能自保已是胜利。

就在这时候，张仪的和亲车队到了。

和亲，这个词用在这里，还是早了点，和亲正式成为政策的一种，乃西汉高祖白登山被围七日之后，才出现。《左传》所记载和亲，并无婚姻关系。西汉以前，通常说以某某女人为某某妇，有合婚及约婚姻等说，而非和亲。“合亲”更妥。

燕易王述说了与秦国联姻的来龙去脉。苏秦是赞同的，认为时势所迫也只能如此，况且也能够给燕国争取一段时间，只有等燕国喘息过来，才能再图合纵大计。子之也赞同联姻，但主张借此除掉张仪，说话是一如既往地直截了当：“张仪，六国祸乱之外源，武安君之死敌！不杀此人，六国永无宁日，合纵大计终成泡影。”

对子之这种动辄赤裸裸诉诸杀戮的做法，苏秦本来就觉得有些不对味道，如今子之竟要杀掉张仪，不禁令他震惊了。苏秦沉着脸道：“上将军所言，大是不妥。邦国相争，依靠暗杀而取胜者，未尝闻也。燕国若开杀戮使节之先河，将自毁于天下。”

妇人之仁。

燕易王呵呵笑道：“上将军啊，张仪就那么好杀？此事还是罢了。”

“好。”子之爽快拍案道，“臣心思粗疏，未想到张仪是秦国使节一层，武安君既然反对，子之就此作罢。”却是来得快去得也快。

但是，苏秦仍然不放心，他知道子之一旦认定某事，必要做成方肯罢休，杀张仪绝非他临机闪念，也许在河外战场大败时他就恨上了张仪。苏秦反复思忖，派三弟苏代以商议婚期为名，到上将军府留心察看。苏代去住了一宿，回来说没有发现异常动静。苏秦还是半信半疑，只有吩咐荆燕私下多多留心，便忙自己的事去了。

三月初三，张仪的送亲军马在蓟城南门外十里扎下了大营。

按照礼仪，燕易王在约定日期将秦国公主迎进王宫成亲，张仪才能进入蓟城入住驿馆，开始邦交活动。在此之前，只能在蓟城外等候迎亲。张仪虽然不急，但也不想夜长梦多。大营扎定，立即修好国书，派行人嬴华进入蓟城与燕易王约定日期。嬴华午时出发，日暮时分辚辚归来。燕易王派出了司正①随同嬴华前来，抚慰送亲军马，带来了一百只羊、十头牛、三十头猪并六十坛燕山老酒。司正带来的国书确定：三日后燕王迎亲，举国大酺。

当夜，张仪下令军士杀牛宰羊，特许每个甲士饮酒一大碗。军中欢呼不断，立即炊烟袅袅热气腾腾，料峭的春日寒风顿时减了威力。在满营欢声中，张仪与嬴华、白山并栎阳公主议定了若干送亲事务，不知不觉间已到了三更时分。

“禀报丞相：帐外有一商人求见。”军务司马匆匆进来禀报。

“商人？教他进来。”

白山霍然起身：“且慢。我先去看看。”便大步出帐。片刻之后，白山带进来一个年轻的后生，虽是布衣风尘，却是沉稳英秀。张仪眼睛一亮：“你？你是苏代？”

后生深深一躬：“张兄果然过目不忘，小弟正是苏代。张兄别来无恙？”

张仪哈哈大笑，过来便拉住苏代：“哎呀呀，我师说苏氏当有三杰，果然应验！苏厉如何？”

“苏庄兄嫂们尚须照应，四弟一时不能离开。”

---

① 司正，春秋诸侯国执掌礼仪的官员。燕国为老诸侯国，保留了许多旧官职，此为其一。

“好好好，来，坐了慢慢说。”

“多谢张兄。”苏代一拱手，“小弟时光无多，张兄看了此信我便要走。”说罢从腰间摸出一方羊皮纸递过，“二哥一番苦心，望张兄体察。”

张仪连忙打开羊皮纸，两行熟悉的大字分外清晰——

蓟城有不测风险，张兄当作速离开，毋得强自犯难，切切。

张仪笑道：“好。苏代啊，我想见苏兄一面，可行么？”

“二哥说，各谋其国，各忠其事，未分胜负，不宜相见。”

张仪默然片刻道：“也好。代我向苏兄致意，也转告苏兄：三日后张仪便入蓟城，非不领苏兄之情义，时也势也。”

“如此苏代告辞，张兄保重。”

“且慢。”张仪从腰间大带上抽出一把皮鞘短剑，“这是我为苏兄物色的一把利器，合于苏兄剑路，目下燕国正在动荡之中，望苏兄多加防范。”

“张兄……”苏代接过短剑深深一躬，匆匆去了。

大帐中一时无话。白山送苏代回来，见几个人都低头沉思的样子，忍不住道：“丞相，连夜回咸阳吧，末将派三千铁骑护送。燕国不敢伤及公主，他们只要害丞相。”

“白山，坐下。”张仪笑道，“谁说我要走了？你我好赖也一起打过仗了，张仪贪生怕死么？”白山着急道：“丞相，不是你贪生怕死，是秦国不能没有你！”张仪摇摇头道：“每一个秦人都是秦国的子民，我张仪也是。白山，你要知道，邦交也是战场，也需要勇气胆识，贪生怕死者，打不了胜仗，也办不好邦交。”

“丞相教诲，白山明白！”白山深深一躬，“我这五千骑士宁可粉身碎骨，也保得丞相公主平安！”

“我看没事。”栎阳公主笑道，“燕国就是这个子之，防住他，一切了结。”

嬴华走过来道：“白山将军，你军中可有铁鹰剑士？”

“有，正好十个。”

“好！全数给我。你只管打仗，丞相公主不用你分心。”

“是，末将明白。”

张仪笑道："如此妥当，还有何好怕？好了，三日后进蓟城。"

见惯大场面。此等情形，不足惧。

六　四阵三比　秦燕结盟

第四日正午，蓟城南门大开，鼓角喧天，燕易王全副车驾出城迎亲。秦军辕门大开，仪仗整齐，三十名长裙侍女，护卫着栎阳公主的轺车辚辚驶出。张仪率领全副仪仗与一千铁骑甲士，随着栎阳公主的轺车方队跟出，在辕门外与燕易王车驾遥遥相对。燕国司正与秦国行人走马交换了联姻国书，接着鼓乐大作，燕易王与栎阳公主的轺车并驾前行，张仪率领秦国仪仗护卫随后，燕国仪仗压阵，浩浩荡荡开进了蓟城，开进了王宫。

婚典进行完毕，燕易王偕同栎阳公主，在王宫大宴送亲宾客与国中大臣。张仪座席在燕王左下首，饮酒间看来看去，殿中却没有苏秦。

"丞相莫看，武安君不会来了。"一个带剑将军悠然来到张仪身旁。

张仪淡淡笑道："敢问阁下何人？"

"燕国上将军子之，见过秦国丞相。"

张仪揶揄笑道："上将军带剑赴朝，八面威风也。"

子之哈哈大笑："论起威风，子之只在面上。何如丞相，偷袭敖仓，颠覆合纵，不在暗夜之中，便在宫闱之内，子之甘拜下风。"

"是么？"张仪嘴角露出轻蔑的笑容，"偷袭在战场，邦交在庙堂，张仪所为，天下无人不知。何如子之上将军，夺心于营，结盟于私，威压于朝，却神鬼不觉，令张仪汗颜也。"

张仪能舌战天下，最喜欢打嘴巴仗。子之在张仪这里，肯定讨不到半点好处。

“丞相此言，子之不明白。”子之突然语气阴冷。

张仪一阵大笑道：“上将军，头上三尺有神明，总该明白了？”

子之突然一转话题：“丞相，河外之战，子之输得不服。”

“何处不服？”

“战力不服，若是秦燕两军对垒，胜负未可知也。”

“上将军是说，联军牵累了燕军战力，所以致败？”

“丞相明断。”

“张仪冒昧揣测：上将军想与我军单独较量一番？”

“丞相有此雅兴否？”

张仪大笑道：“为燕王婚礼助兴，客从主便，但凭上将军立规。”

“丞相果真痛快！秦军擅长技击，较量技击术。”

“上将军百战之身，两军阵前，莫非是攻敌所长么？”

“莫非丞相要明告秦军所短？”

“秦军无长无短，男女皆战，人皆善战。”

“任燕军挑选较量？”

张仪笑着点点头。

“好！”子之掰着指头说出了自己的安排，张仪依旧只是笑着点头。

子之大步走到燕王身边，“啪啪”拍了两掌高声道：“诸位肃静了：方才我与秦国丞相商议，为给燕王与栎阳公主婚典助兴，秦燕两军比试战力。两日比四阵：第一阵女兵，第二阵剑术，第三阵骑士，第四阵步卒搏击。今日当殿比试前两阵，明日南门外比试后两阵。诸位以为如何？”

国与国之间，不放过任何的明争暗斗。

“好——”所有的燕国大臣都兴奋地鼓掌叫好，秦国宾客却都只是笑了笑。

燕易王大出所料，皱着眉头道：“公主，这，妥当么？”

栎阳公主笑道："上将军主意已定，我王只好与臣民同乐一番了。"

燕易王看看子之，想说什么却又终于没有说出来。子之却看也没有看燕易王，一挥手高声下令："宴席后撤三丈！红装武士成列——"

"嗨！"大殿中一片清脆的应答，原先莺声燕语的侍女们齐刷刷脱去了细纱长裙，人人一身红色短装软甲，腰间一口阔身短剑，疾风般列成了一个方阵，当真是英姿飒爽。燕易王大是惊讶，脸色不禁骤然沉了下来。子之上前躬身低声道："子之事前未及禀报，我王恕罪。"燕易王沉声道："恕罪？寡人侍女何处去了？"子之道："都在四周，一个不少。"燕易王沉思片刻道："上将军，日后不得这般造次。""遵命！"子之答应一声，回身走到张仪面前笑道，"丞相，教秦国女兵出阵。"张仪淡淡笑道："看来，上将军有备而来啊。"子之道："丞相见笑，这些女子都是辽东猎奴，在军中做杂役，略通剑道而已。为两国联姻助兴，子之何能当真？"

"张仪却听说，上将军在辽东军中，有一支'铁女百人旅'也。"

"丞相多虑了，铁女没有随军南下。"

张仪大笑："多虑个甚？要是铁女，我便比试；要不是铁女，莫草菅人命。"

子之也笑了："既然如此，算是了。"

"好。嬴华听令。"

"嬴华在！"

"命你全权调度前两阵比试，一切规矩，但凭上将军。"

"遵命！"嬴华大步走到栎阳公主面前，"禀报公主，在下借你侍女一用。"

栎阳公主做了个鬼脸笑道："哟，都是些洗衣做饭的三脚猫，她们行么？"

"秦人男女皆战，百业皆战。她们虽非精锐，但可一战。"

"好好好，借给你。"

"多谢公主。侍女列队！"

"嗨"的一声，三十名侍女长裙瞬间离身，人人一身黑色布衣短装，脚下牛皮短靴，虽无软甲，也是精神抖擞。"上剑！"嬴华一声令下，十名秦国军吏各捧三剑从队前穿过，片刻之间，侍女们人手一剑。

"双色剑在前，长剑在后，短剑居中。列冰锥剑阵！"

"嗨！"三十名侍女一声脆生生答应，刷刷刷一阵移动，站成了一个锥形剑阵：前六人站成了一个"一二三"的尖端;接下来每排增加一人,最后排的锥座九人;尖端六人是双色剑,中间三排十五人是阔身短剑,后座九人却是几近三尺的长剑。煌煌灯下,九口长剑森然夺目。这种长剑本是显贵人物的佩剑,极少装备军旅。今日秦国侍女们也用上了长剑,其威风凛凛之势,不禁令燕国大臣们惊讶。十五口短剑则比燕国女子手中的短剑宽了三分,仿佛一片雪亮的大刀。但最令人瞩目的,还是那六口双色剑的奇异光芒——剑身金黄,剑刃雪白!

子之目光一扫剑阵,呵呵笑道:"丞相啊,这当头六剑如此怪异,是何名目?"

"上将军久历战阵,不识墨家双色剑?"

"铜锡嵌铸",想得也巧妙。但铜锡制剑(这可是战国时期),编得有些离奇了,硬度就不说了,颜色也不对,在这里,作者纯属为了好看。

子之恍然笑道:"久闻墨家首创铜锡嵌铸双色剑,不想今日得见,开了眼界。"

张仪意味深长地笑了:"看来,上将军心思不在兵器战阵之间也。"

"丞相当知,战心出战力。决战决胜之道,并不在兵器战阵之间。"

"好!今日一睹上将军战心。"

嬴华大步走过来道:"敢问上将军,是点到即止,还是生死不论?"

子之浅淡一笑:"燕人非生死不能鼓勇,死战。"

"遵命。请上将军发令。"

子之走到两阵中间,左右一打量:"两阵听了:比试战力,以方圆十丈为界,不得越出;生死不论,一方先死十五人者为败。明白没有?"

"嗨!"两阵齐声答应。

"开始!"

话音方落,燕国铁女阵抢先发动,头领一声喊杀,三十名红甲铁女散开队形扑杀过来，仿佛一团火焰，声势极是威猛。秦女剑阵的双色六剑跺脚齐喝“开！”三十名黑衣女子轻盈无声地分成了六个五人小锥，每锥都是三剑齐备：双色剑打头，短剑居中，长剑压阵。转瞬之间，五把黑色的锥子插入了红色火焰之中。

燕国铁女原本都是猎户出身，又在与东胡激战中多经磨炼，个个体魄强健，格杀本领高强，历来都是与胡人同样战法——散兵冲杀，各自为战。秦国这批“侍女”，却是嬴华的黑冰台剑士，原本人人都是剑道高手，经常各自单独到山东探密。但只要有机会，嬴华便聚集她们训练阵战之法，以备不时之需。此次入燕，要保护栎阳公主，嬴华将女剑士们全部集中扮为侍女，不想竟然派上了如此一个用场。这冰锥剑阵，本是从司马错为秦军步兵百人队创设的“铁锥阵”演化而来，灵动快速，配伍严密，最适合小队形格杀。加上黑冰台剑器精良，使这冰锥剑阵威力奇大。此刻两阵搏杀，黑色剑锥转圜自如，双色剑寻敌定向，短剑只是专一搏杀，长剑则重在保护。若人数相当的五六个铁女来攻，根本不能近前，于是只有八九个或十来个人攻一个剑锥。但如此一来，总有一两个剑锥成为无人围攻的机动力量，不断与另一个被包围的剑锥形成里外夹击。虽然如此，可嬴华有言在先，尽量不杀燕女，所以燕国铁女虽然手忙脚乱，觉得有力不能使，却也是一人未伤。

淡化性别色彩，战场无男女之别。

子之哈哈大笑：“丞相，秦女剑阵也是中看不中用也。”

“上将军，果真好眼力。”张仪揶揄地笑了。

嬴华脸色顿时阴沉，一个尖厉的口哨，场中形势立刻大变：冰锥剑阵立下杀手，片刻之间，五六个铁女便倒卧在血泊之中。子之一愣神间，已经有十多个铁女中剑不起。

“停——”嬴华高喊一声，回头道，“上将军，十六具尸体，够了么？”

“好！这一阵秦国胜了。”子之哈哈大笑，“拖走尸体，下一阵！”

嬴华见张仪只是微笑不语，一挥手下令：“铁鹰剑士成列！”十名剑士锵然站成一排，人人全副铁甲铁盔连带着护鼻护耳，脸上竟然只露出一双眼睛与嘴巴；右手阔身短剑，左手牛皮窄盾，左臂佩戴一枚铁鹰徽记，宛如一座座黑色铁塔矗立在大红地毡上。与轻身带剑的游侠剑客，显然大大不同。

子之端详着一座座黑铁塔笑道：“全用铁皮包起来，这便是铁鹰剑士？”

“上将军。”张仪笑道，“自秦穆公创铁鹰剑士，至今已有百余年。两年一选，几十万大军往往只选得二三十人而已。秦军的铁鹰剑士不是游侠剑客，而是重甲猛士。他们这一身甲胄便有八十余斤，上将军可曾见过如此铁皮？”

子之久与东胡、匈奴作战，历来崇尚轻灵剽悍，何曾见过如此“笨重”的战场剑士？不禁哈哈大笑：“此等剑士嘛，金瓜斧钺一般，只做威风摆设可也，何能打仗？”

“上将军要如何试手？”

“自然是一对一。”

张仪大笑：“一对一？十对一吧，你出一个百人队。”

“秦人太得狂妄。”子之冷笑道，“若敢让我砍得一剑，便十对一。”

“好！铁鹰剑士只许显示防守力道，不许还手。上将军，随便砍哪个都行。”

子之抽出长剑，一道弧形青光闪过，带出一阵鸣金震玉之声，显然是非同凡响的利器。燕国大臣们不禁一阵低声惊叹：“胡人剑形刀！”张仪素有剑器嗜好，熟知天下兵刃，知道这剑形刀是胡人匈奴最有名的马上战刀，单刃厚背，却如剑一般细长，最适宜马上猛砍猛劈，威力奇大。再说子之悍勇精明，自然不想以上将军之尊与剑士缠斗，只要借手中这口利刃一刀劈开铁鹰剑士的牛皮盾牌，给吹嘘铁鹰剑士的张仪一个难堪。

“铁鹰剑士，防好了！”子之大步走到中间一座黑塔面前，根据他的军旅经验，中间一个总是这种小队形中薄弱的一环。

黑铁塔只是哼了一声，算做答应。突然间，子之一声大喝，双手举刀从斜刺里猛力向盾牌劈下。这是马战最宜于着力的大斜劈，寻常战场上，一个勇猛骑士的大斜劈可以将对手连人带马劈为两半，堪称威猛绝伦。此刻，却听得猛烈的一声钝响，连着一声奇异的摩擦啸声，只见那张窄长的棕色盾牌一划一挺一举，子之“哼”的一声飞出了三丈之外。那口剑形长刀带着哨音直飞上大殿穹顶,“嘭”的一声闷响,颤巍巍地钉到了大梁正中。那尊黑铁塔却纹丝未动,依旧岿然矗立。

再看子之,不偏不倚地飞到了大臣群中方才自己的宴席座案前,咣当叮咚一阵大响,重重地跌落到地毡上。殿中不禁一片混乱,纷纷上来围住了子之。

“好端端的,何须嚷嚷?都坐回去!”子之站了起来,犹自觉得臀肉生疼,一瘸一瘸地走到张仪面前,“丞相,我出百人队了。”

有意让子之出丑。作者这样写,读者可以想象此人的前景,可辉煌一时,难辉煌一世。

“悉听尊便。”张仪淡淡地笑着。

不想殿中却轰嗡起来,大臣们纷纷上来劝阻子之。子之正要呵斥,一个将军高声道:“上将军,要比试,明日比真正的军阵!此等微末小技,胜败又能如何?”

子之略一思忖笑道:“好,今日便罢。丞相啊,明日比试军阵。”

“悉听尊便。”张仪还是淡淡地笑着。

一场迎亲大典,便这样在刀光剑影中散去了。张仪一行没有再去驿馆,而是连夜出城,回到了南门外留守的军营,招来白山与五个千夫长计议。将领们一听说与燕军较量,顿时人人亢奋,眼睛放光。白山搓着手掌道:“丞相,你只给个分寸,白山分毫不差!”张仪笑道:“这个子之,只认强力,不要留情,一定要打得他心疼。要教燕国君臣知道,依靠子之是抗不住秦国的。”白山激动得身子一挺:“末将明白,一定教他心疼!”张仪道:“明日马军较量,子之可能要亲自领军。白山,我军由你统领作战,临机处置,无须请令。”

“嗨!”白山慷慨应命。

嬴华笑了:“子之若要拼命,也杀了他?”

“不。对子之可轻伤,不可诛杀。记住了?”

“能否活擒?”白山皱着眉头。

“不能。子之是燕国唯一的脸面。”

“难办。但末将做得到。”

领了张仪命令，白山立即回到自己帐中，召来属长以上全部将官，将近百人，满当当一帐。商鞅建立的秦国新军行连保制：五人一伍，头目称伍长；十人一什，头目为什长；五十人为一属，头目称属长；百人一闾，头目为闾长，俗称百夫长；千人一将，头目称“将”，俗称千夫长；万人成军，头领为各种将军。这种军制后来被魏国的尉缭载入兵法，成为《尉缭子·伍制令》，渐渐成了战国中期以后的通行军制。白山虽然目下只有五千骑兵，但本职却是统帅两万精锐铁骑的骑兵前将军，也就是后来人说的先锋大将。这种大将必须具有两个长处：一是勇冠三军，二是有极为丰富的实战经验与临机决断能力。寻常作战，白山这样的前军主将，只需将将令下达给两员副将，最多下达到千夫长，就完全可以雷厉风行了。可这次事关重大，尤其是既不能诛杀又不能活擒对方主将，这在激烈拼杀的战场可当真极难做到。白山聚来大小将佐层层商讨，直说了一个多时辰，方才散去分头准备。

次日午后，燕易王与栎阳公主率领燕国群臣，在子之五千燕山铁骑的护卫下，隆重地开出了南门。昨日大宴后，燕易王本想终止与秦军做这种有伤和气的较量。以他目下的权威，控制子之还是能够做到的。可在昨夜三更时分，他却突然被老内侍从睡梦中唤醒。他极不情愿地离开了栎阳公主下榻，老内侍低声道：“苏相国密函。”他立即警觉，在灯下打开了那方羊皮纸，苏秦那熟悉的字迹赫然在目：

臣启燕王：子之者，燕国盾牌也，若得燕国安宁，毋阻子之示威于秦。

燕易王在回廊转悠了半个时辰，终于放弃了制止子之的打算。早膳后，当子之进宫禀报与秦国订立盟约的细节时，燕易王只说了一句话：“上将军啊，与秦军只比一阵算了，既要结好，不宜过分才是。”子之没有执拗，爽快应道：“我王所言极是，臣遵命。”

秦军五千将士全军迎出大寨，整肃无声地排列成三个方阵，宛如三方黝黑的松林。秦军营寨前正好有三座小山，面北对着蓟城南门，其间正好形成了一片开阔的谷地。燕国的五千燕山铁骑在北面列成了一个大方阵，红蓝色旌旗招展，战马嘶鸣，人声鼎沸，一看便是人强马壮的气势。张仪乘轺车与燕易王见礼后，陪着燕易王车驾上了东面的小山。看着全副甲胄的子之，张仪笑道："上将军，张仪不通军旅，较武事宜有白山将军，与他立规便了。张仪只在这里观战。"

"丞相雅兴。子之老行伍，却是要见识见识秦军。"

"素闻燕山铁骑威震东胡，张仪也想开开眼界。"

子之大笑着策马驰下了山冈，飞马到秦军阵前高声道："白山将军何在？"

高处的声音仿佛从云端中飞来："末将在！悉听上将军立规！"秦军中央方阵前立着一辆高高的云车，白山在云车顶端站立着。

"好！秦军将士听了：今日规矩，两军一战，无计生死！明白没有?!"

"嗨！"轰雷般的短促应答山鸣谷应。

子之飞马驰回燕军阵前，一阵指令叮嘱，高举战刀大喝："起号！杀——"骤然之间数十支牛角号呜呜长鸣，燕山铁骑第一个浪头呐喊着飓风般冲杀了过来。燕山铁骑原本排成了一个宽约一里的方阵，五千骑士分为三个梯队：前军一千骑，中军三千骑，后军一千骑。这种冲锋阵法，是燕军在长期与匈奴骑兵大战中锤炼出来的战法，子之称为"海潮三波"：第一波，前军一千长矛骑士，人手一支长约一丈的轻锐木杆长矛，腰间一口战刀。这时的骑兵极少使用长兵器，往往被这种长矛骑兵一冲即乱。而这第一阵冲锋的真正意图，恰恰在冲乱敌骑阵形，给中军主力斩杀敌人创造有利条件。子之的长矛骑兵，在与匈奴大战中屡见奇效，这次也照样搬来，要教名震天下的秦军铁骑尝尝滋味儿。第二波，战刀骑士，这是主力军，全部由骑术高超刀法精良的勇士组成，每人腰间都有一口备用战刀，专一搏击砍杀。第三波，短剑骑士，这是追击逃窜之敌的轻锐骑士，坐下战马特别出众，轻兵良马，疾如闪电飓风。

燕军发动之时，秦军云车上大旗划出一个巨大的弧形，随之十面牛皮大鼓隆隆响起。左右两个黑色方阵抢先发动，从两翼插向燕国前军中军的断续部位，而中央方阵的三千铁骑则展开成一个巨大的扇形，迎着燕军的长矛前锋兜了上去。燕山铁骑是大致有阵，三波冲锋之间并非紧密相连。尤其是两军初战，子之要看看秦军骑士在长矛兵面前的抵抗力，所以没有连续下达第二波冲击命令。

虽在片刻之间，但对于急风暴雨般的骑兵而言，第一波之后已经出现了一个空阔地带。秦军的两翼铁骑绕过长矛兵，恰恰立即插入了这个短暂的空白地带。黑色两翼先行展开之时，子之已经有所觉察，立即下令中军主力发动第二波冲杀。可是已经迟了。

两股黑色浪潮已经呼啸着在空白地带重叠,将燕军截为首尾不能相顾的两部分。此刻,云车上大旗左右招展,重叠汇聚的黑色浪潮立即分为两股,一股压着长矛兵后背杀来,一股迎着燕军主力杀来。

燕军长矛兵战力虽强,但因为是长兵器,所以相互间总有一马之隔,只能散开成漫山遍野的一大片冲杀过来。迎上来的秦军主力,则只有中间的一面大旗正面接敌,两面的两千骑士则掠过长矛兵外围,压上去截杀燕军主力。如此一来,战场形势发生了陡然的变化:秦军两千骑士,前后夹击一千燕军长矛兵;秦军三千骑士,正面迎战燕军主力三千;燕军被从中间分割,后军窝在原地,前军陷入两倍兵力的包围夹击,顷刻便有覆没危险。若要扭转这种大格局的被动,只有后军驰援前军,形成两大块势均力敌的对抗,而后真正比拼实力。

子之久经战阵,立即看出了这种危急局面,战刀一举:“后军骑士,跟我杀——”一马当先,亲率后军来驰援前军。云车上,白山大旗左右两掠,秦军的截杀主力立即喊杀声大起,左右加倍展开,将后军拦在了正面。云车上的白山一见子之出动,立即将大旗交给了司马,飞身从三丈高的云车上跃下,恰恰落在那匹神骏的汗血战马上。白山一触马身,金红色的汗血马长嘶一声,平地飞起,闪电般冲向中央战场。

两方中军主力正在鏖战,秦军本来大占上风。但分兵一千堵截子之后军,中军成了两千对三千,立即成了拼死力战。白山飞马赶到后军战场,大喝一声:“铁鹰百人队随我杀!其余回中军战场!”吼声落点,一支铁甲骑士随着白山箭一般插向子之大旗。这是白山与将领们事先商议好的战法:若子之出动,立即缠住。其余的燕军骑士无论流向哪里,都不能根本改变战场大势。为有效缠住子之,白山以全部十名铁鹰剑士为主力,组成了一个特殊的百人队,由自己亲自率领截杀子之。

白山本是前军大将,勇猛绝伦,这个百人队更是秦军精华。猛烈冲杀之下,所向披靡,立即将子之及其周围骑士圈堵在正面,其余秦军骑士又潮水般卷回了主战场。战国军法通例:战场之上主帅战死者,从卒皆斩。子之被堵截,燕军骑士自然大举围来,要最快歼灭这个不要命的百人队。但是子之极为清醒,一眼便看出了秦军意图——宁可少数伤亡,也要全局获胜。身为主将,子之自然也是如此打算。他圈马高声大喝:“留一个百人队!其余驰援前军!违令者斩!”燕山铁骑号令森严,主将一声令下,大队骑士立即风驰电掣般飞出了小战场。于是,这里成了两个百人队的殊死拼杀场。

子之的谋划是：一定要在各个战场形成对等兵力的搏杀。只要对等，他便坚信燕山铁骑绝不输于秦军铁骑。哪怕打得平手，燕军也将扬威天下。这便是他只留一个百人队而严令大队驰援前军的原因。他明白，这种不过万人的小战场，不会有更复杂的变化，只要保持大体均衡的格杀，不输于格局大势，便不会落败。

但是，两个百人队一接战，子之立即感到了巨大的压力。面前这个百人队，简直就是铁马铜人，马戴面具，人穿铁甲，纵然一刀砍中，几是浑然无觉。然则，这个百人队却没有秦军骑士五骑并联的战法，竟人自为战，与燕军展开了真正的散兵一对一搏杀。只见他们横冲直撞，长剑劈杀，片刻间便将燕军十余名骑士劈落马下。子之怒吼一声"斩首一名，赏千金！杀——"战刀挥舞，猛烈砍杀前来。但奇怪的是，这一百个骑士虽然也在猛烈拼杀，从此却没有斩杀一个燕军，只是比拼剑术一般，哪怕将对手的战刀击飞，也不下杀手。愤怒的子之与两名护卫勇士，被白山亲率两名铁鹰剑士如影随形般截杀围追，却无论如何也伤不了这三座黑铁塔。缠斗良久，子之大吼一声，战刀掷出，一道青光直奔中间白山咽喉扑来。白山眼疾手快，长剑斜伸，堪堪搭住了子之战刀，长剑一搅，战刀竟倒转着飞了回去，"噗"地钉进了子之战马的眼睛。战马长嘶悲鸣，一个猛烈的人立，轰然将子之掀翻在地。

此时，一骑飞马冲到，高声喝道："燕王有令：终止较武，秦军胜——"

子之艰难地站了起来，四面打量，突然嘶声大笑："好啊！秦军胜了！胜得好！中军司马，燕军伤亡多少？说！"

"禀报上将军：前军战死五百，伤三百；中后军战死两千，伤一千五百；总共战死两千五百，伤一千八百。"

"秦军伤亡？说！"

写这么大一场戏，就是要让秦国扬威，让秦国赢。

春申君

春申君

“秦军战死一百余人,伤一千余人。”

子之脸色铁青,双眼血红,提着头盔瘸着步子,艰难地走到了燕易王车驾前道:“燕王,盟约用印。子之无能!”

“回宫。”燕易王淡淡地说了两个字,全副仪仗辚辚回城了。

当夜,燕易王偕栎阳公主召见了张仪,在《秦燕盟约》上盖下了那方“大燕王玺”的朱文玉印。子之虽然还瘸着腿,但依旧昂昂然地参加了结盟仪式,丝毫没有半点儿颓丧的样子。

“此人直是个魔鬼!”嬴华在张仪耳边低声说。

“燕国从此休得安宁也。”张仪深深地叹息了一声。

栎阳公主来到张仪面前道:“丞相、华妹明日离燕,一爵燕酒,栎阳为两位饯行了。”嬴华笑道:“甚个两位?一个行人,能与丞相并列么?”栎阳公主咯咯笑着贴近嬴华耳边道:“我有眼睛,并列事小,只怕还能并肩齐眉呢。”“栎阳姐姐!”嬴华满脸通红,却又“噗”地笑了。张仪在旁哈哈笑道:“两姐妹盘算甚,我可饮了。”说着一饮而尽。栎阳公主笑道:“偏你急,没交爵就独饮了。”嬴华笑道:“我也独饮。”也一饮而尽。栎阳公主嗔道:“非礼非礼!来,我为你俩斟满一爵。对,交爵!好!”看着嬴华与张仪碰爵饮下,栎阳公主才自己饮了一爵,高兴得满脸绽成了一朵花儿。

张仪从大袖中拿出一个铜管:“公主长留燕国,请设法将它转交苏秦。”

张仪苏秦二人,还有后续。

“这有何难?交给我。”

正在此时,书吏匆匆走来,在张仪身边低声说了几句。张仪霍然起身,立即向燕王辞行,连夜出城南下了。

第十一章 郢都恩仇

一 张仪临危入楚

初夏时节，风调雨顺的渭水河谷艳阳高照，晴空万里。

一个黑点正从高远的蓝天悠悠飘来，飘过了南山群峰，飘进了渭水谷地，飘过了咸阳城高高的箭楼，带着嗡嗡哨音消失在北阪的苍茫松林中。片刻之后，一骑快马飞出松林，飞下北阪，直入北门箭楼，飞进了气势巍峨的咸阳宫。

长史甘茂一看竹管端口，封泥上有苍鹰徽记与三支箭头，脸色一变，立即停下手头忙碌，飞步向东书房奔去。秦惠王正在那幅《九州山水图》前发愣，忽听背后急促脚步，没有回头便问："甘茂，有事了么？"甘茂急道："禀报君上：黑冰台青鹰急报。"秦惠王霍然回身："打开。"甘茂走到大书案前，用一把细锥熟练地挑开封泥，打开竹管，抽出一个白色的小卷抖开。秦惠王接过只扫了一眼，眉头皱了起来："甘茂，立

甘茂，"下蔡人也。事下蔡史举先生，学百家之术。因张仪、樗里子而求见秦惠王。王见而说之，使将，而佐魏章略定汉中地"。曾显于一时，后因谗言，亡秦，死于魏。其孙甘罗，十二岁事于秦相吕不韦，也是传奇人物。

即宣召右丞相。”

片刻之后，右丞相樗里疾匆匆赶到。秦惠王指着书案上那幅白绢：“看看，楚国又变过去了。”樗里疾拿起白绢，一片篆文赫然入目：

> 青鹰密报：楚国君臣消除嫌隙，发誓向秦复仇。昭雎父子蜗居不出，老世族尽皆蛰伏。春申君北上燕国，屈原重新掌兵。

楚王的脾气，难以捉摸。

“嘿嘿，芈槐又抽风了。”

樗里子损人功夫也是一流。

“黄歇不远千里，到燕国做甚？”

“燕国无力援楚，只有一事可做：找苏秦。”

秦惠王踱步点头道：“苏秦南下，与楚国合力，齐国便有可能反复。齐国反复，合纵便有可能死灰复燃。楚秦近千里边界，楚国发疯，秦国背后可是防不胜防。”

“畔（叛）秦”之事，时有发生。秦惠王预料得极是。楚国要是发挥正常，不抽风，秦国还真是难防。

“君上所料不差，樗里疾以为：当立即急召丞相回咸阳。”

“丞相回来之前，不妨先试探楚国一番。”

樗里疾拍拍大头笑道：“臣一时想不出如何试探。”

“派甘茂为特使，归还房陵三百里，与楚国修好。”

“也好，左右土地是死的，到芈槐手里也长不了。”

次日，长史甘茂带着秦惠王的国书匆匆南下了。与此同时，一骑快马星夜飞驰燕国。张仪接到秦惠王手书密件，连夜率领五千铁骑南下，不想却在漳水南岸被平原君拦住，盛情邀请张仪进入邯郸，商谈修好事宜。原来赵肃侯在联军大败之后一病不起，半月前病逝，太子赵雍即位，着意要与秦国订立修好盟约。张仪归心似箭，却又实在不能放弃这个大好时机，便命嬴华率领一千铁骑先行赶回，他随平原君进了邯郸。

邯郸一日，张仪对赵雍的意图了如指掌：赵国正在疲软凋敝之时，深恐秦国与老冤家燕韩魏联手进攻赵国；目下赵国的当务之急，是稳住秦国这个最强大的敌人，以求度过新老交替这道关口。虽则如此，但对秦国也是一件好事，赵国一静，秦国东北两面全无战端之忧，便可全力化解楚国这个背后大敌。张仪没有说破赵雍的心思，在一片交相赞誉中，同赵国订立了互不犯界的盟约，一场大宴后只睡了一个时辰，天蒙蒙亮出了邯郸，一路昼夜兼程，不消三日赶回了咸阳。

这时候，甘茂也刚刚从楚国回来，上将军司马错也奉命从函谷关赶回。秦惠王立即在东偏殿召见几位重臣商讨对策。

甘茂带回来的消息很简单，却大出君臣预料：楚怀王看了秦惠王国书，拍案大叫："不要房陵三百里！我只要张仪！"非但不与甘茂作任何正式会谈，而且只许甘茂在郢都停留一日。甘茂本想与王妃郑袖和昭雎父子会面，探察一番楚国的变化内情，无奈驿馆被严格看守，根本无法私下走动，只好匆忙回国。

张仪屡欺楚王，楚王的暴跳如雷也是可以理解的。但这恰好说明楚王的意气用事，此乃王者大忌。但张仪对楚王了如指掌，不惧其怒，心知许其一些承诺("明天"才实现的承诺)，定能平息其怒火。

"嘿嘿嘿，芈槐这小子还铆上劲了，非和丞相过不去？"

甘茂道："合纵兵败，楚国伤亡最惨重，楚王恼羞成怒，归罪于丞相，一时确实难解。以臣之见，不理不睬，后发制人可也。"

"嘿嘿，不行！"樗里疾道，"你是不理不睬，可芈槐正在抽风，屈原黄歇苏秦与一班新锐必然抓住这个机会不放。哼哼，以我黑肥子看，这帮小子又在密谋攻秦了。"

"若来进攻，正好趁机一举击垮楚国，根除背后大患！"甘茂很是气壮。

司马错道："打败楚国不难，难在楚国发兵之日，必是苏、黄策动六国重组合纵之日。若再次合纵，六国不会联军出动，而会分头出兵攻秦，这种局面最为危险。”

甘茂道：“丞相刚刚与五国立约修好，变脸岂有如此之快？”

战国时期，多诈战。所以，各国多变，计策太多，防不胜防，没有一个“普世”的信字，不知哪一国哪一人可信，所以，国策多变。

“嘿嘿，山东六国，变脸比脱裤还快，关键是有楚国这个疯子打头。”

秦惠王一直在用心倾听，渐渐地觉得确实为难：被动等待与楚国决战吧，有几路受敌的危险；主动攻楚吧，又与秦国目下的连横修好宗旨大相径庭，更会加剧山东列国对秦国的戒惧之心，再说连横局面刚刚形成，一旦攻楚便会前功尽弃。春秋战国的传统，只要主动割地，哪怕是天大的仇恨都能化解。可目下这个芈槐，竟然连三百里故土粮仓都不要，而只要张仪，还真是没有个好办法对付。看张仪一直没有说话，秦惠王心中一动，笑道：“再议议看，除了丞相不能入楚这一条，甚办法都可商量。”

“我有黑冰台，派刺客，杀了这个抽风芈槐！”甘茂眼睛突然一亮。

樗里疾摇摇头：“还是丞相设法稳住中原五国，由上将军准备对楚国决战。”

司马错道：“只有举国发动，再征发至少十万壮丁成军，臣力保不败。”

秦惠王拍案一叹：“看来，秦国到了一个真正的危急关口。也罢，举国一战，与山东六国鱼死网破！”一言落点，殿中气氛顿时凝重起来。

秦惠王对张仪无疑。大国还是要有大国的风范，秦惠王面子上有点过不去。一朝天子一朝臣，到了武王时代，张仪在秦国的好日子就到头了。

“君上。”张仪悠然一笑，“臣去楚国。”

三位大臣惊愕地看着张仪。秦惠王不悦道：“丞相哪里话来？堂堂大秦，岂能拿自己的丞相迁就仇敌？丞相无须如此，本王自有定见。”

“君上，列位，张仪在燕国得报，便已开始谋划，并非轻率，且容臣一言。”

“嘿嘿，听听也好，丞相大才，化腐朽为神奇也未可知。”

“君上，列位。”张仪侃侃道，“一国之君，将邦国衰落记恨于外国大臣，又置邦国大利于不顾，而一味索要仇家，此种疯癫只意味着这个君主的昏乱无智。昏乱思虑总是不稳定也，容易改变也。屈原、黄歇皆清醒权臣，他等听任楚怀王要张仪而不要房陵，只能说明：一则，这不是君臣共商的国策，而只是楚怀王的一己昏乱；二则，芈槐与屈原黄歇一班新锐并不同心，君臣猜忌依然存在，屈黄无法劝阻，只能利用芈槐的仇恨，先夺回失去的权力；三则，黄歇北上燕国求助苏秦，意在请苏秦南下，真正扭转芈槐；而苏秦一旦南下，芈槐真正死心抗秦，则君臣同心，秦国将很难扭转。唯其如此，目下扭转楚国，正是唯一时机。若得如此，非张仪莫属。张仪不入楚，秦楚化解无从入手。君上、列位以为然否？”

楚怀王被写成了一朵“奇葩”，是不是要怪屈原呢？

分析得头头是道。

殿中一时沉默。张仪的剖析句句在理，可要张仪孤身赴楚，毕竟是谁也不愿意的。

甘茂打破沉默道：“丞相说得在理，然则丞相身系秦国安危，岂能如此冒险？甘茂愿代丞相赴楚，扭转危局。”

“嘿嘿嘿，不是黑肥子小瞧，你那两下子不成。”樗里疾笑道，“此事要做，还真得丞相亲自出马。丞相是块大石头，一石入水千层浪，能激活死局。他人，嘿嘿，谁都不行。”

司马错道：“臣可率精兵十万，开出武关，使楚国有所顾忌。”

“列位无须为我担心。”张仪笑道，“自来邦交如战场，大局可行便当行，不担几分风险，焉得成事？臣望君上莫再犹豫。”

张仪的台词设计得很好。

“好。”秦惠王拍案，“丞相入楚，嬴华负护卫全责；司马错率大军前出武关，威慑楚国；甘茂东行，稳住齐国，勿使楚齐结盟；樗里疾坐镇函谷关，秘密封锁楚燕通道，延迟苏秦南下，并策应各方。”

“臣等遵命！”

会商结束，四位大臣立即各自行动。秦惠王又与张仪密谈了整整一个时辰，张仪方才回到丞相府，召来嬴华绯云吩咐一阵，两人立即分头准备去了。次日清晨，张仪的特使马队驶出了咸阳东门，马不停蹄地出了函谷关，轺车辚辚，昼夜兼程，直向楚国大道而来。张仪谋划的是：一定要在苏秦南下楚国之前，先大体稳住楚国，而后再图周旋。

战国时期，整日为争斗而耍尽手段用尽心机，对国民性其实也是一种伤害。后人整日钩心斗角，谁能说跟老祖宗没有关系呢？

二　苏秦别情下楚国

春申君犯难了，子之也大皱眉头。

急如星火的北上，为的就是要尽快请苏秦南下，这是屈原与春申君的共同想法。只有苏秦能够扭转楚怀王这种朝三暮四的反复，也只有苏秦，能够化解张仪那智计百出的斡旋手段。没有苏秦，楚国的抗秦势力很难稳定地占据上风。可来到蓟城两日了，却连苏秦的面也没见上。子之大是着急，他很希望苏秦出山南下楚国，促使楚国与秦国强硬对抗，只要秦楚对抗一形成，他在燕国才有大展身手的机会。可自从张仪入燕，苏秦就离开了蓟城，原本说好的旬日便回，可到如今已经是两旬过了，苏秦竟然还没有回来。子之大是困惑，以苏秦的诚信稳健，断不会无端食言，定是有甚隐情。百思无计，子之只好陪着春申君来找刚刚成为自己新婚妹夫的苏代。两人对苏代说了半个时辰，苏代终于答应带春申君去找苏秦了。

屈原是拿楚怀王没有办法的。

燕山无名谷正是鸟语花香的时节，苏秦与燕姬也实实在在地过得逍遥惬意。日间放马，追捕一两头野羊。傍晚时点起篝火，烤羊饮酒恣意畅谈。月上中天，或在草地小帐篷露营，或在半山石洞中安歇，往往是日上东山，两人依然高卧不起。

“唯愿两人，永远做这般神仙。”燕姬快活极了。

“心下不清净，隐士也不好做。”苏秦却显得神情恍惚。

“季子啊，当日拿得起，今日也要放得下。”燕姬知道苏秦心事，殷殷笑道，“你首倡合纵，为六国自救找到了一条大道。可六国不自强，上天也救不了。败根不除，纵有十个苏秦，又能如何？”

苏秦一声叹息：“我还是想试试，这败根究竟能否得除？”

“季子又要出新了？说说。”

“扶持强臣当政，刷新吏治，造就新邦。”

“季子，有这种强臣么？”

“北有子之，南有屈原。”

燕姬拨弄着篝火久久沉默，眼中慢慢溢出晶莹的泪花：“季子啊，我熟知燕国，子之是个凶险人物，靠不住。”

“子之过分张扬，但毕竟是个实力干才，他能扫除燕国陈腐，教燕国新生。”

子之要取而代之。

“季子。”燕姬声音发颤，“莫非你想与子之联手宫变？”

“田氏代齐，魏赵韩代晋，都催生了新兴战国。”

“季子莫得糊涂。”燕姬很是着急，“此一时彼一时，齐国田氏取代姜氏，积累了一百多年。魏赵韩分晋，积累了两百多年。子之没有根基，只是燕国一个小部族，只有几万军马，纵然当国执政，也只能将燕国搅乱，使燕国更弱更穷，如何能使燕国新生？你要三思而后行。”

"依你之见,苏秦只能无所作为?"

"季子,为名士者当知进退。合纵之败,不在君无才,而在六国衰朽。连横之胜,不在张仪之才,而在秦国新生啊。"燕姬轻轻叹息一声,"合纵大成之日,你身佩六国相印,已经是功成名就了。联军攻秦,你更走到了名士功业的顶峰。天不灭秦,秦不当灭,你苏秦又能如何?难道没有纵横天下的显赫,苏秦就不会做人了么?"

"燕姬,我也想隐居遨游,可总是心有不甘。若大胜一次,我会毫无牵挂地回到你身边。没有一次像样的胜利,立而无功,此生何堪?"

"季子,明智者适可而止。燕姬不如你这般雄才,可燕姬知道,功业罢了还有人生。你如此执拗求成,可是如何罢手?"

欲望无止境。江山的吸引力更大。

"燕姬,教我好好想想……"

写景极为简洁。

谷风习习,山月幽幽,俩人对着篝火,一时默默无言。

朦朦胧胧中太阳已经在山头了,燕姬跳起来嚷道:"呀,好太阳!走,到山外转转去。"苏秦霍然站起,看明媚日光洒满山谷,也顿时振奋起来:"好!出山看看。"两人到山溪边梳洗一番,收拾好帐篷,从山洞马厩里牵出马来。

突然,谷口隐隐传来急促的马蹄声。

"上山!"燕姬迅速将马拉进山洞,两人立即登上了山腰一片小树林。这片树林外,有一座象鼻般伸出去的岩石,站在上面,谷口情形一览无余。上得岩石一望,燕姬愣怔着只顾端详。苏秦目力弱,只看见谷口影影绰绰几个人马影子,又见燕姬愣神,连忙问:"来人可疑么?"燕姬道:"头前年轻人,身形与你相近,另外那个人,黄衫高冠,很眼生。看来,不是燕王找我。"苏秦道:"定是苏代有急事。走!下去。"

谷口两骑已经走马入谷,左右张望,黄衫高冠者喊道:

“噢呀武安君，你在哪里了——”

“春申君——我来了——”

春申君闻声下马，跑过来抱住了苏秦：“噢呀呀武安君，你做神仙，想煞黄歇了！”

苏秦大笑道：“一样一样！哎，你黄歇飞到燕山，总不是逃难了？”

“噢呀呀哪里话？好事。大大的好事了！”

“好事？”苏秦一副揶揄的笑容，“楚国能有好事？”

“噢呀呀，我可是又饥又渴，你这神仙洞府难找了。”

“来来来，坐到溪边去。三弟，到那个山洞去拿。”苏秦兴奋地将春申君拉到山溪边大石上坐下，“先说事，少不了你酒肉！”

“噢呀呀，还是武安君了！屈原还怕你没得热气了。”春申君将光光的大石头拍得啪啪直响，“给你说：楚王决意抗秦复仇！昭雎父子一干老对头，都做缩头龟了！”

“呵呵，太阳从西边出来了？”苏秦反倒淡漠下来，“楚王是要找张仪复仇而已。”

“噢呀，洞若观火了。”春申君急迫道，“老实说了，楚王觉得合纵兵败是奇耻大辱，发誓复仇；秦国愿归还房陵三百里，请求修好；楚王拍案大怒，说不要房陵，只要张仪！并立即恢复了屈原的大司马兵权，又立即派我联络齐国共同起兵。你说，向张仪复仇，向秦国复仇，这有何区别？”

“千里北上，是屈原的主张？”

“也是楚王之命了。”春申君红着脸辩解道，“屈原上书楚王，主张请武安君出面斡旋齐楚，楚王赞同，黄歇便星夜北上了。”

“明白了。”苏秦笑道，“你老兄先吃酒肉，容我揣摩揣摩。”

“噢呀，你就揣摩了。苏代，来，先吃饱喝足再说。”春申君向苏代一招手，两人狼吞虎咽起来。

苏秦径自过了山溪，顺着山林小道走进了那座隐秘的山洞。他知道燕姬的心思，但也想教她听听春申君带来的新消息，说说自己该如何应对。可山洞里静悄悄的，外洞里洞都没有那个熟悉的身影。猛然，苏秦看见铜镜中有一方物事。一回身，长大的石案上果然有一张羊皮纸，拿起一看，墨迹竟还没有干：

君经坎坷，心志不泯。燕姬无意奋争。君可自去，毋得牵挂。

颓然跌坐在石案上，苏秦一时心乱如麻。愣怔半日，长叹一声，苏秦将那方羊皮纸折叠好仔细装进贴身皮袋里，环视洞中物事，一阵酸楚难耐，咬牙举步间却又猛然醒悟，回头提笔，在洞壁上大书两行，"当"地丢下大笔，大步出了山洞。

苏代迎上来低声道："这是二哥的衣物，还有这把剑。"

"你看见她了？"

"没有，东西放在酒窖边上。"

春申君脸上露出罕见的庄重，向着山洞方向深深三躬，高声喊道："燕姬夫人，深情大义，楚国恩人了——"悠长的声音在山谷久久回荡着。

苏秦长叹一声，接过包袱短剑："不说了，走。"

三骑飞出谷口，却闻身后一阵长长的骏马嘶鸣。三人回头，只见一骑红马正立在谷口山头，马上一人举着一方红巾遥遥晃动着。苏秦立马，双眼顿时一片蒙眬，嘶声高喊："燕姬——等我——"头也不回地飞马去了。

日暮时分，三人到了蓟城郊野。苏秦将苏代叫到一边低声叮嘱了一阵，苏代便回蓟城去了。春申君笑道："噢呀武安君，你还是回蓟城见见子之，我在军营等你一晚了。"苏秦断然道："不用。我等得连夜南下，还得走齐国一路。"春申君惊讶道："噢呀，你还想在这时候策动齐国？"苏秦笑道："策动齐国，那要回头再说，这是借道齐国。"春申君更是不明所以了："噢呀呀，这不是舍近求远么？多三日路程了。"苏秦低声笑道："似慢实快。你不觉得，有人会截杀阻道么？"春申君恍然大笑："噢呀，黄歇蒙了。对！就走齐国了。"

对手太强大，不得不防。

月亮初升，春申君带来的两百护卫骑士立即拔营。苏秦与春申君也弃车乘马，这支没有任何旗号的马队直插东南，沿着大海边人烟稀少的地带向齐国飞去。

此节写插曲，红颜知己劝不住其入世心，写出苏秦性格的复杂。自古及今，没有多少人是真正要做隐者的。

三 明暗双管 张仪巧解第一难

三更时分，郢都长街已经断了行人车马，连往昔的夜市灯火也没有了。

秦楚结仇，眼看就要打仗，郢都人心惶惶。天一黑民人商旅便窝在家里不出来了。加之中原各国兵败后纷纷封锁国界，进入楚国的客商大大减少，惯于夜间逍遥的官府吏员们，也因了朝局紧张，不敢轻易拜客走动了。不到半年时光，郢都前所未有地萧条了。

静夜长街上，却有一辆四面严实的紫篷车辚辚走马，驶到了一座显赫府邸的偏门前。身着紫色长衫的驭手下车，上前拍了三下门，一重两轻。木门开了一条缝，一颗雪白的头颅伸了出来，紫衫驭手低声说了几句，旁边的车马门无声地拉开了。篷车轻快地驶了进去，高大的车马门又无声地关闭了。

昭雎已经蜗居几个月了，由头是"老疾发作，卧榻不起"。每日梳洗之后，他都在这片两三亩地大的水池边漫步，常常是月上中天了，还在悠悠地走着。当初六国合兵，他力荐子兰为上将军统兵，是认为秦国根本不可能战胜四十八万六国联军，只要联军一战获胜，他就会摆脱张仪的挟制，重新成为楚国举足轻重的权臣。那时候，清除屈原黄歇一班新锐，是不用费力气的，掌控平庸无能的芈槐更是易如反掌。几个回合，昭雎便可成为楚国的摄政王，过得十数年，昭氏取代芈氏而成为楚国王族，几乎是无可置疑的。谁想一战大败，大势立刻逆转。子兰成了败军之将，按照楚国历来的规矩：折兵五万者，大将必得处斩，举荐大将者，也得罢官除爵。

新老之间，总有一斗。观念使然，权力使然。

楚王怒骂不休,朝野一片复仇之声,屈原黄歇一班变法派更是甚嚣尘上,要"杀子兰,除昭雎,以谢天下"。若不是昭氏树大根深,联结郑袖软化楚王,又忍痛将昭氏封地二百里秘密割让给王族,并答应不问朝政,这场大灾大难实在是难以躲过的。痛定思痛,全部错失都在于一点:低估了秦国。要不是低估秦国,当初则可以反对出兵,或者称病不言,如今岂不是顺理成章地清除了这班新派政敌?正因为低估了秦国,自己人挂帅,才使政敌死灰复燃,而且使昭氏陷入了泥潭……

"禀报令尹:西方密使求见。"

昭雎一激灵,又迅速平静下来:"领入竹林茅屋,四面巡查,不许一人靠近。"

"是了。"家老转身快步去了。

片刻之后,两个紫衫客被家老领到了池边竹林的茅屋之中——月光幽幽,一头霜雪的昭雎拄着一支竹杖坐在廊下,仿佛世外仙人。

"参见老令尹。"为首紫衫客深深一躬。见昭雎没有作声,紫衫客道,"本使乃秦国公子嬴华,职任行人,奉我王与丞相之命,特来拜会老令尹。"

昭雎心中一动,此人曾与子兰比剑,他如何不记得?只是他无论如何想不到,此人竟是秦国王族公子,且任行人之职。身为密使,公开本来身份,这是罕见的,看来秦国一定有大事相求了。他淡淡笑道:"老夫识得公子,有话便说。"

君臣不同心,敌方就可乘虚而入。苏秦有意力挽狂澜,可惜秦国动作太快。

"秦王口书:我丞相入楚,敢请老令尹关照,后当重报。"

"如何?张仪要来楚国?"昭雎大是惊讶,苍老的声音颤抖了。

"正是,三日后便到郢都。"

昭雎突然冷笑:"张仪自投罗网,老夫爱莫能助。"

“老令尹，昭氏部族岌岌可危，没有秦国援手，只怕灭顶就在眼前。”

“公子危言耸听了。”昭雎淡淡冷笑，“昭氏六世兴盛，目下小挫也已平安度过，何来灭顶之灾？又何须他人援手？”

“故作强横，两无益处。”嬴华笑道，“老令尹该当明白，苏秦不日南下，便是昭氏大难临头之时。若无张仪抗衡苏秦，楚国朝局只怕要颠倒乾坤了。”

“老夫倒想听听，秦王如何报我？”

“一年之内，老令尹在楚国摄政。”

昭雎大笑：“秦王以为，他是楚王？”

“秦王固非楚王，可更能决定昭氏部族之生死存亡。”

“老夫愿闻秦王手段。”

“归还房陵三百里，与楚国罢兵，与屈原黄歇新派修好；内外夹击，促使楚王连根斩除楚国老世族。老令尹以为如何？”

昭雎长叹一声：“老夫心意，只是不想受人挟制而已。”

“两相结盟，两相得益，谈何挟制？老令尹多虑了。”

昭雎颤巍巍站了起来：“好了。老夫尽力而为，只是公子还得辛苦了。”

“但凭老令尹吩咐。”

昭雎低声说了一阵，嬴华连连点头。

次日暮色时分，郢都水门即将关闭。一叶小舟飘了过来，出示了中大夫靳尚的送物令牌，悠悠出了水门，飘进了一片汪洋。小舟在汪洋中飘荡了整整一个时辰，直到月上东山，才掉转船头向云梦泽北岸飞快地驶来。看看将近岸边的大石码头，船舱中走出了一个白衣人，从容地在船头临风而立，月光下分外潇洒。

“好个美小哥！靳尚有礼了。”岸上一人高冠带剑，笑语颇显轻薄。

轻薄小人。误国。

“靳尚,我给你的物事如何?”白衣人很矜持。

“小哥有心人,那物事太金贵了,靳尚受宠若惊。”

“那还聒噪个甚?走。”

“小哥慢行,还有两句话说。”靳尚笑得甜腻腻的,“不瞒小哥,自小哥上次随张仪来过后,王妃念叨不休,想教小哥与靳尚一道,做王妃贴身侍卫,也做中大夫,比做张仪仆从可是风光多了。王妃还说,小哥要不满意,尽管开价。”

“还有么?”白衣人眼中闪出一道凌厉的光芒。

靳尚不由自主地一颤:“大,大体如此,小哥意下如何?”

“不劳你操心,我自会对王妃说。走。”

“好好好,随我来,小哥走好。”靳尚边走边殷勤唠叨,“小哥,王妃有王子了,更美了,水灵白嫩得仙女一般,真是口好菜呢,你小哥比我靳尚可是福气了。”

白衣人猛然站定,森森目光盯住了这个俊秀聪灵的中大夫:“靳尚,你好好给我办事,我便成全你这口福,本公子没有趣味。否则,我教楚王活剐了你。”

靳尚浑身一激灵:“是是是,小人明白!公子?你,你不是张仪仆人么?”

“休得聒噪!头前领道。”

刹那之间,靳尚的轻薄无影无踪,温顺得像一头绵羊,颠颠儿地领路向前,到得山前明亮的庭院廊下,靳尚轻柔地颠着小步进去禀报了。

“毋晓得贵人来了,快快进来。”片刻间厅中传来惊喜柔昵的笑语,一个婀娜身影轻盈地迎了出来。“在下参见王妃。”白衣人深深一躬。郑袖笑吟吟扶住道:“好小哥晓得无?你可是我的贵人也。上次一来,我就有了王子,大王整日说要重谢小哥。来,进来了。”

进得舒适幽雅的厅中,侍女轻柔利落地将茶捧了上来。白衣人坐在了郑袖对面,一个捧匣黑衣人肃然立在身后。靳尚也笑吟吟地站在郑袖座后,眼睛却不时地四处打量。郑袖瞄着白衣人笑道:“晓得无?震泽东山茶[1],碧绿清香,秦国没有的了。”

“天下有名的吴茶,在下多谢王妃盛情。”

“晓得就好,我是从来不给人上茶的了。”郑袖眼中突然生出了一种奇异的光芒,“小

---

① 震泽东山茶,太湖东洞庭山岛上所产的碧螺春茶。

哥，到楚国如何？我保你做大官了。”

美男计啊。

白衣人目光一闪，一阵朗声大笑：“不瞒王妃，在下乃是秦国公子嬴华。身为王族，官居行人，身不由己也。”

奇怪的是郑袖并没有丝毫的难堪，反倒一脸惊喜：“真毋晓得呢！也是，等闲人哪有这般气象？不管你是谁，我都看着顺眼，只是有点儿可惜了。”

“王妃，有朝一日嬴华在秦国失势，定来楚国。”

“晓得了！秦国还是靠不住了，你看，我在楚国便不会失势。”

“王妃差矣！嬴华此来，正是奉丞相差遣，要给王妃密报一个消息。”

“张仪么？晓得了，说也。”

嬴华正色道：“秦国想与楚国修好罢兵，提出归还楚国房陵三百里，可楚王不要房陵，只要张仪。秦王如何肯教自己的丞相送死？于是，秦王秘密遴选了二十名美女，其中有十名绝色胡女，要送给楚王。交换条件是，楚王不再记恨张仪。丞相念及与王妃素有渊源，便差我密报王妃留意。秦胡美女入楚，王妃岂能安宁？”

郑袖灿烂的面容顿时暗淡下来：“秦胡女上路了么？”

嬴华掐着指头一阵默算：“三日后上路。”

“晓得了。楚王主意若变，秦王能否取消秦胡女入楚？张仪敢不敢来楚国结盟？”

郑袖最忌讳美女跟她在楚怀王面前争宠。

“丞相已经到了函谷关，随时准备入楚。”

郑袖叹息了一声：“晓得了，张仪好人呢。”

“丞相送给王妃两样礼物，呈上来。”嬴华接过一只精美的铜匣打开，“这是一方蓝田玉枕，妙在两端嫣红，中间碧绿，夜间别有光彩。”又拿起一个形制粗朴的陶瓶，“这是给楚王的强身胡药，王妃定能多子多福。”

嬴华以未嫁之身，送此暧昧之物，作者写得太不拘了。

郑袖淡淡一笑，抚摩着蓝田玉枕爱不释手，不防却突然转身，“哗啦”一声将那只陶瓶摔碎在地。靳尚连忙碎步跑了过来，趴在地上捡拾碎片与药丸。郑袖咯咯咯一阵长笑，点着靳尚的额头道：“靳尚啊，晓得无？日后这药丸就是你的了！”

三日后，张仪的特使车马大张旗鼓地进入了楚国。

一过淮水，“秦国特使”与“丞相张仪”两面大旗引来沿路楚人争相围观，都想看看这个上门送死的秦国丞相是何等模样。张仪从容端坐在六尺伞盖之下，任人指点笑骂，却是泰然自若。马队仪仗也毫无表情地行进着，对道边动静似乎全然丧失了知觉。堪堪行进到距离郢都百余里的人烟稀少处，却见迎面烟尘大起，一支骑队飞驰而来。张仪脚下轻轻一跺，车马仪仗停在了道边一片树林旁。

看来张仪才是最懂得楚怀王的人。

来骑渐行渐近，正是嬴华率领的“商社”骑士。张仪车马一出函谷关，嬴华便率黑冰台两名得力干员飞骑先行了。到达郢都的当晚，嬴华立即点出了多年囤积在商社以备急用的各种奇珍异宝，派出了商社一班“老商”，携带各色贵重礼品登门造访楚国重臣，探察动静；而后又亲自造访了昭雎与郑袖两处要害，两件事办妥，正好得到张仪将到淮水的密报，带领“商社”骑队飞马迎来。

有“糖衣炮弹”则有备无患。

张仪与嬴华在树林中密谈了一个时辰，诸事议妥，军士战马也就食完毕，立即启程向郢都进发。一路不疾不徐，恰恰在暮色时分赶到了郢都北门外。此时楚国王宫所有的官署都已经关闭，城门守军与一应留值吏员，也都是按照惯例放行禁止。秦国特使入楚本是大事，在寻常白日，当急报令尹府或国王定夺后，方可按照礼仪迎接入城。张仪车队仪仗突然而来，城门将领军士与国人一样，也风闻了楚王要杀张仪复仇，虽然对秦人侧目而视，但未奉王令，谁敢对这个虎狼大国的特使无礼？

“放行——”北门将军终于可着嗓子喊了一声。

按照天下通例，五百马队在城外扎营，张仪只带领二十名护卫剑士并几名吏员进了郢都。驿馆丞见是秦国特使，不敢怠慢，立即安排到最宽敞的一座庭院。嬴华的“商社”多年来已经将驿馆上下吏员买得通熟，一班人马刚刚住下，饭食茶水立即送到了各个房间。嬴华唤来驿丞吩咐：“自明日起，此院自己起炊。对外不要泄漏，我自会重谢你等。”驿丞连连答应着颠颠儿去了。诸事安排妥当，张仪酣然大睡。绯云说嬴华劳累，坚持教她歇息，自己却不敢大意，坚持在张仪寝室外值夜守护，直到东方大亮。

清晨卯时，楚怀王被内侍从睡梦中唤醒，大是不悦道：“又不早朝，聒噪何来？滚了！”

这个时辰就该早朝了。

这个时候，没杀人已经算好了。

内侍惶恐道：“禀报我王：秦国张仪宫外请见。”

楚怀王一骨碌翻身坐起道：“如何如何？张仪来了？何时来的？”

内侍低声道：“方才听说，昨夜入城。”

“好个不怕死的张仪！”楚怀王立即站起，“更衣！”

楚怀王也就叫嚣几声，想不到张仪真来了。

可是等穿戴整齐，楚怀王却犹豫了。自从坚持向秦国要张仪以来，他一心等待秦王交出张仪，一心督促屈原厉兵秣马，督促春申君策动齐国，已经多日不举行朝会了。卯时早朝的规矩，也早在他即位后不久取消了。黎明清晨，对于他是最宝贵的时光，与光鲜白嫩的郑袖折腾一夜，那几个时辰可是酣睡正香的时刻。可郑袖这几日却带着小王子去了别宫，楚怀王耐不得寂寞，昨夜将两个侍寝侍女赏玩了大半宿，此时站起来还觉得晕乎乎的。但楚怀王的犹豫却不在此，而

有了郑袖，楚怀王酒色之徒的形象是无法洗清的了。

是确实没料到张仪竟然敢来，更没有想过，张仪来了如何个杀法。他只有一个心思：张仪绝不敢来，他一定要揪住秦王要张仪！而今张仪突然来到了面前，立即杀么？好像不太对。要杀张仪，总得有个隆重的复仇仪式，至少须得全体大臣到场，祭拜天地宗庙而后杀了张仪。非如此，何有王者威仪？何以重振楚国雄风？可目下，屈原在外练兵，黄歇在外斡旋齐国，昭睢一班老臣又一直卧病不起，骤然早朝，来的也只能是些小官小吏，悄悄杀个张仪，岂不大折了威风？

称病不出。

这一段心理描写写得好。本来是虚张声势，张仪真来了，楚怀王一时半刻还真不知道给个什么反应好。楚怀王这副德行，为小说增添了趣味。

“传令宫门将，着张仪单独入宫，在东偏殿等候。”楚怀王终于拿定了主意。

内侍急忙出宫，对宫门大将低声说了几句。宫门大将昂昂走到张仪轺车前道：“楚王有令：张仪单独入宫——”

嬴华一阵紧张，正要上前理论。张仪却在车上咳嗽了一声，随即从容下车，对嬴华低声道：“沉住气，按既定谋划行事。”大袖一摆，随内侍去了。

东偏殿冷冷清清，既无侍女上茶，又无礼仪官陪伴，只有殿外甲士的长矛大戟森森然游动着。张仪自顾踱着步子，观赏着窗外的竹林池水。

“好好看了，看不了几天了。”楚怀王冷笑着走了进来，一队甲士立即守在了殿门。

“秦国丞相特使张仪，参见楚王。”

“张仪，你知罪么？”

“敢问楚王，张仪何罪之有？”

“你！张仪！”楚怀王将王案拍得啪啪响，“骗我土地，折我大军，害我君臣失和！竟敢说无罪？好大胆子你！”

骂得也没错。可惜总是当断不断，错失无数良机。

“楚王容臣一言。”张仪微微一笑道，“先说许地未果：春秋以来四百年，大凡割地皆须国君定夺。张仪与楚王协约，原为修好结盟，不意秦国王族激烈反对割地，秦王与张仪亦不能强为。但是，大秦与大楚修好之意终未有变，是张仪力主，这才有归还房陵三百里粮仓之举。奈何楚王不解张仪苦心，反而仇恨张仪，委实令张仪不解。另外两罪，张仪不说，楚王也当知晓是佞臣虚妄之言。其一，是六国联军进攻秦国，而不是秦国进攻六国；六国兵败，归罪于张仪，岂非贻笑天下？其二，张仪使楚，全为两国结好。是否结好，当在楚王与大臣决断。若因此而君臣失和，只能说有权臣与楚王国策相左，恶意诿罪于张仪而已。楚王若信以为真，张仪也无可奈何。臣言当否，楚王明察。"

把责任推得干干净净。张仪实戏弄楚怀王于股掌之间。据《史记》，张仪欺楚王的记录最多。未知是否与张仪在楚国曾受奇耻大辱有关。

楚怀王没有办法反驳。

楚怀王嘴角抽搐，脸色青一阵白一阵，突然拍案喝道："来人！将张仪打入死牢！"说罢转身便走，一个趔趄差点儿绊倒在门槛上。出得东偏殿在湖边转悠了许久，他才平静下来，却又感到心中一片茫然。

恼羞成怒啊。

"禀报我王：大司马屈原紧急求见。"

"屈原？教他进来。"

楚怀王对屈原爱也不是，恨也不是。两人之间，总有点什么不对。

片刻之间，屈原匆匆来了，一身风尘一头大汗："臣，参见我王。"

屈原欲让楚王杀了张仪，可惜楚王三心二意，终于放走了张仪。

"屈原，你不是说一两个月都回不来了？"

"臣闻张仪入楚，心急如焚，兼程赶回。"

"急得何来？怕本王处置不了张仪？"

屈原急迫道："臣启我王：张仪乃凶险之徒，实为天下公害，宜尽速斩决！臣怕有人为张仪暗中周旋，贻误大事，是以心急如焚。"楚怀王心中一动，笑道："屈原啊，张仪入楚，本王也是刚刚知晓，你如何早早知晓？还有时间赶回郢都了？"屈原道："张仪大张旗鼓入楚，沿途村野皆知，巡骑斥候在边界亲眼所见，前日便飞报军中。我王如何今日方才知晓？臣以为，此中大有蹊跷。"楚怀王不耐烦地摆摆手："好了好了，动辄'大有蹊跷'，教本王如何理国当政？"

作者打乱了事情发生的顺序。屈原谏楚王乃秦军大破楚军之后的事。秦楚堪称冤家，交手次数多不胜数，和好次数也不计其数。秦军在丹（水）、淅（水）大破楚军之后，“明年，秦割汉中地与楚以和。楚王曰：‘不愿得地，愿得张仪而甘心焉。’张仪闻，乃曰：‘以一仪而当汉中地，臣请往如楚。’如楚，又因厚币用事者臣靳尚，而设诡辩于怀王之宠姬郑袖。怀王竟听郑袖，复释去张仪。是时屈平既疏，不复在位，使于齐，顾反，谏怀王曰：‘何不杀张仪？’怀王悔，追张仪不及。”（《史记·屈原贾生列传》）楚怀王的缺点是受不得气，意气用事。张仪若曲意奉承，楚怀王就会随时改变要杀他的心。

屈原沉重地喘息着：“臣请我王，立即斩决张仪！”

“立即斩决？”楚怀王一脸嘲讽，“屈原啊，你与春申君如何总是急吼吼毛头小儿一般？大国杀敌国大臣，总得有个章法，至少得教张仪无话可说，是了？”

“楚王也！”屈原愤激得满脸通红，“张仪天生妖邪，言伪而辩，心逆而险，若教此人施展口舌，大奸也会变做大忠。我王宽厚，其时被张仪巧言令色所惑，必致后患无穷。为今之计，我王当效法孔子诛少正卯，不见其人，不行仪典，立行斩决！屈原自请，做行刑大臣，手刃张仪！”

“好了好了，晓得了。”楚怀王很是不耐，“大司马回去了，容本王想想再说了。”说完一摆大袖，径自去了。屈原愣怔半日，长叹一声，颓然跌倒在草地上。

回到后宫，楚怀王心绪不宁，又烦躁起来。本来拿定的主意，被屈原一通气昂昂的搅扰，又乱得没了方寸。想想屈原说的话，对秦国对张仪的新仇旧恨又翻滚起来，也是，立即杀了张仪，芈槐便是敢作敢为的君主，一定大快人心，举国同仇敌忾，安知不是振兴楚国的大好时机？

“禀报我王：王后回宫了。”一个侍女轻轻走来低声禀报。

“啊？”楚怀王一阵惊喜，“几时回宫了？”

“我王登殿时王后回宫。王后病了，卧榻不起。”

侍女还没有说完，楚怀王已大步流星地走了。郑袖只走得几日，他立时觉得没了那股舒坦劲儿，整个后宫似乎都变得冷冷清清，国王的尊荣奢华似乎也都索然无味了，夜来睡不好，白日食不安，心头时时涌动的那股烦躁，竟怎么也消解不了。说到底，这个女人对他是太重要了，不但使他快乐无边，还给他生了唯一的一个王子。说也奇怪，郑袖从来不阻止芈槐与其他“宜于生子”的嫔妃侍女寻欢取乐，有时还哄着他纵容他去尝鲜。可所有侍寝的嫔妃侍女，竟然都没有生出一个子女来。芈槐也就越发认定，郑袖是上天赐给他的女宝，没有郑袖，他就不是一个真正的男人。郑袖病了，不是要他的命么？

这恐怕跟郑袖的手段有关。

寝宫里帐幔低垂，虽是白日，却依旧点着雪白的纱灯，艳丽舒适得令人心醉，一身绿纱长裙的郑袖侧卧假寐着，婀娜曲线在朦胧的纱帐中更显迷人。突然，一阵沉重急促的脚步声传来，郑袖立即嘤嘤抽泣起来。

后宫的力量，不可小视。郑袖之心计，不输男子。欲擒故纵，是郑袖的惯用伎俩。

"郑袖啊，你病了么？快来，我看看！"楚怀王疾步冲了进来，走到卧榻边撩开纱帐抱起了郑袖。可一向驯顺的女人却挣开了他的怀抱，大声地哭了起来。

楚怀王当真是手忙脚乱了："哪里疼？快，快叫太医！"

"不要哦！心疼……"郑袖趴在大枕上伤心地哭泣着。

"哎呀，我的王后，你就好好说话，如此哭法，急煞我了！"

郑袖抹着泪花从榻上坐了起来，点着楚怀王额头道："晓得你威风哦！不想要我们母子了，是也不是？"楚怀王急得一头雾水道："哎呀这是哪里话？倒是说个明白了！"郑袖圆睁双眼道："晓得你有本事哦，打仗打不赢，便要杀张仪！秦国丞相那么好杀哦？晓得无，人家在武关外已经聚了三十万大军，就等着你杀了张仪，秦王好来趁机灭楚呢！要杀张仪你杀，我母子可不跟你做刀下冤魂了！明日清早，我母子到苍梧大山去哦……"说着说着，声泪俱下地一头栽倒在卧榻上了。

楚怀王连忙坐到榻边，拍着郑袖肩头又哄又劝。好容易郑袖不哭了，楚怀王轻声问："王后啊，你如何得知武关外屯了三十万大军？"

"老令尹说的哦，他族中有多少人在军中？晓得无你？"

“他为何不对我说?”

“你教老令尹闲居哦,人家敢报么? 你该问屈原哦,他是大司马,军情该他禀报! 他为何不报哦? 晓得无? 有鬼哦!”

楚怀王一下子蒙了。昭雎部族的军中子弟极多,所言断然不差。屈原是大司马总揽军务,应当知道武关外秦国屯军,也是明白不过的。可屈原刚刚见过他,为何就不禀报如此重大的军情? 猛然一惊,他出了一身冷汗,急急地踱着步子搓着手:“是了是了! 他要我立斩张仪,逼秦国大举攻楚! 好……好……”对屈原的图谋,他却怎么也说不清楚。

郑袖接道:“好借机清除对手,独掌大权哦! 晓得无?”

楚怀王颓然跌坐在卧榻上,双手抱头脸色发青,一句话也说不出了。郑袖过来将他轻轻放倒在榻上,又盖上了一床锦被,轻步走到廊下对靳尚轻声道:“没事哦,去了。”靳尚机警地点点头,匆忙大步去了。郑袖又回到榻边,为楚怀王轻柔地宽衣解带,然后笑吟吟地偎到帐幔中去了。

枕头边的风,果然是妖风。

张仪被押入郢都死牢,嬴华第一个紧张,回到驿馆对绯云悄悄一说,绯云立即跳了起来,拉着嬴华要去救张仪。嬴华摁住绯云低声道:“他说了:若不出来,三日内不要轻举妄动。目下要紧的,是两桩事。”

“快说,哪两桩?”

“探察各方动静,买通牢中狱吏。”

果然是没有钱则万万不能。

“吔,姐姐分派,我能做甚?”

“我去商社坐镇,你去城外军营,若有不测,只有拼死冒险!”

绯云一阵酸楚,哽咽失声道:“大哥在楚国两次坐牢,苦了他……”

每一个才子身边,都有一个痴心的佳人。

嬴华揽住了绯云肩膀："绯云啊，丞相大哥说，邦交如战场。别哭了，记住，不能教吏员军士看出我等心绪不宁。"

"嗯，记住了。"绯云点点头，抹去了泪水，"姐姐，我这就去。"

绯云刚走，书吏便来禀报：有一蒙面客商求见。嬴华来到厅中，一看黄衫客商的身形便笑了："中大夫，直面相向吧。"客商揭去面纱，果然便是靳尚。他拱手笑道："公子啊，靳尚今日可是领赏来了。"嬴华道："是么？我听听，价值几何？"靳尚压低声音道："王后传话：没事哦。靳尚揣测，明日当有佳音。"嬴华矜持地笑道："也是，本来就没甚事。不过啊，念起中大夫辛苦，略表谢意。"说着从面前书案上拿起一个精致的棕色皮袋一摇，哗啷啷金币声清脆异常："这可是洛阳尚坊的天子金币，先拿着。"靳尚俊秀的脸庞溢满了甜腻的笑容，惊喜地跑过来接了钱袋道："多谢公子，明日的赏赐，公子也当准备好了。"嬴华笑道："中大夫也，喂不饱的一只狗了。不过，本公子有的是稀世奇珍，只要你撑不着。"靳尚依旧是甜腻地笑着："公子骂我，我也舒坦了，靳尚就喜欢美女人骂了。"嬴华脸色一变，冷冰冰道："靳尚，你要坏规矩么？"靳尚连忙躬身笑道："不敢不敢，在下告辞了。"戴上面纱一溜碎步出去了。

嬴华立即去了商社，派出干员到要害官署、府邸探察情势，又亲自出马秘密会见了郢都狱令。在一箱灿烂的金币珠宝面前，狱令信誓旦旦：只要张仪在牢狱一天，他都会待如上宾，绝无差错。到得晚上，各方汇聚消息，没有发现异常动静。只有探察大司马屈原府的人禀报：被买通的屈原府书吏说，屈原从王宫回府后恼怒异常，一面立即派飞骑北上，接应苏秦春申君，一面派军务司马南下军营了。嬴华仔细思忖，飞骑北上，一定是催促苏秦黄歇早日到达郢都，与屈原合力敦促楚王诛杀张仪；可飞骑南下军营，意图何在呢？交代军

靳尚误大事。小说中的靳尚阴阳怪气，但也有俊秀之容。在古代史籍里，男子一美，就有古怪——至少是成不了帝王忠臣的，典型的"以貌取人"。楚怀王一直未能处理好忠臣与宠臣的关系，留不住忠臣，以至于宠臣得势。高明的统治术，一定是忠奸制衡，谁也消灭不了谁，大局才能稳，忠臣独据朝廷，"水至清则无鱼"，奸臣得道，则暗无天日，需要有一个平衡。楚怀王本来已下定决心杀掉张仪，但靳尚从中周旋，张仪得以脱身。"仪私于靳尚，靳尚为请怀王曰：'拘张仪，秦王必怒。天下见楚无秦，必轻王矣。'又谓夫人郑袖曰：'秦王甚爱张仪，而王欲杀之，今将以上庸之地六县赂楚，以美人聘楚王，以宫中善歌者为之媵。楚王重地，秦女必贵，而夫人必斥矣。夫人不若言而出之。'郑袖卒言张仪于王而出之。仪出，怀王因善遇仪，仪因说楚王以叛从约而与秦合亲，约婚姻。"(《史记·楚世家》)由此可见郑袖确实能左右楚国政局。楚王无智，后宫难防。

务还是另有所图？嬴华一时想不清楚，下令严密监视屈原府，不惜重金，收买大司马府的枢要吏员。

四更时分，绯云秘密潜回商社，报告说城外骑士三百人已经化装进入郢都，分别以商队名目住在国狱周围的客栈里，另外二百名骑士也做好了接应准备，届时一举攻占北门。商议完毕已是五更鸡鸣，两人和衣睡去了。

“禀报公子：丞相要回来了！”

“在哪里？快说！”嬴华绯云一齐翻身坐了起来。

“楚王刚刚下令，中大夫靳尚奉命到国狱去了。”

“绯云快走，接他去！”嬴华一回头，绯云已经在门口笑了：“吔，说个甚？快走。”

靳尚和国狱令簇拥着张仪刚刚出得高墙，嬴华绯云带领的全副车马仪仗已经开到。张仪笑着向国狱令与靳尚一拱：“多谢两位，张仪告辞。”跳上轺车辚辚去了。

“丞相，我看还是回咸阳。”嬴华有些后怕，虽然一脸笑意，脸上却汗津津的。

“岂有此理！”张仪高声笑道，“盟约未结，楚国未安，如何走得？”

嬴华低声道：“苏屈黄即将合力，我怕再有危险。”

“我就是要等苏秦来，更要会会屈黄二位，与他等共弈天下！”张仪笑得神采飞扬。

四　点点渔火不同眠

屈原接到快马急报：苏秦与春申君已经过了琅邪，明晚将到郢都。并说两人本来要进临淄晋见齐王，并邀孟尝君一同入楚，一闻大司马急讯，便放弃入齐径直南下了。屈原大是振奋，立即着手秘密准备，要在苏秦黄歇到达郢都前将一切料理妥当。

此日掌灯时分，一支商旅打着齐国旗号进了北门。一名管家模样的护车骑士与守门将军小声嘀咕了几句，那辆遮盖严实的篷车未经查验便入城了。一进城，货车与护卫去了客栈，篷车却七拐八弯地到了大司马府门前，直接驶进了车马进入的偏门。

“武安君、春申君，一路辛苦了！”屈原笑着迎了出来。

“一别经年，屈子多有风尘之色也。”苏秦大是感慨，与屈原四手相握。

“噢呀，一个黑瘦了，一个白发了，一般辛苦了。走！先痛饮一番再说。”

三人进得厅中，三案酒菜已经摆好，屈原敬了两人洗尘酒，便酒中侃侃起来。春申君说了一番寻找苏秦的经过，苏秦说了一番燕国情势，屈原不断地询问着，自是一番感慨唏嘘。春申君笑道："噢呀屈兄，如何教我等这般神秘兮兮地回来？不想教楚王知道么？"屈原道："不是不想教楚王知道，是不想教张仪知道。""噢呀呀，张仪关在大牢里，他却如何知道？"屈原摇摇头一声沉重的叹息："楚王已经将张仪放了。"

屈原有敏感之心，但缺周旋之力。对时局看得清楚，但没有把握大局之才能。

"噢呀，那张仪不是跑了？放虎归山了！"

"张仪没走，还在郢都。"

"噢呀，这个张仪，好大胆子了！死里逃生还赖着不走？"

苏秦微微一笑："这便是张仪，使命未成，永不后退。"

这句是潜台词，还有下文。

"武安君，楚国已经到了生死存亡的十字路口了。"屈原叹息了一声，"楚王能放张仪，便能重新倒向老世族一边，向虎狼秦国乞和。果真如此，楚国真的要亡了。武安君你说，如何才能将楚王扭过来？"屈原很悲伤，双目却炯炯生光。

"苏秦一路想来，楚国的确危如累卵。"苏秦先撂下一句对大势的评判，又道，"楚王向无主见，容易被蛊惑，也容易意气用事。面对如此国君，不能操之过急。苏秦以为：一则，不要再逼楚王诛杀张仪，以免陷入无可回旋的僵局。二则，大司马应当离开郢都，暂时避开纵横漩涡，全力以赴地训练新军。十万新军一旦练成，楚国有了根基，必是另一番天地。三则，由我与春申君全力稳住楚王，至少不使楚王转向老旧势力。一旦楚王稳定，便可联齐联燕，再度恢复合纵。"

"噢呀，武安君言之有理了。这大王啊，是得磨上一段。否则他朝令夕改，变过来也是白变。"春申君一路与苏秦多有商讨，立即表示赞同。

屈原默然不语，良久一声叹息："武安君，一番大败，你变化很大了。"

苏秦明白屈原不无嘲讽，却只是淡淡一笑：“屈子啊，燕国子之使我想了许多。谁有实力，谁便有权力，往昔所以失败，都是我等没有实力。”

“所以，武安君主张屈原埋头训练新军？”

“看来，屈子很不以为然。”

“不是。”屈原霍然站了起来，“我有一个更简捷直接的办法，一举稳定楚国！”

“噢呀，那快说说了。”

屈原到廊下看了看远处戒备森严不断游动的甲士，关上门回身低声道：“秦国司马错亲率二十万大军，屯扎在武关之外，意在威慑楚国，保护张仪。我没有禀报楚王，呵，也是没来得及禀报。我的办法是：秘杀张仪，逼秦攻楚。只要楚国全力抗秦，楚国就有希望！”

“啊——”春申君惊讶得连那个“噢呀”话头都没有了，“这？这主意好么？”

“好！”屈原拍案道，“这正是武安君说的实力对策。不能永远与楚王只是说说说，要逼着他做。我有预感：楚王不久又要罢黜你我，错过这个机会，楚国就永远任人宰割了！”

春申君一时愣怔得无话，只是木呆呆地看着苏秦。苏秦脸上已经没有一丝笑容，淡漠得有些木然，见春申君盯着他，只默默地摇了摇头。屈原入座，微微一笑道：“苏子啊，同窗情谊，天下大局，还要权衡？”苏秦还是没有说话，却默默站了起来，拉开关上的大门，看了看四面游动的甲士，回身笑道：“屈子啊，看来你是早有定见了，能否容苏秦一言？”

“噢呀呀，这是哪里话？快说快说。”春申君素知屈原秉性，生怕他意气上心执拗起来，连忙先插出来圆场。屈原一笑道：“能说给苏子，还能听不得苏子一言？”

战国时期虽多欺诈，但还是尊重一定的游戏规则的。可以刺杀，但最好不要暗杀。

“无论对手是谁，都不当暗杀。”苏秦正色道，“自古以来，没有一个国家，靠暗杀战胜了敌国，更没有一个国家，靠暗杀稳定了自己。”苏秦喘息了一声，坐到了案前，“再说屈子，你杀得了张仪么？张仪此时入楚，秦王能将二十万大军开出武关，安知没有诸多防备？一旦杀不了，楚国大局将立即陷入混乱，后果不堪预料。屈子啊屈子，你可要三思也。”

苏秦舍不得杀张仪。

“噢呀屈兄，我看是得想想了。”

屈原思忖一阵，突然朗声大笑道：“好！武安君说得也对，原是心血来潮，不杀便不杀。不过苏子啊，你可不能说给张仪，给我种一个仇人了。”

“那是自然。”苏秦笑着点了点头。

这时屈府家老走进来禀报说：有个人送来一封密札，请交武安君。苏秦接过泥封竹筒，打开一看笑道：“啊，是张仪书信，约我明晚在云梦泽一聚。”

“噢呀，那如何去得？不能不能！”春申君连连摇头。

“春申君莫担心。”苏秦笑道，“鬼谷子一门，公私清白得很，情谊而已，不会有事。”

屈原道：“要不要派几个人，驾船护卫？”

“不用不用。”苏秦笑道，“一叶扁舟会同窗，足矣！”

三人一直说到四更天方才散去。苏秦连日奔波劳累，一觉睡到日上三竿方起，刚刚梳洗完毕，春申君匆匆进来道：“噢呀武安君，楚王派内侍来了，要召见你。”苏秦惊讶道：“楚王如何知道我来了？”春申君苦笑道：“噢呀呀，说不清，楚国现下真是出鬼了。”苏秦略一思忖道：“好。我去，你等我回来。”

楚怀王对苏秦很是敬重，特意在书房单独会见。虽然联军战败，但合纵并没有正式解体，苏秦的六国丞相毕竟在名义上还保留着。楚怀王还是一口一个“丞相”地叫着，显得很是亲切。苏秦先行述说了六国兵败的诸多原因及战后各国变化，尤其对燕赵齐三国的变化作了备细介绍，认为这三国的合纵根基仍在，只要楚国稳定不变，合纵抗秦的大业依然大有可为。楚怀王极有耐心地听完了苏秦的长篇大论，末了淡淡一笑道："丞相啊，那些事就那样了，从长计议。我想请问丞相，武关之外可有秦国三十万大军？"

"有。不过是二十万，也可能不到二十万，由司马错亲自统帅。"

"丞相如何得知？"

"大司马屈原告知。"

"丞相啊，这个屈原是本王的大司马，为何不向本王禀报？"

楚怀王真是婆妈。

"楚王恕苏秦直言：屈原兼程回到郢都，正是要禀报这个紧急军情，请命楚王如何处置，不料却因请斩张仪而与楚王争执。楚王拂袖而去，致使屈原未及禀报，及至回府，屈原便郁闷病倒了。"

楚怀王长嘘一声："这个屈原啊，一见本王就急吼吼先说张仪，就是不分轻重！若非丞相说明，本王如何向朝臣说话？"

"大司马忠心耿耿，愿楚王明察。"

"不说也罢。"楚怀王似乎一肚子憋闷，敲着书案道，"丞相啊，你说我这国王好做么？这边说东好，那边说西好，个个都斗鸡般死咬住一个理不放。我，我不细细掂量行么？"

苏秦笑道："臣有一法，楚王姑且听之。"

"快说，本王要听。"

"去内去老，一心独断。此乃战国君王成功之秘诀也。"

还是有点慧根，不要通常是被赞的时候才显示。谏的时候总是"不听"，一意孤行。做怀王的臣子，"很忙"，而且不容易。

"丞相是说：不听后宫，不听老臣，只自己决断？"楚怀王飞快地眨着眼睛。

"据臣所知，楚王独断之事，无不英明。"苏秦点头笑着。

楚怀王长嘘了一声："本王何尝不想独断……咳，不说也罢。"

苏秦回到春申君府，说了晋见楚王经过。春申君听罢，立即驱车来到大司马府邸，偏偏屈原不在。春申君急了，找来平日掌管大司马文书的舍人将情势说了一番。这个舍人是屈原亲信，精明机敏，立即将武关急报找了出来，附上屈原上呈楚王的批语，并加盖了大司马印，亲自飞马呈送给王宫。

苏秦放下心来，驰马出城，登上春申君为他准备的快桨小舟，悠悠出了水门。

夕阳衔山时，一叶扁舟进得云梦泽水面。一片汪洋变成了金红色的灿烂锦缎，点点岛屿恰似一簇簇燃烧的篝火。俄而晚霞散去，夜空幽蓝，一轮明月玉盘一般镶嵌在点点岛屿之间，灿烂锦缎倏忽变成了万点银光洒在汪洋碧波之上，那一簇簇燃烧的篝火也变成了一座座黝黝青山。山下飘荡着的点点渔火，在山影里恍若天上无数的小星星。一叶扁舟飘飘荡近岛屿山影，似在天国梦境一般。

"来者可是苏兄——"山影里飘来一声长长的呼唤。

"前面可是张兄——"苏秦举起风灯大幅地摆动着。

一盏同样摆动着的风灯，在一阵笑声中悠悠迎来。终于，两只船头上的身影在两只风灯下清晰了。在渐渐靠拢中，两人都站在船头相互打量着对方，久久没有说话，突然，两人不约而同地大笑起来。

老友见面，论天下，叹际遇。《史记》中的张仪，因苏秦使激将法入秦，苏秦暗中助张仪，二人交好。小说里，二人是惺惺相惜。

"苏兄，前面好去处，痛饮一番！"

"好！并头快船。"点点渔火中，两叶扁舟飞一般向小岛飘去。

"苏兄，这是田忌岛，张仪当年避祸之地。"

"好地方！一波三折话当年。"苏秦大笑一阵。

笑声中，船已靠近了岛边石条。两人弃舟登岸，沿着石板小道拾级而上，来到山腰一间茅亭下。亭中石案上已经摆好了两坛酒、两方肉、两只陶碗。苏秦笑道：“看来张兄是有备而来啊。”张仪笑道：“我先入楚，揣摩苏兄也要来，自然要做地主。”苏秦耸耸鼻子指点道：“啊，好酒，好肉，好家什，样样本色，好！”张仪大笑道：“老规矩：你兰陵佳酿，我邯郸烈酒；你正肉一方，我牛肉一块；粗陶碗两只，不分上下。”说着打开酒坛，分别咕咚咚倒满笑道：“来，苏兄，先干一碗重逢酒！”两人举碗相撞，一声“干了”！咕咚咚一饮而尽。

时当天中明月高悬，山下大泽一片，亭中谷风习习，湖中渔火点点。苏秦不禁慨然一叹：“云梦泽多美啊，真想永远地留在这里，像田忌那样做个渔樵生涯，有朋自远方来，便做长夜聚饮，不亦乐乎！”

“苏兄啊，田忌固然是隐居了。”张仪也是一叹，“可一波三折，最终还是被拖回去了。一旦卷将进去，脱身谈何容易？”

“来，不说也罢，再干！”苏秦举起大陶碗，一气饮干了。

张仪拍案：“好！苏兄酒量见长，干！”也是一气饮干。

“张兄，失败痛苦时，你想得最多者何事？”

“成功！煌煌成功。”

苏秦哈哈大笑：“看来啊，你我只此一点相同也。”

“苏兄啊，我也问你一句：这些年坎坷沉浮，你最深之体察何在？”

“人，永远不能圆最初的梦想。你？”

“名士追求功业，得到了，不过如此。”

“好！再干了！”苏秦饮下一碗，盯住了张仪，“这个回合，你胜了。”

“我胜了？”张仪大笑摇头，“机遇而已，若不是楚威王、齐威王、魏惠王这三巨头骤然去世，胜负可是难说。”

“青史只论成败，不问因由。没有机遇，谁也不会成功。”

“苏兄，你是在等待下一个机遇？”

“是的，这个机遇一定会出现。”

张仪喟然一叹道：“苏兄，我等都熟悉秦国，更是熟透山东六国，两相比较，这个机遇不会有了。你我初衷，都是要腐败旧制加速灭亡，而今何以要助其苟延残喘？”

“张兄莫要忘记，你我还有一个初衷：使天下群雄同等大争。”

“苏兄。”张仪急切道，“还是到秦国去！那是个新兴法治国家，你我携手，辅助这个新国家尽快一统天下，岂不是人生一大快事？”

苏秦笑了：“张兄，是上天教你我错位了：当初我想到秦国，却被逼回了山东；你想到齐国，却被逼到了秦国。命运如此，各就各位了。苏秦何能逆天行事？”

张仪默然良久：“也好，你守一个初衷，我守一个初衷，只有争一番高下了。”

“正道，未必只有一条。你我，都没有背叛策士的信念。”

“苏兄，我是知其可为而为之，你是明知不可而为之。你比我更苦，更难。”

苏秦举起了大陶碗：“不说也罢，来，干了！”两碗一撞，两人咕咚咚一饮而尽。

酒中话越说越多，时而慷慨激昂，时而忘情唏嘘，说到了王屋山的同窗修习，说到了永远不能忘记的老师，说到了出山以来的种种坎坷，说到了成功路上的万千滋味儿，不知不觉的，天将亮了。汪洋云梦泽水雾蒸腾，天地山水都埋进了无边无际的鱼肚白色，只有那微弱的点点渔火，在茫茫水雾中闪烁着温暖的亮色，悠长的渔歌随着风随着雾，漫漫地在青山绿水间飘荡着：

碧水长天兮　昭昭日月不同弦
知向谁边兮　点点渔火不同眠
青山如黛兮　幽幽吴钩共秦剑
孤舟一叶兮　化作了淡梦寒烟

“好！点点渔火不同眠！”苏秦大笑着，张仪大笑着，两人都醉了。酒兴阑珊之际，你搀着我我扶着你，一路大笑着磕磕绊绊地下山了。

五　张仪遭遇突然截杀

嬴华与绯云丝毫不敢大意，俩人真是着急了。

张仪要去见苏秦，两人力劝张仪不要冒险。谁知张仪生气了：“这也不敢，那也不敢，要这条命甚用？”见劝阻不行，嬴华要亲自带领商社武士护卫，张仪更是动了肝火：

“纵是两军交战，还有个不斩来使！老友相约，要护卫做甚？摆架势么？我一个，谁也不带！”硬邦邦撂下话，径自飞马去了。

嬴华无可奈何，立即命令商社三个干员便装尾随，又吩咐绯云守在驿馆随时待命，自己去商社坐镇探听郢都动静。五更时分，绯云正坐在厅中打盹儿，一阵沉重急促的脚步声将她惊醒，睁开眼睛，一个商社武士已在眼前：“禀报少庶子：楚军动静有异。公子命你立即出城，带领军营骑士到十里林东口相机行事，公子接应丞相去了。”

话音未落，绯云已经霍然起身，消失在庭院了。

张仪将苏秦送上小船，又摇摇晃晃上山了。他在自己曾经住过的茅屋里转悠了一圈，托看守老仆给老暮之年的田忌带去了他的一封书简。从田忌山庄下来，正是太阳未出的清晨时分，晨雾弥漫，山野一片朦胧，跨上那匹纯黑色的神骏战马，他从半岛山后的陆路回郢都了。这匹战马叫“黑电”，是河外大战时司马错特意为他挑选的，非但奔驰如风驰电掣，更有一样好处，走马极为平稳。这条路来时走过一遍，张仪信马由缰，任黑电在大雾中不断喷着鼻子走马而去。虽是大雾弥漫，黑电也在片刻之间出了山谷，来到一片大树林前。

这片山林实际是两座浑圆小山包，中间一条小道穿出去，距郢都北门只有十里之地，当地人称“十里林”。此时酒力发作，马背上的张仪有些朦胧起来，一个恍惚，伏在马背上呼噜了起来。

突然，黑电不安地吭吭喷鼻，低低地嘶鸣几声，请示着主人的命令。见张仪依旧呼噜着，黑电骤然人立，长嘶一声，连连倒退。张仪惊醒，使劲揉揉眼睛，瞄着大雾中黑黝黝的山林，嘿嘿笑着拍拍马头道：“黑电，走，身经百战了，还怕这鸟树林子？”黑电又是一声长嘶人立，不断喷鼻倒退，显然更为紧张。

遭伏击，张仪与苏秦可能会生嫌隙。无巧不成书，作者有意安排这一场打斗。

张仪骤然一身冷汗，右手一伸，那口闪亮的越王吴钩已经出鞘："黑电，几个山贼挡不住我，冲出去！"正在此时，一声尖厉的口哨，右侧山梁上一只黑色猛犬与一道白影掠地飞来。张仪未及反应，白影已经飞上马背抱住了张仪，同时伸手一圈马缰，黑电倏地转身，那条猛犬已经顺斜刺里冲上山坡。黑电长嘶一声四蹄腾空，风驰电掣般追随猛犬而去。

便在此时，突然一声呐喊，山坡上立起两队甲士，箭如飞蝗挡住了去路。猛犬黑电灵异般飞转回来，密密丛林中已经拥出了一片森然无声的甲士，弧形包围了上来。千钧一发之时，丛林中杀声大起，一支骑兵从山林中呐喊冲出，人人头戴青铜面具手执阔身长剑，在清晨迷雾中显得威猛可怖。面具骑队冲开甲士弧阵，与迎面而来的黑电猛犬堪堪相遇。

骑队中一个清脆的声音高喊："杀上山坡！黑电快走——"

骑队立即旋风般卷了过来，一个冲锋便将山坡上的弓箭手杀散。紧随其后的黑电一声长嘶，与那只猛犬飞出了包围圈。堵在山坡上的面具骑队呐喊大起，反身压了下来，与山林中的步兵甲士杀在了一处。步兵甲士却如潮水般不断涌出，弓箭手也重新聚拢，三面围住了死战不退的面具骑士，渐渐地，面具骑士在箭雨中一个个倒卧在血泊之中……

黑电飞出伏击圈，眼见一个转弯便是官道，却突闻一声低吼，弯道两边山头凌空飞下一片黑影，吴钩霍霍迎面扑来。黑电久经战场，突然一个人立嘶鸣，马背白色身影已经凌空跃起，挥剑一个横扫，立时几声惨叫，敌手已沉闷坠地。张仪早已经清醒过来，一声怒吼，跳下马便杀入战圈。白衣嬴华高声喊道："快上马！步战危险！"张仪却怒火中烧，愤怒骂道："阴险楚贼，背后下手，杀光你等！"吴钩连劈，竟有两三个黑衣人倒在了面前。

嬴华一瞄，猛醒张仪不会马战，立即一剑荡开身边强敌，一声口哨飞身跃起，黑电堪堪冲到，正好坐上马背。嬴华本是马背长大，手中那口奇特的弯剑又是天下闻名的蚩尤天月剑，一旦跃上神骏无比的黑电，顿时成为威猛难当的骑士。拦截黑衣人只剩下二十多个，她一声怒喝，黑电嘶鸣着冲进人圈。嬴华也不一个个劈杀，只是伏身将长剑连续横扫，天月剑光华大展，几乎整个人圈都被一片森森青光笼罩。

张仪纵身跳出战圈，顾不得胳膊伤痛，只是连声高喊："杀得好！杀！"

此时，那只被黑电甩在身后的猛犬刚好赶到，凌空跃起扑入了战团，不偏不倚恰恰扑中了呼喝呐喊的头目咽喉。只听一声长长的惨嚎，头目的脖子竟被血淋淋咬断。大骇之下，剩余几个拔腿便逃，却被黑电与猛犬兜头圈住，在天月剑青光下立时毙命。

遥闻山后马蹄如雷，嬴华大喊："大哥上马！"张仪右腿本来有伤，加之方才又被杀手刺中一剑，急切间无法纵跃。嬴华飞身下马，情急神力，竟将张仪一举上马。黑电发动间嬴华已经飞身跃上马背，黑电大展四蹄，飓风般卷出了弯道。

山口官道边正有两名商社骑士与一辆驷马篷车等候，见黑电飞驰出山，立即迎了上来。嬴华一跃下马，将张仪抱下马来道："立即护送丞相回馆疗伤，我不到馆，不许任何人出入！"不容张仪分说，嬴华将张仪抱进了篷车，一声"快走"，骑士篷车哗啦飞了出去。嬴华却飞身上了黑电，一声呼哨，猛犬前冲，绕向了另一条山道。

晨雾弥漫的十里林中，楚国军兵已经消失得无影无踪，连尸体都没有了。只有面具骑士们的尸体与战马纠缠夹裹在一起，遍地一片血腥。嬴华驰马林口，望着遍地青铜面具，只觉眼前一黑，从马上倒栽了下来。黑电嘶鸣喷鼻，猛犬立即在嬴华脸上猛舔……嬴华一个翻身坐了起来，从怀中掏出一方汗巾凑到了猛犬鼻头前："猛子，闻仔细了。"猛犬咻咻几下，箭一般蹿进了林间尸体中。一阵急嗅，猛子突然狂吠起来。

嬴华摇摇晃晃站了起来，走到猛子狂吠的尸体前，只见一具尸体的双腿被马腿压在下面，肩头两脚竟分别中了四箭。嬴华连忙伏身打开了尸体头上的青铜面具，一绺长发顿时散了出来。嬴华惊叫一声："绯云！绯云……"绯云却没有声息。嬴华连忙将手探到绯云鼻翼，立即感到了一股微弱的热气。此时，猛犬已经全力拱开了压在绯云身上的马腿，嬴华顾不得细想，摘下了那副青铜面具，双手一伸，便将绯云托了起来。黑电立即沓沓走到了一块大石旁边，嬴华费力上了大石，跨上了马背，左手将绯云抱在身前，右手握住马缰，一声轻轻的呼哨，黑电飞出了晨雾弥漫的山林。

张仪的剑伤在左上臂，虽不致命，却也挑开了两寸多深。幸亏嬴华事前已有准备，派商社干员从震泽岛请来了一个专治各种创伤，人称"万伤神医"的隐居老人。老人仔细看了伤口："狠了些，却是无毒，不妨事。"用自制药汁为张仪清洗了伤口，敷药包扎后又用一幅白布吊住了胳膊。张仪腿上本有楚国老伤，经此激战颠簸，竟有些发作起来，便拄了一支竹杖在庭院中强自漫步，等待嬴华消息。正在焦躁间，门口马蹄声疾，黑电与猛犬竟从车马门直接冲进了庭院。张仪闻声上前，便见嬴华抱着长发散乱的绯云走了过来。

张仪脸色苍白:“她,伤得很重么?”

嬴华低声急促道:“四箭两刀!你如何?”

“我没事。绯云……”

“快请万伤老人。”

张仪猛然醒悟:“快!快请万伤老人来!”

绯云被平展展地放在了一张竹榻上。嬴华轻轻地解开了绯云血迹斑斑的衣甲,颤巍巍的四支长箭不断带出伤口鲜血,大腿上的两处刀伤翻着三寸有余的惨白伤口,令人心惊肉跳。张仪看得咬牙切齿,拐杖顿得笃笃直响。万伤老人察看完伤口,皱起了眉头道:“刀箭无毒,伤口也医得,只是这箭杆碍事,很难挖出箭镞了。”嬴华猛然醒悟:“前辈退后,我有办法。”说罢横托着天月剑喃喃祷告:“天月剑啊,当年你为公祖父去箭有功,今日可是四箭,嬴华拜托你了。”话音落点,天月剑“嗡嗡”鸣金震音,观者无不惊诧。

嬴华站起,天月剑倏地出鞘,青光划出一个闪亮的弧线,四支箭杆竟被剑锋立时扫断,却是毫无声息。万伤老人大是惊叹:“如此神兵利器,伤者之福也!”老人虔诚地对天月剑拜了三拜,便开始治伤:几滴浓稠的药汁渗入箭镞伤口,一把雪亮的三寸匕首“噌”的一声插进肌肤,手腕一旋,“当”的一声,铜盘中多了一个血糊糊的箭镞。箭镞挖完,几滴药汁又进伤口,然后包扎妥当。大腿伤口虽然可怕,老人却说没伤着血脉不打紧,创口一清洗,撒上些许白色药末,便用两幅大白布裹了起来。临了老人说:“三日一换药,半月之后当可痊愈。”张仪向老人深深一躬,吩咐嬴华赠送老人医资百金。老人却只拿了两金,笑呵呵道:“山野之人,多金多累。一金衣食,一金制药,足矣足矣!”竟是扬长去了。

有惊无险。虽无性命之忧,但这口气咽不下去。

张仪心一松，颓然跌在坐榻，铁青着脸死死沉默着。嬴华备细说了事件经过：楚国出动了一千新军甲士，一名被俘获的头目供认，新军奉大司马屈原紧急军令而来；秦骑护卫伤亡二百零八人，商社探员骑士伤亡十五人。

“你说，苏秦真的不知道此事？”只此一句，嬴华骤然打住了。

张仪脸色难看极了，牙齿将嘴唇咬得几乎要出血。突然，张仪霍然起身道：“进宫！”拿起竹杖笃笃笃到了廊下。

嬴华连忙追出来扶住他：“大哥，明日再去，你有伤！”

张仪一甩胳膊：“就要今日！死了那么多人，张仪忍心？！”

嬴华不再劝阻，高喊一声：“备车！”轺车来到面前，嬴华扶张仪上车，跳上车辕亲自驾车出了驿馆。

时当正午，楚怀王正在观赏着例行的饭后歌舞，听得张仪进宫，不禁大皱眉头——他最不喜欢在观赏歌舞时被人打扰。可听内侍一阵低语，顿时惊得脸都白了：“下去下去！快！扶本王迎接丞相。”刚到宫门，便见吊着胳膊拄着拐杖一脸怒容的张仪笃笃走来。

“几日不见，丞相何得如此啊？快！来扶着丞相！”楚怀王确实有些慌乱了。

张仪却一甩胳膊，径自笃笃进了大殿。楚怀王快步跟进来要扶他入座，张仪却昂昂然挺立在殿中道：“秦国丞相张仪禀报楚王：楚军在郢都北门外十里林截杀张仪，我方救援将士死伤二百余人！敢问：可是楚王下令？”

“啊？”楚怀王惊呼一声道，“断无此事！断无此事！本王要杀丞相，丞相入楚时不就杀了么？何须暗杀了？”

“我想也是如此。”张仪冷笑道，“然则，此事何人主使？楚王必须在三日内查明严惩！否则，我大秦国兵临郢都，可是师出有名！”说完头也不回地去了。

楚怀王连忙追了出来：“敢问丞相，你知道何人主使么？”

“我只知道是楚军！”

楚怀王眼睁睁地看着张仪去了，脸上青一阵白一阵，当真焦躁极了。暗杀出使丞相，这在战国还真是头一遭，杀成了还则罢了，杀又没杀成，岂不成为天下笑柄？成为令人不齿的“不堪邦交”之国？秦国一旦发兵，别国如何敢来援救？这不是葬送楚国么？楚怀王越想越怕，大声吼叫起来：“找屈原！给我找屈原！快了！”

片刻之后内侍回报:屈原前日便返回了新军营地,大司马府连书吏也跟着去了。楚怀王一听顿时蒙了,这军务上的事,除了屈原还能找谁?忽然心中一亮,高声道:“找苏秦、春申君!快!”内侍刚跑出宫门便又跑了回来:“禀报大王:武安君、春申君自己来了。”

屈原误事。

“快领他们进来!”楚怀王松了一口气,稍一愣怔疾步坐回了王案,胸脯却还在大喘不息。苏秦春申君刚刚进门,尚未走到行礼参见的距离,便听楚怀王高声问道:“黄歇!屈原哪里去了?快说!”

“噢呀我王,大司马留下书简,说奉了王命赶回新军营地,臣却如何知晓?”

楚怀王拍案怒喝:“岂有此理!本王何时命他去军营了?分明是暗杀张仪不成,负罪逃亡了!是也不是?”

春申君大惊道:“噢呀不会!臣启我王:谋杀张仪之事尚须查实问罪,何能仓促指人?”

“查查查!”楚王拍案喝道,“如何查?谁来查?张仪只给三日,否则大兵压境!”

刹那之间,殿中空气凝固了一般。一直沉默的苏秦拱手道:“楚王切勿愤激过甚,容苏秦一言:无论何人主使截杀,都是楚国之责;秦国若趁此兴兵问罪,山东六国又恰逢新败,肯定无人救援,如此楚国大险也。为今之计:楚王当与张仪好生协商,宁可割地结好,也不能孤注一掷。苏秦身为合纵丞相,主张秦楚结好,殊为痛心!然则为楚国存亡大计,臣以为唯此一法可救楚国,望楚王三思。”

楚怀王泪流满面,站起来向苏秦深深一躬道:“丞相啊,本王听你的,实在说,我也恨秦国,也想抗秦啊……”

可怜的“炮灰”王,泪流满面了。写得太狠了。

回到府中,春申君唉声叹气,苏秦脸色铁青,大半日中两人面面相觑,竟都没有说话。

十里林截杀张仪，已经惊动了郢都，朝臣国人都骚动了。早晨，当苏秦被春申君从大梦中唤醒，一听便昏倒了过去。好容易醒来，立即拉着春申君去找屈原。谁知大司马府家老却说：屈原留给春申君一封书简，从前日晚出去便没有回来。苏秦顿时冷汗直流，连忙教春申君打开书简，却只有寥寥两句："兹告春申君：屈原奉王命再练新军，后会有期。"春申君慌得没有了主张，只是反复念叨："噢呀呀，这可如何是好了？如何是好了？"苏秦二话没说，拉着春申君便走："快！不能教昭雎抢先，否则全完！"

出得王宫回府，两人的心都凉了。最后，还是苏秦开了口："春申君啊，屈原将你我，将楚国，都推上绝境了。"

做事不彻底，谋事又不顾后果，最终就可能是成事不足，败事有余。

"噢呀哪里话？张仪没死，楚王又听了你言，如何绝境了？"

苏秦沉重地叹息一声："春申君，屈原早早便谋划好了，他就是要拿张仪做文章，逼得楚国与秦国对抗。此心也忠，此性也烈。然则，他却全然不计后果，恰恰将楚国毁了！"

"忠"通常与"烈"连在一起，很少与"智"连在一起，这一点，可思量。司马迁倒倾向于记载屈原的明智之说。

"噢呀武安君，我不明白，楚国究竟如何能毁了？"

"春申君啊，你当真没有想明白此事？"

"噢呀呀，不就是屈原杀张仪，瞒了你我么？"

苏秦冷冷一笑："你可知道屈原现在何处？"

"新军营地，他自己说的了。"

"新军营地何干？"

"训练新军了。"

"春申君等消息吧，只恐怕楚王嬶和都来不及了，楚国只怕要大难临头了。"苏秦淡漠而又凄然地笑了。春申君仔细一琢磨，脸色倏地变白了，霍然起身："我去新军！"

六 壮心酷烈走偏锋

就在郢都一片慌乱的时候，屈原已经到了安陆的新军大营。

屈原决意攻秦。据《史记》的记载，其实是楚怀王大怒，大举兴师攻秦。司马迁写楚怀王时，"怒""不听"这些词最突出，也最能反映出怀王的性格。这里为了刻画屈原的性格，就要让屈原背黑锅了。

安陆大营，是屈原多年苦心经营的新军训练大本营。从楚威王委派屈原秘密筹划第二次变法开始，屈原便将训练新军作为最重大的使命对待。战国以来，所有的半截变法，都失败在老贵族掌握的封地私兵手里。吴起在楚国的失败更是引人深思：一个手握重兵的统帅，却无法防备老贵族的私家武士兵变，可见私家武装的危害之烈。封地建私兵，又恰恰是楚国军旅的根基，是楚国成军的传统，是最难改变的。要想使变法与变法势力立于不败之地，就必须训练出一支真正忠于变法的新军。为此，屈原花了许多心思，非但请准楚威王允许新军招募隶农子弟做骑士，而且破例地在新军中取缔了将领的世袭爵位，所有将士都凭功过奖惩升迁。正因为如此，楚国的世族子弟都不愿意到新军中来，而几乎所有的穷苦壮丁都争先恐后地往新军里挤。屈原要的正是这般效果。

有特权的人，不好使唤。

屈原对这支新军的管制颇具匠心：用楚国著名的老将屈丐做了统兵大将。这个屈丐是屈氏部族的元老，也是屈原的族叔。论军旅资望，屈丐是当年吴起部下的千夫长，身经百战，秉性刚烈，更是不折不扣的反秦将军，每每说到秦国对楚国的欺凌，便是声泪俱下。屈原将所有的战阵训练都交给了屈丐全权处置，他在军中只有一件事：常常到帐篷中与兵士们闲说变法，说变法给隶农穷人能带来的好处，说这支大军能如何如何支撑变法。屈原是大诗人，还专门编了一支楚歌

屈丐即屈匄，亦作屈盖。楚国猛将，曾多次立功。

在军中传唱：

我无耕田牛羊兮　我执矛戈
我无渔舟撒网兮　我持吴钩
我无官爵荣耀兮　我望新法
我有国仇家恨兮　我上疆场

时间一长，新军将士们对变法充满了殷切的期望，对"使楚不能变法"的秦国充满了仇恨。屈原第一次被楚怀王贬黜的时候，新军将士万众愤激高呼"还我大司马"，竟要开到郢都向楚王请命。屈原虽然痛心至极，但还是苦苦劝住了三军将士。他相信，他肯定还会有一次机会。联军兵败，他重掌军权，看到的却是楚王的闪烁不定，听到的是老世族们仇恨的诅咒，于是他有了一种强烈的预感：他随时都可能被再次罢黜，甚或会像吴起一样被老世族兵变杀害。反复思忖，屈原暗暗咬着牙关作了决断：一定要使这支新军在他手里生发威力，将楚国逼上变法大道。

楚王将张仪将秦国看作仇敌时，屈原很是兴奋了一阵，认为变法的时机到了——要复仇要强国，便要变法，这几乎是战国新兴的铁则。可是倏忽之间，楚王竟放了张仪，昭雎郑袖又暗暗活跃了起来，张仪居然在郢都重新施展，又将楚国搅得是非大起。

骤然之间，屈原惊醒了：这是他最后的机会，至于能否如愿以偿，便看天意了。他瞅准了张仪是楚国生乱的祸根，是秦楚波澜中的要害人物，如果杀掉张仪，便能在秦国的强大压力下，迫使楚国走上救亡图存的变法之路。本来，屈原是准备与苏秦春申君联手做这件大事的，可一试探出苏秦反对，春申君犹豫不定，屈原便决意自己秘密行动了。

一千新军甲士秘密开到云梦泽北岸，屈原立即出了郢都。他要做最坏的准备，要立即准备第二步棋，而绝不能留在郢都听任被罢黜治罪。走到半途，他接到了截杀失败的消息，不禁热泪纵横，仰天大呼："上天啊上天，你庇佑妖邪！你何其不公?!"

安陆大营，老将军屈丐已经率领部将二十余人，在中军大帐焦急地等待。将近正午，屈原飞马赶到，低声对屈丐说了几句，走到帅案前痛心疾首道："诸位将军，屈原无能，没有除掉张仪！目下秦国虎视眈眈，楚王却一味退让，楚国危如累卵，屈原敢问各位：我当如何处置?"

“讨伐秦国！雪我国耻！”大将们异口同声。

“好！众将有复仇猛志，楚国便有希望！”屈原一拍帅案，感慨万端道，“这一仗没有王命，非同寻常。但是，屈原有王室兵符，楚王战后追究，罪责由屈原一身承担。战胜了，诸位大功！战败了，诸位无罪。”

帐中沉默了，良久，大将们轰然一声：“愿与大司马同担罪责！”

“岂有此理？”屈原笑了，“诸位记得了：有新军在，楚国便有振兴生机。都跟我一体论罪，连救我的人都没有了。屈原不会打仗，只能为诸位做这一件事，不要争了。”

白发苍苍的屈丐道：“我等早准备好了，随时可拔营！大司马下令了！”

“好！屈原只定两件事：屈丐将军统兵攻秦，屈原调集粮草辎重。”说罢一拱手道，“老将军，调兵军令由你来！”

屈丐大步赳赳走到帅案前下令：“大军立即集结，由大司马训示全军！随后按三军顺序开拔，兼程赶赴丹阳！”

“谨遵将令！”大将们轰然一声，立即鱼贯出帐了。

片刻之间，山野军营响彻了此起彼伏的牛角号，尖锐急促，听得人心颤。不消半个时辰，八万新军在大校场列成了整肃的方阵，除了猎猎战旗毫无声息。已经跨上战马的屈丐可着嗓子喊了一声：“三军整齐！大司马训示——”

一身软甲，金黄战袍，屈原大步走上了将台道：“三军将士们：秦国大军压境，楚国已经到了生死存亡关头！不打败秦国，楚国不能变法，就只有灭亡！你们将沦为亡国之奴，你们的好日子，就会像云梦泽的晨雾一样被风吹散！你们的爵位，你们的土地，你们的家园，你们的父母妻儿，都会被秦国虎狼的利爪撕得粉碎！楚国勇士们，为了楚国，为了变法，为了你们的梦想，为了新军的荣耀，用你们的满腔热血去洗雪国耻，去打败秦国虎狼！”

“洗雪国耻——灭尽虎狼——”“变法万岁——”群情沸腾，万众汹涌，山呼海啸般的吼声震得大地都在颤抖。

号角呜呜，马蹄沓沓，八万大军开拔了。屈原飞身上马，泪眼蒙眬地将大军送出三十余里，方才忍痛折返。他要做的事任何人都替代不了，这便是为大军征集粮草。调集粮草如同调集军队一样，必须持有国王的兵符。楚国军法：兵粮一体，要想调粮，须得先有调兵权，无调兵之权便无调粮之权。这次大军出征没有王命，调集粮草便成了最大的难题。军营屯粮只够十日，已经先行运出。连同路程耗粮，大军到达战场后便只有三日余粮了。其后粮草若不能源源接济,新军抗秦便将成为天下笑柄。在楚国大臣中,只屈原有楚王叫嚷复仇时秘密特赐的兵符,与中原各国的虎符不同,那是半只有铭文的铜象,军中呼为“象符”。若楚王还记得此事,紧急下令各粮仓取缔屈原象符的效力,屈原便要抓瞎了。目下,屈原不断祷告上天:但愿楚王一时颟顸,将秘赐兵符的事忘记了。

回到留守大帐,屈原立即命令军务司马:携带大司马令箭,到安陆仓调集军粮十万石先行运出。这是一次试探,若能够调出,则十万石粮米足够八万大军支撑一月有余,即便此后楚王废了屈原象符,至少也还有回旋的余地。安陆仓是供应新军粮草的最近粮仓,仓令已经好几次与屈原堪合兵符,若安陆仓调不出粮草,就意味着楚国所有官仓都对屈原关闭了。

次日清晨,军务司马风尘仆仆地禀报:安陆仓能调粮,但只有两万石存粮,压仓之外,只能给新军一万石。屈原一听大急,一万石仅仅只是三四天的军粮,对于七八百里的运粮距离来说,除去押运军士与民伕牛马的消耗,运到也几乎只剩下五六千石了。所谓千里不运粮,便是这个道理。往昔,房陵大仓在楚国手中,那里距离丹水最近,虽然是山路难行,却可以牛驮人挑天天运,不愁接济不上;如今房陵丢失,楚国其他几个官仓顿时干瘪起来,不是没有充足的粮草,便是距离遥远难以运输;安陆仓堪堪合适,偏偏却只有一万石。若不立即筹划,大军断粮是完全可能的。

“一万石运走没有?”

“正在装运,午后便可上路。”

“好。备马！立即回封地!”

“大司马,这,这如何使得啊?”军务司马顿时急了。

“快去！走啊!”屈原铁青着脸色喊起来。

屈氏是楚国的五大世族之一,封地八百里,正在云梦泽南岸的湘水、资水、汨罗水的交汇地带,土地肥沃宜于耕耘,是楚国著名的粮仓宝地之一。在五大世族中,屈氏部族的封地最偏远,但最大,拥有的粮草也最多。情急之中,屈原的心思便动到了自家身上。但是,屈原也不敢说有把握调出屈氏粮草。他虽然被立为屈氏嫡子,承袭了屈氏门第爵位,成为屈氏部族在朝中的栋梁人物,但还不是族长。粮仓是部族公产,要大批地无偿地调做军粮,纵然是部族首领,也难以一言了断,更何况屈氏部族中的前三代老人还都稀稀落落地健在,如何能容得你一句话便开了公仓?

经过一夜奔波，天放亮时屈原终于到了封地治所。这是湘水汨罗水交叉点的一座城堡，北靠汪洋连天的云梦泽，西依莽莽青山，东临两条大水，南面便是片片盆地沃土与星罗棋布的小湖泊，当真比得中原一个二三等的诸侯国。

屈原多年未归故里，仓促回来，城堡外的年轻后生们居然认不出这风驰电掣的人物是谁了。若在寻常时日归来，激越奔放的屈原一定会早早下马，与耕夫渔樵们谈笑唱和起来。可今日顾不得了，屈原匆匆与城门头目验证了身份，惊喜万分的守军头目未及飞步禀报进去，屈原便打马一鞭去了。

“咳！你，你是屈原？大司马？”白发苍苍的老族长眯缝着双眼，颤巍巍地上下打量着。

“屈原参见前辈族长。”屈原破例地拜倒在地，行了一个大礼。

老族长连忙伸手扶住：“快起来了，大司马是我屈氏宗嫡，岂能行此大礼了？”

屈原高声道：“家国一体，屈原归乡，自当以老族长与诸位前辈为尊了。”

“大司马有此胸襟，我屈氏振兴有望。来人，接风宴席侍候了。”

“老族长在上，屈原归来，有事相求了。”

“有事？那就快说了。”

屈原匆匆将事体原委及调粮请求说了一遍。老族长顿时皱起了眉头：“不瞒大司马，粮草是有啊。可楚王刚刚下了王令：房陵失守后官仓空虚，要增加封地粮赋三成……”老人沉吟片刻，一拍长案，“老夫之见，先将族老们请来商议一番再说了。缓赋抗赋的事不是没有过，只要族中同心，好说。”

“谢过老族长！”

族老们原是各支脉七十岁以上且有战功爵位的老人，大多曾经是各支脉的显要人物。按照屈氏族规：支脉要人但入赋闲高年，便移居部族城堡颐养天年，同时成为参与族务商讨的族老。因为都住在城堡，所以来得也便捷。老族长使者出去不消半个时辰，三十多位族老便聚齐了。

老族长站了起来，笃笃点着竹杖道：“大司马，都是自家人，一个屈字掰不开，你就说了。”

屈原恭敬起身，向厅中族老们深深一躬道：“诸位前辈：虎狼秦国欺凌楚国，虎狼丞相张仪，更是多次欺骗戏弄楚国。楚王偏信昭氏，不纳忠言，非但放了张仪，还要向秦国割地求和。屈原愤然截杀张仪，不想却失手未果。为了挽救楚国，屈原以王命兵符为名，将八万新军开到了丹水，与秦国决一死战！奈何自房陵被秦国攻占后，军粮难以接济。万般无奈，屈原只有求助本族了……”骤然之间，泪水涌出了屈原眼眶，“四百多年来，我屈氏从来都是楚国的忠烈望族，新军将士更是多有屈氏子弟。而今，楚国的生死存亡，扛到了屈氏部族的肩头！屈原空有一腔热血，却是独木难支，恳望我族前辈，撑持破碎的楚国……”

大厅中一片苍老的喘息唏嘘。一个老人颤巍巍站了起来：“大司马，统军大将可是我那个小子？”屈原拱手道：“正是屈丐将军。诸位前辈：新军三十二员将军，二十六位是屈氏族人哪。”

“大司马是说，我屈氏一族，扛起了八万新军？”一个老人顿着竹杖。

“不！还扛起了楚国啊！”又一个老人站了起来。

屈丐的老父亲走到屈原身边，笃笃点着竹杖：“老哥哥们，还说啥子么？屈氏不救楚国，还等别个救了？屈氏一族为楚国流的血，比这汨罗水还多！还有啥子舍不得的物事，啊？”

“老二哥言之有理！”“屈氏义不容辞！”“家国一体，大司马就说话吧！”“大司马，编一支苍头军，老夫也去打仗了！”族老们慷慨激昂地嚷成了一片。

老族长道：“大司马，你就说，要多少军粮了？”

“回老族长，至少十万石。”

老族长一咬牙：“十五万石！只留五万石压仓救急，老哥哥们以为如何？”

“赞同了！”族老们异口同声，竹杖笃笃成了一片。屈原激动了，热泪夺眶而出，肃然整衣，向老族长与族老们扑地拜倒。当日午后，屈氏老族长发出了征发令，整个几百里封地便紧张忙碌起来了。

商鞅变法是要打破大家族，“民有二男以上不分异者，倍其赋”（《史记·商君列传》），要建立对国家的忠诚度。屈原反而要借用宗族势力，此楚国不如秦国之处。

农家商贾的牛车从四面八方赶来，渔家舟船也从湘水资水汨罗水络绎不绝地顺流而下，几百个大村落聚集的一万多兵勇，极快地组成了一支护粮军。入夜开始装车装船，人声鼎沸，城堡内外的灯笼火把连成了一片海洋。两日之内，十五万石粮草从水陆两路悉数运出，连族老们都咋舌惊叹。

屈原总算松了一口气，可心里却更加沉重起来。屈氏部族不但献出了十五万石粮草，而且征发了全部牛车马匹渔舟与族中壮丁。这意味着屈氏部族献出了全部实力，一旦国中有变，大族抗衡，屈氏部族便丧失了反抗能力，可能任人宰割。其中的全部关键，都在于对秦国的这一仗能否战胜。战胜了，屈原与屈氏部族是挽救楚国的功臣，挟战胜大军之威，楚王也只有按照他的主张进行第二次变法。可是，一旦失败了呢？屈原不敢想，也不愿想。目下，他只有一个愿望：尽快赶到丹水战场，与新军将士同心浴血，战胜秦国！

背水一战，欲出奇制胜，可惜事与愿违。

七　秋风沙场兮何堪国殇

丹水谷地，楚军的土黄色大营与秦军的黑色大营遥遥相望。

丹水谷地在秦国的武关东南，既是楚国的西北大门，又是秦国的东南大门，历来是秦楚两国兵戎相见的老战场。楚国在这里没有少过驻军，即或在六国联军攻秦的优势时候，丹水谷地的十万大军也没有移动。联军兵败后，屈原深恐秦国乘势偷袭，又增调了五万兵马到丹水谷地。这十五万大军的统帅，却恰恰是昭氏一族的老将，柱国将军昭常，副将则是景氏大将景缺。景氏部族与屈氏部族长期通婚，素有渊源。昭氏却是屈氏的宿敌，如同屈原与昭雎一样水火不容。

面对秦国开出武关的十余万大军，昭常只是深沟高垒防守不战。秦军也只是扎营对峙,没有进攻的迹象。两军大营如此对峙了几个月,秋风一起,楚军便渐渐松懈了。这一日,昭常突然接到斥候急报:八万新军兼程北上,已经到了三十里之外的丹水均水交汇处。昭常大是惊讶:新军是屈原的台柱,如何突然开到了丹水?他并没有接到楚王的增兵王书,也没有接到伯父昭雎的密札,这八万大军来得不是太蹊跷了么?狐疑归狐疑,毕竟都是楚军,他拥有的兵力又超过新军一倍,也就没有太放在心上,只是吩咐总领斥候营的军务司马随时禀报消息便了。

"禀报柱国将军:新军大将屈丐前来拜会。"暮色时分,军务司马匆匆来报。

"屈丐?这头老犟驴!带了多少人?"

"只有两名副将随身。"

"噢——请进来。"昭常本打算升帐聚将,一听屈丐只有三人,也就作罢了。

屈丐昂昂进帐,径直走到帅案前:"柱国将军昭常,拜接王命兵符——"

昭常一阵愣怔,眼看着屈丐接过副将手中的铜匣,也不得不躬身到底:"臣,柱国将军昭常,恭迎王命兵符。"屈丐一伸手,铜匣"当"的一声弹开,半尊青铜象符赫然入目。这是楚军大将人人熟悉的象符,两符勘合,军中大将便得听命于新来大将。

"柱国将军,勘合兵符了。"威严持重的屈丐不冷不热。

昭常实在弄不明白这突然的变化,心中乱作一团面糊,可这是要命的时刻:不奉王命,持兵符大将便可立斩抗命将领!眼看屈丐脸色黑了下来,昭常只得下令:"中军司马,勘合兵符。"中军司马从后帐捧来一个一般大小的铜匣打开,昭常捧出了里面的半尊青铜象符,与屈丐手中的半尊青铜象符一碰,只听"哓"的一阵振音,一尊铜象便浑然一体了。

"昭常将军听令!"

"末将在。"昭常憋得满脸通红,心中依然是一团面糊。

屈丐展开了一轴黄绢:"楚王君命:昭常怯战不出,抗秦不力,着即革职,于军前戴罪立功!所部大军由屈丐统帅,大破秦军!"

昭常大喊起来:"屈丐!何有如此王命?坚守不出,可是楚王严命啊!"

屈丐冷笑:"莫非本将军不是王命?来人!将昭常押到新军大营看管!"

不知何时,帐外多了一队新军甲士,轰然一声,进来便将昭常押了出去。屈丐立即击鼓升帐,聚齐了两股大军的三十多位大将,又一次当众勘合了兵符,宣读了楚王王书。昭常大军的昭氏将领们虽然多有疑惑,却也不敢抗命,毕竟楚怀王即位后,王命反复已经是家常便饭了,气恼抗命也没用,说不定过几日又变了回来,抗命非但有立时之危,过后也是军中笑柄,何苦来哉?

屈丐是有备而来,立即对全部二十三万大军进行了整编:新军八万为中军主力,老军步兵五万为左军,老军骑兵五万为右军;老军中最特殊的一千辆战车,车上甲士与随车步卒合计五万编为前军;屈丐自领中军,景缺任副将兼领右军,步战名将同匄领左军,车战老将逢侯良领前军;一日整肃部伍,演练协同,两日后开战。

屈丐其所以没有立即进攻,是想等待屈原赶到之后再开战。毕竟,这是屈原呕心沥血冒着最大的风险谋划的一场大战,也许还是屈原握兵生涯中唯一的一次大战。尽管屈原交代得非常明确:抵达战场后若统编顺利,便立即开战,以防郢都随时生变。为此,屈原事先作了精心部署,派出五千精兵切断了郢都通往丹水的大小三条通道,凡是郢都派往丹水的快马特使,一律拘押,尽量给屈丐大军争取时间。凭经验与阅历判断,屈丐认为自己至少有五六日的宽余,安陆到丹水是兼程三日的距离,屈原完全可以赶到。

但是,屈原却来迟了。回领地出粮耽搁了整整三日,风风火火赶到安陆留守大营,又恰恰逢春申君在焦急地等候。俩人争吵了一宿,终于是屈原的激情无畏甘做牺牲征服了春申君,次日黎明,俩人便马不停蹄地兼程北上了。第七日的黄昏时分,终于赶到了丹水谷地。

那一番景象真是令人触目惊心!残阳之下,方圆二三十里的山塬上,到处都是层层叠叠的尸体,混杂着支离破碎的战车,鲜血淋漓的战马,丝缕飞扬的战旗,啄尸的鹰鹫正在成群成群地飞来,大片大片的黑老鸦聚满了山头枯树,无休无止地聒噪着,温热的血腥味儿随着萧瑟秋风弥漫了整个河谷,浓烈得使人要剧烈地呕吐。

难得见作者有省略之笔。不过几笔,即交代了丹水之败的惨烈。简笔,其实也有其力量。

“禀报大司马:我军战败了……”

“上天啊!”面色苍白的屈原大叫了一声,一口鲜血喷出,从马上倒栽下来。

悠悠醒来,屈原依稀看见了一圈火把,看见了火把中士兵们的泪光,看见了浑身鲜血的一员大将正扶着自己……“你?你是景缺?快,快说,死了多少人?屈丐将军呢?”

“大司马,新军将士兄弟们,全部战死了,屈丐老将军剖腹,殉国了……”

其实是被活捉了。但这样死法,惨烈一些。

“啊——”屈原又一次昏了过去。

一片沉重的脚步声渐渐逼近,屈原睁开了眼睛,看见大片火把包围了过来,看见面色苍白的春申君与一个黑色战袍的大将走到了面前。

“秦国上将军司马错,参见大司马。”黑色战袍的大将恭敬地深深一拜。

屈原倏然清醒,神奇地霍然站了起来:“司马错,楚人有热血,楚国不会灭亡!”

“噢呀屈兄,上将军是来商谈分尸的。”春申君在屈原耳边说了一句。

“大司马。”司马错肃然拱手道,“楚国新军人怀必死之心,战力之强,天下罕见,我秦军将士深为敬佩。此战我军伤亡六万,实为惨胜。司马错景仰大司马,敬佩楚国新军将士,愿与楚军合力,分开两军尸体,使英雄烈士各归故土。”

屈原默默地对司马错深深一躬,热泪不禁夺眶而出,大袖一甩,转身去了。

兵家之法,也须讲求仁本。以仁为本,才能服天下。战死之士,虽败犹荣,值得尊重。

次日午后,两军尸体已经完全分开。屈原本想将新军将士运回南楚故土安葬,可实在难以办到,无奈之下,便与春申君选择了丹水南岸一片山清水秀的谷地做了楚军坟场。楚军十万具尸体,百人一坑,一日一夜便堆起了一千座高大的坟墓。司马错亲自送来了一千方秦国蓝田玉，做了楚军墓石刻。屈原亲自题写了两个大字“国殇”，镌刻于白玉之上，立于每座坟头之前。第三日，楚军残兵在谷地中为阵亡将士举行了隆重的祭奠仪式。屈原身穿麻衣，亲自主祭。当他将三桶楚酒洒在祭台前时，悲从中来，不禁放声大哭。楚军人人饮泣，哭声弥漫了河谷原野。屈原在遍野哭声中登上了祭台，激越吟哦——

我有忠烈兮千古国殇
猛士身死兮不得回故乡
云梦渔舟兮一别去
浴血沙场兮云飞扬
挥吴钩兮夺秦弓
血染甲兮大旗红
身首离兮天地惊
怀故国兮志坚诚
心高洁兮不可凌
子魂魄兮为鬼雄

出不入兮往不返
平原忽兮路迢远
猛士去兮栋梁折
国殇沉沉兮何以堪

当天晚上，楚军拔营后撤了一百里，回到了原先驻防的沔水河谷。

屈原一直昏睡到夜半方醒，却见春申君还守候在榻边，不禁迷惘惊讶道：“你？你还没有走？”春申君笑了：“噢呀屈

丹水之战，楚十分狼狈。秦王忧楚齐之好，张仪跑到楚国厚赂楚王，并许之以商、於之地六百里，楚王很贪心，就跟齐绝交，还派出使者去羞辱齐王，结果张仪诈病三个月之后，称，约地六里，而非六百里，于是，“楚使怒去，归告怀王。怀王怒，大兴师伐秦。秦发兵击之，大破楚师于丹、淅，斩首八万，虏楚将屈匄，遂取楚之汉中地。怀王乃悉发国中兵以深入击秦，战于蓝田。魏闻之，袭楚至邓。楚兵惧，自秦归。而齐竟怒不救楚，楚大困。”（《史记·屈原贾生列传》）“斩首八万”，可见厮杀的残酷。对敌方战死之士礼葬，多是现代之想象。

兄,我到哪里去？回郢都送死了？你醒醒吧,我俩一起走,到燕国去,找苏秦了。”屈原翻身坐起道:“春申君啊,你如何这般糊涂？大祸是我的,与你何干？快回郢都去,留一个是一个,莫非要一起上杀场,才心安了?”“屈兄哪里话了?”春申君真着急了,“你我同心,合纵抗秦,今日失败,我如何能独生了?”屈原长叹一声,眼中又是泪光莹然:“春申君啊,义有大节方为义,我等固可同生死,但不能抛下楚国！有你在朝,楚国终是有一线生机,你如何不明白也!”春申君喟然一叹:“屈兄啊,我回去也是死,何如共担艰危,要死一起死了!”

“不!”屈原光着脚跳下地来,“你不似我这般激烈,楚王对你颇有好感,老世族对你也没有深仇大恨。你回郢都,至多稍有贬黜,断不至于杀身灭门。陪着我,既不能稍减我罪,又徒然教老世族独霸朝政,不能这样啊,春申君!”

要保存一些新生力量。

诙谐达观的春申君罕见地流泪了:“噢呀屈兄,非我人缘好,是你替我挡住了风雨啊……你获罪,我如何走得心安?”

“春申君！你是大丈夫！妇人之仁害死人!”屈原几乎是吼了起来。

春申君拭去了泪水,对屈原深深一躬:“屈兄,今日别过了……”猛然转身大步去了。屈原一阵大笑:“春申君,多多保重!”

夜色之中,一阵急骤的马蹄声渐渐远去。屈原走出军帐,看着漫天闪烁的星斗,听着点点零落的刁斗之声,觉得天旋地转,自己飘飘悠悠地飞升了起来。

第十二章　不宁不令

一　大义末路何茫然

郢都乱了。楚怀王找张仪媾和，张仪冷笑着撂下一句话：“媾和？打完仗再说。”当着他的面上车回秦国去了。找春申君，春申君不知去向。好容易找到苏秦，这位滔滔雄辩的六国丞相却又一言不发。楚怀王走投无路又六神无主，最后只有去了昭雎府。

昭雎虽然还是“卧病在榻”，却也给楚怀王出了几个实实在在的主意：第一个是缉拿屈原，防止肘腋之患；第二个是罢黜春申君黄歇，剪除屈原羽翼；第三个是驱逐苏秦，向秦国表示退出合纵的决心。昭雎末了道：“我王若能如此，则楚国大安。否则，老臣也是无能为力了。”楚怀王想想也是无奈，跺着脚长吁一声走了。回到王宫，楚怀王却不知这三件事从何做起。缉拿屈原，屈原在哪里？罢黜春申君，春申君连影

无法之法。

子都不见如何罢黜？驱逐苏秦，总得有个说法，一个六国丞相，总不能教几个武士吆五喝六地将人家赶出去吧？还要向秦国示好，张仪都走了，向谁去示好？

楚怀王一路皱着眉头到了后宫，长吁短叹地对郑袖说了一遍。郑袖白嫩的手指戳着他的额头，咯咯笑道："晓得无？木瓜一个！谁出的主意，教谁来办哦，人家出了主意，不给人家权力，生生一个青木瓜哦。"楚怀王恍然大悟道："对呀！王后真聪明，来人，立即下书：宣老令尹昭雎进宫理政。"

本该叫"夫人"，天子之妃才叫"后"。但战国时期诸侯多僭越，诸侯称王之后亦可立王后。郑袖可惜是个女子，空有一身好本领，只能在那争宠吃醋的脂粉堆里称王称霸。

昭雎一出山，一河水立即开了：三路精骑缉拿屈原，一纸王书罢黜春申君。昭雎亲自出面，彬彬有礼地请苏秦离开了郢都。而后又立即派出驷马快车的特使，飞驰咸阳示好媾和；再便是老世族纷纷重掌旧职，新派纷纷搁冷置闲。旬日之间，楚国的老气象恢复了，满堂白发苍苍，朝野再无争斗，楚怀王竟觉得轻松了起来。

可就在这时候，忽然传来一个惊人的消息：八万新军开得不知去向，屈氏领地大出粮草！满朝顿时哗然。屈原若领着这八万新军压来郢都，岂非又是一个乾坤大颠倒？可反复探察，郢都方圆几百里都没有新军踪影。昭雎猛然醒悟，立即派出连续六路亲信飞骑奔赴秦楚边境探察。可忒煞作怪，六路飞骑竟都是泥牛入海。这一下，郢都君臣可都迷糊了。有人说，屈原领兵去了岭南，要建一个新诸侯国复仇。有人说，八万新军投奔了齐国，屈原要做齐国丞相了。有人说，新军就藏在屈氏领地里，屈原马上就要反了。各种揣测流言不胫而走，一时人心惶惶。

毕竟昭雎有见识，径直到后宫来找楚怀王，铁青着老脸道："敢问楚王，屈原手中可有兵符？"楚怀王惊讶了："没有啊，本王没有给过他兵符，他如何能有兵符了？"昭雎依旧板着脸："楚王记性不好，还是再想想了。"楚怀王转悠了两圈猛然一跺脚："咳呀！老令尹还真是神！想起来了，本王给过屈原一尊象符，可，可本王有言在先，不许他擅自动用的了。"昭雎摇头叹息："楚王啊楚王，此番楚国算是和秦国结下死仇，永世解不开了。"

"老令尹此话怎讲？"楚怀王急得额头冒汗，"不能媾和了？秦王拒绝了？"

昭雎哭笑不得："楚王还不明白？屈原有兵符，调集兵马打秦国去了。他打过仗么？能打赢么？八万新军加昭常十五万大军，全都要葬送在屈原手里了！"

楚怀王红润润的面孔刷地变得苍白："你，你是说，楚国的主力大军全完了？"

"非但如此。"昭雎沉重地喘息着，"如此不宣而战，秦国岂能不记死仇？多年来，老臣竭力斡旋，都为不使楚国与强秦为仇，如今啊，全完了，楚国被屈原葬送了……"

楚怀王一下子软瘫在草地上，带出了哭声道："这这这，这却如何是好了？"

"杀屈原，罢黄歇，以谢秦国！"昭雎牙齿咬得咯咯响。

楚怀王抽着鼻子唏嘘着："也只有这样了，本王，本来最怕杀人了。"

奇葩。

次日内侍急报，说春申君黄歇宫外候见。楚怀王一听便跳了起来："快！叫他进来了！"一见春申君疲惫憔悴风尘仆仆的样子，楚怀王心又软了，却依旧板着脸道："黄歇，你窜到哪里去了？弄得一副逃犯模样。"春申君惨淡地笑了："楚王，臣到丹阳去了。"楚怀王满脸疑云："丹阳？丹阳在哪里？有事了？"春申君叹息道："噢呀我王，黄歇是屈原一党，听凭我王发落了。"

"噢——对了！"楚怀王恍然大悟，"你跟屈原打仗去了！是也不是了？"

跟着这样的老大，真是想死的心都有了。

"是。"春申君淡淡漠漠道,"事已至此,臣不愿多说,领罪便了。"

"领罪领罪！就晓得领罪！"楚怀王指点着春申君数落起来,"黄歇呀黄歇,你我同年,本王对你如何？从来都是宠着你护着你,对么？你倒好了,却偏偏跟着屈原那头犟驴乱踢腾。又是新政,又是变法,又是练兵,又是暗杀,事事你都乱掺和！这下好了,屈原叛逆该杀,你说本王还如何保护得了你？"

"臣唯愿领死。"春申君干脆得只有一句话。

"晓得无？你才是个大木瓜！还说我是木瓜？"楚怀王骂了一句,突然压低声音道,"哎,说老实话了,屈原这仗打得如何？大军全完了么？"

"噢呀呀,我王这是从何说起了？"春申君惊讶地叫嚷起来,"大司马未奉王命是真了。可要说打仗,这次可真是打出了楚国威风！斩首秦军六万,我军伤亡只有十万余,其余十来万楚军还好好地驻扎在沔水！谁说楚军全完了？分明恶意诬陷！"

"勿躁勿躁。"楚怀王惊喜地凑了上来,"你说斩首秦军六万？"

"噢呀没错！司马错也亲口认账了。"

"楚军还有十来万？"

"断无差错！我王可立即宣昭常来郢都证实了。"

"好！大好！"楚怀王拊掌大笑,"春申君啊,你真是个福将,给本王带来了福信！"说着突然压低了声音,"对了,快去找几个人担保,有人要罢黜你了。"

"谢过我王。臣告辞了。"

春申君一走,楚怀王顿时轻松了起来。匆匆大步回到后宫,高兴地对郑袖学说了一遍。郑袖笑道:"晓得了,也好,没伤筋动骨哦。日后只要再不开罪秦国,也许还是平安日月哦。"楚怀王道:"说的是了,有这一仗,秦国也不敢小瞧我大楚国了。哎,王后,你说这屈原该如何处置好了？"郑袖笑道:"晓得无？这种事找老令尹说了。"楚怀王道:"老令尹？他教我杀了屈原。"郑袖笑道:"那就杀了,还能再说个木瓜出来了？"楚怀王嘟哝道:"木瓜木瓜,我是木瓜么？你才是木瓜了。"郑袖点了一下楚怀王的额头咯咯笑道:"晓得晓得,我是木瓜哦,谁敢说乖儿子是木瓜了？"楚怀王得意地大笑了一阵:"木瓜嘛,倒是有一个,屈原！""乖儿子真聪明哦！"郑袖笑着拍手:"晓得了,屈原大木瓜。"楚怀王大乐,抱起郑袖滚到了纱帐里,笑声喘息声久久不歇。

正在这时,老内侍在纱帐外高声道:"禀报我王:屈氏族老在宫门请命。"

“败兴!”楚怀王气恨恨地嘟哝了一句,衣衫不整地爬了起来,“如何个请命法了?”

“一大片老人举着白绢血书,跪着不起来,要见我王。”

“岂有此理！没找他的事,他倒先来了？王后,我去看看了。”

来到宫门一看,楚怀王钉在那里挪不动脚步了。偌大车马场中跪满了白发苍苍的老人,一副钉在大木板上的白绢血书触目惊心——杀我屈原,反出楚国！斗大的八个字还滴着淋漓的鲜血,个个老人的手上都缠着白布,面色阴沉得仿佛随时都要爆发。楚怀王虽说颟顸,但有一点还是明白的:屈氏举族百余万口,除了王族芈氏与昭氏部族,便是楚国第三大部族,若举族造反,楚国岂非要大乱了？

“前辈啊,这是何苦了？快,快起来了。”楚怀王走到为首老族长面前,不禁有些慌乱,想扶起老人,却硬是不敢伸手。

“屈氏草民恳请我王:赦免屈原,否则,屈氏举族反往岭南自立!”

“哎呀呀老前辈,本王何曾说过要杀屈原了?”楚怀王连忙先为自己开脱了一句,又凑出一脸笑容道,“屈原还没有回来,本王还没有见他,谁说要杀他了？纵然回来,也还要查问后再说了,起来起来,快起来了。”

老族长还是跪着,竹杖点得笃笃响:“大司马为洗雪国耻,献出族中六万子弟,献出族中粮草十五万石,浴血沙场,斩首秦军六万,有大功于楚国！我王若听信谗言,诛杀屈原,楚人将永世没有忠臣烈士!”

“老族长,本王听你的便是了。”楚怀王沉重地叹息了一声,“杀秦军六万,也不容易了,快,快起来了。”

老族长刚刚站起,便闻场外马蹄声疾。内侍低声急报:“我王快看!”楚怀王闻声抬头,却见一个“野人”迎面而来:

无辜的“神农架野人”!

战袍血迹斑斑，须发灰白散乱，眼眶深陷，干瘦黝黑得好像一段木炭。楚怀王不禁惊讶得倒退了两步："你？你是大、大司马？"

来人扑地跪倒："臣，屈原领罪。"

楚怀王长叹了一声："屈原啊，你也苦了，先起来，容我想想再说了。"

"屈原尚有一言，望我王容禀。"

"有话，你就说。"

屈原慷慨激昂道："与秦国开战，全系屈原一人所为，与他人无涉。臣恳请我王：对战死将士论功行赏，对屈氏粮草如数偿还！此外，此战后虎狼秦国必来复仇，楚国目下战力太弱，恳请我王交出屈原，以全楚国！"

"大司马！不能啊！"屈氏族老们老泪纵横，一片哭喊。

屈原站起来对族老们深深一躬："族中前辈们：屈原不才，若能以一己之身消弭楚国危难，虽死何憾！我屈氏世代忠烈，当以国难为先，切莫为屈原性命胁迫楚王了，前辈们，回去，屈原求族老们了……"

"大司马……"老族长竹杖笃笃，颤抖得说不出话来。楚怀王大是动情，一时涕泪交流泣不成声。

这场风波又一次震撼了郢都。屈氏部族不惜举族叛逆而死保屈原，屈原不惜一死而为战死将士请功的故事迅速传遍了朝野。更令国人心动的是，屈原竟自请楚王将自己交给秦国，以保全岌岌可危的楚国，古往今来，几曾有过如此耿耿忠烈的大臣？一时间，为屈原请命的呼声弥漫了楚国，老世族们不好开口了。

屈原始终心系怀王。屈原的忠心，不容置疑。

楚怀王也英明了一回：先恢复了春申君的参政权力，而后拉上春申君一起与老令尹昭雎等几名主政大臣密商了一日一夜，终于书令朝野：丹阳之战的死难将士，全数论功赐爵，由春申君清点实施；免屈氏领地三年粮赋，以为补偿；罢黜屈原大司马之职，领三闾大夫爵，放逐汨罗水思过自省。王令通告朝野，庶民们虽然还是怨声难平，却也是无可奈何。残余的新派们也渐渐安静了，毕竟没有杀屈原，也没有交出屈原给秦国，有老世族咬着屈原，还能教楚王如何处置？

屈原离开郢都那日，十里郊亭挤满了送别的人群。有郢都国人，更有四乡村野赶来的庶民百姓，四面山塬上到处涌动着默默的人群，路边长案罗列，摆满了人们献来的各种酒食。正午时分，当春申君亲自驾车送屈原出城上道时，郢都四野的哭声弥漫开来，随着那辆破旧的轺车慢慢地聚拢到了十里长亭。站在轺车伞盖下的屈原，苍老干瘦得全然没有了往昔的风采，他那永不熄灭的激情似乎也干涸了，只是木然地望着四野涌动的人群，一片空洞，一片茫然。

半日驰驱，终于到了云梦泽边。春申君跳下轺车，扶着屈原下了车，深深一躬道："屈兄，善自珍重了。"屈原淡淡地笑了笑："春申君，我有最后一言：楚国不堪腐朽，已经无力自救了。一定要去找苏秦，再度合纵，以外力保住楚国，等待机会了。见到苏秦，代我致歉，屈原，意气太过了……"说罢一声叹息，大步上了小船。

按小说的逻辑，屈原要为此负上很大的责任。

"噢呀屈兄——我记住你的话了！"

小船飘飘荡荡地去了，屈原始终没有回头。

春申君也不是可掌控大局之人。司马迁给春申君的按语为，"当断不断，反受其乱"（《史记·春申君列传》）。

二 苏秦陷进了烂泥塘

苏秦离开了楚国，心灰意冷地踏上了北上的路途。

南下时踌躇满志，要一心与屈原春申君合力，扭转楚国危局，为合纵保留最坚实的一块立足之地，也与张仪进行一次面对面的纵横较量，不想倏忽之间急转直下，结局乱得一塌糊涂，原因却是莫名其妙。作为合纵一方，是彻底失败了：非但没能扭转楚国，反而使其余五国更加离心。秦国呢，同样是失败了：非但张仪险遭暗杀，最终也还是没有避免一场恶战，竟前所未有地折损了六万新军锐士。楚国呢，更是最大的输家：朝局大乱新派湮灭且不说，积数年心血所训练的八万新军连同两三万老军，也全数赔了进去。同时还结下了一个最凶狠强大的仇敌，将无可避免地永远不得安宁了。

细思其中因由，千头万绪令人扼腕叹息。楚怀王是千古罕见的抽风君主，时而聪明机断，时而颟顸纨绔，弯子转得常常令人哭笑不得。屈原则是千古罕见的激烈偏执，恨便恨死，爱便爱死，意气极端得全然没有回旋余地。春申君呢，机变诙谐且颇有折冲之能，却少了一些坚刚与大智，既影响不了屈原，又影响不了楚王，硬生生地无可奈何。昭雎阴沉狡黠又极是沉得住气。郑袖聪敏贪婪偏又能适可而止……面对楚国如此乱象，几乎每个人都是苏秦的对手，却教苏秦如何对付？张仪号称天下第一利口，能事至极，还不是无法将楚国乱象理顺到秦国和局之中？

这一段分析，极为精到。各人的性格，把握得非常准确。楚怀王刚愎自用，屈原有点偏执狂，眼睛里揉不得一粒沙子。春申君能养士，但缺戒备之心。郑袖聪明，但只顾保全自身地位。各自发力，力不在一处，楚国便乱成一锅粥。

到头来三败俱伤，却不知道罪责在谁。似乎一切都是屈原搅乱了。可是，若没有屈原的强硬，楚国还不是纳入了秦国算盘？屈原既强力扭转了楚国倒向秦国，又完全堵塞了楚国重入合纵，更是一举毁灭了楚国变法的希望。功也罪也，孰能说清？

一路之上，苏秦思虑着念叨着揣摩着，最后还是说不清道不明的一团糨糊，末了只好长叹一声：“人算何如天算？当真天意也！”想想合纵以来的坎坷，苏秦无可奈何地笑了。难道不是天意么？每到穷途末路，苏秦必得从燕国开始。合纵发端于燕国，每次大挫，竟都只有回燕国这一条路。弱燕生苏秦，强秦成张仪，看来这也是天意了。

“二哥——二哥——”

苏秦蓦然惊醒，却见一骑快马飞驰而来，马上骑士斗篷招展摇手长呼，不是苏代却是何人？苏秦四面一张望，发现竟然已经到了蓟城郊野，低声嘟哝一句“好快”，跳下了轺车，坐在道边一块大石上等候苏代。

“二哥，回来得好！我正等你。”苏代下马，不断拭着脸上的汗水。

苏秦笑道：“三弟啊，你知道我回燕国？”

“不知道，我正在城外狩猎，看见了苏字大旗，不是二哥却是谁？”

“一个人狩猎？”

“不是，子之邀我一起狩猎的。你看那儿——”

苏秦目力虽差，却也看见了遮天蔽日的烟尘中翻飞的大旗与冲锋驰骋的马队，看那气势，少说也有三五千骑兵。苏秦不禁皱起了眉头：“子之又在炫耀燕山铁骑了？”苏代笑道：“二哥不知，子之目下可是威风起来了，军政大权一把抓。”苏秦冷冷道：“燕王相信他？”苏代道：“燕王病了，瘫了，将国事都交给了子之。”

子之要取而代之。

苏秦大是惊讶，走时还好端端如日中天的一个燕王，如何就瘫在了榻上？莫非是子之……苏秦脊梁一阵发凉：“快说，燕王如何病的？”

“前次狩猎，燕王从马上摔了下来伤了腿，后来日益沉重，最后便瘫了。”

“燕王精于骑射，如何能摔下马来？”

“子之说，那是一匹东胡野马，燕王冒险尝试，被野马掀翻。”

苏秦沉默良久淡淡一笑：“去看过燕姬么？”

“去过两次,想给她送点物事,却没有见到人,可能云游去了。”

苏秦又是一阵沉默:“你先去,记住,不要对子之说我回来了。”

“好……那我先走了。”苏代似有困惑,却也习惯了听苏秦吩咐,上马一鞭去了。

眼看着烟尘消散,狩猎马队卷旗收兵,苏秦才上了轺车偃了大旗,静悄悄地绕到最僻静的北门进了蓟城。回到府中吩咐关了大门,沐浴梳洗之后便进了书房,苏秦要一个人好好想想燕国这几件事。谁知刚刚落座,总管老仆走了进来低声道:“大人,上卿来了。”苏秦一怔:“上卿?他如何知道我回来了?”老总管默默摇头。苏秦道:“你去说,我路途受了风寒,已经卧榻歇息,改日上门回访。”老总管看看苏秦,却没有走。苏秦不耐烦道:“没听见么?去。”老总管低声道:“老朽本不该多嘴,大人还是不要回绝的好,上卿在蓟城可是……”老人眼光闪烁,似乎不敢往下说了。苏秦想了想:“也好,去请他进来。”老人犹豫道:“大人不去迎接?”苏秦不禁笑了:“我是封君开府丞相,他只是上卿,知道么?去。”

片刻之间,书房外脚步腾腾,子之赳赳走了进来,还是一身软甲一领战袍,手中一口长剑,人尚在廊下,响亮的笑声已经响彻了庭院:“武安君当真雅兴,悄悄归燕,也不给子之一个接风的机会。”随着笑声进门,人已一躬到底,“武安君,子之有礼了。”苏秦淡淡笑道:“甲胄上卿,礼数倒是周全,请入座了。”子之哈哈大笑一阵,坦然入座,顺手将长剑横在了案头。总管老仆上了茶,悄悄地守到廊下去了。

“楚国震泽吴茶,上卿以为如何?”

“好看,太淡。”子之笑道,“还是燕山粗茶来劲儿,克得动牛羊肉。”

“见仁见智,一家之言了。”

子之对苏秦的揶揄似乎浑然无觉:“武安君,多日等你归来,四处派出游骑斥候探察你动静,非有他意,只是想与你商议一件大事。”

见子之坦诚,苏秦的一丝不快已经消散:“大事?上卿请讲。”

“在燕国变法!”

苏秦大是惊讶,沉默着半日没有说话。子之打量着苏秦笑道:“武安君以为子之粗蛮,不堪变法?”苏秦默默摇头,却还是没有说话。子之道:“武安君啊,变法有内外两方条件,而今大势已变,燕国内外皆宜变法,如何武安君倒狐疑起来?”

“你且说说,燕国如何内外皆宜了?”苏秦终于说话了。

“先说外势：秦国惨胜楚国，遭受重创，三五年内不会在中原生事；赵齐魏楚四大国内事频仍，更无力威胁燕国，如此燕国便有了一段安稳时日；再说内事：燕王贤明，委大政于你我，新派已经成了气候，老世族没有实力抗衡，此时若在燕国变法，岂有不成之理？”

“你欲如何变法？”

子之哈哈大笑：“武安君何其糊涂！变法你领，问我何来？”

“你要变法，如何又是我领？”

“哎呀武安君，子之保驾，苏秦变法！不好么？”子之拍着书案一阵大笑。

苏秦心中怦然一动，正待开口，却又硬生生忍住，淡淡笑道：“兹事体大，苏秦从来没有想过，得从长计议。”

“好，多想想也好，我等你。”子之突然压低声音道，“还有一事，敢请武安君恕罪。”

苏秦很不喜欢这种一惊一乍，皱着眉头道：“你说。”

“燕王瘫病期间，武安君不在国中，燕王要我署理丞相府政务。子之事先言明：只是代为署理，武安君回燕即交还权力。可燕王不答应，说丞相未必再回燕国，硬是宣来一班大臣，教我做了丞相……”子之叹息了一声，流露出深深的歉意，“子之愧对武安君，特来说明，明日你我面见燕王，我即交还丞相印信。”

蓦然之间，苏秦恍然大悟，笑了笑道：“丞相便丞相，那是国家公器，又不是你借我的物事，能还回来么？”

“只要子之坚执不受，自然能归还回来。”

苏秦哈哈大笑：“子之啊子之，苏秦岂是讨官做之辈？你便做丞相何妨，只要你真正变法，真正使燕国强大，苏秦何须斤斤计较？”

“武安君大义高风，子之敬佩之至。”

送走子之，苏秦前所未有地失眠了，想了整整一夜，却不知究竟想了些什么，更不知道想清楚了什么。天亮时终于蒙眬睡去，日上半山时却又被老仆唤醒了，说上卿亲自驾车来接他进宫。苏秦只得起来梳洗一番，出来上了子之高车进宫去了。

踏进王宫，苏秦便觉得气氛有异。燕国宫殿虽然窄小陈旧，平日里却也是一片生气。尤其是燕易王成年即位，一心要振兴燕国，操持国务一点也不松懈，每日吏员如梭，宫中总是忙忙乱乱的。今日进宫，偌大车马场竟没有停放一辆官员轺车，进得宫门，两廊官署更是冷冷清清，只有管辖王室事务的两三处开着门有吏员身影，其余一概关闭。苏秦不禁大是困惑：燕王病了，难道国务也停止了？

子之见苏秦眼神不对，指点着笑道："我一个忙不过来，也是偷懒，教这些官署都迁到我府上去了。"苏秦心中一沉，脸上却笑着："上卿果然不凡，只差将王宫搬走了。"子之大笑道："武安君却是迂腐了，无论搬到哪里，只要将事情办好不就完了？"苏秦想赶快见到燕王，也不说话，只是大步向深处走去。

进入第四进，是燕王经常召见朝臣的两座偏殿，过了偏殿是正殿，一过正殿便是燕王书房与典籍库。这些地方苏秦都很熟悉，唯独没有来过后宫。步入书房回廊，一股草药气息扑面而来，苏秦不禁大皱眉头。来到寝宫庭院，药味儿更是浓郁。苏秦抬头一看，庭院池边铺满了草席，席子上晾满了黑乎乎的药渣。药渣席边，好几个太医在蹬着药碾子碾药，呼噜咣当一片，直与制药作坊一般。

子之低声道："东胡神医的方子：服用汤药之后，药渣碾成粉末吃下。"

苏秦阴沉着脸走进了寝宫，远远便听大木屏外的老内侍高声长宣："武安君上卿到——"苏秦一怔，听见里面一阵急剧的咳嗽喘息。内侍此时连忙躬身闪开："燕王召见，武安君上卿请——"

苏秦早就听燕姬说过，燕王宫狭小粗简，唯有寝宫高大宽敞，白日里阳光一片，分外明亮。但是转过大木屏，眼前却一片幽暗，窗户关闭，帐幔低垂，一股令人作呕的气息四处弥漫，厚厚的帐幔中剧烈的咳嗽喘息之声不能停止，听得苏秦分外揪心。

子之捏着鼻子在苏秦耳边道："东胡神医说：不敢见风。"

苏秦终于忍不住了，对着帐幔深深一躬，高声道："臣苏秦启禀我王：苏秦通晓医道，此乃东胡巫术，摧残性命，百害而无一利。臣请我王立即裁撤，改用我华夏医药救治。"

帐幔后传出一阵更为急剧的咳嗽喘息声……苏秦对四名侍女断然挥手："快！撤去帐幔，打开窗户，搬走药渣，立即收拾干净！"

侍女们惊恐地望着子之，没有一个人敢动。苏秦微微冷笑道："上卿大人，这是东胡巫术，还是蓟城人术啊？"子之看看苏秦铁青的脸色，突然大笑："武安君受不了，我也受不了。撤，快！撤了！"

几名侍女立即忙不迭动手，拉开围墙大帐，打开全部窗户，又收去卧榻帐幔，搬走屋中 所有药渣与不洁之物……片刻之间，寝宫中阳光明媚和风徐徐，大是清新宜人。苏秦向卧榻一看，却惊讶得钉在了那里——阳光之下，卧榻之人形如鬼魅：一身脏污不堪的布衣，面色苍白如雪，眼眶深陷成了两个大洞；一头黄发散披在肩，一脸血红的胡须杂乱地虬结伸张着；嘴巴艰难地开合喘息着，口中黑洞洞的看不见一颗白牙。若非亲见，苏秦如何能想到这便是几个月前英挺勃发的燕王？蓦然之间，苏秦心中闪过了齐桓公姜小白爬满蛆虫的尸体，不禁倒吸了一口凉气。

这病来得着实蹊跷。

“哦哦，噢啊……”燕易王含混不清地喘着叫着，木呆呆地看着苏秦。

苏秦走到榻前：“臣，苏秦参见燕王……”

燕易王艰难地喘息着，深陷的眼眶中流出了细细的两行泪水。苏秦道：“臣请为燕王把脉。”说罢跪坐榻前，拉过燕易王干柴一般的枯手，刚一搭脉，苏秦心中猛然一跳，良久，苏秦站起来肃然一躬：“臣启燕王：医家至德，不讳言误事。燕王脉象，来日无多，须及早安排后事了……”燕易王眼眶中又涌出了两行细泪，那只枯瘦的右手却艰难地摇动着。苏秦一看，子之正站在燕易王右首。

苏秦正色道：“上卿，宣召太子。”

子之沉重地叹息了一声，转身命令内侍：“宣召太子进宫。”内侍匆匆去了。

苏秦猛然想起一人：“敢问上卿，栎阳公主为何不在燕王身边？”

“秦人没个好！”子之愤愤道，“燕王一病，她便回咸阳省亲去了。”

苏秦心有疑云，瞄了一眼燕易王。燕易王微弱的目光连番闪烁，只喘息咳嗽着无法说话。一阵默然中，寝宫门廊下的内侍一声长呼：“太子到——”苏秦抬头一看，一个面目疏朗神情却很猥琐的高冠青年，小心翼翼地走了进来。苏秦深

相由心生。太子难担大任。

深一躬:“臣苏秦,参见太子。”太子游移的目光中闪出了一丝惊喜:“你便是武安君苏秦?好……”却又突然打住,匆匆走到榻前对着怪异可怖的燕易王躬身一礼,默默地钉在了那里。

燕易王空洞的目光盯住了苏秦,又看了看太子。苏秦默默走到榻前。燕易王艰难地拉住了苏秦与太子的手,将太子的手塞进了苏秦的手中,喉头发出一阵含混的叫声与喘息。苏秦高声道:“燕王勿忧,苏秦当竭力辅佐太子!”燕易王喘息稍平,又看看走到榻前的子之,又将子之的手塞进了太子的手中。子之朗朗高声:“我王放心去,子之力保太子称王!”

一阵微弱喘息,燕易王大睁着空洞的双眼,了无声息地去了。

苏秦三人刚刚跪倒,寝宫外一阵沉重急促的脚步声,接着便闻内侍一声长呼:“王后驾到——”话音未落,子之霍然起身,长剑已经提在了手里。太子一扯苏秦衣襟,也惊恐地站了起来。苏秦转过身来,一队劲装带剑的黑衣侍女已经环列厅中,将三人连同燕易王的尸榻一起围在了中间,一身甲胄一口弯刀的栎阳公主冷笑着走了过来。

子之冷冷道:“栎阳公主,来燕国何干啊?”

“问得好稀奇。”栎阳公主淡淡道,“我是燕国王后,这里是我的家,将军不知道?”

“你逃国离燕,已经不是王后了。”

栎阳公主微微冷笑道:“子之,可惜你还没做燕王,未免威风得太早。”

“你且看好了,这是燕王废黜王后的黄绢王书!”子之抖开了一方黄绢,“废后令”三个大字与那方鲜红的王印赫然在目。

一阵哈哈大笑,栎阳公主手中抖开了一方白绢:“子之看好了,这是燕王手书王命:栎阳公主,永为王后!再看后面一行小字了:若有废后矫书,是为乱国!看清楚了么?”

“来人!将这矫书秦女拿下问罪!”子之威严地大喝了一声,宫外却没有动静。

栎阳公主笑道:“喊啊,如何不喊了?”说话间悠然走到子之面前,雪亮的弯刀突然架在了正在发愣的子之脖颈上,“子之,你那套鬼蜮伎俩骗得了武安君一等正人君子,可骗不了我这个目无王道的刁钻女子。今日我要明告你:你若忠心辅佐太子称王,你便是燕国功臣。否则,本后的老秦旧部便要联结燕国王族,教你死无葬身之地!如若不信,你便试试。”

子之哈哈大笑:“栎阳公主,你只有今日一个机会,你不杀我,休怪子之日后无情。”

栎阳公主收了弯刀："子之，若非顾忌燕国内乱生灵涂炭，杀你比杀狗还容易。我栎阳公主身为王后，若无讨贼实力，也不做今日之事。至于子之的无情，栎阳早有领教，随时奉陪。"说罢沉声命令，"燕王遗命：武安君苏秦，拥立太子即位；上卿子之，主持国丧大礼；若有不臣之臣，举族杀无赦！"

子之早有异心。但出身毕竟重要，子之做权臣没问题，但若取而代之，燕国上下很难认同。现代人说得好，"投胎是一门技术活"。

"臣苏秦谨遵王命！"苏秦一阵轻松。

"子之谨遵王命！"子之也没有片刻犹豫。

次日太子即位，这便是燕王姬哙。姬哙当殿下书：武安君苏秦爵加两级，领丞相府主政，封地增加一百里；上卿子之爵加两级，兼领右丞相、上将军辅政，封地增加一百里；苏代任亚卿，辅上卿署政；燕国名士鹿毛寿赐大夫爵，任御书之职。这些都在朝臣预料之中，原是不足为奇。

出人意料的是，新王宣布：将十三岁的长子姬平立为太子。即位当天便立太子，这在百余年的战国历史上可是闻所未闻。当时便有将军市被出来劝阻燕王，说储君事大，须得从长计议，不宜操之过急。平日显得并无主见的新王姬哙，此时却一声不吭，显然是咬住了要立太子。苏秦虽然也是大感意外，但略一思忖，立即站出来支持了燕王，说辞只有十六个字："早立太子，国脉明晰，传承有序，并无不妥。"子之虽然没有说话，但声望满天下的苏秦一开口，姬哙顿时吃了定心丸一般，也不再听朝臣议论，便宣布了散朝。

防子之的狼子野心。这一狠招不知是出自栎阳公主还是出自燕王哙。

苏秦刚刚回到府中，苏代跟脚就到，还没落座就问："二哥，你如何赞成燕王立太子了？"苏秦沉着脸道："如何，我不能赞同？"苏代红着脸道："上卿最烦这个姬平，要立也不能立他。"苏秦顿时不快，盯住了这个聪敏机变的弟弟："姬平是长子，立太子名正言顺。子之烦姬平，烦的该不是太子本身吧？"

"二哥。"苏代苦笑道,"子之既有实力又有魄力,还有一股锐气,他在燕国掌权有何不好?你说,战国以来有多少家臣废主自立?鲁国、晋国、齐国,三个老大诸侯,都被新派臣子取代了,独独留下这个老燕国,为何新派人物就不能取而代之?"

苏代与苏秦的想法不一样。《史记·燕召公世家》:"燕哙既立,齐人杀苏秦。苏秦之在燕,与其相子之为婚,而苏代与子之交。及苏秦死,而齐宣王复用苏代。燕哙三年,与楚、三晋攻秦,不胜而还。子之相燕,贵重,主断。苏代为齐使于燕,燕王问曰:'齐王奚如?'对曰:'必不霸。'燕王曰:'何也?'对曰:'不信其臣。'苏代欲以激燕王以尊子之也。于是燕王大信子之。子之因遗苏代百金,而听其所使。"比之苏秦,苏代可能更善于审时度势。

"哼哼。"苏秦冷笑道,"苏代,你娶了子之妹妹,可不要连自己也卖了。"

"不!我是真心敬佩子之,雄心勃勃,新派气象。"

"新派气象?"苏秦又气又笑道,"你知道新派气象为何物?正经主张一条没有,就有几万铁骑、一片机心、一副狠烈张扬的脾性,这就是新派气象了?"苏秦打住话头,沉重地叹息了一声,"三弟,为兄不是迂腐士子。子之果真有治国变法之才,为兄为何不拥戴他?不说像吴起商鞅那般大才,纵有屈原那一股为行新政不惜牺牲的坦荡正气,为兄也认了。可子之有么?没有。子之有的,只是勃勃野心。这叫何来?叫志大才疏。这种人成不了事。三弟啊三弟,你初出天下,可不要湮没在燕国。"

苏代固执地摇了摇头:"二哥,你奔波合纵,名重天下,身佩六国相印,到头来却没有立锥之地,不觉得寒心么?子之是没有治国之才,可二哥你有啊!子之敬重你,一心要与二哥联手执掌燕国,这正是二哥所需要的根基,也是你我兄弟所需要的根基,又何须求全于子之?"

"住口!"苏秦大喝了一声,脸色骤然涨红。

平日里苏秦很是钟爱两个弟弟,在洛阳故里三兄弟同吃同住,苏秦实际上便是两个弟弟的老师,从来都没有对两个弟弟发作过,今日当真是前所未有。一阵沉默,苏秦心有不忍,低声道:"三弟啊,洛阳国人称你我兄弟为'苏氏三贤',难道你我兄弟不能自立于天地之间,却要附庸于一个以不臣为能事之人么?"

苏代默默地走了，一句话也没有说。

这一夜，苏秦又失眠了。这种烦乱一出现，他就知道无论如何努力也只是辗转反侧而已，索性披衣坐起，到庭院中漫步去了。幽蓝的天空，闪烁的星斗，清凉的秋风，皎洁的月亮，他的心终于渐渐平静了下来，仔细地回想了多年来在燕国的每一次转折，每一个关键人物，每一次重大事件，一条清晰的脉络竟突然显现了出来——燕国大乱在即，已经是一个烂泥塘，是一个危邦了。虽然他名高望重爵位显赫，但他却只有无可奈何地看着乱局一步步逼近，在这种实力碰撞的乱局中，自己的名望、高爵与才华，显得那样苍白无力。苏秦清醒地知道，要扭转这种乱局，只有投身其中，拥有自己的力量——土地、民众、财货与军队，必须像屈原像栎阳公主那样，敢于以武力相向。虽则答案如此简单，可苏秦最终还是认为自己做不到，即或让岁月倒退回去重来一遍，自己也还是如今的自己，也许是天意，也许是命数，也许是秉性，总之他无法接受实力碰撞中的那些龌龊，无法教自己屈从于血腥交易之中，无法让自己的灵魂依附于一种强大的黑暗。从这个意义上说，苏代比他强。苏代敢于跳进漩涡，敢于从实际利害决断自己何去何从，敢于为自己争取实力根基，而不是像他那样，将名士风骨永远看作第一位的人生准则。强求苏代如苏秦，岂非与强求苏秦如苏代一般荒谬？

不知不觉天已经亮了，苏秦到浴房浇了一通冷水，擦干身子换上了干爽的夹衣，顿时觉得轻松惬意，一直压在心头的忧郁烦乱烟云般地消散了。他吩咐总管家老关闭府门谢绝见客，进了书房，直到入夜掌灯，苏秦还没有走出书房。

过得一些日子，燕国风平浪静了。这日清晨，苏秦亲自驾车进了王宫。

姬哙虽然做了燕王，可是却没有一个大臣来见他议政，

燕王哙初立，没什么权威。《史记》及《战国策》皆有载子之位极人臣。《史记·燕召公世家》载，“鹿毛寿谓燕王：‘不如以国让相子之。人之谓尧贤者，以其让天下于许由，许由不受，有让天下之名而实不失天下。今王以国让于子之，子之必不敢受，是王与尧同行也。’燕王因属国于子之，子之大重。或曰：‘禹荐益，已而以启人为吏。及老，而以启人为不足任乎天下，传之于益。已而启与交党攻益，夺之。天下谓禹名传天下于益，已而实令启自取之。今王言属国于子之，而吏无非太子人者，是名属子之而实太子用事也。’王因收印自三百石吏已上而效之子之。子之南面行王事，而哙老不听政，顾为臣，国事皆决于子之”。此为后话，燕王哙年老时，备受子之欺辱。国君难做，不仅要应付外患，还要提防内乱。

清闲得无所事事。正觉无聊之时，住在燕山别宫的栎阳公主却给他派来了两个侍女，还带给他一封书简，简上只有十二个字——王与太子，勤修剑术，以防不测。姬哙左右无事，便常常跟着这两个侍女练剑。太子姬平少年心性，剑术兴趣极为浓厚，不用姬哙叮嘱，天天来跟两个女剑士练剑，有时候还要在月光下玩练，仿佛永远没个尽头。

这日早晨，姬哙正坐在草地上看太子姬平与侍女比剑，老内侍罕见地匆匆走了过来："禀报我王：武安君苏秦求见。"姬哙高兴地站了起来："武安君来了？快，请他进来。"说着向水池边的茅亭走去，"来人！快上燕山羊汤！"

苏秦来了，一身布衣散发无冠。姬哙老远迎了上去："哎呀武安君，山人隐士一般也，当真洒脱！"说话间拉住了苏秦，"如何老是不来，闷死我也。快来坐了，这是专门为你上的羊汤，先喝了暖和暖和。"苏秦笑着一躬："谢过燕王。"也没有推辞，喝了一鼎浓浓白亮的燕山羊汤，额头上顿时渗出了一片细汗。燕王叹息一声道："武安君啊，这国王当着实在寡淡。"苏秦悠然一笑道："上天衡平也，既握天下公器，便要舍弃自在之身。若要率性而为，便不能握天下公器，难得两全了。"

"还是武安君好，永远都是游遍天下的快意生涯。"

"臣启我王：苏秦正是来辞行也。"

"辞行？"燕王姬哙惊讶了，"武安君要抛下燕国不管了？"

"非也，臣离开燕国，恰恰是为了燕国之长远大计。"

"武安君此话怎讲？"

苏秦压低了声音道："两三年内，燕国必有不测风云。苏秦欲为燕国谋求一个可靠盟邦，必要时辅助燕国消弭内患。燕国情势，木已成舟，无力自救。若无外力，燕国只怕要

苏秦所劝的，恰好是燕王最拿不准的。《史记·燕召公列传》，燕君称王之后（即易王），"苏秦与燕文公夫人私通，惧诛，乃说王使齐为反间，欲以乱齐"。司马迁笔下的苏秦使齐，是为避祸，而非为燕国大局考虑。小说则淡化了苏秦的"惧"，张扬了苏秦的才子风骨。

社稷变色了。”姬哙沉默良久，一声长长的叹息道：“社稷兴亡，天意原是难测也。武安君恪尽人事，姬氏王族当铭刻在心，纵然无果，也无须上心。燕国自周武王始封诸侯，一脉相传六百余年，也知足了。有人要燕国，给他又何妨？这寡淡国王，姬哙也做够了……”

“我王差矣。”苏秦正色道，“王者，公器也。公器失位则国家祸乱，庶民涂炭。一己之物可让可赠，天下公器却不可随心取予。苏秦之心，我王当三思明察。”

姬哙又一阵沉默，起身深深一躬：“武安君忠信谋国，姬哙先行谢过。”

苏秦连忙扶住了燕王，低声说了一阵，燕王频频点头。

半月之后，齐国孟尝君来到燕国，交涉燕齐边境的渔猎争端。子之与孟尝君两相厌恶，破例地将这件棘手事儿推给了燕王决断。燕王姬哙顺理成章地交给苏秦全权处置，磋商了几日，苏秦以特使之身与孟尝君到齐国交涉去了。

一出蓟城，孟尝君告诉苏秦一个惊人的消息：张仪磨下了齐王，齐王决意与秦国修好结盟，竟然接受了秦国“邀请”——派孟尝君到秦国去做客卿。

苏秦心中一沉，脸上却笑道：“孟尝君做强秦贵客，可喜可贺了。”

“何来贵客？齐王拿我做人质罢了，武安君当真不明？”孟尝君一脸苦笑。

苏秦笑道：“看来，这次又要在齐国与张仪周旋了。”

“齐国不是楚国，孟尝君不是春申君，张仪不会得逞。”

“好！”苏秦很为孟尝君的豪气振奋，“我在临淄等候你消息。”

易水南岸，两人下车商议了半日，最后依依分手。苏秦向东南去了齐国，孟尝君向西南去了秦国。

三　巅峰张仪又出错

交十月，孟尝君抵达咸阳，张仪亲自出城郊迎，礼节隆重极了。

孟尝君对张仪有一种奇特的感受，既有大是相投，又有虚与委蛇，以至每每不知何种滋味儿。与苏秦相处长了，孟尝君对名满天下的张仪自然也有一番推测想象，大体上总是不脱苏秦那种名士器局的影子罢了。可当初在临淄第一次见张仪，孟尝君便觉张仪与苏秦迥然不同。张仪的谈吐是诙谐犀利的，不像苏秦那般凝重睿智；张仪不修边幅，一领丞相锦袍在身上穿得皱巴巴的，加上一支铁杖与微瘸摇摆的腿脚，与苏秦那种整肃华贵的气象相比，张仪更像是个市井布衣；张仪不拘小节，痛饮烈酒，高谈阔论，但有评点，便是一番嬉笑怒骂，听来却是鞭辟入里，令人如醍醐灌顶般过劲儿。听多了也习惯了苏秦的那种侃侃雅论，乍然一听张仪论事，往往教人不敢相信面对者便是苏秦的同窗师弟……所有这些在苏秦身上看不到的东西，都令豪侠本色的孟尝君心醉。比较起来，孟尝君觉得自己更是喜欢张仪。孟尝君恨秦国，却真心地喜欢张仪。

郊迎聚酒，遇到如此一个不世出的洒脱人物，孟尝君当真是前所未有的一腔快意。本来是礼节性的郊迎接风，两人竟相对痛饮了两个时辰。谈笑间从品酒说开去，名酒佳酿、名车骏马、兵戈剑器、《诗》风情歌、各人喜好，无事不论，偏偏国事却一句也没有说。秋日已枕在了山头，看看天已暮色，嬴华走过来在张仪耳边悄悄说了两句。

“罪过罪过。”张仪恍然大笑着站了起来，“孟尝君啊，秦王还等着给你洗尘。走！接着喝！”

“好！接着喝！”孟尝君也是一阵大笑。

两人上车进了咸阳东门，城中已经华灯初上。车行十里长街，但见道中车水马龙，万家灯火中夜市煌煌，一片灿烂锦绣。孟尝君目不暇接，一路连声惊叹，到得宫前，见广场中车马如梭官吏来往匆匆，竟比临淄的早朝还要繁忙。孟尝君不禁戏谑笑道：“一个孟尝君，秦国忙成了这般模样？”张仪哈哈大笑道：“秦国无闲官，当日事当日毕，能不忙么？”素来豁达的孟尝君蓦然愣怔，长长地叹息了一声，半日无话。

进得一座小殿，四个黑衣人正在悠闲地笑谈，几张长案上都摆着显然已经变凉了的酒菜。孟尝君在门口瞄得一眼，座中几人都是黑色的无冠常服，座案又摆成了环形，竟没有立即看出哪个人是秦王。孟尝君不禁松了一口气：一定是几个大臣等候在这里，秦王还没有来。正在此时，一个须发灰白敦厚稳健的黑衣人迎了过来：“孟尝君，嬴驷等候多时了。”嬴驷？孟尝君大出意料，连忙深深一躬：“田文唐突，多酒失礼，望秦王恕罪。”

“哪里话来？”秦惠王爽朗笑道，“至情至性，大礼不虚，孟尝君正对秦人脾胃。”说着拉起孟尝君的手，“来，先认认我这几个老臣子：右丞相樗里疾，你的老友了。”

樗里疾拱手嘿嘿笑道：“孟尝君，黑肥子想你想得紧也。”

“上将军司马错，没见过面的老冤家了。”

司马错拱手作礼：“久仰孟尝君大名，日后多承指教。”

孟尝君笑了："上将军，你可是替我这个败将说话了。"

一片大笑声中，秦惠王又介绍了长史甘茂，君臣便落座入席。间隙中，张仪早已经命内侍换上了热腾腾的新菜。秦惠王举爵开席，君臣同饮，为孟尝君行了接风洗尘之礼。酒过三巡，秦惠王笑道："孟尝君，我等君臣为你洗尘接风，嬴驷只有一句话：邀君入秦，非有他意，只是想请你到秦国走走看看，看完了，你可随时回齐。"

大气。

孟尝君内心很是惊讶，却悠然笑道："多谢秦王，许田文自由之身。"

"嘿嘿。"樗里疾笑着指点，"你个孟尝君，秦国稀罕你小子做人质么？"

孟尝君与樗里疾笑骂惯了，闻言哈哈大笑："有黑肥子这句话，我便放心。"

秦惠王悠然笑道："山东六国历来以老眼看秦国，骂秦国是虎狼之国蛮夷之邦。君性公直，能还秦国一个公道，嬴驷也就多谢了。"

"谢过秦王信任。"孟尝君慨然允诺，还想说话，终于忍住了。

从宫中出来，已经是二更时分。张仪拉着孟尝君笑道："给你说，我那里还有几坛百年赵酒，明日去灭了它如何？"张仪慨然做请，铁杖顿得笃笃响。

"明日做甚？便是今夜！"孟尝君兴致勃勃，"我最不喜欢住驿馆，到你府上盘桓它几日，看看秦国丞相如何过活了？"

张仪哈哈大笑："人许三分，自索十分，孟尝君当真稀奇也！"

"养门客久了犯贱，也想教别人养养，有甚个稀奇？"孟尝君一本正经。

张仪更是笑不可遏:“哎呀了得！如此一个门客,折煞张仪了。”

一路笑谈指点,回到府中已经过了三更。张仪冒着醺醺酒气,一进正厅高声叫道:“绯云,酒神来也！上百年赵酒!”绯云扶住张仪笑道:“吔,还酒神呢,酒桶吧,还能装多少?”孟尝君莞尔笑道:“小妹说得好,原是两只酒桶。”张仪笃笃顿着铁杖:“我的小妹,是你叫的么?”孟尝君忍俊不禁哈哈大笑:“你的便是我的,又有何妨?”张仪跌坐案旁地毡上,口中兀自喃喃:“我的便是我的,又有何妨?”

绯云一边忙着将张仪扶着靠到大背垫上坐好,一边红着脸咯咯笑道:“吔！又乱说了,有贵客在这里呢。”说着又利落地给孟尝君拿过一个大靠垫:“大人稍待,赵酒马上便来。”说完一阵风似的飘了出去。

“张兄。”孟尝君神秘地笑笑,“不惑之年,依旧独身,文章在此处了?”

张仪呵呵笑道:“文章啊文章,文章也该结果了……”

“张兄大手笔,定做得好文章!”

“大手笔？大手笔也只能做一篇好文章啊。”

“哦!”孟尝君摇头晃脑,“只要值得做,两篇做得,十篇八篇都做得。张仪是张仪,张仪不是孔夫子,也不是孟夫子。”

“说得好!”张仪拍案笑道,“张仪便是张仪,知张仪者,孟尝君也!”

“知田文者,张仪也!”孟尝君一拍案,两人不约而同地大笑起来。

一阵轻微细碎的脚步声,绯云带着两个侍女飘了进来。一阵摆弄,两张长案上摆满了鼎盘碗筷,两只贴着红字的白陶酒坛赫然蹲在了案旁。孟尝君耸了耸鼻头:“啊,好香！这,是百年赵酒?”绯云笑道:“吔,错不了,管保饮来痛快。”孟尝君大笑:“好好好,这便对路了!”猛然睁大眼睛看着面前的土色大陶碗,“噢？老赵酒,要用陶碗喝的么?”绯云笑道:“吔！老酒大碗,比铜爵更快意呢。”说着已经端起白色陶坛,飞快地给两只大陶碗斟满了,递到了两人面前。

孟尝君高声大笑道:“张兄,来,你的百年赵酒！干!”

“对！你的百年赵酒,干!”两碗一照,两人咕咚咚一气饮干了。

“好爽快！百年赵酒！再来再来。”又连连饮干了三碗,孟尝君方才啧啧品咂着,一脸困惑道,“不对呀,这,这赵酒？如何是冰凉酸甜?”

“对呀,这赵酒如何冰凉酸甜？问邯郸酒吏!”张仪笃笃顿着铁杖。

看着两人醉态，绯云咯咯笑道："吔！这是冰镇的老秦米酒，还酒神呢。"

孟尝君哈哈大笑："好！百年冰镇，正当其时，天下第一！再来！"

"对！百年冰镇，天下第一！再来！"张仪立即呼喝响应。

片刻之间，两人连干六碗，胸腔中那股热辣辣的火苗终于平息了一些，满面红光歪着身子靠在墙上。张仪啪啪地拍着长案道："孟尝君啊，你转悠上个把月，等我手边事一了，我与你同去临淄一游。"孟尝君呵呵笑着连连摇头："苏秦刚到齐国，你又要去搅和，生生让苏兄不得安宁么？"张仪脸色猛然黑了下来："孟尝君，你说说，屈原暗杀张仪，与我这位师兄合谋没有？"

孟尝君哈哈大笑，笑着笑着倒在地毡上打起了呼噜。张仪歪着身子，敲敲长案兀自笑道："好你个孟尝君，打呼噜搪塞我，我追你梦中，也要问个明白……"头一歪，竟也呼噜呼噜地睡了。

次日午后，孟尝君方才醒来，梳洗用饭后来书房找张仪说话。书房外遇见绯云，方知张仪清早便进宫去了，目下还没有回府。孟尝君不禁惊讶张仪的过人精力，更是敬佩秦国官员的勤奋敬事。若在齐国，因邦交周旋而醉酒，大睡三日也是理直气壮的，任谁也不会来找你公干。一个丞相都如此勤谨，秦国官员谁敢懈怠国事？举国如此勤谨，国家岂有不兴旺的道理？蓦然想到齐国，想到山东战国，孟尝君顿时心里沉甸甸的。

此时的张仪，在宫中与司马错生出了激烈的争论。

丹水大战后，秦惠王深感国力仍然欠缺，与楚国新军一次恶战便有吃紧之感，如何能与山东六国长期抗衡？张仪与司马错回到咸阳后，秦惠王下令几个股肱大臣认真谋划，如何大大增强国力？如何重新打开僵局？今日朝会，便是聚议这件至关重要的大事。参与者除了张仪、司马错、樗里疾、甘茂，秦惠王还特意派内侍用军榻抬来了白发苍苍的王伯嬴虔，请他安卧在炭火明亮的大燎炉旁听一听。

樗里疾是实际主持内政的右丞相，先简约地禀报了秦楚大战后的国力状况：秦国虽有六郡四十余县，人口三百余万，但北地、上郡、陇西三郡，为抗击匈奴与诸胡，历来不征兵员、不缴赋税；关中两郡与商於郡，是秦国抗衡山东六国的实力来源，三郡人口将近两百万，可成军[①]之壮丁足额为三十万；秦国三座粮仓存粮两百余万斛，若无赈灾之急，可供三年军食；咸阳尚坊存铁料九万余斤，仅可铸造兵器一万件左右；国库存盐三万余担，大体可供两年国用。

末了樗里疾道："据臣测算：要抗衡山东，大出天下，新军兵力至少当在五十万。而以秦国目下之土地人口财货盐铁粮草等诸般状况，纵可成军三十万，也无法支撑三年以上。若加重赋税、扩大兵员，则自坏法制，为今之计，必须在'拓展'二字着力。"

生性诙谐的樗里疾，今日封着黑脸没有一丝笑容。尽管大臣们也都大体知道这种实情，但被主政大臣板上钉钉地用一连串数字亮出来，依然是人人心惊，殿中一时沉默。

"拓展？"秦惠王在王案前来回转悠着，"倒是不错，然则向何方拓展？想过么？"

"臣尚无定见。"樗里疾道，"丞相洞悉天下，此事当请丞相定夺。"

张仪是首席大臣，又是对天下了如指掌的纵横大家，秦惠王与大臣们自然都想听到他的长策大谋。樗里疾一说，秦惠王笑了："那是自然。丞相先说了。"

"臣启我王。"张仪拱手道，"秦国开拓，须得合乎三则要义：其一，此地与秦国相连，否则难以化入；其二，土地富裕，物产丰饶，否则反成累赘；其三，国弱兵少，可一攻而下，无反复争夺之忧。"

"好。"秦惠王微笑拍案，"如此三则要义，丞相瞄到了何处？"

"韩国！"

"韩——国？——"樗里疾、甘茂与军榻上的嬴虔几乎同时惊讶地瞪起了眼睛，只有司马错不动声色地坐着。秦惠王只是望着张仪，显然是要他继续说下去。

"韩国与秦国相邻，非但有宜阳铁山、大河盐场，且是平原粮仓，更有两百余万人口。此为灭韩之实利。韩国力弱，可战精兵不过五七万。目下合纵破裂，山东战国自顾不暇，韩国无救援之兵，定可一鼓而下。此为灭韩之可能。"张仪说得激动，顺势站了起来，"再说灭韩之远图：一旦灭韩，秦国在关外有了殷实的根基，将给山东战国以巨大震慑，促成统一大业早日成就。张仪以为，目下攻韩，正当其时！"

殿中一时肃然沉默。白发苍苍的嬴虔激动得喘息起来，当当地敲着燎炉嘶哑着道："说得好！有魄力！灭一韩国，天下震恐，不定山东就呼啦啦崩了！"

---

① 成军，古代计算兵员基础的概念，即可以成为军队的人数，也就是可征兵员，并非现成军队。

此时秦惠王表现出了难得的定力，看着其他几个没有说话的大臣，缓慢地踱着步子道："此时生死攸关，不能踏错一步，都说话。"

樗里疾又嘿嘿笑了："要攻城略地，黑肥子还是先听听上将军说法。"

"臣初谋大政，也想先闻上将军高见。"甘茂立即追随了樗里疾。

"也是，打仗要靠上将军了。"秦惠王笑道，"司马错寡言多谋，说说。"

一直沉默的司马错，谦恭地对张仪拱手作了一礼："丞相鞭辟入里，所说拓地三要义，司马错至为敬佩。然则，司马错以为：目下不宜灭韩，而应灭巴蜀两国。"

"巴——蜀——"一言落点，又是波澜陡起。樗里疾比方才张仪提出灭韩还要惊讶困惑，本来想笑，却莫名其妙地变成了两声长长的惊呼。

在当时的秦国朝野，清楚巴蜀两国者寥寥无几，到过巴蜀两地的大臣更是凤毛麟角。纵然知晓者，也莫不将巴蜀看作楚国岭南般遥远荒僻的山地小邦。而今，上将军司马错竟要去攻占这茫茫大山中的化外之邦，当真是匪夷所思。难怪樗里疾惊讶莫名，想笑都笑不出来。

"上将军，巴蜀……好，你且说下去。"秦惠王蓦然想起司马错奇袭房陵之前的话"无八分胜算，臣不敢谋国"，终究是稳住了神，决意听司马错说完。

"君上，列位大人。"司马错没有丝毫的窘迫，拱手侃侃道，"古谚有云，欲富其国，务广其地；欲强其兵，务富其民；欲王天下，务张其力。目下秦国地小民少，国无殷实财货，仓无三年积粮，急图大出，必耗尽国力而无所成。灭韩固能大增实力，然则事实上却极难成功。六国合纵虽然破裂，但陡起灭国之祸，山东六国必生唇亡齿寒之心，必将拼死救援。大战但起，秦国兵员财货何能支撑三年以上？此为韩国不可灭也。"

"近在咫尺不可灭，远在千里倒可取了？"张仪揶揄地笑了。

司马错道："丞相明察：巴蜀虽远隔崇山峻岭，但两邦人口众多，又多有河谷平川；其山地盐铁丰饶，其平原雨量丰沛，水患一旦根治，便是天然粮仓。秦国若取巴蜀之地，当增民众百余万，地扩一千里，抵得上半个楚国。"

话音落点，殿中君臣不禁为之一动，张仪却冷冷追了一句："愿闻如何取法？"

"巴蜀之难，在于路无通途。"司马错先一句挑明了症结，又侃侃道，"奇袭房陵之时，司马错已经探察清楚，进军巴蜀有三条路径：其一，轻舟溯江而上，专运兵器辎重；其二，五千轻兵出陈仓[①]大散岭，从山道入蜀地；其三，五千轻兵出褒斜古道[②]，沿潜水河道入巴地。以我军之坚韧，进入巴蜀不是难事。”

“嘿嘿嘿。”樗里疾笑道，“上将军啊，若有一军埋伏，可就颗粒无收喽。”

司马错淡淡一笑：“敢问右丞相，半月之前，可有巴蜀使者入咸阳？”

“嘿！黑肥子如何忘了这茬儿？”樗里疾一拍大腿，“巴国蜀国打了起来，都来请我出兵，君上还没给回话。”

“是有此事。”秦惠王点点头，“虑及路途艰辛，没打算救援，所以也没有周知诸位。”

“纵有此事，巴蜀依旧不可取。”张仪断然道，“巴蜀虽大，却多是险山恶水，且多有瘴疠之患。得此一千里，非但不增秦国实力，且要下大力气驻军治民。张仪以为：无三十年之功，巴蜀终是累赘。敢问上将军，若巴蜀之地能大增国力，何以楚国不拓岭南三千里，却要拼死争夺淮水以北尺寸之地？”

“丞相此言差矣。”司马错竟一句先否定了张仪，惊讶得燎炉旁的嬴虔都瞪大了老眼，司马错却依旧板着脸道，“其一，巴蜀外险峻而内平缓，既无大国胁迫之忧，又无匈奴骚扰之患，治理之难，更比陇西戎族来得容易，堪为秦国真正的大后方。其二，岭南与巴蜀不同：岭南燠热，丛林参天，部族散居山洞水边，纯以渔猎为生，而无农耕之习俗；巴蜀两邦则与中原大同小异，更有仰慕中原文明之心，若有精干大员十余人，三年之内必有小成，十年之内便是大成。”

“三年？十年？”张仪冷冷一笑，“耗时劳师，不足以成名。空得其地，不足以为利。何能与灭韩相比？”

“非也。”司马错丝毫不为张仪气势所动，执拗反驳，“当下灭韩，实为冒天下之大不韪，一获恶名，二树强敌，导致天下汹汹，岂非与连横长策背道而驰？”

张仪陡然一怔，立即反唇相讥：“攻占杀伐但凭实力较量，何论善恶之名？上将军何时变成了儒将？”战国之世，“儒将”是一种讥讽。此言一出，殿中君臣不禁为之一怔。

“攻城拓地，无须沽名，却也无须自召天下口诛笔伐。”司马错对那个“儒将”似乎浑

---

① 陈仓，古县名。在今陕西宝鸡市东。

② 褒斜（yé）古道，古道路名。因取道褒水、斜水两河谷得名。是往来秦岭的重要通道之一。

然无觉，依旧顺着自己的想法说了下去，“巴蜀求援，秦以禁暴止乱为名而取之，顺理成章。拔两国而天下不以为暴，得实利而天下不以为贪，一举而名实相符，何乐而不为也？韩固当灭，然秦国今日无力。巴蜀固远，秦却伸手可及。愿丞相三思。”

“谚云：争名于朝，争利于市。中原之地，正是今日天下之朝市！谋利而不上市，谋政而不入朝，岂非南辕北辙？”张仪对中原的地位说得再清楚不过了。

“臣言尽于此，唯愿君上定夺。”司马错终于退让了。

“臣与上将军，同心不同谋，君上明察独断。”张仪也笑了。

“同心不同谋，丞相说得好。”秦惠王此刻担心的正是将相失和，尤其对于号称天下第一利口的张仪，秦惠王更担心他拉不下脸。此刻张仪一句话便撂开了他这块心病，自然大是激赏，“将相同心，国之大福也！丞相这句话胸襟似海，国之良相！”

秦王总结性发言。张仪虽能舌战天下，但讲到实战，还要看樗里子和司马错。

樗里疾笑道：“嘿嘿嘿，以守为攻罢了，君上不要上当喽。”

张仪哈哈大笑：“知我者，黑肥子也！”

殿中哄然大笑，连不会笑的司马错也大笑了起来，方才的紧张气氛一时烟消云散了。正在秦惠王要说散朝时，一个书吏匆匆进来交给了甘茂一卷竹简。甘茂打开瞄得一眼，连忙双手捧给了秦惠王：“赵之国书，请君上过目。”秦惠王笑道：“你念，一道听听。”

甘茂展开竹简高声念道：“赵雍拜上秦王：雍虽继位，然赵国积贫积弱，雍愧对社稷，愧对朝野。今欲变法富民，奈何无从着手。秦国变法深彻，实为天下之师。雍欲师从秦国变法，祈望秦王派一大臣，为我变法国师。秦赵同源，恳望秦王允准。赵雍二年秋。”

殿中一时愕然。历来变法大计，在各国都是最高机密，等闲大臣也不可能参与筹划，更别说公然求助于他国了。而今这个新赵君竟匪夷所思，非但明告变法意图，而且请求秦国派一个“变法国师”，当真是不可思议。

“嘿嘿，赵雍这小子有花花肠。”樗里疾拍拍肚皮，“我看要当心，看看再说。”

秦惠王一直在缓慢地转悠，笑道：“邦交纵横，丞相全权处置，我等不用费尽心思揣摩了。”说罢一甩大袖，“散朝。”径自走了。

“上将军留步。”张仪走到司马错身边低声说了一阵，司马错频频点头。

四　新朋旧情尽路营

回到府中，张仪立即吩咐绯云备酒，自己则亲自去偏院请来了孟尝君。

酒坛一打开，孟尝君长长地吸了一口气：“好！真正的百年赵酒，张兄信人也！”

张仪笑道：“孟尝君是谁？张仪敢骗么？”

孟尝君哈哈大笑：“未必未必，今日此酒，敢说不是买我了？”

张仪也是一阵大笑：“孟尝君胆大如斗，心细如发，果然名不虚传。”说着举起面前大爵：“来，先干一爵再说。”

一爵下肚，张仪品咂着笑道：“敢问田兄，齐国可想变法？”

“想啊。”孟尝君目光闪烁着却不多说。

“想在秦国请一个变法国师么？”

孟尝君哈哈大笑：“妙论！张兄想做天下师了？好志气！”

张仪诡秘地笑了：“你别说嘴，先看看这件物事。”说着从案下拿出一卷竹简递了过去。孟尝君打开一看，瞪着眼睛说不出话来，愣怔得一阵，慨然拍案道：“天下之大，当真无奇不有！田文可是开眼界了。”张仪摇头悠然一笑：“奇亦不奇，不奇亦奇。你先说说，这赵雍究竟意图何在？”

孟尝君思忖良久，只是微微一笑。

“不愿说？还是不敢说？”张仪目光炯炯地看着孟尝君。

“猪往前拱，鸡往后刨，各有活法罢了。”孟尝君叹息了一声。

俗语里面有真理。

张仪哈哈大笑：“妙辞！你我同去邯郸，看看这猪如何拱法？”

孟尝君眼睛一亮：“好！去看看这头笨猪。”

一通酒喝了一个多时辰，孟尝君仿佛换了个人，没有了爽朗的笑声，只是自顾饮酒，对张仪也是有一搭没一搭地应酬着。

三日之后，一行车马东出咸阳辚辚上路了。张仪此行轻车简从，只有一个百人队做护卫骑士，比孟尝君的门客骑士还要少。可孟尝君却留意到了，张仪的随员中多了几位，虽然是寻常甲胄，却隐隐然是百战之身的神秘人物。虽说与张仪甚是相投，可孟尝君毕竟身为重臣久居高位，深知邦交大臣间“可交人不可交事”的来往准则，更何况面对秦国这样的对手国家的丞相？于是，一路上只是海阔天空痛饮酒，绝不主动涉及公事，更不与张仪的随员私下说话。反倒是张仪无所顾忌，每日宿营痛饮，都要说一阵赵国，说一阵秦国，间或也说一阵自己的使命与身边的随员人等。将到邯郸，孟尝君对张仪此行的诸般事务，竟有了八九不离十的了解。

不动声色，却能了如指掌。

这日天将暮色，车马在漳水北岸扎营。漳水距邯郸不过二百多里路程，明日起早上路，大半日便可抵达。这种分际，在车马商旅叫作“尽路营”——来日路尽，大抵总要酒肉一番。特使人马若无急务，大体上也与商旅路人的传统一样。张仪与孟尝君都是经年远足的名家，自然更要借着这个由头痛饮一番了。大帐中风灯点亮，两人便人手一方干牛肉，谈笑风生地痛饮起来。

“田兄啊，赵国军力比齐国如何？”饮得几碗，张仪又扯上了国事。

作者常借对话的方式论天下格局。

孟尝君

孟尝君笑道："不好说，赵齐似乎还没打过仗。"

"噢？"张仪又是诡秘地笑了笑，"燕韩也没打过仗，也不好说么？"

"那好说。韩国弱小，自然不如燕国。"

"赵国大么？比韩国多了五个县而已。"

孟尝君不禁笑道："张兄啊张兄，你无非是想教田文说：赵国战力与齐国不相上下，是么？"

"不是要你说，是你不敢自认这个事实，可是？"

孟尝君苦笑着点点头："就算是，你又有题目了？"

"敢问孟尝君，"张仪煞有介事地笑着，"你若是赵雍，最想做甚事？"

"田文不是赵雍，也不是赵雍腹中虫子。"孟尝君也是煞有介事。

"再问孟尝君：赵雍要做的这件事，对齐国有没有好处？"

孟尝君终于忍不住哈哈大笑："张兄啊张兄，齐赵老盟，离间不得也！"

"错。那要看是不是离间？天要下雨，娘要嫁人，谁离间谁了？"张仪微笑着摇头。

"我想想……"孟尝君举着的酒碗停在了半空。

"敌无恒敌，友无恒友。孟尝君，记住这句话，便是谋国大师。"张仪悠然笑着。

"敌无恒敌，友无恒友。世事无常了？"孟尝君举着酒碗兀自喃喃。

这是"唯物主义者"的世界观。

"非也。"张仪哈哈大笑，"邦国之道，唯利恒常。"

孟尝君冷冷打量着张仪，眼中射出异样的光芒，有些冰冷，又有些迷茫，似乎已经不认识面前这个令他倾心的名士了。张仪却没有丝毫窘迫，坦然地迎接着孟尝君的目光，脸上甚至还挂着几分微笑。良久无言，孟尝君默默地走了。

这是政客与士人之间的区别。

"呱嗒"一声，后帐绵帘打开，嬴华走了过来："是否太狠了？不怕适得其反？"

张仪笑着摇摇头："孟尝君之弱点，在于义气过甚，几瓢冷水有好处。"

"齐赵老盟，不要又逼出一个屈原来。"嬴华显然还是担心。

"孟尝君不会成为屈原，平原君也不会成为屈原。"张仪在帐中转悠着，那支精致闪亮的铁杖笃笃地点着，"屈原之激烈，在于楚国至上。任何伤害楚国利益与尊严的人与事，屈原都会不顾一切地复仇，哪怕此人曾经是他的至交知音，也会在所不惜。孟尝君却是义气至上，在国家利益与友情义气相左时，他甚至很难有清楚的取舍。你说，他会成为屈原？"

嬴华轻柔地笑了："但愿无事，我只是怕再遇上郢都那样的险情。"

"怕甚来？至多再加一支铁杖。"

"不许胡说！"嬴华低声呵斥着，一手捂住了张仪的嘴巴娇嗔道，"那是胡乱加的么？没心肝！"男装丽人情之所至，灿烂娇柔分外动人。张仪第一次看见嬴华流露出女儿情态，鼻端又是温热馨香，心中骤然一热，几乎就要伸手揽住那丰满结实的女儿身子。但也就在心念电闪之间，张仪生生地咬牙忍住了，头一偏一阵哈哈大笑："好好好，有你这一支便够了。"说着笃笃笃地点着那支铁杖，"要不是屈原，你能打造出这件宝贝来？"

日久生情。

"还有一支，也是宝贝。"嬴华的笑脸上闪烁着一丝诡秘。

"只许一支，又如何还有一支？"

"不许笑！这个'一支'，不是那个'一支'。"

张仪凑到嬴华耳边悄悄说了一句什么，嬴华脸色顿时涨红，咯咯笑着猛然抱住了张仪。

“吔！两个大哥好热闹。”绯云一副顽皮的鬼脸，捧着铜盘走了进来。张仪红着脸拍拍嬴华的头笑道：“看看，小妹要哭了。”绯云放下托盘笑道：“吔，你才哭呢。”说着走过去将嬴华拉了过来：“大哥哥，不，大姐姐坐好，听我说，你与大哥该成婚了，甚时能办了？”嬴华本来低着头大红着脸，听绯云一本正经的管事操办口气，“扑哧”笑道：“哟，小妹比我还着急，你甚时办呀？”

“吔？关我甚事？”似乎不胜惊诧，绯云长长地惊呼了一声。

“吔？关我甚事？”嬴华惟妙惟肖地学着绯云口吻，人却笑得靠在了长案上。

张仪想不到如此一个偶然场合，竟将多年困扰心头的事明朗了，便想索性说个明白。心思一定，虽然也是红着脸，却是从容笑道：“心里话：你们俩都与我甘苦共尝，都救过我的命，都为我受过苦难，再说，也都是窈窕淑女杨柳丽人，我一个也不能舍。张仪多年不成婚，便是等着有一天将话说开了，不想今日竟合了气数：你们两个都是我的妻子，姐妹一般，无分大小。”

“吔！胃口好大呢。”绯云做了个鬼脸。

“哟！我姐妹嫁不出去了？”嬴华也咯咯笑着。

张仪笃笃顿着铁杖站了起来，一副大丈夫气派：“毋庸再议，俩姐妹今夜便是我妻！回到咸阳再补婚典。”说着径直走了过来。嬴华跌在地毡上惊讶地叫了起来：“哟！匈奴单于呀，抢人了？”绯云笑叫起来：“吔！谁教你惹他了？有姐姐受的折磨呢。”

一笔带过，省去一大堆繁文缛节。

张仪丢掉铁杖，哈哈大笑着一边一个，将两人抱起来走进了后帐……

五　将计就计邯郸策

虽说是初冬尚未入九，邯郸已经是北风料峭了。当张仪与孟尝君一行进入这座坚固雄峻的城堡时，却发现一两年之中，邯郸发生了惊人的变化。

三晋之中，赵国以久远的尚武传统著名。春秋时期，赵氏一族的优秀子弟大多在军中做各种将领，赵氏也就长期掌握了晋国的军权。尽管期间多有坎坷沉浮，但军旅尚武传统已经成为赵氏永久的部族徽记。立国之后，赵氏部族的这种传统，化作了弥漫朝野的尚武习俗。虽然赵国还不是第一流强国，却是谁也不敢轻易触动的一只卧虎。除了魏国在全盛时期的几次挑衅攻赵，中山国几次偷偷摸摸的袭击，中原大国都没有与赵国发生过十万兵力以上的大战。其所以如此，是谁都明白一个事实：赵国的精锐军力都在阴山、云中的千里草原大漠与匈奴抗衡，而从来没有将精锐的骑兵开进中原。

自赵烈侯起，历经武侯、成侯、肃侯四代，赵国的经国方略始终都是很明确的四个字：北战南和。南进中原争霸，赵国不如地广人众的魏齐楚三国；但北出河套拓地，赵国却有很强的优势。赵成侯曾经发誓要像秦穆公一统西戎那样，结结实实拿下全部阴山草原与敕勒川谷地，回过头再南进中原。可几十年打下来，竟是人算不如天算——偏偏这时正是草原诸胡的强盛时期，匈奴的大小单于们本来就嗷嗷叫着要南下中原，便与赵国硬碰硬地大打起来。十几场大战下来，双方都对对手的战力大为惊诧，眼睁睁地谁也战胜不了谁，鲜血凝下的仇恨却是越积越深了。犹如两只猛虎对峙，谁也不敢后退，双方都被牢牢地粘在了广袤的草原大漠上。

赵国狼狈了——北不能退，南不能战，窝火了几十年。

赵的外患难对付。

这种紧绷绷数十年的“常战”生涯，邯郸街市便有了人人皱眉的独特色彩——充斥官市民市的交易物，大多是牛马兵器与各种皮革，它们杂乱无序地堆砌在街市帐篷中，与盐铁布帛店铺交相混杂，仿佛是草原上的月终大集市；弥漫邯郸街区的浓烈气息，是香辣的酒气与马粪牛屎的臭气；行人一不小心，便会被到处都可能遇到的牛屎马粪猛跌一跤，招来满街大笑。再光鲜的服饰，上市一趟都会变得脏污不堪。于是，但凡邯郸国人都有一身专门上市做买卖的粗布衣服，叫作“市衣”。至于王公贵胄，那是绝不会踏进商市街区的。

这是写“野人”的手法。

不知哪一年，稷下学宫的一个士子游了邯郸，编了一首美其名曰《赵风》的童谣：

邯郸邯郸　脏臭百年
满市牛马　辣臭熏天
女儿疾走　避粪遮颜
若得杨柳　学步邯郸

春秋战国时期，各国国民之间的冷嘲热讽估计相当频繁，类似于邯郸学步、守株待兔这样的故事，到处流传。邯郸学步，这是嘲讽燕人，而非嘲笑赵人。

时日一长，这首童谣传遍列国，成了商旅游人嘲笑赵国的必修歌谣——不会唱《赵风》，等于没有来过邯郸。

可今日入邯郸，这一切竟然都神奇地消失了。街市货品虽然不多，却整齐有序地分类排列在店铺中，杂乱拥挤的街边帐篷全都没有了。更令人惊奇的是，满街悠然游走的牛马也没有了，散发着浓烈血腥味儿的生皮革，也竟然看不到了。脚下的青石板干干净净，昔日随处可见的热烘烘的牛屎马粪踪迹皆无，满街之中风吹酒香，分外醉人。

绯云走过去问一个店主，老人昂昂高声道：“咋？小哥还当我脏臭邯郸么？牛马皮革市，早搬到城墙下去了。”张仪与孟尝君同声大笑，齐齐喊了一个“好”字。

正在此时，一队人马沓沓而来，为首一人大红斗篷，老远滚鞍下马高声笑道："丞相大人、孟尝君，别来无恙了？"孟尝君连忙下车迎上来笑道："平原君别来无恙？来，正主是丞相，我是陪客而已，快来见过。"张仪虽然与平原君赵胜仅有过草草一面之交，却也素知"四大公子"秉性，也已经下车迎了过来："平原君，张仪又来叨扰。"

"丞相老是给我脸面。"平原君连忙谦恭地一躬到底，朗声笑道，"原是赵国请丞相做国师来的，赵胜粗疏，出了城竟没接着人，当真罪过也。"

"那就将功补过，说！哪里有百年赵酒？"孟尝君立即笑着顶上了一句。

"自然有了，丞相请。"赵胜说罢，恭敬地将张仪虚扶上车，然后利落地跳坐上车辕笑道，"孟尝君随我来。"一抖双马丝缰，轺车在石板长街辚辚而去。

片刻之间，轺车马队停下，平原君府邸赫然面前。平原君将轺车停稳，虚手扶下张仪，立即吩咐已经肃立待命的管事家老，将所有随员连同孟尝君的门客骑士，一并安置在偏院摆酒款待。孟尝君笑道："平原君，还是教他们住驿馆好。"平原君笑道："丞相随员与孟尝君门客，都是要办事的，赵胜岂敢唐突？请。"孟尝君目光向张仪一闪，张仪微微一笑，径自随平原君走了进去。

正厅中宴席已经摆好，平原君指点着酒菜笑道："两位看看，一色的胡羊，纯正的赵酒，如何？"张仪与孟尝君同声大笑，连连道好，迫不及待地凑近长案，打量着耸起了鼻头。平原君将张仪请入宾客主位，将孟尝君请入陪客尊位，亲自跪坐案前开启酒坛泥封，执起长柄木勺，为两人斟满了第一爵赵酒。而后平原君在末座长案前举起了酒爵："丞相、孟尝君皆为贵客，赵胜代我王为两位接风洗尘，来，先干一爵！"

照例是要吃喝一番。

按照礼节，主人代国君接风，客人须得先谢王恩而后饮酒。孟尝君素来豪爽，视平原君如异姓兄弟一般，此刻却觉得年青的平原君有些做作，不禁先自有些别扭，竟看着张仪没有举爵。张仪却呵呵笑着举爵高声道："孟尝君啊，你我该多谢赵王，多谢平原君了，来，干！"孟尝君只说了一句："好，干了！"一饮而尽，抓起盘中热腾腾的胡羊腿大啃起来。

张仪笑道："平原君，邯郸大变，教人刮目相看也。"

平原君大笑："脏臭邯郸，能迎国师？些许收拾，值得刮目相看？"

"要说请国师，这礼数就差池了。"孟尝君揶揄地顶上了一句。

平原君笑道："田兄老是打我，赵胜饮了此爵，先给丞相赔罪了。"说罢将大爵咕咚咚饮干，又在座中一躬，"实不相瞒：阴山告急，赵王巡边督战去了，委托赵胜迎候国师，尚请丞相恕罪。"

张仪哈哈大笑："平原君啊，还真当张仪做国师了？来，先喝酒！"饮干一爵又品咂一番道，"啧啧啧，果然凛冽非凡，比我那百年赵酒还有劲力，奇了！"

"这是王室作坊特酿特藏。"平原君拍案笑道，"临走时，赵胜送每人十坛！"

孟尝君高兴得用羊腿骨将铜盘砸得"当"的一声大响："好！这才叫慷慨平原君也。"平原君不禁大笑起来："哎呀，照你老哥哥说法，赵胜不送酒便不慷慨了？"孟尝君摇头晃脑地拉着声调："然也然也，不交酒肉，谈何朋友？"平原君眨眨眼睛揶揄笑道："如此你我是酒肉朋友了？"孟尝君似笑非笑道："也许当是，酒肉，再加朋友。"张仪哈哈大笑，平原君也跟着笑了起来。

一通酒直喝到刁斗打了三更，张仪与孟尝君回到各自的小庭院去了。

平原君也是有名的养士公子，门客虽然没有孟尝君那般声势，至少也有八九百人了。为此，平原君的府邸中建造了十几座独立的小庭院，专门给名士能才居住。今日接待张仪孟尝君两位大人物，竟是派上了用场。张仪被安置在"松谷"小庭院，一池清水，几株苍松，六间古朴的茅屋，的确很是雅致幽静。孟尝君被安置在"竹苑"，庭院中竹林萧萧，石山错落，一座红色木楼耸立，又是另一番情境。松谷与竹苑一东一西，中间隔着两排办事吏员的公事房，是平原君府中各擅胜场的两座最好庭院。

孟尝君沐浴后并未晕酒，吩咐在寝室廊下煮茶，与自己一个门客品茶闲谈。这个门客本是赵国人，兴致勃勃地对孟尝君说起了赵国的诸般风习。孟尝君听得心中一动：

“你说，赵国民风最抢眼处何在？”门客毫不犹豫：“尚武之风。”孟尝君又追一句：“赵人尚武，比齐人如何？”门客思忖片刻道：“齐人尚武，多在防身，民间多练个人技击之术，以剑器格斗为最多。赵人尚武，是聚村结族，群练群战，以骑术箭术马上劈刀为最。”孟尝君沉吟道：“这就是说，赵人尚武为群战，齐人尚武为私斗？”门客笑道：“正是如此。”孟尝君一时无话，只是默默啜饮。

赵胡服骑射，本有霸天下的可能，可惜继位问题没理顺，国运多舛。

正在此时，木楼梯传来笃笃的脚步声。孟尝君抬头之间，一身常服的平原君已经笑吟吟站在面前。孟尝君恍然笑道：“啊，赵酒虽烈，却不上头，还有一个清醒者。来，品品我的蒙山茶了。”平原君笑道：“但有好酒，孟尝君皆是通宵达旦。今日三更散宴，如何能尽兴？”说着一个熟练的响指，一个黑影倏地从楼下飞了上来，两坛赵酒赫然摆在了孟尝君面前，黑影却消失得无影无踪。

平原君笑道：“更深人静，不想多有响动，田兄见谅。廊下风大，进去痛饮。”

孟尝君向门客一瞄，那门客不失时机地告退了。进得寝室外厅，孟尝君微微一笑：“平原君，你方才已经醉得软倒了，醒得如此快当？”平原君狡黠地笑笑：“田兄心知肚明，那是骗张仪而已。”孟尝君不禁失笑：“班门弄斧也，张仪不是苏秦，那么好骗？”平原君道：“雕虫小技，骗不过也无妨，左右找个由头早散了，我与兄有话。”孟尝君淡淡笑道：“有话便说，此刻我不想饮酒。”

“好！”平原君正色道，“赵胜最敬佩者两人，第一信陵君，第二孟尝君。对你们两位，赵胜从来不敢虚言。”

“唔？弯子绕得不小。”孟尝君似乎很疲惫，慵懒地坐在地毡上靠着大案。

“田兄你说，赵国最大的危险何在？”

“匈奴、东胡。”

“错。秦国!”

“秦国?”孟尝君惊讶又揶揄道,“刚刚拜了老师,翻脸不认人了?”

平原君没有理会孟尝君的揶揄嘲讽,直直盯着孟尝君,肃然道:“秦国雄心勃勃,实力强大,以统一天下为己任。从长远看,秦国是山东六国的致命威胁,尤其是赵国的致命威胁。认不准最大之敌,便找不到救亡图存之法。”

“哎呀,我还以为有何高论,这不就是苏秦合纵说么?”

“孟尝君,苏秦合纵说是如此。可你仔细想想:哪个国家真正接受了苏秦的秦国威胁论?合纵所以屡屡失败,正因了六国并没有真正将秦国看成长远的致命的威胁。而今,赵国真正清醒了。你能说,这仅仅只是苏秦合纵说?”

孟尝君目光骤然一亮:“平原君,长进不小啊。”

“赵胜不敢贪功,这完全是赵王的想法。”

“你是说,赵王将秦国看成了真正的大敌?”

“正是如此。”

“哪?赵王可有大谋长策?”

“示弱”二字好,若要发奋图强,就必须审时度势,要能屈能伸。

“十二个字:外示弱,内奋发,整军备,改田制!”

“第二次变法?”孟尝君霍然站了起来。

平原君点点头,自信地笑道:“赵王要我转告孟尝君:齐国不是赵国之敌,赵国强兵对齐国没有任何威胁,赵齐两国只能是友邦。”

赵雍即赵武灵王,一代枭雄,敢为天下先,虽不能霸天下,却能名垂青史。

孟尝君沉默了。赵雍做太子时,他已经隐隐感到了此人绝非庸常之辈。可即位两年,赵雍却也没见惊人之举,孟尝君心中最初的赵雍也就渐渐淡出了。初入邯郸所看到的变化,虽然又使他蓦然想起了英气勃勃的赵雍,可一想到这也可能是为了讨好张仪做做样子,也没有在意。相反,倒是平原君那种似乎竭力要隐藏什么的闪闪烁烁，使他心中很不是滋味儿，觉得赵国变得难以琢磨了，与齐国这个老友邦似乎疏远了。而今细细回想起来，一切竟都是那么明朗那么简单——赵国对秦国虚与委蛇，对齐国却是诚心结好。

"笨！真笨！"虽说豁然开朗，孟尝君还是狠狠地骂了自己两句。身为齐国王室重臣，也算是久经历练名满天下，却连平原君这个年轻人也不如，竟差点儿被张仪拉了过去，与赵国生出嫌隙来。可细细一想，秦国还是不能得罪，张仪也还是不能得罪，得想一个不着痕迹的转圜办法……五更鸡鸣时，孟尝君已经有了主意，头一落枕呼呼睡去了。

日上三竿，孟尝君匆匆来到了松谷。张仪正在吃饭，一见孟尝君进来便笑了："来，先坐下吃饱再说，尝尝秦羊炖比赵胡羊如何？"孟尝君看见另一案上已经摆好了热气腾腾的铜鼎与一盘面饼，不禁讶然笑道："你知我要来？"张仪笑道："知不知有何干系？吃不吃可是肚肠兴亡也。"孟尝君原是没有用饭，毫不推辞地入座掀鼎，稀里呼噜将一鼎浓热的炖羊汤喝了下去，冒着一头热汗赞叹："好鲜美的秦羊炖，酒后最是来得。"

张仪丢下了细长的铜勺，擦拭着额头汗珠道："孟尝君，我倒想临淄的鱼羊汤了。"

"好啊，到临淄我教你整日鱼羊汤。"

"明日便去如何？"

"如何如何？"孟尝君心中一沉，面上却哈哈大笑，"张兄，你是来做国师，教人家变法也，一件事不做，能溜之大吉？"

"国师？鸟！"张仪笑骂了一句，"人给一支麦秆，你指望张仪当铁拐使了？"

"此话怎讲？"孟尝君一副困惑神色，"赵国礼数不够么？"

"一夜之间，孟尝君便改了脾性，邯郸牛屎酒厉害也。"张仪呵呵笑道，"不过，张仪还是老脾气，直话直说：赵国要变法是真，至于请教秦国，虚应故事罢了。赵雍厉害也，一副恭敬模样，公然将变法倡明了请教你。你纵然醋心，也总不能在学生变法时攻打学生，引得天下汹汹是么？软软地，给老师套了个笼头，请老师不要张嘴。孟尝君啊，比起楚国，比起屈原，赵雍何其高明也！"

"于是，你索性不做？"孟尝君觉得一股凉气直渗脊梁。

"不。我要做，但不能真做。"张仪诡秘地笑了，"得给平原君留个面子，也得给我留个偷闲的机会，死守在邯郸，人家心里不自在。田兄明白？"

孟尝君当真茫然了："张兄啊，你说心里话：赵国变法，秦国当真乐观其成？"

作者还是爱惜士人,“奸”字适可而止。

这便是张仪,机变百出却又坦坦荡荡,摇摇头笑道:“不,秦国当然不愿意看到一个强大的赵国矗立在身边。然则,自商鞅变法以来,秦国君臣朝野锤炼出了一种异乎寻常的信心:与天下战国做实力较量,看谁更强大,看谁强大得更长远!”张仪拍着长案站了起来,笃笃地顿着铁杖,“这叫甚来?所谋甚大,其心必坚。说心里话,苏秦张仪有纵横之能,却没有这等坚实雄心。对赵国变法不干预,是秦王决策,并非张仪之见。”

一时之间,秦国拿赵国也没办法。

“秦王?”孟尝君又迷惑了。

“道理很简单:强力干预,密谋搅扰,只能火上浇油,使赵国朝野更加同仇敌忾,同心变法。最好的办法,是更扎实地壮大自己,准备接受一个新对手的全面较量!要说是计,算做个将计就计吧。”

孟尝君目光炯炯:“如此说来,其他国家变法,秦国也会将计就计?”

“正是!”张仪大笑,“楚国要变法,燕国也要变法,秦国搅扰过么?没有。秦国所做的,只是不能教六国合纵攻秦而已。孟尝君莫得担心,齐国尽可以变法,秦国绝不会做适得其反的蠢事,只能将计就计。”

孟尝君沉默了,虽然一时说不明白,但内心那种深深的震撼却是实实在在的。他来松谷,本来是向张仪辞行的。他要尽速回到临淄,将赵国的意图禀报齐王,敦促齐国振作起来。在他看来,这种想法是不能对张仪明说的,只能找个理由走了便是。可张仪方才的一番话,竟实实在在地交了底,将秦国的“大谋”和盘托出,顿时使他觉得自己的盘算渺小猥琐得不屑一提。虽则如此,孟尝君毕竟智慧能事,站起身来向张仪一躬:“张兄一席话,田文感触良多,容日后细说。目下张兄若得方便,与我同去齐国如何?”

孟尝君明白这其中的道理也没有多大的用处,决定权不在他手上。

"好啊！"张仪一顿铁杖，"我要追上苏秦问个究竟，他事先知不知道屈原杀我？"

孟尝君哈哈大笑："都做丞相了，还孩童般记仇？"

"一件事毁了你心中神圣，你能不记？"张仪没有一丝笑容。

"好好好，那就算账。"孟尝君哄孩童般笑道，"苏秦张仪掐起来，定然热闹。"

张仪冷冷一笑："有你看的热闹。"

六　相逢无由泯恩仇

临淄的冬日别有一番滋味，那便是冰凉。浩浩海风活似带水的鞭子，抽在人身上凉冰冰湿漉漉的，任你穿得多厚实，也休想享受那一份干爽与温暖。中原人窝冬，是怕那吹得人皮开肉裂的干冷风，怕那漫天大雪封塞路径。临淄人窝冬，却是怕这渗入肌肤的冰凉海风，但到冬日闭门不出，守在或大或小的燎炉旁，做些户内活计，消磨这漫长的冰凉。

但是，这种冰凉水冷对于王宫却无可奈何。一入宫门，每隔数十步一只硕大的木炭火燎炉，正殿与常用的几座偏殿更是炉火明亮，竟日不灭。冰凉水湿的海风在王宫中顿时化成了暖融融的湿润，不干不冷，惬意极了。

"禀报我王：苏秦求见。"

"教他进来。"正在燎炉旁看书的齐宣王头也没抬。

一辆轺车孤零零地停在萧瑟清冷的车马场，苏秦正拢着大袖在车下跺脚。

往昔时日，到任何一国王宫，苏秦从来都是长驱直入的。可这次入齐，却莫名其妙地变成了入宫必等，有时候连齐国那些寻常臣子都进去了，他还在等。虽然如此，苏秦没有丝毫的负气，每次都平静地等候着。多少年来，他对这种立竿见影的宠辱沉浮经得见得太多了，也麻木了。合纵解体，各国与秦国纷纷媾和结好，他在燕国又被子之架空，既无大势可托，又无实权在握，来齐国能有昔日的显赫么？齐宣王给了他一个客卿虚职，既不任事，也不问谋，冷冷地撂着不闻不问。苏秦也不着急，更是耐得寂寞，竟觉得这是自己又一次苦寒修习的好时机，整日除了读书，便漫步到稷下学宫与年青的学子们谈天说地。几个月清谈下来，非但结识了几个后学好友，且从他们身上长了许多见识。

"宣客卿苏秦入宫——"内侍冰凉尖锐的声音从高高的王阶上飘了下来。

一甩绵袍大袖,苏秦大步走上了九级玉阶,不用内侍引领,他轻车熟路地来到了齐宣王冬日厮守不离的东暖殿。正要行礼,齐宣王已经站起来扶住了他:"苏卿啊,多日不见,多了几分仙气,清雅多了。"

"苏秦是瘦了些许,然心中清明如故。"苏秦不善诙谐,对这种应酬辞令的别样说法,他从来都是一言截过,直接逼近话题。

见齐王,免不了要"百家争鸣"一下。

"上茶。苏卿请入座。"齐宣王也许是坐得久了,悠然踱着步子拿起案头那卷竹简,"苏卿啊,近来这卷书传抄天下,可曾看过?"

不提一下庄子,好像说不过去。

苏秦一瞄题头大字笑了:"齐王也读《庄子》? 看得下去么?"

"一片囫囵。"齐宣王摇摇头,"这庄子也怪,说了那么多不着边际又莫名其妙的故事,北海大鱼啊,蓬间雀啊,盗跖啊,田子方啊,梦蝴蝶啊,到底想说何事? 一团面糊,竟还有那么多人争相传看,稷下学宫整日争得不亦乐乎,却又都说不明白。苏卿你说,这《庄子》有何用处?"

"《庄子》不为王者写。齐王本无须看,自然也看不明白。"

"不为王者写书? 难怪,他连个漆园吏都做不了。"齐宣王惊讶之余,又鄙夷地笑了,"为布衣写书,布衣能给他官爵荣耀么?"

"天下之大,未必人人都以官爵为荣耀。"

"岂有此理? 孔夫子说:学而优则仕嘛。对了! 这庄子定然是,学问差劲。"齐宣王突然觉得自己刨到了这个写面糊书的根子上,矜持自信极了。

苏秦罕见地大笑了起来："孔子是孔子，庄子是庄子……齐王啊，还是不要想《庄子》了。想明白了，齐王也不是齐王了，是庄子了。"

"好，不说这个没学问的庄子。"齐宣王笑了笑，"苏卿有事么？"

"臣有两事，皆是齐国当务之急。"苏秦直截了当，"其一，赵国已经开始筹划第二次变法，齐国当立即着手，万不能因远离秦国而松懈。"

齐宣王沉吟点头："容我想想，也等孟尝君回来商议一番再说。第二件？"

"苏秦荐举两个大才，做齐国变法栋梁。"

"噢？还是大才？"齐宣王淡淡地笑了笑，"说来本王听听。"

"一人名叫鲁仲连，一人名叫庄辛，都是稷下学宫的后学名士。"

庄辛，楚人，曾离楚去赵，也是大才，看后文如何写这些高人。

"稷下学宫……"齐宣王淡淡的笑意没有了，皱着眉头问，"苏卿啊，你可知道先王为稷下学宫立下的规矩？"

"知道：但许治学，不许为官。"

害怕士人乱政。

"既然如此，本王如何能破先王成法？"

"齐王差矣。"苏秦面色肃然，"图王争霸无成法。威王兴办稷下学宫，本是聚集天下人才之大手笔。惜乎思路偏斜，将天下名士看作国王门客，养而不用，实乃荒诞不经也。齐王光大稷下学宫，天下名士纷纷流入齐国，若再不选择贤能而用之，必然要纷纷流失。那时，齐国将成为人才的荒漠，齐国也就很快要衰落了。"

"好说辞！"齐宣王惊讶地瞪大了眼睛，一拍长案，脸上倏忽换成了嘲讽的微笑，"苏卿，莫非你是在提醒本王，你是当世大才，本王小用了？"

苏秦一阵愣怔，脸上的光彩与眼中的火焰立即黯淡了。沉默片刻，他站起身来一拱手道："苏秦告辞。"径自大步走了。

"哎，苏卿……"齐宣王大是尴尬，想唤回苏秦却终是难以出口，涨红着脸在殿中急躁地绕着圈子。苏秦毕竟是名重天下的六国丞相，不用也就罢了，如何能轻易得罪？齐国两代君主花大力气开办稷下学宫，还不是为收士子之心？苏秦这般人物，有干才，有学问，又出自名门，比孟夫子那种空谈学问的老名士更有感召力，他负气而走，若像孟夫子贬损新魏王魏嗣一样逢人便说，传扬开去，齐王敬贤的声望岂非一落千丈？稷下学宫的士子们要是真的走上大半，齐国颜面何存？想到这里齐宣王再不犹豫，一挥手高声吩咐："备暖车仪仗！快！"

一出宫，苏秦跳上轺车辚辚出城了。

这次进宫，苏秦是有备而来的。昨日接到了苏代的快马急书，说子之再次敦请他回燕共图大业。从那些闪烁其词的话语里，苏秦嗅到了子之的野心与燕国的危险。本来，他就准备晋见齐宣王之后回燕国，设法阻止这场乱国之祸，事先已经教荆燕带着卫士们出城等候了。他进宫晋见，只是想在临走前给齐宣王一个郑重提醒，更想将鲁仲连与庄辛两位年青的英杰之士推荐给齐宣王。毕竟，齐国有抗衡秦国的基础与实力，齐宣王也还算精明君主，若振作起来，将有望取代楚国做六国头羊。可他万万没有想到，齐宣王竟如此龌龊地度量于他，如此轻蔑地嘲讽于他。在那一刻，苏秦心头飞快地闪过了"士可杀，不可辱"这句名士格言，几乎就要义正词严地痛驳齐宣王，但他终于还是忍住了。他耳边响起了老师那苍老的声音："非其人，勿与语。此名士说君之道，慎之，慎之。"齐宣王既不是可说之君，也就不用枉费心智了。

一出临淄西门刚刚与荆燕会合，迎面烟尘大起，一队车马旌旗隆隆卷来。苏秦眼拙，吩咐一句："让道。"便走马道边了。荆燕却惊讶地喊了起来："大哥，黑旗上一个'张'！红旗上一个'田'！会是谁？"苏秦一惊，手搭凉棚眯缝着眼睛，仔细打量渐行渐近的轺车仪仗，终于喃喃惊喜道："张仪，孟尝君，没错！"略一思忖，断然吩咐，"荆燕，上小道！我不想见他们。"荆燕一阵愣怔，低喝一声："上小道！"苏秦马队便风一般卷上了一条田间岔道。

正行之间，身后车声隆隆，一声高喊随风传来："武安君——田文来了——"

苏秦苦笑道："跑不过他，等着。"马队刚刚收缰，一辆驷马快车旋风般卷到面前，车上一人斗篷展开，随着一阵笑声大鸟般飞下车来：“武安君，田文何处开罪，竟要夺路而去？”

苏秦笑道：“眼拙不识君，避道而已，何须夺路了？”

“武安君无须多说，田文明白。”孟尝君慷慨道，“敢请武安君还是跟我回去，与张兄聚几日再说，一切有我。”苏秦尚未说话，便见临淄西门飞出一队车马，直向田间小道而来。

“齐王暖车？”孟尝君惊讶地低呼了一声，满脸疑问地看了看苏秦。

苏秦也看清楚了来者正是齐宣王的暖车仪仗，心中一动，却只是淡淡地笑了笑：“孟尝君，我还是要走的，我的根在燕国。”说话间，声威赫赫的驷马暖车已经隆隆赶到。车未停稳，齐宣王掀开厚重的绵帘跳了下来，对着马上苏秦一躬道：“武安君，田辟疆多有唐突，请君见谅。”

孟尝君大是惊讶，他从来也没有见过这位王叔如此地谦恭，今日何事如此了？不及细想，连忙躬身作礼：“臣田文参见我王。”齐宣王笑道：“孟尝君，你回来得好。天意啊天意，也是武安君不该离开齐国。”

此刻苏秦已经下马了，毕竟是齐宣王亲自追来又当面赔罪，苏秦不是迂腐书生，岂能执拗到底不知转圜？他走过来也是深深一躬：“苏秦原多冒昧处，请齐王恕罪。”齐宣王连忙虚扶一把笑道：“孟尝君啊，请武安君先在你府上歇息一宿，明日共商国是。本王也即刻为武安君遴选一座府邸了。”孟尝君领命，苏秦也没有推辞，齐宣王便登车去了。

“上我车，回去再说。”孟尝君笑着拉起苏秦上了宽大坚固的驷马快车，又向荆燕一招手，隆隆驶出了田间岔道。上得官道，却不见了张仪车马，苏秦不禁大是困惑道：“孟尝君，张仪不知道你在追我？”孟尝君心知就里，打哈哈笑道：“我车快，张兄没看见，回去请他过来。”说罢马缰一抖，走马进了临淄城。

且说张仪目力极佳，早看出是苏秦绕道，也料定孟尝君必定追人，只是自己却不想与苏秦在这里仓促谋面，对嬴华吩咐一声：“去驿馆。”先行进了临淄。在驿馆刚刚住好，孟尝君的门客总管冯驩便来相请。张仪决定独自前去，嬴华绯云齐声反对。张仪笑道：“齐国不是楚国，惊弓之鸟一般。”嬴华板着脸道：“不行，哪国都不能掉以轻心。绯云，你做童仆随身跟着他。我来驾车，守在门外。”绯云做个鬼脸道：“这才对呢，还当你一个人吔。”张仪无可奈何地笑道：“黏住我了？好好好，走。”

到得孟尝君府,正是日暮时分,大厅中灯烛明亮,燎炉通红,暖融融春日一般。苏秦正在厅中与孟尝君闲话,突然听得院中一声长传:“丞相大人到——”不禁失笑道:“孟尝君也摆起架势了?”未及孟尝君说话,苏秦已经快步走出了大厅,却又怔怔地站在廊下说不出话来——幽暗的暮色中,张仪拄着一支细长闪亮的铁手杖,一步一瘸地走了过来,铁杖点地的笃笃声令人心颤。那异常熟悉的高大身影显得有些佝偻了,那永远刻在苏秦心头的飞扬神采变成了一脸凝重的皱纹,蓦然之间,苏秦清晰地看见了张仪两鬓的斑斑白发。

“张兄……”苏秦大步抢了过来,紧紧地抓住了张仪的双手。

张仪没有说话,两手无法抑制地颤抖着。

“张兄,走。”苏秦低声说着,轻轻来扶张仪。

张仪甩开了胳膊冷冷道:“不敢当六国丞相大驾。”径自笃笃进了大厅。

骤然之间,苏秦面色灰白,一股冷冰冰的感觉直渗心头——难道人心如此叵测,连朝夕相处十多年亲如手足的张仪也变成了如此势利的小人?果真如此,这人世间还有值得信赖的情义么?一刹那,冰凉的泪水夺眶而出,苏秦几乎要昏倒过去。

作者写起来很用力,读者读起来恐怕比较有喜感。两人总是要见个面,澄清误会。

“武安君,没有说不清的事,走。”孟尝君旷达的笑声便在耳边。

一股冰凉的海风扑面抽来,苏秦打了个激灵,终于挺住了那几乎要崩溃的身心,牙关紧咬,大步走进了厅中。孟尝君对交游斡旋素有过人之处,早已吩咐冯驩关闭府门谢绝访客,并将“童仆”绯云安排在大屏风后面的小案,厅中只有三张摆成“品”字形的长案。

孟尝君恭敬地将苏秦张仪请入两尊位,自己在末座打横就座，先行一拱道："苏兄张兄皆望重天下，今日能一起与田文共酒，当是田文三生荣幸。当此幸事，田文先自饮三爵，以示庆贺！"说罢咕咚咚连饮了三大爵。

张仪目光一闪，孟尝君又举爵笑道："苏兄张兄相逢不易，今日重逢，自当庆贺。田文再饮三爵，为两兄相逢庆贺！"说罢又咕咚咚连饮了三大爵。

见苏秦张仪都看着他没有说话，孟尝君又举起了青铜大爵："苏兄离齐，罪在田文。张兄径住驿馆，罪在田文。田文再饮三爵，为两兄赔罪。"说罢，又咕咚咚连饮了三大爵，一时厅中酒香弥漫，分外浓烈。

孟尝君瞅瞅苏秦张仪，又举起了酒爵……

"啪！"张仪拍案道，"你究竟教不教我等喝酒了？来，苏兄，我俩干了！"

孟尝君哈哈大笑，连忙举爵凑了上去："我陪两位大兄干了，这是接风！"三爵一碰，孟尝君径自一饮而尽。苏秦张仪却是谁也没看谁，默默地各自饮干了一爵。

"孟尝君，也不用你折腾自家。"张仪终于板着脸开口了，"你在当场便好，我有两句话要问苏兄，若得苏兄实言，张仪足矣。"

苏秦眼中闪出冰冷的光芒："问吧。"

张仪的目光迎了上来："屈原暗杀张仪，苏兄可否知情？"

"自然知道。"

"你我云梦泽相聚之前便知道？"

"然也。"

"有意不对我说？"

"正是。"

张仪倒吸了一口凉气："苏兄，可有不得已的理由？"

"没有。"苏秦平淡得出奇。

张仪勃然大怒，霍然站起厉声道："苏秦！同窗十五载，张仪竟没看出你是个见利忘义之小人！自今日起，你我恩断义绝！"说罢笃笃点着铁杖推门而出。孟尝君大惊失色，冲上去拦在门口道："张兄息怒，且容苏兄说得几句，再走不迟。"张仪冷冷一笑，推开孟尝君便走。绯云向孟尝君一使眼色，连忙过来扶住了张仪。

眼睁睁地看着张仪笃笃去了，孟尝君愣怔在庭院中不知所措。依着孟尝君的做人讲究，着意排解却反将事情弄僵，便是最大的失败。他沮丧地叹息了一声，沉重地走回大厅，却发现苏秦也不见了。孟尝君二话不说，冲到了为苏秦安排的庭院，不想院子里一片漆黑，正要转身，却见那棵虬枝纠结的大松树下一个孑然迎风的身影。孟尝君不禁长长地松了一口气，走过去轻声道："武安君，为何不说话？这件事必定另有隐情。"

"知音疑己，夫复何言？"黑暗中传来的声音是那样冰冷。

无须解释。苏秦傲气。

孟尝君沉重地叹息了一声："苏兄，自合纵伊始，田文便跟你在一起。我知道，许多时候为了维护局面，你都宁可自己暗中承担委屈。联军换将，你为子兰这个酒囊饭袋忍受了多少怨言？回到燕国，你又为子之那个跋扈上将军委曲求全……苏兄恕田文直言：你心高气傲才华盖世，可你却在坎儿上拖沓，杀伐决断不如张仪，原本明明朗朗说出来的事情，为何偏是不说？"

"我待张仪，过于兄弟之亲。你说，他如何能疑苏秦？"苏秦猛然转身，暴怒高喝，"他！根本就不能如此问我！知道？！"

孟尝君一阵愣怔，亲切地笑了："好了好了，这件事先搁下，三尺冰冻也有化解之日。武安君，我只求你一件事。"

"说。"苏秦自觉失态，语气缓和了许多。

"不要离开齐国，不要再陷进燕国烂泥塘。"

"在齐国闲住？"

"这个我来周旋，苏兄在齐国大有作为。"

苏秦默默笑了，显然，他觉得孟尝君在有意宽慰自己。孟尝君肃然道："田文不敢戏弄苏兄。此行秦国赵国，田文大有警觉，深感齐国已经危如累卵。我当力谏齐王振作，在齐国变法。""好！"苏秦猛然握住了孟尝君的手，"你放胆撑起来，苏秦全力辅佐你。"孟尝君哈哈大笑："苏兄差矣！这种事，你比我强十倍，田文只有一件事，死死保你！”苏秦也笑了起来：“到时日再说，谁也不会坏事便了。”

两人又回到了大厅，继续那刚刚开始又突然中断了的酒局，边饮边说直到四更方散。苏秦被扶走了，孟尝君却毫无倦意，思忖片刻，叫来冯驩低声吩咐了一番。冯驩连夜带着一封密件南下了。

日上三竿，孟尝君驾着一辆轻便轺车辚辚来到驿馆，径自进了那座只有外邦丞相能住的庭院。淡淡雾气中，张仪正在草地上练剑。孟尝君也是剑术名家，一看那沉滞的剑势与时断时续的剑路，便知张仪仍然是郁闷在心。孟尝君耐心地等张仪走完了一路吴钩的打底动作，轻轻地拍掌笑道：“还行，没把吴钩做成了锄头。”张仪提着剑走了过来：“清早起来便做说客？”孟尝君哈哈大笑：“天下第一利口在此，谁敢当说客之名？我呀，来看看你气病了没有。”张仪淡淡笑道：“劳你费心，多谢了，张仪还不是软豆腐。”

“那是！”孟尝君慨然跟上，“张兄何许人也？铁胆铜心，能被两句口角坍台？”

张仪不禁噗地笑了：“长本事了？骂我无情无义？”陡然黑下脸冷冷道，“你说，我没教他解说么？他为何自承如此？”

孟尝君拱手笑道：“张兄切勿上气。田文愚见，姑妄听之：天下之谜总归有解。张兄若信得田文，田文便能澄清此事，给两兄一个说法。若苏秦果真背义卖友，田文第一个不答应！”

张仪一声叹息：“知我者谓我心忧，不知我者谓我何求①？但看天意了。”

“丞相大人，我是来请你入宫的。齐王召见。”孟尝君笑吟吟说到了正事。

“是么？”张仪显然有些出乎意料。自齐威王开始，齐国对秦国使者就莫名其妙地别有一番矜持。秦国重臣特使入齐，总要求见三五次，甚或要疏通关节才能见着齐王。齐宣王也与乃父如出一辙，除了六国战败那一次，张仪两次入齐都是在两日之后才被召见的，此次并无重大使命，齐王倒是快捷了？虽说意外，张仪却也并不惊讶，悠然笑道，“孟尝君入厅稍候，我要带上一件物事。”

片刻之后，两车入宫，径直驶到那座东暖殿前。车马方停，齐宣王笑吟吟迎了出来：“丞相光临，田辟疆幸何如之？”张仪也是深深一躬：“齐王出迎，张仪幸何如之？”齐宣王

① “知我”至“何求”，见《诗经·王风·黍离》。

过来扶住了张仪，又拉起张仪的一只手，笑吟吟地与张仪比肩入殿。暖烘烘的小殿中除了王座，只设了两张臣案，弥漫着一种密谈小酌的融融气氛。时当早膳方罢，座案上的白玉盏中是滚烫的蒙山煮红茶，当真是十分的惬意。对于一向在臣下面前讲究尊严的齐宣王来说，如此做法也实在是头一遭。

张仪却丝毫没有受宠若惊的谦恭谢词，坦然入座，将那支亮闪闪的铁杖往手边一搭，便端起茶盏品啜起来。孟尝君看了看张仪，皱皱眉头在对面坐了下来。

“今日请丞相一晤，原是田辟疆要讨教一二。”齐宣王悠然开口了，“方今合纵已散，列国又回旧日大势，望丞相对齐国莫做敌手之想，为田辟疆排难解惑。”

“齐王但有所问，张仪自当坦诚作答。”

“听说楚燕赵韩都在密谋筹划，要再次变法，是否真有其事？”

张仪笑道：“此乃斥候职事，齐王当比张仪所知更多。”一句诙谐，撂开了这个证实传闻的难题。齐宣王被张仪说得笑了：“何敢以丞相为斥候？若果真变法，丞相以为哪一国可成？”张仪笑道：“此乃天意，齐王问卜太庙，大约龟甲蓍草总是知晓了。”齐宣王虽然笑脸依旧，眉头却已皱了起来。孟尝君不禁高声道：“我王就教国事，丞相何能戏谑如此？”张仪坦然笑道：“非张仪戏谑，实是齐王戏谑国事了。”齐宣王惊讶道：“丞相何出此言？变法之事不能问么？”脸上有些不悦。

张仪依然不卑不亢地笑着：“齐王可知太公姜尚此人？”齐宣王道：“太公乃齐国第一国君，谁个不知？”张仪笑道：“太公曾在太庙踩碎龟甲，齐王可知？”齐宣王惊讶道：“有此等事？却是为何？”张仪侃侃道：“武王伐纣，依成例在太庙占卜吉凶。龟甲就火，龟纹正显之时，太公骤然冲入太庙，踩碎龟甲，大声疾呼：‘吊民伐罪，天下大道！当为则为，不当为则不为，何祈于一方朽物？！’正当此时，天空雷电交加，大雨倾盆，群臣惊恐。太史令请治太公亵渎神明之罪。武王却对天一拜，长呼：‘天下大道，当为则为，虽上天不能阻我也！’当即发兵东进，一举灭商。”

齐宣王尴尬地笑了笑：“丞相之意，本王无须过问他国变法？”

“张仪明白齐王心意：既不想落他国之后，又唯恐变法不成，反受其累。”一句话便说得齐宣王睁大了眼睛，张仪接着道，“变法者，国之兴亡大道，满腹狐疑四面观瞻，而能变法成功者，未尝闻也！国情当变则变，不当变则不变，与他国何涉？此等国策大计，齐王却只问传闻虚实，只问吉凶成败，张仪何能断之？以狐疑侥幸之心待邦国大计，岂非戏谑于国事？”

这一番话正气凛然掷地有声，孟尝君大是佩服，不禁站起来对齐宣王拱手慨然道："丞相之言，治国至理，祈望我王明鉴！"

齐宣王本想请博闻广见的张仪好好地说说列国见闻，顺便透露一些这几个嚷嚷变法的国家的内幕实情，再替自己参酌一番，齐国应该如何应对？听着宫墙外冰凉呼啸的海风掠过，在木炭通红的燎炉旁听着轶闻趣事，齐宣王的确想惬意地享受一个有趣的冬日。就本心而言，无非想在这个秦国丞相面前忧国敬贤一番，以遮掩昨日对苏秦的不敬罢了。不想鬼使神差地从变法问起，竟被张仪当真教诲了一通，不禁大是不快；然则，不快归不快，面对秦国这个气焰正盛的权臣，再加上一个不识趣的孟尝君，齐宣王也只能窝在心里。沉思状地沉默了片刻，齐宣王大度地笑了笑："丞相金石之言，田辟疆铭刻不忘，容我忖度几日，若有难事，再请教丞相。"

张仪心中雪亮，站起来笑道："齐王国务繁忙，张仪送齐王一样物事，便即告辞。"

"何敢劳丞相赠礼？多有惭愧了。"齐宣王又高兴起来，毕竟，这是很有体面的一件事。

张仪回身对殿口内侍吩咐道："请我行人入宫。"

内侍一声传呼，嬴华捧着一个铜匣走了进来，呈到齐宣王案前打开。齐宣王一看，却是整整齐齐的几卷竹简，不禁笑道："丞相送我何书啊？"

"启禀齐王：这不是书卷，这是各国议定的变法举措。"

"这？这？如何使得？"齐宣王愣怔了，他向各国派出了那么多坐探斥候，报来的也只是各种皮毛消息而已，实际的变法举措如何能轻易得到？张仪纵然知晓，又如何肯轻易送给他国？一时之间，齐宣王竟有些怀疑张仪在捉弄他。张仪却坦然笑道："齐王莫担心，这是张仪自己归总的，大体不

苏秦张仪皆有傲气，且内心坦荡。这里面有作者个人的喜好，不屑小人，但敬君子。

差。其所以送给齐王,是因齐王有变法大志。"

"丞相过奖,何敢当之?"齐宣王顿时高兴起来,谦恭得自己变成了臣子一般。

"然则,张仪以为,齐王若得变法,非一人不能成功。"

"何人? 丞相但讲。"

"苏秦。"张仪面无表情,"非苏秦不能成功。"

齐宣王大是惊讶,与孟尝君相互看看,一时说不出话来。就在这片刻愣怔间,张仪已经笃笃出宫去了。望着张仪踽踽独行的背影,齐宣王摇摇头:"此人当真不可捉摸也。"孟尝君对张仪的突然变化也是一团迷雾,小心翼翼试探道:"我王是说,张仪举荐不可信?"齐宣王颇为神秘地低声道:"你是不晓得,屈原暗杀张仪,本是苏秦与屈原同谋,后见张仪,却知情不言,以致张仪遭遇截杀,变成了瘸腿。你说,张仪不记恨苏秦?"孟尝君笑道:"臣执邦交,尚且不知此事,实在惭愧。"齐宣王呵呵一笑道:"此事大有文章,还得看看再说。"

孟尝君出宫,直奔驿馆而来。张仪正在庭院草地上独自漫步,见孟尝君大步匆匆走来,不禁笑道:"看来,孟尝君也有黑脸的时日了。"孟尝君拉起张仪便走:"这庭院隔墙有耳,到里面去说。"张仪不动笑道:"孟尝君,你就是在这里喊破天,也没人敢传出去,说。"孟尝君道:"别那么自信,苏秦张仪结仇,齐王如何知道?"张仪淡淡笑道:"权臣嫌隙,名士恩怨,时刻都在天下口舌间流淌。过得两年,只怕连乡村老妪都当故事说了。"孟尝君道:"如此说来,你是有意报复苏兄?"

"此话怎说?"张仪倏地转过身来,语气冰冷得刀子一般。

孟尝君目光炯炯地看着张仪:"既明知齐王知晓苏张成仇,却要以仇人之身举荐苏秦,使齐王狐疑此中有计,进而不敢重用苏秦。此等用心,岂非报复?"

张仪看着郑重其事的孟尝君,却突然笑了,铁杖笃笃顿着草地道:"孟尝君,你为权臣多年,竟不解帝王之心? 记住一句话:加上你之力保,齐王必用苏秦!"

"何以见得?"孟尝君逼上一句。

张仪悠然笑道:"苏张但有仇,天下君王安,孟尝君以为然否?"

孟尝君身为合纵风云人物,如何不知六国君臣对苏秦张仪合谋玩弄天下于股掌之间的种种疑惑? 甚至就是四公子之间,也没有少过这种议论,心念及此不禁恍然道:"如此说来,张兄是有意在成仇时节,举荐苏兄了?"

“如此机会,也许只此一次。”

“好!”孟尝君拍掌笑道,“两兄重归于好,田文设酒庆贺!”

“错。”张仪顿着手杖冷冷道,“不想教大才虚度而已,与恩怨何涉?”说罢顿着铁杖径自去了。孟尝君愣怔半日,摇摇头沮丧地走了。

《史记》载苏秦设计让张仪入秦,小说反过来了,张仪用计暗助苏秦。知音难求,苏秦与张仪这种剪不断理还乱的关系,刻画得入情入理。

第十三章　最后风暴

一　春中君星夜入临淄

孟尝君对苏张一筹莫展,只好先放下不管,每日进宫去磨齐宣王。

齐宣王看了张仪的《列国变法》,心中不停地翻翻滚滚起来。目下打算变法的这几个国家,齐国以往都不大在乎。自齐威王两战将魏国的霸主地位摧毁,齐国始终是第一流强国。这种自信深深植根于齐国君臣朝野。纵然在秦国崛起之后,齐国也没有像其他五国那样惊慌失措。事实上,秦国也始终没有公然挑衅过齐国。晚年的齐威王与继任的齐宣王,其所以不愿做合纵头羊,不是自认比楚国实力弱,而是在内心对秦国与中原的争斗宁作壁上观。

地理位置决定了齐国可以作壁上观。

齐国君臣的谋划是:支持中原五国长抗秦国,自己却尽量保存实力不出头,待到六败俱伤之时,收拾天下局面的便

“不出头”,似曾相识。

只有强大的齐国了。齐国的谋划虽然长远，可是在合纵抗秦的几番较量中，齐国的方略却总是结结实实被打碎。一经真正的实力对抗，各国与秦国的真实差距陡然全面暴露，竟大得令人心惊。非但是数倍于敌的联合兵力不能战胜，而且连楚国的八万新军也全军覆没。经此两战，天下变色。各国纷纷与秦国结好，连忙埋头收拾自己。这才有了楚国、燕国、赵国的变法筹划。魏国虽说不如这三国唱得响，但魏国信陵君鼓动魏王进行第二次变法的消息也不是秘密了。就连对变法已成惊弓之鸟的韩国，也有一班新锐将领在大声疾呼“还我申不害，韩国当再变”。凡此动静，齐宣王不可能不知道，却总是将信将疑，觉得无非是各国虚张声势鼓动民心的权谋罢了，当真变法谈何容易？可如今看了张仪对列国变法的记载，才第一次觉得列国的变法已经是实实在在发生着的事情了，也才真正有些着急起来。这便与孟尝君从赵国归来后急迫变法的心思合了拍，孟尝君每鼓动一次，齐宣王便踏实一些。连续几日磋商下来，齐宣王终于下了决心：召见苏秦，正式议定变法。

秦惠王（惠文君）也是一代雄主，他在位期间，扩张得厉害，斩首人数之多，令天下震动。小说更偏爱孝公、嬴政。加之张仪、苏秦太抢眼，秦惠王很难被写得突出。

这日出宫天色已晚，孟尝君很是兴奋，想邀苏秦张仪聚饮一番。但转念一想，邀来也是自讨无趣，遂与几个门客痛饮了几爵，议论了一阵，看看已是三更时分，便上榻安卧了。

正在蒙眬之际，突闻门外马蹄声疾。孟尝君头未离枕，已听出了自己那匹宝马的熟悉嘶鸣，正待翻身坐起，一个响亮的声音已经在庭院回荡开来：“噢呀——孟尝君府也有黑灯瞎火的时日了？”

“春申君——”孟尝君一嗓子高喊，人已披着被子冲到了廊下。

“噢呀呀成何体统了？”春申君大笑着拥住了孟尝君直推到厅中，一边主人般高呼，“来人，快拿绵袍了。”一边兀自唠叨，“噢呀呀，临淄这风冰凉得忒煞怪了，浑身缝隙都钻，受不得了。”孟尝君将身上的大绵被往春申君身上一包，自己却光着身子跳脚大笑：“春申君以为临淄是郢都啊？来人，绵袍、木炭！”话音落点，侍女恰恰捧来一件丝绵袍一双丝绵靴便往孟尝君身上穿，孟尝君一甩手：“没听见么？给春申君！”侍女惶恐道：“这是大人的衣物，别人不能穿。”孟尝君高声道：“岂有此理？谁冷谁穿！我来。”说着拿过衣服手忙脚乱来往春申君身上套，春申君笑得直喘气：“噢呀呀，自己光着身子，还给别个乱包乱裹了？”一边说一边将身上的绵被又胡乱捂到孟尝君身上。孟尝君推脱间不意踩着被角跌倒，连着春申君也滚到了地上，两人在厅中滚成了一团，也笑成了一团。

小说用心良苦啊。一笑。

就在这片刻之间，侍女已经拿来了另一套绵袍绵靴与大筐木炭。两人分别将衣服穿好，坐到炭火烘烘的燎炉前，却是感慨唏嘘不知从何说起。孟尝君猛然醒悟，立即吩咐上鱼羊炖兰陵酒。春申君本是星夜奔驰而来，正在饥寒之时，自然大是对路，一通吃喝，脸上顿时有了津津汗珠，人也活泛起来了：“噢呀孟尝君，你将我火急火燎地召来，哪路冒烟了？”孟尝君看着他须发散乱风尘仆仆的模样，心中大是感动：“春申君星夜兼程，田文实是心感也。”春申君道：“噢呀哪里话了？你有召唤，我能磨蹭？说事了。”孟尝君却是一叹：“事嘛，说大不大，说小不小，见一个熟人，说一番实话而已。”春申君不禁一阵好笑：“噢呀孟尝君，人说你急公好义，果然不虚了，将我黄歇千里迢迢弄来，就是教我陪你做义士了？”

“先别泄气，包你此行不虚。”孟尝君诡秘地笑了笑。

偎着烘烘燎炉，两人佐酒叙谈，一直到了五更鸡鸣。

次日过午，孟尝君来到驿馆请张仪出游佳地。张仪笑道："海风如刀，此时能有佳地？"孟尝君笑道："张兄未免小瞧齐国了，走！一定是好去处。"张仪眼睛转得几转笑道："好，左右无事，走走了。"进去一说，嬴华挑选了十名骑士随行，亲自驾车，绯云车侧随行，便与孟尝君出了临淄西门。

出城三五里，孟尝君道："张兄，须得放马大跑两个时辰，你的车马如何？"

张仪笑道："试试，看与你的驷马快车相距几何？"

随行的秦国骑士一听与孟尝君较量脚力，立刻兴奋起来。孟尝君的座车是有名的铁车，车轮包铁，车轴是铁柱磨成，车厢车辕全部是铁板拼成，里层却是木板毛毡舒适至极；铁车宽大沉重，用四匹特异的良马驾拉，驭手便是门客苍铁从"盗军"带出的生死兄弟。此车虽不如献给齐宣王的那辆"天马神车"，却也是大非寻常。张仪的轺车也颇有讲究，表面看与寻常轺车无异，实际上却是黑冰台寻访到墨家工匠特意设计打造的一辆轺车，一是载重后极为轻便，二是耐颠簸极为坚固；驾车的两匹马也是嬴华亲自遴选的驯化野马，速度耐力均极为出色。

盗跖有神器。

墨家工匠的手艺，天下一流。

放马奔驰两个时辰，对于训练有素的骑士与战马也不是易事，何况车乘？车身是否经得起颠簸，挽马的速度耐力是否均衡，驭手技巧是否高超，乃至乘车者的坐姿、站位与身体耐力能否配合得当，都是座车能否持续奔驰的重要原因。孟尝君问"车马如何"，便是这个道理。

见张仪答应，孟尝君高声道："我来领道，跟上了。"说罢一跺脚，那早已从车辕上站起来的驭手轻轻一抖马缰，铁车隆隆飞出，当真是声势惊人。十名门客骑士几乎在同时发动，却也只能堪堪跑在铁车两侧。

嬴华见烟尘已在半箭之地，低喝一声："起！"轺车骑士齐齐发动，直从斜刺里插上。时当冬日，田野里除了村庄树木,光秃秃一望无际,所有的沟洫都是干涸的。按照传统,这也是唯一可在田野里放马奔驰的季节。秦人本是半农半牧出身,嬴华自然熟知这些狩猎行军的规矩,所以一发动便从斜刺里插上,看能否与孟尝君车马并驾齐驱。

孟尝君回望,见张仪轺车不是跟在后面,而是从斜刺里插来,顿时兴奋起来,高声长呼:“张兄,上来了——”那驭手却是明白,一声响亮的呼哨,驷马应声长嘶,铁车顿时平地飞了起来一般。门客骑士只能跟在铁车激碾出的一片烟尘之中,不消片刻,渐渐脱出了烟尘,落下了大约半箭之地。

张仪的轺车马队却是整齐如一,始终保持着车骑并进的高速奔驰。大约在半个时辰之内,始终与孟尝君铁车保持着一箭之地的距离。将近一个时辰的时候,张仪车马渐渐逼近到半箭之地。张仪用铁杖“当当”敲着轺车的伞盖铁柱,高声喊道:“孟尝君快跑!我来也——”随风飘来孟尝君的哈哈大笑:“张兄莫急,赶不上的——”

突然之间,嬴华一声清叱:“张兄站起!”待张仪贴着六尺伞盖站稳——这是站位车轴之上车身最为轻捷灵便之时——嬴华一声清脆的口令,“提气跑!”话音落点,秦军骑士一齐躬身冲头,臀部骤然离开马鞍,人头几乎前冲到马头之上。这是人马合力全速奔驰的无声命令。十骑骏马立时发力,竞相大展四蹄,如离弦之箭般飞了起来,直冲轺车之前。嬴华飞身从车辕上站起,两缰齐抖,两匹驯化野马齐声嘶鸣奋起,片刻之间插进了马队中央。

渐渐地,孟尝君的驷马铁车越来越清晰了,终于并驾齐驱了。

“好!”孟尝君一声赞叹,挥手喊道,“走马行车——”两队车马渐渐缓了下来,变成了辚辚隆隆的走马并行。孟尝君打量着张仪的车马笑道:“张兄啊,了不得!你这两马轺车竟能追上我这驷马快车,当真匪夷所思!”张仪笑道:“你那是战车,声势大,累赘也大。”孟尝君大笑一阵,扬鞭一指前方道:“张兄且看,片刻便到。”

暮色之下,两座青山遥遥相对,一片大水粼粼如碎玉般在山前铺开。说也奇怪,凛冽的海风不知何时消失得无影无踪,一片暖融融的气息夹着诸般花草的芬芳扑面而来。张仪四面打量一番,恍然笑道:“孟尝君,这不是蒙山蒙泽么?”孟尝君惊讶道:“张兄来过?”张仪摇摇头:“听老师说过:临淄西南二百里,有山水相连,冬暖如春,天然形胜。”孟尝君笑道:“老人家好学问!这正是蒙山蒙泽。走马行车,跟我来。”

蒙泽水面平静如镜,除了水边浅滩的葱茏草木,岸边却是细沙铺满了石板, 极是清爽。两队车马沿着岸边绕了过去,便到了山脚下的洼地。孟尝君笑道:“张兄,此地扎营如何?”张仪笑道:“干爽避风,正是露营佳地。”

两人一定板,两边人手各自忙碌起来。片刻之间,一座营地收拾妥当:两边山脚下各有两座帐篷,中央一片空地,是埋锅造饭与篝火聚餐的公用场地。两边人手原都是行军露营的行家里手,挖灶的挖灶,砍柴的砍柴,兼职炊兵搭架上锅,门客驭手摆置酒肉,一阵井然有序地忙碌。月亮爬上山巅时,篝火已经熊熊燃烧,铁架上的整羊已经烤得吱吱流油香气四溢了。

张仪望着山头一钩新月,长长地叹息了一声:“孟尝君,可惜了。”

“如此佳境,可惜何来?”孟尝君笑了。

张仪正要说话,一片急骤马蹄声直压过来。“骑士上马!”嬴华一声令下,已经拔剑在手。孟尝君笑道:“行人且慢,这里有事,田文一身承担。”转身对一名门客骑士吩咐:“快马迎上,快查快报!”门客骑士飞身上马,倏地消失在夜色之中。片刻之间,便闻遥遥高呼:“噢呀孟尝君——黄歇来也——”

“春申君!”孟尝君惊喜地叫了起来,“张兄,可有个好酒友了!”

“春申君?他来这里做甚?”张仪大是疑惑。

“等他来了,一问便知。快,再添一毡座!”

借春申君之口,道苏秦冤屈。

话音落点,一行十余骑已经冲到面前,为首一人高冠束发黄锦斗篷,在月下笑得分外明朗:“噢呀孟尝君,莫非你也来找那人了?”孟尝君笑道:“那人,却是谁也?”春申君笑着下马:“你知我知,天知地知,休装糊涂了。”孟尝君大笑:“好好好,先撂在一边,你可知这位是谁?”

春申君端详着面前这个手执细亮铁杖，身材伟岸而又稍显佝偻的人物，兀自喃喃道："噢呀呀，定是非常人物……对了，阁下莫非张仪？搅得我楚国鸡犬不宁的秦国丞相了？"张仪冷笑道："正是在下，春申君与屈原之手段，张某已经领教了。"春申君深深一躬道："先生大才，黄歇与屈原深为敬佩。各自谋国，尚望先生勿恨屈原黄歇了。"孟尝君哈哈大笑："春申君何其迂腐？竟说此等没气力话。"张仪原本只为春申君一句"鸡犬不宁"不悦，如今见孟尝君圆场，屈原又是自己心下敬重的忠贞之士，如何还能一味僵持，慨然一躬道："久闻春申君明锐旷达，果然不虚，张仪这里赔罪了。"春申君连忙上来扶住笑道："噢呀呀不敢当了，莫得又被昭睢咬一口，黄歇里通外国了。"一句话说得众人哄笑起来。

篝火前落座，饮得两碗相逢酒，孟尝君笑问："春申君火急火燎赶到蒙山，果真要见那个人？"春申君笑道："那是自然，先生乃我楚国名士，有了事我自当出面。"孟尝君揶揄道："做得楚国芝麻大个官儿，便成了楚国名士？这难道不是我齐国地面么？"春申君苦笑着摇摇头："噢呀你说得轻巧，芝麻大个官儿？你孟尝君倒是给先生磨盘大个官儿，先生要么？"孟尝君依然追着道："总是楚国不自在，否则先生如何到我齐国地面来？"春申君笑道："噢呀呀，就算先生目下是齐国名士，我黄歇见见总可以了。"

听得两人兀自唠叨折辩，张仪不禁笑道："如何一个名士，害得齐楚两国都伸手？"春申君惊讶道："噢呀孟尝君，你没说给丞相听？"孟尝君笑道："刚要说你就来了，你说。"春申君笑道："噢呀丞相，你可晓得庄周了？"张仪恍然笑道："庄子么？如何不知道？公子要见庄子？"春申君道："是了是了。庄子夫人病重，我要去送点儿冬令物事。我猜度，孟尝君也是此意了。"孟尝君笑道："好事好事，我等都去给这

为了表示对庄子的尊重，以"夫人"敬称，不妥，称"妻"比较合适。

位老兄热闹一番了。”张仪笑道:“见庄子好啊,何不早说？我也该带些许物事的。”春申君笑道:“噢呀丞相,这个庄子不要多余物事,至多留下些许粮米粗布而已,带了物事也送不出去,了了心事而已。”张仪听得不禁喟然叹息一声:“粗衣粗食,可以清心矣!”

春申君猛然叫了一声:“噢呀想起了,听说武安君在齐国,如何没有同来?”孟尝君尴尬地笑笑:“这却怨我,粗疏忘记了。”张仪冷笑道:“原是我不想见,与孟尝君何干?”春申君惊讶得眼睛瞪得老大道:“噢呀奇闻,张仪不想见苏秦？比龙王不想入海还稀奇了。”张仪虽然诙谐,却是最烦在此事上聒噪嬉笑,不禁冷冷道:“莫非春申君喜欢朋友出卖自己?”话音落点,春申君张着嘴愣怔了,惊愕之情是显然的。

孟尝君叹了一口气:“春申君莫怪张兄唐突,屈原暗杀张兄,武安君分明事先知情,见张兄时却一字不漏。要是你,不上气么?”

一语未罢,春申君红着脸跳了起来:“噢呀孟尝君,此事你是见了还是听了？说得如此真确,连我这在场之人,都教你包了进去？岂有此理了！武安君大大冤枉了!”一通高亢楚语噢呀哇啦,分明是大为气恼。

孟尝君冷冷笑道:“春申君少安毋躁,田文说的不是事实么?”

“不是！半点不是了!”春申君摊着两手,脸红脖子粗地大声嚷着。

“这却奇了。”孟尝君也站了起来,“你既在当场,你说事实,若有虚言,该当如何?”

四大公子其所以名动天下,根基就是慷慨好义重然诺,此等板下脸说话,已经是极为罕见的了,要求对方承诺“虚言该当如何”更是绝无仅有。张仪素知四大公子人品,如何不解孟尝君此话分量？听得心中一沉,生怕两人伤了和气。

春申君咬着牙一字一顿道:“苍天在上,黄歇若有半句虚言,祸灭九族!”一言既出,全场默然,以春申君身份发如此重誓,当真是惊心动魄。

孟尝君长叹一声:“春申君,你说。”

春申君正色道:“当日黄歇与武安君南下之时,屈原已经将新军调到了郢都郊野。既未与武安君商议,也未与黄歇商议。那日聚宴,屈原突兀提出截杀张仪,自然是想要武安君与我一起联手。我虽犹豫,却也心有所动。武安君却是决然反对,还痛心地说了一番实力较量的根本道理。武安君说罢,屈原当场表示放弃暗杀,且请求武安君,不要在张仪面前提及此事,以免他日后与丞相不好周旋邦交。武安君慨然允诺了。酒宴将要结束时,武安君收到书简一件。我问何事?武安君说是张仪相约,次日在云梦泽会面。我与屈原都担心有危险，武安君大不以为然，坚执不教屈原与我派人护卫。次日，截杀丞相的事一发生，武安君便愤而离开了楚国……事实如此，丞相自己斟酌了。”

张仪仔细回味春申君的话，一时默然。孟尝君置身事外，却已经将关节听得明白，便问：“春申君，是屈原当场说了，放弃暗杀张仪么？”

“噢呀，正是了！”

“是屈原请求武安君，不要将一个已经放弃了的谋划告诉张仪，以免他日后难堪？”

“是了是了！”

“武安君见屈原放弃暗杀，便答应了屈原所请，是么？”

“正是了，很清楚的了！”

孟尝君转身笑道：“张兄，此事……你说？”

张仪默默伫立着，仰望天中一钩残月，泪水涌泉般流了出来。

各为其主，也没什么好“怨望”的。

二　逍遥峰的鼓盆隐者

次日天亮，三人将车马骑士留在山口，徒步进入山谷。张仪腿脚略有不便，孟尝君与春申君一致赞同嬴华绯云随行照拂。一夜过来，张仪心绪好了许多，谈笑风生一如平日，路上大大轻松了起来。

沿着山谷中的溪流拐过了三道山弯，突兀的一座孤峰矗立在面前。

这座孤峰煞是奇特，冬日里满山苍翠鸟语花香，迎面一道瀑布飞珠溅玉般挂在山腰，直似苍黄群山中的一株参天碧树。张仪惊叹道：“此山异象也！庄子一定在这座山上。”

孟尝君笑道："不错，庄子正在此山之中。"春申君笑道："噢呀你等可晓得了？方圆百里的楚人，将这座山叫作逍遥峰了。"张仪笑道："逍遥峰？好！庄子正有《逍遥游》一篇，读来真是令人心醉。"孟尝君高声吟哦起来："北冥有鱼，其名为鲲。鲲之大，不知其几千里也。化而为鸟，其名为鹏。鹏之背，不知其几千里也。怒而飞，其翼若垂天之云……"张仪神往笑道："此等景象，非神目万里神游八极不能企及，非高居昆仑之巅天宇之上不能入眼。庄子，非人也，诚为仙也。"春申君不禁大笑起来："噢呀，张兄解得妙！我等去看看这个仙兄了。走，随我来了。"

从一条羊肠小道登上孤峰，便见山腰阳坡上一座茅屋，一缕炊烟飘飘荡荡地融化在高远的蓝天。上得面前一个山坎，几个人看到了茅屋，却都惊讶地站住了。

一堆枯枝燃起的大火上，吊着一只黑黝黝的大陶罐，还有半只烤得红亮的野羊。一个布衣散发的年轻人坐在火坑前，默默地往火里添着木柴拨着火。火坑旁绿草如茵，一个裸身女子躺在花枝堆成的花山中间。仔细看去，那花山却堆在一层白花花的木柴之上。花山前坐着另一个人，粗布大袍已经看不出颜色了，披肩的长发灰白散乱。他身旁放着一个很大的酒坛，淡淡的酒香随风飘了过来。尽管是背影，也可以看出，他正在敲着一个破烂的瓦盆吟唱，那悠扬嘶哑的歌声说不清是快乐还是忧伤，听得几个人都痴了：

方生方死兮　方死方生
其始而本无生兮　无生也本无形
非徒无形也本无气兮　杂若恍惚之间矣
形变而有生兮　再变而为死
春秋冬夏四时行兮　死为达生

庄子主张与天地游，对死事也是这个态度。《庄子·杂篇·列御寇》，"庄子将死，弟子欲厚葬之。庄子曰：'吾以天地为棺椁，以日月为连璧，星辰为珠玑，万物为赍送。吾葬具不岂不备邪？何以加此！'弟子曰：'吾恐乌鸢之食夫子也。'庄子曰：'在上为乌鸢食，在下为蝼蚁食，夺彼与此，何其偏也！'"庄子的境界，有多少人能至？少之又少。庄子妻死后，一切从简，合庄子的想法。

不问生之所以为　　不问命之所无奈
人欲免为形者兮　　莫如弃世
弃世则无累　　无累则正平
正平则与彼达生兮　　达生者不朽矣

“夫人死了，他还鼓盆唱歌？”嬴华低声问。

张仪一声长长的感叹：“死为达生，大哉庄子也！”

孟尝君低声道：“一步来迟，庄子夫人竟去了，我等便在这里陪祭了。”

布衣散发者一声高亢的吟哦，站了起来，提起酒坛绕着花山洒了一圈，又将坛中剩酒全部泼洒到花山之上，高举双臂对着花丛中裸身女子喊道：“夫人——你终究脱离了人世苦难，一切忧愁都如风一般消散！快乐地去也，你已与天地万物融为一体了——”说罢深深一躬。火堆旁的年轻人拿起了一根熊熊燃烧的木柴，走了过来递给他。

《庄子·外篇·至乐》，“庄子妻死，惠子吊之，庄子则方箕踞鼓盆而歌。惠子曰：‘与人居，长子、老、身死，不哭，亦足矣，又鼓盆而歌，不亦甚乎！’庄子曰：‘不然。是其始死也，我独何能无概然！察其始而本无生，非徒无生也而本无形，非徒无形也而本无气。杂乎芒芴之间，变而有气，气变而有形，形变而有生，今又变而之死，是相与为春秋冬夏四时行也。人且偃然寝于巨室，而我嗷嗷然随而哭之，自以为不通乎命，故止也’。”庄子妻死后，最开始的时候庄子也很伤心，但后来想了想，此举与自己的“宇宙观”不合，于是鼓盆而歌。

布衣人举起火把，从容地伸向花山下的那片木柴。一簇火苗冒了起来，渐渐地，木柴燃起来了，花山燃起来了，熊熊火焰吞没了花山，吞没了那静静长眠的裸身女子。布衣人在随风飘散的烟火前默默地伫立着，没有哭声，没有笑声，直到熊熊火焰化成了淡淡青烟。

“呲！他竟烧了夫人……”绯云惊骇得一个激灵。

张仪低声道：“这叫火葬，墨子大师便是如此升天。”

“噢呀孟尝君。”春申君低声惊呼，“先生要走了？你看！”

只见布衣人从茅屋里走了出来，背上一个青布包袱，手中一支碧绿竹杖。火堆旁的年轻人笑着跪在布衣人面前道：“老师，你真的要一个人走了？”布衣人笑道：“蔺且啊，你有你该做之事，何执于行迹之间也？”年轻人笑道：“老师，你就不怕蔺且再来追你么?”布衣人笑道:“方可方不可,方不可方可,欲是其所非,而非其所是,吾却何以知之?”年轻人恭恭敬敬扑地拜了三拜,声音哽咽起来:“老师,保重了。”

布衣人大笑而去,一路吟哦随风传来:“风起北方,在上彷徨,天其运乎,六极五常……”

“噢呀孟尝君,我去追先生回来了!”春申君大步疾走,去追那布衣人。

茅屋前的年轻人拦在了当面,拭着泪眼笑道:“春申君,无用也,老师的心早就走了。”春申君怔怔站住,顿足长叹一声,对着山道长长呼喊:“庄周兄——等你了——”

谷风习习,一阵笑声在空山中荡开,终是渐去渐远。

张仪一直默然伫立着,心底里一片空白。孟尝君笑道:“张兄,去看看蔺且吧,庄子连他这个唯一的学生都丢下了。”来到茅屋前,年轻人苦笑道:“孟尝君,我还是没有留住老师。”孟尝君喟然一叹:“蔺且啊,先生走了,你到稷下学宫去吧。”蔺且摇摇头:“不,我要整理老师的文章。”春申君笑道:“噢呀蔺且,你可真糊涂了。孟尝君请你去稷下学宫,为的就是教你无衣食之忧,更好整理文章了。”蔺且淡淡笑道:“离开这蒙山逍遥峰,便没有老师文章。”

“却是为何?”孟尝君大是惊讶。

蔺且笑道:“老师根本不看重文章,走到哪里心血来潮,便写下一篇。有的刻在树干上,有的写在山石上,有的还写在陶盆上,有的还不知道写在何处。我每日都要在山里搜索,有些还没有抄完,字迹便看不清楚了……”

“吔——这里有字!”在旁边转悠的绯云突然惊讶地叫了起来。

几人过去一看,只见一片半枯的竹竿上刻画着一个个清晰的字迹。蔺且笑道:“这是师母病重期间,老师不能走远,

《史记·老子韩非列传》中的庄子,甚是有趣,“楚威王闻庄周贤,使使厚币迎之,许以为相。庄周笑谓楚使者曰:‘千金,重利;卿相,尊位也。子独不见郊祭之牺牛乎?养食之数岁,衣以文绣,以入大庙。当是之时,虽欲为孤豚,岂可得乎?子亟去,无污我。我宁游戏污渎之中自快,无为有国者所羁,终身不仕,以快吾志焉。’”与其养肥了被供为“牺牲”(祭品),倒不如自快——在这个国家,终身不仕,才有可能真正自快。

有弟子,才有学人的“下文”,学问、学说、思想是需要传承的。

每日在这里转悠刻下的了。”孟尝君不禁顺着竹竿边走边念道:“世之所贵道者,书也。书不过语,语有贵也。语之所贵者,意也。意之所随,不可以言传也。而世却贵言传书。世虽贵书,我犹不足贵也,为其贵非其贵也……知者不言,言者不知。悲夫,世人岂识之哉……”念着念着,孟尝君打住了。

“噢呀岂有此理?没有书,哪里有学问了?”

张仪笑了:“庄子本意,我看却在这几个字:书不如思贵,意不可言传。说到底,是教人多思深思,切莫草草立言。”

蔺且笑道:“先生果然智者,老师也是如此说。”

孟尝君大笑:“蔺且啊,我等与这位智者,今日住在这里如何?”

“自然好。”蔺且高兴地笑了,“诸位稍待,我去拿坐席。”说着进了茅屋,抱出一摞草垫,递给每人一个,又去提来一个粗陶大壶与一摞粗陶大碗,给每人斟了一碗殷红的凉茶。几人围着火坑坐定,孟尝君道:“蔺且啊,我等方闻你师母病体不佳,特意来拜望探视,如何便骤然去了?”蔺且一声叹息眼圈先红了:“师母多年操劳,原是有痼疾在身,却不告老师。老师粗疏不经意,只以为寒热小病而已,每日进山采撷草药……不想前日三更,突然去了。”

众人听得一阵唏嘘。张仪笑道:“夫人逝去,庄子鼓盆而歌,花山火葬。此等达生意境,原非常人所能解。我等还是追随庄子性情,将夫人之死,看作达生快乐的好。”

“张兄此言大是!”孟尝君笑道,“蔺且,你说?”

“自当如此。原是蔺且天分差,难追老师高远,犹如蓬间雀之与鲲鹏也。”

一言落点,众人都笑了。孟尝君与春申君解下随身背来的酒袋,绯云也解下张仪给庄子准备的酒袋,又一一泼

多一点传奇色彩,多一分神奇。

去陶碗中残茶，用茶碗做酒碗，几个人饮了起来。这时，蔺且用一只大木盘盛来了大块的带骨羊肉，一股肉香浓浓地弥漫开来。春申君惊讶道："噢呀，蔺且本事见长，能狩猎了？"蔺且笑道："春申君不晓得，师母病重时，这只羊在茅屋前卧了三日三夜，只是不走。老师说，这是上天所赐，是羊之达生。我去捉它，这只羊动也不动。老师为师母烤了半只，可师母只是闻了闻便去了……"说着，蔺且的眼圈又红了。

众人一阵默然，嬴华绯云都别过了头去。还是孟尝君笑道："张兄不知，庄子的奇遇异事多了，桩桩都令寻常人不能想象也。"张仪看着蔺且笑道："我只是不解，庄子如此清苦，行迹又大异于常人，何以竟有弟子相随？"

孟尝君饶有兴味地笑了："我也不清楚，蔺且，你说说如何？"

"噢呀蔺且，我只听先生说过一句，你是上天硬塞给他的。究竟如何了？"

"也是，老师原本不想收留我的……"蔺且眼望着远山，断断续续地说出了一个奇异的故事：

八岁时，蔺且的工匠父亲因打造的战车断了车轴而被杀，母亲、姐姐和他便成了邯郸一家官员的奴隶。母亲与姐姐给主人们洗衣做饭，小蔺且则给马夫打下手做杂活。可不到一年，这家官主人战死了。国君没有赏赐，军中没有抚恤，蔺且一家便随着主人的沦落，流失到市井做了乞丐。那一日，小蔺且正在邯郸街头流窜乞讨，不想遇上官府市吏查市，慌忙躲逃间撞倒了一个迎面而来的士子。

"大人饶了我，小子实在没看见。"小蔺且一头抢地，爬起来便跑。

"小兄弟，别跑。"士子从地上爬起来笑道，"撞了便撞了，怕我何来？"

"不是大人，后面市吏追我。"小蔺且惶恐的眼睛滴溜溜打转儿。

士子笑道："别怕，跟我来。"说着拉起小蔺且的手，快步进了一家酒肆。

士子请小蔺且饱餐了一顿，末了笑道："小兄弟，如有一笔大钱，你想如何用它？"

"先开脱了娘与姐姐的隶籍，而后嘛，自做营生。"小蔺且回答得毫不犹豫。

"好，你跟我来。"士子戴上了一顶很大的斗笠，拉着小蔺且来到邯郸最热闹的北门口，"小兄弟，过去看看城墙上那张画像，看准了。"小蔺且跑过去端详了一阵，又跑了回来："那张画像，就是大人。"士子笑道："小兄弟果然聪敏，过来，听我说。"士子将小蔺且拉到僻静处道，"你目下到国府去，就说你知道图上这个人在哪里，然后带他们到方才那个酒肆，我再跟他们去。这样你可以得到一百金，再去做你的事。"

小蔺且默默地转着眼珠低下头："我，不要那种钱。"回头走了。

士子却追了上来："哎，小兄弟，你我商量一番，两个人都有饭吃如何？"

"你也没饭吃？"小蔺且惊讶地瞪大了眼睛。

"有短饭，没长饭，明白？"见小蔺且点了点头，士子又道，"你看，我跟他们走，是到那大宫殿里吃鱼吃肉喝酒。你有了钱，也能吃鱼吃肉喝酒。两厢便利，多好。"

"那你自己去找他们多好，要我说做甚？"

"小兄弟不明白。"士子低声道，"我自己去，多丢面子。要他们来请，才吃得气派，明白？"

这个细节写得好，庄子绝对干得出这样的事。

小蔺且笑了，去宫门前报了官，领着一队车马接走了士子，自己得了一百赏金。一家人脱了官府隶籍，还在邯郸开了一家小小的酒肆。后来蔺且渐渐长大了，听一个常常光顾他家酒肆的书吏说：他当年举发的那个布衣士子，叫作庄周，学问很大，经常谈论天下剑术；赵侯也酷爱剑术剑士，自然也很想见到论剑的庄周。书吏说得绘声绘色："几年找不到这个庄周，赵侯便想了这个绘影缉拿的法子。嗨，不想立即见效，应在了你这个小乞丐头上！蔺且，你命好啊。"

从此，蔺且心中有了庄周这个名字。当年那个身影整日在他心头晃动，连做梦都是那个影子。他见到读书人便打问，可谁也不知道庄周在何处。蔺且十八岁那年，几个游学士子在他家酒肆兴致勃勃地议论一篇传抄天下的文章，大谈庄子如何如何。蔺且立即上前恭敬一礼："敢问先生，庄子可是庄周先生？"游学士子大为惊讶："是啊！你也知道庄子大名？"蔺且又问："先生可知，庄子目下居住何处？"士子们都摇摇头，有一个忽然笑道："我听一个人说，好像在楚国。如何，小兄弟要找庄子拜师求学？"士子本来是戏谑一句,不想蔺且却是正色高声:"正是。"逗得几个士子哄然大笑。

蔺且与母亲姐姐一说,卖了酒肆,在邯郸郊野买了一片桑田盖了两座茅屋。安顿了母亲姐姐,蔺且便带着剩下的钱上路了。赵国、魏国、韩国、楚国,一路寻觅,半年便没有钱了。蔺且没有回头,一边给人做苦工一边乞讨,千辛万苦地找了三年,最后终于在宋国蒙邑的一座漆园找见了庄子。那时候,庄子正做着漆园小吏,见蔺且千辛万苦地找来,惊叹之余留下他做了个漆园工匠,却不答应收他做弟子。蔺且也不着急,整天除了默默做工,便是留心庄子随处挥洒的文字,一片一片地收集珍藏。三年后庄子不做漆园吏了,要搬到山里去了。那时候,蔺且已经是漆园有名的漆工了。庄子叮嘱蔺且好好做工,攒一笔钱回去孝敬母亲,一辆牛车拉着夫人与几个包袱走了。

到了蒙山,庄子在修建茅屋时惊讶地发现了神助:白日明明砌了半人高的墙,过了一夜便陡然变成一人高了。正没柴烧了,墙下便有了一摞码得很整齐的砍柴。庄子夫人聪慧过人,笑着劝道:"夫君啊,你还是收下蔺且吧,我看他与你一般,都是痴心放任的种儿。"庄子笑道:"蔺且在漆园里,如何去收?"夫人笑道:"不,他就在山里,你喊几声试试?"庄子便高声喊道:"蔺且——你在哪里——你出来——"话音尚在山谷回荡,蔺且已经站在了庄子面前。

"蔺且? 你在何处?"

"我在山里。"

"在山里做甚?"

"听老师与天地对话。"蔺且说着,从怀中摸出一片柔韧雪白的树皮内瓤,上面赫然便是木炭大字"逍遥游"。庄子哈哈大笑:"好啊好,天地要留下庄周,竟派了一个蔺且来也!"

就这样,蔺且成了庄子唯一的学生。

众人听得感慨唏嘘,张仪叹道:"还是庄子说得好,天地要留下庄子,于是便有了蔺且啊! 除了天意,还有何说?"孟尝君思忖一阵笑道:"蔺且啊,先生在时,我等想请他出山不能,接济他又不要。目下他去逍遥了,你承担着传扬庄子的重担。我看,你便做稷下学宫的院外学子,我叮嘱学宫给你在这里起一座庭院,每月送几石禄米,你只安心收集整编庄子文章便了。"春申君连连拍掌:"噢呀,好主意! 我如何便没想起了? 你要不愿到稷下学宫,我教楚国管你如何?"蔺且笑道:"便是稷下学宫吧,可有一条须得听我。"

弟子永不可能像师父那般逍遥。敬重心大于逍遥心。

孟尝君慨然道:“你但说了。”蔺且道:“三年为限。三年后,我将《庄子》留下一部给稷下学宫,我也要寻觅老师去了。”

孟尝君一声叹息,默默点头。众人听得百感交集,恍恍惚惚说不清何等滋味儿。

三　英雄之心　恩怨难曲

回到临淄,孟尝君立即进宫继续他的“磨王”功夫。

这次倒是齐宣王着急了,一见孟尝君到来,立即说了两则消息:一是赵雍已经从云中回到邯郸,赵国的变法大计已经确定:以“变兵”为主。目下正在与肥义、平原君等秘密谋划,预料明年将有大举动。二是燕王已经将全部大权交给了子之,子之正在整肃吏治,大批裁撤燕国老世族官员,据说明年便要推行“子之新政”,燕国朝野目下一片风声鹤唳。齐宣王显然有了一种急迫感,想赶紧在齐国动起来。孟尝君笑道:“我王但有变法心志,便须谋定而后动。我看还是请武安君全盘谋划,不必与别国虚争声势。”齐宣王道:“也是,你便说,如何做法?总不能不动了?”孟尝君道:“我王须仿效秦孝公,只要一件事做好:用好苏秦,给苏秦足够权力。”齐宣王思忖一阵道:“好!你知会苏秦,准备好变法成案,本王立即着手为他铺垫。”孟尝君大是兴奋,向齐王深深一躬:“如此则齐国幸甚,我王幸甚!”告辞出宫,匆匆去找苏秦了。

苏秦因燕入齐,齐国君臣还帮苏秦数钱。

临淄城南有一条小巷,名字叫做客巷,住着十几名客卿,苏秦也住在这里。

客卿,是诸侯林立战国纷争时的一种官场异象。究其实际,客卿不是官员,而只是国君赐给外国流亡官员,或一时不好安置的人物的一个官身名号,表示国府在养着你而已。客卿既无爵位等级的高低，也无官署可以归属，更无实际执掌，日常费用由掌管邦交的官署通过驿馆吏员来供给，实际便是寄居而已。中原各国的客卿，通常都是住在驿馆当作宾客。齐国富裕，也素有敬贤之名，给客卿每人配有一座府邸一辆车。说是府邸，实际上是一座五六间房勉强算得上两进的小庭院；说是车，却不是有伞盖高低之分的轺车，而只是一匹马驾拉的低厢板车而已。在齐国，如此规格只不过等同于稷下学宫一个三等学子而已。这些客卿大都是不得已而流落，既无财货与高车骏马去周游结交，也没有贵胄重臣来拜望。于是，这条小巷分外冷清，冬日里海风飕飕，几乎见不到人影。

孟尝君特意驾了一辆最轻便的单马轺车前来。纵然如此，那辚辚隆隆的车声，在小巷石板路上也是声势惊人。一扇扇大门吱呀吱呀地相继打开，纷纷有人探出头来要看个究竟。见来人竟是孟尝君，且轺车直向最深处驶去，小巷中顿时惊炸了。

“卷土重来！苏秦又要出山了！”一个客卿很自信地对开门邻居高声宣布。

抛下身后的惊叹议论，孟尝君径自进了那座小小庭院。庭院与小巷一般冷清，院中那棵大树的黄叶满院飘落，沙沙作响，一片萧疏。孟尝君穿过正房中间的过厅，进到后院，也就是第二进，高声喊了一句：“武安君，我来了。”旁边一扇小门吱呀一声，一个老人出来笑道：“敢问大人高名上姓？客卿大人出门了。”孟尝君板着脸道：“你是官仆？”老人笑道：“正是。”孟尝君道：“官仆就如此做大？大门不守，落叶不扫，窝在房里睡大觉么？”老人连忙一躬道：“老奴何敢如此？客卿大人烦几家邻居好看稀奇，吩咐大门竟日开着，院中落叶，客卿大人也不教扫，说是天地气象。老奴一日只做两餐菜饭，连开水也只能煮两壶，实在是闲得发慌。”孟尝君叹息了一声：“既然如此，也不怪你。大人哪里去了？”老人道：“大人出门，从来不给老奴招呼。不过，老奴估摸着也该回来了，到饭时了。”

正在说话，便闻前院落叶沙沙的脚步声，一个声音传了进来：“家老，与谁说话？”老人碎步向前高声道：“大人回来了好，有客！”孟尝君回身笑道：“武安君，好悠闲了。”苏秦高兴地笑起来：“孟尝君，你如何找来了？来，好在有太阳，院中坐了，家老，上茶。”老人听说是孟尝君，慌得话都说不利落了，一溜碎步去烧水煮茶。

庭院浅小，没有遮阳的高屋层楼，过午的冬日西晒了整个庭院。两方石凳一张石板，倒是被落叶埋了一半，人仿佛坐在郊野一般寂寥。孟尝君不禁一叹：“当日我直去了秦国,没有陪你来临淄,不想竟教你窝在如此府邸,田文惭愧也。"苏秦笑道:"很好了啊,庄子一座茅屋,不也舒畅得很么? 至乐不乐,在乎人心。"孟尝君惊讶道:"如何? 你去过蒙山逍遥峰?"苏秦笑道:"两三年前去过,虽不敢说是先生知音,也算是友了。"说着一声深重的叹息,"庄子夫人去了,多美的一个女子,临去时也是笑吟吟的。"

作者自己的趣味。

"你? 你知道庄子夫人过世?"孟尝君更惊讶了。

"我在蒙山守了一夜。"苏秦点了点头。

"你知道我等去么?"孟尝君愣怔了。

"知道。我知道你会去,春申君也会去,都是庄子的地主之友啊。"

孟尝君长嘘了一口气:"不说庄子了,一说庄子,世间一切事便都索然无味,只遨游隐居来劲了。"苏秦大笑道:"倒也未必,世间总要有做事者。都去做庄子,庄子也就贱了。"孟尝君笑道:"还是苏兄见识高。哎,我来是给你说,齐王请你谋划变法定案,不日要郑重请你出山。"苏秦没有丝毫惊讶,只是笑了笑:"如何? 齐王通了?"孟尝君道:"通了。我看这次是大通。"苏秦点了点头,思忖着没有说话。

一阵急促的脚步声,老仆急急来道:"禀大人,门外有人请见!"

孟尝君笑道:"有人请见,慌张何来?"

老仆道:"此人拄着一支铁拐,背上还有一段黑乎乎物事……"

"铁拐?"孟尝君眼睛一亮道,"我去看看。"大步流星到了前院。苏秦刚刚起身,便听见孟尝君惊讶的声音:"张兄,你这是甚个讲究?"苏秦已经出了过厅,只见小庭院中站着一个熟悉的身影,分明便是张仪,只是那样子却令人吃惊:寒冷的冬日只穿了一件薄薄的布长衫,既没有高冠,也没有官服，散乱的长发披散在肩头，完全是一个寒士模样。但更令苏秦与孟尝君吃惊的，却是他身上背了一支干枯带刺的荆条！

见苏秦出来，张仪一扯胸前布带，从背上拿下了荆条，双手捧着深深一躬："张仪心胸浅薄，以恩为仇，敢请苏兄打我荆杖！"

"张兄！"蓦然之间，苏秦泪水盈眶，扑上去紧紧抱住了张仪。

这些士子的泪腺实在是太发达了。

孟尝君哈哈大笑，却又惊讶喊道："快松开，荆条夹在胸前，都带血了！"说着上去分开两人，细心地拿下了那根指头粗细的荆条，黑乎乎的干刺上血迹斑斑，连张仪的布衫都扎破了。饶是如此，苏秦张仪全然不觉，泪眼相顾，兀自开怀大笑。

"好事！痛快！"孟尝君大乐，"家老，有酒么？"

老仆忙不迭道："酒不好，有两坛。"

"有就好，快拿出来！走，张兄苏兄，到里院坐。"孟尝君完全变成了主人在张罗。

老仆连忙去提了酒坛，拿着大碗碎步跑了过来，满脸惶恐道："大人，没得下酒之物。只有，只有一筐羊枣儿，实在……"孟尝君笑道："羊枣儿就好，拿来便是。"苏秦一边忙着进屋找了一件绵袍，出来给张仪穿上，一边笑道："这筐羊枣儿，还是家老的儿子看他老父送来的，今日正摊上，惭愧惭愧。"张仪看小庭院中萧疏一片，苏秦的旷达中透着一种从未有过的落寞，原来已经变黑的头发，已经真正地变成了两鬓斑白，消瘦清癯得架着一件丝绵袍空荡荡的不显身形，心头直是酸楚。

但张仪毕竟是豁达明朗之人，况苏秦复出的机会便在眼前，揉揉眼睛笑道："羊枣儿好啊！当年我们常常给老师采一布袋，每每在月下讲书毕了，老师便用羊枣儿下酒。”苏秦接道：“老师还用干羊枣儿泡酒。有一冬快过年时，张兄打扫老师的山洞书房，偷着喝了老师半坛羊枣儿酒。孟尝君，你猜老师如何惩罚？”孟尝君童心大起道：“我想想，打！屁股打肿！”苏秦一本正经道：“非也。老师罚他，将那半坛再喝了。”

“痛快！好个鬼谷子！”孟尝君将石案拍得啪啪响，“张兄啊，你好福气！偷酒得福，定然是醉翻了。”苏秦接道：“张兄心里偷着乐，却愁眉苦脸对老师请求，说偷酒是师兄望风，师兄该当一起受罚。老师捋着白胡子笑了，‘好啊，同伙，一起受罚。’张兄便将我喊了来一起喝。那羊枣儿酒啊，凛冽中透着酸甜爽利，我俩直嚷着好喝，不消片刻便喝完了半坛。”孟尝君一副渴慕的神色紧追道：“啧啧啧，这羊枣儿酒喝了，却是何等后劲儿？”苏秦笑道：“你问张兄了。”张仪摇头笑道：“何等后劲儿？嘴唇肿了三日，不能吃饭，不能说话，只能面对面不断地呜噜呜噜……”一言未了，孟尝君笑得前仰后合，苏秦张仪两人也大笑起来。

孟尝君来了兴致，将一筐羊枣儿摆在石案中间，举起大碗慨然道：“来！双喜齐至，羊枣儿下酒，干了！”“干了！”苏秦张仪也举碗齐应，“当”的一撞，三人一饮而尽。孟尝君撂下碗笑着叫了起来：“嘘！酒尾子，又淡又辣！”张仪笑道：“收不住酒意，再加一个散字。散淡辣，谓之酒尾也。”苏秦哈哈大笑：“快，羊枣儿上了。”三人各抓一把羊枣儿塞进口里大嚼，酸甜爽利，特别上口，淡辣之气顿时大解，三人同时喊了一声：“再来！”不禁又是一阵大笑。

再看这羊枣儿，小小颗粒如小指肚儿，颜色黑红发紫，枣肉也只有钱般薄厚，酸甜味道却极有劲力，三人不禁啧啧称奇。张仪拈着一枚羊枣儿笑道：“你等可知，秦人将羊枣儿叫甚个名字？”孟尝君笑道：“那谁知道？”张仪道：“羊枣儿是孟子叫开的[①]。秦人叫它‘羊屎枣儿’。你看，又小又黑，像不像羊屎蛋？”孟尝君摇头笑道：“不雅不雅，纵像羊屎蛋又能如何？还是老孟子叫得好。”苏秦笑道：“雅从俗中来，无俗何谓雅？原本说不上好坏。”孟尝君眨眨眼笑道：“算你为俗请命了，你可知道，这天下有几种枣儿？”苏秦一怔：“哟，还当真不知，你说说看了。”

孟尝君掰着指头道：“壶枣儿、要枣儿、白枣儿、酸枣儿、大枣儿、填枣儿、苦枣儿、虹

① “羊枣儿”是孟子叫开的，《孟子·尽心下》：“曾皙嗜羊枣，而曾子不忍食羊枣。”

枣儿、唐枣儿、紫枣儿、历枣儿、三星枣儿、骈白枣儿、灌枣儿、青花枣儿、赤心枣儿；以地划分，还有齐枣儿、安邑枣儿、河内枣儿、东海蒸枣儿、洛阳夏白枣儿、梁国夫人枣儿；以牲畜跑物命名者，还有狗牙枣儿、鸡心枣儿、牛头枣儿、猕猴枣儿、羊角枣儿、羊枣儿、马枣儿；说到神仙嘛，还有西王母枣儿！数数，一共多少？”张仪大笑道：“嗬，好学问！一口气说了三十种枣儿名字，当真了得！”孟尝君得意笑道：“两位大兄那么大学问，我这粗汉不长点儿记性，活得下去么？”三人又是一阵大笑。

小说里有生活。有生活，小说就有根基。

羊枣酒尾子喝得快乐，不知不觉的红日西沉了。

孟尝君出去了一会儿，回来吩咐家老只管清扫庭院，莫要再忙其他琐事。片刻之后，两辆高厢牛车咣当咣当地到了大门口，几个年轻力壮的仆人穿梭般往里搬物事。舂好的米、磨好的面、宰杀好的猪羊、风干的鱼虾、泥封坛口的兰陵老酒、捆扎停当的冬菜、大罐小坛的油盐酱醋、挡风的厚布帘、大大的燎炉、几口袋木炭等诸般应用物事应有尽有，而且还来了一个精于烹饪的厨工。

招呼周到，孟尝君做人周全。

张仪笑道：“雪中送炭，孟尝君也！”苏秦苦笑道：“孟尝君，何苦这般折腾？弄得一片光鲜，我倒是不自在了。”孟尝君大笑道：“你自在了，我这脸面却何处搁去？再过十天半月，我想逢迎只怕都进不得门了。”张仪笑道：“逢迎的车马堵住大门了？”孟尝君道：“张兄明白人，我得抓这个机会。”说得三人一阵大笑。

不消半个时辰，这座黄叶萧疏的小庭院顿时灯火明亮，变得富丽光鲜温暖舒适起来，满院都弥漫着厨屋散发出来的浓浓肉香。三人坐在正房厅中，一眼便能望见厨下灯火与厨工的刀铲影子翻飞，感觉从来没有过的新鲜。孟尝君笑道：“平日里庭院深深，哪看得如此温馨红火景象了？”张仪慨然道："要说起来，苏兄大家，也没经过此等小庭院日月。张仪小家庭院，从小便如此了。"苏秦道："孔子所说的天下大同，大约便是家家户户如此了。"张仪道："家家如此，谈何容易？"三人一时默然了。

过得片时，酒菜进来，三人开怀痛饮。孟尝君说起了齐王决意起用苏秦变法的事，张仪大是高兴，立即提议大饮了三爵，慷慨激昂地备细说了商鞅变法的经过，以及他对秦法的体察，还给苏秦出了许多主意。苏秦听得很是专注，却很少说话。

孟尝君笑道："张兄说了如此多，其实只要钉死一条即可。"

"哪一条？"

"秦国会不会突然进攻齐国？"

苏秦脸一沉："孟尝君，邦交有道，何能如此问话？"

"不打紧，此话却是说得。"张仪微微一笑，"自秦国崛起，山东六国便怪象百出：做好事是抵抗秦国威胁，做坏事是迫于秦国威胁，明君良臣喊秦国威胁，奸佞贪官也喊秦国威胁。一言以蔽之，都将秦国威胁做了自己的救命稻草。孟尝君何等人物，都将秦国威胁看作了变法能否成功的根本一条，可见此痼疾之深也。"张仪说着说着语气凝重起来，"可究其实际如何？秦国实力不足，秦国也很害怕山东六国的合纵抗秦。否则，张仪的连横如何成了秦国国策？说到底，方今天下都在扩展实力，都需要扩展实力，也都需要时日。谁抓住了机会，扩展得快，谁便占了先机。谁坐失良机不扩展，谁便自取灭亡！苏兄心中最清楚，纵是秦国从今日开始灭国大战，齐国也是最后一个，至少还有十年时间。"张仪长长地叹息了一声，"十年啊，十年可以做多少事？要说威胁，秦孝公与商鞅变法二十三年，时时都有被六国瓜分的大险，那才

人心不齐，六国难结牢固的联盟。

是真正的威胁！可他们君臣就是挺住了，挺到了最后，挺到了成功。有人说，那是天意。可不要忘记，变法的每一关口，都有更多的人说：遵循祖制是天意，变法是逆天行事。想想春秋战国三百余年，天意在哪里？不在别处，就在人心！就在当事者的强毅胆略，就在百折不挠的坚韧！威胁在哪里？不在别处，就在自己心里！而不在秦国或是六国！孟尝君，我算答复了你么？"

"春秋战国"这一说法，不应该从当时的张仪口中道出。

天时地利人和皆重要，缺一不可。

张仪这番话当真是肃杀凛冽掷地有声，说得孟尝君额头冒汗，冷不丁打了一个激灵站起来，深深一躬道："张兄一剂猛药，田文一身冷汗，无地自容也。"苏秦感慨万端地叹息了一声："张兄啊，你入秦十多年，精进如斯，苏秦自愧弗如了！此番见识，令我心颤，又令我气壮。好，好得很哪！"

张仪本来激动得面红气粗，此刻却有些不好意思起来。苏秦与孟尝君，那可都是目空天下的人物，纵是对才堪匹敌的张仪，那也从来没有说过一个"服"字，遑论"自愧弗如"与"无地自容"四个字？此刻说来，自然绝非虚应故事。张仪笑了笑拱手道："两兄奖掖，张仪愧领了。索性，我自赏一爵罢了！"说罢举起大爵一饮而尽。

"那不行。"孟尝君急急道，"我俩也要庆贺一爵！"苏秦笑应一声，叫张仪再领赏一爵，三人又干了一大爵。

撂下酒爵，苏秦若有所思道："看来，秦国养人胆气。张兄这番话，非以才华利口服人，却是以英雄胆气立威。可以想见，这种胆气弥漫在秦国朝野山乡，却是何等气象？我听过那句秦人的口誓：'赳赳老秦，共赴国难！'就这一句，民心胆气便是浩浩荡荡。那刚猛的步态，那高亢的秦音，那粗朴坚实的民风民俗，日日耳濡目染，滋养了张兄的英雄胆气啊。"说着叹息了一声，"我苏秦在六国之间盘旋十多年，胆气竟丝丝缕缕地飘散了。每每看到失败后的分崩离析，每每看到危难面前的君臣倾轧，我便心痛如割。时日长了，竟常常空落落的。不知从何时起，苏秦喜欢上了庄子，常常想到何如撒手隐居？一个纵横家，一个纵横家啊……”说着说着，眼眶湿润了。

“苏兄，英雄有本色。”张仪眼眶也湿润了。

月上中天，海风呼啸，三人感慨唏嘘地一直说到了天亮。

四 天齐渊波澜诡谲

河消冰开，咸咸的海风变得温柔的时光，临淄猛烈地摇晃了起来。

齐宣王仿佛变了个人，精神抖擞，王令频频，杀伐决断毫不留情。先是在春耕大典后的朝会上，突然任命孟尝君为上将军，授兵符王剑，全权执掌齐国四十万大军。元老大臣们虽然惊疑，却也无从劝谏。孟尝君本来就是齐威王晚年器重的王族公子，合纵以来已经是名满天下，齐宣王即位后虽然一直没有授孟尝君实职，但也没有贬黜，如此一个人物，执掌军权也算是无可厚非。

元老们刚刚平静下来，齐宣王又是一道王令：起用苏秦为丞相，赐九进府邸开府，全权处置国务。这一下可是满朝大哗！苏秦虽然名重天下，但离燕入齐，本来只是一个流亡客卿，如何能做得齐国开府丞相？更令元老们深感不安的是：苏秦历来主张以变法强国为抗秦根基，他做开府丞相，不是明摆着要在齐国变法，要对老贵族动手么？

正在元老大臣们惊恐之时，齐宣王又是一道王令：起用稷下学宫七名青年学子为实职中大夫，入丞相府为属官。苏秦丞相府又立即出令：任命七大夫分掌盐铁、田土、官市、仓

齐宣王的“变法”，似乎动静太多，不知道会不会得罪老贵族。

廪、百工、刑罚、邦交七个官署，几乎囊括了所有的办事实权，将元老大臣们的权力几乎全部架空。紧接着又是一连串的王令：王宫禁军大将换了，宫门司马换了，执掌机密的王宫掌书、御史换了，要害大县的县令也全换了。

临淄城动荡起来了，元老大臣们惶惶不安，纷纷出城，聚集到了一个神秘的山庄。

淄水从临淄城外流过，北去五十里汇入了两山夹峙的一片大泽，形成了一片肥美的河谷。这片山地叫作牛山，山中涌流出五条山泉，汇成了山下这片大泽，叫作天齐渊。相传，周武王将太公姜尚封到东海时开始没有国号，太公听了天齐渊之名，便请周武王赐国号为“齐”，可见这片大水之古老有名。天齐渊东岸有一座很大的庄园，依山傍水，绿树环绕，幽静美丽得仙境一般。

这座庄园叫作天成庄。“天”字依了天齐渊，“成”字却是主人的封号——主人是已经退隐了的成侯驺忌。

驺忌是个永远教人揣摩不透的传奇人物。他原本是著名琴师师旷的弟子，精通音律且弹得一手好琴。后来入宫给齐威王做了乐师，经常给齐威王讲说乐理乐法。齐威王惊讶于驺忌乐理乐法中隐寓的治国之道，教他做了一个职同中大夫的乐博士。谁知这驺忌处事得当，将一班数百人的乐师歌女统辖得井然有序，还不断有高雅的新歌舞新乐曲推出。齐威王爱惜这个与王室贵族毫无瓜葛的人才，又拜驺忌做了上大夫，几年之后竟做了丞相。论才能，驺忌既不是学问精深的治国名家，又不是通晓战阵的兵家名将，各方皆是平平。可驺忌天生的长于周旋，且城府极深，揣摩上意往往是出奇的有准头。几年丞相做下来，竟成了与上将军田忌平分秋色的股肱大臣。

田忌是王族大臣，素来瞧不起驺忌这个出身乐师的丞

美男子驺忌子，曾以鼓琴见齐威王，“见三月而受相印”（《史记·田敬仲完世家》），后事于齐宣王。驺忌子与田忌不合，后来田忌亡齐至楚。

师旷，据说生而无目，自称盲臣，晋大夫，精通音律。《淮南子·汜论训》有载，“譬犹师旷之施瑟柱也，所推移上下者，无寸尺之度，而靡不中音”。称驺忌为师旷之徒弟，虽是小说附会之举，但由此细节可看出作者涉猎之广，读书之多。

相。田忌与孙膑协力,两次战胜魏国后功高望重,更是极力举荐孙膑出任丞相,取代驺忌。驺忌恨上了田忌,竟想出了一个匪夷所思的法子,整倒了这个王族名将。

就在田忌又打了一次胜仗后,驺忌派一个叫作公孙阅的心腹门客带了十个大金饼,找到了一个以龟甲占卜著名的巫师,说:"我是上将军门人,上将军三战三胜,声威震天下,目下欲举大事,请大师为之一卜吉凶,万莫对他人说起。"待占卜完毕,公孙阅刚走,太史令派来纠察占卜者的官员随后赶到,将巫师抓了起来,连同方才占卜的龟甲卜辞一并押进了王宫。也是齐威王素来防备王族大臣,一审巫师,便对田忌怀疑了起来,派出了特使收缴田忌兵符。田忌得到消息大为愤怒,立即发兵包围临淄,请命齐威王立杀驺忌。谁知齐威王与驺忌已经做好了准备,坚守不战。田忌久屯无粮,军心涣散,只好只身逃到楚国去了。

驺忌与田忌不合,于是设计陷害田忌,先是说服齐王让田忌伐魏,后田忌三战三胜,"驺(邹)忌以告公孙闬,公孙闬乃使人操十金而往卜于市,曰:'我田忌之人也,吾三战而三胜,声威天下,欲为大事,亦吉否?'卜者出,因令人捕为人卜者,亦验其辞于王前。田忌遂走。"(《战国策·齐策》)欲加之罪,何患无辞。君臣不能齐心,王难霸天下。

从此,驺忌成了大功臣,被齐威王封为成侯,封地只比君爵小了二十里。

有了侯爵,有了封地,驺忌理所当然地成了贵族。齐国老贵族们见驺忌雍容谦和敬老尊祖,便经常找驺忌商议一些有关贵族利害的对策。时间长了,驺忌隐隐然成了临淄贵族的主心骨。但是,驺忌对权力与国事却渐渐淡漠了。一则,是他看准了在齐威王这样的强悍君主麾下做臣子,随时都有覆舟之危;二则,是他觉察了齐威王对处置田忌孙膑的悔意,以及对孟尝君等一班新进的器重。自己一个乐师根底,并非几代根基的老贵族,若在权力场栽倒,一切都烟消云散。反复揣摩,他终于在一个非常恰当的时机上书请求退隐,而且没有荐举接手丞相。齐威王没有照准,他便再辞,连续三辞,终于获准。齐威王虽然没有说什么,却将驺忌的封地增加了三十里。重要的是,这三十里封地便在天齐渊东岸，离临淄城只有快马半个时辰的路程，既清幽肥美，又毫无闭塞，简直就是王畿封地一般。

驺忌很明白，这块封地名为“特赐颐养”之地，实则是齐威王防备他这样一个权臣远离都城而悄悄坐大，他必须在国君视野之内归隐。因了这一切心照不宣的规矩，驺忌在天齐渊的田舍翁做得很扎实。终齐威王晚年之期，驺忌从来没有进过临淄。新王即位，他也没有鲁莽，依旧在冷眼观察。渐渐地，他终于看清了这个新齐王的面目，觉得自己可以出山了。临淄的老贵族们也已经拟好了奏章，要“公推成侯驺忌出山，任开府丞相，恢复先王之富强齐国”。

像驺忌这样老奸巨猾的弄权者，也是代代不绝。

正在此时，临淄都城风云骤变，竟与驺忌的预料南辕北辙。

驺忌第一次蒙了，猛然警觉自己太过轻率，低估了这个田辟疆。毕竟，王室王族居于权力中枢，拥有的实力是无可匹敌的，一步踏错，灭亡的只能是自己。想来想去，驺忌终于又蛰伏了下来。他相信，如此大的剧烈震荡，临淄贵族们一定比他更焦躁。

大概以为宣王是个傻子。

驺忌没有错料，贵族们急匆匆地来了，三三两两地拥到了天成庄。旬日之内，天成庄成了“狩猎者”云集的所在。驺忌一个也不见，庄前日日车马如梭，仿佛一个狩猎车马场一般。

“禀报成侯，十元老一齐来了。”白发家老匆匆来到水榭报告。

驺忌正在抚琴，闻言琴声戛然而止：“十元老？却在何处？”

“斥候报说，已经过了淄水，狩猎军士已扎了营，估摸小半个时辰必到。”

驺忌推开了那张名贵的古琴，思忖片刻道：“备好酒宴，十元老要见。”

家老去了，水榭的琴声又响了起来。十元老是封地在三十里以上的十家老贵族大臣,其中六家都是田氏王族。在齐国,除了一君(孟尝君田文)一侯(成侯驺忌),他们既是齐国最有实力的十家贵族,又是所有贵族的代言人,别人可以不见,这十元老可不能不见。他们要听驺忌的高见,驺忌也要听他们的高见。

一曲终了,遥闻庄外马蹄声疾,驺忌信步踱出了水榭,刚刚走到庭院廊下,便闻大门外一片粗重的脚步声与喧哗笑语卷了进来。

"成侯别来无恙乎?!"为首一个斗篷软甲精神抖擞的老人高声笑道,"经年不见,成侯更见矍铄也!"

立即有人高声呼应:"谁不知晓,成侯当年是齐国美男子!与城北徐公齐名也!"

"徐公是谁呀?成侯比他美多了!"

"那是那是!成侯乃人中之龙,一介布衣如何比得?"

"成侯也是白须白发,老朽也是白须白发,如何这精气神就不一般?"

"笑话!一般了,你不也是成侯了?"

一片笑声歆慕,一片溢美赞叹,庭院中分外热闹。驺忌仪态从容地拱手笑道:"列位大人,春草方长,狐兔出洞,猎物如何啊?"众人七嘴八舌笑道:"草长狐兔藏,看见猎物,射准却难。""猎物多了,都在心田里头了。""别说了,今年狩猎最晦气!""我看,明年不定连狩猎地盘都没有了!"驺忌虽然带着笑意四面应酬,却将每个人的话都一字不落地听了进去,脸上却是一副心不在焉的模样。

众人进入正厅,坐案已经摆好,饮得一盏热茶,酒菜整齐上案。元老们一看,无不啧啧称奇。原来,上案的酒器餐具没有一件金铜物事,青铜食鼎、青铜大爵、金托盘、象牙箸统统没有,所有的菜肴都用本色陶器盛来,连酒具都是陶杯。

贵族与暴发户是有分别的。

可奇怪的是，这些陶器上得座案非但丝毫不显寒酸，反而透出一片别有韵味的高雅。一个老人端详了片刻，惊讶笑道："呀！老朽明白了，这些陶器是成侯专门烧制也！"另一人也高声惊叹："对了！形制古雅，还有铭文，当真难得！"于是又是一片溢美赞誉之辞。驺忌谦和笑道："老夫寒微之身，只喜欢这些粗朴之物，如何有诸位大人那些贵重器皿了？"说罢举起了那只本色陶杯："诸位大人狩猎出都，光临寒舍，老夫不胜荣幸。来，同干一杯，为诸位大人洗尘。"

一杯酒落肚，驺忌只是笑语寒暄，绝口不提朝政国事。元老们按捺不住，终于是斗篷软甲的老人开了口："敢问成侯，临淄已经是满城风雨，你能如此安稳？"

说话者名叫陈玎，原是齐桓公田午时的上将军，说来也是王族远支。齐国田氏王族的鼻祖是田完①，田完的本姓为陈，是陈国公族的后裔。陈完在陈国争夺国君之位失败后，逃到了齐国，改姓了田。八代之后，田氏取代了齐国政权，却沿用了"齐"这个国号。田氏在齐国经营二百余年，期间一些部族分支恢复了陈姓。但在齐国朝野，却历来都认作"田陈两姓，一脉同源"，陈氏大臣历来都被看作王族贵胄。田氏当齐的百余年下来，陈姓成为权臣贵胄者，反而比田氏王族多。于是，临淄城便有了"要想贵，田变色"的民谣。这陈玎是王族大臣中资深望重的元老，胆气粗豪，为十元老之首。

"老将军所言，老夫不明，临淄如何满城风雨了？"驺忌很是惊讶。

"成侯啊，莫非你当真做隐士了？"陈玎一声感慨，备细说了驺忌了如指掌的人事变化，末了拍案道，"成侯明察：如此折腾，是可忍，孰不可忍！"

一个苍老的声音跟道："换几个人事小，根本是换了人做何事？"

"还不清楚么？说是变法，其实明白是要改变祖制，逆天行事！"

"说到底，还不是夺我等封地财赋？狼子野心！"

一片愤激的叫嚷，驺忌始终只是沉默不语。渐渐的众人都不说话了，只将一对对老眼直勾勾盯住驺忌。驺忌叹息一声道："齐王执意如此，必有其理也，我等退隐臣工，又能如何？"

"成侯说话好没气力！"陈玎拍案高声道，"我等来讨教主意，你却只是摇头叹息，莫

---

① 田完，春秋时陈国公子。陈国内乱，逃亡至齐，不欲称本国故号，故改陈氏为田氏，因陈、田二字古音同，可通用。

非你是怕了田文苏秦一干人不成?”立即有人跟声应道:“成侯只需理个主见出来,老朽破出命干了!”“对!不动便要被人剥得一干二净,左右得拼了!”“我等老命怕甚来?赢了留给子孙一片封地,输了老命一条!”“对!拼了!不能教苏秦猖狂!”末了座中一口声地喊起来。

驺忌也不制止,也不掺和,直到众人又都直勾勾地盯住他,方才不紧不慢地开了口:“列位对先王成法如此耿耿忠心,老夫自不能置身事外。只是兹事体大,须得在理上站住根基。老夫忖度,列位大人坚守三法:其一,以‘三变破国’力谏齐王;其二,以‘终生破相’猛攻苏秦;其三,以‘尾大不掉’对付孟尝君。有此三法,至少不败。”

多少国事毁于弄权。

元老们听得瞪大了眼睛,骤然之间参不透其中玄机。

陈玎拍案道:“成侯,你就明示我等了,一法一法地说,破了闷葫芦。”

于是,驺忌款款开说,直说了几乎一个时辰。老贵族们听得连连点头兴奋不已,末了异口同声地喝了一个“彩”字。这顿酒直喝到月亮爬上了牛山,驺忌却是不留客,敦促元老们到狩猎营地去住。一片马队从天成庄卷了出去,次日一大早又卷回了临淄。

苏秦第一次尝到了大忙的滋味儿。

合纵之时苏秦也忙,但那主要是谋划对策与连续奔波,从来没有事务之累。目下却是不同,开府主政,发动变法,事情多得难以想象。尽管事先已经谋划好了大的方略,但要一步步落实却是谈何容易?先得理清齐国的家底:人口、财货、仓廪、府库、官市、赋税、封地、王宫支用、大军粮饷、官员俸禄等,调集了二十多个理账能手昼夜辛劳,一个月才刚刚理出个头绪,许多数字或取或舍,都要随时请苏秦定夺。其次,是起草新法并各种以齐王名义颁发的王书，这班人马主要是稷下学宫的几位名士，但苏秦却是主心骨，几乎是须臾不能离开。再次是纷杂的官署人事变动。权力格局骤然有变，临淄官场如同开了锅一般沸腾焦躁。丞相府日夜车水马龙，求见的官员满当当挤在头进大庭院等候，苏秦简直无法出门。纵是苏秦才华过人处置快捷，也忙得陀螺般旋转，一日勉强两餐，只睡得一两个时辰，连如厕也是疾步匆匆。再后来，相府主书便在苏秦茅厕的外间设了一座，如厕时万一有紧急事务或公文，官员便在茅厕外间向他禀报念诵。

苏秦虽因燕而入齐，但他内心，可能是希望能够两全其美，既助燕，也帮齐。

如此两个多月，苏秦骤然消瘦了。可奇怪的是，消瘦归消瘦，脸色却是越来越好，那黯淡的颜色竟渐渐变得红润了。但最令人惊奇的却是，苏秦那一头几乎完全白了的须发又神奇地变黑了。临淄官场人人议论，一片惊疑感叹。

借用一句现代用语，这明明是"逆生长"嘛。

这一日过午，苏秦匆匆喝了半鼎鱼羊炖，生出一阵内急，连忙三步并作两步去了茅厕。谁想刚刚蹲下，茅厕外间便有匆匆脚步走来："禀报丞相，王宫掌书到府，请丞相立即入宫。"苏秦吭哧道："知道、事由么？"主书道："十元老捧血书入宫，说要死谏齐王。"苏秦顾不得狼狈，倏地起身，拉上大裤走了出来："备车，去王宫。"主书苦笑道："丞相，满院都是官员，正门出不去。"苏秦急迫道："正门出不去出偏门，快！"

片刻之后，一辆四面垂帘的篷车从偏门悄悄地驶进了王宫。宫门内侍立即将苏秦领进了西偏殿，一眼看去，苏秦脸色黑了下来。

西偏殿是齐王夏日议事之地，宽敞通风，座案地毡墙壁都是浅淡的本色。平日里这座殿堂总是显得明亮凉爽，此刻却是触目惊心的一片幽暗。白发苍苍的贵族十元老跪成了一排，都是一身丧服黑袍，高举着三幅白绢，上面挤满了血淋淋的红字——"三变破国"！"终生破相"！"尾大不掉"！齐宣王面色铁青，旁边的孟尝君却是一脸嘲讽地微笑。

见苏秦走了进来，齐宣王点头，示意他入座。待苏秦坐定，齐宣王咳嗽一声道："诸公都是齐国元老重臣，出此狂悖举动，本当治罪。念变法欲行未行，你等不甚了了，姑且不予追究，容你等将欲谏之言当殿说明，本王自有定夺。陈玎，你先说。"

抖动着那幅"三变破国"的血书，陈玎嘶声道："我王明鉴：齐国已经有过了两次变法，田氏代齐为第一次，先君威王整肃吏治为第二次。目下之齐国，已经是天下法度最为完备的邦国！律法贵在稳定，已经一变再变，如何还要三变？今我王轻信外臣蛊惑说辞，要在齐国第三次变法，实在是荒诞不经，战国以来闻所未闻。如若三变，齐国必破！三变破国，我王明鉴。"

无论变个什么法，在中国都是阻力如山。

齐宣王冷笑道："也算一说，'终生破相'如何说？"

一个元老高声道："臣等有机密面陈，只能说给我王，他人须得回避！"

"岂有此理！"齐宣王显然生气了，"一个是丞相，一个是上将军，国有何事不可对将相言说？无须回避，你等说便是。"

这番斥责却是元老们没有想到的，理由又是堂堂正正，老臣们一片粗声喘息。沉默片刻，陈玎亢声道："我王既作如此说，臣等也索性将秘事当作明事说了。老太史，你便说。"

"老臣也只好如此了。"一个清癯的白发老人颤巍巍挺起了腰身，他是齐威王时的太史令晏岵，人称太史岵，是春秋姜齐名臣晏婴的后裔，也算是齐国的数百年望族了。他看了看苏秦道："我王用苏秦变法，诚为大误。此人面相寒悲，眉宇促狭，步态析离，乃不留功业之破相也。唯其如此，此人终生奔波，一事无成，纵有小彩，大毁亦必随之而来，此谓终生破相。我王若执意重用此人，非但不能建功，犹恐有破相败国之累，望我王三思而后行。”

终生破相，这当然也能成为一个理由，就看齐王信不信、采不采纳。

当时的太史令在各国都是重臣，有任何人都无法替代的两大优势：一是编修国史，可以史为鉴劝谏国君；二是掌天文星象，可代天传言劝谏国君。敬畏祖先敬畏上天，恰恰是天下法统的根基，一个对祖先足迹与上天机密都了如指掌的太史令，其进言拥有常人难以企及的分量。一言罢了，殿中一阵微妙的肃杀沉默。

以这个身份进言，确实有分量。

“妙极妙极！”孟尝君突然大笑起来，“太史岵，我倒是猛然想起，齐国这些年不顺，原是你这败相破国了。诸位请看：这尖腮鹰隼，猴步寒声，一副孤寒萧瑟，整日老鸦般呱呱聒噪，岂能不破相败国？诸位说说，如此之人该当何罪！”

反击得有理。这些都是面相术的“专业”说辞。

“孟尝君，你，你，岂有此理……”晏岵本斯文老名士，面对这尖酸刻薄的戏谑，又羞又恼，一时大窘，浑身颤抖得说不出话来。

“孟尝君大辱斯文，成何体统？该当治罪！”陈玎嘶声高喊起来，十元老一片呼应，“成何体统？该当何罪？”喊成了一片。

孟尝君哈哈大笑：“斯文？你等还晓得斯文？整个一通狗屁，臭不可闻，破相败国！”

“我王明察：如此大臣，成何体统啊……”十元老一片声地叩头嘶喊起来。

齐宣王不耐至极，“啪”地一拍书案：“术士之言，枉为大臣！若再无话说，本王退朝。”这一下发作，大出老臣们预料，一时愣怔，后悔与孟尝君纠缠了。

“我王容禀。”一个苍老的声音缓慢地回荡开来。

这次却是另一个颇具神性的人物开口了，他是太庙令陈诜。太庙是王室供奉祖先的神圣庙宇,太庙令便是掌管太庙祭祀的大臣。通常但有大事,国君都要到太庙祭祖,一则请求祖先庇护,二则在祖宗面前占卜吉凶。因了这两个特殊用场,太庙令成了巫师与卦师的化身,分量与太史令不相上下。这陈诜与陈玎一样,都是王族远支,但他有一处为别人所不及,是十元老中唯一的在职大臣,也就是还没有致仕。

陈诜似乎很茫然,谁也没有看,声音却很是稳当实在:"我王以田文为上将军,此乃失察也。田文本是靖郭君庶子,生性纨绔奢华,蒙先王重用,立嫡封君,却从来不务经国之道。此人大养门客,几达三千余,封地私兵亦有万人之众。更令人咋舌者,田文在封地烧毁全部隶农债券,收买民心,竟敢公然称为'狡兔三窟'! 此等人物一旦握兵,臣恐坐大为患,成尾大不掉之势。其时,我王何以自处乎!"

攻击孟尝君,但这"狡兔三窟"之事,恐怕还没有这么早发生。作者代言了。

随着元老们的奏对,齐宣王的脸色越来越难看。陈诜刚刚说完,他便拍案怒道:"尔等元老,如此捕风捉影,当殿流播蛊惑之辞,算得国事对策么? 本王不听也罢。尔等下殿去!"

"我王差矣!"陈玎高声抗辩道,"原是我王许臣等尽言,更逼臣等将秘事公开,既已言明,我王便当批驳有道,何能不了了之?!"其余元老们也抖动血书同声附和:"老将军所言极是,我王不能不了了之!"那一片苍老的头颅一齐叩地咚咚,没有一个人起来。

齐宣王一下子愣怔了,这才真正意识到事情远比他想象的要严重得多。这些元老们显然有备而来,大有以死谏威胁他就范之意味。骤然之间,齐宣王竟不知如何应对了。孟尝君面色铁青,碍着方才弹劾他的恶言,他只有等齐宣王命令行事。齐宣王一愣怔,急切间也不知如何扭转这个僵持局面了。

“臣启我王：请准苏秦与元老们辩驳国事。”苏秦从容不迫地站了起来。

苏秦救场。

“好！”齐宣王立即拍案，“丞相尽管驳难，本王洗耳恭听。”

“敢问陈玎老将军，所谓三变破国出自何典？抑或何人杜撰？”苏秦开口了。

“这与你何干？只需占得大道公理便是！”陈玎满脸涨红。

苏秦哈哈大笑：“只可惜也，全然信口胡说！”瞬息之间，驰骋六国朝堂的名士气度在苏秦身上又神奇地复活了，他在元老们面前悠闲地踱着步子，目光却始终盯在陈玎的脸上，“顺势而动，应时而兴，此乃三千年来邦国兴亡之大道。五帝不同道，三王不同法，舜变尧，禹变舜，商汤变夏桀，周武变殷纣，平王变西周，三家分晋变春秋，李悝新法变战国，商鞅新法变强弱。亘古三千年，一个‘变’字囊括了天下风云！善变者强，不变者亡，岂有他哉！战国以来，魏国两代巨变而成霸主，魏惠王没有第三变而一落千丈。秦国两次小变，出不得函谷关一步，孝公与商鞅第三次大变，而成天下第一强！所谓三变破国，可曾在一个国家应验？!”见元老们喘息一片，目光却显然不服，苏秦口气一转道，“再说齐国，太公田和之变在国体，先君齐威王之变在吏治，既非法度完备，更未触及根本。根本何在？在于田制、封地、隶农、政体四大症结。我王第三变，正是要真正彻底地像秦国那样变法。这第三变恰恰是齐国强大之根本，是齐国统一天下之起点，否则，只有任秦国欺侮而不能战胜！诸位倒是说说，究竟是三变强国？还是三变破国？”

元老们瞠目结舌，竟无一人说话。孟尝君冷笑道：“我看，这‘三变破国’改为‘三变破贵’才妥当，不怕丢失封地，你等胡乱聒噪个鸟!"最后竟咬牙切齿地骂了一句。

"孟尝君无礼!"太史令晏岵突然喊了一声,"纵然变法,也不能用外臣!"

"荒唐荒唐!"孟尝君呵呵笑道,"敢问太史令,先祖晏平仲祖居何处啊?"

"祖上莱地夷吾,孟尝君岂能不知?"

"我知你不知啊,那时的夷吾是齐国么?若非齐国,先祖晏平仲不也是外臣?我田氏原是陈国人,岂不也是外臣?还有你陈玎,不也是外臣?说说,在座者谁个不是外臣?既都是外臣,你在这里猖狂个鸟!"孟尝君又狠狠骂了一句。

"田文无礼啊……"晏岵嘶喊一声,再接不上话来。

陈玎突然嘶声哭喊:"田文言行粗蛮,狼子野心,我王万不可重用!"

一声大喊,殿中竟出奇地静了下来。元老们惊愕的是陈玎乱了章法,一时不知如何跟进。按照驺忌的谋划,只可全力猛攻苏秦,对孟尝君只能是点到即止。孟尝君毕竟是王族近支,且此人手握重兵,生性粗豪刚猛,若一时激怒便是大祸。然则今日孟尝君斜刺里杀出,嬉笑怒骂使元老们颜面无存,却也是驺忌无论如何想不到的。陈玎一时愤激,当众公然对孟尝君正式发难,元老们如何不暗暗惊慌?齐宣王的惊愕,在于他猛然意识到老贵族们明是攻击孟尝君,实则是要将他孤立起来。一身冷汗之际,齐宣王却拿不准是否在此时处置这些元老,毕竟他们在齐国也是树大根深了。孟尝君却是一牵涉到自己,就要看齐王意思,总不能自己出令将这些鸟们拿了,一时也只能沉默。

"陈老将军,当真斯文扫地也!"还是苏秦开口了,笑容里充满了蔑视,"大臣风范,弹劾当言之凿凿,岂能以私愤戏弄君臣于朝堂?言行粗蛮便是狼子野心?你陈玎也做过上将军,一身丧服,当殿呐喊,鼻涕眼泪,又何止粗蛮?简直就是公然不守臣道!岂非更是狼子野心了?"苏秦口气一转,"孟尝君身负先王重托,以特使之身奔波合纵抗秦十余年,有权如斯,无权如斯,几曾伸手讨过封地?要过职权?今我王委孟尝君以上将军重任,孟尝君却将王命兵符交还我王保存,王不出令,上将军不动一兵一卒。更有动人处,孟尝君决意在变法之时,自请交出封地,将悉数门客交于军中,组成猛士之旅派驻要塞。此等胸襟,耿耿可对日月,何来尾大不掉?何来狼子野心?!"

苏秦这番话当真令元老们心惊肉跳了。果如苏秦所说,孟尝君交出封地、交出门客,这变法还有谁能阻挡?骤然之间,元老们放声号啕起来。

齐宣王厌恶地挥挥手："下去下去，再有此等蛊惑之辞，重重治罪！"元老们灰溜溜地出殿了，那三幅血书却被苏秦指派的内侍留了下来。

老朽老朽，老而不朽，最麻烦。

苏秦要查个究竟。

五　东海之滨雷电生

元老贵胄们公然发难，促使齐国政局发生了急骤的变化。

齐宣王本来是打算推行一种渐进性的变法，慢慢消磨元老贵族层的愤懑。但在十元老血书丧服闹殿之后，齐宣王感到了一种骑虎难下的难堪。贵胄们已经对变法打出了鸣金收兵的号令，变法大臣也已经与元老们作了面对面的较量，剩下的就看他这个国君如何决断了。若按照原先谋划按部就班地慢慢来，显是两面丢失人心：既不能满足元老们的要求，也使变法新派失望。若停止变法，罢黜苏秦与孟尝君，则无异于王室接受了贵族的挟制，而且将永远受到旧贵族们的胁迫；演变下去，难保田氏王室不会成为当年的姜氏公室，被人取而代之。齐宣王虽然没有雄才大略，但保住王业社稷这一点还是不会退让的。那日元老们出宫后，齐宣王心神不定，也没有与苏秦孟尝君再商讨，只将自己在书房关了一日，反复思忖，自觉只有一条路可走。

次日掌灯时分，苏秦与孟尝君奉命从秘道进宫，君臣三人商议了整整两个时辰。临淄城楼的刁斗打响四更时，苏秦与孟尝君出宫了。临淄城两座最有权力的府邸立即忙碌起来，满府灯火通明，大门快马连出，官署吏员穿梭，如大战在即一般。

早晨起来，国人惊讶地发现临淄变了。

城门、官市与行人过往的街口都贴上了一幅幅白绢大告示,下面还有小吏看守着给行人读讲;王宫、城门、官署的守军兵将都变成了生面孔;向来人头攒动熙熙攘攘而为中原人所歆慕的齐市六街,每个进出口都有了一排长矛大戟的武士;但最令人咂舌的,还是每座元老贵胄的府邸都被甲士围了起来,每三步一支长矛闪亮,当真令人心惊。

要让这帮元老不能到处串门,到处传播是非,以稳定时局。

赶早市的国人们全拥到了白绢告示下,听小吏一念,原来是齐国要变法,教国人百姓们各安其业,毋得听信妖言,若有传播妖言者,治重罪。看看并没有增加赋税,也没有紧急征发,人们心中稍安,暗暗长嘘一声,又忙活自己的生计去了。于是,早市渐渐地又恢复了熙熙攘攘的交易。

最热闹的是那片六尺坊。这六尺坊街道不甚宽阔,却都是高大府邸相连,平日只有车马进出,行人却是寥寥。按照官定名称,这条街叫作玉冠街,“六尺坊”只是市井国人的叫法而已。“六尺”,说的是轺车上的伞盖:大凡六尺伞盖的轺车,都是高爵高官,而这条街进出的轺车几乎见不到四五尺的车盖,于是市井间有了“六尺坊”这个叫法。这个别称响亮生动,于是众口铄金,玉冠街本名竟被临淄人淡忘了。

陈玎的府邸在六尺坊的中间地段。他是老军旅,虽然年迈,却是每日四更必起,梳洗完毕便在雄鸡声中练剑品茶。前日入宫铩羽而归,一肚子愤懑,本想立即到天齐渊找驺忌再行谋划,但想想还是按捺住了。去得急了,这个老琴师又要笑他沉不住气了。但更重要的是,陈玎要看看齐王这几天的动静。他料定,元老们的血书进谏纵然不能使齐王回心转意,也必定给齐王激了一盆冷水,吓了他一大跳,必定使他冷静思虑,放慢变法的步子,疏远苏秦与孟尝君。存了这个想头,陈玎倒也没有过分折磨自己,照样四更离榻,练剑品茶。这日早早起来,在淡淡海风中练完了剑,便在池边茅亭下好整以暇地煮起茶来。清晨煮茶，陈玎从来不用仆人，都是自己动手，为的是要煮出当年军营那种粗酽的茶汁味。仆人侍女们做得太精雅，没了那股粗朴的土腥味。

天将拂晓，陶壶在红红的木炭下已经滚开了。正要滤茶，陈玎突然听得门外一片沉重急促的脚步声——兵卒甲士，至少三个百人队！他霍然起身，长剑一提，大步流星地奔门厅而来。走到廊下，门外车马场正有三个全副长兵的百人队刷刷刷开来。守门家兵惊慌地在廊下挤成了一堆，七手八脚地便要关闭大门。

陈玎大喝一声："住手！老夫是关门将军么？"家兵们胆气顿生，哗啦啦排列在陈玎身后。陈玎却摆了摆手，一个人大步赳赳地来到官兵面前："来者可有王命？"带队千夫长亮出手中一支硕大的令箭高声道："上将军令箭在此！凡六尺坊贵胄元老，于变法开始三个月内不得离开府邸！"陈玎冷笑道："老夫问你，可有王命?！"千夫长仍是大手一晃："上将军令箭在此！"陈玎勃然大怒："老夫目下便去早市！你敢拦么？"说罢大步向车马场外走去，廊下家兵呼啸一声，立即跟了上来。

千夫长令箭一劈："长兵拦阻！但有一人抢路，立杀无赦！"

"嗨！"三百长兵甲士齐齐地吼了一声，咔咔咔分为三个小方阵，堵住了车马场出口，将陈玎与家兵遥遥围在中间。陈玎一看那矛戈森森的气势，便知这是齐军最精锐的技击步兵，自己的家兵根本不是对手。

"田文私封大臣府邸！狼子野心！"陈玎突然高声呐喊，苍老的声音在六尺坊嗡嗡回荡。喊声方落，左右府邸也传来阵阵喧哗吵闹，太史令晏岵悠长嘶哑的哭喊声也随风飘了过来："私刑不轨——上天不容哪——"

片刻之间，偌大六尺坊哭喊成了一片。街中赶早的市人好奇地围了过来，不到半个时辰，六尺坊的街巷与各府邸的车马场，便被行人塞得满当当了。一看这阵势，能人们顿时恍然，那些告示与所有令人惊讶的骤然变化，其实都是对着这些权势贵胄来的。一旦开窍，国人们立即在窃窃私语中轻松起来。

是啊，变法原本是老百姓盼望的好事，他们能得到许多实实在在的好处，丢掉的却只是些鸡毛蒜皮般的东西。只有那些巍乎高哉的贵胄们，才是变法的受害者，他们要丢失封地，丢失财富，丢失世袭高爵，丢失私家军兵，丢失无数令人难以割舍的独有享受，他们自然是要哭要喊的了。看，他们的家兵都气势汹汹的一大片，要不是上将军派兵镇住他们，他们还不要杀了变法丞相，守住自己眼看就要失去的那些宝贝物事？

贵胄们哭着喊着骂着，围观的市人们笑着品着指点着，时不时有故作惊讶的尖叫："哟！大人吐血了！""快看！夫人晕倒了！""哟！那小公子也哭了！""啊，那是怕长大了没得好吃好喝！"

如此三两日，临淄国人也就淡了，再也没有人来凑热闹了。于是，六尺坊又恢复了一片清冷。这清冷与寻常时日的清冷不同。寻常时日，六尺坊透着一种尊贵的幽静，绿树浓阴，行人寥寥，偶有驷马高车辚辚驶过，长街石板更添了几分天国韵味。可如今一片肃杀，长风过巷，但闻军兵沉重的脚步，车马封存，行人绝迹，偶有深深庭院中传来断断续续的夜半哭声。倏乎之间，六尺坊成了一片尊贵而又凄凉的坟墓。

没有是非谣言，事情就好办得多。

这时，苏秦带着一班精干吏员与一千精锐骑士出了临淄。

君臣议定的方略是：孟尝君提兵镇守临淄，苏秦带王命国书清理封地，之后再颁行新法令。这是苏秦根据齐国的实际国情提出的一个谋略，称之为"颠倒变法"。就是说，不是先行颁布新法，在全面推行中消除阻力，而是先行清除阻力，再颁布推行新法。苏秦的立论只在一点：齐国未行变法，旧势力便先行跳出，若搁置不顾而一味变法，朝野将会动荡不安，最终，变法也可能完全失败；为今之计只有颠倒次序，一举清除阻力，而后新法颁行事半功倍，可加速完成。一番磋商，齐宣王拍案定夺，苏秦孟尝君立即分头动手。

齐国贵族的封地有三十六家，其中十四家是当年姜氏公室的贵族，其余二十二家都是田氏夺齐后的新贵族。老十四家原本是安抚性的封赏，封地大者三十余里，小者则只有五六里而已，且明令不准在封地成兵，所以不足为患。新贵

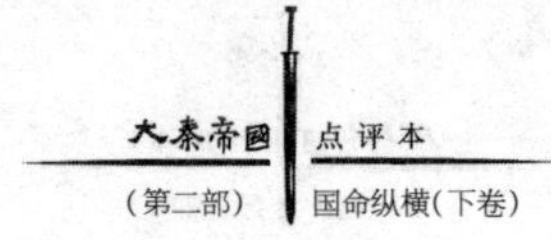

族封地却大不一样，大者二百余里，最小者也有三十里上下，但新老封地最大的不同还是权力的不同。新封地领主的权力分做三等：第一等是全权封地——治民权、赋税权、成兵权全部都有，等于一个国中之国小诸侯；第二等是两权封地，即治民权与赋税权；第三等是一权封地，即只有赋税权，等于是拥有了一个永久的财富源泉。

第一等封地，事实上只有孟尝君一个家族。由于孟尝君的父亲靖郭君是齐威王的王子，晚年又是齐威王的开府丞相，这片全权封地在齐国贵族中也无可争议。孟尝君承袭嫡位，自然成了封地领主。元老们微词多多，密请齐宣王削小孟尝君封地与权力。齐宣王即位之初也确实有过这个念头，但经过合纵曲折，终觉得孟尝君不是野心勃勃之臣，终是打消了这个念头。此次变法，孟尝君自请交出封地，齐宣王内心极是高兴，但反复权衡后，齐宣王对苏秦交代：给孟尝君保留三十里一权封地，以示褒奖功臣。

苏秦想得清楚，清理封地，务须从孟尝君入手。

孟尝君的封地在蒙山以西的薛邑，原本是薛国的一部分，齐国夺得这片土地后，叫了薛邑。当时的齐国尚没有实行严格的郡县制，邑、县、城并存，相互没有统辖，除了境内封地，都归王室管辖。薛邑大约有三百多里地面，大半都是孟尝君封地。薛邑人将孟尝君封地叫作“孟邑”，将薛邑叫作“小半薛”。为了治理方便，孟尝君在封地中心地带修筑了一座城堡，人呼“孟尝堡”，堡内有部族民众数千人，加上吏员、家兵、工匠与些许商贾，也是个万人出头的大堡子小城池。

苏秦人马赶到时，孟尝君的总管家臣冯驩与封邑令，已经率领封地全部吏员三十余人在堡外石亭迎接。无须多说，冯驩等便将苏秦迎进了城堡府署。苏秦的随行干员刚刚坐定，封邑令领着一班吏员鱼贯而入，一捆捆竹简摞满了一张张书案。民户、仓廪、赋税、兵员、吏员、田亩等账册，清清楚楚地分类列开。一时查验完毕，苏秦当即给三千家兵发了一支令箭，着其就近开往薛邑驻扎，又封了仓廪府库，交接要害便大体告结。

“冯驩，我听过狡兔三窟这句话，第三窟在何处？”苏秦将冯驩叫到了一边。

“原是冯驩戏言，便在泗水北岸三十里河谷，很穷，离堡子不远。”冯驩笑了。

“齐王特许孟尝君保留封地三十里，还有这座孟尝堡。你看，定在何处妥当？”苏秦静静地看着冯驩，脸上只一副淡淡的微笑。临行前苏秦问过孟尝君，孟尝君只是笑道：

“丞相但以公事论处便了,何须难我?”苏秦心中有数,也没有再问。他知道此事冯驩必然有底,冯驩的意思也必然是孟尝君的意思。

冯驩却道:“丞相奉王命变法,在下不敢私请。”

苏秦笑道:“既不敢私请,我看就泗水河谷三十里,穷地方好说了。”

“遵命!”冯驩高声领命,眼中顿时大放光彩。

“冯驩,我留下两个书吏给你。旬日之内,能将该运的物事运到临淄国库么?”

“定无差错!”冯驩慨然答应,还低声补了一句,“这也是孟尝君的大事,在下岂敢有误?”

苏秦人马当晚在孟尝堡歇息,次日黎明时分,马队疾驰北上,绕道临淄西北,径直向天齐渊飞驰去了。苏秦知道,将要面对的成侯驺忌,才是一块真正难啃的骨头。

天齐渊依旧是那样的宁静娇媚,茫茫苇草圈着一汪明镜大水,大水之外是棋盘般的绿野沃土,是两座苍翠欲滴的青峰。山下水畔树林中的那片红墙绿瓦的大庄园,是这沃野明镜之上的一颗珍珠,美得人心醉。如此可人的山水田园,几是股掌之间的一个美女,永远都会百般柔顺,任他品咂赏玩。可驺忌今日登上牛山远望,却第一次觉得她扑朔迷离了,看不透了。驺忌隐隐地觉得,这片娇媚丰饶的土地就要离他而去了,森森的冰凉正在一天一天地向他逼近着。

实在预料不到,自己精心谋划的破苏三策,如何竟成了火上浇油?非但没有将苏秦整倒,反而使齐王莫名其妙地跳了起来,竟迅雷不及掩耳地动了手。一干元老统统被关在了六尺坊禁地,天齐渊周围的山口也突然有了军营,倏忽之间,元老世族统统成了阶下囚,只能任人宰割了。只是驺忌一下子还想不来,苏秦这变法要如何动手。按战国变法的寻常规矩,总是要先行颁布一批法令,而后逐次推行。若照这个章法,轮到收缴封地,快慢也就是一年多的时光。那就是说,自己坐拥这片仙境的日子马上就要完结了,一半年之后,自己难道又要做一个老琴师了?

突然,身后传来家老异样的声音:“成侯,你听……”

驺忌一怔,已经从纷乱的思绪中摆脱出来,听得一片隆隆声随着山风飘了过来。虽然是隐隐约约,却是连绵不绝,越来越清晰。“马队?没错,是马队。”驺忌淡淡地笑了,他确信自己这双能在风雨中分辨千百种声音的耳朵不会出错。

“马队?”家老目光闪烁,“既非狩猎时节,也非边城要塞,马队来天齐渊何干?”

“想不出。”驺忌一笑，“你先回庄，也许是六尺坊又开禁了。”

“老朽愚见，总觉有些蹊跷。”家老道，“我先走一步，成侯莫耽搁久了。”

驺忌笑道：“弹奏一曲，我便下山。”说罢进了山顶那座清幽古朴的琴亭。琴声但起，驺忌平静了下来。家老对亭外两个仆人低声叮嘱了几句，匆匆走了。身后琴声叮咚，彷徨郁闷，有着一种难以名状的忧伤，却没有大难临头该当有的那种警觉。白发苍苍的家老不禁苦笑着摇了摇头。

一曲未了，山下战马嘶鸣，似乎已在天成庄外。驺忌一惊，马上收琴起身，刚走出琴亭，家老已经派山下武士前来急报：临淄骑兵已到庄前，请成侯稍待下山。驺忌知道家老要探明虚实后再教他出面，又回到琴亭坐了下来，琴却是再也弹不下去了。

大约半个时辰后，家老派人来报：苏秦带领兵马吏员前来清缴封地，似乎并无问罪恶意，请成侯下山应对。驺忌惊得出了一身冷汗，原想在一年之中从容安排后事，就是交了封地也不至于无处存身，谁能料到收缴封地如此之快，直是迅雷不及掩耳，却教他如何下场？想想也是无奈，只有下山见机行事了。短短的一截山路，驺忌走得大汗淋漓。骤然之间，一种暮年的悲凉涌上心头，他第一次觉得自己老了。

到得庄外，一千铁甲骑士在车马场排成了一个整齐的方阵，一班吏员肃立廊下，高冠红袍的苏秦在廊下悠然踱步，家老站在那里笑脸陪着。驺忌心下又一惊，这苏秦连正厅吃茶的礼遇都不受，看来凶多吉少了。虽然内心忐忑，驺忌毕竟做了几十年丞相，官场极是老到，一进大门满面春风地遥遥一拱手：“阔别久矣，武安君别来无恙？”语气亲切得老友一般。

“成侯童颜鹤发，更见风采也。”苏秦打量着这位当初也曾一起畅谈合纵的齐国美男子，笑脸一拱，“今日唐突，成侯见谅。”

“如此说来，武安君是国事公干。”

“苏秦奉王命收缴封地，敢不尽心？”说着将手中一束带有封套的竹简递给了驺忌，“此乃齐王书，请成侯过目。”

“敢问武安君，如何收缴法？”驺忌并没有打开竹简。

“依收缴孟尝君封地为成例：保留成侯封地五里，其余财货仓廪民户家兵等，一应即削弱驺忌的势力。

时清缴。”

一听尚有五里封地,便知不是赶尽杀绝,心中一块大石顿时落地,驺忌一挥手道:“敢请武安君入厅就座,老夫立即清缴。”进得正厅,驺忌吩咐上茶之后,命家老立即在庭院中排出十几张大案,安顿相府吏员列座。片刻之间,封邑令带着一干家臣抬来几案账目,开始了紧张的查核接收。驺忌却只是陪着苏秦饮茶叙谈,苏秦也明白驺忌是文臣封侯,封地没有部族家兵,清缴要简单容易得多,便也不去督察,只从容地与驺忌品茶说话。

驺忌说,自己当年便想在齐国变法,谁料老世族坚执反对,自己势孤力单只好作罢;如今苏秦能大刀阔斧地变法,当真齐国福气,驺忌虽然在野,也愿意全力襄助。苏秦一时难辨真假,只静静地听着,偶尔附和一二。毕竟,驺忌也是齐国名臣元老,果能支持变法,何尝不是好事? 末了驺忌笑问:“敢问武安君:五里之封,老夫可否择地而居?”

苏秦笑道:“成侯想要一片肥美良田,颐养天年了?”

“不敢。”驺忌正色道,“天齐渊周野良田,自当由官户耕耘,增加府库为上。老夫所愿者,两座牛山而已,残年余生,依山傍水隐居而已。”

“两座山头,无田耕耘,成侯生计如何着落?”苏秦倒是有些担心。

驺忌笑道:“老夫略通医道,牛山有数十家药农,开座制药坊了。不增封户,不占良田,唯给老夫一片习习谷风,可否?”

“成侯有此襟怀,自当成全。”苏秦有些感动了,高声道,“来人,成侯五里封地,从天齐渊变为牛山两峰。”一时相府主书拿进封邑图,苏秦在上面圈定了“牛山两峰”,又在王书后附了一行字:“成侯节律自请,丞相苏秦变通,五里封地变为牛山。”又盖上了随身铜印，此事便算定准了。驺忌说了许多感谢的话，又设了小宴为苏秦洗尘。苏秦见也只是一盆山菜一盆牛山野枣儿，酒也是寻常的临淄米酒，若要拒绝反而显得矫情做作，也就与驺忌对饮了几碗，说了许多的闲话，天便渐渐黑了下来。

驺忌的城府，不是苏秦能对付得了的。事情办得这么顺利，恐怕里面有诈。

驺忌不是孟尝君，苏秦须得亲自守在封地监交清楚，一日自是完结不了。眼见天色黑了，驺忌吩咐家老准备，请苏秦晚上住在自己的水榭别院。苏秦却坚执谢绝，陪着吏员们忙碌到三更，回到庄外大帐去住了。

连日劳碌奔波，苏秦倒头睡了过去，朦胧之中帐外马蹄声疾，一个熟悉的声音已在耳边。翻身坐起一看，荆燕风尘仆仆地站在榻前。

“兄弟，你可回来了！”苏秦惊喜过望，拿过帐钩上的酒袋塞进荆燕手中。

荆燕嘿嘿笑了：“还是大哥好，没忘兄弟这毛病。”说着拔开木塞，咕咚咚将一袋米酒饮了大半，拭去嘴角酒汁笑道，“我在燕国听说大哥做了丞相，只可惜没长翅膀，飞不过来。”苏秦将荆燕摁到榻上坐下，连忙问道：“先说说，燕国如何了？她还在么？”

“大哥不能着急，两件事都有纠葛，须听我一宗一宗说来。”荆燕喘息了一阵，慢慢说了起来，虽然插前错后地有些零乱，苏秦已经听得明白。

原来，苏秦入齐后冷清无事，对燕国消息也无从得知，既担心苏代跟着子之越陷越深，更对燕姬的处境感到忧虑，便派荆燕返回了燕国，要他见机行事。荆燕回到蓟城，先去见了苏代。苏代开口便问：二哥在齐国如何？荆燕按照苏秦叮嘱，说了一番诸般都好的状况。苏代半信半疑，说燕国已经大事底定，子之做了相国，不日要全权摄政，目下急需苏秦回燕共图大计。言下之意，要荆燕立即再回齐国，催促苏秦回来。荆燕心中有数，便说回家看望父母一趟，再去齐国。次日，荆燕没有在蓟城停留，飞马去了燕山天泉谷，按苏秦所画图形寻觅燕姬。谁知一连三日，蛛丝马迹皆无，苏秦所说的那些山洞，都空荡荡一无长物，仿佛从来没有人住过一般。寻思无计，荆燕只好再回到蓟城找苏代。苏代说，燕姬失踪好久了，他两次秘密寻访都没有见到，后来也忙得没有时间去了。荆燕忙问原因。苏代说他不知道，揣测起来，总是与王室藏宝有关了。

无奈之下，荆燕找了在王宫做护卫的一个将军，说想在王宫做几日护卫。将军叫市被，是当年军中老友，虽然觉得蹊跷，却也没有多问便答应了。将军市被只告诉他，王宫近年怪事多，莫得大惊小怪惹祸。荆燕自是慨然允诺，选了在王宫巡查的游击头目来做。荆燕原本就做过王宫甲士，对宫中情形不算生疏，做了游击巡查，自是不会出无端纰漏。然则一连半个月，王宫中都是白日冷冷清清，晚间死气沉沉，找不出些微消息。荆燕有韧劲儿，非但没有离开，反而又专门选了后半夜巡查。他从少年时候听族老们说财宝古经起，便有了一个顽固的想法：大凡财宝秘事，都是更深人静时的故事。

一日夜里，荆燕终于有了一丝惊喜——往昔后半夜总是黑沉沉的庭院里，却有一处隐隐闪烁的亮光。从方位看，这亮光在池边树林之内。荆燕知道，那地方只有一座消闲的茅亭，当年燕文公便在那座茅亭里第一次召见了苏秦，后来燕易王夏日也常在这里消夜。新王即位后子之当政，这里便荒凉起来了。如此夜半时分，谁能在这里消闲？荆燕教随行的十名军士原地守候，一个人悄悄走近了树林，仔细一看，却发现一棵棵大树后都有一个黑色的长矛影子，自己根本不可能穿过树林，更别说走近茅亭。

憋了一阵子，荆燕猛然想起：护卫苏秦泅渡潍水后，自己拜了个楚国渔民子弟为师，水性已经大长。荆燕脱了衣甲，从岸边苇草中悄悄地潜进了池水。片刻之后，悄无声息地到了茅亭岸边。伸头从苇草缝隙中望去，荆燕大吃一惊：茅亭中两男一女三个人，其中一个竟然是他的老友——将军市被！其余两人背对池水，听声音都很年轻，他却不识。

只听那个年青的男声说：“既然心同，这便是一桩大业。聚众似乎不难，最缺的便是金钱了。”那个女声说：“钱财倒是有一大坨，只是此人难找。”男声急迫问：“一大坨？却在哪里?”女声道:“在燕山几个无名洞窟,图在那个人手里。”男声追问:“那个人是谁?在哪里?”女声道:“文公国后,在燕山隐居。”男声道:“既在燕山,如何找她不到?”女声道:“她可不是寻常女人,我已经找了多次,所有的山洞都找遍了,没有踪迹。”男子长长地叹了一声:“莫非天意,燕国当灭也?”一时沉默了。将军市被却突然道:“我有一法,但涉及先君宫闱,不知当说不当说?”男子道:“兴亡大业,有何忌讳?但说无妨。”将军市被道:“传闻国后与武安君笃厚,若能得武安君襄助,请她出山,定然不差。”男子沉吟道:“武安君与那厮交谊深厚,如何能助我?”女声道:“倒是未必,武安君襟怀正大,与奸佞绝非一党。只是要找到武安君却难,机密大事,没个合适人选。”将军市被笑道:“也是天意,目下正好有一人——武安君的义弟。”“啊——”男女不约而同地惊叹……

将军市被后来扶燕太子平有功,但为人反复,先攻子之,后又反攻太子平,身败名裂。

荆燕惊诧莫名,连忙游出水池上岸,估摸市被天亮后肯定来找自己,怕难以脱身,给市被留下一书,趁着天色未明便出了蓟城。本想立即来齐国报讯,但荆燕多了一个心思,怕燕姬被他们先找到,又去了燕山搜寻。荆燕重新走遍了每个山洞,在每个洞中反复查勘,终于在马厩洞中的马槽下面,发现了一个羊皮纸袋……

“大哥你看,这个物事!”

苏秦连忙拆开,里面是一幅白绢,上面两行大字——

国将不国　斯人无忧

难寻难觅　不请自到

娟秀中透着刚健的字迹是那般的熟悉亲切，苏秦怅然叹息了一声，久久无话。

看来，燕国王室又有了一支新的秘密力量，似乎还是苏秦不熟悉的神秘人物。那个女子，苏秦揣测，极有可能是燕易王的王后栎阳公主。可是那个主导“大业”的男子何人？苏秦却想不出来路。燕王姬哙的儿子才十五六岁，难道会是这个少年？假如不是他，王室中还能有何等人物？这样的“大业”，没有王室人物主导，几乎是不可能的。

这样的一支力量聚在一起，还能做何等大业？自然是要从子之手中夺回王室的权力，恢复燕国的姬氏社稷了。他们要找自己，还要通过自己再找出燕姬，如此一来，他与燕姬都要被卷进这个漩涡了。燕姬对燕国的事历来有定见，可偏偏难觅踪迹，若那人秘密派人找来齐国，自己该如何应对？在燕国大政上，苏秦觉得自己第一次陷入了无所适从的茫然。说到底，还是对子之的新政心中无数。子之若真是个申不害般的铁血变法人物，苏秦宁肯负了燕国王室，也会支持子之。可偏偏子之的国事举动，总是教苏秦觉得一股浓烈的异味。说他是奸佞野心，也不全像，连苏代都那么拥戴他，你能说子之没有过人之处？一边衰朽老旧，一边生猛无度，何以燕国就涌现不出一股堂堂正正的新生势力？

所有国事，皆决于子之。过了三年，百姓皆恫恐。燕国又将有一变。

燕国的事再头疼，苏秦也不能误了齐国的变法大事，只有忙碌起来。

封地收缴完毕，已经是黄叶萧疏了。秋霜来临之时，元老贵胄们也衰草般蔫了下去。也是苏秦法令有度，并没有将元老贵胄们的封地剥夺净尽，总是或多或少地酌情保留了三五里。如此一来，齐国贵族的封地统共只剩下不到一百里，说起来还没有一个县大。这在天下七大战国中，几乎与秦国一般，成为封地最少的大国了。

封地藩篱一打碎，苏秦立即重新规划政区。根据齐国传统与实际情势，苏秦取消了邑、城两种政区，齐国归并为七十三县，原来的“城”，一律变为县的治所，也就是县城。后来乐毅破齐，连下七十余城，便是这时定下的县城。如此一来，政区大大简化，少去了邑、城、县三政并立时的许多累赘纠葛。政区一划定，苏秦立即对七十三县的县令作了一番大调整：一是查办了一批贪吏，撤销了一批庸吏；二是裁汰县府冗员，明定每县只许有十六名属员；三是县令异地任职，将乡土县令一律调换到他县；四是从稷下学宫遴选了二十名务实正干的学子，补齐了县令缺额。

这两大步走完，又到了来年夏日。从这时开始，苏秦的丞相府开始连续颁布法令，每月三法，一直颁布了四个月，十二道法令才全部颁行全国。苏秦的变法，自觉地仿效了秦国的商鞅变法，虽然没有商鞅法令那般冷峻那般完整，但诸如奖励耕战、废除世袭、废除奴隶、耕者有田、大开民市、训练新军、统一政令等主要法令都是齐备了的。

齐之变法，与秦之变法，相去不远。这为齐日后称东帝打下基础（同时，秦称西帝）。

“臣之变法，当用十年之期，三波完成。此为第一波，确立筋骨，后当徐徐图之。”苏秦对齐宣王这样说了齐国变法的总谋划。

六　冰雪铭心终难却

冬月初，第一场大雪纷纷扬扬地覆盖了临淄。

郊野雪雾茫茫，一辆辎车正从北方的雪原上驶来。辚辚车声消解在无边无际的雪的帷幕里，如同白色海洋的一只乌篷小舟，悠悠荡荡。辎车很小，篷布很厚实，一匹已经看不清颜色的马拉得很是轻松，从容走马，拉着一辆空车一般。最奇怪的是，这辆小小辎车没有驭手，也听不见车中人的呼喝，似乎信马由缰地在雪原上游荡。可是，不知不觉之中，临淄城高大的箭楼影影绰绰地显现了出来，那匹从容碎步的走马停了下来，努力地昂头嘶鸣了一声，前蹄不断地在雪地上刨了起来。良久，辎车中传来一阵模糊的呻吟。驭马又是一声嘶鸣，展开四蹄，向着茫茫雪雾中的箭楼奔驰而去，小小辎车变成了飞速滑行的雪橇。

如此大雪，行人几乎绝迹。临淄城门虽然洞开着，城门口却看不见一个甲士。快马辎车飞来，径直冲向城门。突闻一声大喝，一个雪人咔咔走来，拦在了当道。抖去积雪，却是一个长矛在手的武士。原来城门两侧的两排雪树，竟是被大雪覆盖了的守门兵士。辎车驭马灵敏异常，见武士当道立即止步，四蹄笔直撑住，将辎车稳稳地停了下来。

"齐国新法，查验通文照身！"长矛甲士口中的热气，随着齐人咬字极重的吼声一起喷了出来。驭马一声嘶鸣，黑色车帘中伸出了一方摇摇晃晃的木牌。甲士一看，高声喊道："禀报千长，我不识字。"雪树中咔咔走出又一尊雪人，抖落积雪，是一个带剑头目。他走过来一看木牌，惊讶地凑近了车辕要掀开车帘。突然，厚厚的绵帘中倏地伸出了一口雪亮的长剑！

带剑头目惊讶跳开，高声命令："十人出列！随我押送辎车进城！"

十名甲士左右夹住了辎车，头目前行牵马，在大雪纷飞中缓缓进了临淄。拐得几条长街，来到了丞相府门前。头目上前对守门领班说了几句，领班匆忙走了进去。片刻之后，荆燕大步流星地赶了出来，绕着辎车转了一圈，从怀中掏出一个叮当作响的小皮袋对城门头目道："多谢千长了，天冷，几个钱给兄弟们买酒。"头目一声道谢，高兴地带着甲士们去了。荆燕回身走到辎车前拱手道："在下荆燕，敢请贵客进府。"说罢牵了驭马从旁边的车马门径自进了丞相府。

苏秦从王宫回来时，天虽然一片雪亮，实则已是暮色时分，书房里已经掌灯了。苏秦没有先到厅中用饭，而是先进了书房。他要立即替齐王修一封紧急国书，可刚刚提笔，荆燕匆匆走了进来道："大哥，瑞雪大吉！你猜谁来了？"苏秦看看荆燕神秘兮兮的模样，不禁笑道："孟尝君么？有酒就是大吉？""差矣差矣！"荆燕斯文一句，自己倒先笑了，"先别说，你随我来。"不由分说夺过笔撂下，拉起苏秦便走。

来到苏秦起居的小庭院，但见院中席棚下停着一辆小小辎车，苏秦眼中陡然一亮。

大步走进,见燎炉红亮的寝室中纱帐低垂,帐中影影绰绰显出一个绿衣女子的身形,弥漫出淡淡的药味儿与一股熟悉的异香。

"燕姬……"苏秦惊喜地叫了一声,冲上去撩开了帐幔,却木呆呆地说不出话来了。卧榻之上,燕姬面色苍白双目紧闭,额头上胳膊上都裹着渗血的白布,双脚也包裹着厚厚的丝绵套儿。苏秦一阵惶急,转身到厅中急问:"荆燕,这是如何事来?"

"大哥莫慌。"荆燕低声道,"她来时一辆辎车,浑身带着刀伤,冻得冰块也似,已经不能说话。我方才找太医来看过,刀伤不在要害,冻伤也已经冷敷回暖。太医说,人可能要昏睡两三日,只能喂米汤汁,他会每日来酌情换药。大哥,燕姬不会有事。"

苏秦急迫道:"荆燕,你去给掌书说,立即将我的书房搬到这个外厅来。我就在这里,守着她……"荆燕劝道:"大哥,我已经派好了两个侍女,累倒了你,就全乱了。"苏秦断然道:"我没事,不要侍女。你去办,我在这里等着。"

荆燕默默去了,片刻之后,掌书领着几个属吏将处置公文的日常器具搬了过来,将外厅布置成了一个简单书房。苏秦看了看昏睡不醒的燕姬,一阵怅然百感交集,涌出了一眶泪水,叹息良久,坐下来起草那封紧急国书。

日前,大权在握的燕相子之向齐国派来特使,请求来春在大河入海地与齐王会盟,缔结燕齐修好盟约。苏秦是邦交大师,齐宣王不知如何应对,自然要召苏秦商议。苏秦一眼看出:这是子之的一个试探——一旦齐国与子之会盟修好,便意味着齐国默许了子之在燕国掌权。从战国形成的势力圈看,燕国历来依靠齐国解决棘手事端,隐隐然是齐国的势力范围。子之有苏代谋划,自然明白此中奥妙,便以摄政相国的名义向齐王动议结盟。齐国若答应,便是承认了子之权力,他便可能立即动手,废黜燕王而自立;若被拒绝,则是与燕国结仇,却并不影响子之摄政。齐王的难处正在这里,承认子之吧,怕这个生猛人物将来反倒成为齐国的后患;不承认子之吧,似乎又没有理由,他是燕王册封的摄政相国,一切都是"代燕王行事",又如何拒绝?于是,这封国书自然地要苏秦这个邦交大师来起草了。

虽然还牵挂着寝室中的燕姬,但苏秦毕竟很有定力,一旦在书案前坐定,片刻间拟就了这封国书:

大燕相国子之:齐燕结好,实属我愿。然燕易王在位时,齐国与燕国已经订立友邦盟约。多年以来，两国罢兵，边境安宁。重新订立，反示天下以两国嫌隙。田辟疆之意，原盟可矣，无须添一蛇足。　齐王九年冬。

写罢斟酌一番，苏秦觉得这是目下能够做到的最好转圜——既能稳住子之，又不公然承认子之的“王权”，尚算满意。看着羊皮纸上的墨迹晾干，苏秦唤来值夜书吏拿去誊抄刻简，天一亮便送进王宫。

齐燕结好，苏秦望两全其美。

书吏走后，苏秦立即起身走进寝室，见燕姬依然在灯下昏睡，不禁仔细打量起她的伤口：额头白布虽然渗出了一片血迹，但周围鬓发之际依旧是那样光洁，并没有青肿，伤势当不是很重，可能不会是刀剑之伤，而很可能是擦破的皮肉之伤；左胳膊包扎的白布，隆起了一个大包，渗出的渍印似乎也没有血色，而是淡淡的黄色，这个伤口很可能是刀剑创伤，并且已经肿胀化脓了；右边膝盖包扎的白布里，衬着一层厚厚的丝绵絮，绵絮外是固定的两个夹板，看来这里是骨伤了；两只脚则套在宽松硕大轻软的厚绵靴里，太医还给脚下专门摆了一个小小的燎炉，炉中木炭火不猛不弱，脚边正是一片温热。

再看寝室，苏秦发现竟然有六个大燎炉在墙边围成了一圈，木炭火烧得红亮亮的，却没有一点儿呛人的气息，暖烘烘的一片干爽。看来太医、荆燕与两名侍女真是费了一番心思。

一番打量，苏秦不禁感慨中来，跪坐在燕姬身边默默流泪。一阵伤感，轻轻抱起燕姬的双脚，脱去那双硕大的绵靴，将那双光脚放进了自己胸前。立刻，一股森森冰冷流遍了他的全身，仿佛胸前贴上了一块大冰！苏秦一个激灵，却更加紧紧地偎住了那双冰冷青红的赤脚。苏秦曾经在冰天雪地的茅屋里度过了三个寒冬，可也从来没有冻伤到如此程度。一个生于长于天子王城，身为一国王后的燕姬，冻伤若此竟然还能找到临淄，期间所受的惊险坎坷定然是难以想象的。

茫茫大雪之中，天渐渐亮了，苏秦紧紧抱着燕姬一双冰冷的赤脚，昏昏睡去了。

直到荆燕领着太医走进了寝室，苏秦还没有醒来。白发苍苍的老太医看着抱足而眠的丞相苏秦，一双老眼湿润了。老人对荆燕摇摇手，轻步到了外厅低声道："吩咐厨下，炖一鼎麋鹿汤。那女子至寒，丞相要热补。"荆燕匆匆去了。老太医坐在外厅兀自唏嘘不已。苏秦醒了过来，听见外厅人声，将燕姬双脚套上绵靴，自己整好衣服走了出来，见是太医，苏秦忙问燕姬伤势究竟如何？

老太医唏嘘道："此女不打紧，只是复原慢一些。后来，至多是腿脚有些不灵便。"苏秦急迫道："腿脚不灵便？是冻伤？还是骨伤刀伤？"老太医道："骨伤刀伤好治，这寒气入骨日久，只怕难以驱赶净尽。"苏秦愣怔一阵道："医家驱寒之法甚多，前辈当真没有办法？"老太医沉吟良久，叹息一声道："办法倒是有一个，只是常人难为也。"苏秦忙道："前辈只说，是何良方？"老太医道："老朽辽东人氏。辽东猎户遇冻僵之亲人，尝以赤身热体偎之三日三夜，可驱赶冻伤者体内积寒。然则，此法对热身者为害过甚，至寒必伤其身，热补虽能稍减，却不能除根，常致虚痨之症，常人何能为之？"

苏秦心中明白，也不多说，只看着老太医给燕姬诊脉开方查验伤口。末了，老太医说三日后再来换药，唏嘘着走了。老太医一走，苏秦吃了荆燕拿来的那鼎麋鹿炖，身上顿时热汗津津。苏秦看看荆燕笑道："兄弟，帮大哥一个忙，在书房守得三日，不要教任何人来打扰。"荆燕叹息了一声点点头："荆燕知道大哥心思，只是每日一鼎麋鹿炖，定是要吃。"苏秦点头道："好，便依兄弟。"

荆燕立即办事，先请来掌书，将外厅公事器具照旧搬入书房，又与掌书秘密商议了片刻，去找孟尝君帮忙。孟尝君慨然道："武安君生平多难，此事该当。我挡住王宫不紧急召见。其余公务，你与掌书先拦下。"荆燕心中底定，回到府中守在大门廊下，凡求见官员，一律婉言挡回。掌书则坐镇书房，应对丞相府属官，凡呈阅文书者，一律答复三日后再回。如此一来，丞相府顿时清静了下来。

荆燕一走，苏秦立即做了一番冷水沐浴，擦干后全身赤红。走到大雪纷飞的庭院，他第一次虔诚地对天三拜，祷告上天赐福于燕姬。回到寝室，苏秦掀开轻软的丝绵大被，轻轻脱去了燕姬的贴身小衣，赤身躺下，搂住了燕姬——饶是冷水沐浴全身赤红，苏秦依旧感到了一股寒气扑面而来，彻骨的冰凉立即潮水般淹没了自己，一阵颤抖，竟觉四肢沾在了冰冷的躯体上不能分开。苏秦心中一阵大恸，骤然间热泪泉涌，紧紧地将冰冷的燕姬揽在了自己怀中。渐渐地，苏秦麻木了，朦朦胧胧地飘到了洛阳郊野那冰天雪地的茅屋之中，夜读的他冻得全身发硬，站起来跺着双脚搓着双手，铁锥扎得腿上满是鲜血……大黄呜呜着趴到了他的脚上，他搂着大黄，一手伸进大黄的两腿中取暖，一手还捧着竹简喃喃念诵，冷啊，太冷了……飘啊飘啊，春光明媚的燕山幽谷，燕姬迎着他袅袅飞来，那绿色的长裙就在眼前飘拂着，却总是够不着抓不住……啊，终于抓住了，柔腻光洁的肌肤，令人心醉的异香，滚烫绯红的面颊，灼热疯狂的冲击，好热，好累，她笑了，紧紧地搂住了他，雪白的双臂将他圈向丰腴的河谷，他是那般饥渴，品咂着啜饮着，她咯咯地笑着，拽着他的长发，拍打着自己的胸脯……饿了，为何那般饥饿？等不及那野羊烤得焦黄，割下一块狼吞虎咽，那咯咯的笑声总是不断，那圆润细长的手指正抹着自己嘴角的肉渣……

终于醒了，一双明亮的眼睛正在苏秦面前闪烁。

"燕姬……"

"季子……"燕姬紧紧抱住了苏秦，"终是见到你了……"

"燕姬，你是如何受伤的？快说给我听。"

"季子，别急，他们都在外边等着呢。还有孟尝君，先起来，晚上再说，啊。"燕姬坐了起来，哄小儿一般溺爱地将苏秦扶了起来。

孟尝君午后就赶来了，已经与荆燕在外厅等了近两个时辰。天将暮色，老太医也来了，说丞相若能在掌灯之前出来，便是无事了。看看天色已晚，孟尝君不禁着急起来，在厅中焦急地走来走去。正在此时，绵帘"啪嗒"一声，众人看时，却都惊讶得呆住了——苏秦那已经返黑的一头长发突然又变白了，白得如雪，一丝黑发也没有。绿色长裙一领貂裘的燕姬扶着苏秦，恍若一个美丽的仙子扶着一个年迈的老翁。

"苏兄……"孟尝君叫了一声，哽咽住了。

苏秦笑了，看得出，笑得很轻松："田兄……没事，只是累了些个。"又摆摆手，"坐了，诸位坐了。"又连忙对太医道，"前辈，快看看她脉象如何？"

老太医唏嘘着点点头："夫人请坐，待老朽看看脉象。"燕姬微微一笑："老人家，我没事,还是先给他把脉。”说着眼眶湿润了。老人连连点头:“哎哎,都要把的,都要把的。”说着将手指搭在了燕姬手腕上,凝神片刻长嘘了一声:“夫人,真没事了,骨寒退尽,气虚而已,将息几日,便得痊愈。”苏秦一直凝神看着听着,此刻高兴得哈哈大笑,笑声未落,颓然软倒,面色苍白,双唇青紫。

“季子……”燕姬一声哭喊,扑到了苏秦身上,孟尝君与荆燕大惊失色。

老太医抢前搭脉,嘴里说一句“莫慌,不打紧”,手里一支圆润锋利的砭石针已经捻入了苏秦的涌泉、神门两处大穴。众人凝神屏息间,苏秦脸泛红润,悠悠醒转,睁开眼睛一脸笑意,待要说话,却被老太医摆手制止:“丞相须得心气平和,大喜大悲,虚弱不胜也。”荆燕连忙问:“可吃得麋鹿炖?”老太医摇头道:“麋鹿炖三日足矣,多则虚火过盛,鱼羊汤正好。”荆燕连忙快步到厨下去了。

片刻之后,两鼎热气腾腾的鱼羊汤到了面前,雪白的汤汁上飘着细碎的小青葱,苏秦看得“咕”地咽了一口口水。孟尝君笑道:“馋了就好!你俩快吃,我一边等候。”说着与荆燕走到了廊下看雪,老太医兀自在书案前斟酌药方。片刻后,苏秦与燕姬已经吃罢,浑身汗津津的,精神显然好了许多。

孟尝君走过来笑道:“苏兄啊,我看你再歇息旬日,大事我给你挡着,无须心急。”苏秦笑着连连摇手:“些许摔打,何须小题大做?明日便能理事。哎,这几日可有大事?”孟尝君笑道:“那就明日再说,你能行我可不行,告辞。”说罢一拱手径自去了。老太医药方开好,又叮嘱了几句也告辞了。苏秦正要问荆燕这几日相府的事,却发现荆燕早就走了,摇摇头笑道:“这几位,当我真是病人了。”

“难道你不是病人么?”燕姬轻柔地笑了,“走,我扶你进去,有话躺着慢慢说。”

进得寝室,燕姬将苏秦扶在卧榻上,又拿来一个大枕教他靠着坐了,自己去调理了一番燎炉木炭,不使寝室过热,又煮了一壶淡淡的临淄竹叶茶给苏秦捧过来一盏。苏秦打量着燕姬极是娴熟精到的女工操持,一种从来没有过的温馨涌上了心头,不禁笑道:“燕姬,男有女,便是家,对么?”燕姬笑道:“女有男,也是家。”苏秦点头笑叹:“噫!活到今日,方知家之安乐,不亦悲乎?”燕姬咯咯笑道:“老百姓说了,有家方是浑全人,大丞相今日才知道?”苏秦喃喃道:“有家方是浑全人?好,说得好啊!看来,苏秦只算半个人了。”燕姬跪坐到榻前笑道:“别想了,有我在,你便是个浑全人。”苏秦恍然道:“哎呀,如何岔了?你快说说,遇到了何种变故?如何到临淄的?”

平原君

燕姬轻轻叹息了一声，说起了她的离奇遭遇。

原来，苏秦与春申君离开燕山天泉谷不久，燕易王就派来秘密使者，要全部收回先祖藏宝。燕姬对此早有预料，苏秦一走便离开了天泉谷。密使找不到燕姬，飞马回报蓟城。燕易王又惊又怒，派出了十多名剑道斥候进入燕山，全力搜寻燕姬。特使在原来的山洞中留下书简，声言只要燕姬交出藏宝图，她便永远有了自由之身。正在燕姬谋划如何与特使交涉之时，一个女子与一个少年竟然在她极为隐秘的新住处找到了她。女子说她是燕易王王后栎阳公主，少年是燕易王王孙，叫姬平，并且拿出了只有燕姬可以辨认出的先君遗物为证。女子说：她与王孙秘密前来，是要与她商议一件大事，绝无加害之意。为防万一，燕姬将他们带到了孤峰绝顶，并用大石封死了唯一的羊肠小道，就在那座山风呼啸的孤峰绝顶，她们说了整整一个晚上。

栎阳公主告诉了她一个惊人的秘密：当年燕易王周围的侍从都被子之收买，燕易王每日的食物中都有一种无色无味的异药。栎阳公主发现时，燕易王已经得了一种怪病，时而昏迷时而清醒，似乎羊角风，却又比羊角风更可怕。人已经一天天干枯了，头发都变成了红色。有一天夜里，侍从们都不在身边，燕易王流着眼泪叮嘱栎阳公主：一定要找到燕姬，不能教这笔巨大的财富落到子之手里，他“派去”的特使与剑士都是子之的心腹。燕易王说，他的儿子姬哙是个庸才，王孙姬平却是个英雄少年；叮嘱栎阳公主一定要保住姬平性命，助他将来振兴燕国。两件事说完，燕易王就昏迷了过去，从此再也不能开口说话了。

阴谋论推动小说情节。

燕姬对子之本来就很厌恶，听了这一番述说，当初振兴燕国的心志又陡然振作，慨然应允了栎阳公主的请求。三人议定了一个办法：栎阳公主暗中联络留居燕国的老秦旧族与军中将领，为姬平积蓄一股力量；燕姬去找苏秦，请苏秦设法使苏代离开燕国，既剪除子之羽翼，又使子之不能继续打与苏氏结盟的旗号；更重要的是，要为姬平寻求齐国支持，将来不使齐国变为子之的同盟；姬平则以全身为主，在子之势力旺盛时蛰伏起来，对国事不闻不问。一切都说好了，可少年姬平却突然提出：藏宝图应当交给他保管。燕姬见栎阳公主没有说话，也多了一番心思，推说藏宝图如何能带在身边，待危险过后再起出来交给他。

天将黎明时分，三人决定趁着黑暗缒绳下山。方要动手结绳，突然听得山腰一阵石子滚动的唰啦声。燕姬立时警觉，教栎阳公主与姬平立即从山后缒绳下峰，自己留下来断后。栎阳公主欲待争辩，被燕姬厉声呵斥，也不再多说，立即与姬平缒绳下了后山。燕姬思量之间又恐后山有人，想将剑士们吸引到山腰这面来，好教栎阳公主与姬平安全逃脱。主意拿定，燕姬故意向着前山蹬下了一块山石，哗啦啦一阵大响，又低低地惊叫了一声，似乎险些儿失足。响声过后，山腰有人呼喝："国后但下山无妨，燕王只要一图，不要人命！"燕姬高声道："既然如此，你等在山根等候。否则，我跳下山谷，为先君殉葬了！"山腰声音惶恐道："国后万万不可，我等下山等候便了。"大约剑士们觉得燕姬无路可逃，说完后果然下山去了。

燕姬久在山中，对燕山的每一座山峰都极为熟悉。这座孤峰的山腹，本来就是老燕国一座最大的藏宝洞，山腰正好有一个隐秘的通气孔。燕姬小心翼翼地缒绳到山腰，正打算从通气孔钻进山洞，突然听到急促轻微的脚步声，显然是剑道高手正在逼近。此时若进山洞，剑士们必然在此仔细搜索，难保这座最大的藏宝洞不被发现。

情急之间，燕姬连忙隐身到一棵粗大的老枯树后。不意这棵枯树连根松动，轰轰隆隆地跌下了高峰。饶是燕姬身手敏捷，于黑暗中紧紧抠住了枯树皮的大裂缝，还是在山风呼啸的高空跌落中昏了过去。醒来的时候，她第一个感觉就是冷。原来，那棵巨大的枯树正好横搭在山下一条小溪上，她半身缠在枯枝中，半身浸泡在溪水中，薄薄的冰碴儿已经覆盖了她的双腿。她费力地折断了身边虬结的枯枝，艰难地爬出了山溪，找到一个避风的小山洞晾干了衣服，耐心等到天黑，方才小心翼翼地摸索到自己隐藏车马的另一座山下。车马洞极是隐蔽，所幸没有被人发现。她怕辚辚车声动静太大，没有敢坐车，草草准备了一番，爬上马背连夜出了燕山。

白日里，她找一个荒村小店吃饭睡觉喂马。天一暮黑，她便策马上路。如此三日，她过了彰水，进入了齐国边境。正是这日，天空彤云压顶，飘起了鹅毛大雪。凭这些年的野外阅历，燕姬知道这场雪绝不是三两日便能结束。她清楚地知道，她的伤势不允许耽搁，若寻宿等候，很可能她要一病不起了。于是，在一家小店里她用了一袋金币，买下了主人拉木炭的一辆小板车；又托主人用五个金币去十里外的一座城堡，请来了一个车匠，将小板车改成了一辆结实的小辎车。两日之后，在车辕上压了一袋马料，她在大雪之中上路了。

这匹驭马是辽东胡马，是燕姬从小马驹开始亲手养大的，取名叫“小乘黄”。“小乘黄”是辽东燕人传说中的神马，背上有角，形如狐狸，急难时能平地飞起。燕姬叫它“小乘黄”，也是因了它非但耐得奇寒，而且机警通灵，对燕姬任何微小的声音与暗示都很熟悉，除了不会说话，与人一般无二。小乘黄显然也知道主人在危难之中，茫茫雪原上，完全凭着嗅觉寻路奔驰，但遇岔道嘶鸣几声，待燕姬马鞭伸出车帘一指，又立即奔驰。经常是一日之中，只回过头来吃几口干草料，再吃一阵冰雪，便立即启动，累了便碎步走马也绝不停下。后来，燕姬经常昏迷，小乘黄也明白了只要向东南便可，也极少停下来问路了……

燕姬说完了，苏秦泪光闪烁。良久沉默，他轻轻搂住了她：“燕姬，你受苦了。”

苏秦的感情事不能没有下落，燕国的变化要传到苏秦的耳中，苏代的去向要提前交代。所以，燕姬一定要死里逃生。

“季子，受苦的是你。”燕姬轻柔地笑了，“你竟用如此奇法，舍身救活了我……我原本只道活不了，只想最后见到你……”汩汩泪水在燕姬的笑脸上任意流淌着，两人紧紧地抱在了一起。

七 阴谋阳谋万象生

开春之际，燕国传来一个惊人的消息：燕王姬哙将行大典，要将王位禅让给子之！

苏秦接到的只是齐国商人的“义报”，燕国方面却没有任何正式的国书通告。姬哙没有王书，子之也没有相国文书。在燕齐邦交中，这是极不寻常的异象。苏秦立即派荆燕秘密返回燕国探查确实详情，一面会同孟尝君立即进宫禀报。齐宣王一听大皱眉头，想笑却笑不出来：“禅让？当真莫名其妙！姬哙君臣想做尧舜么？”苏秦道：“姬哙非尧，子之非舜，禅让更非真。为今之计，齐国要预谋应变之策。”齐宣王一阵沉吟道：“齐国正在变法之中，也是朝野不宁，还是看看再说。”说罢一声叹息，似乎不愿意再说下去。苏秦与孟尝君便告辞出宫了。

出得宫门，孟尝君正要上车，却突然走近苏秦低声道：“燕国之事，慎言为好。”说完匆匆登车去了。苏秦大是惊讶，孟尝君本豪爽不羁之人，为何出此神秘告诫？齐王今日虽然犹疑，却也并无异常。一个国王，在邦交大事上说出“等等看看”之类的话，那是再平常不过了；策士之能，便是将国王从游移不定说服到自己的谋略上来，又何须慎言？然则孟尝君又绝非胆小怕事之人，他有这个告诫，背后必然有秘事隐情，只是在宫门不便多说罢了。一路想来，苏秦猜不透其中奥妙。

晚饭用罢，苏秦与燕姬说了今日入宫情事。燕姬思忖片刻道：“子之与齐国朝臣私相来往甚多，说盘根错节也不为过。以孟尝君之说，其中似乎大有蹊跷。”苏秦不禁默然。子之与齐国老臣来往密切，倒是多有耳闻，但在他看来，那无非是合纵大势下的一种需要，如同他与六国权臣的来往一样，又能有何密谋？更不可能影响邦国间的根本利害。所以，对子之与齐国朝野的交往，他也从来没有往其他方面想过，莫非他错了？

“丞相，孟尝君到了。”家老进来低声禀报。

一看家老神秘模样，苏秦已知孟尝君是秘密前来，不禁笑道：“我去接，在哪里？”

“来者自来，何须接也？”一阵笑声，便服散发的孟尝君走了进来。

燕姬连忙笑着起身，吩咐侍女上茶，寒暄两句道：“孟尝君但坐，我要回避了。”

孟尝君摆手笑道:“一做嫂夫人,便有了妇道,与我也见外么?”

“也好,你俩说话,我来侍茶。”燕姬笑吟吟打横跪坐,给两人续上了新茶。

“解谜来了?”苏秦笑问一句。

“正是。”孟尝君呷了一口热茶低声道,“我的一个故旧门客探得消息:两年前,子之与临淄一个元老结成了盟约。你先猜猜,这个元老何人?”

“陈玎? 成侯驺忌?”

“驺忌!”孟尝君拍案道,“正是这头老狐狸。他等盟约是:子之做了燕王,请驺忌到燕国为相;驺忌稳住齐国,不干预子之。”

“驺忌退隐多年,素不过问国事,何能有此神通?”苏秦大为惊讶。

孟尝君呵呵笑道:“武安君啊,你是书生,我是村汉,可驺忌是一头千年老狐狸! 你能想到他的手段么?”苏秦思忖片刻摇摇头:“还真是无从着手。”孟尝君道:“驺忌训练了一个美艳的女琴师。听好,他没有献给齐王,却给了子之,教子之当作贡品献给了齐王。女琴师得宠后,给齐王拿出了子之的一幅血书:只要齐国不干预子之称王,子之的燕国,唯齐王马首是瞻,还要割地十城给齐国。”

好一招美人计,驺忌子的城府,远非苏秦所能及。有这“十城”的内幕消息,苏秦日后就好立功,获取燕齐的信任。

“匪夷所思!”苏秦听得不禁咋舌,却又惶惑道,“若是这般,驺忌身为先朝重臣,完全可直然秘密上书齐王,岂不比那女琴师有分量? 何以他完全躲在幕后?”

“这便是老狐。”孟尝君拍案笑道,“以我揣摩,驺忌图谋有二:其一,他对子之把不准,万一失败,他可置身事外;其二,果真成功,齐国不会留他这个‘从不过问国事’的山野隐者。”

“还有其三。”燕姬笑道，“齐王心性，喜好阴谋大事，公然上书反未必成事。”

“着！”孟尝君大笑，“忌讳处一语道穿，嫂夫人真才女也！”

苏秦不禁笑道：“孟尝君，你如何这般清楚？等闲门客有这番本事？”

“季子憨实了。”燕姬咯咯笑道，“这才是忌讳，如何问得？”

“不然不然。”孟尝君摆摆手，“我与苏兄向来肺腑直言，无不可说之事。苏兄可记得，当年我那辆天马神车？”

“噢——想起来了。”苏秦恍然笑道，“苍铁做了王宫司马，执掌禁卫，可是……”苏秦却又顿住了。孟尝君道：“苍铁只知道王宫里的事，且还与我有个约法：只透邦交消息，不说王宫秘闻。”苏秦点头道：“此人大盗出身，倒是有格，盗亦有道了。”孟尝君笑道：“我不是还有几百个门客么？那些鸡鸣狗盗之徒，我一个没放走，他们可是手眼通神。”苏秦不禁油然一叹：“鸡鸣狗盗而大用，孟尝君也！”孟尝君与燕姬不禁大笑起来。

孟尝君走后，苏秦与燕姬又议论了一番，感慨良多，觉得燕齐两国朝野之间交织极深，阴谋阳谋纠葛丛生，确是要慎重行事，只有沉下心来等候荆燕归来，清楚了燕国情势再行决断。旬日之后，荆燕快马归来，苏秦方对燕国的变故有了一个底数。

原来，在燕王姬哙即位后的几年中，子之先是由上将军兼领了开府丞相，出将入相，军政实权全部掌握。第二年，由苏代会同百官出面上书，请姬哙封子之为相国，行摄政之权。姬哙无奈，下了王书。谁料子之竟以“才德浅薄”为名，推辞不受。姬哙便不作理会了。可苏代又领百官上书：说“辞相国摄政”正是上古大贤之风范，燕王要解民倒悬，要学古圣王敬贤之法，坚请丞相出山摄政。姬哙便又下书，子之便又推辞。如此三番，子之方做了相国摄政，每日在王宫上殿理事，只差没有住进王宫了。

此后两年，子之下令在燕国“整肃吏治，以为变法开路”，先后将王族大臣与燕王心腹将吏置闲，或明升暗降，或调出军中，或借故问罪，总之是一个不剩地剔除出庙堂。尤其是三十多个县大夫，悉数更换为子之部族的才俊子弟。如此一来，燕国朝野议论蜂起。子之又以燕王名义下书全国，申明相国是“代天变法，尊王理政，除旧布新，朝野务须同心追随相国”，之后又连续两次减低赋税，大局方才慢慢稳定下来。

摄政之后，子之给苏代加了一个“王太师”封号，专门给燕王姬哙讲述三皇五帝三代圣王治理天下的敬贤大道。苏代每日进宫，雷打不动地讲述两个时辰，每讲古必涉今，整整讲述了两年。奇怪的是，两年之中，燕王姬哙没有开口问过一个疑难，只是笑呵呵子之坐大，苏代“功”不可没。

点头称是。去年冬天的一日，苏代讲罢故事，姬哙破天荒地开了口。

“敢问王太师，六国不成霸业，根由何在？”

“国君不信臣下。”苏代回答得非常肯定。

“若要信任臣下，如何做法最好？”

“禅让。将国君之位让与大贤。”

“相国可算燕国大贤？”

“何止燕国？相国乃千古第一大贤。”

燕王姬哙笑道：“王太师说得好。这王位，姬哙禅让给相国。”

子之南面行王事。名不正言不顺，但“国事皆决于子之”(《史记·燕召公世家》)。

就这样，经过一个冬天的筹划，燕王的禅让王书在开春时节颁发了。王书颁布后，非但燕国朝野震动，连几个大国都莫名惊讶，纷纷派出特使到燕国探察究竟。秦国竟然派了一个少年王子叫嬴稷，做长驻燕国的特使。子之怕这个嬴稷与栎阳公主勾连，对他监视得很紧。荆燕还听说，有个燕国王子逃出了王宫，自称太子，正在王室部族的封地与辽东大军中联络，要举事夺位。荆燕因急着回来报告消息，没有备细打探这个太子的踪迹。

燕太子平。

“我看，燕国要大乱一场。”末了，荆燕忧心忡忡地说了一句。

苏秦早已经听得黑了脸，拍案大叫：“子之可恶！苏代可怜！从古至今，有这般变法么？有这般新政么？一个狼子野心！一个助纣为虐！还妄称大贤王太师，千古笑柄！笑柄！”

“季子，小声点儿了。”燕姬连忙捧过一盏热茶劝慰道，“各人路要自己走。对子之，对苏代，你都问心无愧了。事已至此，只有心平气和，方能谋划良方。”

苏秦长叹一声，热泪盈眶道：“我是心恸苏代……多好的一个弟弟,我不该教他与子之联姻,我害了他……”说着悲从中来,不禁放声大哭。

燕姬默默地拭着眼泪,给苏秦拿来了一方热腾腾的布巾。良久,苏秦止住了唏嘘平静下来。燕姬低声道:“季子,我看还是将苏厉接到齐国来,该教他经经世事了。”苏秦愣怔了片刻,恍然点头:“对,不能教他再到燕国去了!荆燕兄弟,你就再辛苦一次,跑一趟洛阳。”荆燕笑道:“大哥哪里话?本是该当的,又是大事,我天亮便走。”

次日早晨,苏秦匆匆来到孟尝君府商议对策。孟尝君一时没有个定准主张,只是觉得禅让大典尚未举行,说动齐王恐怕很难。苏秦却觉得,应该教齐王知道燕国的禅让内幕,可是如何教齐王知道,却是想不出一个妥当办法。两人一时不得要领,思忖间孟尝君恍然笑道:“身边一个大才女都忘记了。我看教嫂夫人说说,此等事,她比你我高明。”苏秦也醒悟过来:“我为苏代的事心烦,倒是真没和她说起。”

两人又驱车回到丞相府,燕姬正在苏秦书房翻检典籍,听孟尝君一说倒是笑了:“季子实诚,算人机谋历来不工呢。我倒是想了个法子,只是不知能否用得?”苏秦笑道:“你但说。”燕姬道:“八个字:密人密报,投其所好。”孟尝君大笑:“好!只听这八个字,便对了路数。”燕姬笑道:“小心奖错了,你俩且听我说了再议。”如此这般说了一遍,苏秦与孟尝君不约而同地齐声赞成,三人分头安顿去了。

孟尝君当即进宫,对齐宣王禀报了一个秘密军情:燕国正在彰水北岸的河谷山林中部署军马,意图难料。齐宣王顿时起了疑心,彰水两岸多湖泊,历来是渔猎佳地,也是燕齐两国最敏感的地带;渔民为了争夺水面,在这一带常有冲突;齐威王在位时,曾与燕国在彰水边境打过两次大仗,才划定了各自的渔猎范围,那时自然是齐国占了大便宜。后来,燕国实力不济无力反扑,也就渐渐地相安无事了。如今燕国在这里集结军马,莫非又要滋生事端?

沉吟之间,齐宣王皱着眉头道:“子之还没做燕王,就想翻云覆雨?”说得一句却又突然打住了。孟尝君小心翼翼道:“从既往邦交看,子之对齐国倒是礼敬有加,当不会有险恶用心。”齐宣王冷笑道:“礼敬有加?那得看时候。”转而笑道,“以上将军之见,此事该当如何?”孟尝君道:“我方当有所防备。以臣之见,可否以庆贺燕国禅让为由,派出特使,秘密探察子之的真实图谋,而后再作决断?”齐宣王立即点头道:“另外,上将军也不能掉以轻心,要立即向彰水南岸秘密增兵,以防不测。”孟尝君连连点头称是,出宫部署调兵去了。

三日之后，苏秦进宫向齐宣王禀报新法令推行进展，顺便呈递了一封来自燕国的尚未开启的机密义报。义报，是春秋战国时各国在外国做生意的商人，向本国官署发回的敌情报告；因商人不是官派密使，也不是军中斥候，本无探事职责，所以时人称为“义报”。齐宣王接过义报道：“丞相为何不开启？”苏秦道：“臣在燕国多年，未免多有瓜葛，处置燕国事务唯恐失当，何如我王亲自决断？”齐宣王笑了：“丞相但以公心，何须如此避嫌？”说着启开义报观看，看着看着脸色阴沉了下来，将义报丢在了书案道：“岂有此理！丞相看看，子之在燕国做的好事。”苏秦拿过义报浏览了一番，一声叹息道：“这个子之啊，当年还是良臣一个，如何倏忽之间换了个人一般？”齐宣王揶揄笑道：“良臣？目下只怕是狼臣了。”又敲着书案道，“身为大臣，若堂堂正正地凭实力取代燕王，尚可对天下说话，使出这般阴狠手段，不是自绝于天下么？”苏秦又是一声叹息：“子之行事虽无定准，然对齐国还是恭顺的。”齐宣王嘿嘿冷笑了几声，不再说话。苏秦也不再说燕国的事，只是将变法事宜禀报了一番，便告辞出宫了。

回到府中，苏秦将经过对燕姬说了一遍，燕姬笑道：“燕国那边，我已经派人去找栎阳公主了。过些日子，各种消息都会聚到齐王面前，他自会提防子之。你要硬说强谏，他反倒不听。”苏秦喟然一叹：“目下看来，已经是如此了。看来这君王之心，与寻常人大大不同也。纵横家讲究个揣摩君心而有说辞，我如何没想到这条路子上？惭愧惭愧。”燕姬笑道：“纵横家的揣摩，是揣摩邦交利害中君王的取舍决断，实则揣摩的是事。这等揣摩，是揣摩君王处事的好恶，揣摩的是人。两者大不相同也。”苏秦恍然大悟，躬身笑道：“夫人之言，醍醐灌顶，在下如梦初醒也。”燕姬咯咯笑道：“哟！了不得，我可要收一条干肉了！”

旬日之后，燕国密报接踵而至。特使的快马急报一连几日，全部印证了商人义报中说的事实。最重要的，是特使传来了一个意外的消息：燕太子姬平正在秘密联络王族与军中将领，密谋起兵讨伐子之。齐宣王正在将信将疑，特使急报又到：燕太子姬平秘密拜会特使，请求齐国以王道行事，支持燕国王族；太子若得平乱复位，将割让彰水北岸一百里酬谢齐国。

齐宣王既惊喜又疑惑，当即派出最信任的心腹大臣章子，秘密奔赴燕国。齐王严令章子：务必会同特使秘密约见太子姬平，考察其人其事是否可靠可行。月余之后，章子返回临淄禀报：太子姬平的势力甚大，数十家王室部族都拥戴太子复位，这些封地私兵加起来有三万多人；北抗匈奴的将军市被，也秘密投靠了太子姬平，这一支大约有两万多军马；更重要的是，燕国庶民对子之“新政”怨声载道，纷纷拥戴太子。

“如此说来，太子姬平可望成事？”

章子道：“以臣愚见，姬平比子之更有成事气象。姬平许我王百里之地虽少，却是真心要给的。子之许我十城虽多，却是权宜应酬而已。一旦王位坐稳，子之必然与我反目。”

齐宣王默默踱步片刻，突然高声道：“召丞相、上将军进宫。”

苏秦与孟尝君在宫门车马场相遇，不约而同地会心点头，联袂进了东偏殿。齐宣王直截了当，开首便说：“今日之事，会商如何对付燕国两方势力。”接着备细说明了燕国情势，对新燕王子之与燕太子姬平双方作了一番评判，末了道，“经多方查实，子之对本王有食言迹象，而太子姬平较为可信。燕齐双方犹如三晋之间，交往源远流长，利害盘根错节，一方但有大乱，另方必不能安稳。为此，燕国之乱，齐国不能作壁上观。然则如何涉入？做何方后盾？尚须我等君臣商议定夺，丞相上将军但畅所欲言。”

孟尝君拍案道：“我王所言极是！子之于彰水屯兵，显然居心叵测！如此之人，直与中山狼无异，断不可结盟。至于燕太子姬平，臣闻所未闻，敢请我王定夺。”

齐宣王矜持地笑了：“燕太子姬平一直与本王有秘密来往，以往火候不到，未曾知会丞相上将军，倒是粗疏了。”口气一转，看着苏秦道，“丞相邦交大师，有何高明对策？”

“矜持”二字好，除了秦王，终于看到一个智商比较正常的王了。但燕太子平应是与齐湣王有私约，而非与齐宣王有私约。

“我王谬奖。”苏秦谦恭地笑了笑，“身在山中不识山，臣在燕国沉溺日久，与子之也曾多有交往，竟对此人没有警觉，实是惭愧。燕太子姬平，臣更是从来没有听过，但听我王决断。”

齐宣王大是舒心。起用苏秦与孟尝君，齐宣王最担心的是被架空。凡这两个人禀报处置的国事，他都要时时事事查实是否与禀报相同。虽然从来没有发现过疑点，但这种警觉却始终没有消除。处置燕国事务，齐宣王更是亲掌机密，亲自调遣，为的就是要教所有臣下明白：齐王在军国大事上还是乾纲独断，不受左右的。今日，见孟尝君与苏秦都是不知就里，且“唯王决断”，舒心之余，反倒有些歉意了，亲切地笑道：“这些都是特使刚刚回报的，本王也是方才知道。”语气一转道，“本王之意：上将军会同上大夫章子，立即秘密集结大军，准备随时开赴燕国。丞相坐镇临淄，全力推进变法为第一要务。一切燕国纠缠，均由本王与上大夫章子处置。”

“我王所言极是！”孟尝君立表赞同后又道，“一俟调兵完毕，臣便将大军交于章子。臣欲辅助丞相镇守国政，推进变法，以为固本之计，望我王允准。”

“也好。”齐宣王笑道，“说到底，内政是根本。”

散朝之后，孟尝君立即去了上大夫章子的府邸，将齐王的王命一说，一起到了上将军府。孟尝君极是爽利，将兵符印信一起捧出道：“对燕之战，由上大夫全权处置，但有难处，到丞相府找我。”章子没想到孟尝君如此推重，受宠若惊，一躬到底道：“虽有王命，章子却不敢僭越。章子以为：可会五都之兵对燕，上将军以为如何？”孟尝君笑道：“好！有五都之兵，安燕足矣。”这五都，说的是齐国五座重镇：临淄、阿城、莒城、即墨、历城，五座重镇都有常驻军马，合称“五都之兵”，大体上便是齐国军马的主力。又说得片刻，章子开始忙碌起来了，孟尝君径自来找苏秦。

苏秦正与燕姬在书房，计议如何用老燕藏宝支持燕国。见孟尝君到来，苏秦不禁惊讶道：“调集军马何等繁剧，你能脱身？”孟尝君大笑道：“交给章子办理，我那王兄更放心。”苏秦一时愣怔：“哪？你不怕他背着你出事？”孟尝君笑着摇头：“他就在我府邸办事，怕甚？我也说了，有难处到这里找我。”苏秦不禁又是惊愕道：“交权留府？天下也只有孟尝君能如此作为了。”燕姬在一边笑道：“阴谋阳用，事事都在明处，孟尝君大本事也。”孟尝君又是一阵大笑，问两人在嘀咕何事，莫非燕国又有了变故？燕姬将老燕财宝的事说了一遍，末了笑道：“如何交到燕太子手中？该不该一次交完？季子和我都没个定见，敢请孟尝君说说。”

孟尝君思忖道：“如何交法，倒是不难，我门客可以帮忙。当不当交完，可是难题。一次交完吧，若燕太子复位失败，岂不大坏？说到底，此时大势还不明朗。”

苏秦眼睛一亮，拍案道："大势不明朗，说得好！我看，这笔财宝目下不能交出，一旦此时交出，必定流失于战乱之中，中饱了权臣悍将私囊而已。唯有等到燕太子复国成功，百废待兴之时，这笔财宝才能用到正途！"

"好！"孟尝君拍掌赞叹，"还是苏兄主意正：夺位在兵，复兴在财。"

"好是好。"燕姬笑道，"只怕太子与栎阳公主要不断派人寻来，纠葛多些。"

苏秦道："我看，不妨将此意明告太子，也可立下一份誓约，教太子明白：成则复兴有望，败则为国藏宝。"

燕姬笑道："此话有理，季子也有机谋了。"三人一齐大笑起来。

孟尝君道："苏兄，我还要对你说件事：秦国不是给燕国派去了个王子么？前日又来国书，要派一个王子到齐国为质，这究竟是何意？莫非又是张兄要出新名堂？"

苏秦沉吟片刻，意味深长地笑道："给齐国派人质，唯有一个可能：重提齐秦结盟。此时六国自顾不暇，秦国却主动与齐国结盟，只能说明秦国可能有变，需要安宁治内。若是张仪主谋，未必如此示弱……看来，张兄倒可能有些微妙了。"

孟尝君恍然："有理！我如何没想到这一层？苏兄且说，如何应对为好？"

苏秦轻轻叩着书案道："此事不必着急，先拖些许时日，待齐燕局势明朗之后，再派特使到秦国看看，而后相机决断。与秦国结盟，对目下齐国有好处，可一举使齐国成为与秦国并立的两强。唯其如此，不能操之过急，要教秦国先伸手。"

"便是如此。"孟尝君笑道，"苏兄不入秦，过些日子我去秦国。"

第十四章　百年一乱

大力神，这是要写举鼎而死的武王了。惠王命不久矣。

一　关西大力神

张仪回到咸阳，立即嗅到了一股异常的气息。

长街之上，国人们三三两两地聚在一起议论着，眉飞色舞之间似乎又透着一种神秘。尚商坊的几条街市更是热闹，酒肆、店铺与街边，尤其是那闹哄哄的六畜大市，人们交头接耳，说得一阵笑得一阵，有了难以言传的喜事一般。六国商人们碰头，更是惊诧摇头，啧啧称奇，连呼"了不得！了不得！秦国大神气了"！张仪很是疑惑，秦国律法有"流言惑众罪"，禁止国人议论国政是非、传播流言蜚语，目下这般街头景象，平日是根本不可能遇到的，一定是咸阳发生了异乎寻常的事情。正在困惑之间，猛听见街边一嗓子呼喝："那是！上将军第一大功！"张仪恍然醒悟，立即吩咐掉转车头向司马错府邸而来。到得府门，家老匆匆迎出，却回说上将军去了校军场。张仪没有再问，又掉转车头驶向校军场。

校军场在咸阳城的西坊国人区，紧靠西门，占地一百余亩，是仅次于王宫广场的又一个城内广场。说是校军场，实际上也只是王宫禁军与城防守军经常在这里训练操演罢了，拱卫咸阳的五万大军则驻扎在东门外的渭水河谷，有自己专门的训练营地，是用不着进入咸阳城校军的。所以，都城内的校军场，实际上是一万王宫禁军与一万城防守军的专用训练场地。此外，这个校军场还有一个特殊用途，便是举行盛大的欢庆仪典，国君、官吏、世族、国人同场欢庆。这种时刻，往往是秦国朝野少见的喜乐狂欢。

一进入西坊长街，行人络绎不绝地向西流去，呐喊欢呼声不断从校军场方向隐隐传来。张仪无须再问，便知这一定是秦王为司马错大军胜利班师在举行庆典。当张仪车马来到校军场石坊时，守门将领立即迎了上来，要将丞相领到王台上去。张仪却笑着拒绝了。下得轺车，他换了一身布衣，又卸了头上玉冠，只带着嬴华与绯云挤进了校军场。

咸阳校军场堪称天下奇观。广场四周是山坡梯田式的木楼看台，层层向高处延伸，最顶层达到三丈余高。正北面南的中央区域是王台，最顶层高出周围看台六尺，足足三丈六尺高。每逢盛大庆典，四面看台人山人海，鸟瞰中央场地的盛大操演，欢呼呐喊声山呼海啸般响彻咸阳。这校军场看台区域的分布，也是颇有讲究：正北面南的中央区域，是王室贵胄与国中大臣的专用区域，咸阳人称为王台；东西两侧各有一千人的军士看台，拱卫着王台区域；与正北王台遥遥相对的南面看台，则是外国使臣与商贾的区域，咸阳人称为“六国台”；东西两面则是国人区，其间又有细致划分：东面三区分别为爵民、士子、百工，西面三区分别为农人、老军、商贾。总的说，但凡庆典，校军场汇集的万千人众囊括了秦国朝野的精华人口，也包容了山东诸国在秦国的各色人士。所以，每一次庆典在实际上则是向天下展示秦国实力的一次绝佳机会，每一个秦人都忒是兴奋，呐喊声也分外的响亮。

秦人原是马背部族，保留着西部草原久远而又古老的集会传统。商鞅督造咸阳，建造了这座奇特而又雄伟的校军场，实在是想使秦人的这种集会传统，在都城有个宣泄的去处，不想却成了天下最宏大的都城奇观。后来的阿房宫，自然更是这种集会场地的大手笔了。

嬴华最熟悉校军场，在前面拉着张仪，绯云则在后面护着。三人曲曲折折一阵挤挨，好容易在高低错落的人山中挤到了南面看台的商贾区。这里全是六国商人，无人识得张仪，嬴华绯云护卫起来也方便一些。谁知刚刚走到看台尚未坐定，便闻全场一阵战鼓隆隆，随着是山呼海啸般呐喊："大力士出场——""万岁！万岁——"张仪目力极佳，一看场中大是惊讶。

在隆隆鼓声中，但闻"哞"的一声齐吼，五头秦川黄牛沓沓出场，身披大红布罩，头戴青铜面具，狰狞威武如神兽一般。更奇特的是，牛身大红布罩两边分别绣着两个金色大字，一边是"大力"，一边是"牛神"。张仪知道，渭水平原的黄牛被山东六国称为秦川牛，生得肥厚壮硕，力大无比。那最为酷烈的车裂刑罚，便是由五头秦川牛做行刑手的。秦人但说谁力气大，口头谚便是"后生一把牛力气"。如今，这五头秦川牛盛装出场，莫非要车裂巴蜀两王？张仪正在思忖，却闻又一阵山呼海啸般呐喊，一辆两马战车从校军场东口飞驰而入，战车上矗立着一个大汉，黑色披风，黑色铁甲，黑色铁矛头盔，身高足有一丈，真正一座黑铁塔一般。

战车哗啦啦绕场一周，在五头"大力牛神"旁停了下来。黑铁塔向正北王台遥遥一拱，又向各方位看台分别拱手作礼。突然，校军场响彻一个声音："步卒力士乌获！与五牛较力，庆贺巴蜀归秦——"声音不知从何处发出，如雷声碾过天空，隆隆余音轰鸣不绝，直如天神在空中一般。"雷声"碾过，全场突然爆发出又一阵山呼海啸："乌获万岁——""大秦万岁——"

欢呼声平息，一个甲士百人队开进场中，在战车与大力牛神周围散开站成了一个大圆圈。带剑百夫长一挥令旗，战车辕中的两匹白马被卸下辔头牵走，那辆铁轮战车被粗大的锁链牢牢固定在四根预先栽好的铁桩上，唯独留下那座黑铁塔岿然矗立在战车之上。百夫长令旗再劈，五头秦川牛立即被牵到战车周围的五个方位，套上了特制的粗大皮绳亘头，每个牛亘头后的粗大皮绳都被拴在了黑铁塔身上——两手挽着两根，两腿拴着两根，脖颈上还套了一根，这五个位置，正是五牛分尸的要害位置。纵是铜筋铁骨，在五头壮牛数万斤巨力的疯狂撕扯下，也只能是粉身碎骨。蓦然之间，张仪想到了被车裂的商鞅，一阵寒意中生出了一种荒诞离奇，恍惚间不知身在何处了。

一阵尖锐的号角，一阵"哞"的牛吼。张仪蓦然惊醒。场中五条牛尾已经变成了五支狂舞的火把，黄牛吃疼发力，吐沫刨蹄，分向五方牛吼狂奔。再看那战车上的黑铁塔，却是岿然不动，兀自发出咬牙切齿的呵呵声。人山人海的校军场，静得如同深山峡谷一般。突然，黑铁塔一声大吼，那领黑色斗篷骤然鼓起，黑铁塔宛如一只钉在蓝天的苍鹰。

几乎就在倏忽之间，五头壮硕的黄牛齐齐地惨吼了一声，又齐齐地倒退几步，如五座小山颓然倒地，激起了五团巨大的烟尘。

“五牛较力——乌获胜——”雷鸣般的隆隆声音又一次碾过全场。

“乌获万岁——”“大秦万岁——”校军场沸腾了。

这时，隆隆战鼓又响，两头五彩斑斓的长鼻怪兽踩着鼓点，晃晃悠悠地走到了校军场中央。“吔！河象！”绯云低低地惊叫了一声。张仪仔细打量，五彩斑斓的怪物恰恰正是两头河象。河象是河内河外平原丛林中的大象，在魏韩两国的大河平原上生息，比楚国岭南的大象还要凶猛。寻常时刻，纵是十头秦川牛也敌不得一头河象。更要紧的是，河象极难驯化，除了魏国在吴起做上将军时驯化过三十几头河象，组成过一支象军外，战国没有一个邦国驯化出一头河象。张仪一时想不出，如此两头被装扮得五彩斑斓的河象，却是如何来的？

此时，那隆隆雷声又碾过全场：“虎骑力士孟贲，出场——”全场顿时山呼海啸，万岁之声震耳欲聋。嬴华对着张仪耳朵喊了一句话，张仪没有听清，只好笑着摇摇头往场中一指，示意嬴华只管看完再说。

正在此时，一辆战车辚辚飞进了校军场，一出场便引得一片欢呼。张仪一眼看去，这是一辆特意打造的精铁战车，疾驰之中铁青色一团寒光。精铁战车由四马驾拉，马蹄如雷，车轮隆隆碾起一道粗大的烟尘，声势确实惊人。车上一员猛士，丈余高身材，黑色斗篷，本色铁甲，连鬓络腮大胡须，比方才那个乌获更是粗壮威猛。精铁战车驶过王台，车上猛士发出雷鸣般呐喊：“大秦国万岁——”“秦王万岁——”张仪这才猛然醒悟，原来那碾过全场的隆隆雷声，便是这个猛士的声音。人有声若雷，当真是匪夷所思。

惊讶之际，又一辆光华闪烁的战车隆隆驶进。这却是一辆青铜战车，车上一人黑色绣金斗篷，一身青铜甲胄，头盔上的铜矛足足有一尺长，一脸黄色蜷曲的连鬓络腮大胡须，活生生北地胡人。飞动之中，青铜战车、青铜甲胄、绣金斗篷的光芒交织在一起，仿佛一座金光灿灿的天神，全场顿时沸腾了起来。

张仪心下生疑。此人异相，又是高贵异常的青铜战车与绣金斗篷，决然不是寻常武士。秦国的名将猛士，张仪没有不熟悉的，可无论如何想不起此人是谁。莫非是司马错收服的巴蜀王子？不可能，巴蜀人哪有如此胡人长相？正在疑惑，嬴华趴在张仪肩头锐太子荡，即后来的秦武王。乐极生悲，看来不是好兆头。场景设计得巧妙。

声喊道："太子！太子荡——"这次张仪听得清楚，心中不禁咯噔一沉。

再看校军场，孟贲已经跳下精铁战车，如雷之声又隆隆碾过："孟贲举象——为大力神开路——"雷声方落，全场又狂热地呐喊起来。张仪周围的山东商贾们却是纷纷摇头。寻常人纵是力士，有得千斤之力，也就是极为罕见了。民谚有云："人无举手之力。"这硕大的河象少说也有五六千斤，如何能举得起来？张仪博杂，素常也算得通晓武道掌故，却也对如此力道闻所未闻，不禁皱起了眉头。

此时，却见场中那个百夫长一劈令旗，一头河象被驯象武士赶到了一方铁板上。铁板架在四根半人高的粗大木桩上，河象晃悠上去，铁板发出咯当咯当的脆响。百夫长再劈令旗，孟贲迅速脱去了斗篷甲胄，只留下一身牛皮短装，大步走到铁板之前，又蹲身钻到了铁板之下。全场万千人众不禁屏息静气，悄无人声。

突然间，"嗨"的一声雷吼碾过，那头硕大的河象惊恐地啸叫了一声，铁板下的孟贲已经两臂伸直，铁柱般地矗立了起来。

"万岁——"全场爆发出山崩一般的呐喊。

孟贲稳稳放下河象，走出了铁板，向北方王台一躬，又是一声雷吼："大力神！扬我国威！"雷吼余音隆隆间，便见令旗起落，那辆青铜战车的四匹驭马被卸下牵走，另一头更加肥大的河象又晃悠着踏上了战车。张仪明白：青铜的硬度韧性不如精铁，所以打造战车的铜板比铁板厚出了许多。也就是说，这辆青铜战车要比那辆精铁战车重量大出许多，再站上一头更加肥大的河象，总重量无论如何也在万斤之际。更难的是，战车之下无环无扣，难抓难抠，轮辐间仅可容常人窝身蜷伏，极难着力。如此情状，要举起这万斤巨物，当真是匪夷所思。

万众瞩目之下，但见金装大力神脱掉了绣金斗篷与青铜甲胄，也与孟贲一般，只留下一身牛皮短装。他却没有孟贲那般如雷虎吼，只是甩了甩胳膊腿，便蹲身钻进了青铜战车的轮下。校军场的万千人众大约也知道此人不是寻常力士，紧张得屏住了呼吸，偌大校军场如幽静的山谷。六国商人与使臣们更是瞪大了双眼，迷茫地盯着场中发怔。

静寂之中，只见百夫长令旗一劈，威猛雄壮的孟贲乌获铁塔一般守在了青铜战车的两侧，四名驯象武士也手提长鞭，四面守住了在战车上山一般晃悠的河象。突然之间，一声沉闷的嘶吼，青铜战车连同那头小山一般的河象倏忽升高，又倏忽降落。那头硕大的河象惊恐地啸叫了一声，山一般地卧倒在战车上，拉出了一堆黑黝黝的粪便，战车却依然矗立在空中纹丝不动。

"啊！快看，双腿都插进地里了！"一个山东商人尖叫起来。

校军场地皮原本是夯实的硬土，更兼经年马踏兵踩，几乎坚硬得与大青砖一般无二。如此地面，双腿竟能猛然插下两尺有余，谁能不惊心动魄？一片寂静喘息之中，校军场突然爆发出山呼海啸般的呐喊。人们将头上的玉冠竹冠纷纷摘了下来，提在手里弹着叫着跳着，"大秦国万岁"的呐喊一浪高过一浪。

中央王台一阵骚动，隆隆雷声又一次碾过："秦王王命：赐孟贲、乌获关西虎贲大力士名号！"沸腾的欢呼顿时淹没了校军场。

二　司马错讲述的军旅故事

没有等庆典完毕，张仪挤出了校军场，一路快车回到府中，一直没有说话。嬴华将张仪送到府门，匆匆折马去了宫中。绯云一进府便忙着去收拾安顿诸般琐务。张仪独自在书房里转悠，也不去处置那些积压的公务，不明不白地觉得心头沉甸甸的。

用过晚饭，张仪兀自不能平静，便驱车来到上将军府。家老见是丞相来到，没有通报司马错，将张仪径直领到了书房。

灯下，司马错正在与一个年青的武士说话。张仪眼力极好，一眼看出，这是日间在校军场指挥大力士的那个百夫长。司马错见张仪来到，连忙迎到廊下："我已等候丞相多日了，快快请进。”张仪打量着司马错笑道：“倏忽三两年，上将军如何如许风尘？竟白了鬓发？”司马错笑道：“我无丞相胸襟，自是老得快了。”说罢请张仪入座。那名年青武士站了起来一躬：“骑士百夫长白起，参见丞相。”张仪见这年青武士生得肃杀厚重，一顶头盔比寻常武士高出了半尺，凛凛身躯威武非常，不觉有些喜欢，点头虚手一礼，笑道：“可是郿县白氏后裔？”白起道：“正是。”张仪又道：“可识得白山将军？”白起点了点头，却没有说话。司马错笑道：“白起素来不张扬家世，白山将军，正是白起之族叔。”张仪笑道：“原来如此，自强秉性，好事。”白起向两人一躬道：“上将军、丞相，公务已毕，小军告辞。”司马错点点头：“去吧，转告孟贲乌获，较力不是军功，无得轻狂才是。”白起答应一声，大步出门去了。

白起，郿人，秦国名将。据说是“为人小头而锐，瞳子黑白分明，瞻视不常”(《太平御览》引晋孔衍《春秋后语》)，这大概是天生异相了。此将最“剽悍”的“战功”是长平之战，白起诈而坑杀赵军四十万人。据《史记·白起王翦列传》“遗其小者二百四十人归赵”，留下年纪小的二百四十人回赵国报信，余者皆坑杀，斩草除根的意志非常坚决，“前后斩首虏四十五万人”，令天下大震。白起后与应侯生隙，称病不出，多次激怒秦昭王，昭王赐死，白起自杀前对坑杀四十万人有悔意，曰，“我固当死。长平之战，赵卒降者数十万人，我诈而尽坑之，是足以死”，于是自杀(《史记·白起王翦列传》)。小说中的司马错，看重白起，是为后文作铺设。

张仪笑道：“一个小小百夫长，竟蒙上将军召见，可见器重了。”

“丞相不喜欢他么？”司马错笑罢喟然一叹，“这个白起，可是了不得。从军较武便勇武过人，更难得的是，对兵法战阵天生通晓一般。遴选锐士进攻巴蜀，我原是要他做千夫长。可这白起，硬是要从伍长做起，说是没有军功，宁不升迁。果然也是，连续一路打下来，他竟战战斩首五人以上，按说也该做千夫长了。可他就是要伍长、什长、卒长、百夫长一级一级做。二十岁的武士，有如此沉稳的品性，难得也！”

“上将军素来不谬奖于人，张仪自是信得。”张仪笑道，“我还看得出来，你是有意锤炼于他。否则，今日校军场如此场面，如何能教一个百夫长指挥三个大力神？”

“你去了校军场？”司马错惊讶了。

“如何？我去不得么？”

司马错叹息了一声，一阵沉默，良久，语气沉沉道：“这大力神，只怕不是吉兆。”

张仪内心一动，却不好应答。当初司马错力主攻取巴蜀，张仪是反对的。两三年之后，司马错却使巴蜀三千里变成了秦国的土地臣民，使秦国变成了与楚国一般广袤的大国。这不仅是军事上的成功，而且是谋略上的成功。战国大争，上将军与丞相原是国家的两根柱石，却又是常常发生摩擦的传统对手。尽管丞相以“统摄国政”的全面权力居于朝班之首，但在刀兵时代，作为统辖全国军马的上将军的权力，却也是更实在的。更何况，上将军的爵位官俸，历来都是与丞相同等的。实际的权力格局往往是：谁更有才华、更有权谋、更有功勋、更有实力、更能够影响君主与朝野，谁便是第一位的权臣。张仪是名动天下的大策士，利口雄辩天下第一，邦交纵横算无遗策，却偏偏是两次都栽到了司马错手里。第一次房陵失算，还算情有可原，毕竟张仪不是兵家名将，当时也还没有入秦为相。然则这第二次，可是攻守大谋略的直面较量，更是张仪的强项，结局却偏偏又是张仪错了，而且错得几乎没有任何可以辩解的理由。对于张仪这种以才智立身的布衣丞相而言，这种失败几乎是不能忍受的。

可也忒煞作怪，张仪偏偏就对司马错没有妒火中烧，没有敌对心绪。与其说是张仪胸襟开阔，毋宁说是司马错的秉性品性化解了可能产生的摩擦。与张仪的飞扬洒脱相反，司马错厚重笃实，不张扬不浮躁，谋略来得缓慢，却是扎实细密，一旦谋定，几乎没有人能将他的谋划驳倒。但两人却有一点共同处，都是一心只想将事做好，都没有非分野心。恰恰是这唯一的共同点，使两人成就了良马同槽的美谈。用樗里疾的话说：“秦有良相名将如张仪司马错者，天意也！”在秦国历史上，后来的范雎与白起、吕不韦与蒙骜、李斯与王翦蒙恬，都做了权力场某种程度的对手，最终也都是导致了某

这一段是作者忍不住跳出来说话了。范雎等是后来人，当时的张仪如何知晓。

一方牺牲，甚至双方同归于尽的结局，由此可见张仪与司马错之可贵了。

虽说没有嫌隙，张仪对待从巴蜀大凯旋的司马错还是十分慎重的。其中最重要的原因，是张仪感觉到了咸阳正在发生着一种微妙的变化，正在弥漫着一种隐隐约约的躁动。一个最令张仪困惑的事情是：身为太子的嬴荡，纵然果真是一个大力神，如何便要这等炫耀膂力？秦国之威难道就在一个力士身上？这种经过秦王允许的炫耀，绝非空穴来风。可是，它究竟意味若何？却又很难说得清楚。这种变化，恰恰发生在他离开咸阳之后司马错班师的这段时间。张仪虽则有所警觉，但他却不想当着深沉多思的司马错，去竭力捕捉这种感觉。张仪知道，纵是才智独步天下，要说清一种朦胧的警觉，也是很危险的。

躁动就意味着不冷静。不冷静的状态下，容易生祸事。

“巴蜀茶叶，如此碧绿，直与吴越震泽茶媲美。”张仪端详着陶杯中碧绿的茶水，悠然笑了。

“巴蜀两邦，地大物博，多有沃野，若治理得法，一等粮仓也。”司马错叹息了一声。

“治理巴蜀，是我职责所在，上将军有何高见？”张仪眼睛一亮。

“邦交理民，丞相原是圣手，司马错何敢高见？”这便是司马错，短处绝不做长处炫耀。

“夺取巴蜀，为秦国奠定大富强根基，乃不世奇功，上将军何有忧心？”

“不瞒丞相，司马错之忧，不在巴蜀，而在咸阳。”司马错又是一声叹息。

张仪心头一跳，要脱口追问，蓦然之间生生刹住淡淡笑道：“今日庆典太得铺排？”

司马错摇摇头：“丞相若有耐心，且听我从头说来。”

张仪点头道："你我将相多年，自当披肝沥胆，上将军但直言相向。"

司马错略一思忖，起身吩咐家老闭门谢客，回过身坐下来，对张仪娓娓说出了一番故事。

进军巴蜀前，秦惠王突然来到大散关军营，说是要教太子从军出征历练。司马错大是惊讶，一时不知如何作答。虽说，战国时王子从军作战极是寻常，许多王子还成了有名的战将，如秦孝公嬴渠梁嬴虔兄弟便都是著名将领。然则太子毕竟是国家储君，带兵统帅通常都很怕太子随军，一则是统帅的保护责任太大，二则是怕太子掣肘军中决策。在司马错，则还多了一层顾虑，即从来没有与太子来往过，不知这个太子究竟何等人物。若是个膏粱子弟或纨绔少年，岂非大大不便？但若要谢绝，却又有拒绝监军之嫌。但凡大将都明白：王子随军，名义上是历练，实际上多多少少都有着监视大军的秘密王命，公然拒绝，岂非平添君臣嫌隙？

俗话说，伴君如伴虎，伴这太子，比伴君还恐怖。太子有个闪失，侍读、师傅这些人随时会人头落地。因太子而枉死挨整的大臣，数不胜数，且古今无异。前有公子虔作鉴，后人如何不知这个中风险。但太子要成器，树立威望，就必须有从军或下"基层"的经历，否则，难以服众。

秦惠王见司马错沉吟不语，明明朗朗道："上将军无须担心，本王与太子约法三章：只为卒伍，不入军帐，不问军令。"说着一声叹息，"本王生平未入军旅，实在是一大憾事。本王这个儿子嬴荡，天生好武，却是稳健不足，若不入军历练，只怕他难当大任。"司马错道："臣无别心，唯虑战场乃性命相搏之地，太子若有差池，国家不幸也。"秦惠王慨然道："贪生怕死之君，更是邦国大难，太子若在军旅阵亡，也是天意了。"说罢啪啪拍了两掌，帐外大步赳赳走进一人。司马错一看，此人宛若胡人猛士般的奇异长相，一时惊讶得瞠目结舌。及至太子以军中之礼参见，司马错方才醒悟，连忙伸手去扶。太子却是一躬到底，瓮声瓮气道："嬴荡入军，自当遵从军法，上将军若不将我做军士对待，宁不入军。"说话间，脸红到了脖子根上。司马错见太子虽

以司马错的身份地位，之前没见过太子，有点匪夷所思。

然生硬，却也实在，二话没说，吩咐军务司马拿来一套兵士衣甲。太子当场脱去斗篷丝衣，换上了皮甲短装，眉宇间兴致勃勃。

司马错送走秦惠王，却为如何分发太子作了难：留在身边做中军护卫，既非秦王初衷，太子也不乐意；当真做一个小卒分下去，却有哪个小头目能领住这座尊神？嬴荡看出司马错为难，憨厚地笑了："上将军莫得为难，不要说出嬴荡姓名，当作寻常卒子分配，岂不省事？"司马错道："依你。只是要想个名字方好。"嬴荡道："安一个胡人名字，阿木拉。"司马错笑了："好，就阿木拉。做骑兵，还是做步兵？"嬴荡道："步骑都想做。"司马错思忖一番，带着嬴荡到前军去了。

前军，是司马错为奔袭巴蜀新组的一支先锋大军，全军两万人，先锋大将是张仪熟悉的白山。因了蜀道艰难崎岖，大多数山路、栈道、峡谷、隘口，都要前军徒步涉险为主力开道。所以这前军将士，全部由既做过步卒又做过骑兵的精锐组成，人人都能上马做骑士，下马做步卒。司马错来到前军营地，没有到白山的大帐，辨认着旗帜颜色，径直到了一座牛皮小帐篷。

"白起可在帐中？"司马错在帐外高声喊话。

"禀报上将军：伍长白起在！"帐中一声浑厚果断的应答，便见一个头盔矛枪上有一绺黑缨的精悍武卒大步走了出来，身后一字排开了四尊黑铁塔一般的壮汉。

司马错笑道："好耳力。如何听出我声？"

白起赳赳高声："禀报上将军：伍长白起听过上将军对全军训示！"

司马错点头道："伍长白起，这是陇西武士阿木拉，远道从军，配在你麾下做武卒。"

"禀报上将军：白起卒伍多出一人，须得前军主将准许。"白起站得像一尊铁塔。

司马错点头道："白山将军我去说，你带人便是。"

"嗨！"白起一碰脚跟，立即下令，"武卒阿木拉答话，有何武技特长？"

阿木拉立即挺胸高声："禀报伍长：阿木拉力道第一！剑术第二！"

话音落点，白起身后的四尊黑铁塔"哧——"地咧开了大嘴，虽然不敢公然大笑，那无声的蔑视却是显然的。白起没有回头便喊了一声："乌获出队！"只听"嗨"的一声，一尊铁塔"嗵嗵"走到了队前，仿佛大石夯到了地面一般。

白起高声下令："阿木拉！与乌获扳腕较力！"

“嗨!”阿木拉瓮声答应,伸出了粗大的右手,手腕上一寸多长的茸茸黄毛,活像是一只硕大肥厚的熊掌。

“对劲!”对面黑铁塔嘿嘿冷笑着,一只同样肥大厚实的黑手搭了上去。

“一,二,扳——”

两声大吼同时响起,两座雄伟的身躯同时拱背发力,两只粗壮的胳膊猛然抖抖地僵持住了。倏忽之间,四只大脚一起陷进了泥土里。看着两人猛兽般的对峙,白起与身后的武卒都惊讶得瞪大了眼睛。正在僵持之中,金发阿木拉一声虎吼,黑铁塔一般的乌获轰然倒在了地上。这一下,连见惯了军中力士的司马错也大感诧异。

“彩——”武卒们不禁同声大喝。

白起高声道:“较力扳腕,阿木拉胜！孟贲,将你的重剑给阿木拉!”

“嗨!”一座黑铁塔吼应一声,一柄长大黑物呼啸飞出,直扑阿木拉。阿木拉气静神闲,伸手抄住了飞来长物,口中叫道:“好剑！当真趁手!”

司马错一看惊讶莫名,这口重剑除了雪亮的锋刃,通体黑森森长矛一般,少说也有三十斤重量。军中用剑都是统一打造,虽也有轻重长短之分,但配给一些大力武士的重剑,最重也没有超过十五斤者。司马错精通各种兵器,深知一口十五斤的长剑,要在马上连续挥舞,劈杀一场最短大战所需要的两个时辰,没有超常膂力,断然无法支撑,更何况眼前这口三十余斤的重剑？再说秦军法度森严,历来不许兵士携带私家兵器入伍,这重剑却是从何而来？

“孟贲回话,你这口重剑可是军中打造?”司马错脸色沉了下来。

“禀报上将军!”孟贲的声音铜钟般洪亮,“因小卒力大,伍长请命前军主将,特准小卒打造了这口重剑。”

“乌获,莫非也有重兵器?”

“禀报,上将军。”扳腕落败的乌获甚是木讷,“我是这支带钩大铁矛,一百二十斤重。”说着上前两步,挺出了一支碗口粗丈余长的黑沉沉铁矛,那带钩的矛枪有三尺长短,当真令人望而生畏。

“一百二十斤？你如何使法?”司马错大是疑惑。

乌获嘿嘿笑了:“这,小卒说不清,要伍长说。”

“禀报上将军。”白起赳赳高声道,“孟贲乌获,均不通骑术,只能步战。乌获更有一长,行走如飞,善于攀缘。故而兵器为带钩长矛,遇有绝壁险关,乌获可借此兵器攀缘凿道。”

“好!”司马错不禁赞叹,“巴蜀山地,正是险道重重,这钩矛大有用场。谁的主意?”

“伍长!”四尊铁塔同时吼了一声。

司马错赞赏地望了白起一眼:“白起,我下令白山将军:白起一伍六卒,为全军开路尖刀。”

“嗨!”这次,白起、阿木拉六人齐齐地吼了一声,分外兴奋。

司马错笑道:“白起,你要与阿木拉比剑么?”

“禀报上将军:明白阿木拉剑术高低,便能编定战场次序。”

“好! 比,我也见识一番。”司马错此话,却是说给这位“阿木拉”听的,意思是要告诉他:入军历练,没有空谈,更无照拂,可是要一刀一枪见功夫的。

阿木拉掂掂重剑道:“我用重剑,占了伍长便宜,还是用常剑。”

白起笑道:“无妨,剑术原不在剑器轻重,何况我也是十五斤重剑。”说罢一伸手,有一柄带鞘长剑呼啸飞来,白起扬手抄住,长剑锵然出鞘,却是一口青光闪烁的精铁重剑。能使此剑,足见白起也是军中猛士无疑。阿木拉见白起抄剑出剑,便知这个小小伍长确实是剑术高手,稳稳地挺出了长大的重剑,等着白起进攻。

白起却道:“军中比剑,不是剑士比剑,是战场之上的实战劈杀,架力士木桩。”

只听“嗨”的一声,乌获挟着两根大木走来,“嗵嗵”往地上一蹾,大木陷进地面半尺有余,稳稳地栽在了中间,足足有一人合抱粗细,比寻常一条大汉可是粗出了许多。孟贲洪钟般叫道:“这是我练重剑的木桩,你阿木拉能一剑劈到底,就比我强!”阿木拉冷笑道:“这么说,孟贲劈不到底?”孟贲叫道:“对! 我能一拳打碎这粗家伙,可就是用剑不行,忒煞怪了。”白起道:“阿木拉,你先劈。”

阿木拉围着粗大的木桩转了一圈,凝神站定,突然一声大喝,高高跃起,双手举剑奋力劈下。只听“噗”的一声闷响,重剑在离地面一尺高低处,卡在大木中不能动了。阿木拉愣怔变色,愤然抽剑,却连木桩也“扑通”拉倒,一抬双臂,竟连那合抱粗细的树段也举过了头顶。又是一声大吼,连着大木砸到地面,“嗵”的一声,树段陷下地面二尺许。饶是如此,重剑还是死死夹在大木中不能动弹。阿木拉面色铁青,沙哑地吼叫一声,一拳打向被重剑劈过的大木裂缝,只听“咔嚓”一声大响,合抱粗的树段拦腰断开,飞成了四分五裂的碎块。

阿木拉气咻咻道："敢请伍长劈来我看！"

白起没有说话，走到另一根木桩前站定，突然一个飞身跃起，空中一声大吼，剑光如一道白练斜斜劈下，但听咔嚓脆响，粗大的木桩应声分为两半。看那木桩断面，却是光洁的刀劈平面，而绝不是震开的裂缝痕迹。这在骑士中叫作"刀面"，一段木桩的"刀面"若能贯穿木桩头尾，意味着这一剑从始到终都在劈杀，剑术力道已经到了炉火纯青的地步。军中将士无一人不懂此中道理，所以齐齐地大喝了一声："彩——"

阿木拉绕着木桩端详了一圈，向白起慨然一拱："伍长剑术，天下第一！"

白起没有理会，高声道："阿木拉膂力过人，与孟贲乌获成三人卒，为全军尖刀！"

"嗨！"三尊铁塔齐齐地虎吼了一声。

从此，白起六卒威震三军。千里巴蜀险道，逢山开路，遇水搭桥，一人顶得百人。有一次，前军逶迤抵达一处绝壁险关，当地人称巴子梁。这是横亘在大峡谷中的一道山梁，形如天降巨蟒，怪石嶙峋，却又是寸草不生，仿佛青苍苍崇山峻岭中的一块黑秃疥癣，令人望而生畏。偏这道巴子梁又是通往蜀中腹地的必经之路，若绕道群山行走，至少需得半年时光。司马错入巴蜀前，曾经搜集了巴蜀各地所有的地理方志，其中有一卷叫作《巴蜀山水志》，书云："巴子梁者，高山嵯峨，岩石磊落，倾侧萦回，下临峭壑；行者扳缘，或攀木而升，或绳索相牵而上，陟高若将登天，巴蜀之人，以为至险，唯猎户药农鸟兽可行，商旅至此绝迹也。"

打仗仅靠蛮力，不可取。像楚怀王，空有一身蛮力，但也就一个蛮字，结果幽死于秦国，为天下笑，楚人怜之。除了勇，还要有智，还要有装备。武器的变阵能力，也是取胜要素。

就在大军望山兴叹的时节，白起六卒一番密议，立即开始了攀缘开路。

铁钩长矛的乌获当先攀上。他腰间结了一根粗大的牛皮绳,只听当当山响,他便一步一步地上了山腰。三丈之后是孟贲,腰间大带捆在乌获的牛皮大绳之上,双脚只需蹬住一块山石,双手便能着力。他结结实实地挥舞着重剑,只管凿开一个又一个碗口大小的石洞,每排三个,间隔一尺,惊人的均匀扎实。第三个便是那个阿木拉,同样将大绳捆在腰间,背上背了一大袋削好的粗大木楔,手持一个大铁锤,一锤一个,"嗵嗵"连声,便将长大的木楔结结实实钉进每一个石洞。第四个白起,也是腰捆大绳,却是将传递上来的厚实木板架上木楔,钉上铁钉。其余两卒则踩在钉好的悬空板桥上不断向上传递木板。山下陆续到达的万千军士工匠,只管砍伐大树,劈锯木板。

连续四个时辰,白起六卒没吃没喝,一鼓作气地拱到了山顶。单是这份耐力,也令全军将士惊心动魄了。更何况乌获、孟贲、阿木拉三人,腰间大绳还负担着后面人的重量,若是常人,当真是寸步难行。

天将暮色时分,山顶终于传来了孟贲三人雷鸣般的吼啸:"山顶了——"

大军攀登巴子梁时,天色已经大黑,万千火把直通山顶,活生生一条火龙天梯。三个巴蜀乡导惊讶得连连咋舌,直呼:"天兵噻!天兵噻!"

巴蜀地不适合战车作战,取巴蜀,确实需要一些奇奇怪怪的兵器。

两个月后,司马错大军会齐,相继向巴蜀两国发动了突然攻杀。白起六卒又是战功赫赫,活捉了巴蜀两王,斩首两百余级,一时声名大噪。

但也是从这个时候开始,种种关于太子的流言在军中不胫而走。"王太子在我军中!""阿木拉是太子!""太子异相,天生大力神!""攻取巴蜀,全赖阿木拉奇能绝技!"起先,司马错并没有在意。他治军虽然极严,但对于军营流传军中猛士的神话，却从来都是听之任之。事实上，这种神话往往能激励士兵的功名欲望，使军营斗志更加昂扬。可时间一长，司马错却听出了这些传奇流言的一种异味——都在说太子，说阿木拉，真正的猛士与堪称猛士灵魂的白起，倒并不是传奇神话的人物。司马错秘密召见了白起询问，白起只是淡淡说了一句："我伍六卒，没人乱说。"其余甚也不知道。司马错又找到前军大将白山。白山本也疑惑，却说不清楚，良久思忖，忽然道："上将军，流言弥漫，似乎在三臣入巴蜀之后。"司马错仔细一想，有些明白了过来。

这里面有古怪，怕是欲依附太子的准"太子党"在行动。

所谓三臣入巴蜀，说的是平定巴蜀后，秦王派来王族大臣嬴通、咸阳内史陈庄、长史甘茂三大臣进入巴蜀。三大臣带来的王书确立了治蜀法度：将原来的巴蜀两王分别贬为"只许闲居，不许干政"的巴侯、蜀侯；册封嬴通为巴蜀君，陈庄为巴蜀相，统领秦军一万镇守巴蜀；甘茂为抚军王使，犒赏三军后随同司马错班师返回。甘茂犒赏三军时，特意在前军停留了一个晚上。白山说，他的卫士看见了，甘茂在军营外的丛林里与"阿木拉"密谈了足足一个时辰。第二天晚上，"阿木拉"又被甘茂秘密领进了嬴通的大帐，也足足有一个时辰才出来。

有了这个心思，司马错在班师途中与甘茂有意无意地经常说起太子。甘茂极有兴致，向司马错详谈了太子嬴荡的过人禀赋：文武全才、胸襟开阔、礼贤下士、雄心远图等等。司马错不经意地知道了许多事情，心中越来越不安宁了。

回到咸阳，太子的军旅神话又迅速地弥漫了宫廷市井，又弥漫了秦国朝野。司马错却始终保持着沉默，在对秦惠王的《平定巴蜀书》中，只字未提太子历练，在《请封军功爵位书》中也没有罗列"阿木拉"军功。奇怪的是，秦惠王也始终没有向司马错问起过太子的军旅历练，想起秦惠王托付太子时的殷切之情，司马错觉察出其中难以言传的微妙。更令司马错不安的是，班师大典所安排的力士较力，事先他竟完全不知道。

……

张仪笑了笑："没一件硬实事，操心个甚？"

"是么？"司马错也笑了，"果真无事，丞相倒是好耐性，听我聒噪一个时辰？"两人都笑了，却都没有说话。良久，司马错轻轻叹息了一声："飓风起于青萍之末，太子躁动暴烈，甘茂好大喜功，偏偏秦王又到了暮年之期，秦国如何了得？"

恐生变。

"上将军，就没有想想自己如何了得？"

司马错笑了："一介武夫，了不了又能如何？倒是丞相，正遇龙腾之时。"

张仪笑道："巴蜀一趟，上将军也磨出了几分诙谐？"

"太子很是佩服丞相，岂非大喜？"

张仪默然，思忖良久道："上将军两年有得，且容张仪思谋一番。"说罢告辞出门。司马错殷殷送到府门，再没有说一句话。

三　秦惠王千古奇症

张仪回到府中，已经三更时分，无意入睡，信步游荡到池边石亭下。

抬头一看，却见一个白色身影正站在石亭之中，不是嬴华却是何人？张仪走过去笑道："夜半时分，形影相吊，倒是别有风韵。"揽住了男装丽人的身躯。嬴华笑着挣脱："谁个形影相吊？你才是！"张仪笑道："等我么？"嬴华娇嗔道："等你做甚？不许人家有心事么？”张仪拉了嬴华坐在自己身边：“如何？见到王兄了？”嬴华点点头，轻轻地嗯了一声。张仪笑道：“有甚动静？也见到太子了？”嬴华嫣然一笑：“你不是能事么？猜猜。”女儿娇态十足，与平日的洒脱英风大是不同，竟是分外动人。张仪怦然心动，猛然结结实实地搂住嬴华，在她耳边笑道：“教你嫁给我？是么？”嬴华咯咯笑着，一句话没说软倒在张仪怀里。

张仪雄心大起，一把剥扯去了嬴华的男儿长衫，显出了一身滑手的红色锦缎小衣。月光之下，赤裸裸的嬴华被放倒在石案上，洁白丰盈的身躯晶莹生光鲜红欲滴。乌黑的秀发上一顶男儿高冠，平添了几分奇异的媚色。张仪也是第一次在明月之下品尝丽人，微风习习，体香津津，玉体毫发皆见，比起吹灭灯烛大不相同，更是觉得美不胜收，竟一气猛勇了半个时辰，兀自兴犹未尽……

嬴华闭着眼睛瘫了好一阵，方才红着脸裹着衣服坐了起来，打量着张仪笑道：“世上可有这般丞相，未婚先乱，风流非礼？”张仪笑道：“窈窕淑女，君子好逑。公主风流，丞相何敢裹足不前？”嬴华一阵咯咯笑声，伸手飞快地在张仪脸上掴了一个清脆的巴掌：“呸！本公主从来不是淑女，是你的克星。”张仪搂住了嬴华赤裸的身子笑道：“我天生皮厚，耐克，愿如何克都由得你。”嬴华伸出赤裸的双臂揽住了张仪脖子，悄声笑道：“你这无赖劲儿，当真可爱，若像苏秦那般正经八百，才没气力。”张仪不禁哈哈大笑：“噫！你却如何晓得苏秦没气力？果真不是淑女……”嬴华一急，猛然用长衫包住了张仪的头：“夜半时分，你公鸡打鸣么，恁般大声？”张仪愈发笑不可遏，咳嗽着撕扯开长衫，摇头晃脑道：“公鸡打鸣，职责所在，何罪之有也？”逗得嬴华又咯咯笑了起来，声音比张仪还响亮。

笑闹一阵，嬴华才说起了进宫情景，张仪越听脸色越沉。

嬴华是嬴虔的小女儿，是秦惠王的堂妹，又是行人兼掌黑冰台，一等一的王族公主加机密干员，任何时候晋见秦惠王都无须通报。谁知这次却大不一样，刚刚过了王宫正殿，便被一个老内侍拦住，说是要禀报秦王允准方可。嬴华顿时沉下脸来，大袖一挥，径直走了进去。老内侍不敢拦截，连忙一溜碎步跑开了。将近秦惠王书房，长史甘茂从书房旁边的小门匆匆迎来，遥遥一个长躬道：“行人且请止步，我王今日不适，不能见臣理事。”嬴华眉毛一挑道：“甘茂大人，王兄有病，我更得探望。”甘茂沉着脸道：“行人是公主，如何不知法度？”嬴华顿时气恼，冷笑道：“既知我是公主，你便让开。”甘茂却梗着脖子道：“身为长史，职责所在，敢请公主退下。”嬴华几曾受过如此怠慢，怒火蹿起，抬手狠狠打了甘茂一个响亮的耳光。

甘茂大叫一声:“来人！给我拿下!”一排武士锵锵跑过来围住了嬴华,却面面相觑不敢动手。嬴华正要发作大闹,却听得大书房里一声嘶哑的叫声:“是华妹么？别理会他们,进来。”嬴华黑着脸哼了一声,一甩大袖径直进了书房。甘茂却愣怔在那里,大是尴尬。

进得书房,嬴华惊讶得不敢相信自己的眼睛——曾几何时,壮健沉稳的王兄,竟然变成了半躺在坐榻上的一个白发苍苍的枯瘦老人!

“王兄！你……你如何变成了这般模样?”嬴华一阵哽咽,扑上去抱住了秦惠王。

秦惠王慈爱地拍拍嬴华的肩膀:“小妹,坐在这,听我说。我是刚刚醒过来的,你来得正是时候。”嬴华哽咽着跪坐在坐榻前,望着苍老的秦惠王止不住地泪眼婆娑,及至秦惠王断断续续地说完,嬴华的双眼只有警觉闪烁的光芒了。

大半年前,巴蜀捷报传入咸阳。秦惠王高兴异常,大宴群臣,自己也酩酊大醉,一番吐泻,直睡了三日方才醒转。奇怪的是,秦惠王醒来后见榻前站着两个大臣,觉得眼熟至极,却硬是想不起他们的名字,只颤巍巍地指着他们,脸涨得通红,却说不出话来。一个黑胖子高声道:“臣,樗里疾、甘茂。我王沉睡三日了。”秦惠王明白过来,心下一松,一切又都想了起来。

从此,秦惠王自觉得了一种怪病:经常莫名其妙地觉得头顶“钻风”。此时一阵混沌,必是忘人忘事。有一次,竟连形影相随的老内侍也想不起来了。几次之后,秦惠王大是惶恐,将实情秘密说给了最高明的一个老太医。一番望闻问切后,老太医闭目摇头,说此病无名无药,只可求助于“方士”。

秦惠王笑道:“老太医莫非也混沌了？那‘方士’是周天子的狱讼秋官,洛阳倒是还有。只是,这‘方士’如何通晓医

病急乱投医,人之常情。

术了?”老太医连连摇头:“王知其一,不知其二。老朽所说方士,不是秋官方士,却是如今兴起在燕齐海滨的一等异人。此等异人自称通得天地鬼神,驱得妖邪怪病,又能延年益寿。老朽虽对方士不齿,然自知不能医我王头风怪疾,也是无治乱投医,唯愿我王三思。”

秦惠王素来不信邪术,见老太医无法可治,便到太庙祭祖祈祷,并请大巫师以最古老的钻龟之法占卜一卦。谁知卦纹之意竟只有八个字:“幽微不显,天地始终。”饶是大巫师反复揣摩龟甲纹路,也解不出是吉是凶。秦惠王长叹一声作罢,便听天由命了。从此,这怪病便成了折磨秦惠王的鬼魅。秦惠王心志强毅,立下了一条宫法:他但有混沌嗜睡之状,长史护卫须禁绝朝臣入宫,直至他清醒过来,亲自解除禁令。日复一日,钻风怪症发作得渐渐频繁,强壮沉稳的秦惠王饱受折磨,倏忽间变成了一个枯瘦如柴的白发老人。

人总有一死,不过看怎么死法而已。

嬴华心头怦怦直跳,却又无法抚慰这位王兄。思忖一阵,嬴华问:“大哥,你这阵能清醒得几多时辰?”秦惠王喘息着笑道:“有事你便说,天黑前大体无妨。”嬴华静下心来,先大体说了与张仪出使山东的情景与各国变法进展,秦惠王笑道:“这些事有丞相在,我不担心。对了,丞相为何不来见我?”嬴华道:“他在修书,准备明日进宫。”秦惠王低声道:“明日午时后,暮色前,记准了。”

嬴华点点头,说起了今日校军场大庆典的盛况,很为太子的威猛高兴,并向王兄道贺。秦惠王却听得皱起了眉头,脸色阴沉了下来,良久沉默,突然嘶哑着声音道:“华妹,你当尽快与张仪成婚。张仪,必须成为王族大臣。”

一朝天子一朝臣。通常情况下,老臣子难使唤,新君施展不开,必削老臣子的权,必要时,可能一锅端掉。秦惠王一死,恐怕张仪不保。

嬴华进宫,本来也是想请准这件大事的,不想此时被王兄突然当作国政棋子敲下,心中便有些不悦,但是看秦惠王寒霜般的肃杀脸色,便笑道:“王兄有命,小妹自当遵从。”秦惠王低声道："小妹在心：非我清醒面命，黑冰台不奉任何王令。"嬴华不禁打了个寒战，低声应道："小妹明白，断无差错。"秦惠王又低声道："我明日要搬出咸阳宫，教张仪到这个地方来。"说着从怀中摸出了一方竹板递给嬴华："你走，我要趁着清醒，多想几件事。"

……

月光下，张仪端详着掌中竹板上那只展翅欲飞的苍鹰，心中思潮翻滚，不能自已。看来，上将军司马错对秦惠王的骤然怪病还一无所知。这只有一个可能：司马错班师以来，从未晋见秦惠王；上将军班师不入宫，也只有一个可能，那便是奉了王命君书。若秦王清醒，断无不召上将军入宫之理。如此说来，有人矫书？心念一闪，张仪一个激灵！能在法度森严的秦国与权谋深沉的秦惠王面前矫书行事者，绝非寻常人物。如此匪夷所思，能是谁？

想着想着，张仪的牙齿咬出咔咔声响："小妹，走！"

"疯了！"嬴华甩开张仪的手笑道，"光着身子走啊，衣服都不穿了？"

张仪二话不说，将自己的长袍脱下来包住嬴华，又在嬴华腰间勒了一条大带："走。去见司马错，此时不能少了他！"嬴华咯咯笑道："此等秘事你不行，毛手毛脚，听我。"说罢一闪身不见了踪影，倏忽之间，又笑吟吟转来，已经是一身黑色劲装，又利落地剥下张仪的高冠内袍，给他也换上了一身黑色短衣，还套上了一个黑布面罩。张仪笑道："公事公行，大门出入，你这行盗一般，反是容易出事。"嬴华笑道："你倒是大道，目下连王街都出不去。密谋者必有三只眼，懂么？"张仪不再辩驳，笑道："我不会飞行术，就这般出门么？"嬴华道："别说话，跟我来。"说着身子一个旋转，脚下一块大石隆隆移动，一个洞口赫然现出。张仪惊讶得咋舌："噫！如何这里竟有地道?!"嬴华道："回头再说，来。"拉着张仪下了洞口，地面大石又隆隆合上。

片刻之后，俩人冒出地面。张仪一看，竟是一片园林草地。嬴华悄声道："这是司马错后园。"张仪心中更是惊讶，口中却不再说话，只是随着嬴华在树影间疾走不停。到得庭院，嬴华一伸手揽住张仪，跃上了屋顶，两三个起落，到了庭院正中的灯光位置，正是司马错书房之外。嬴华在张仪耳边悄声道："你进去说话，我在外边守着，天亮前得走。"说罢在张仪身上一阵摆弄，张仪的黑色短布衣竟神奇地变成了一件黑色长袍，与平日洒脱的张仪一般无二。

张仪走进了书房，树影里的嬴华听见了司马错惊讶的笑声。直到城楼刁斗打响了五更末刻的最黑暗时分，张仪才走了出来。嬴华二话没说，拉起张仪飞出庭院，下了地道，天空露出鱼肚白色时，两人恰恰回到府中。看看在洞中蹭的一身泥土与一脸污垢，嬴华笑得前仰后合。

张仪板起脸道："一整夜疯姑子也似，就知道笑，有甚好笑？"

"丞相钻地洞，灰头土脸，不可笑么？"

张仪在铜镜前看了一眼，不禁也笑了："你倒是说说，这条地道是谁开的？"

绯云早已经起来，一边惊讶地笑话着两个狼狈疲惫的夜行人，一边打来热水教两人洗脸。嬴华用热腾腾的面巾擦着脸道："当年咸阳筑城，是商君与墨家工师总谋划。咸阳宫与各家股肱大臣的府邸，都有地道相连。怕的是一旦有陷城大战，君臣间不好联络。迁都咸阳后，商君收复了河西，秦国形势大变，这些地道便没有公开，只是将地道图保存在了王室书房。谋立黑冰台时，王兄将地道图交给了我，为的是秘密传递消息。可惜我除了当初探路，还从来没有用过，今日也是第一遭。"

"如此说来，也必有地道通向城外了？"

"有。"嬴华笑道，"当年在陇西，老秦人与戎狄周旋几百年，满山挖的都是秘密洞窟，长的有几十里，否则，精锐如何保存？"

张仪叹息一声笑道："看来啊，这老秦人还当真有些图存应变之秘技，然则能保留到强盛之时，却当真难能可贵也！看看山东六国，当初哪个不强悍？可如今，鸟！"听得张仪一句粗骂，嬴华笑不可遏，绯云红着脸笑道："呲！大哥这丞相越做越粗了。"张仪笑道："不粗不解气，饭？快咥，咥罢了睡觉，睡起来出城。"绯云连忙搬来鼎盘，张仪一夜劳累，早已是饥肠辘辘，也不与两女礼让，径自狼吞虎咽起来。匆匆用罢，上榻倒头便睡，一觉醒来，正是日上中天的正午时分。看看天色尚早，张仪冷水沐浴了一番，宽袍散发来到书房，嬴华已经在书房等候。

"你在读书？"打量着书案前发呆的嬴华，张仪笑了。

"没那兴致，我在看图，找出口。"

张仪恍然，连忙凑过来端详。书案上摊着一张三尺见方的大图，羊皮纸已经发黄，墨线却是异常清晰。张仪博杂如师，也算得粗通筑城术，端详了一番大图，已经看出了些名堂，见嬴华依旧皱着眉头，打趣笑道："木瓜一个，再看也是白搭。"嬴华红着脸笑道："你才木瓜！在这里，我是想不出，这出口外是甚地方？"张仪又端详一阵，指点着大图道:“这是南山,这是渭水,这是北阪,这洞口外么?对了,酆水南岗,松林塬。”嬴华惊喜笑道:“酆水松林塬,真好!别宫正在那里。”

张仪一笑:“入口呢?最好在城内。”

“木瓜!”嬴华拍案笑道,“地道相连,昨夜那里便能进入。”

听说入口在府中,张仪连呼“天意天意”,整理好了几样物事,对嬴华道:“午时末刻,该走了。”嬴华也收拾了一番,两人来到昨夜石亭下,悄无声息地进了地道,大约半个时辰后出得地道,面前是碧波滚滚的一条大水,对岸一望无际的茫茫松林,掩映着两座古老城堡的断垣残壁在风中遥遥相望,平添了几分萧瑟悲凉。

这水,便是赫赫大名的沣水。沣水在咸阳城西[①]与渭水交汇,虽是渭水支脉,却也是天下名水。所以为名水,是因为沣水两岸是周文明的中心地带。两座遥遥相望的断垣残壁,便是当年沣京与鄗京的遗址。三百多年前,周室内乱,犬戎在周室权臣引导下大举进入关中,杀死周幽王,掠夺了周人积累的全部财富,烧毁了周人最伟大的两座都城——沣京鄗京,将丰裕的渭水平原变成了满目疮痍的废墟。正是这场亘古罕见的大乱,才引出了周太子(后来的周平王)千里跋涉入陇西,秦部族五万精骑东进勤王的悲壮故事。周人东迁洛阳,将根基之地全部封给挽救了周人的秦人。秦人虽然勤奋厚重,封国之初却已不善农耕,更兼春秋诸侯争夺激烈,无暇修复也无力利用这两座残留的伟大城堡。年复一年,沣京鄗京尘封湮没,被悠悠岁月销蚀成了真正的废墟。

奇怪的是,这两片断垣残壁的废墟之上,不知从何年开始,生起了大片大片的松柏树,茫茫苍苍覆盖了全部高冈。老秦人说,那是上天用最隆重的礼仪,安葬了这两座天子京城。后来,秦人便将这片山地呼之为松林塬。商鞅修筑咸阳时,在这与咸阳一水之隔的松林塬中,建了一座小小别宫,名曰章台,国人呼为章台宫。究其实,章台宫也是一座小城堡,夏日酷暑或是春秋狩猎,国君便在这里逗留一段时日。因了离咸阳很近,于是国君时常出城在这里小住,一些耗费时日又需清静的会商,也常常选在了这里。

“飞过去么?”张仪看看波涛滚滚的河水,又看看对岸的茫茫松林。

“你飞?莫急。”嬴华左右张望着,“该当有人接。”

---

① 沣水在古咸阳以西入渭水。秦之古咸阳,在今咸阳以东。今沣水已近干涸,在今咸阳东南。

话音刚刚落点，便闻岸边桨声，芦苇丛中划出了一条黑篷快船。船头一名军士突兀问："可有鹰牌?"嬴华一亮手中竹鹰牌："看好。"随手一掷，手掌大的竹牌"嗖"地飞向船头。军士凌空抄住，看了一眼道："请大人左走百步，从码头上船。"嬴华笑道："无须了，稳住船头便是。"说着揽住张仪腰身，身形一闪，两人凌空跃起，稳稳地站在了船头。军士拱手道："请大人入舱就座。"嬴华对张仪眼神示意，两人进了黑篷下的小小船舱。只听军士脚下一跺，黑篷船箭一般驶向了对岸。

片刻之间，小船已经靠岸。军士领着两人上岸，进入松林，在一座石门前交接给一个千夫长，军士转身走了。千夫长领着两人进入松林深处，一阵曲折，终于看见了一座白色石条砌起来的城堡。城堡建在一个山包上，虽说不大，但在这青苍苍的松林中却是威势赫赫。沿着白色石阶上到平台，那千夫长又走了。没有守护兵士的厚厚石门，隆隆地响着自动滑开了。

一个白发苍苍的老内侍走了出来，无声地招招手，领着两个人走了进去。张仪没有回头，却听见背后的石门又隆隆关闭了。莫名其妙地，他心中咯噔一沉，前所未有地打了个寒战。外边看，城堡虽然威势赫赫，里边却并不大，仿佛咸阳城中一个六进大庭院。穿过几道曲折回廊，便到了"庭院"深处的一座孤零零的茅屋前。茅屋外一片草地一片竹林一池碧水，倒似墨家子弟的幽谷田园一般。

嬴华趴在张仪耳边悄声笑道："知道么？这是先君孝公特意修建，叫玄思苑。"

"玄思苑?"张仪恍然点头，方才明白这是秦孝公为怀念墨家女弟子玄奇特意修建的居处，追慕孝公，不禁感慨中来，油然一声叹息。

老内侍已经从茅屋中出来，嘶哑着声音对嬴华道："敢请公主在池边等候，丞相随我来。"领着张仪走进了茅屋。嬴华左右张望一阵，到草地边的竹林中去了。

进得茅屋，张仪惊讶得说不出话来——茅屋中四面帷幕，幽暗中的竹榻上斜倚着须发雪白枯瘦如柴的一个老人。虽则已经听嬴华说了秦惠王的景况，但亲眼所见，张仪还是感到了极大的震撼，一时间情不自禁，哭喊一声："君上……"竟扑到秦惠王榻前跪了下去。

"丞相……"秦惠王也是老泪纵横，挣扎欲起，却又跌躺到榻上，良久喘息，沙哑着声音道，"也是天意啊……车裂商君，嬴驷不良，竟落得如此下场……"

"君上，莫要自责过甚。"张仪哽咽着，"时也势也，已是当年过往之事。君上惕厉奋发，恪守商君法制，开拓大秦疆土，使秦成天下不二强国，上可对苍天神灵，中可对祖宗社稷，下可对秦国子民，煌煌功业，何愧之有！"

"天命如斯！"秦惠王长长地叹息了一声，"嬴驷来日无多，有几件事，须得对丞相说清了。"

"君上但有王命，张仪自当尽忠竭力。"

秦惠王勉力坐直了身子，缓慢沉重地对张仪叮嘱了几件事情，都与储君继位相关，张仪听得大是不安。

秦惠王有几个儿子，长子嬴荡与少子嬴稷最为惠王看重。嬴荡是秦惠王当年重返咸阳后与一个胡女妃子所生，那个胡女生下嬴荡后便回到草原去了，再也没有回来。这嬴荡天赋极高，壮猛异常，对兵事武道有着浓烈的嗜好。当初，秦惠王很为嬴荡的勇武刚猛而欣慰。战国大争，一个君王的尚武精神往往便是一个国家的旺盛斗志。可到后来，秦惠王渐渐没有这种欣慰了。说起来事情都不大，这就是嬴荡时常流露出的那种种令人惊讶的浮躁，令秦惠王不安。从军之前，嬴荡在两年中赶走了三个剑术老师，赶走了六个搏击术老师，原因都是老师打不过他。读起书来，嬴荡也是过目成诵，辩驳得几个老师张口结舌，也被一一赶走了。秦惠王几次动了念头，要请张仪兼做太傅教导太子，无奈纵横事大，张仪走马灯般周旋于六国，已是疲于奔命一般，如何能再掣肘？

太子荡尚武好斗，血气过盛，城府太浅，遇事难沉得住气，非国之福。但太子荡继位之后，亦为秦国立下汗马功劳，若非短命，前途不可限量。此为后话。

甘茂事秦武王，为其左丞，后死于魏。其孙甘罗，亦闻名于世。

后来，秦惠王发现了甘茂这个奇才。甘茂本是下蔡[①]名士，学无定师，自称"师尚百家，自成我家"，更兼通晓兵家武道，精于论辩之术，在北楚南魏间声名大噪。张仪在山东六国间奔波的时候，介绍甘茂来到秦国，樗里疾将他引见给了

① 下蔡，今河南汝南地带，战国时为楚魏拉锯之地，所谓"楚头魏尾"，多属北楚。

秦惠王。一番长谈，秦惠王觉得甘茂之才确实难得，任为右长史，也便是长史之副。由于长史是常驻王宫的机密大臣，秦惠王便有了经常考察甘茂的机会。但有疑难大事，秦惠王总是先有意无意地与甘茂闲谈，想看看甘茂的见识。司马错兵出巴蜀之初，秦惠王有意征询甘茂的治蜀方略，甘茂说了两句话："削巴蜀之王权治权，立秦人之王权相权。"秦惠王总觉得这个方略不深不透，可后来也照着做了。大约几个月，秦惠王对甘茂有了一个考语："无大略，多机变，文武皆通，才堪实用。"司马错班师归来，秦惠王命甘茂做了嬴荡的老师，但是，却没有给甘茂加太子傅官爵。

秦惠王要看看，甘茂能否对嬴荡施加影响。令秦惠王意外的是，甘茂几次讲书下来，嬴荡与甘茂竟极是相得，几次来父王处谢恩，并敦请父王早日加太子傅官爵于甘茂。

秦惠王这时却忐忑了。原本想自己正在盛年，可渐渐消磨嬴荡的暴戾浮躁之气，就像公父孝公当年对他那样，将一个浮躁王子磨练成器宇深沉的君王，可如今身患异症，明是来日无多，便对嬴荡继位有了诸多忧虑。大秦国崛起何等艰难？若不慎交于劣子之手，有何面目去见列祖列宗？

忧虑之中，秦惠王想起了少子嬴稷。嬴稷虽然比嬴荡小得许多，还只在少年之期，却是个气度极为沉稳的少年。老内侍与老宫女们都说，嬴稷简直就与当年的孝公大父①一般无二。秦惠王虽然很是钟爱这个楚国丽人生的儿子，却总是觉得他少了一点刚强，多了一些沉静。为了滋养这个小儿子的强毅，在张仪提出给危机四伏的燕国派出常驻特使时，秦惠王便将这个少年王子派去了。嬴稷的母亲不放心少年儿子久居异邦，坚持跟儿子一起去了燕国。秦惠王很想召回嬴稷，可又另有一番担心：嬴稷年少，一旦回秦便要陷入明争暗斗，种种蛛丝马迹中秦惠王已经觉察到自己无法掌控权力细节了，已经无力保护这个小儿子在羽翼丰满之前万无一失，若继位不成反遭不测，岂不弄巧成拙？再说，嬴稷嬴荡各有所长所短，嬴稷是否一定比嬴荡强，秦惠王还当真难以从这个缺乏历练的少年身上看得明白。反复思虑，秦惠王难以决断了。

"丞相，"秦惠王断断续续说了半个时辰，末了喘息着静静地盯着张仪，"你为秦国一定大计，你说说，嬴荡、嬴稷，孰优孰劣？该当如何摆布？甘茂之太子傅，该不该明

---

① 大父，春秋战国时对爷爷的称谓。

加……时日无多,丞相莫得讳言。”

张仪心中一颤,良久沉默。虽然是秦国丞相,然张仪却长久奔波外事,对咸阳宫廷素来所知不详,也缺乏思索,或许也是不谙此道所致。有一次笑谈,嬴华曾经说他是“烛照之才,灯下便黑”,张仪哈哈大笑:“自古大才,哪个不是灯下黑?商君不是么?吴起不是么?”嬴华笑道:“你愿黑便黑,我不黑便保了你。”张仪却傲然笑道:“纵然灯下黑,也识得鬼蜮伎俩,自保足矣!何须小女子护身?”

今日听罢秦惠王一番叙说,张仪却实实在在觉得自己是“灯下黑”了。满心都是七国纵横,邦交斡旋,到头来,对咸阳朝局的变化,竟不如对山东六国的朝局变化清楚。首要一个,入秦二十余年,对几个王子一无所知;司马错的秘密自己不知道,秦惠王说的这些秘密更是闻所未闻;尤有甚者,甘茂还是自己入楚发现的人才,自己说动甘茂入秦,并委托樗里疾向秦王荐举甘茂,到头来,甘茂成了太子老师,自己竟还莫名其妙。若不是与司马错甚是相得,秦惠王对自己也深信不疑,很可能自己最终莫名其妙地出局了,还都是稀里糊涂。

思忖之间,张仪已经是一身冷汗。虽则如此,张仪的机变之才,毕竟是天下无双。一阵哽咽沉默之中,他已经清楚了一个根本事实:权谋深沉如秦惠王者,对自己的两个儿子尚难以取舍,自己更是无法说清;此刻,秦惠王最需要的,与其说是对策,毋宁说是忠心;无上佳对策犹可,无忠诚之心则是举步之危。权力交接的节骨眼上,清醒有为的君王往往都是最冷酷的。

“君上毋得忧虑。”拭着泪水,张仪终于开口了,“储君之事,虽迫在眉睫,却难以立断。臣与两位王子素无来往,难判高下,实无高明谋划呈献君上。商君有言,大事不赖众谋,而赖明主独断。储君事大,尚需君上明断定夺,方可万全。臣为丞相,深信君上思虑深远,唯以君上定夺是从。君上但有决断,臣当赴汤蹈刃,死不旋踵!力保大秦不陷入内乱之中。”

秦惠王长长地喘息了一声,似乎精神了许多:“丞相啊,你说说,司马错之后,秦国还有没有上将军人选?”

这一问突兀至极,张仪心中一惊,谨慎答道:“近年来臣疏于兵事,尚没有发现才堪上将军之人。”心中还有一句话,“上将军正在盛年之期,君上何忧?”却是生生地憋了回去。

“司马错，老了。”秦惠王叹息了一声，“你以为，甘茂兵事如何？”

甘茂亦能用兵，拔宜阳，甘茂当首功。

“臣以为，樗里疾尚有兵家之才。”张仪脱口说出了一个熟悉的王族人物，连自己都感到了意外。

樗里子乃智囊，谋划国事有一套，搞阴谋诡计也是一流。

秦惠王恍然笑道：“对了，樗里疾也是良将，如何忘了？”喘息一阵又道，“丞相，听说，你有个女仆，很是可人也。”

又是突兀的一问！张仪立即明朗回道：“启禀君上：女仆绯云，乃家母所赐，忠心不二，灵慧多能，确实是臣府的女家老。”答案似乎早在胸中一般。

“好。有如此一个女家老，也是天意了。丞相，你没打算过成婚么？”

“臣谢过君上关切之心。”张仪先大礼一躬，立即跟上，“臣久欲求婚于公主，无奈诸事烦冗，竟拖至今日。今日臣请君上：恩准臣与嬴华公主立即成婚。”

惠王要保张仪。

“好！”秦惠王拊掌笑了一阵，“丞相有此心意，本王如何不准？一月之后，你便与嬴华小妹成婚。但愿，我也能去饮得一爵喜酒了……”

看着泪光闪烁形同枯槁的老人，张仪眼前闪过当年秦惠王为寻访自己而装扮成胡人大商的英姿雄风，不禁大是感动，悲声哽咽道：“君上何出此言？张仪寻思一法，或可使君上康复如常。”

“噢？”秦惠王眼中大放光彩，骤然从榻上坐起，“丞相何法？！”

“燕齐之滨，寻访方士。”张仪说出了昨夜与嬴华叙谈后的思索。

“你，相信方士之说？”秦惠王惊讶了。

“以臣所学，本不信鬼神方士。”张仪坦然道，“然则，方士行于天下，也绝非偶然。治愈疑难邪症，便是方士风行之根。天下之大，纵是圣贤，亦不能穷尽造物之奥秘。儒家不言怪力乱神，墨家却是敬天明鬼。仁者见仁，智者见智，又何须依据一家之言，对方士一笔抹杀？张仪以为，但能为我所用，便是有用之术。君上切莫以法家治国正道之心，对方士断然拒绝，不妨以身试之，或可大有成效。”

秦惠王不禁默然了。方士之说，老太医早已提过，只是秦惠王素来平实，不信这些虚无缥缈的鬼神之士，心中存了个宁死不贻笑于朝野天下的念头，从来不提方士一说。张仪说出，却给了秦惠王意料不到的震撼。一则是张仪学问博杂，见识非凡；二则是张仪素来不拘成见，以求实效为宗旨，由他说出，秦惠王相信不是荒诞虚无之说；三则是张仪明白秦惠王心思所在，话说得透，理论得清。张仪提得出来，可见方士也并非纯然的子虚乌有。更何况，赫赫大名的张仪有此动议，秦惠王接受方士便有了最硬实的一个理由，纵是没有成效，天下非议也有张仪在前；以张仪之能，不愁对方士治病没有雄辩的说辞。

“丞相如此说法，那，试试了。”终于，秦惠王喃喃说了一句。

突然，一阵“嗵嗵”鼓声，老内侍的尖锐嗓音从茅屋外荡了过来：“暮鼓三十六——月上沣水头——”张仪方一愣怔，便见秦惠王哈哈一阵长笑，从坐榻上一跃跳下，白发飞舞嘶声笑叫：“你！你是何人？这般面熟，啊哈哈哈哈！”冲出了茅屋，在草地上大笑着兜圈子跑。

嬴华从竹林中蓦然现身，怔怔地站在那里，看着内侍们在草地周围站成了一个大圈子，警惕地注视着疯狂奔跑的老人，突然放声痛哭起来……张仪默默地走出了茅屋，扶起了嬴华悄声道：“走，迟了只怕出不了松林塬。”

回到咸阳，已经是二更时分，两人都是毫无睡意。张仪在书房无休止地踱步，嬴华只是默默拭泪，全没有了寻常的英风笑语，气氛凝重得令人透不过气来。虽说两人对秦惠王的怪异病症各有想象，但今日亲眼看见，还是不啻霹雳当头，惊心动魄。老父丧礼都没有哭出来的嬴华，一路泪如雨下，软在张仪身上几若一片丝绵。张仪面色阴沉，心中沉甸甸地像压了一块大石。在那一刹那，他有了一种强烈的预感——大乱将至，秦国大险！

他反复咀嚼了与秦惠王的全部对话，一直在紧张思索着该走的路子。

“小妹。”张仪终于站定在嬴华面前，“你我必须分开行事。”

“分开？你去哪里？”

“我去齐国。你留咸阳。”

“却是为何？你且说个由头出来！”嬴华霍然站起，语调冰冷得刀子一般。

张仪恍然大悟，从松林塬回来，还没有来得及对嬴华说今日面君之情，突兀要分开，嬴华定然是以为自己要逃离秦国了。不禁笑道：“我昏了。来，你坐好，听我说。”将日间与秦惠王的经过备细说了一遍，末了道，“要尽最后一份力，要设法治愈君上，就要去齐国寻访方士。可我又不放心咸阳，便想了这个分头行事的主意。”

“我在咸阳，能做何事？”嬴华虽然已经明白，终是皱着眉头。

“只做三件事。”张仪郑重其事道，“其一，以我之名与司马错会商，要他在我回来之前稳住咸阳大势。司马错已经萌生退隐之心，君上也已生出取代上将军之意。当此微妙之时，既不能捅破这一层，又得教司马错振作行事。其二，辅助樗里疾处置好相府政事，要紧的是严密看管丞相印信，尽可能少地发布丞相书令。其三，启动黑冰台，严密监视咸阳宫，暗中保护君上。”

嬴华不禁舒展眉头笑道：“还真行，我以为你也像我一样，乱了阵脚。”

“小妹啊，危难关头，咸阳为根。”张仪一声叹息，“你在咸阳比我根基深，又是王族机密干员之身，秘密行事比我更有成效。否则，张仪如何舍得与你分开？”

“知道了。大计有你，我就踏实。”嬴华紧紧抱着张仪低声道，“只是，今日乍见王兄发病，我便心惊肉跳，总是想起老父当年将自己关在黑屋子里的模样，可怕，只想哭……”

张仪揽住了嬴华瑟瑟发抖的双肩，抚摩着她的秀发，拍打着她的肩背：“君上有噩梦，小妹也有噩梦。其实，人都有自己的噩梦。我也曾经有过，那是酷烈人生烙在心头的伤痕，有的人能医治这种创伤，有的人不能……”

“有了你，我也能。”嬴华紧紧搂着，笑得一脸泪水。

四　大星垂沧海

轻车快马，张仪出得函谷关，五六日之间进入了齐国。

时当五月，正是农家最忙的时光。一入齐界，遍野都是收割整田的农夫，比沿途的魏国、鲁国的田畴红火了许多，田埂歇晌的农夫们也时时飘出舒心的田歌。虽是行色匆匆浮光掠影，张仪也立即感受到了这种不同，很是为苏秦的变法成效振奋。虽然苏秦发动的合纵一时分崩离析，在燕国也失去了立足之地，一时曾经落魄临淄，但在齐国的这场变法，却足以弥补所有的缺憾，使天下仍将对苏秦刮目相看。苏秦最终能有此等归宿，张仪很是欣慰。毕竟，是苏秦开了天下纵横先河，没有合纵，张仪的连横价值何在？何以在秦国立足？说到底，张仪是敬佩苏秦的，虽然是相互较量，张仪似乎还胜出了一筹。但从内心说，张仪倒是实实在在地以为：苏秦是开辟天下格局的大手笔，而自己只是应对跟进的应变之才而已；自己的胜出，与其说是才智谋略，毋宁说是背后的实力强大——假如苏秦在秦国，或者两人对调，天下大势真不知又是何等格局。看着一路红火景象，张仪动了心思，咸阳朝局明朗后，若秦国不能容身，便与嬴华绯云来齐国海滨隐居，也好多多与苏秦燕姬盘桓，尽享知己交谊之乐。

张仪曾自叹不如苏秦。写到这里，苏秦的死期该到了。

想归想，进得临淄，张仪却没有顾得上去看望苏秦，驱车直奔孟尝君府邸而来。寻找方士，最快捷的方法是请孟尝君帮忙，只有先将这件大事落到实处，张仪才能心中稍安。

一进那条熟悉的石板街，张仪就觉察到气氛异常。寻常幽静的小街，车马如流，官吏出入不断，两排全副甲胄的武士钉子似的从街口一直延伸到府邸大门。孟尝君素来不喜张扬，此等阵势，定然是发生了非常之事。莫非齐国要对燕国用兵了？及至到得府门，家老正从门厅下送一人出来，识得是张仪车马，连忙迎了上来道：“丞相来得不巧，孟尝君不在府中。丞相且府中稍待，老朽派人去请主人回府。”张仪问：“孟尝君进宫了？”家老低声道：“丞相府有急事，我家主人已经去了一个时辰。”张仪摆手笑道：“不用，我自去丞相府，一总见了两个。”车辕驭手是绯云，听得明白，一圈马缰，轺车辚辚出了石板街。

片刻之间，到得相府街口，也是甲士森严。相府门前车马排成了长龙，官员们在车马场站成了一片锦绣，人人都沉着脸不说话。张仪不禁哑然失笑，无非是齐王来到了苏秦府中，君臣三人会商出兵而已，纵然是一件大事，如何便这般阵势？心中一转念，想到在咸阳并没有接到嬴稷王子来自燕国的消息，齐国显然是要对燕国秘密用兵了。果真如此，倒确实是一件大事，既然被自己这个秦国丞相遇上了，自然得思谋一个对策，总是不能教齐国独自吞了燕国这块肥肉。

思忖之间，已到丞相府大门前。手持长剑的荆燕正赳赳守在门廊下，见是张仪轺车，匆匆大步迎了上来：“丞相请随我来。”带着张仪一行，从旁边的车马门进去了。一入庭院，静得幽谷一般，除了钉子一般的甲士，无一人走动。

张仪不禁笑道：“曾几何时，齐国的规矩大了？”

荆燕一脸肃然，也不说话，只是匆匆疾走，与平日豪爽判若两人。张仪也不多问，下了轺车，从容跟着荆燕往庭院深处而来。齐国号称富甲天下，历来有官俸优厚的传统，稷下学宫的名士都是六进宅院，大臣官邸更是宽敞。苏秦的丞相府虽说也是六进规格，却比寻常六进宽阔了两三倍，每进都是横开二十余间，直与小诸侯的宫殿一般。几经曲折，荆燕没有带张仪到政事堂或苏秦书房，曲曲折折却是往后园而来。

一眼看去，这后园林木茂盛，花草葱茏，水池竹林山石草地，足有五六亩大小，分外的清幽。转过一座巨石堆砌的假山，竹林中出现了一座独特的居处，木楼茅屋相间，渗出一片浓浓的山居气息。那竹楼茅屋之间，孤零零立着一块形状奇特的白色巨石，石面上深陷着两个暗红的大字——燕苑，分明苏秦的手迹。

张仪对苏秦最是熟悉不过，一路看来，便知定然是那个燕姬来到了苏秦身边，两人在后园建了这座幽静的居处。苏秦的寝室原来在书房之后，与处置公事的政事堂很近，是燕姬喜欢幽静，才有了这座燕苑。看这燕苑气象，便知苏秦有了一片安适舒心的天地。蓦然之间，张仪为自己的归宿，第一次生出了一片怅然。

“丞相请，我去照看府门了。”荆燕说完，径自去了。

张仪恍然醒来，却见茅屋前石亭下都是默默肃立的侍女，时有浓郁的草药气息飘来。张仪心中顿时一沉，喊了一声：“苏兄，张仪来了。”大步进了茅屋。

一时间，屋中人愣怔了，张仪也愣怔了——屋中一张硕大的竹榻上，躺着那个熟悉的身影，榻前伏着一个绿色长裙的女子，孟尝君与齐宣王都忧心忡忡地站在榻边，两名老太医正在书案边紧张地商量着……张仪一阵大急，哭喊一声："苏兄！"手中铁杖当啷丢开，扑向了榻前。

"张兄……"孟尝君一把抱住了张仪，将他扶到了榻前。

苏秦的上身赤裸着，胸前包裹着厚厚的一层白布，殷红的血迹已经渗透出来，恍惚一朵血染的大花，令人心惊肉跳！苏秦面色苍白，双目紧闭，气若游丝，眼看是挣扎在生死边缘了。一阵大恸，张仪双手捂面，死死咬住了牙关没有哭喊出声，泪水泉涌般从指缝流了出来。

突然，门外脚步急促，一声楚语荡了进来："噢呀孟尝君，万伤神医到了！"话音落点，春申君大步走进，一个清瘦矍铄的白发老者跟在身后。这万伤神医曾为张仪绯云治过刀箭之伤，张仪自然识得，只是此情此景，只是与春申君及万伤老人匆匆点头示意罢了，连旁边的齐宣王也退到了一边，免得礼仪不便。

万伤老人目无旁顾，径自走到榻前，动手解开了那包裹胸口的白布，一道寸余宽的刀口翻着白肉赫然现在众人眼前。老人凝神看得一阵，又搭脉片刻，一时微微皱起了眉头。

"老人家，可有救治……"面色苍白的燕姬轻声一问，止不住地啜泣了。

春申君向燕姬摆摆手。万伤老人叹息了一声道："这刀伤不宽，却是极深，已经刺到了脏腑。"春申君低声对老人嘟哝了一句谁也听不懂的楚语，老人道："目下情势，老夫只能保丞相清醒得两三个时辰。"一语未了，燕姬瘫倒在地昏了过去。一个老太医连忙过来，一根红色石针刺进了燕姬人中穴。

万伤老人走到书案旁，打开了那只随身携带的皮囊，拿出一柄闪亮的小刀与几个指头般粗细的陶瓶儿，倒出几色小米般的药粒，加上些许清水在一个小小玉盏中化开，来到榻前娴熟地清洗伤口，并着意教那说不清颜色的药水缓缓地渗入伤口深处，而后用白布包裹了起来。张仪看得仔细，那白布只包了一层，却再也不见血水渗出。清洗完伤口，万伤老人又用半盏清水化开了一粒黑豆大小的药丸，用一片光洁的竹板撬开了苏秦紧咬着的牙关，将药水徐徐灌了进去。连续做完，万伤老人站在榻前，眼睛眨也不眨地盯着苏秦，眼见苏秦苍白的脸上浮出了一丝红晕，老人才轻轻地嘘了一声，叮嘱道："饮水只能一盏。”走到书案旁收拾去了。

正在此时，苏秦的眼皮悠悠开了，一丝细亮的光芒迷离闪烁。众人屏住了气息，眼见那迷离的光芒渐渐稳定，渐渐清晰，渐渐地活了起来。终于，苏秦轻轻地张开了干燥的嘴唇，喃喃道：“太热了，茶水。”燕姬连忙捧过一盏凉茶，仔细地给苏秦喂了下去。

盏茶饮下，苏秦神奇地坐了起来，慌得燕姬连忙在背后扶住。苏秦盯住张仪惊讶笑道：“张兄，你如何来了？齐国没有出兵也。”张仪连忙道：“苏兄不要起来，躺下说话。”苏秦笑道：“不打紧，我觉得没事。”说着一一与几人笑语寒暄，抬脚下了竹榻。燕姬连忙扶住他站了起来。苏秦却对燕姬笑道：“夫人，备家宴，今日我要与诸位痛饮一场！”春申君看了看张仪与孟尝君，见两人都没有阻止的意思，也勉力笑着不说话了。

正在此时，一个老内侍轻步走进，对苏秦一躬道：“禀报丞相，大王有急事回宫，请丞相好生歇息，大王晚间再来探望。”苏秦看了老内侍一眼，一阵大笑道：“来日方长，何愁无歇？知己聚首，却是难求！”语调吟诗一般铿锵。燕姬目光回避着苏秦，大袖遮面，急匆匆转身去了。孟尝君略一思忖，对苏秦道：“嫂夫人还是留在这里好，此事我来操持。”不待苏秦答应，立即追了出去。

大约半个时辰，一场最为丰盛的宴席摆置整齐。临淄烤鸡、震泽银鱼、东胡炖羊、逢泽麋鹿，天下名菜一应皆上，每案两鼎三盏四盘。兰陵楚酒、邯郸赵酒、临淄齐酒、咸阳秦酒、燕山老酒，天下美酒应有尽有，每案前都摆了五只形色各异的酒桶。看着上菜布酒的侍女穿梭般往来如连绵飞动的流云，苏秦不禁拊掌大笑：“张兄黄兄，孟尝君今日要我等做天堂仙饮，何其痛快也！”

张仪一阵大笑：“好！今日与苏兄做千古一醉！”

春申君也粲然笑道：“噢呀呀，我黄歇今日是非醉死不可了！”

笑声未落，孟尝君走了进来道：“苏兄，我与嫂夫人已经安排妥当：阖府大酺，为你庆贺。我等一醉方休！”

“好！”苏秦笑道，“我这身子舒畅得要飘起来一般，今日不醉，更待何时！”

孟尝君笑道：“今日苏兄高兴，便讲究它一番。我做司礼，诸位但听号令。”说罢清清嗓子高声道，“钟鸣乐起，宾主入席——”话音落点，浑厚的大钟六响，悠扬的乐声立时弥漫了茅屋大厅，一片和声唱道：“呦呦鹿鸣，食野之苹。我有嘉宾，鼓瑟吹笙。人之好我，示我周行。我有旨酒，以燕乐嘉宾之心……”这是春秋诸侯宴乐挚友宾客的《鹿鸣曲》，渗透着肃穆浓郁的古风。苏秦不由自主地大摆了一下衣袖，肃立一侧，躬身伸手，做了一个请宾客入席的古礼。张仪与孟尝君、春申君也相对一揖，又并排对苏秦一揖，随着乐声进入了各自座席。

孟尝君没有入座，站在案前高声道："嫂夫人入席——"

乐声中，只见大木屏后悠然飘出了一个绿色长裙的女子，无珠玉，无簪环，一头如云的长发用一幅雪白的丝巾束住，素净如布衣仙子，却顿使厅中一亮。春申君不禁笑道："噢呀，嫂夫人一出，茅舍生辉！"燕姬粲然一笑，向三人做了一个主妇古礼，笑吟吟地跪坐在苏秦身边笑道："季子与我成婚，三兄都没有饮得喜酒，今日一并补偿了。"张仪拍案大笑道："嫂夫人主意，当真妙极！孟尝君，司礼可是把住了。"孟尝君笑道："有此等好题目，何愁今日不能尽欢？"突然一嗓子高声道，"举座一饮，为苏兄新婚大喜，干！"

举起酒爵，苏秦笑了："原说是燕国安定后成婚，既然燕姬说了，今日便是大婚！张兄、田兄、黄兄，我与燕姬先干了！"说罢与燕姬一碰铜爵，一饮而尽。孟尝君三人也举爵相向，汩汩饮尽。

"张兄啊。"苏秦看看张仪，慨然笑道，"你我比不得孟尝君春申君，都是孑然一身闯荡天下。我倒是很想知道，何时能为你贺喜啊？"

"苏兄放心。"张仪笑道，"我回到咸阳便成婚！"

"好！"苏秦颇为神秘地一笑，"可是常随左右的那两个女公子？"

"知我者，苏兄也！"张仪哈哈大笑。

"噢呀——"春申君一声惊叹，"听说那两个女公子，一个是公主，一个是家老。张兄大大艳福了！"几个人一齐大笑了起来，又为张仪即将到来的大喜共同干了一爵。

张仪呵呵笑道："一路之上看到齐国变法大见成效，我还想隐居海滨，带着我那两个小哥，与师兄嫂夫人终日盘桓也。"

"大妙！"苏秦兴奋异常，当当拍案，"张兄不知，我也有退隐之想。待齐国大势安定，我回燕国，安定燕国之后，我便与你一起隐居。明月清风下海阔天空，山溪松林间对酒长歌，琴棋为伴，丽人相随，放浪形骸于山水之间，何等快意也！"

"好！我等着师兄……"张仪喉头一哽咽，大饮一爵，低头猛烈地咳嗽了起来。

孟尝君慨然一声叹息："苏兄啊，我这上将军也不会长久了，到时去找你！"

"噢呀，我也一样了。"春申君苦笑，"屈原走了，楚王昏了，我也找个退路了。"

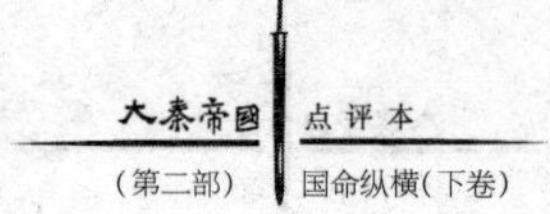

“风雨多难见世事。”苏秦双目闪亮，感慨万端道，“二十余年，天下格局又是一变。合纵连横之争，六国虽然落了下风，却结束了秦国的一强独大，这是我等都没有想到的。六国的二次变法开始了。往后，至少是秦、齐、赵三强并立，说不定还得加上一个燕国。看来，华夏一统是条漫漫长路，也许还得再熬上几十年。人生有年，我等只能走得这几步啊！看看，苏秦张仪，已经都是两鬓白发了。孟尝君、春申君、信陵君，也都是磨得老成器局了。逝者如斯夫！我等一代已经流将过去了，恋栈无功，虚度岁月，岂是英雄作为？张兄、田兄、黄兄，当归便归，何如归去？何如归去啊……”

一席话百味俱在，说得几人都是唏嘘不止，齐齐地大饮了一爵。燕姬拭泪笑道：“难得季子今日至情至性，正有乐师，我唱一支歌给季子如何？”

三人一片叫好。孟尝君喊了一声，廊下乐师们奏起了悠长的序曲，等待歌者有词便随行伴奏。燕姬站了起来，向苏秦一个灿烂的笑脸，翩然起舞，深情地唱了起来，那是一首洛阳王畿的踏青情歌，词却是因人而异的：

春草离离　彼稷之苗
行迈悠悠　中心摇摇
知我者谓我心忧　不知我者谓我何求
悠悠苍天　此何人哉

一时唱罢，座中同声赞叹。苏秦爽朗笑道：“燕姬与我相识二十余年，今日第一次放歌。我也来和一曲！”

“噢呀，那可是妇唱夫随了，好也！”春申君一口楚语，夫妇二字咬得含混，众人大笑起来。却见苏秦座中站起，大袖一摆，苍哑厚亮的歌声绕梁而走：

习习谷风　维风及雨
将恐将惧　维予与汝
将安将乐　汝转弃予
习习谷风　维山崔嵬
无草不死　无木不萎

将安将乐　非汝弃予
弃予如遗　上天弃予
上天弃予——

暮色已至，灯烛大亮，歌声戛然而止。苏秦哈哈大笑，座中唏嘘沉寂，谁都能从那悲怆苍凉的歌声中听出苏秦并没有糊涂，他清楚地知道，这是他最后的时刻……明哲如斯，教人何以宽慰？

"季子……"燕姬哭喊一声，扑过去抱住了苏秦。

张仪深深向苏秦一躬："大哥，你我虽不能如庄子一般旷达，也算得将生死置之度外了。若有心事，便对兄弟说。"孟尝君与春申君也是肃然一躬："苏兄，但说便是了。天下事难不倒我等兄弟！"

苏秦拉着张仪的手笑了："好兄弟，你我纵横天下，也算是做了一场功业，此生无憾，夫复何言？只是四弟苏厉已经到了齐国，正在稷下学宫，张兄代我督导训诲，莫使他学了苏代。"

张仪肃然一躬："大哥毋忧，张仪记住了。"

"孟尝君。"苏秦转过身来笑道，"燕姬总在燕齐之间，若有急难，请代我照拂。"

孟尝君慨然一躬："嫂夫人但有差错，田文天诛地灭！"

苏秦又拉着春申君道："春申君啊，我在郢都败给张兄，愧对楚国也。一想到屈原，我便夜不能寐。君兄若得使屈原复出，促成楚国再次变法，楚国大有可为矣！"

春申君含泪笑道："噢呀，苏兄有如此叮嘱，黄歇便不能退隐了。也罢，拼得再做几年官，也要救得屈原，救得楚国了。"

正在此时，屋外传来一声长喝："齐王驾到——"

几人正待举步出迎，苏秦一个踉跄软倒在燕姬身上，面色顿时苍白如雪，喉头间便是粗重的喘息。待燕姬将苏秦抱上竹榻，万伤老人已疾步赶来，一番打量，轻轻摇头。张仪燕姬四人不禁泪如泉涌。齐宣王听得动静有异，已经快步走了进来，凑到榻前俯身一看，竟带出了哭声："丞相，你如何这般走了啊……"

"齐王……"苏秦又一次睁开了眼睛，疲惫地喘息着，"他日出兵燕国，务必善待燕国臣民。燕人恩仇必报，若屠戮臣民，是为齐国种恶……"

齐宣王频频点头："明白，本王明白。"又凑近苏秦耳边急促问，"丞相，谁是谋刺凶手？"

"谋刺苏秦者，必是仇恨变法之辈。"苏秦艰难地一字一顿，"齐王可大罪苏秦，车裂我身，引出凶手，一举、一举铲除复辟根基，苏秦死亦瞑目了……"

"丞相！"齐宣王哭声喊道，"本王定然为你复仇……"

苏秦安详地闭上了眼睛，深入两腮的唇角一丝微微的笑意，一头雪白的长发散落在枕边，平日沟壑纵横如刀刻般鲜明的皱纹，顷刻间荡然无存。平静舒展的脸上那般年青，那般明亮，渗透出一片深邃睿智的光芒。

"大哉苏公！"万伤老人一声赞叹，又一声感慨，"去相如斯，老夫生平仅见也！"对着苏秦深深一躬，径自去了。人们默默流泪，默默肃立，默默地注视着那个方才还意气风发谈笑风生此刻却仿佛沉睡了的老友。终于，燕姬轻轻走到榻前，深深地亲吻了苏秦，将自己的绿色长裙脱下来盖在了苏秦身上。

"王侯之礼，厚葬丞相——"齐宣王突然咬牙切齿地喊了一声。

孟尝君愣怔了："王兄，丞相说……"

齐宣王恨声道："丞相之意，怕我治罪无证据，要引凶手自己出来而已。齐国本已愧对丞相，焉得再折辱丞相尸身？孟尝君，本王令：立即出动你门下所有异能之士，查清谋刺来龙去脉，将凶手斩草除根！"

"臣遵王命！"孟尝君大是振作，"三日之内查不清，唯田文是问！"

齐宣王走了。孟尝君四人一阵商议，张仪与春申君都赞同齐宣王做法，燕姬也以为齐宣王并未违背苏秦本意，只是主张先设灵祭奠，铲除凶手之后再正式发丧，三人尽皆赞同。

《史记·苏秦列传》载有苏秦之死。"燕易王卒，燕哙立为王。其后齐大夫多与苏秦争宠者，而使人刺苏秦，不死，殊而走"。有同朝者妒忌苏秦，所以派人暗杀苏秦，当时苏秦没有死，但受的是"死创"，无药可救。"齐王使人求贼，不得。苏秦且死，乃谓齐王曰：'臣即死，车裂臣于徇于市，曰：'苏秦为燕作乱于齐'，如此则臣之贼必得矣。'于是如其言，而杀苏秦者果自出，齐王因而诛之。燕闻之曰：'甚矣，齐之为苏生报仇也！'"为了抓贼，苏秦不惜让自己死后受车裂之刑。生前用计，死后也能计成，可见他用计成癖。

商议完毕，张仪敦促孟尝君去部署查凶，说那是第一要务。孟尝君一走，张仪便与春申君分头行事：春申君立即坐镇丞相府主事，荆燕辅助，依照王侯大礼设置了隆重的祭奠灵堂；张仪则与燕姬一起，请来大巫师给苏秦净身着衣并做停尸祈祷，一直忙到次日午后，棺椁进入灵堂，一切方算大体妥当。张仪春申君坚持要与燕姬一起，给苏秦守灵三日。孟尝君一阵忙碌，部署妥当，也来给苏秦守灵。

夏日停尸，本是丧葬中最为头疼忌讳的时节。暑气燠热，尸身容易腐臭，而丧礼规定的停尸日期却有定数，官爵越高，停尸越是长久。贵若王侯，灵床地下与四周虽有大冰镇暑，也往往难如人愿。于是便有了"死莫死在六月天"的民谚。苏秦突然遇刺，正在盛夏酷暑之日，停尸本是极难。可忒煞作怪，自棺椁进入灵堂，天气便骤然转凉，碧空明月，海风浩浩，一片凉意弥漫，大有秋日萧瑟之气。齐宣王本来已经下令：王室冰窖藏冰悉数运往相府，王宫停止用冰。然则只运得两车，便再也没有运，因为连这两车冰都没有化去。

齐人本有"宽缓阔达，多智好议论"之名，临淄城也算是天下口舌流淌之地。有此异常天象，自然是议论蜂起。于是，便有了对苏秦的诸多感念，对谋刺凶手的一片骂声，寻常以某人"死在六月"为由头的诅咒踪迹皆无。更有一首童谣传遍巷间，那童谣唱道：

春草佳禾　草鱼德大
马心不良　流火走血

这一晚，张仪正与春申君对坐灵堂廊下，孟尝君匆匆到来，先给两人唱了这首童谣，请两人破解。春申君困惑摇头道："噢呀，童谣历来是天书，谁能先知了？"张仪一阵思忖，一阵吟诵，俄而笑道："大体不差。这凶手，孟尝君当已经查出来了。"春申君惊讶道："噢呀，张兄神人，如何猜测得出了？"张仪笑道："历来童谣，皆非无风之浪。那必是知情之隐秘人物，抛给世人的一个谜语。此首童谣，头两句暗藏苏秦名号，颂苏兄对齐人有大德。后两句却是说，凶手七月便要伏法，且是马旁姓氏。"孟尝君一时惊讶得口吃起来："啊，啊，张兄，人说鬼门博杂，果然不虚，你是神目如电！"春申君着急起来："噢呀呀，你倒是说了，凶手是哪个贼子了？"孟尝君笑道："莫急莫急，请来嫂夫人，我一起说给你等听。"

燕姬的声音从灵堂帷幕后传了出来："孟尝君但说，我听着。"

孟尝君一阵喘息，耐着性子述说了一个离奇的故事：

开春之后，新法已经在齐国站稳了脚跟，民众一片颂声，连长期与齐国争夺渔猎水面的燕南民众，也纷纷逃来齐国定居。苏秦顾及燕齐盟约，亲自带着齐北三县的县令去安抚燕国流民，劝告他们返回燕国。可流民对燕国"新政"怨声载道，无论如何也不肯回去。无奈之下，苏秦只有下令齐北三县悉数吸纳燕国流民，许其在荒芜地区集中为村落居住。流民大是感激，竟在一个春天，开辟出了近万亩可耕之田。亏了燕国忙于内讧，两国才没有纠缠。苏秦从齐北回到临淄，上书齐宣王，请发王令：允许在齐国定居的流民"一体为民，有功同赏"，其中最要害的是允许新国人从军，不得有任何歧视。这种法令在秦国虽然已经推行四十余年，但在齐国、燕国，还都是惊世骇俗的"使贱成贵"法。

此法一出，朝野大哗。稷下有名士曾说："齐国山高水急，齐人贪粗好勇。"对于尚武成俗的齐国人来说，从军做骑士或步军技击勇士，都是无上的荣耀，本国隶农渔猎子弟尚且不能做，何况与战俘一般低贱的流民？然则，国人也从年复一年的传闻与亲身经历中，知道了秦国新法的好处，知道了齐国要变法便得慢慢"脱俗还法"。议论归议论，吵闹归吵闹，毕竟也没有生出大事来，新法还是颁布了。

但就在这个节骨眼上，惊人的事情发生了。

那日傍晚，孟尝君正在听斥候禀报燕国情势，突然听得总管冯驩在院中锐声叫道："家君不好！丞相遇刺了！"话音未落，冯驩冲了进来，拉起孟尝君便走。待两人快步走到巷口，发现苏秦正倒卧在幽暗的巷口，身下鲜血一片，吓得赶来守护的几个门客面如土色。孟尝君对门客大喊一声："快！四面搜查！"立即抱起昏迷的苏秦回到府中，请来王宫太医一看，说是不擅刀伤，只能止疼。孟尝君命令冯驩立即找到苍铁，火急赶到楚国，请春申君寻觅万伤神医。这边大体包扎了伤口，止了大出血，孟尝君便将燕姬接了过来。燕姬一看大急，立即将苏秦小心翼翼地抬回府中。孟尝君护送到府，见苏秦仍然昏迷不醒，对燕姬匆匆叮嘱了几句，急忙赶了回来。

门客们禀报说：搜遍了方圆十余条街巷，可疑凶手踪迹皆无。

孟尝君急得面色涨红，拍案高声怒道："查！给我查！何方神圣？竟敢在田文门前行刺丞相！查不出来，我田文陪着苏秦一死！"孟尝君历来善待门客如贤士，这次当真动了肝火，门客们无不惊心，却也都更加敬佩孟尝君，异口同声起誓："不能查凶雪耻，永不为士!”毕竟,战国士人皆豪杰之风,朋友贵客遇刺门外而不能手刃真凶,那当真是无颜面对天下。更何况孟尝君门下以“多有奇能异士”闻名,若不能查凶除恶,那才是永远不能洗雪的耻辱。数百名门客人同此心,心同此理,不容孟尝君插手,天罗地网般撒向了齐国城乡。

齐宣王在苏秦尸身旁严令孟尝君时,真凶事实上已经落网了。

谁也没有想到,这次竟是那几个鸡鸣狗盗之徒立了大功。那个善盗者,本名叫桃大,一班市井却叫他“掏大”,意思是从来不盗小物事。做了孟尝君门客,桃大也想做点正经事,怎奈总没有大用场,干瘦矮小也无法可变,纵穿得一身光鲜,也是无人看得入眼。久而久之,又恢复了一身布衣,一个酒葫芦,整日醉得东倒西歪,逢人便想一试身手。这日暮色时分,桃大胡乱哼唱着要回门客院,一进那条石板街巷,瞄见一个黑衣白发的老者悠悠地跟在一辆轺车后面。桃大眼尖,又是惯盗,不经意间瞅见了老者皮靴内插有异物。饶是如此,桃大也浑没在意,总以为老者是轺车高官的隐秘卫士,径自哼唱着跟在后边。方到巷口,车后的老者却突然痛苦地叫了一声,跌倒在地。前面的轺车闻声停了下来,车上跳下一个高冠之人,向老者走了过去。桃大依旧是浑没在意,卫士伤病,主人照拂,再是寻常不过了,径自向门客院拐了过去。

可就在这刹那之间,桃大瞥见了一道细亮的光芒!接着便是老者扶住了高冠之人。桃大心思灵动,便知事体不对,风一般飘了过去,疾如闪电般从老者身上取得一物。几乎同时,老者也突然消失了。桃大喊了一声:“快救人!”自己便追了下去。

两个时辰后,当孟尝君正在愤然之时,桃大一身泥土一脸脏污地回来了。虽然没有追上凶手,桃大却盗得了凶手皮靴中的一柄短剑。孟尝君找来太医一看,短剑恰有一尺,无毒,却极是锋利,正与苏秦肋间的伤口相合,只是没有血迹而已。

“桃大无能!那个老东西有两柄短剑,这柄没有用上,那一柄在他手上。”桃大一边自己骂自己一边说,那个老东西出得临淄北门便不见了,他在方圆十余里都找遍,也没有见到可疑的藏身处所。孟尝君思忖一阵猛然醒悟,拍案道:“天齐渊!牛山!盯准这个巢穴!”

一阵紧张周密地准备,一百多个门客络绎不绝地向天齐渊撒了过去。冯驩亲自在一个秘密山谷坐镇应变。孟尝君忙着去了苏秦府,生怕苏秦突然故去。忙到昨晚,冯驩秘密急报:真凶藏匿处已经被围,要死尸还是要活人?孟尝君立即下令:“一律要活口!”

凶手果然在牛山，令人想不到的是，这个凶手是一个年青憨厚的药农。

刺杀苏秦之贼具体为何人，不可考。小说家就必须要写个故事出来，其潜伏的对手是理所当然的凶手。

讯问时凶手颇为奇怪，黝黑的脸膛涨得通红，一脸的窘迫愧色，咬着牙只是不说话。孟尝君心中一闪，走近药农亲切笑道："看得出，你后生是个剑击之士，也是个为国立功的人才。给你明说，齐王已经定了苏秦大罪，杀了他原本有功。你只要说出受谁指使，我便上书齐王，为你请功。"药农后生眼睛扑闪着憨憨笑道："俺才不管你是功是罪，只要不连累爷爷，俺便说。"孟尝君立即道："齐国新法，已经没有株连族人之罪，我保你爷爷无事。"后生道："你是谁？俺却信你？"孟尝君正色道："我是孟尝君，言出必行，一诺千金，你不信么？"年轻人慌忙便是一拜："孟尝君俺却知道，是侠义班头。"孟尝君哈哈大笑："既认我这个班头，你便说，谁要你杀人？"药农后生道："要俺杀人的，是公孙家老。"孟尝君道："你可知道，你杀的是谁？"年轻人道："俺只知道，是家老仇人。"孟尝君又问："有人看见，杀人者是个白发老人。你如此年青，不能冒功。"年轻人憨厚地笑了："打开俺的镣铐，你自会知道。"

待镣铐打开，药农后生背过身片刻，一回头，一个白发苍苍精瘦黝黑的老人赫然站在厅中。桃大高声尖叫："没错！就是他！就是他！"药农后生嘿嘿笑道："牛山药农谁不会这一手？俺平常得紧，惊乍个啥？"

孟尝君二话没说，立即带着药农后生，点起三千骑士，飞马赶到天齐渊。监视天齐渊与牛山的门客禀报：天成庄方圆三十里，牛山药农封户百余家，无一人走出监视圈。可是，当孟尝君踏进庄时，那景象却教他惊呆了。

庭院石亭下的古琴前，坐着成侯驺忌，嘴唇纠缠着一片钩吻草，嘴角渗着一缕暗红的血，一头白发变得碧绿，一脸红润却变得亮蓝！数十年号称齐国美男子的驺忌，死得如同鬼魅一般。站在这具鬼魅后面的，是一个真正的白发老者，精瘦矍铄，钉在亭下，一脸平淡的微笑。见孟尝君来到面前，他淡淡地笑道："老夫公孙阅，一切罪责皆在我身，无得难为成侯尸身。"孟尝君嘲讽笑道："公孙阅，你这头老狐也有今日？"公孙阅淡淡道："成侯毕竟琴师，有谋略而无胆识。若依老夫之计，阶下囚该是田文苏秦了。"

回到临淄，冯驩向孟尝君备细叙说了公孙阅与驺忌的故事与阴谋。

这个公孙阅，跟随驺忌三十余年，是驺忌唯一的心腹门人。三十多年中，公孙阅为驺忌承办了几乎所有不能公之于人的机密大事：谋取丞相、整倒田忌、争得侯爵、扩大封地等。驺忌崛起的每一步，都有公孙阅扎实细致的谋划功勋。奇怪的是，公孙阅从来不求出人头地，只是心安理得地为驺忌效力。驺忌深知公孙阅虑事周密，才思过人，几次想杀掉公孙阅灭口。但是一个偶然的发现，却使驺忌打消了这个念头。

一日，一个女弟子给驺忌拿来了一本书，说是在公孙阅枕下翻到的。驺忌打开发黄的羊皮纸，竟是一本无名册籍。翻看内文，尽是各种权术计谋与治人秘术，开列了一百余条，各自还有简短解说，末了两行大字是："修习机谋之术，可借机心之主，与主共始终，此术可大成。"驺忌一阵沉吟，反复揣摩，对这个女弟子秘密部署了一番。

驺忌曾是名动天下的琴师，国中多有少年才俊争相拜师修习。可驺忌从来不收仕宦子弟做学生，只收得寥寥几个女弟子，还都是王室搜罗来的少女乐手。这几个女弟子对老师奉若神明，个个忠诚驯顺得猫儿一般。后来，有三个女弟子竟争先恐后地献身于驺忌，做了奴隶一般的侍妾。偏是这个叫作琴渊的最聪慧美丽的少女弟子，驺忌却从来没有动过手脚。女弟子百般娇媚委身，驺忌都稳如泰山。就在琴渊十六岁的时候，驺忌派给她一个差使：侍奉家老公孙阅。琴渊聪慧绝顶，自然晓得老师心意，便留心公孙阅的一切隐秘，这才有了那本神秘册籍的发现。

从此，琴渊真心实意地侍奉公孙阅了，而且教公孙阅实实在在地觉得这个少女爱上了他，以他为活着的希望。时日一长，少女劝公孙阅带她远走高飞，独自立业，何须与人为仆？公孙阅却说："我跟丞相修习，若得独立，大功便成流水。"少女问修习何学？公孙阅答说，仕宦之学，将来光大门庭。后来，少女与公孙阅更是亲昵，劝他直接投效齐王，做个上大夫，岂不比做仆人风光万倍？公孙阅很不高兴地说："做仆也自有乐趣，只要丞相在世，我便不会走。你若不耐，公孙阅绝不相强。"

从此，驺忌打消了相机除掉公孙阅的念头，亲自主婚，将琴渊嫁给了公孙阅。新婚后三日，琴渊哭着来找老师，说公孙阅是个只会胡乱折腾的阉人。驺忌大是惊讶，第一次感到了公孙阅的神秘莫测，也顿时对公孙阅的一切怪诞与异于常人的做法恍然大悟。琴渊依旧是公孙阅的夫人，从此却也成了老师卧榻的美丽尤物，虽然常常带着满身的伤痕。公孙阅浑然不觉，只要他有兴趣折磨她时她不反抗，他便万事也不知道。

就这样，驺忌与公孙阅成了永远的狼狈。

苏秦变法开始后，驺忌谋划的贵族反扑一败涂地。驺忌本来想就此罢手，可公孙阅告诉他，成侯在贵族背后的密谋，虽然没有被齐王发现，却被孟尝君盯上了。孟尝君心狠手辣，正在筹划以门客假扮盗贼，血洗天成庄。驺忌正在郁闷难消，听得此说杀心顿起，将一张古琴愤然摔在了地上："杀！杀光他们！"公孙阅原本只要驺忌一句话，以利他调遣各方力量，如今得话，立即应命："成侯放心，十日之后，公孙阅教田文暴尸街头。"驺忌冷冷笑道："你说杀田文？"公孙阅一点头，却听驺忌阴声道："大错也！生死之仇，只有苏秦。若无苏秦，岂有老夫今日？岂有齐国乱象？先杀苏秦！孟尝君嘛，老夫慢慢消遣他。"驺忌主意既定，公孙阅便从去年冬天开始密谋实施，立即秘密进入了牛山。

牛山药农，是驺忌请求保留的封户。这些药农有一百多户，世代采药治药，人称"东海药山老世家"。这些药农终年盘旋在大山之中，且多是独自行走，不怕小伤小病，就怕猛兽侵袭。一个好药农，必须同时是一个搏击高手。千百年流传下来，牛山药农的搏击术渐渐地引人注目了。海滨齐人多渔猎生计，也多是单干行径，打斗争夺家常便饭，练习单打独斗的技击之术在齐东蔚然成风。所谓技击，便是搏击的各种技法，从各种兵器到各种拳脚，无不讲究技法。齐东技击最有名的，首推这牛山药农。公孙阅深谋远虑，自然不会放过如此一个技击高手云集的封地，当初驺忌自请只要牛山百余户，便是公孙阅的主意。

未雨绸缪，公孙阅早已经对各户药农了如指掌，不费力气找到了一家只有爷孙二人的药农。

这家药农不同寻常，没有姓氏，人只呼为"活药家"，祖祖辈辈做的是"采活药"生计。所谓"活药"，是猛虎、豹子、狗熊、野猪、羚羊、麝、野牛、野马、大蟒、毒蛇等一应活物身上的可用药材。"活药"以活取最佳，尤其是巫师方士一类鬼神之士，往往还要亲眼看着

"活药"从活物身上取下,方得成药。要做这种生计,没有一身过人的本领,无异于自投猛兽之口。世世代代下来,这"活药家"锤炼出了一套独门技击术,称之为手刃十六法。这"手刃"包括甚多,短刀、短剑、匕首、袖箭、菜刀、石子,举凡各种不显山露水的物事,皆可成夺命之利器。寻常武士纵是手持丈余长矛,也难抵活药家掌中一尺之剑。公孙阅曾亲眼看见,活药孙儿只一刀便将一只斑斓猛虎当场刺死。这后生更有一手绝技,刺杀猛兽分寸拿捏之准,竟是教几时死便几时死,绝无差错。

活药爷爷八十有六,依然是健步如飞,走险山如履平地。孙儿二十出头,厚重木讷,黝黑精瘦,一身人所不知的惊世功夫。公孙阅早已经对这活药家下足了工夫,除隶籍、减赋税、许妻室、以领主之名常常适时送来各种照拂。爷爷感激得常常念叨:"家老但有用人处,我这孙儿便是你的。"公孙阅自然是从来不提任何请求,使这活药家爷孙大有恩无可报的一种忧愁。

公孙阅一来,眼中含泪,说是他的仇人到临淄做了大官,正在四处追杀他,他来告别活药爷孙,要远遁山林去了。爷爷一听大急:"有仇必报!家老何要逃遁,不长仇人气焰么?"公孙阅哽咽道:"我如何不想报仇,只是手无缚鸡之力,如何报得大仇?"爷爷慷慨高声道:"孙儿过来!自今日起,俺便将你交给了家老,不能给家老报仇,就不是俺孙子!"后生本来就听得冲动,爷爷有命,更是激昂,憋出了一句话来:"家老,只要让俺识得人面!"

公孙阅将后生秘密安置到临淄城中,委派可靠仆人领着后生守候在孟尝君门前,终于死死认准了这个高冠人物。动手前一日,后生问公孙阅:"要咋个死法?"公孙阅说:"三个时辰死吧,我等良善,也不要他受太多折磨了。"事后回来,后生却红着脸说,他没杀过人,又受到一个飞盗的搅闹,刀下可能重了些,此人可能活不到三个时辰。公孙阅连说没事儿,便要与后生饮酒庆功。后生端起酒一闻,黑脸嘿嘿笑了,硬是说爷爷久等不放心,竟连夜进了牛山。公孙阅没有敢拦挡,眼睁睁看着后生去了。

冯驩说,当门客武士六十余人围住了那座山屋,准备做最惨烈的搏斗时,活药爷爷却拉着孙儿出来了。老人对冯驩说:"俺老夫有眼无珠。孙子交给你了。"说完径自进了那洞窟一般的石门,活药孙子便低着头跟他们走了。

按照公孙阅的谋划:刺杀苏秦的同时,驺忌当立即逃往燕国,借子之兵力杀回齐国重新掌权。可驺忌自以为是,却说齐王早想罢黜苏秦,绝不会追查此事,何须徒然丢失了根基？女弟子们也纷纷讥讽公孙阅“阉人无胆”，气得公孙阅连呼“成侯无识！成侯误事！”

驺忌退而求进。苏秦一死，齐国国势会不会为之大变呢？且看作者怎么写。

…………

孟尝君说完，张仪与春申君唏嘘良久，相对默然。

忽然，燕姬的声音从灵堂帷幕后传了出来：“孟尝君，我等倒是忘记了一件大事。”孟尝君诧异道：“你快说，忘记了何事？”只听燕姬道：“张兄原不知季子出事，匆匆赶来齐国，定是有紧急大事找你，也该当问问了。”孟尝君恍然，连忙向张仪一拱笑道：“田文糊涂，向张兄谢罪。张兄快说，要我如何？”张仪不禁笑道：“燕姬果然不凡，知我是找你来了。”春申君笑道：“噢呀，你见齐王见苏兄都不说事，不是找孟尝君却是找谁了？”张仪点头道：“也是。事情不大，孟尝君在旬日之内，给我寻觅两个方士出来。”

“方士？”孟尝君惊讶得仿佛不认识张仪一般，“张兄也信了这鬼神驱邪术？”

“此中缘由，一言难尽。”张仪笑道，“你只找来便是，也许过得几年，也有故事说给你听。”

孟尝君道：“方士之事，多有传闻，我也从未见过。此等人行踪无定，我要早早安顿。”说罢匆匆走了。春申君笑道：“噢呀，孟尝君真义士了！若无这个万宝囊，张兄却到哪里去找方士了？”张仪也是感慨万端，长长地叹息了一声。

五　张仪又一次被孟子激怒了

六日之后，谋刺苏秦的元凶伏法。齐国为苏秦发丧，举行了最为隆重盛大的葬礼。

山东六国与所有仅存的二十余个小诸侯，都派出了最高爵的送葬特使。张仪以秦国丞相的身份，做了参加葬礼的秦国特使。最引人注目的，是洛阳周室也派来了天子特使。新周王感念这个洛阳布衣的不世功勋，竟派出了三千人的葬礼仪仗。依照周礼，这仪仗是公国诸侯才能享用的，新周王的天子王书以"苏秦为六国丞相，亦为王室丞相，等同大国诸侯"的名义，"赐公国葬礼，以昭其德"。加上齐国的隆重仪仗，整个葬礼仪仗铺排开三十余里，直达苏秦陵墓。临淄人更是倾城出动，哭声盈野，天地为之变色。

齐国星相家甘德目睹了葬礼盛况，感慨万端道："苏秦上膺天命，下载人道，死之荣耀，犹过生时，千古之下，无出其右也！"

甘德的说法，无疑为苏秦盖棺定论。

葬礼之后，齐国刚刚平静了下来，燕国便乱了。太子姬平与将军市被起兵讨伐子之，却被子之一战大败，退到辽东去了。燕国与齐国素来唇齿相依息息相关，燕国一乱，齐国朝野不安，出兵燕国的事在陡然之间尖锐了起来。也不知何种原因，偏偏齐宣王举棋不定，竟迟迟没有决策，临淄官场市井间议论蜂起，比自己国家出了事还急色。

市被应该是倒戈相身，反攻太子平，后身死。

张仪一心只想着方士，不去理会临淄的惶惶议论，见了孟尝君也从不提及燕齐之事。原是张仪心下雪亮：燕齐纠葛越深，秦国越是受益；齐国出兵安定燕国，利于齐，却不利于秦；虽则如此，秦国却不能主动站在某一方，否则不能收渔翁之利；唯其如此，毋宁作壁上观。孟尝君虽然粗豪，却也心中有数，从不就燕国大势"就教"于张仪，但有闲暇，两人便聚酒豪饮，海阔天空地唏嘘感慨一番。

这一日，孟尝君兴冲冲来说："张兄，孟老夫子要来临淄了！"

"又想来做齐军教习？"张仪淡淡的笑意中不无讥讽。

"这次啊，孟夫子是从燕国来。你说，他想如何？"

“老夫子行。”张仪笑道，“身出危邦，又入其邻，还能做甚？”

孟尝君知道，张仪对孟子历来没有好感，转圜笑道：“张兄，孟夫子还是有些见识也。”

“孟夫子有见识，何消你说？”张仪笑道，“若去了那种学霸气，再去了那股迂腐气，这老头子倒确实令人敬佩。”

“去了霸气迂气，还是孟夫子么？”孟尝君哈哈大笑，“不说了，明日齐王与孟夫子殿议，请你我主陪，你只说去也不去？”

“齐王做请，张仪何能小气不前？自当陪你受苦了。”张仪心不在焉地笑着，并未将这件应酬之事放在心上。

此日过午，孟子车队进入临淄。齐宣王仿效当年齐威王之法，率领群臣与稷下名士到郊亭迎接，并在临淄王宫的正殿举行了隆重的接风大宴。白发苍苍的孟子与齐宣王并席而坐，左右是张仪与孟尝君，厅中群臣名士罗列，是名家大师绝无仅有的礼遇。孟夫子雄辩善说，席间侃侃而谈，历历述说了所过之邦的见闻，时时对各国君主略加评点，挥洒自如，不时引起举座笑声。齐宣王最是看重敬贤之名，况又是第一次与孟子直面对答，实在是对孟子的学问气度见识敬佩有加，更对孟子的君王评点大有兴趣，谦恭笑道：“先生常过大梁，不知魏王近况如何？”

“魏王嗣者，实非君王气象也。”须知魏国强盛近百年，为天下文明渊薮。孟子一句话，非但直呼魏王名讳，且公然显出轻蔑的笑意，举座皆是一惊。

“先生此言，可有佐证？”齐宣王依然是面带微笑。

孟子从容道：“与魏嗣对答，人无以敬之。彼问：‘天下何得太平？’我答：‘天下定于一，自有太平。’彼又问：‘定于一者，何人也？’我答：‘不好杀戮，仁者定于一。’彼又问：‘不行杀戮，便无征战，谁愿拱手让位，使仁者定于一？’我答：‘天下庶民皆愿之。禾田大旱，便望云霓，大雨但落，枯苗勃勃而起，其势何人堪当？’此等之王，此等之问，何堪为王也。”

孟子悠然说完，座中却一片默然，竟没有了孟子所熟悉的惊讶赞叹之声，甚至也没有孟子所熟悉的激烈反对与锐声辩驳，泥牛入海般无声无息。这在讲究“论战无情”的战国，尤其在论战风炽热的百余名稷下名士在座的场合，可说是罕见至极。偏孟子浑然无觉，已经有些混沌的双眼高傲地扫视了大殿一圈，悠然一笑：“孟轲游历天下四十余年,阅人多矣!唯以仁政王道为量人之器,无得有他也。"

齐宣王岔开了话题笑道:"先生从燕国来,以为燕国仁政如何?"

"乱邦无道,何谈仁政?"孟子喟然一叹,"奸佞当道,庶民倒悬,此皆苏秦之罪也。"

一言落点,稷下士子中有嗡嗡议论之声,并不约而同地将目光瞄向了张仪。苏秦新丧,张仪容得孟子亵渎苏秦么?看那张仪,神色淡漠,径自饮酒。孟尝君却一眼看到,张仪的那根细亮的铁杖在案下抖动着。

齐宣王明知就里,岔开笑道:"先生以为,当如何安定燕国?"

"置贤君,行仁政,去奸佞,息刀兵,燕国自安。"

齐宣王听孟子再没有触及难堪话题,松了一口气道:"先生所言,天下大道。敢问先生:如何能置贤君、行仁政、去奸佞、息刀兵?"

孟子微微皱起了眉头,苍老的语调分外矜持:"上智但言大道。微末之技,利害之术,唯苏秦、张仪纵横者流所追逐,孟轲不屑为之也。"

此言一出,举座皆惊,目光齐刷刷聚向了张仪。齐宣王也一时愣怔了。

"孟夫子名不虚传,果然大伪无双也!"张仪应声而起,一句悠闲而犀利的评点,殿中轰然炸开,嗡嗡议论不绝——方今天下,谁敢直面指斥孟夫子"大伪无双"?若是别个名士,齐宣王也就阻止了,毕竟孟子是天下大家,如何能教他如此难堪?可这是名重天下的张仪,声威赫赫的秦国丞相,况且孟子挑衅在先,他如何能公然拦阻?

孟子极不舒坦,沉声问道:"足下是张仪了?"

"微末之技,利害之术,纵横者流,张仪是也。"

孟子本来多饮了两爵,此刻更显得面红耳赤,如坐针毡。四十余年来,孟子周游列国,虽然无一国敢用,名气却是越游越大,渐渐地也就不寄厚望于任何邦国,悠悠然成了一个超脱传道的大宗师。如此一来,反倒是放开说话无所顾忌,正合了孟子的傲岸本性,也使孟子的雄辩才能发挥得淋漓尽致。近年来,孟子资望更深,各国皆奉为大贤宗师,孟子更是挥洒自如,往往对陪宴士子与官员不屑一顾,只与君王问对应答,俨然布衣王侯一般。常常是宴席结束论战散场,孟子才问万章:"今日来者都有何人?论辩者究是哪家弟子?"若非万章一班弟子因了要记录孟子言谈,刻意记下了应对陪同者姓名而后告孟子,孟子当真是目中无人一片混沌了。今日入得临淄,孟子也是对大片冠带不屑一顾,甚至连丈许之遥的主陪——张仪与孟尝君,也是漫不经心,没有看进眼里。也就是说，孟子压根儿没想到能在临淄碰上张仪。及至那个铁拐高冠者站了起来，甩出“大伪无双”四字掷地有声，孟子才蓦然闪念，此人必是张仪无疑。

仿佛冥冥之中的定数，孟子被誉为“大才雄辩，天下无对”，张仪则有“天下第一利口”名号，偏这两人但见便有口舌，生死纠缠的冤家一般。二十多年前，孟子在大梁讥讽纵横家是“妾妇之道”，就被刚刚出山的张仪猝不及防地痛斥了一顿。从此，孟子对张仪苏秦厌恶至极，内心却也实在有几分说不清的忌惮。虽然，孟子还是每说大道必骂纵横策士，但再也没有说过“妾妇之道纵横家”那句话了。今日孟子说得口滑，滑上了贬损纵横策士的老路子，却不意偏偏撞上了张仪在场，又遇苏秦新丧，孟子便隐隐觉得有些不妥。

虽则心中忐忑，孟子却从来没有退让致歉的习性，振作心神，一开口便气度沉雄：“大道至真，不涉得失。末技卑微，唯言利害。以利取悦于人，以害威慑于人。此等蛊惑策士，犹辩真伪之说，岂非天下笑谈耳？”

“孟老夫子，尔何其厚颜也！”张仪站在当殿，手中那支细亮的铁杖直指孟子，“儒家大伪，天下可证：在儒家眼里，人皆小人，唯我君子；术皆卑贱，唯我独尊；学皆邪途，唯我正宗。墨子兼爱，你孟轲骂做无父绝后。杨朱言利，你孟轲骂成禽兽之学。法家强国富民，你孟轲骂成虎狼苛政。老庄超脱，你孟轲骂成逃遁之说。兵农医工，你孟轲骂为末技细学。纵横策士，你孟轲骂做妾妇之道。你张扬刻薄，出言不逊，损遍天下诸子百家！却大言不惭，公然以王道正统自居。平心而论，儒家自己究有何物？你孟轲究有何物？一言以蔽之，尔等不过一群四体不勤、五谷不分的书呆子，整天淹没在那个消逝的大梦里，唯知大话空洞，欺世盗名而已！国有急难，邦有乱局，儒家何曾拿出一个有用主意？尔等竟日高谈文武之道、解民倒悬，事实上却主张回复井田古制，使万千民众流离失所，无田可耕！尔等信誓旦旦，称‘民为本，社稷次之，君为轻’，事实上却维护周礼、贬斥法制，要刑不上大夫，礼不下庶民；民可使由之，不可使知之；使万千平民有冤无讼、状告无门，天下空流多少鲜血？如此言行两端，心口不应，不是大伪欺世，却是堂堂正正么？儒家大伪，更有其甚：尔等深藏利害之心，却将自己说成杀身成仁、舍生取义。但观其行，却是孜孜不倦地谋官求爵，但有不得，则惶惶若丧家之犬！三日不见君王，其心惴惴；一月不入官府，不知所终。究其实，利害之心，天下莫过儒家！趋利避害，本是人性。尔等偏无视人之本性，不做因势利导，反着意扼杀如阉人一般！食而不语、寝而不语、坐怀不乱，生生将柳下惠那种不知生命为何物的木头，硬是捧为与圣人齐名的君子！将人变成了一具具活僵尸，一个个毫无血性的阉人！儒家弟子数千，有几人如墨家子弟一般，做生龙活虎的真人？有几人不是唯唯诺诺的弱细无用之辈？阴有所求，却做文质彬彬的谦谦君子，求之不得，便骂尽天下。更有甚者，尔等儒家公然将虚伪看作美德，公然引诱人们说假话：为圣人隐，为大人隐，为贤者隐；教人自我虐待，教人恭顺服从，教人愚昧自私，教人守株待兔；终使民人不敢发掘丑恶，不敢面对法制，沦为无知茫然的下愚，使贵族永远欺之，使尔等上智永远愚弄之！险恶如斯，虚伪如斯，竟大言不惭地奢谈解民倒悬？敢问诸位：春秋以来三五百年，可有此等荒诞离奇厚颜无耻之学？有！那便是儒家！便是孔丘孟轲！”

看似痛骂儒家，实则思考家国前程。作者明显更爱法家，厌憎儒家。孟子狼狈不堪，作者内心痛快。

张仪一阵嬉笑怒骂，大殿中鸦雀无声，唯闻张仪那激越的声音在绕梁游走：“自儒家问世，尔等从不给天下生机活力，总是呼喝人们亦步亦趋，因循拘泥。天下诸侯，从春秋三百六十，到今日战国三十二，三五百年中，竟没有一个国家敢用尔等。儒家至大，无人敢用么？非也！说到底，谁用儒家，谁家灭亡！方今大争之世，若得儒家治国理民，天下便是茹毛饮血！孟夫子啊，千百年之后，也许后辈子孙忽然不肖，忽然想万世不移，忽然想教国人泯灭雄心，儒家僵尸也许会被抬出来，孔孟二位，或可陪享社稷吃冷猪肉，成为大圣大贤。然则，那已经是千秋大梦了，绝非尔等生身时代之真相也！儒家在这个大争之世，充其量，不过一群毫无用处的蛀书虫而已！呵哈哈哈哈哈哈哈……”末了，张仪仰天大笑。

大殿中静得如同幽谷，唯闻孟子粗重的喘息之声。孟子想反驳，想痛斥，却对这种算总账的骂辞无处着力，想愤然站起拂袖而去以示不屑，脚下却软得烂泥一般。眼看张仪张牙舞爪哈哈长笑，孟子不能立即作振聋发聩的反击，论战如斯，便是全军覆没，煌煌儒家，赫赫孟轲，岂容得如此羞辱？大急之下，但闻“哇——”的一声，孟子一口鲜血喷出两丈多远！对面的张仪与孟尝君猝不及防，身上扑满了鲜血，连并排的齐宣王酒案上也溅满了血滴。

手法太夸张。

“老师——”儒家弟子们呐喊一声，一齐扑向孟子。王殿顿时大乱，齐宣王铁青着脸色大喝：“孟尝君，太医！”孟尝君憋住笑意，回身高喊：“太医！快！太医——”奇怪的是，稷下学宫的一百多个名士竟都无动于衷，默然地看着忙乱的内侍侍女与一片哭喊的儒家弟子，没有一个人上前照拂。

孟子被抬走了。齐宣王拂袖而去了。盛大的接风宴席落得如此收场，朝臣们一片愣怔。稷下学宫的名士们却围了过来，齐齐地向张仪肃然一躬，默默散去了。

张仪有些木然，低头看了看身上的血迹，铁杖笃笃点地，径自走了。

六　行与子还兮　我士也骄

在齐国历法的“期风至”那日[①]，两个方士被请到了张仪面前。

夜里，张仪与两名方士密谈了整整两个时辰。他备细叙说了“某公”的症状心性等，询问方士能否禳治？这两个方士是师兄弟，师兄已经白发苍苍，师弟却正在中年。听罢张仪述说，两位方士闭目沉吟。良久，白发老方士道：“此公非

实已药石无效。

① 齐国历法与中原不同，有三十个节气，“期风至”即中原的“立秋”节气。

公,却是一王。”张仪心中一惊,脸上笑道:“果真王者,无以禳治么?”老方士道:“王者上膺天命,禳治要大费周折。”张仪笑道:“如何周折? 但请明言。”老方士道:“最难者在蓬莱仙药,要大船渡海,又需童男童女祈祷于海神上天。”张仪道:“两位大师若能使此公清醒三月,所需诸般周折,并非难事。”老方士道:“此前禳治,尚需重金敬天。”张仪笑道:“上天也爱金钱么?”老方士肃然道:“非是上天爱金,却是世人敬天之心。唯将世人钟爱之物敬献上天,方知上天赐恩可贵也。”张仪点头:“不知上天所需几何?”老方士道:“万金之数。”张仪慨然拍案:“便是万金了。”目光一闪又问,“两位大师须轻车简从随我上路,不知可有难处?”中年方士悠然道:“轻车尚可,简从不能。一百名少年子弟乃祈祷法阵,非但不可或缺,衣食且须以大夫爵品待之。”张仪思忖片刻道:“便依大师所言。明日午后启程了。”老年方士道:“百名子弟,明晚方能赶到,只能后日启程。”张仪道:“好,后日。”

与方士密谈罢,张仪回房部署上路事宜。没有了嬴华,诸多事体要靠绯云与两名掌书打理,一一落实,已经是四更时分。掌书退去,绯云却心神不定,张仪戏谑笑道:“小哥又有心事了?”绯云道:“吔,甚心事? 正经事。我怎么看,这两个方士也不像正道医家,莫得又给你惹事。”张仪笑道:“方士方士,本来就不是正道医家,有何稀奇。”绯云急道:“吔! 不是! 我说他们好像是,是骗子,诈人钱财一般吔。”张仪默然有顷,叹息了一声:“方士兴起几十年也,我等谁也没经过见过。可太医既然说了,齐国君臣也有许多人相信。我近日才知道,齐威王晚年,也秘密派方士到海上寻找过仙药。咸阳事急,也就信一回了。天地之大,原本是谁也不能穷尽奥秘也。”绯云嘟哝道:“知道你是尽心而已,只怕你上当吔。”张仪板着脸不说话,绯云也不敢再啰嗦,收拾卧榻去了。

次日,孟尝君亲自到驿馆帮忙料理,一番忙碌,终是准备妥当。晚上,孟尝君为张仪饯行,两个豪气干云的人物第一次相对无语,只是默默饮酒。良久,孟尝君道:“张兄,若有不时之需,不要忘了,还有田文这个老友。”张仪笑道:“孟尝君狡兔三窟,莫非能让得一窟?”孟尝君大笑:“张兄但出咸阳,田文为你谋得一个大窟如何?”张仪揶揄笑道:“还是我为你谋窟吧,不见临淄风向已转么?”孟尝君又是哈哈大笑:“好! 顶不住风,去找你。”

一时饮罢,两人又去拜望燕姬,恰逢燕姬正在收拾行装。孟尝君惊讶莫名,连问何故。燕姬淡淡笑道："临淄虽好，终非我久居之地。季子已去，我也当去了。"孟尝君本是急公好义，更兼受苏秦临终托付，对燕姬离去大有愧色，仿佛自己罪过一般，木呆呆难堪至极。张仪豁达笑道："孟尝君啊，燕姬心志，不让须眉。山林之隐，原本是燕姬所求。苏兄已经去了，她孤守临淄，情何以堪？教她回燕山去吧，这与情义无涉了。"孟尝君毕竟明朗，兀自喃喃笑道："都走了，都走了，只留下田文一个了。"说得燕姬与张仪一阵唏嘘。孟尝君反复看了燕姬行装，无可帮衬，硬是送了燕姬一匹驭车骏马，方才了了心意。

次日拂晓，临淄城西门刚刚打开，两支人马飞出城外，一支南下，一支北上，分道扬镳而去。孟尝君站在城门箭楼上，眼看着北上车马没进苍苍远山，南下车马隐入茫茫平原，竟在初秋的风中流下泪来。

张仪心情焦躁，一出临淄便吩咐两名掌书带着百名骑士，护卫着方士在后面缓行，自己则弃去轺车，与绯云快马兼程先行西进。次日午后，高耸山头的函谷关箭楼与黑色旌旗遥遥在望。及至关前，却见关内飞出一骑，白人白马，风驰电掣般掠过进出商旅直插东进官道。绯云眼睛一亮，锐声便喊："华姐姐！大哥在这里！"眼见白马一声嘶鸣，骑士箭一般从田野中斜插过来。张仪连忙下马迎了上来："小妹，如何出关了？"

嬴华滚鞍下马，一脸汗水泪水，一句话没说便抱住了张仪。绯云已经在地上铺好了一块毛毡，张仪将嬴华抱过来放在毛毡上坐好，绯云拿过一个水囊又教嬴华喝水。嬴华喝得几口，喘息一阵，"哇"的一声大哭起来。张仪心中一沉，便知大事不好，却没有说一句话，只是默默地看着嬴华。哭得一阵，嬴华哽咽道："王兄去了……"又止不住地哭了起来。绯云劝阻不住，也哽咽着哭了起来。张仪默默坐地，拉过酒囊咕咚咚猛饮了一阵，兀自粗重地喘息。良久，三人都平静下来。张仪笑道："小妹，说说咸阳的事，我等总是得回去了。"嬴华便断断续续地说了起来：

张仪走后，嬴华立即去见司马错。司马错听了张仪的谋划，一声长叹："丞相大错也！当此之时，何能为虚妄之事离开咸阳。"又默然一阵，告诉嬴华，只要他的上将军印信与王赐兵符在手，秦国大军就不会异动。末了，司马错又提醒嬴华：目下秦国之危，不在军营，而在宫廷，要她务必盯紧樗里疾，用樗里疾来牵制甘茂，方可稳定宫廷。

嬴华觉得有理，又立即找樗里疾会商。樗里疾全然没有了往昔的诙谐笑谈，忧心忡忡地说：多年以来，丞相奔波于连横，上将军忙碌于征战，他埋头于政事民治，无一股肱

“居心叵测”，这一词用得过了。太子早定，似无争议，但小说家痴迷阴谋论，非要弄出些事端来。此为“无事生非”之手法。

大臣辅助秦王料理王室王族与宫廷事务；而今甘茂与太子嬴荡居心叵测，他要钳制，竟茫茫然无处着手。丞相寄厚望于秦王病情痊愈，离国求治，可秦王明明已经是无药可治，时时都在不测之中，当此危局，谁能威慑太子一党？

嬴华大急道：“说了半日，右丞相束手无策？”樗里疾苦笑道：“今日要害，在秦王安危。我等外臣，入宫尚且艰难，如何能保得重重宫闱之后？”嬴华道：“右丞相能否将甘茂调出王宫？”樗里疾道：“长史执掌机密，历来都在王宫内设置官署。秦国法度：非丞相与国君会商、国君下书，不能变动长史。两年前，我倒是在甘茂身边安置了一个掌书，可甘茂管束极严，目下他是一步也动不得。”嬴华思忖一阵道：“右丞相，秦国正在安危之际，我决意启动黑冰台，护持秦王！这是丞相手令，你可赞同？”樗里疾嘿嘿笑了：“早当如此，黑肥子就等公子这句话。”说罢，笑吟吟将那个掌书的姓名长相说给了嬴华。

嬴华当夜立即行动，亲自带领三名黑冰台干员从丞相府地道出城，泅渡沣水，秘密潜入章台宫。连续几日，章台宫都很平静，秦惠王也仍旧是时昏时醒。嬴华下令三名干员轮流守护在玄思屋外监视，自己潜回咸阳，去找那名掌书联络。

奇怪的是，扮成宫中卫士的嬴华在长史官署外秘密监视了十二个时辰，所有的轮值吏员都逐一查勘，偏偏没有那个掌书。嬴华觉得蹊跷，连夜去见樗里疾。樗里疾以核查吏员官俸为名，径直进入王宫，一查之下，那名掌书已经暴病身亡。右长史禀报说，那掌书奉长史之命到章台宫记录王言，回来时不慎被松林中毒蜂蜇中，太医治疗三日无救，死了。

如此一来，唯一可知甘茂与太子内情的眼线被掐断了。嬴华的黑冰台，成了只能被动守护的秘密卫士。一时无法可想，嬴华只有再加派了三名干员，又亲自坐镇章台宫，要确保张仪回来之前秦王无事。如此过去了十日，依然是安静如常。

第十三日午后，太阳已经西下，苍老干瘦的秦惠王正在茅屋外的草地上若有所思地漫步，不时地看着太阳叹息一声。这时，守在竹林边的老内侍长呼了一声："太子入宫——"秦惠王惊讶地回过头来，一身铁甲一领披风的太子嬴荡已经走了过来。秦惠王显然不悦道："此时我不见人，也不议事，不知道么？"嬴荡却是一躬，高声大气道："父王，少弟母子有了消息，我特来禀报。"秦惠王惊喜道："你说稷儿母子？哪里来的消息？快说。"嬴荡道："我识得一个胡商，他从燕国来咸阳，说了少弟许多事情，还带回了姨娘给父王的书简。"秦惠王兴奋得声音都颤抖了："好好好，快，进去说说，父王正念叨他母子。"正在此时，甘茂带着一个掌书匆匆走来："王有会见，请许掌书录言。"秦惠王挥挥手道："下去下去！本王家事，无关邦国，录个甚言？"说罢对嬴荡一招手，"走，进去说。"父子二人便进了茅屋。甘茂没有走远，依然与那个掌书守候在竹林边上。

隐藏在小土岗松林中的嬴华大是忐忑不安，觉得太子今日来得似乎蹊跷：既是需要一段时间述说的家事，便当早来，如何堪堪在太阳行将落山之时到来？但无论如何，嬴华也不好公然干预太子晋见，尚且是在国君清醒时的晋见。眼见太阳缓缓地沉到了山后，半天霞光也渐渐褪去，秦惠王昏症发作的时刻已经到了，却不见秦惠王从茅屋中出来。

正在此时，太子从茅屋中冲了出来，大喊："长史！快宣太医！父王昏过去了！"也是秦惠王久病，太医每在此时便守候在竹林边，听得太子一声喊，甘茂与太医一起冲进了茅屋。片刻之后，茅屋中哭声大起，嬴华骤然昏了过去……

醒来之时，嬴华发现自己竟躺在章台宫茅屋之中。大厅中央是盖着白布的竹榻，自己身边却站着眼睛红肿的太子。嬴华惊叫一声，要翻身坐起，身子却软得面团一般，只是心乱如麻。太子嬴荡木然道："少姑，正是你这声尖叫，我才知道你在这里，将你救了过来。太医给你服了药，说你须得安神定心。"嬴华看看屋中甘茂、掌书、太医、内侍等人道："你等出去，我有话要问侄子。"嬴荡吩咐甘茂等人退到屋外，回头道："少姑，有话你问。"嬴华冷冷道："你父王如何去的？你说。"嬴荡依旧木然道："天将傍晚，我正要告退，父王教我稍等，说要给我叮嘱一件事情。叮嘱的话还没说出口，父王叫了一声，跌倒在榻下，神志便昏迷了……我出来唤进太医，父王便去了。"嬴华愣怔片刻，冷笑道："我问你，你明知父王日暮发病，何以恰恰在日暮之前来见？"嬴荡道："我午后接到少弟消息。

长史说,当及早说给父王,教他高兴。出城过沣水,耽搁了半个时辰,就有些晚了。”嬴华问:“因何耽搁?”嬴荡道:“渡船坏了,正在修缮。”

嬴华觉得此中疑点太多,一时理不清楚,不再追问。嬴荡却问:“少姑与父王情谊深厚,请教诲侄儿,如今该当如何?”嬴华气恨恨道:“有人知道,何须问我?”嬴荡不再说话,只是木木地戳在那里,失魂落魄一般。

当晚,嬴华与秦惠王的尸身一起,被秘密运回了咸阳。

次日清晨,太子嬴荡在王宫东殿举行了秘密会商,除了司马错、樗里疾、甘茂三人外,嬴华也被抬到了殿中。甘茂备细禀报了秦王“不救而亡”的经过。嬴荡放声大哭,痛骂自己犯了弥天大罪,请求为父王殉葬。司马错与樗里疾都看着坐榻上的嬴华,显然是盼望她说话。嬴华长长地叹息了一声哽咽道:“王兄已去,不能复生,诸位但以大局为重了。”甘茂立即跟上,慷慨陈说危局,请立即拥立太子即位,以防六国乘虚而入。司马错与樗里疾也是无话可说,都默默点头了。三日后,王城书告朝野:秦王不幸病逝,隆重发丧,太子嬴荡即位为新秦王。

那日晚上,守护太医终于说公主康复了。嬴华回到了丞相府,便连夜出城来找张仪……

“大姐,如何虚成了这模样?”绯云为嬴华不停地揩拭着额头汗水,说不出的惊讶。

嬴华面色苍白地倚在绯云身上:“我,我,散了架一般,一丝功夫也没有了。”

“大姐!”绯云抱住嬴华大放哭声,一种深深的恐惧使她浑身瑟瑟发抖。

张仪一直在沉默,一直在思索,一尊石雕般纹丝不动。良久,他长嘘一声道:“绯云,拿我的令箭,到函谷关调一辆篷车出来。”绯云飞马去了。嬴华这才恍然问道:“方士找到了么?如何只你俩回来?”张仪拍拍嬴华道:“方士在后面。你目下甚也莫想,只闭眼歇息。”嬴华粲然笑道:“你真好。那方士还会到咸阳么?”张仪笑道:“你放心便了。一旦沾上,他们才不会轻易走。”

片刻之后,绯云从关内赶来了一辆四面包裹严实的篷车。张仪断然道:“走,回咸阳。”说罢抱起嬴华坐进了篷车。绯云将三匹骏马拴在车后,上了车辕,一声鞭响,篷车辚辚进关。篷车不能快马奔驰,加之嬴华虚弱不耐颠簸,函谷关到咸阳整整走了三日。一路上,张仪也不进郡县官府,只是全副身心照料嬴华,倒也平安无事。

这日傍晚进得咸阳,张仪草草梳洗了一番,来到樗里疾府上。樗里疾见是张仪,嘿嘿笑道："走，找司马错，你我说不明白。"两人来到上将军府邸，却见这平日里车马如梭的车马场空荡荡黑黢黢，既无车马，更无灯火，连那两排钉子般肃立的武士也没有了，只有一盏在风中摇曳的大方灯孤悬门厅，幽静得有些寥落。张仪不禁叹息了一声。樗里疾嘿嘿笑道："司马错堂里清哩，早早收敛了，比你我眼亮多也。"张仪也不说话，只是默默向里走。门厅下一看，大门竟是关闭的。张仪"啪啪"拍着门环高声道："有客来访——"大门隆隆开了，家老匆匆迎来当头一躬道："我家主人卧病谢客。既是两位丞相，请随我来。"提着一盏灯笼将两人领进了后园。

两人进入司马错的后园，月下朦胧望去，这座后园竟比丞相府的后园还大了许多。奇怪的是，这座后园没有寻常庭院园林的水面亭台假山竹木花草，层层叠叠的小山包与曲曲折折的小水流堵在眼前，走在其中，羊肠小道千回百转，恍若入了迷宫。张仪惊讶笑道："司马错这是做甚？林苑搞成了坟园。"樗里疾嘿嘿嘿一阵道："没看懂？这是司马氏绝技，天下活山水，君上特许建造的。看看，这儿是函谷关。"张仪就着月光仔细看去，果然见"连绵群山"中一道长长的峡谷，峡谷入口处赫然一座"雄关"，关外浩浩一条"大水"。张仪顿时明白，一路指点道："这是大河，那是虎牢山、孟津渡，这边是河外、安邑，啊，这里是我家了。"一阵感叹便问家老："上将军在何处啊？"家老笑道："家主人在燕山辽东，请这边走。"樗里疾嘟哝道："燕山？辽东？司马错又想做甚？"

一时来到"燕山辽东"地面，便见一人布衣散发临"海"而立，显然正在入神，竟对身后脚步浑然无觉。樗里疾啪啪拍掌嘿嘿嘿笑道："司马上将军，还想去辽东打仗么？"司马错蓦然回身笑道："呀，丞相到了。来，这海边正有几块岩石，在这里坐了。家老，搬几坛酒来！"

"海"虽不大，岩石却是地道，光滑平坦，临"海"突兀而立，明月之下风声萧瑟，别有一番韵味。片刻之间老酒搬来，就着几块军中常见的干牛肉，三人对坐饮了起来。

"司马兄，樗里兄。"张仪笑道，"人生终有聚散，你我三人共事二十余年，只怕也到了各谋出路的关口。张仪鞍马未歇，便来与二位相聚，为的是各明心事，好将枢要国事对新朝有个交代，亦公亦私，唯求真心。"

"嘿嘿嘿。"樗里疾先笑了，"我看司马兄是雄心不老，还想打几仗。"

"哪里话来？"司马错淡淡笑道，"我在后园徜徉，原本是要思谋个落脚之地，看来看去，还是燕北辽东合于我心。"

张仪有些困惑："燕北辽东山水粗粝，一曝十寒，不合隐居，司马兄如何要去此地？"

"嘿嘿，我明白，司马兄兵心不死，还想找个用武之地。"

"偏这黑老兄贼精。"司马错苦笑道，"不瞒张兄，司马氏世代兵家，不宜居于饱暖秀美之地。燕北辽东有胡人之患，战火连绵，族人振奋为生，也不致衰败。至于司马错自己，能了抗击匈奴胡人之微末心愿，足矣！"

张仪不禁慨然一叹："司马兄痴兵若此，何以要离开？以秦国之雄兵，以将军之才智，何愁不能大展宏图？"

三驾马车要分道扬镳了。

司马错笑道："张兄当知，你我三人，我是第一个该走，不能留。古往今来，为将只是一朝。哪个君王愿将兵权留给隔疏老臣？况且，新朝上将军的人选，已经是明了。"

"明了？能是谁？"张仪有些惊讶。

"先是甘茂，再是樗里疾，而后两人颠倒。"

"嘿嘿嘿。"樗里疾笑个不停，"你这话巫师一般，教人心里打鼓，黑肥子能做上将军？"

司马错没有一丝笑意："先做半年丞相，再做上将军。"

"却是为何？"樗里疾也不笑了。

司马错笑了："天机不可预泄也，无可奉告。"

蓦然之间，张仪想起秦惠王的话，内心不禁佩服司马错的冷静透彻。甘茂与樗里疾，都是所谓的文武全才，而大凡文武全才，往往在文武两方面都不能达到自成一家的超凡境界。国君可任为武职，亦可任为文职。对于新君嬴荡这样嗜兵的国君，自然以上将军为第一要职，自然要他最信任的大臣来做上将军，这个人只能是甘茂。但嬴荡在权力稳定后，极有可能亲自执掌兵权，那时，升迁甘茂做丞相，让明达而不专权的樗里疾做名义上将军，而实际上嬴荡自己做三军统帅，自然是水到渠成的结果。如此一揣摩，司马错的预言尽在情理之中。

张仪点头笑道："有樗里兄留朝，毕竟好说，秦国或可度过危局。"

"嘿嘿嘿，如此说来，张兄也要走？"

张仪笑道："如何？我不该走么？张仪此等人，唯先君惠文王此等君主用得。新君不合用我，徒然相互掣肘，何如早去？"

"苏秦去了，张仪去了，司马错也去了，这天下可是寂寞了许多也！"樗里疾一声叹息，张仪与司马错大笑起来。

三人直说到四更方散。张仪回到府中，嬴华绯云已在书房中等得偎在一起睡着了。见张仪回来，俩人咯咯笑着醒了过来。张仪笑道："你俩睡，我要草个上书。"嬴华娇嗔道："不睡！我俩要和你了账！"张仪惊讶道："了账？了甚账？你还想将丞相府带走不成？"绯云"吔"的一声，笑软在嬴华怀里。嬴华咯咯笑道："你才想将丞相府揣在怀里。我俩要做夫人！不许你拖！"张仪恍然，一阵哈哈大笑，一边一个将两个丽人拥在怀里："都做几次夫人了，还想做？好！今夜教你俩再做夫人！日后呀，天天做夫人！"绯云红着脸笑道："吔！羞不羞，就知道教人家那样做夫人！人家偏要那样做夫人，要洞房花烛！"三人笑作一团。

笑得一阵，张仪道："我要办完三件事，俩小哥才能做夫人。一是上书请辞，二是明日见君，三嘛，是清理了那班方士。"嬴华笑道："方士不用你清理，绯云已经将他们打发了。"张仪惊讶道："方士来过了？你如何打发的？"绯云笑道："吔！那两个方士难缠，硬要一万金，说是此行惊动了海神，回去要建造海神台谢罪。我与姐姐商议，将相府的六千金全给了他们，他们才嘟哝着走了。还神术长寿，活生生勒索骗钱吔！"张仪笑了："小哥童心无忌，偏是说穿了。殊不知，日后有多少君王甘心受骗。"想想又对嬴华道，"你那黑冰台是大机密，得了结一番。"嬴华笑道："有人上心。我困在王宫那几日，还不就在了结黑冰台？早没我事了。"张仪霍然起身道："如此我来草书，两三日内走。"

嬴华看看绯云，绯云回身从书案上拿来一卷竹简："吔，看看，如此写法可行？"

张仪大是惊讶："你写的？"

"吔！姐姐说，我写，不行么？"

张仪不再说话，打开竹简，一篇整齐娟秀的篆文赫然在目，不自觉高声念了起来："臣张仪顿首：臣蒙先王知遇，执相印二十余载，些许微功，不足道矣！今臣年迈体衰，不堪国事繁剧，欲归隐林泉，以开后继之道。我王圣明神武，定能克成先王遗愿，成就秦国大业。臣虽远在山林，亦常为我王祈祷也！”张仪念罢，喊了一声“好”，又呵呵笑道，“只是肉麻了些许，不像张仪了。”嬴华笑道：“但像张仪那般‘我士也骄’，能走么？蠢！”

张仪大笑：“好！肉麻一回，待我明日送上。”

“不用你送。我等这便走。有人会送。”嬴华突然认真起来。

张仪一阵愣怔，一阵思忖，终于点头笑道：“有妻如此，张仪之福也，走！”说罢抱起嬴华大步出门。庭院中一辆篷车已经备好，绯云悄声笑道：“姐姐已经教居家物事上路了，你但走人便是。”张仪笑了笑：“有两个狐精，我只做大丈夫了，操个甚心?”嬴华在张仪脸上打了一掌笑道：“美死你了！”张仪笑着狠狠亲了嬴华一口，钻进了篷车。

作者写走神了，张仪似乎腿脚不便啊，抱着一个人还能“大步”，不实。

天色放亮，红日跃上咸阳箭楼时，辚辚篷车已在北阪之上了。

嬴华打开车帘笑道：“小妹，为夫君老哥哥唱支歌如何?”绯云在车辕上笑不可遏：“吔！还夫君老哥哥，真道腻歪了！”张仪的铁杖敲打着车辕，也是大笑不止：“这老哥哥么做得好风光也！好，我也唱！”

三人放声唱了起来，那是张仪故乡的《魏风》：

园有美桃　其实佳肴
心之怡也　我歌且谣
不知我者　谓我士也骄
桑者闲闲　行与子还
十亩之间　行与子逝
不知我者　谓我心气高

……

“啪”的一声，绯云扬鞭催马，篷车湮没在清晨的霞光之中。

“老哥哥你说，目下咸阳如何？乱了么？”嬴华笑着叫着。

“天知道。老哥哥如何知道？”张仪一阵大笑，笑声随着山风在山塬间飘飘荡去。

[第二部终]

武王为太子时，便与张仪不和。武王立之后，群臣老说张仪的坏话，张仪于是献武王，自动请缨赴梁，周旋于齐梁秦之间。后为魏国相一年，死于魏国。张仪相秦，是其人生高峰。张仪对秦并天下，贡献甚大。